COLLECTION
FOLIO CLASSIQUE

Voltaire

Lettres choisies

Textes choisis, présentés et annotés
par Nicholas Cronk
Directeur de la Voltaire Foundation (Université d'Oxford)

Gallimard

La Fondation d'entreprise La Poste favorise le développement humain et la proximité à travers l'écriture, pour tous, sur tout le territoire, et sous toutes ses formes. Mécène de l'écriture épistolaire, elle soutient l'édition de correspondances et les manifestations qui les mettent en valeur. Elle favorise l'écriture novatrice en dotant des prix qui la récompensent, en encourageant les jeunes talents qui associent texte et musique. Elle offre un espace de découverte de la culture épistolaire élargie avec sa revue FloriLettres, en consultation sur le site Internet de la Fondation. Enfin elle s'engage en faveur de ceux qui sont exclus de la pratique, de la maîtrise et du plaisir de l'expression écrite, contribuant notamment à la lutte contre l'analphabétisme et l'illettrisme numérique.

www.fondationlaposte.org

PRÉFACE

« On s'extasie devant la correspondance de Voltaire. »

Flaubert[1]

Voltaire est, dans tous les sens du terme, un homme de lettres, et sa correspondance un monument qui intimide. Aussi énorme dans ses proportions que vaste dans ses ambitions littéraires, le corpus épistolaire de Voltaire est l'un des plus importants dans la littérature occidentale. Nous connaissons plus de 15 000 lettres écrites par Voltaire, à comparer avec les 1 100 lettres de Mme de Sévigné qui nous sont parvenues, les 4 000 lettres de Flaubert, ou les 8 000 de Beckett. Si certaines lettres, comme celles adressées à la marquise Du Châtelet, ont disparu, d'autres continuent à refaire surface, et ces 15 000 lettres de Voltaire ne sont donc qu'une fraction du nombre total de lettres écrites, qui a pu être estimé à 40 000. Voltaire s'adresse à près de 1 800 correspondants, et ses lettres, qui s'échelonnent sur une période de plus de soixante-dix ans, sont rédi-

1. Lettre à Louise Colet, 26 août 1853. Voir Flaubert, *Correspondance*, Folio classique, p. 257.

gées en français, mais aussi en anglais et en italien ; à l'occasion il lui arrive d'écrire en allemand, ou même, pour s'adresser au critique Gottsched, en latin. On comprend l'agacement du secrétaire de Christian VII, roi de Danemark, qui dans le film Une affaire royale *(2012) s'exaspère lorsqu'il reçoit une lettre de Voltaire.*

On est allé jusqu'à dire que le chef-d'œuvre de Voltaire, c'est sa correspondance. Si tel est le cas, il s'agit alors d'un chef-d'œuvre fortuit, en ce sens que le corpus tel que nous le connaissons aujourd'hui n'a pas été façonné par Voltaire. Certes, de son vivant, Voltaire a publié un petit nombre de ses lettres, mais ce n'est qu'une fraction infime de l'ensemble — nous y reviendrons. Il ne gardait pas systématiquement des copies des lettres qu'il envoyait, et il ne conservait que rarement les nombreuses lettres qu'il recevait. À la différence d'une George Sand, qui notait l'envoi de ses lettres dans un carnet, Voltaire ne semble pas avoir envisagé sa « correspondance » comme un tout, et il publia tout au plus quelques lettres éparpillées dans ses œuvres. Après la mort de Voltaire en 1778, Beaumarchais et Condorcet collaborèrent avec d'autres pour publier une édition « complète » des écrits de Voltaire, connue sous le nom d'édition de Kehl (désignée ainsi d'après son lieu d'impression) ; à cette occasion, ils lancèrent une campagne de collecte pour réunir le plus grand nombre de lettres possible[1]. Lorsque leur édition parut en 1784-1789, en soixante-dix volumes, elle ne comprenait pas moins de 18 volumes de correspondance, et environ 4 500 lettres. Beaumarchais et Condorcet ont pour ainsi dire « inventé » la correspondance de Voltaire. Toutes les éditions qui ont suivi ont enrichi

1. Voir en Annexes, p. 546.

ce corpus initial, si bien que le nombre de lettres dont nous disposons aujourd'hui a plus que triplé depuis l'édition de Kehl, et aujourd'hui encore de nouvelles lettres ne cessent d'apparaître. Mais la constitution du corpus épistolaire voltairien reste un exercice hasardeux car, à côté d'un certain nombre de lettres que Voltaire a soigneusement préparées (certains diraient falsifiées...) en vue d'une publication, immédiate ou éventuelle, nous trouvons une masse de lettres et de billets qui ont survécu plus ou moins par hasard. À nous de chercher la cohérence de l'ensemble et de dessiner ses lignes de force.

Le piège de l'intime

Le XIX*e siècle s'est enthousiasmé pour cette nouvelle découverte qu'était la correspondance de Voltaire, d'autant plus que ses lettres semblaient plus abordables, plus fréquentables aussi, que certains de ses autres écrits. Brunetière n'hésite pas à déclarer que cette correspondance est « la plus merveilleuse, assurément, qu'il y ait dans aucune langue[1] ». Un grand chef-d'œuvre, donc, mais comment le lire ? Comment pénétrer dans un monument aussi imposant ? Michelet suggère une approche possible lorsqu'il décrit la correspondance de Voltaire comme « le grand monument historique du* XVIII*e siècle ». Il est certain que personne d'autre au siècle des Lumières n'a correspondu avec autant de monarques et de ministres, et la tentation est grande de lire ces lettres comme des documents historiques. Le fait que, dans l'édition de Kehl, les lettres à Frédéric II et à Catherine II occupent*

1. *Revue des Deux Mondes*, t. XXXVIII (1880), p. 457.

(avec celles adressées à d'Alembert) des volumes à part, en dehors de la disposition chronologique du reste de la correspondance, souligne leur caractère exceptionnel. C'est un des plaisirs de la lecture des lettres de Voltaire que de voir défiler les événements de la grande histoire avec les menus détails du quotidien. Mais quelle histoire découvrons-nous dans cette correspondance ? Les commentaires de Voltaire sur la Guerre de Sept Ans — « j'aime beaucoup mieux la paix que le Canada, et je crois que la France peut être heureuse sans Québec[1] *» — ou bien sur la guerre des Russes contre les Ottomans — « je maudis Moustapha, et je prie la sainte vierge de secourir les fidèles*[2] *» — nous font sourire, mais ils ne sont pas d'une grande utilité pour l'historien. Lorsque Voltaire écrit à Frédéric II : « je suis toujours affligé de voir un pacha fouler aux pieds la cendre de Themistocle et d'Alcibiade. Cela me fait autant de peine que de voir des cardinaux caresser leurs mignons sur le tombeau de Marc-Aurèle*[3] *», on peut penser que ces lignes sont écrites surtout pour faire plaisir à Frédéric. Ses jugements historiques manquent parfois de perspicacité, comme lorsqu'il refuse de croire aux rumeurs qui courent en 1772 concernant la Pologne : « Je vous avertis que je ne crois pas un mot du partage de la Pologne*[4]. *» Devant le fait accompli, Voltaire peine à comprendre la diplomatie cynique de Frédéric et de Catherine II (lettre 214), et ce n'est que trois ans plus tard qu'il osera avouer, à Frédéric, mais pas à Catherine, qu'il avait été complètement dupé par eux : « Je fus attrapé comme un sot…*

1. Au duc de Choiseul, 6 septembre 1762.
2. À Catherine II, 18 mai 1770.
3. Lettre du 4 septembre 1773.
4. À F. Marin, 15 mai 1772.

Vous autres rois, vous êtes comme les dieux d'Homère, qui font servir les hommes à leurs desseins, sans que ces pauvres gens s'en doutent[1]. »

Si l'on considère que la clairvoyance historique de l'auteur est sujette à caution, alors il pourrait sembler plus prudent d'exploiter la correspondance en tant que document biographique. Mais ici encore, les pièges sont considérables. Le corpus épistolaire voltairien réunit des documents de tous genres et de toutes sortes, allant du billet griffonné sur une carte à jouer jusqu'à l'épître soignée écrite sur du beau papier ; devant une documentation aussi abondante, et devant un auteur passé maître dans l'écriture du style familier, la tentation d'y chercher Voltaire dans son intimité est (presque) irrésistible. Il y a certes des lettres strictement privées, comme celle où il cherche à influencer sa chère nièce Marie-Louise sur son choix de mari (lettre 30), ou celle où il demande auprès de son autre nièce, Marie-Élisabeth, des nouvelles de sa santé (lettre 73). Lorsque plus tard Voltaire adresse des propos amoureux à Marie-Louise, il le fait dans une lettre privée et impubliable : impubliable non pas à cause des obscénités (exprimées en italien), mais à cause de la très grande banalité d'expression (lettre 47). Mais les lettres aussi personnelles et aussi mal écrites que celle-ci sont exceptionnelles. Que penser de la lettre dans laquelle Voltaire propose à Marie-Élisabeth, pastelliste douée, de poser pour elle : « Peignez-vous d'après le nu, madame, et avez-vous des modèles ? Quand vous voudrez peindre un vieux malade emmitouflé, avec une plume dans une main et de la rhubarbe dans l'autre, entre un médecin et un secrétaire, avec des livres et une seringue, donnez-moi la préférence » (lettre 64). Est-ce une lettre intime, ou

1. Lettre du 15 février 1775.

bien une lettre destinée à faire rire toute la famille ? Difficile de saisir le « vrai » Voltaire, lui qui se met en scène en permanence et esquisse son autoportrait avec un œil sur son public.

Voltaire, plus que tout autre épistolier, est en mouvement, toujours à l'écoute de son destinataire, toujours prêt à moduler sa voix selon la personnalité et les attentes de celui ou celle à qui il s'adresse : « Je suis Catherin et je mourrai Catherin », écrit-il à l'impératrice de Russie[1]*. Bien entendu, il est très flatteur pour ses correspondants de trouver toujours en Voltaire une plume si attentive ; mais cela ne produit pas forcément des lettres révélatrices de la pensée profonde du philosophe. « Je sens et pense tout comme vous », écrit Mme Du Deffand à Voltaire*[2] *— et pour cause, car il lui écrit avec l'unique idée de lui plaire. Il est normal que Voltaire adopte un ton déférent en s'adressant à l'abbé d'Olivet, son ancien professeur de collège (lettres 66 et 154), comme il est normal que, lorsqu'il raconte à d'Alembert que cet ancien professeur était adepte du fouet, il adopte un ton très différent (lettre 186). Les lettres sont à interpréter comme n'importe quel autre texte littéraire, et le biographe de Voltaire se trouve confronté à un problème majeur : on trouve bien sûr dans ses lettres des reflets et échos de la vie de tous les jours, ce qui ne peut que nous séduire — comme lorsqu'il écrit une petite épître en vers pour remercier le directeur des postes à Lyon après son envoi de petits pois et d'artichauts (lettre 222), ou encore quand il demande au cardinal de Bernis d'intervenir auprès du pape Clément XIV pour avoir la permission que son aumônier, jésuite s'entend, puisse porter la perruque*

1. Lettre du 18 mai 1770.
2. Lettre du 1er octobre 1759.

pendant qu'il lui lit la messe[1]. *Mais les aperçus de la vie au château de Ferney, aussi irrésistibles soient-ils, ne nous brossent pas un portrait de la vie intime du grand homme, bien au contraire : ils livrent plutôt les détails que Voltaire lui-même souhaite révéler sur sa vie intime, ce qui n'est pas du tout la même chose. Il serait extrêmement hasardeux de construire une vie de Voltaire uniquement à partir de sa correspondance — le même problème, et la même tentation, se présentent dans le cas de la délicieuse correspondance de George Sand. L'auteur qui tenterait de faire une vie de Voltaire à partir de ses lettres finirait par écrire une biographie autorisée, par tomber dans le piège que nous tend le Voltaire épistolaire, c'est-à-dire de croire aux fables dont il nous régale.*

Les lettres et l'œuvre

Si la correspondance nous aide moins qu'on n'aurait pu le penser pour écrire la vie de Voltaire, elle n'en est pas moins essentielle pour comprendre son activité d'écrivain. Lorsque Voltaire envoie ses pièces au comte d'Argental à Paris, lorsqu'il envoie des billets à son imprimeur genevois Cramer, nous pouvons retracer la genèse des œuvres jusque dans les péripéties de l'impression des ouvrages. Il y a donc d'importantes continuités entre l'œuvre et la correspondance, même si celle-ci présente souvent de grandes lacunes dans ce domaine. Les nombreux billets envoyés à l'imprimeur Cramer nous donnent un sens précis de son remarquable rythme de travail et de sa grande compréhension du monde de l'imprimerie — et de ses talents de rhétoricien aussi, quand une affaire est urgente. En

1. Lettre du 12 juin 1769.

composant un ouvrage, Voltaire écrit des lettres pour s'informer et faire des recherches : le 30 juin 1770, il écrit deux billets au pasteur Moultou à Genève, le premier pour solliciter son aide afin de retrouver une source biblique, le deuxième pour lui annoncer qu'il a déjà trouvé la solution (lettres 201 et 202). Lorsque Voltaire entreprend d'éditer le théâtre de Corneille, il doit recruter des souscripteurs pour cette édition de prestige et pendant l'été de 1761 il compose de nombreuses lettres dans lesquelles il explique la méthode et la philosophie de son édition ; c'est ainsi qu'en s'adressant aux futurs souscripteurs, Voltaire aborde toute une série de questions de poétique, d'esthétique et de technique théâtrale qui seront au cœur de son commentaire sur Corneille. Ce n'est aucunement une exagération de dire que les Commentaires sur Corneille *prennent naissance dans la correspondance.*

Les lettres jouent aussi un rôle central dans la réception de certains ouvrages, d'autant plus que Voltaire préfère ne pas signer, ou signer avec un pseudonyme, les plus incendiaires. Le Dictionnaire philosophique portatif, *qui paraît anonymement en 1764, est un bon exemple : « Dieu me préserve, mon cher frère, d'avoir la moindre part au* Dictionnaire philosophique portatif *! J'en ai lu quelque chose ; cela sent terriblement le fagot » (lettre 135) : Voltaire s'adresse ici à son ami et factotum à Paris, Damilaville, en sachant parfaitement que celui-ci ne manquera pas de montrer cette lettre à d'autres intéressés. Parfois, il s'agit carrément d'une lettre ostensible, destinée à être montrée au plus grand nombre : « Ce recueil est de plusieurs mains », écrit-il à d'Alembert, toujours à propos du* Portatif, *« Je ne sais par quelle fureur on s'obstine à m'en croire l'auteur » (lettre 136). Dans sa longue campagne pour nier sa paternité du* Portatif *tout en la revendiquant* *à mots couverts, la correspondance joue un rôle de premier plan.*

Le lien précis entre l'œuvre et la correspondance est donc complexe et variable : le cas de Candide *le montre bien. Le roman est publié début 1759 sans qu'il y en ait la moindre trace dans les lettres au cours des mois précédents : silence sans doute hautement stratégique, car Voltaire comptait sur l'effet choc de la publication*[1]*. On trouve en revanche dans les lettres, depuis son installation aux Délices quatre ans auparavant, de nombreuses allusions au jardin qu'il y cultive : « C'est votre jardinier, Monsieur, qui vous écrit aujourd'hui » (lettre 70), déclare-t-il à Jean-Robert Tronchin. La nécessité de « cultiver son jardin » est ainsi établie comme un thème dans la correspondance longtemps avant de réapparaître dans la conclusion de* Candide *: est-ce l'œuvre d'art qui imite la vie, ou bien une œuvre d'art qui en imite une autre ? Dès que le roman est publié, le jeu du déni commence, et le rôle de la correspondance change. « Qui sont les oisifs qui m'imputent je ne sais quel* Candide *? » (lettre 89) : la tactique du désaveu est avérée. Toutefois le motif de la culture du jardin ne disparaît pas, et Voltaire peut se comparer avec ce personnage de roman comme s'il s'agissait d'un proche : « Je cultive de plus beaux jardins que ceux de Candide », écrit-il à Sébastien Dupont*[2] *; ou encore, à sa nièce Marie-Élisabeth, « Cultivons donc notre jardin comme Candide*[3] *». Lorsqu'il raconte aux d'Argental l'horreur d'un autodafé qui vient de se produire à Lisbonne, il se demande naturellement*

1. Voltaire envoya un manuscrit de *Candide* au duc de La Vallière en 1758 ; mais leurs échanges restèrent strictement confidentiels.
2. Lettre du 6 octobre 1759.
3. Lettre du 31 mai 1761.

quelle serait la réaction de son personnage : « Que dira Candide[1] *? ». Dans ces cas, les lettres de Voltaire prolongent l'œuvre sous une autre forme, manière de gommer les frontières qui séparent les œuvres les unes des autres.*

La République des lettres

Les lettres sont aussi à prendre comme des écrits à part, indépendants du reste de l'œuvre. Essentiel pour notre image du siècle des Lumières est le concept de la République des Lettres, cette vision, souvent idéalisée, du philosophe qui entretient des relations avec les plus grands penseurs de l'Europe par le moyen de la lettre (voir le graphique p. 550). Voltaire est au centre d'un vaste réseau d'intellectuels européens : parmi ses correspondants on compte non seulement les philosophes français, d'Alembert, Diderot, Jean-Jacques Rousseau, Maupertuis, Buffon, mais aussi Lessing, Goldoni et d'autres. Voltaire se sert de la lettre pour formuler et pour échanger ses idées, et son premier grand interlocuteur philosophique est le jeune prince Frédéric : « Vous m'ordonnez, Monseigneur, de vous rendre compte de mes doutes métaphysiques », lui écrit-il dès 1737 (lettre 28). Voltaire parle au prince de leur commercium epistolicum, *leur « commerce épistolaire » (lettre 31), et Frédéric lui déclare sans ambages que leurs échanges lui sont devenus « indispensables » :*

> Être en correspondance c'est être en trafic de pensées, mais j'ai cet avantage de notre trafic, que vous me donnez de retour de l'esprit et des vérités. Qui pourrait

1. Lettre du 24 octobre 1761.

être assez brut ou assez peu intéressé pour ne pas chérir un pareil commerce ? En vérité Monsieur quand on vous connaît une fois on ne saurait plus se passer de vous, et votre correspondance m'est devenue comme une nécessité indispensable de la vie ; vos idées servent de nourriture à mon esprit[1].

Une correspondance philosophique suppose souvent une communauté de penseurs, et lorsque Voltaire échange des lettres avec Puchot des Alleurs (lettre 33) à l'époque où il vit au château de Cirey, il est entendu que leur correspondance sera partagée pleinement avec Émilie Du Châtelet. On sait comment le tremblement de terre de Lisbonne en 1755 a stimulé une réflexion philosophique sur l'existence du mal ; Voltaire réagit immédiatement en publiant son Poème sur le désastre de Lisbonne, *mais c'est dans ses lettres, notamment à Élie Bertrand (lettres 74, 75), qu'il nuance et développe sa position sur l'épineux « tout est bien », et cela longtemps avant d'entamer* Candide.

*Voltaire a adressé plus de cent lettres à Élie Bertrand, ce pasteur de Berne qui collabora à l'*Encyclopédie, *et l'ensemble de leurs échanges reste un document philosophique de première importance. Mais l'image d'une paisible République des Lettres, en quelque sorte issue de l'humanisme, où les réseaux de correspondance facilitaient la dissémination et l'échange des idées dans l'harmonie serait par trop aseptisée. Car cette République des Lettres était d'abord animée par ses querelles, et Voltaire en était le querelleur incontesté ; une partie importante de sa correspondance est constituée d'échanges venimeux à propos de ses ennemis, et ces derniers deviennent de plus en plus nombreux à mesure que les années passent. La lettre voltairienne*

1. Lettre du 19 novembre 1737.

est le véhicule de querelles autant que d'échanges intellectuels.

Difficile aussi de s'extasier sur les plaisirs intellectuels des échanges épistolaires sans tenir compte des problèmes matériels posés par la poste — le sujet est récurrent dans les lettres de Voltaire. La poste coûte cher au XVIIIe *siècle, et c'est la personne qui reçoit le courrier qui paie : dans ces conditions, la célébrité a littéralement son prix, car on est obligé de payer pour tous les inconnus qui se mettent en tête de vous écrire, et il arrive à Voltaire de se plaindre du « nombre prodigieux de lettres anonymes » (lettre 171) qui lui sont adressées*[1]*. Au château de Ferney, le secrétaire de Voltaire conservait un livre de cachets de ses divers correspondants pour pouvoir identifier le courrier qui arrivait, et pour pouvoir éventuellement refuser les lettres que son maître ne souhaitait pas lire (lui épargnant ainsi des dépenses inutiles) : c'est une des gloires de Voltaire, une parmi d'autres, que d'avoir été l'inventeur du filtre anti-spam.*

La République des Lettres encourageant la libre expression était un bel idéal, mais la censure de la poste demeurait une réalité. L'échange des idées en toute liberté est une notion qui plaît aux philosophes autant qu'elle effraie les gouvernements, et le célèbre Cabinet noir existait en France depuis Richelieu — Voltaire en parle, avec son ironie habituelle, dans un article sur la « Poste[2] *». Depuis l'Angleterre, Voltaire écrit à son ami Thieriot en anglais (lettre 15), en partie pour faire étalage de sa maîtrise de cette nouvelle langue, en partie aussi pour déjouer la censure du côté français ; et au moment où il cherche à jouer*

1. Voir en Annexes, p. 539.
2. Voir ce texte en Annexes, p. 541.

au diplomate en transmettant à Versailles des renseignements sur la cour de Prusse, il envoie des lettres codées (lettre 40). Ce n'est pas seulement dans les romans épistolaires que les lettres peuvent représenter un danger : « Vous pouvez compter sur une discrétion égale à mon zèle. Je ne garde aucune lettre, je les brûle toutes, dès que j'en ai fait usage », écrit Voltaire à Mme Bentinck lorsqu'il se trouve à Berlin[1]*, et toujours à la même correspondante : « Les histoires de la cour de Berlin sont plaisamment honteuses. La nature ne s'accommode pas de bien des choses qu'on voit dans ce monde. J'ai brûlé votre lettre, ayez la même bonté pour la mienne*[2] *» : autant d'allusions à des lettres que nous avons perdues...*

La lettre comme objet matériel

Le lecteur de la correspondance de Voltaire ne peut pas ignorer les conditions matérielles concernant l'expédition du courrier. Si Voltaire envoie autant de lettres à Damilaville, c'est parce que ce dernier, dans sa position officielle de premier commis du bureau du Vingtième, bénéficie de privilèges particuliers en ce qui concerne la poste. De même Mme Du Deffand rassure Voltaire : il peut tout lui envoyer en passant par la duchesse de Choiseul :

> La grand-maman a ses ports francs. J'ai toujours oublié de vous le dire. Mais comment en avez-vous pu douter ? femme d'un ministre, d'un secrétaire d'Etat, et par-dessus tout d'un surintendant des postes ? et quand elle ne les aurait pas, croyez-vous qu'elle

1. Lettre du 24 mars 1751.
2. Lettre du 13 avril 1751.

plaignît les frais ? Je ne les plaindrais pas moi s'il y avait sûreté que les paquets me parvinrent. Envoyez donc Monsieur sans nulle réserve, sans nulle discrétion, je n'ose pas dire tout ce qui sortira de vos mains, mais tout ce qui tombera entre vos mains[1].

Malgré toutes ces précautions, Voltaire a des soucis permanents avec des paquets qui se perdent (lettres 26, 117), et il sait que ses lettres sont interceptées : comme il le dit à Mme Denis, « ce qu'on mande par la poste est bientôt su » (lettre 59). Les censeurs n'étaient pas d'une subtilité excessive, et il arrive à Voltaire de recevoir des lettres marquées « paquet suspect » en encre rouge (lettre 148)... « La plupart des lettres sont ouvertes à la poste » (lettre 149), écrit-il à d'Alembert, et il raconte à celui-ci qu'un ministre vient de lui citer dans une lettre une remarque que d'Alembert avait faite à lui Voltaire, dans une lettre antérieure. Non seulement les lettres sont lues mais les livres envoyés par la poste sont confisqués :

Vous n'êtes pas le seul, Monsieur, qui ayez éprouvé l'infidélité des coches. Je me suis aperçu que peu de ces paquets sont parvenus à leur adresse. Apparemment que la nouvelle inquisition qui opprime les belles lettres et la librairie est la cause de ces suppressions[2].

La censure devient ainsi un leitmotiv *de la correspondance, et Voltaire n'hésite pas à renchérir sur le thème (lettre 88) :*

Les lettres qui étaient autrefois la peinture du cœur, la consolation de l'absence, et le langage de la vérité, ne sont plus que de tristes et vains témoignages de la

1. Lettre du 8 février 1769.
2. Lettre du 30 juin 1744.

> crainte qu'on a d'en trop dire, et de la contrainte de l'esprit. On tremble de laisser échapper un mot qui peut être mal interprété ; on ne peut plus penser par la poste.

Voltaire, comme toujours, finit par tourner en dérision les obstacles qu'on lui impose, et la censure de la poste devient un beau sujet de ridicule. L'exemplaire de La Pucelle *qu'il expédie à Mme Du Deffand est bien sûr confisqué : « Aucun livre ne peut entrer par la poste en France sans être saisi par les commis, qui se font depuis quelque temps une assez jolie bibliothèque, et qui deviendront en tout sens des gens de lettres » (lettre 132).*

Une seule lettre peut avoir de multiples lecteurs, parfois pour des raisons pragmatiques, comme lorsque, pressé par le temps, Voltaire demande au comte d'Argental de montrer sa lettre à un tiers : « La poste qui va partir m'empêche d'écrire à M. de Thibouville ; je vous prie de lui communiquer ma lettre[1] *». Très souvent, lorsqu'il écrit à Paris, Voltaire insère une lettre à l'intérieur d'une autre, en partie pour des raisons d'économie, en partie aussi pour susciter un sentiment de complicité parmi les confrères. Damilaville, son homme à tout faire à Paris, connaît bien Diderot et d'Alembert, et se trouve également en contact avec d'Argental, Helvétius, Grimm, Élie de Beaumont, Thieriot : il joue ainsi un rôle essentiel dans le rayonnement parisien du courrier de Voltaire. Dans une lettre que Voltaire lui envoie, il en glisse une autre pour d'Alembert (qu'il appelle familièrement Protagoras) : « Voici un petit mot pour Protagoras qui est d'une autre nature. Tout ce qui est dans ce billet est*

1. Lettre du 30 janvier 1773.

pour vous comme pour lui ; tout est commun entre les frères » (lettres 169 et 170). Lorsqu'il écrit à Damilaville, il inclut « une lettre à cachet volant » (lettre 115), c'est-à-dire une lettre ouverte, pour qu'il puisse la lire : « Je vous envoie mes lettres ouvertes : il me semble que tout ce que j'écris est pour vous » (lettre 117). Dans ces cas-là, Voltaire écrit une lettre « personnelle » à d'Alembert, en sachant qu'elle sera lue aussi par Damilaville ; aurait-il écrit différemment dans une lettre qui ne serait pas passée par un intermédiaire ? Il semble en tout cas qu'il y ait différents degrés d'intimité et qu'il faille conserver une distinction entre la personne qui reçoit la lettre et son (ou ses) destinataire(s). Dans une lettre à Damilaville (lettre 115), Voltaire inclut une lettre pour Diderot, un « petit billet » pour Thieriot — « je fais mes lettres courtes, pour ne pas trop enfler le paquet » — et une troisième lettre qu'il lui demande de remettre à la poste : « Oserais-je vous supplier de faire parvenir, par la petite poste, cette lettre à Mme Belot ? » — Voltaire arrive ainsi à envoyer quatre lettres pour le prix d'une.

La lettre en tant qu'objet matériel est une préoccupation constante dans cette correspondance. Voltaire, qui jouit tôt d'une grande célébrité, est parfaitement conscient de la valeur de son manuscrit ; il s'excuse lorsqu'il se trouve obligé de dicter une lettre, car il sait que le don du manuscrit est précieux pour son destinataire : « Pardon, Monsieur, si je n'ai pas écrit de ma main[1] » ; et à d'Alembert, « Je ne vous écris pas de ma main, je suis malade[2] ». Même Mme Du Deffand, devenue pourtant aveugle à cette date, se dit particulièrement touchée par une lettre de la main de

1. Lettre du 20 septembre 1760.
2. Lettre du 17 octobre 1762.

Voltaire : « Je suis ravie de voir que vous vous portez à merveille. Mon secrétaire lecteur prétend que votre dernière lettre est toute de votre main. Rien, non, rien n'est affaibli en vous, j'en suis sûre[1] ».

Domaine privé, domaine public

La définition la plus simple d'une lettre, selon laquelle elle serait une communication privée entre deux individus, s'avère trop simpliste pour un grand nombre de lettres de Voltaire. Souvent ses lettres visent de multiples destinataires, comme nous l'avons vu, et parfois les lettres qu'il reçoit proviennent également de plusieurs personnes : Mme Du Deffand explique dans une lettre à Voltaire que la duchesse de Choiseul voudra lire sa lettre avant qu'elle ne soit mise à la poste[2]*... La lettre au* XVIII*e siècle est ainsi une communication à caractère privé dans une sphère partiellement publique, ce qui n'est pas sans rappeler les médias sociaux d'aujourd'hui, et elle soulève précisément le même type de problèmes et d'ambiguïtés. La célébrité de Voltaire donne un statut unique à tout ce qui sort de sa plume, et tout ce qui le concerne devient sujet à rumeurs : dès 1737, donc très tôt dans leurs relations, le prince Frédéric peut écrire à Voltaire : « Monsieur, ne vous embarrassez nullement du bruit qui s'est répandu sur la correspondance que j'ai avec vous ; ce bruit ne nous peut faire de la peine ni à l'un ni à l'autre*[3]*. »*

La tension entre le domaine privé et le domaine public est au cœur de cette correspondance : Voltaire

1. Lettre du 22 mai 1775.
2. Lettre du 21 mars 1769.
3. Lettre du 8 février 1737.

écrit parfois avec l'intention que sa lettre soit divulguée, mais il est aussi parfaitement conscient qu'une lettre, et surtout une lettre qui porte son nom, risque non seulement d'être montrée mais même recopiée, ce qui n'est pas sans risque pour lui. La marquise du Châtelet, soucieuse de la bonne réputation de son compagnon, se confie au comte d'Argental :

> Une chose qui me désole encore, c'est le prodigieux commerce des lettres qu'il entretient avec des gens qui ne désirent ses lettres que pour les aller lire dans les cafés. Je sais que quand on a reçu une lettre de lui on n'a rien de plus pressé que de la lire à tous ceux qui veulent l'entendre, et il est bien difficile d'écrire toujours des choses faites pour le public. Je vous demande en grâce de lui mander en général, qu'il écrit trop et que ses lettres lui font tort. Il y a toujours à perdre à se prodiguer, et de toutes les façons de se prodiguer, celle des lettres est la plus dangereuse[1].

Il est important d'essayer de distinguer dans le corpus épistolaire entre la très grande majorité des lettres censées rester privées, et celles, peu nombreuses, que Voltaire cherchait ou songeait à publier. Très tôt, en 1716, Voltaire publie une lettre en vers et en prose dans un journal (lettre 3), et dans un tel cas, on peut penser que la lettre avait été dès le départ conçue pour la publication. Voltaire publie souvent dans la presse des lettres concernant ses propres livres (lettre 190). Il écrit à l'éditeur Lacombe à propos d'une réédition du Siècle de Louis XIV, *et puis glisse à la fin de sa lettre la suggestion que Lacombe pourrait lui-même la publier dans un journal — ce que d'ailleurs il a obligeamment fait (lettre 172). Ces « lettres » sont en réa-*

1. Lettre du 28 décembre 1736.

lité des articles de presse rédigés sous forme de lettres, tandis que d'autres lettres, plus longues, paraissent sous forme de petite brochure.

Voltaire voulait insister auprès de son public sur la conception novatrice de son Siècle de Louis XIV *: il le fait en écrivant deux lettres programmatiques, la première adressée à Dubos en 1738 (lettre 32), la deuxième à l'anglais Hervey en 1740 (lettre 36). Il y a aussi la célèbre lettre par laquelle Voltaire accuse réception du* Discours sur l'inégalité *de Jean-Jacques Rousseau (lettre 72), qu'il publie dès 1755, d'abord dans la première édition d'une tragédie,* L'Orphelin de la Chine, *et ensuite dans le* Mercure de France. *Il est possible aussi de « publier » une lettre en faisant circuler des copies manuscrites, sans obligatoirement la faire imprimer : lorsqu'en 1756, le grand médecin genevois Théodore Tronchin est invité à inoculer des enfants de la famille royale contre la variole, Voltaire lui adresse une magnifique épître en vers et en prose pour le féliciter et pour célébrer cette victoire de la pensée empirique sur les forces de l'obscurantisme (lettre 77). Les nombreuses copies contemporaines de cette lettre prouvent qu'elle a très largement circulé sous sa forme manuscrite, sans doute avec l'approbation de Voltaire ; qu'une de ces copies ait fini par être publiée dans un journal n'était pas pour lui déplaire, même si cette publication s'est faite à son insu.*

Publier la correspondance

Voltaire n'a jamais pensé à réunir ses lettres sous une rubrique « correspondance », comme l'ont fait les éditeurs de l'édition de Kehl après sa mort. Mais il tenait à publier ponctuellement certaines lettres, comme nous l'avons vu, et il en a inclus un certain nombre, de façon très sélective, dans les éditions collectives de ses écrits. Dans l'édition publiée en deux tomes chez Étienne Ledet à Amsterdam en 1732, Voltaire insère, à côté de son poème épique La Henriade et de ses pièces de théâtre, des « Pièces fugitives, écrites à l'âge de dix-sept ou dix-huit ans » qui comprennent des lettres en vers et en prose : ce sont les premières lettres qu'il a souhaité publier (parmi elles, les lettres 3 et 7). Les Nouveaux Mélanges philosophiques, historiques, critiques, qui paraissent anonymement en trois parties chez Cramer à Genève en 1765, fournissent un autre exemple. Voltaire réunit dans cette édition un petit nombre de lettres, sans pourtant les présenter comme un échantillon de sa correspondance. Cramer inclut, à côté d'autres œuvres en vers et en prose, six lettres de Voltaire, dispersées dans le volume. Celles-ci ne paraissent pas dans une rubrique séparée : mélangées avec les autres écrits, elles constituent plutôt des essais, ou, comme lui-même le dit, des « petits chapitres ». Ces textes possèdent un statut particulier puisqu'ils ont pour origine de vraies lettres ; mais ils sont présentés plutôt comme des œuvres du philosophe que des extraits de la « correspondance ». Ces six lettres, très variées, s'adressent à d'Argens, à d'Olivet, au roi Stanislas (lettre 114), à Formey (lettre 58), à Thomas (lettre 151) et à Mme de Pompadour (lettre 46), et elles sont toutes, sauf la première, classées sous une rubrique « Pièces fugitives ». Mais ce cas reste exceptionnel. Le fait que, pour les Nouveaux Mélanges de 1765, Voltaire ait pu réunir ces six lettres (dont celle à Mme de Pompadour, qui remontait à vingt ans), laisse à penser qu'il en avait gardé des copies (ce qui n'était pas son habitude) — à supposer toujours, *comme nous le faisons ici, qu'il s'agisse effectivement de « vraies » lettres…*

Le genre de la lettre reste délicieusement instable. Voltaire compose couramment des œuvres qui portent « Lettre » dans leur titre, et nous venons de voir comment il fabriqua des « chapitres » à partir de « vraies » lettres — impossible de savoir, bien sûr, dans quelle mesure Voltaire réécrit une lettre pour qu'elle soit publiée (car nous disposons rarement du manuscrit de la première mouture), comme il est impossible de savoir si Voltaire, lorsqu'il composait une lettre, avait déjà en tête un projet de publication (mais le simple fait d'avoir conservé la copie d'une lettre peut être considéré comme un indice). Entre les lettres apparemment intimes et celles que Voltaire souhaite diffuser, la frontière n'est pas nette, et une zone d'ombre demeure autour des lettres publiées sans son aval. Il arrive qu'une lettre échappe à son contrôle et finisse par être publiée : on écrit à Voltaire, en vers, pour lui annoncer qu'on a donné son nom à un vaisseau ; obligé d'accuser réception de cette missive, Voltaire répond tardivement, brièvement, et en prose, mais même cette réponse, on ne peut plus minimale (lettre 183), finit dans les pages du Mercure. *À un certain Monsieur Seguy qui voudrait publier une lettre de Voltaire vieille de trente ans, la réponse de Voltaire est ferme : « Ce serait montrer à un homme fait ses langes et sa bavette[1]. » Lorsque le poète Le Brun voulait en 1760 secourir la jeune Mlle Corneille, il adressa une lettre et une longue ode à Voltaire, qui répondit poliment (mais en prose) : l'ensemble de ces échanges paraît à Genève sous le titre* Ode et lettres à M. de Voltaire, en faveur de

1. Lettre du 29 octobre 1741.

la famille du grand Corneille, par M. Le Brun. *Voltaire n'était sûrement pas hostile à la parution de sa lettre, qui ne pouvait que le flatter, mais nous ne savons pas s'il a donné à l'avance son accord à cette publication. Le même problème se pose pour les nombreuses lettres de Voltaire qui parurent dans la* Correspondance littéraire, *ce journal manuscrit dirigé par Grimm et destiné à une élite européenne. À partir de 1763, les lettres adressées par Voltaire à Damilaville (qui meurt en 1768) sont insérées dans la* Correspondance littéraire *sous forme de feuilleton, dans une rubrique « Correspondance du patriarche », et d'autres lettres paraissent après la mort de Damilaville, comme les deux missives adressées à Suzanne Necker (lettres 199 et 200). Il demeure difficile de savoir dans quelle mesure Voltaire était complice de ces publications ; et, de toute façon, même s'il en avait été informé et s'y était opposé, il aurait difficilement pu en interrompre le cours. La célébrité de Voltaire est telle que peu de ses lettres restent entièrement dans le domaine privé.*

Prix de cette célébrité, dans les années 1765 et 1766, trois recueils de lettres de Voltaire sont publiés sans son aval, dont un, Monsieur de Voltaire peint par lui-même, *avait été conçu dans un but ouvertement polémique. Voltaire réagit contre ces publications, non pas parce qu'elles rendaient publiques des communications considérées comme « privées », mais parce que les éditeurs de ces recueils avaient, d'après lui, falsifié les lettres. Plus tard, Voltaire allait lui-même publier une sorte d'autobiographie, le* Commentaire historique sur les œuvres de l'auteur de La Henriade *(1776), dont la deuxième moitié consistait en un recueil d'une trentaine de « lettres véritables », choisies pour montrer sous leur meilleur jour des aspects différents de la vie du patriarche de Ferney*[1].

La lettre comme outil de propagande

Il y avait suffisamment de lettres en circulation pour que, dès le début des années 1760, Voltaire commence à être cité comme modèle à imiter. Dans ses Modèles de lettres sur différents sujets, *un manuel qui parut en 1761 et qui était réédité encore après la Révolution, Philipon de La Madelaine cite comme modèles de l'art épistolaire huit lettres de Voltaire, dont la lettre au poète Le Brun qui vient d'être évoquée, une lettre à Frédéric II, et la lettre à Dubos sur* Le Siècle de Louis XIV *(lettre 32). Il est nécessaire de comprendre le grand retentissement des lettres de Voltaire pour apprécier l'influence politique qu'elles ont exercée. Et Voltaire lui-même le dit : « moi j'écris pour agir*[2] ».

Il ne faut pas juger de l'importance de la correspondance de Voltaire dans le mouvement des Lumières à partir des échanges avec des individus comme Puchot des Alleurs — qui restent, en général, confidentiels ; dès que Voltaire maîtrise le moyen de faire résonner son message par le moyen de lettres qui visent de multiples destinataires et qui sont susceptibles d'être recopiées, la correspondance devient pour lui un outil de propagande essentiel. C'est sans doute l'affaire Calas au début des années 1760 qui apprit à Voltaire com-

1. Parmi les lettres retenues dans le *Commentaire historique* figurent dans le présent volume les lettres 35 (au comte de Caylus), 150 (à Mlle Clairon), 213 (à Duvernet), 223 (au prince Golitsin) et 237 (au baron de Faugères).
2. Lettre à Jacob Vernes, 15 avril 1767.

ment se servir de sa correspondance comme instrument d'action. Loin de Paris, c'est par le moyen de ses lettres que Voltaire cherche à forger une unité dans son « petit troupeau » (lettre 117) de philosophes — et il se sert volontiers d'expressions d'origine biblique pour caractériser ce groupe de disciples : « Je vous embrasse dans la communion des fidèles » (lettre 147), écrit-il à Helvétius. Voltaire invente une devise pour cette campagne, et à partir de 1760 ses lettres à Damilaville et à d'Alembert sont émaillées du slogan « Écraser l'infâme » (lettre 129), abrégé souvent en « Écrl'inf » (lettre 135). À Damilaville, il écrit en 1765 : « Mon cher frère, écr l'inf. Je ne suis occupé que d'écr l'inf. C'est la consolation de mes derniers jours. Dites écr l'inf à tous ceux que vous rencontrerez » (lettre 142).

C'est à cette époque que Voltaire se rend compte que sa célébrité est un atout puissant dans son combat pour encourager l'émergence d'une opinion publique, en France comme à l'étranger : « Vous me demanderez, écrit-il au comte et à la comtesse d'Argental, pourquoi je m'intéresse si fort à ce Calas qu'on a roué. C'est que je suis homme, c'est que je vois tous les étrangers indignés » (lettre 124). Au moment de l'affaire Sirven, Voltaire s'adresse à Desinnocends, un des juges qui avaient voté l'exécution de Calas, pour lui parler du « cri public » devant l'injustice commise (lettre 145). « On crie contre les philosophes, déclare-t-il à d'Alembert en 1765. On a raison, car si l'opinion est la reine du monde, les philosophes gouvernent cette reine. Vous ne sauriez croire combien leur empire s'étend » (lettre 149). Voltaire dresse un inventaire des griefs des Sirven, obligés de fuir la France, et il explique sa stratégie à Damilaville : « J'enverrais ce précis à tous les princes protestants et à l'impératrice de l'Église grecque… Je veux soulever l'Europe en faveur des Sir-

ven » (lettre 152) : le rôle des lettres dans cette campagne est, on le voit ici, primordial.

Les styles épistolaires

Si Voltaire est passé maître dans l'art de composer des lettres qui pèsent sur la scène politique, serait-il moins habile dans l'art de la lettre intime ? D'après l'abbé de Voisenon, Émilie Du Châtelet possédait huit volumes in-quarto des lettres de Voltaire[1] *— aujourd'hui perdues, ces lettres représentent incontestablement la perte la plus regrettable du corpus épistolaire — et ce trésor disparu révélerait peut-être un Voltaire intime que nous ne connaissons pas ailleurs. À en juger par les lettres que nous possédons, celles qu'on a choisi de ne pas détruire, il est malaisé de cerner avec précision la sensibilité de Voltaire : on est confronté à ce que Vincent Kaufmann a appelé l'équivoque épistolaire, car les lettres qu'on pense être destinées à rapprocher les gens finissent par sceller l'éloignement entre l'épistolier et son destinataire.*

Flaubert s'exaspère devant le ton affirmatif de Voltaire dans ses lettres : « Mais il n'a jamais été capable que de cela, *le grand homme ! c'est-à-dire* d'exposer son opinion personnelle*; et tout chez lui a été cela*[2]*. » Voltaire s'exprime certes avec grande énergie, mais cette voix voltairienne, constamment mise sur le devant de la scène, est celle d'un acteur qui change de masque en permanence. La lettre voltairienne est surtout et avant tout un outil pour la représentation*

1. Voir le texte de Voisenon en Annexes, p. 544.
2. Lettre à Louise Colet, 26 août 1853 (il s'agit de la suite du propos placé en exergue de cette préface, p. 7).

de soi. Voltaire, qu'il publie ou non ses lettres, a forcément des modèles épistolaires en tête. Le XVII*e siècle offrait peu d'exemples, même si Voltaire était un grand admirateur de Mme de Sévigné, « la première personne de son siècle pour le style épistolaire*[1] *», dont les lettres « privées » font l'objet d'une première édition en 1725 seulement. Les modèles qui ont le plus influencé Voltaire épistolier sont les auteurs latins qu'il a connus au collège, Cicéron et Pline le Jeune. Pline, par exemple, écrit, comme Voltaire, sur des sujets très variés, et comme chez Voltaire, il existe un clivage entre les lettres écrites aux amis et celles, publiées dans un volume séparé, à l'empereur. En 1716, Voltaire, alors en exil, écrit à un correspondant, « Je chasse peu, je versifie beaucoup*[2]*... », faisant écho à une célèbre lettre de Pline*[3]*. Très vite, Voltaire se libère de ces premiers modèles. Tandis qu'en d'autres domaines, comme la tragédie ou la poésie épique, Voltaire est un « Ancien » qui respecte les genres classiques, dans le domaine de l'épistolaire il jouit pleinement de la liberté totale que lui accorde cette forme. Le « genre » de la lettre est d'une infinie souplesse et permet à Voltaire d'expérimenter en permanence. Nous trouvons chez lui toute une gamme de performances épistolaires, allant du billet intime au pamphlet de propagande. Son goût pour la poésie ne le quitte jamais : jeune homme il compose des épîtres en vers et en prose, dans le style d'un Chaulieu, et il continue à incorporer des vers dans ses lettres tout au long de sa vie, notamment dans les lettres à des amis comme Cideville. On ferait une belle anthologie de poésie à partir de la seule cor-*

1. Voltaire, *Le Siècle de Louis XIV*, Folio classique, p. 555.
2. Lettre du 1er septembre 1716.
3. *Lettres*, I, 7 (lettre à Tacite).

respondance de Voltaire, et certains de ses meilleurs poèmes s'y trouvent, comme par exemple les vers « Si vous voulez que j'aime encore… » (lettre 38) dans une lettre à Cideville.

Variété dans le genre, et variété dans le style. Écrire une lettre à un ministre pour lui demander un service requiert évidemment une rhétorique particulière : seul Voltaire ose rédiger une demande au duc de Choiseul, tantôt en pastichant le discours biblique (lettre 196), tantôt en parodiant le langage d'un potentat oriental (lettre 165). C'est ainsi que la sensibilité voltairienne s'exprime dans un jeu de masques perpétuel, où pour chaque grand correspondant, Frédéric II, d'Alembert, Mme Du Deffand, il s'évertue à trouver la tonalité exacte qui convient à la personne et à la situation. Avec la duchesse de Choiseul, le jeu consiste à être un simple prote du nom de Guillemet (lettre 189) — et ce n'est peut-être que grâce à ce masque qu'il peut se permettre d'appeler cette grande dame « Madame Gargantua » (lettre 192). Ces jeux apparemment privés l'étaient un peu moins qu'on ne pourrait le penser ; Mme de Choiseul, par exemple, a dû montrer sa correspondance avec Voltaire à Mme Du Deffand, qui écrit à Voltaire que « sa correspondance avec M. Guillemet est ravissante[1] ». L'usage des masques n'était pas entièrement sans risque d'embrouillamini : Mme de Choiseul adressa une lettre pour Voltaire à « M. Guillemet », et demanda à son mari de la lui faire envoyer par Hennin, le résident de France à Genève ; Choiseul, occupé sans doute par les affaires de son ministère, fit envoyer la lettre de sa femme par la poste normale : fait remarquable, la lettre adressée à Guillemet (datée du 8 février 1769) arriva quand même à destination

1. Lettre du 21 mars 1769.

— même les agents de la poste semblent avoir été au courant de ces jeux littéraires.

Souvent, pour séduire son correspondant, Voltaire a recours à un intertexte littéraire : pour prévenir d'Alembert contre les charmes trompeurs de Frédéric II, quel meilleur moyen que de citer le Roland furieux *de l'Arioste et de comparer le roi à l'enchanteresse Alcina (lettre 98) ? L'auteur le plus adapté pour ce jeu de masques est sans doute La Fontaine. Voltaire se sert de la fable « Le Lion et le Rat » pour mettre en lumière la nature de ses relations avec Frédéric (lettre 102), et de « L'Aigle et le Hibou » pour se présenter au prince de Ligne (lettre 244). Avec d'Alembert, c'est « Le Singe et le Chat » qui détermine leurs relations, et de nombreuses lettres brodent sur le thème du chat Raton qui se brûle les pattes en tirant les marrons du feu pour que le singe Bertrand puisse les manger (lettres 224 et 225). À partir de 1774, le jeune Condorcet s'allie avec d'Alembert et Voltaire-Raton s'adresse aux Bertrands au pluriel : « Raton met ses vieilles petites pattes entre les mains habiles des deux Bertrands ; il remet tout à leur généreuse amitié[1] » ; ce pluriel se prête ensuite à d'autres variations (par exemple : « Ce n'est pas Raton qui écrit aux Bertrands, c'est Porphire qui écrit aux Epictetes[2]. ») À force de jouer si longtemps le rôle du chat Raton, il était inévitable que Voltaire finît par signer une lettre à d'Alembert avec un simple « Miaou[3] ». Son sens du jeu nous éblouit, et n'exclut pas une certaine intimité, au contraire. Dans la dernière lettre que nous connaissons de D'Alembert à Voltaire, c'est ce code littéraire qui rend possible une*

1. Lettre du 21 novembre 1774.
2. Lettre du 7 décembre 1774.
3. Lettre du 15 décembre 1773.

expression attendrissante de l'intimité qui liait les deux hommes : « Adieu, mon cher et illustre maitre. Votre Bertrand embrasse bien tendrement les pattes de son cher et respectable Raton[1]*. »*

Voltaire se met toujours en scène dans sa correspondance, et dans nombre de ses lettres on le voit préoccupé par son image, parfois même littéralement. Il commande son portrait, et s'attarde sur les détails — « Je voudrais qu'il fût un peu plus empâté et plus vif » (lettre 22) —, il fait un échange de portraits avec son ami le président Hénault (lettre 134), il expédie son portrait à la bibliothèque de Berne (lettre 232), et s'arrange pour que son image figure sur une des montres fabriquées à Ferney (lettre 204). Les lettres servent ainsi à élaborer son image, et permettent en même temps une réflexion sur la façon dont les autres cherchent à construire cette image. Ainsi cette observation inattendue lorsqu'il est sculpté par Pigalle en 1770 : « Quand les gens de mon village ont vu Pigalle déployer quelques instruments de son art, tiens, tiens, disaient-ils, on va le disséquer, ce sera drôle » (lettre 200). Les lettres comme celle-ci où Voltaire parle de lui-même à la troisième personne sont particulièrement fréquentes dans les dernières années de sa vie et témoignent de la curieuse distance qu'il cultive vis-à-vis de sa propre personne à cette époque.

Jamais Voltaire ne cesse d'innover dans ses lettres, et la correspondance devient pour lui un laboratoire d'invention, un grand chantier où il peut tester ses paroles comme ses idées. Il invente non seulement dans la forme de la lettre et du genre, mais aussi dans la langue. Voltaire est un grand néologiste qui a donné de nombreux mots à la langue française, et dans bien des cas un mot

1. Lettre du 24 janvier 1778.

forgé dans une lettre se retrouve plus tard dans une œuvre imprimée : dans ce domaine, la correspondance constitue pour lui un véritable champ d'expérimentation. Parmi les mots qu'il forge dans les lettres de la présente anthologie, nous trouvons autocratrice *(lettre 245) pour désigner Catherine II, le mot* historiographerie *(lettre 53) pour décrire ses activités historiques, et dans le domaine philosophique, les termes* péjorisme, patientisme *(lettre 74) et* intolérantisme *(lettre 173). Les mots forgés par Voltaire sont liés aux sujets qui lui sont chers et servent toujours à atteindre une plus grande expressivité, même lorsqu'ils ne sont pas passés à la postérité.*

Voltaire expérimente avec la forme de la lettre, en jouant avec tous ses différents éléments, sauf peut-être pour l'adresse — dans ce domaine, il faudra attendre Mallarmé, qui composera en quatrains les adresses de ses correspondants. Même la date se prête au jeu, car Voltaire considère que le mot « août » est laid, et préfère la forme latine « august » : « 11 august fi — que aoust est barbare ! » s'exclame-t-il dans une lettre à Thieriot en 1760. Voltaire, comme beaucoup de ses contemporains, se dispense souvent de salutation dans ses lettres et commence in medias res *; mais c'est dans le domaine de la signature qu'il est passé maître. S'il se contente souvent d'un simple « V », et signe « Voltaire » seulement quand il s'adresse aux personnes qu'il connaît moins bien, il s'ingénie à s'attribuer des noms : il n'existe sans doute aucun autre épistolier aussi inventif que lui dans l'art de signer ses lettres. Des 15 723 lettres de Voltaire dans l'édition Besterman, on ne compte pas moins de 586 signatures différentes… Voltaire joue avec son identité suisse (« le vieux suisse V. », « le petit suisse V. »), avec son grand âge (« le vieillard des Alpes », « le vieillard du Mont-Jura »), ou avec son statut de solitaire (« le solitaire de Ferney », « le vieil ermite des*

Alpes »). De constitution fragile depuis sa première jeunesse, Voltaire trouve dans le thème de la santé une source d'inspiration inépuisable pour les signatures : « le pauvre malade de Ferney », « le vieux malade de Ferney », « le vieil aveugle du mont Jura », et même « le vieux radoteur aveugle entre un lac et une montagne couverte de neige ». On connaît les signatures de religieux (« capucin indigne », « frère François ») comme les signatures d'animaux (« le rat des Alpes », « le triste hibou de Ferney », « la vieille marmotte des Alpes »). Pour son imprimeur genevois, il emploie souvent le latin, « Vale amice », souvenir sans doute de ses années de collège, car il réserve le latin en particulier à son ami de jeunesse, Thieriot (« Si quid novi scribe », « Interim vale et me ama »). Dans ces inexhaustibles impromptus poétiques, nous quittons le monde réglementé des échanges épistolaires conventionnels pour entrer dans un monde de pure fantaisie et invention : signer une lettre pour Voltaire est non seulement une récréation, c'est aussi une re-création poétique.

*

En fin de compte, c'est la fantaisie que nous retenons d'abord comme la caractéristique la plus frappante de cette correspondance. Libéré des contraintes et des conventions des genres établis, c'est toujours dans le domaine du texte court en prose que Voltaire est le plus inventif, et ses innovations sont mises en évidence dans le domaine épistolaire comme nulle part ailleurs. Imaginons une situation hypothétique : on souhaite rendre service à une amie qui se trouve en difficulté, en écrivant au mari de celle-ci pour lui demander d'envoyer de l'argent à son épouse de toute urgence, et sans lui poser aucune question… La tâche n'est guère simple, mais Voltaire réussit ce tour de force en rédigeant une lettre dans laquelle la prolifération de la conjonction car *anéantit toute notion de causalité : la missive acquiert ainsi une tonalité surréelle, qui rend oiseuses toute explication comme toute contrition (lettre 122). Communication surréelle, mais efficace : en effet, comment se fâcher face à une telle performance ? La lettre la plus « littéraire » est sans doute celle où l'auteur n'a strictement plus rien à dire — le topos existe déjà chez Pline — et où il écrit pour le pur plaisir de l'écriture (Voltaire n'a donc pas tout à fait raison lorsqu'il prétend qu'il n'écrit que pour agir...). Comment expliquer autrement la lettre que Voltaire adresse à Damilaville (lettre 160), qu'il signe du nom de son secrétaire suisse Wagnière, et qu'il compose entièrement dans un pastiche de patois vaudois ? On peut certes affirmer que la correspondance de Voltaire constitue son plus grand chef-d'œuvre. Mais ne faudrait-il pas nuancer la proposition en suggérant qu'elle est son plus grand chef-d'œuvre parce qu'elle exploite toutes les ressources du « plaisir du texte » et déborde le cadre trop étroit des « écritures de soi » ? Ce corpus épistolaire, où il s'exerce en permanence à une écriture poétique, déborde d'imagination, de créativité, d'invention, d'humour, de fantaisie surtout. Difficile de ne pas partager l'enthousiasme de Mme Du Deffand :*

> Vous nous comblez de biens, Monsieur, mais loin de vous dire : C'est assez, nous vous crions : encore ! encore ! Tout ce que vous nous envoyez est charmant ; mais ce qui m'enchante le plus, ce sont vos lettres[1].

NICHOLAS CRONK

1. Lettre du 21 mars 1769.

Note sur la présente édition

Le texte des lettres reproduites dans cette anthologie est celui de l'édition de la *Correspondance* de Voltaire parue dans la Bibliothèque de la Pléiade, procurée par Frédéric Deloffre, et qui elle-même est une adaptation de l'édition de Théodore Besterman, publiée par la Voltaire Foundation (voir la Bibliographie, p. 572). Ce corpus épistolaire ne cesse de croître : ce choix de lettres comprend deux lettres retrouvées depuis l'édition Besterman (lettres 29 et 74), et quatre autres qui ont été découvertes depuis l'achèvement de l'édition de la Pléiade (lettres 17, 29, 140 et 216). L'orthographe a été systématiquement modernisée, sauf pour les langues étrangères.

Les lettres que Voltaire adresse de Berlin à Mme Denis posent un problème textuel particulier. En septembre 1753, tout de suite après son retour de Berlin, Voltaire demande à Mme Denis de lui rendre toutes ses lettres (lettre 63) : en secret, il pense à une œuvre épistolaire qui lui permettrait de prendre sa revanche sur l'humiliation publique que Frédéric vient de lui infliger, en le faisant arrêter à Francfort au moment où il avait quitté la Prusse et cherchait à regagner la France. À cette fin, Voltaire révisa un certain nombre de ses lettres : les lettres originales furent sans doute détruites, et nous connaissons aujourd'hui seulement les versions réécrites qui se trouvent dans un manuscrit intitulé « Lettres de M. de Voltaire à Mme Denis, de Berlin », conservé à Saint-Pétersbourg. Voltaire décida finalement de ne pas publier cette œuvre provocatrice, qu'il nomma « Paméla » dans ses échanges avec Mme Denis, et l'histoire de cette mystification est restée secrète jusqu'à très récemment : voir l'édition critique de *Paméla* par Jonathan Mallinson, *Œuvres complètes de Voltaire*, t. 45c (Voltaire Foundation, 2010). Par conséquent, dès la première édition de la correspondance générale de Voltaire, les lettres « réécrites » ont été introduites dans le corpus épistolaire comme étant des lettres authentiques, et elles se trouvent toujours dans l'édition Besterman. Nous avons retenu dans cette anthologie six lettres de cette série (lettres 51, 52, 56, 59, 60 et 61) : impossible, bien entendu, de mesurer l'étendue de la réécriture qu'elles ont subie, mais même sous cette forme « trafiquée », ces lettres restent des témoignages irremplaçables du séjour de Voltaire à Berlin. Certes, ces lettres réécrites sont à lire (ou à savourer) avec précaution, comme une performance « littéraire » plutôt qu'un reportage direct. Mais cela n'est-il pas vrai, certes dans une mesure moindre, pour presque toute la correspondance voltairienne ?

Le corpus épistolaire de Voltaire, aussi énorme soit-il, a quelque chose de bancal. Tout d'abord, les lettres écrites par Voltaire sont bien plus nombreuses que celles qui lui sont adressées : dans l'édition « définitive » de Besterman, nous trouvons à peu près 15 000 lettres de Voltaire, contre 6 000 qui s'adressent à lui. Pour la correspondance entre

Voltaire et Damilaville — un corpus essentiel pour comprendre le retentissement des idées voltairiennes dans la capitale — nous avons 541 lettres de Voltaire à Damilaville, et seulement 18 lettres de Damilaville adressées à Voltaire. La raison d'un tel déséquilibre est claire : une lettre de Voltaire était un objet précieux, conservé avec soin. Voltaire, par contre, ne gardait pas sa correspondance, sauf dans des cas exceptionnels. De plus, nous connaissons beaucoup plus de lettres pour la période après 1760, lorsque Voltaire est installé au château de Ferney, que pour la période précédente : c'est sans doute en partie parce que la correspondance a été un outil essentiel dans ses campagnes contre l'injustice que les lettres sont devenues si abondantes à partir des années 1760. La célébrité de Voltaire a aussi joué un rôle déterminant : plus Voltaire est devenu célèbre, plus on a été tenté de garder ses lettres.

Faire un choix de lettres dans ce corpus si grand et si riche relève bien sûr de l'impossible. Les premiers anthologistes de la correspondance de Voltaire ont travaillé dans une perspective d'exemplarité. Louis Moland assembla une première anthologie de *Lettres choisies* (1872) qui parut avant son édition des *Œuvres complètes de Voltaire*. Ensuite Gustave Lanson, toujours sensible à l'utilité pédagogique de Voltaire, publia son *Choix de lettres du XVIII*e *siècle* (1891), recueil qui fut réédité pendant un demi-siècle, pour enseigner aux élèves « le mouvement des idées qui prépara de loin et amena enfin la Révolution française » : on y trouve une quarantaine de lettres de Voltaire, choisies pour montrer le parcours exemplaire (et respectable) du philosophe, dont, par exemple, la grande lettre de 1755 adressée à Jean-Jacques Rousseau (lettre 72), ou bien une lettre de 1762 aux d'Argental sur l'affaire Calas (lettre 124). Au XXe siècle, Raymond Naves publia une belle anthologie de 400 lettres, mais ses *Lettres choisies* (Garnier, 1946) dépendaient nécessairement des éditions peu fiables du XIXe siècle. La *Correspondance choisie* (Livre de poche, 1990), éditée par Jacqueline Hellegouarc'h et présentée comme « une autobiographie complexe [...] d'un homme universel, témoin et acteur de son temps », compte quelque 900 lettres et fut la première à pouvoir bénéficier de l'établissement des textes de l'édition Besterman.

En sélectionnant 260 lettres pour cette anthologie, nous avons choisi parmi celles écrites par Voltaire ; pour les lettres de ses correspondants, celles auxquelles il répond ou qui lui répondent, quand elles existent, il faut se reporter à l'édition Besterman. Souvent les lettres de Voltaire parlent de plusieurs choses à la fois — c'est même ce qui fait leur charme — et nous reproduisons toutes les lettres intégralement, en respectant l'esthétique qui leur est propre. Nous avons aussi essayé de représenter fidèlement les contours du corpus épistolaire, en choisissant pour chaque période de la vie de Voltaire un nombre de lettres qui correspond proportionnellement au nombre de lettres qui nous sont parvenues.

Nous n'avons pas cherché à présenter un Voltaire « exemplaire », ni à choisir des lettres qui représenteraient systématiquement la vie et l'œuvre de l'auteur : nous ne croyons pas qu'il faille lire les lettres de Voltaire dans une perspective essentiellement « documentaire », c'est pourquoi nous avons cherché ici plutôt à montrer la richesse et la diversité de la correspondance comme objet littéraire. Cet échantillon de lettres cherche à montrer cet éventail de styles qui vont du plus familier au plus guindé, traitant sur tous les tons imaginables les sujets les plus divers et les plus inattendus. Cette masse épistolaire révèle un remarquable esprit de liberté, liberté dans le sujet bien sûr, mais aussi dans le ton ; à côté des lettres qui répondent à des besoins utilitaires il y en a d'autres qui sont de purs exercices de style. Le patriarche de Ferney, engagé dans sa campagne pour écraser l'Infâme, n'a jamais été plus audacieux ni plus créateur que dans ses lettres et notre anthologie témoignera, nous l'espérons, de l'esprit d'invention de ce grand chef-d'œuvre littéraire qu'est sa correspondance.

N. C.

LETTRES CHOISIES

I

À Paris et à Londres : l'auteur débutant (1704-1733)

François Marie Arouet est né à Paris en 1694, et il fait ses études chez les jésuites à Louis-le-Grand. Encore collégien, sa passion pour le théâtre est claire, et aussi son sens de l'ironie (lettre 2). Il commence sa carrière comme poète, et très jeune il est invité dans la Société du Temple où il règne une ambiance libertine tout imprégnée des valeurs du Grand Siècle ; il cultive la lettre en vers et en prose (lettres 3, 4, 7), genre littéraire qui avait connu son heure de gloire au siècle précédent, et il lui arrive d'écrire à un ami entièrement en vers (lettre 18). Des vers libertins sont la cause de son exil à Sully, mais Voltaire poursuit sa carrière littéraire en écrivant un poème épique sur Henri IV, La Ligue, *et des pièces de théâtre. C'est en 1718, au moment de créer sa première tragédie,* Œdipe, *à la Comédie-Française, qu'il se réinvente en adoptant le nom Voltaire (lettre 5). Voltaire a toujours eu une relation compliquée avec le pouvoir en place : de retour à Paris après son exil, il n'hésite pas à adresser une lettre au Régent (lettre 6), et en 1725, au moment du mariage de Louis XV, il tente de jouer le rôle du courtisan (lettres 10-13). Un voyage en Hollande en 1722 (lettre 8) préfigure le voyage plus célèbre en Angleterre où il séjourne de 1726 à 1728. Il apprend l'anglais et très vite se sert de cette nouvelle langue pour écrire aux auteurs anglais les plus connus, dont Pope (lettre 14) et Swift (lettre 16). Mais pour écrire à la reine d'Angleterre, il garde le français (lettre 17). De retour en France, au début des années 1730, il commence à préparer pour la publication ses* Lettres philosophiques *et fait la connaissance de la marquise Du Châtelet (lettre 19).*

1. ARMAND AROUET ET VOLTAIRE À FRANÇOISE BAILLIF DU PONT

Paris, le 29 décembre 1704

Madame et très honorée cousine,

Mon papa m'a fait cette grâce de me commander d'être son secrétaire ce premier d'année, et vous témoigner les humbles respects de notre maison, avec les vœux et prières que nous faisons pour votre prospérité, santé, bonheur et satisfaction, qui ne sont en doute de votre côté eu égard à nous. Il vous supplie, Madame ma cousine, le croire toujours bon parent et ne vous départir de l'affection que vous devez à sa famille, et moi, le secrétaire, je finirai en me disant, et Zozo,

Vos très humbles et respectueux cousins,

ZOZO AROUET.

2. À CLAUDE-PHILIPPE FYOT DE LA MARCHE

[Vers le 7 août 1711]

Monsieur,

J'ai différé deux ou trois jours à vous écrire afin de pouvoir vous dire des nouvelles de la tragédie que le père Le Jay vient de faire représenter[1] ; une grosse pluie a fait partager le spectacle en deux après-dîners ce qui a fait autant de plaisir aux écoliers que de chagrin au père Le Jay ; deux moines se sont cassé le col l'un après l'autre si adroitement qu'ils n'ont semblé tomber que pour servir à notre divertissement, le nonce de Sa Sainteté nous a donné 8 jours de congé, M. Theuenart a chanté, le père Le Jay s'est enroué ; le père Porée a prié Dieu pour obtenir un beau temps ; le ciel n'a pas été d'airain pour lui, au plus fort de sa prière le ciel a donné une pluie abondante, voilà à peu près ce qui s'est passé ici ; il ne me reste plus pour jouir des vacances que d'avoir le plaisir de vous voir à Paris, mais bien loin de pouvoir vous posséder ; je ne puis même avoir le bonheur de contenter mon amitié par une plus longue lettre, la poste qui va partir me force de vous dire à la hâte votre très humble et très obéissant serviteur et ami.

AROUET.

3. À GUILLAUME AMFRYE DE CHAULIEU

Sully [11 juillet 1716]

À vous l'Anacréon du Temple ;
À vous le sage si vanté,
Qui nous prêchez la volupté
Par vos vers, et par votre exemple ;
Vous, dont le luth délicieux,
Quand la goutte au lit vous condamne
Rend des sons aussi gracieux,
Que quand vous chantez la tocane[1]
Assis à la table des dieux !

Je vous écris, Monsieur, du séjour du monde le plus aimable, si je n'y étais point exilé, et dans lequel il ne me manque, pour être parfaitement heureux, que la liberté d'en pouvoir sortir. C'est ici que Chapelle a demeuré deux ans de suite ; mais il n'y était point par ordre du roi. Je voudrais bien qu'il eût laissé dans ce château un peu de son génie ; cela accommoderait bien un homme qui veut vous écrire ; mais comme on assure qu'il vous l'a laissé tout entier, j'ai été obligé de recourir à lui-même :

Et, dans une tour assez sombre
Du château qu'habita jadis
Le plus badin des beaux esprits,
Un beau soir j'évoquai son ombre.
Aux déités des sombres lieux
Je ne fis point de sacrifices
Comme eût fait un prêtre des dieux,
Ou quelque vieille pythonisse,
Il n'y faut point tant de façon

Pour une ombre aimable et légère,
C'est bien assez d'une chanson,
Et c'est tout ce que je puis faire ;
En impromptu je lui dis donc :
Eh ! de grâce, monsieur Chapelle,
Quittez le manoir de Pluton
Pour un rimeur qui vous appelle ;
Mais non ; sur la voûte éternelle
Les dieux vous ont reçu, dit-on,
Et vous ont mis entre Apollon
Et le fils joufflu de Semelle.
Du haut de ce divin canton,
Descendez donc, monsieur Chapelle.
Cette familière oraison
Dans la demeure fortunée
Reçut quelque approbation ;
Car enfin quoique mal tournée
Elle était faite en votre nom.
Chapelle en ce moment-là donc
M'apparut par la cheminée :
Je fus bientôt, à son approche,
Saisi d'un mouvement divin,
Car il avait sa lyre en main,
Et son Gassendi dans sa poche :
Il s'appuyait sur Bachaumont
Dont il se servit pour second
Dans le récit de ce voyage,
Qui du plus charmant badinage
Est la plus charmante leçon.

Je vous dirai pourtant en confidence, et si la poste ne me pressait, je vous le rimerais, ce Bachaumont-là n'est pas trop content de Chapelle. Il se plaint qu'après avoir tous deux travaillé aux mêmes ouvrages, Chapelle lui a volé la moitié de la réputation qui lui appartenait. Il prétend que c'est à tort que le nom de son compagnon a étouffé le sien ; car c'est moi, me dit-il tout bas à l'oreille, qui ai fait les plus jolies choses du voyage, et entre autres : *Sous ce berceau qu'amour exprès...*

Mais il ne s'agit pas ici de rendre justice à ces deux messieurs ; il suffit de vous dire que je m'adressai à Chapelle, pour lui demander comment il s'y prenait autrefois dans le monde :

Pour chanter toujours sur sa lyre,
Ces vers aisés, ces vers coulants,
De la nature heureux enfants,
Où l'art ne trouve rien à dire.
L'amour, me dit-il, et le vin
Autrefois me firent connaître
Les grâces de cet art divin :
Puis à Chaulieu l'épicurien
Je servis quelque temps de maître.
Il faut que Chaulieu soit le tien.

Vous voilà donc engagé, Monsieur, à avoir de la bonté pour moi, en faveur d'une ombre dont la recommandation doit être excellente auprès de vous.

4. À CHARLOTTE-MADELEINE DE CARVOISIN, MARQUISE DE MIMEURE

[Été 1716]

Je vous écris de ces rivages
Qu'habitèrent plus de deux ans

Les plus aimables personnages
Que la France ait vus de longtemps ;
Les Chapelles, les Manicamps[1]*,*
Ces voluptueux et ces sages,
Qui rimants, chassants, disputants
Sur ces bords heureux de la Loire,
Passaient l'automne et le printemps
Moins à philosopher qu'à boire.

Il serait délicieux pour moi de rester à Sully s'il m'était permis d'en sortir. M. le duc de Sully est le plus aimable des hommes et celui à qui j'ai le plus d'obligation. Son château est dans la plus belle situation du monde. Il y a un bois magnifique dont tous les arbres sont tous découpés par des polissons ou des amants qui se sont amusés à écrire leurs noms sur l'écorce.

À voir tant de chiffres tracés
Et tant de noms entrelacés,
Il n'est pas mal aisé de croire
Qu'autrefois le beau Céladon
A quitté les bords du Lignon
Pour aller à Sully-sur-Loire.

Il est bien juste qu'on m'ait donné un exil si agréable puisque j'étais absolument innocent des indignes chansons qu'on m'imputait. Vous seriez peut-être bien étonnée si je vous disais que dans ce beau bois dont je viens de vous parler, nous avons des nuits blanches comme à Sceaux ! Mme de La Vrillière qui vint ici pendant la nuit faire tapage avec Mme de Listenay, fut bien surprise d'être dans une grande salle d'ormes éclairée d'une infinité de lampions, et d'y voir une magnifique collation servie au son des instruments et suivie d'un bal où parurent plus de cent masques habillés de guenillons superbes. Les deux sœurs trouvèrent des vers, sur leur assiette, qu'on leur assura être de l'abbé C***. Je vous les envoie, vous verrez de qui ils sont. Après tous les plaisirs que j'ai à Sully, je n'ai plus à souhaiter que d'avoir l'honneur de vous voir à Ussé, et de vous donner des nuits blanches comme à Mme de La Vrillière. Je vous demande en grâce, Madame, de me mander si vous n'irez point en Touraine. J'irais vous saluer dans le beau château de M. d'Ussé après avoir passé quelque temps à Preuilly chez le baron de Breteuil[1], c'est la moitié du chemin. Ne me dédaignez pas, Madame, comme l'an passé. Souvenez-vous que vous écrivîtes à Roy[2], et que vous ne m'écrivîtes point. Vous devriez bien réparer vos mépris par une lettre bien longue où vous me manderiez votre départ prochain pour Ussé. Sinon je crois que malgré les ordres du Régent, j'irai vous trouver à Paris, tant je suis avec un véritable dévouement, etc.

5. À JOHN ASHBURNHAM, PREMIER COMTE D'ASHBURNHAM

À Châtenay ce 12 juin [1718]

Milord,

Vous êtes une divinité à qui j'ai recours ordinairement dans mes tribulations. Souvenez-vous qu'autrefois vous m'avez prêté deux chevaux. Je vous demande à présent la moitié de cette grâce. Ayez la charité de confier un de vos coursiers au porteur. J'aurai l'honneur de vous le renvoyer dans quelque jour ; si vous ne pouvez point me prêter de cheval, pardonnez-moi du moins la liberté que je prends de vous le demander.

Je suis toujours avec bien du respect et de la reconnaissance

Milord

votre très humble et obéissant serviteur

AROUET DE VOLTAIRE.

Comment faut-il faire pour avoir l'honneur de vous voir ?

6. À PHILIPPE II, DUC D'ORLÉANS, RÉGENT DE FRANCE

[Novembre 1718 ?]

Monseigneur,

Faudra-t-il que le pauvre Voltaire ne vous ait d'autres obligations que de l'avoir corrigé par une année de Bastille ? Il se flattait qu'après l'avoir mis en purgatoire, vous vous souviendriez de lui dans le temps que vous ouvrez le paradis à tout le monde. Il prend la liberté de vous demander trois grâces : la première de souffrir qu'il ait l'honneur de vous dédier la tragédie qu'il vient de composer, la seconde de vouloir bien entendre quelque jour des morceaux d'un poème épique sur celui de vos aïeux auquel vous ressemblez le plus, et la troisième de considérer que j'ai l'honneur de vous écrire une lettre où le mot de souscription ne se trouve point.

Je suis avec un profond respect

Monseigneur

de Votre Altesse Royale,

votre très humble et très pauvre secrétaire des niaiseries

VOLTAIRE.

7. À BERNARD LE BOVIER DE FONTENELLE

À Villars le 1er juin 1721

Monsieur,

Les dames qui sont ici se sont gâtées par la lecture de vos *Mondes*. Il vaudrait mieux que ce fût par vos *Églogues*, nous les verrions plus volontiers bergères que philosophes, elles mettent à observer les astres un temps qu'elles pourraient bien mieux employer, et nous nous sommes tous faits physiciens pour l'amour d'elles,

Le soir sur un lit de verdure
Et que de ses mains la nature
Dans ces jardins délicieux
Forma pour une autre aventure,
Nous brouillons tout l'ordre des cieux
Et prenons Vénus pour Mercure.
Mais vous remarquerez qu'on n'a
Pour observer tant de planètes
Au lieu de vos longues lunettes
Que des lorgnettes d'opéra.

Comme nous passons la nuit à examiner les étoiles nous négligeons fort le soleil leur ennemi à qui nous ne rendons visite, que lorsqu'il a fait les deux tiers de son cours. Ainsi nous ne sommes pas témoins de ses aventures. Nous venons d'apprendre tout à l'heure qu'il a paru aujourd'hui à son lever de couleur de sang et qu'ensuite sans qu'il fût obscurci d'aucun nuage, il a perdu sensiblement de sa lumière et de sa grandeur. Nous n'avons su cette nouvelle que sur les cinq heures du soir, nous avons mis la tête à la fenêtre et nous avons pris le soleil pour la lune tant il était petit et pâle. Nous ne doutons point que vous n'ayez vu la même chose, car il n'y a pas d'apparence que le soleil n'ait fait cette niche qu'à nous. C'est à vous que nous nous adressons Monsieur comme à notre maître et à celui de tous les savants vous savez rendre aimables les choses que les autres philosophes rendent à peine intelligibles et la nature devait à la France et à l'Europe un homme comme vous pour corriger les savants et pour donner aux plus ignorants le goût des sciences.

Or dites-nous donc Fontenelle,
Vous qui par un vol imprévu,
De Dédale prenant les ailes,
Dans les cieux avez parcouru
Tant de carrières immortelles,
Où saint Paul avant vous a vu
Forces beautés surnaturelles
Dont très prudemment il s'est tu,
Du soleil par vous si connu
Ne savez-vous point de nouvelles ?
Pourquoi sur un char tout sanglant
A-t-il commencé sa carrière ?
Pourquoi perd-il pâle et tremblant

Et sa grandeur et sa lumière ?
Que dira le Boulainvilliers[1]
Sur ce terrible phénomène ?
Va-t-il à des peuples entiers
Prédire leur perte prochaine ?
Verrons-nous des incursions,
Des pestes, des guerres sanglantes,
Quelques nouvelles actions
Ou le retranchement des rentes ?
Jadis quand vous étiez pasteur
On vous eût vu sur la fougère
Sur ce changement de couleur
Du dieu brillant qui nous éclaire
Annoncer à votre bergère
Quelque changement dans son cœur.

Mais à présent Monsieur que vous êtes philosophe nous nous flattons que vous voudrez bien nous parler philosophiquement de tout cela, vous nous direz si vous croyez que l'astre s'est encroûté comme le prétend Descartes. Nous vous en croirons aveuglément quoique nous ne soyons pas fort crédules.

8. À MARGUERITE-MADELEINE DU MOUTIER, MARQUISE DE BERNIÈRES

Votre lettre a mis un nouvel agrément dans la vie que je mène à La Haye. De tous les plaisirs du monde je n'en connais point de plus flatteur que de pouvoir compter sur l'amitié d'une dame aussi estimable que vous. Je resterai encore quelques jours à La Haye pour y prendre toutes les mesures nécessaires sur l'impression de mon poème[1], et je partirai lorsque les beaux jours finiront. Il n'y a rien de plus agréable que La Haye quand le soleil daigne s'y montrer. On ne voit ici que des prairies, des canaux, et des arbres verts ; c'est un paradis terrestre depuis La Haye à Amsterdam ; j'ai vu avec respect cette ville qui est le magasin de l'univers. Il y avait plus de mille vaisseaux dans le port. De cinq cent mille hommes qui habitent Amsterdam, il n'y en a pas un d'oisif, pas un pauvre, pas un petit maître, pas un homme insolent. Nous rencontrâmes le pensionnaire à pied sans laquais au milieu de la populace. On ne voit là personne qui ait de cour à faire, on ne se met point en haie pour voir passer un prince, on ne connaît que le travail et la modestie. Il y a à La Haye plus de magnificence et plus de société par le concours des ambassadeurs. J'y passe ma vie entre le travail et le plaisir et je vis ainsi à la hollandaise et à la française. Nous avons ici un opéra détestable mais en revanche je vois des ministres calvinistes, des arminiens, des sociniens, des rabbins, des anabaptistes qui parlent tous à merveille et qui en vérité ont tous raison. Je m'accoutume tout à fait à me passer de Paris, mais non pas à me passer de vous. Je vous réitère encore mon engagement de venir vous trouver à La Rivière si vous y êtes encore au mois de novembre. N'y restez pas pour moi mais souffrez seulement que je vous y tienne compagnie si votre goût vous fixe à la campagne pour quelque temps. Permettez-moi de présenter mes respects à M. de Bernières et à tout ce qui est chez vous. Je suis toujours avec un dévouement très respectueux votre très humble et obéissant serviteur Volt.

À La Haye ce 7 octobre [1722]

9. À NICOLAS-CLAUDE THIERIOT

À Blois ce jeudi matin [4 décembre 1722]

Il faut que je vous fasse part de l'enchantement où je suis du voyage que j'ai fait à La Source chez milord Bolimbrok et chez Mme de Villette[1]. J'ai trouvé dans cet illustre anglais, toute l'érudition de son pays, et toute la politesse du nôtre. Je n'ai jamais entendu parler notre langue avec plus d'énergie et de justesse ; cet homme qui a été toute sa vie plongé dans les plaisirs et dans les affaires a trouvé pourtant le moyen de tout apprendre et de tout retenir. Il sait l'histoire des anciens Égyptiens comme celle d'Angleterre, il possède Virgile comme Milton, il aime la poésie anglaise, la française, et l'italienne mais il les aime différemment, parce qu'il discerne parfaitement leurs différents génies. Après le portrait que je vous fais de milord Bolinbrok il me siéra peut-être mal de vous dire que Mme de Villette et lui ont été infiniment satisfaits de mon poème ; dans l'enthousiasme de l'approbation ils le mettaient au-dessus de tous les ouvrages de poésie qui ont paru en France, mais je sais ce que je dois rabattre de ces louanges outrées. Je vais passer trois mois à en mériter une partie. Il me paraît qu'à force de corriger, l'ouvrage prend enfin une forme raisonnable. Je vous le montrerai à mon retour, et nous l'examinerons à loisir. À l'heure qu'il est M. de Canillac[2] le lit, et me juge. Je vous écris en attendant le jugement. Je serai demain à Ussé où je compte trouver une épître de vous. Je suis très malade, mais je me suis accoutumé aux maux du corps et à ceux de l'âme. Je commence à les souffrir avec patience et je trouve dans votre amitié, et dans ma philosophie des ressources contre bien des choses et adieu.

10. À NICOLAS-CLAUDE THIERIOT

Je suis à Versailles en retraite mon cher Thieriot. Je n'y vois personne, je travaille beaucoup et rien ne m'y manque que vous. Je brave ici la fortune dans son temple, et je fais à Versailles le même personnage qu'un athée dans une église. Ne m'oubliez pas quoique je sois retiré du monde. Lefèvre, notre petit peintre, m'a promis qu'il irait travailler dimanche chez M. le lieutenant civil[1], si on venait le prendre. Ayez donc la bonté mon cher ami de l'y mener de très bonne heure. Si vous pouviez voir M. le lieutenant civil avant ce temps et lui rendre cette lettre cachetée avec enveloppe je vous serais très obligé. Écrivez-moi si votre paresse vous le permet.

À Versailles ce mercredi matin à l'hôtel Villeroi
[vers le 23 mai 1725].

Les deux airs de tête que M. Lefebvre doit prendre sont à la bataille d'Ivry et au premier chant[2], gravés l'un par Thomassin et l'autre par des Places. Ces deux estampes sont sûrement dans la maison de Mme de Bernières, je les ai laissées ou dans son appartement ou dans la chambre que j'ai occupée en dernier lieu.

11. À MARGUERITE-MADELEINE DU MOUTIER, MARQUISE DE BERNIÈRES

À Versailles ce lundi à onze heures [28 mai 1725]

Hier à dix heures et demie le roi déclara qu'il épousait la princesse de Pologne, et en parut très content. Il donna son pied à baiser à M. d'Épernon et son cul à M. de Maurepas, et reçut les compliments de toute sa cour qu'il mouille tous les jours à la chasse par la pluie la plus horrible. Il va partir dans le moment pour Rambouillet, et épousera Mlle Lezinska à Chantilly. Tout le monde fait ici sa cour à Mme de Bézeval qui est un peu parente de la reine. Cette dame qui a de l'esprit reçoit avec beaucoup de modestie les marques de bassesse qu'on lui donne. Je la vis hier chez M. le maréchal de Villars. On lui demanda à quel degré elle était parente de la reine. Elle répondit que les reines n'avaient point de parents. Les noces de Louis XV font tort au pauvre Voltaire, on ne parle de payer aucune pension, ni même de les conserver. Mais en récompense on va créer un nouvel impôt pour avoir de quoi acheter des dentelles et des étoffes pour la demoiselle Lezinska. Ceci ressemble au mariage du soleil qui faisait murmurer les grenouilles. Il n'y a que trois jours que je suis à Versailles et je voudrais déjà en être dehors. La Rivière-Bourdet[1] me plaira plus que Trianon et Marly, et je ne veux dorénavant d'autre cour que la vôtre. Mandez-moi des nouvelles de votre santé. Digérez-vous bien ? allez-vous souvent aux spectacles, avez-vous fait dire à Dufresne et à la Couvreur de jouer *Mariamne*, l'abbé Desfontaines est-il en liberté, Tiriot est-il toujours bien sémillant ? Mes respects à M. de Bernières, et conservez-moi toujours votre amitié don[t] je fais plus de cas que de m[a] pension et de ceux qui la don[nent].

12. À MARGUERITE-MADELEINE DU MOUTIER, MARQUISE DE BERNIÈRES

À Fontainebleau
ce vendredi 7 [lundi 17] septembre [1725]

Pendant que Louis XV, et *Marie, Sophie, Félicité* de Pologne, sont ensemble avec toute la cour à la comédie italienne ; moi qui n'aime point du tout ces pantalons étrangers, et qui vous aime de tout mon cœur, je me renferme dans ma chambre pour vous mander des balivernes de ce pays-ci que vous aurez peut-être quelque curiosité d'apprendre. Premièrement M. de La Vrillière vient de mourir cette nuit à Fontainebleau, et le maréchal de Gramont est mort à Paris à la même heure. Ils ont assurément pris bien mal leur temps tous deux, car au milieu de tout le tintamarre du mariage du roi, leurs morts ne feront pas le moindre petit bruit. Ces jours passés le carrosse de M. le prince de Conti renversa en passant le pauvre Martinot, horloger du roi, qui fut écrasé sous les roues et mourut sur-le-champ. On ne prendra pas plus garde à la mort de MM. de La Vrillière et de Gramont que celle de Martinot à moins que quelqu'un n'ose demander malgré les survivances la place de secrétaire d'État, et celle de colonel des gardes. Cependant on fait tout ce qu'on peut ici pour réjouir la reine. Le roi s'y prend très bien pour cela. Il s'est vanté de lui avoir donné sept sacrements pour la première nuit mais je n'en crois rien du tout. Les rois trompent toujours leurs peuples. La reine fait très bonne mine quoique sa mine ne soit point du tout jolie. Tout le monde est enchanté ici de sa vertu et de sa politesse ; la première chose qu'elle a faite a été de distribuer aux princesses et aux dames du palais toutes les bagatelles magnifiques qu'on appelle sa corbeille. Cela consistait en bijoux de toute espèce hors des diamants. Quand elle vit la cassette où tout cela était arrangé, Voilà, dit-elle, la première fois de ma vie que j'ai pu faire des présents.

Elle avait un peu de rouge le jour du mariage, autant qu'il en faut pour ne pas paraître pâle. Elle s'évanouit un petit instant dans la chapelle mais seulement pour la forme. Il y eut le même jour comédie. J'avais préparé un petit divertissement que M. de Mortemart ne voulut point faire exécuter. On donna à la place *Amphitryon* et *Le Médecin malgré lui*, ce qui ne parut pas trop convenable. Après le souper, il y eut un feu d'artifice avec beaucoup de fusées et très peu d'invention et de variété après quoi le roi alla se préparer à faire un dauphin. Au reste c'est ici un bruit, un fracas, une presse, un tumulte épouvantable. Je me garderai bien dans ces premiers jours de confusion de me faire présenter à la reine. J'attendrai que la foule soit écoulée et que sa majesté soit un peu revenue de l'étourdissement que tout ce sabbat doit lui causer. Alors je tâcherai de faire jouer *Œdipe* et *Mariamne* devant elle. Je lui dédierai l'une et l'autre. Elle m'a déjà fait dire qu'elle serait bien aise que je prisse cette liberté.

Le roi et la reine de Pologne, car nous ne connaissons plus ici le roi Auguste, m'ont fait demander le poème de *Henri IV*, dont la reine a déjà entendu parler avec quelque éloge. Mais il ne faut ici se presser sur rien. La reine va être fatiguée incessamment des harangues des compagnies souveraines, ce serait trop que de la prose et des vers en même temps. J'aime mieux que sa majesté soit ennuyée par le parlement et par la chambre des comptes que par moi.

Vous qui êtes reine à La Rivière mandez-moi je vous en prie si vous êtes toujours bien contente dans votre royaume. Je vous assure que je préfère bien dans mon cœur votre cour à celle-ci surtout depuis qu'elle est ornée de Mme du Deffand et de M. l'abbé d'Amfreville. Je partis malheureusement pour Fontainebleau le même jour que M. le chevalier des Alleurs revint à Paris. Je croyais le trouver en ce pays-ci mais il est allé porter ailleurs sa philosophie. J'en suis bien fâché car je comptais bien lui parler de vous. Mes compliments je vous en prie à Thieriot. Je vous aime tendrement, je vous embrasse mille fois, adieu.

13. À NICOLAS-CLAUDE THIERIOT

À Fontainebleau ce 17 octobre [1725]

Je mérite encore mieux vos critiques que *Mariamne* mon cher Thieriot ; un homme qui reste à la cour au lieu de vivre avec vous est le plus condamnable des humains, ou plutôt le plus à plaindre. J'ai eu la sottise d'abandonner mes talents et mes amis pour des fumées de cour, pour des espérances imaginaires. Je viens d'écrire sur cela une longue jérémiade à Mme de Bernières. Vous auriez bien dû ne pas attendre si tard à m'informer des nouvelles de sa santé. Réparez cela si vous m'aimez en m'écrivant souvent et surtout en l'empêchant de manger trop. La gourmandise a fait ses maux, et la sobriété les guérira. Je cherchai hier Gervasi[1] tout le jour ; je vais le courir encore sans être sûr de l'attraper, pour le disposer à venir à La Rivière ; je ne présume pas qu'il le puisse, et en vérité mon cher Thieriot si Mme de Bernières veut garder un régime exact, je suis sûr qu'elle se portera à merveille. Mettez-lui bien cela dans la tête, et qu'elle renonce à la gourmandise et à la médecine. J'ai déjà abandonné tout à fait la dernière et m'en trouve bien. Si je puis prendre sur moi de me passer de tourtes, et de sucreries, comme je me passe de Gervasi, d'Helvétius, et de Silva, je serai aussi gras et aussi cochon que vous incessamment. J'ai vu ici un moment le chevalier des Alleurs qui vint monter sa garde et qui s'enfuit bien vite après. Je ne me portais pas trop bien dans ce temps-là ; à peine eus-je le temps de lui demander des nouvelles de La Rivière ; il m'échappa comme un éclair. Mandez-moi s'il est encore avec vous autres, et s'il jouit de la béatitude tranquille où vous êtes depuis trois mois. J'ai été ici très bien reçu de la reine, elle a pleuré à *Mariamne*, elle a ri à *L'Indiscret*[2], elle me parle souvent, elle m'appelle mon pauvre Voltaire. Un sot se contenterait de tout cela. Mais malheureusement j'ai pensé assez solidement pour sentir que des louanges sont peu de chose, et que le rôle d'un poète à la cour, quelque agréable qu'il puisse être, traîne toujours avec lui un peu de ridicule, et qu'il n'est pas permis d'être en ce pays-ci sans aucun établissement. On me donne tous les jours des espérances, dont je ne me repais guère ; vous ne sauriez croire mon cher Thieriot combien je suis las de ma vie de courtisan. *Henri IV* est bien sottement sacrifié à la cour de Louis XV. Je pleure les moments que je lui dérobe. Le pauvre enfant devrait déjà paraître in-quarto en beau papier, belle marge, beau caractère. Ce sera sûrement pour cet hiver, quelque chose qui arrive. Vous trouverez je crois cet ouvrage un peu autrement travaillé que *Mariamne*. L'épique est mon fait, ou je suis bien trompé, et il me semble qu'on marche bien plus à son aise dans une carrière où on a pour rivaux, Chapelain, La Motte, et Saint-Didier que dans celle où il faut tâcher d'égaler Racine et Corneille. Je crois que tous les poètes du monde se sont donné rendez-vous à Fontainebleau. Saint-Didier a apporté son Clovis à la reine avec une épître en vers du même style. Roy vient se proposer pour des ballets. La reine est tous les jours assassinée d'odes pindariques, de sonnets, d'épîtres, et d'épithalames. Je m'imagine qu'elle a pris les poètes pour les fous de la cour, et en ce cas elle a grande raison, car c'est une grande folie à un homme de lettres d'être ici. Ils ne donnent du plaisir, ni n'en reçoivent. Adieu. Savez-vous que M. le duc de Nevers s'est battu avec M. le comte de Brancas dans la salle des gardes de la reine d'Espagne ? Voilà la seule nouvelle que je sache. Tout ce qui se passe ici est si simple, si uni, si ennuyeux qu'il n'y a pas moyen d'en parler. Adieu, je vous embrasse et vous aime de tout mon cœur. *Vale*.

14. À ALEXANDER POPE[1]

Sir,

I hear this moment of your sad adventure. That water you fell in, was not Hippocrene's water, otherwise it would have respected you. Indeed I am concerned beyond expression for the danger you have been in, and more for your wonds. Is it possible that those fingers which have written the rape of the lock and the Criticism, which have dressed Homer so becomingly in an english coat, should have been so barbarously treated ? Let the hand of Dennis[2], or of your poetasters be cut off. Your is sacred. I hope sir you are now perfectly recovered. Rely your accident concers me as much as all the disasters of a master ought to affect his scholar. I am sincerely ser with the admiration which you deserve

Your most humble servant

VOLTAIRE.

In my lord Bolingbrocke's house Friday [4 octobre 1726] at noon.

15. À NICOLAS-CLAUDE THIERIOT[3]

[26 octobre 1726]

... I intend to send you two or three poems of Mr. Pope, the best poet of England, and at present, of all the world. I hope you are acquainted enough with the English tongue, to be sensible of all the charms of his works. For my part I look on his poem call'd the essay upon criticism as superior to the art of poetry of Horace ; and his rape of the lock, *la boucle de cheveux*, (that is a comical one) is in my opinion above the lutrin of Despreaux. I never saw so amiable an imagination, so gentle graces, so great varyety, so much wit, and so refined knowledge of the world, as in this little performance.

Now my dear Tiriot after having fully answered to what you asked about English books, let me acquaint you with an account of my for ever cursed fortune. I came again into England in the latter end of July very much dissatisfied with my secret voiage into France both unsuccessful and expensive. I had about me onely some bills of exchange upon a Jew called Medina for the sum of about eight or nine thousand French livres, rekoning all. At my coming to London I found my damned Jew was broken. I was without a penny, sick to death of a violent agüe, a stranger, alone, helpless, in the midst of a city, wherein I was known to no body. My lord and my lady Bolingbrocke were in the country. I could not make bold to see our ambassador in so wretched a condition. I had never undergone such distress ; but I am born to run through all the misfortunes of life. In these circumstances, my star, that among all its direful influences pours allways on me some kind refreshment, sent to me an English gentleman unknown to my, who forced me to receive some money that I wanted. An other London citizen that I had seen but once at Paris, carried me to his own country house, wherein I lead an obscure and charming life since that time, without going to London, and quite given over to the pleasures of indolence and of friendship. The true and generous affection of this man who sooths the bitterness of my life brings me to love you more and more. All the instances of friendshipp indear my friend Tiriot to me. I have seen often mylord and mylady Bolinbroke. I have found their affection still the same, even increased in proportion to my unhappiness. They offered me all, their money, their house ; but I refused all, because they are lords, and I have accepted all from Mr. Faulknear[1], because he is a single gentleman.

I had a mind at first to print out Poor Henry at my own expenses in London, but the loss of my money is a sad stop to me design : I question if I shall try the way of subscriptions by the favour of the court. I am weary of courts my Thiriot. All that is King, or belongs to a King, frights my republican philosophy, I won't drink the least draught of slavery in the land of liberty.

I have written freely to the abbot Desfontaines it is true, and I will allwais do so, having no reason to lay myself under any restraint. I fear, I hope nothing from your country. All that I wish for, is to see you one day in London. I am entertaining myself with this pleasant hope. If it is but a dream, let me enjoy it, don't undeceive me, let me believe I shall have the pleasure to see you in London, (drawing up) the strong spirit of this unaccountable nation. You will translate their thoughts better, when you live among em. You will see a nation fond of their liberty, learned, witty, despising life and death, a nation of philosophers, not but that there are some fools in England, every country has its madmen. It may be, French folly is pleasanter, than English madness, but by god English wisdom and English Honesty is above yours. One day I will acquaint you with the character of this strange people, but tis time to put an end to my English talkativeness. I fear, you will take this long epistle for one of those tedious English books that I have advised you not to translate. Before I make up my letter, I must acquaint you with the reason of receiving yours so late. T'is the fault of my correspondent at Calais, master du Noquet. So you must write to me afterwards, at my lord Bolingbroke's house, London. This way is shorter and surer. Tell all who will write to me that they ought to make use of this superscription.

I have written so much about the death of my sister to those who had write to me on this account, that I had almost forgotten so speak to you of her. I have nothing to tell you on that accident but that you know my heart and my way of thinking. I have wept for her death, and I would be with her. Life is but a dream[1] full of starts of folly, and of fancied, and true miseries. Death awakes us from this painful dream, and gives us, either a better existence or no existence at all. Farewell. Write often to me. Depend upon my exactness in answering you when I shall be fixed in London.

Write me some lines in English to show your improvement in your learning.

I have received the letter of the marquess of Villars, and that which came from Turky by Marseille.

I have forgot the romance which you speak of. I don't remember I have ever made verses upon this subject. Forget it, forget all those deliriums of my youth. For my part I have drunk of the River Léthé. I remember nothing but my friends.

16. À JONATHAN SWIFT[1]

In London, Maiden lane,
at the White perruke, Covent garden,
14 [25 n. s.] december [1727]

Sir,

You will be surprised in receiving an English essay from a french traveller. Pray, forgive an admirer of you, who ows to y^r^ writings, the love he bears to y^r^ language, which has betray'd him into the rash attempt of writing in english.

You will see by the advertisement that I have some designs upon you, and that I must mention you for the honour of y^r^ country, and for the improvement of mine. Do not forbid me to grace my relation with y^r^ name. Let me indulge the satisfaction of talking of you as posterity will do.

In the mean time can I make bold to intreat you to make some use of y^r^ interest in Ireland, about some subscriptions for the *Henriade*, which is almost ready and does not come out yet for want of little help. The subscriptions will be but one guinea in hand.

I am with the highest esteem, and the utmost gratitude

Sir

y^r^ most humble and most obedient servant

VOLTAIRE.

17. À CAROLINE, REINE CONSORT DE GRANDE-BRETAGNE ET D'IRLANDE

Madame,

La permission que Votre Majesté daigne me donner de lui envoyer *La Henriade* est la récompense la plus honorable que je pouvais jamais recevoir de mon travail.

La fidélité aux souverains, l'amour de la vertu, l'horreur de la persécution, étant les fondements de cet ouvrage, semblent lui donner droit à votre protection.

Heureux si j'avais pu moi-même avoir l'honneur de le présenter à Votre Majesté, et voir en vous faisant ma cour le modèle des vertus que je tâche de peindre.

Je suis avec un profond respect de Votre Majesté le très humble, très obéissant, et très soumis serviteur

VOLTAIRE

À Londres, 15 avril 1728

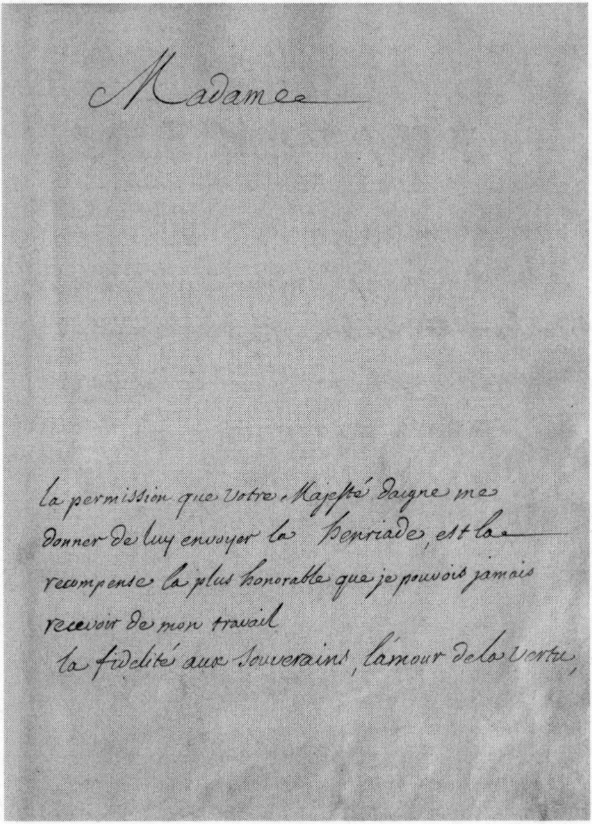
Madame

la permission que Votre Majesté daigne me
donner de luy envoyer la henriade, est la
recompense la plus honorable que je pouvois jamais
recevoir de mon travail
la fidelité aux souverains, lamour de la vertu,

À Caroline, 15 avril 1728

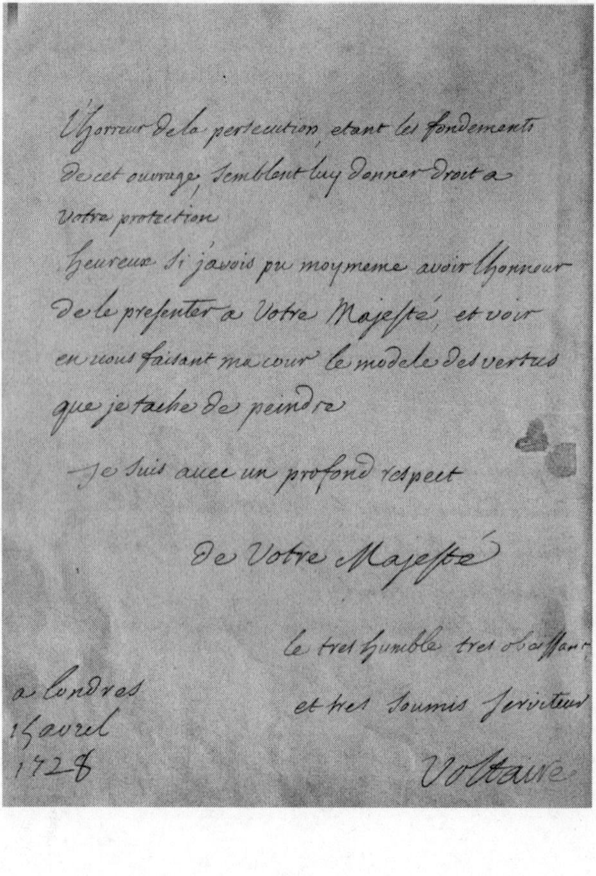

l'horreur de la persecution, etant les fondements
de cet ouvrage, semblent luy donner droit a
Votre protection
heureux si j'avois pu moymeme avoir l'honneur
de le presenter a Votre Majesté, et voir
en vous faisant ma cour le modele des vertus
que je tache de peindre

Je suis avec un profond respect

De Votre Majesté

le tres humble tres obeissant
et tres soumis serviteur

Voltaire

a Londres
15 avril
1728

18. À PIERRE-ROBERT LE CORNIER DE CIDEVILLE

[De Paris, ce 10 janvier 1731]

Je ne l'ai plus, aimable Cideville,
Ce don charmant, ce feu sacré, ce dieu
Qui donne au vers ce tour tendre et facile
Et qui dictait à La Faye, à Chaulieu
Contes, dizains, épître, vaudeville.
Las ! mon démon de moi s'est retiré.
Depuis longtemps il est en Normandie.
Donc quand voudrez par Phébus inspiré
Me défier aux combats d'harmonie,
Pour que je sois contre vous préparé,
Renvoyez-moi s'il vous plaît mon génie.

Adieu. Comptez toujours sur la plus tendre amitié de l'hypocondre V.

19. À GABRIELLE-ÉMILIE LE TONNELIER DE BRETEUIL, MARQUISE DU CHÂTELET-LOMONT

[Vers le 6 mai 1733 ?]

Je suis dans les horreurs du déménagement, dans la crainte des sifflets, dans les douleurs de la colique, je ne vous enverrai pas moins demain ce que vous demandez. J'ai plus d'envie de vous voir que vous n'en avez de me consoler. *Vale.*

II

À Cirey :
chez Mme Du Châtelet (1734-1750)

La publication des Lettres philosophiques *à Rouen en 1734 provoque une crise telle que Voltaire est obligé de quitter la capitale ; il se réfugie chez Émilie Du Châtelet dans son château à Cirey. Suit une période idyllique de travail en commun : Voltaire se consacre aux sciences, et en 1738 publie ses* Éléments de la philosophie de Newton. *Il commence à rédiger l'histoire du* Siècle de Louis XIV *(lettre 20), et publie deux lettres pour annoncer les innovations qu'il envisage pour cette œuvre (lettres 32 et 36) ; pendant ces années, il pense aussi à l'*Essai sur les mœurs *(lettre 42). Son éloignement de Paris lui rend nécessaire cette correspondance et crée sa spécificité et sa variété : à Puchot des Alleurs il écrit une lettre philosophique (lettre 33), tandis qu'à l'abbé Moussinot il passe des commandes pour l'achat d'objets de luxe (lettre 22) ; pour mener à bien une édition hollandaise des* Éléments de la philosophie de Newton, *il a besoin de l'aide du chevalier de Jaucourt à Amsterdam (lettre 26). Pendant ces années commencent les échanges épistolaires avec Frédéric, prince héritier de Prusse (en 1736, lettre 21), et avec Diderot (en 1749, lettre 49). Après avoir d'abord conseillé sa nièce sur le choix d'un mari (en décembre 1737,* *lettre 30), il finit en 1745 par la prendre pour maîtresse (lettre 47). Au même moment, le mariage du dauphin crée pour Voltaire une occasion de reparaître à la cour (lettres 44 et 45) où en 1745 il est nommé historiographe de France. Après la mort d'Émilie Du Châtelet en 1749, Voltaire quitte Cirey et retourne à Paris, où il se met en ménage avec Mme Denis.*

20. À NICOLAS-CLAUDE THIERIOT

[Vers le 15 juillet 1735]

Je n'ai point été intempérant mon cher Thieriot et cependant j'ai été malade. Je suis un juste à qui la grâce a manqué. Je vous exhorte à vous tenir ferme car je crois être encore au temps où nous étions si unis que vous aviez le frisson quand j'avais la fièvre.

Vous voilà donc vengé de votre nymphe[1]. Elle a perdu sa beauté. Elle sera dorénavant plus humaine, et trouvera peu de gens humains. Vous pourrez lui dire,

Les dieux ont vengé mon outrage,
Tu perds à la fleur de ton âge,
Taille, beautés, honneurs, et bien.

Mais avec tout cela je crains bien que quand elle aura repris un peu d'embonpoint, et dansé quelque belle chacone, vous ne redeveniez son chevalier plus enchanté que jamais. J'ai reçu une lettre charmante de votre ancien rival, ou plutôt de votre ancien ami M. Ballot, mais vraiment je suis trop languissant à présent pour lui répondre.

Quand je vous ai demandé des anecdotes sur le siècle de Louis XIV, c'est moins sur sa personne que sur les arts qui ont fleuri en son temps. J'aimerais mieux des détails sur Racine et Despréaux, sur Quinault, Lully, Molière, Lebrun, Bossuet, Poussin, Descartes, etc. que sur la bataille de Stinkerke. Il ne reste plus rien que le nom de ceux qui ont conduit des bataillons et des escadrons. Il ne revient rien au genre humain de cent batailles données, mais les grands hommes dont je vous parle ont préparé des plaisirs purs et durables aux hommes qui ne sont point encore nés. Une écluse du canal qui joint les deux mers, un tableau du Poussin, une belle tragédie, une vérité découverte sont des choses mille fois plus précieuses que toutes les annales de cour, que toutes les relations de campagnes. Vous savez que chez moi les grands hommes vont les premiers, et les héros les derniers. J'appelle grands hommes tous ceux qui ont excellé dans l'utile ou dans l'agréable. Les saccageurs de provinces ne sont que héros. Voici une lettre d'un homme moitié héros moitié grand homme que j'ai été bien étonné de recevoir et que je vous envoie. Vous savez que je n'avais pas prétendu m'attirer des remerciements de personne, quand j'ai écrit l'*Histoire de Charles XII*, mais je vous avoue que je suis aussi sensible aux remerciements du cardinal Alberoni, qu'il l'a pu être à la petite louange très méritée que je lui ai donnée dans cette histoire. Il a vu apparemment la traduction italienne qu'on a faite à Venise. Je ne serais pas fâché que M. le garde des Sceaux vît cette lettre, et qu'il sût que si je suis persécuté dans ma patrie, j'ai quelque considération dans les pays étrangers. Il fait tout ce qu'il peut pour que je ne sois pas prophète chez moi.

Continuez je vous en prie de faire ma cour aux gens de bien qui peuvent se souvenir de moi. Mille tendres compliments à Ballot, c'est un aimable correspondant. Je voudrais bien que Pollio de La Popelinière pensât de moi plutôt comme les étrangers que comme les Français.

On m'a écrit que ce portrait est imprimé[1]. Je suis persuadé que les calomnies dont il est plein seront crues quelque temps et je suis encore plus sûr que le temps les détruira.

Adieu, je vous embrasse tendrement, le temps ne détruira jamais mon amitié p[ou]r vous.

21. À FRÉDÉRIC, PRINCE HÉRITIER DE PRUSSE

[Vers le 1er septembre 1736]

Monseigneur,

Il faudrait être insensible, pour n'être pas infiniment touché de la lettre dont Votre Altesse Royale a daigné m'honorer : mon amour-propre en a été trop flatté, mais l'amour du genre humain que j'ai eu toujours dans le cœur, et qui, j'ose dire, fait mon caractère, m'a donné un plaisir mille fois plus pur, quand j'ai vu qu'il y a dans le monde un prince qui pense en homme, un prince philosophe qui rendra les hommes heureux.

Souffrez que je vous dise qu'il n'y a point d'homme sur la terre, qui ne doive des actions de grâces au soin que vous prenez de cultiver par la saine philosophie une âme née pour commander. Croyez qu'il n'y a eu de véritablement bons rois que ceux qui ont commencé comme vous par s'instruire, par connaître les hommes, par aimer le vrai, par détester la persécution et la superstition. Il n'y a point de prince qui en pensant ainsi, ne puisse ramener l'âge d'or dans ses États. Pourquoi si peu de rois recherchent-ils cet avantage ? Vous le sentez, Monseigneur, c'est que presque tous songent plus à la royauté qu'à l'humanité ; vous faites précisément le contraire. Soyez sûr que si un jour le tumulte des affaires et la méchanceté des hommes n'altèrent point un si divin caractère, vous serez adoré de vos peuples, et chéri du monde entier. Les philosophes dignes de ce nom voleront dans vos États, — et comme les artisans célèbres viennent en foule dans le pays où leur art est plus favorisé, les hommes qui pensent viendront entourer votre trône.

L'illustre reine Christine quitta son royaume pour aller chercher les arts ; régnez, Monseigneur, et que les arts viennent vous chercher.

Puissiez-vous n'être jamais dégoûté des sciences par les querelles des savants ; vous voyez, Monseigneur, par les choses que vous daignez me mander, qu'ils sont hommes pour la plupart, comme les courtisans même. Ils sont quelquefois aussi avides, aussi intrigants, aussi faux, aussi cruels ; et toute la différence qui est entre les pestes de cour et les pestes de l'école, c'est que ces derniers sont plus ridicules.

Il est bien triste pour l'humanité, que ceux qui se disent les déclarateurs des commandements célestes, les interprètes de la divinité, en un mot, les théologiens, soient quelquefois les plus dangereux de tous ; qu'il s'en trouve d'aussi pernicieux dans la société qu'obscurs dans leurs idées ; et que leur âme soit gonflée de fiel et d'orgueil, à proportion qu'elle est vide de vérités. Ils voudraient troubler la terre pour un sophisme, et intéresser tous les rois à venger par le fer et par le feu l'honneur d'un argument *in ferio* ou *in barbara*.

Tout être pensant qui n'est pas de leur avis, est un athée, et tout roi qui ne les favorise pas sera damné. Vous savez, Monseigneur, que le mieux qu'on puisse faire, c'est de les abandonner à eux-mêmes, ces prétendus précepteurs, et ces ennemis réels du genre humain. Leurs paroles, quand elles sont négligées, se perdent en l'air comme du vent ; mais si le poids de l'autorité s'en mêle, ce vent acquiert une force qui renverse quelquefois le trône.

Je vois, Monseigneur, avec la joie d'un cœur rempli d'amour pour le bien public, la distance immense que vous mettez entre les hommes qui cherchent en paix la vérité, et ceux qui veulent faire la guerre pour des mots qu'ils n'entendent pas. Je vois que les Newton, les Leibnits, les Bayle, les Loke, ces âmes si élevées, si éclairées et si douces, sont ceux qui nourrissent votre esprit, et que vous rejetez les autres aliments prétendus, que vous trouveriez empoisonnés ou sans substance.

Je ne saurais trop remercier Votre Altesse Royale de la bonté qu'elle a eue de m'envoyer le petit livre concernant M. Wolf. Je regarde ses idées métaphysiques comme des choses qui font honneur à l'esprit humain. Ce sont des éclairs au milieu d'une nuit profonde, — c'est tout ce qu'on peut espérer, je crois, de la métaphysique. Il n'y a pas d'apparence que les premiers principes des choses soient jamais bien connus. Les souris qui habitent quelques petits trous d'un bâtiment immense ne savent ni [si] ce bâtiment est éternel, ni quel en est l'architecte, ni pourquoi cet architecte a bâti. Elles tâchent de conserver leur vie, de peupler leurs trous, et de fuir les animaux destructeurs qui les poursuivent. Nous sommes les souris ; et le divin architecte qui a bâti cet univers, n'a pas encore, que je sache, dit son secret à aucun de nous. Si quelqu'un peut prétendre à deviner juste, c'est M. Wolf ; on peut le combattre, mais il faut l'estimer. Sa philosophie est bien loin d'être pernicieuse ; y a-t-il rien de plus beau et de plus vrai que de dire, comme il fait, que les hommes doivent être justes, quand même ils seraient athées ?

Vous avez la bonté, Monseigneur, de me promettre de m'envoyer le traité de Dieu, de l'âme et du monde : quel présent, Monseigneur, et quel commerce ! L'héritier d'une monarchie daigne du sein de son palais envoyer des instructions à un solitaire ! Daignez me faire ce présent, Monseigneur ; mon amour extrême pour le vrai est la seule chose qui m'en rende digne. La plupart des princes craignent d'entendre la vérité, et ce sera vous qui l'enseignerez.

À l'égard des vers dont vous me parlez, vous pensez sur cet art aussi sensément que sur tout le reste. Les vers qui n'apprennent pas aux hommes des vérités neuves et touchantes, ne méritent guère d'être lus. Vous sentez qu'il n'y aurait rien de plus méprisable que de passer sa vie à renfermer dans des rimes des lieux communs, usés, qui ne méritent pas le nom de pensées. S'il y a quelque chose de plus vil, c'est de n'être que poète satirique, et de n'écrire que pour décrier les autres ; ces poètes sont au Parnasse ce que sont dans les écoles ces docteurs qui ne savent que des mots, et qui cabalent contre ceux qui écrivent des choses.

Si *La Henriade* a pu ne pas déplaire à Votre Altesse

Royale j'en dois rendre grâce à cet amour du vrai, à cette horreur que mon poème inspire pour les factieux, pour les persécuteurs, pour les superstitieux, pour les tyrans et pour les rebelles. C'est l'ouvrage d'un honnête homme, il devait trouver grâce devant un prince philosophe.

Vous m'ordonnez de vous envoyer mes autres ouvrages ; je vous obéirai, Monseigneur, vous serez mon juge, et vous me tiendrez lieu du public. Je vous soumettrai ce que j'ai hasardé en philosophie ; vos lumières seront ma récompense ; c'est un prix que peu de souverains peuvent donner. Je suis sûr de votre secret, votre vertu doit égaler vos connaissances.

Je regarderai comme un bonheur bien précieux celui de venir faire ma cour à Votre Altesse Royale ; on va à Rome pour voir des églises, des tableaux, des ruines et des bas-reliefs : un prince tel que vous mérite bien mieux un voyage, c'est une rareté bien plus merveilleuse ; mais l'amitié qui me retient dans la retraite où je suis ne me permet pas d'en sortir. Vous pensez, sans doute, comme Julien, ce grand homme si calomnié, qui disait que les amis doivent toujours être préférés aux rois.

Dans quelque coin du monde que j'achève ma vie, soyez sûr, Monseigneur, que je ferai continuellement des vœux pour vous, c'est-à-dire, pour le bonheur de tout un peuple. Mon cœur sera au rang de vos sujets ; votre gloire me sera toujours chère. Je souhaiterai que vous ressembliez toujours à vous-même, et que les autres rois vous ressemblent.

Je suis avec un très profond respect
de Votre Altesse Royale
le très humble etc.

22. À BONAVENTURE MOUSSINOT

Ce 17 [novembre 1736]

J'ai envoyé à Troye mon cher Abbé, j'ai payé les frais d'un procès que je n'avais pas fait, et j'ai eu mon ballot de livres.

J'ai eu aussi celui où était mon portrait. Je voudrais qu'il fût un peu plus empâté et plus vif de couleurs. Pourriez-vous en faire exécuter quelque copie un peu plus animée ?

On dit qu'il y a un homme à Paris qui fait les portraits en bague d'une manière parfaite. J'ai vu un portrait de Louis XV de sa façon très ressemblant. Vous trouverez impertinent que la même main peigne le roi et moi chétif, mais on le veut, et j'obéis. Ayez donc la bonté de déterrer cet homme. Envoyez de ma part savoir où il demeure, à M. le chevalier de Villefort, chez Mgr le comte de Clermont pds[1].

Mais pourquoi Chevalier ne pourrait-il pas travailler sous mes yeux ? On dit du bien de lui, et il n'a pas encore assez de réputation pour être indocile.

Si Boucher voulait venir travailler à Cirey, nous lui ferions faire cinq tableaux de *La Henriade*. Ensuite quinze aunes de courre en tapisserie coûteraient environ sept mille francs, et 1 500 ou 2 000 livres tournois pour le peintre. Le tout ne reviendrait peut-être pas à 10 000 livres tournois. Mais nous en raisonnerons plus à fond.

En attendant j'accepte le marché que vous me proposez de la succession de La Verchère. Je m'en rapporte à vous, mais où mettrez-vous les effets ? Écrivez-moi sur cela vos idées, et suivez-les.

Vous m'avez fait grand plaisir de m'emprunter un

peu d'argent, tout ce que j'ai est à votre service. Si ce chevalier de Mouhy vient vous voir dites-lui que je suis prêt à lui faire tous les plaisirs qui dépendront de moi, mais ne lui donnez point des espérances trop positives, et ne vous engagez pas.

Envoyez-moi je vous prie par le coche deux belles et très grandes boucles de souliers à diamants, d[es boucle]s de jarretières à diamants, deux [des grandes o]u quatre des petites estampes de mon petit visage.

Je vous demande en grâce de renvoyer à M. Berger son billet avec une petite excuse de ne l'avoir pas fait plus tôt. Il demeure à l'hôtel Soissons.

Je vous embrasse tendrement mon cher Abbé.

23. À NICOLAS-CLAUDE THIERIOT

À Cirey samedi 24 novembre 1736

On m'a mandé que *Le Mondain* avait été trouvé chez M. de Luçon, et que le président Dupuis en avait distribué beaucoup de copies. On m'en a envoyé une toute défigurée. Il est triste de passer pour un hétérodoxe et de se voir encore tronqué, estropié, mutilé comme un auteur ancien. Je trouve qu'on a grande raison de s'emporter contre l'auteur dangereux de cet abominable ouvrage dans lequel on ose dire qu'Adam ne se faisait point la barbe, que ses ongles étaient un peu trop longs, et que son teint était hâlé. Cela mènerait tout droit à penser qu'il n'y avait ni ciseaux ni rasoir ni savonnette dans le paradis terrestre, ce qui serait une hérésie aussi criante qu'il y en ait. De plus on suppose dans ce pernicieux libelle qu'Adam caressait sa ſemme dans le paradis, et dans les anecdotes de la vie d'Adam trouvées dans les archives de l'arche sur le mont Ararat par saint Ciprien, il est dit expressément, que le bonhomme ne bandait point, et qu'il ne banda qu'après avoir été chassé et de là vient, à ce que disent tous les rabbins, le mot bander de misère. *Ut ut est*[a]. L'insolente absurdité digne de la sottise de l'âge d'or, et de la cruauté du siècle de fer, la hauteur et la bêtise avec laquelle un certain homme a parlé à un de nos amis, m'auraient donné la plus extrême indignation, si elles ne m'avaient pas fait pouffer de rire.

Il n'est pas encore sûr que j'aille en Prusse. Recommandez à votre frère d'envoyer par le coche le paquet du prince philosophe. Votre M. Chambrier est un étrange homme. Je lui ai adressé un gros paquet pour notre prince. Je lui ai mandé de vouloir bien m'en accuser la réception. Point de nouvelles. Ces procédés irréguliers ne sont pas d'un ministre. Je vous prie de lui en parler. Je suppose qu'il a reçu les paquets, quoique je ne susse point son adresse. *À Paris* est l'adresse, la rue, la maison de tout ministre. Il a reçu mes paquets à coup sûr. Mais informez-vous-en.

Demandez si votre prince a chez lui des comédiens français. En ce cas nous lui enverrions le *Prodigue* pour l'amuser.

Je suppose que le ministère trouve très bon ce petit commerce littéraire.

J'ai envoyé à Berlin dans ce paquet (dont point de nouvelles) *Le Mondain*, l'ode à Émilie, la neutonique, une lettre sur Loke, afin de lui faire ma cour *in omni genere*.

a. « Quoi qu'il en soit. »

De qui est donc ce beau poème didactique ? De M. de La Chaussée sans doute. Il n'y a que lui dont j'attende ce chef-d'œuvre. Mandez-moi si j'ai deviné.

Allez chez les deux frères, dites-leur, *par amabile fratrum cum pace vostra*[a] il faut que je voie la leçon de *L'Enfant prodigue* à vous envoyée il y a près d'un mois. Alors mon père Mersenne lira cette leçon et il verra si cela n'est pas beaucoup mieux écrit, beaucoup plus fin, beaucoup plus plaisant, beaucoup moins plat en un mot, que ce qu'on joue.

Voici une copie plus exacte de la neutonique. Vous pouvez la donner, mais il faut commencer par des gens un peu philosophes, et poètes,

pauci quos aequus amavit Jupiter[b].

Mon copiste qui n'est ni poète ni philosophe avait mis, pour la période de 26 000 ans, six cents siècles entiers par-delà vingt mille ans, ce qui faisait quatre-vingt mille ans, au lieu de six mille. Bagatelle.

Mille compliments à vous, à votre Parnasse. Si vous voyez l'aimable philosophe Mairan, dites-lui qu'il songe à moi, qu'il vous donne sa lettre, dites que je vais à Berlin. N'écrivez plus jamais, qu'à Mme Faveroles à Bar-sur-Aube. Retenez cela. Réponse sur tous les articles. Aimez-moi, adieu Mersenne.

a. « Aimable couple de frères, avec votre permission. »

b. « Le peu de gens qu'aima Jupiter le juste » (Virgile, *L'Énéide*, VI, v. 129-130).

24. À MAURICE, COMTE DE SAXE

[Vers le 15 janvier 1737]

Voici, Monsieur le Comte, la défense du *Mondain* ; j'ai l'honneur de vous l'envoyer, non seulement comme à un mondain très aimable, mais comme à un guerrier très philosophe, qui sait coucher au bivouac aussi lestement que dans le lit magnifique de la plus belle de ses maîtresses, et tantôt faire un souper de Lucullus, tantôt un souper de hussard.

Omnis Aristippum decuit color et status et res[a].

Je vous cite Horace qui vivait dans le siècle du plus grand luxe, et des plaisirs les plus raffinés. Il se contentait de deux demoiselles ou de l'équivalent ; et souvent il ne se faisait servir à table que par trois laquais ; *coena ministratur pueris tribus*[b]. Les poètes de ce temps-ci sous un Mécène, tel que le cardinal de Fleury, sont encore plus modestes.

Oui, je suis loin de m'en dédire,
Le luxe a des charmes puissants ;
Il encourage les talents,
Il est la gloire d'un empire.

Il ressemble aux vins délicats,
Il faut s'en permettre l'usage :

a. « Toute couleur, tout état, toute fortune conviennent à Aristippe » (Horace, *Épîtres*, I, XVII, v. 23).

b. « Le repas est servi par trois jeunes esclaves » (Horace, *Satires*, I, VI, v. 116).

Le plaisir sied très bien au sage ;
Buvez, ne vous enivrez pas.

Qui ne sait pas faire abstinence
Sait mal goûter la volupté ;
Et qui craint trop la pauvreté
N'est pas digne de l'opulence.

25. À CHARLES-AUGUSTIN FERRIOL, COMTE D'ARGENTAL

Ce 1 [mars 1737]

Je profite mon cher et respectable ami du voyage de M. le m. du Ch. pour répandre mon cœur dans le vôtre avec liberté. Je n'ai osé vous écrire depuis que je suis à Cirey, et vous croyez bien que je n'ai écrit à personne. Vous sentez sans doute, combien il en coûte de garder le silence avec quelqu'un à qui je voudrais parler toute ma vie de ma tendre reconnaissance.

Je n'ai pu reconnaître toutes vos bontés qu'en suivant vos ordres à la lettre lorsque j'étais en Hollande. Je trouvai en arrivant, une cabale établie par Rousseau contre moi, et une foule de libelles imprimés depuis longtemps pour me noircir, de sorte que je me voyais à la fois persécuté en France et calomnié dans toute l'Europe. Je ne pris d'autre parti que de vivre assez retiré, et de chercher des consolations dans l'étude, et dans la société de quelques amis que je m'attirai malgré les efforts de mes ennemis. Le hasard me fit connaître une ou deux de ces personnes que Rousseau avait animées contre moi. J'eus le bonheur de les voir détrompées en peu de temps. Loin de vouloir continuer cette malheureuse guerre d'injures, je retranchai de l'édition qu'on fait de mes ouvrages tout ce qui se trouve contre Rousseau.

Je vous envoie la lettre d'un homme de lettres d'Amsterdam qui vous instruira mieux de tout cela que je ne pourrais faire, et qui vous fera voir en même temps ce que c'est que Rousseau. Je vous prie de lire cette lettre d'Amsterdam et la copie de l'écrit qu'elle contient. Je crois qu'il est bon que ce nouveau crime de Rousseau soit public. Peut-être ceux qu'il anime à me persécuter en France rougiront-ils de prendre le parti de ce scélérat et imiteront ceux qu'il avait séduits en Hollande, qui sont tous revenus à moi, et m'aiment autant qu'ils le détestent.

Vous n'ignorez peut-être pas qu'en dernier lieu ce scélérat croyant aplanir son retour en France a fait imprimer contre le vieux Saurin les calomnies les plus atroces. Vous savez que c'est lui qui écrivait et qui faisait écrire que j'étais venu prêcher l'athéisme en Hollande, que j'avais soutenu une thèse d'athéisme à Leyde contre M. Sgravesende, qu'on m'avait chassé de l'université etc. Vous êtes instruit de la lettre de M. Sgravesende dans laquelle cette indigne et absurde calomnie est si pleinement confondue. L'original est entre les mains de M. de Richelieu. Je ne sais quel usage il en a fait, ni même s'il en doit faire usage. Je souhaiterais fort pourtant que M. de Maurepas en fût informé ; ne pourrait-il pas dans l'occasion en parler au cardinal ? et ne dois-je pas le souhaiter ?

Je vous avoue que si l'amitié plus forte que tous les autres sentiments ne m'avait pas rappelé, j'aurais bien volontiers passé le reste de mes jours dans un pays, où du moins mes ennemis ne peuvent me nuire, et où le caprice, la superstition et l'autorité d'un ministre ne sont point à craindre. Un homme de lettres doit vivre dans un pays libre ou se résoudre à mener la vie d'un esclave craintif, que d'autres esclaves jaloux accusent sans cesse auprès du maître. Je n'ai à attendre en France que des persécutions, ce sera là toute ma récompense. Je m'y verrais avec horreur si la tendresse et toutes les grandes qualités de la personne qui m'y retient, ne me faisaient oublier que j'y suis. Je sens que je serai toujours la victime du premier calomniateur. Hérault, est celui qui m'a le plus nui auprès du cardinal. Faut-il qu'un homme qui pense comme moi ait à craindre un homme comme Hérault ? Eh qui me répondra que m'ayant desservi avec malice il ne me poursuive pas avec acharnement ? J'ai beau me cacher dans l'obscurité, j'ai beau n'écrire à personne, on saura où je suis, et mon obstination à me cacher rendra peut-être encore ma retraite coupable. Enfin je vis dans une crainte continuelle sans savoir comment je peux parer les coups qu'on me porte tous les jours. C'est une chose bien inouïe que la manière dont on en use avec moi, mais enfin je la souffre, je me fais esclave volontiers pour vivre auprès de la personne auprès de qui tout doit disparaître. Il n'y a pas d'apparence que je revienne jamais à Paris, m'exposer encore aux fureurs de la superstition et de l'envie. Je vivrai à Cirey, ou dans un pays libre. Je vous l'ai toujours dit. Si mon père, mon frère ou mon fils étaient premiers ministres dans un état despotique j'en sortirais demain, jugez ce que je dois éprouver de répugnance en m'y trouvant aujourd'hui. Mais enfin Mme du Ch. est pour moi plus qu'un père, un frère et un fils. Je ne demande qu'à vivre enseveli dans les montagnes de Cirey et je n'y désirerai jamais rien que vous y voir. Adieu les deux frères aimables ; je vous embrasse tendrement.

Voici une lettre pour M. de Maurepas, que vous donnerez si vous le jugez à propos, mais il faut qu'il sache d'où viennent les deux chevreuils.

Je ne peux vous rien dire des éléments de la philosophie de Neuton. Je n'ai point reçu de nouvelles de mes libraires de Hollande. Ce sont de bonnes gens, mais très peu exacts. Je ne refuse point de la faire imprimer en France quelque juste aversion que j'aie pour la douane des pensées. Au reste c'est un ouvrage purement physique, où le plus imbécile fanatique et l'hypocrite le plus envenimé ne sauraient rien entendre ni rien trouver à redire. J'ai un beau sujet de tragédie, je le travaillerai à loisir, et je ne donnerai l'ouvrage que quand les comédiens auront repris *Alzire* et *Brutus*.

Je n'ai point de termes pour vous dire à quel point mon cœur est à vous.

26. AU CHEVALIER LOUIS DE JAUCOURT

J'ai reçu Monsieur avec bien du plaisir deux lettres de vous. La dernière est du 18. Mais je suis extrêmement en peine de celles que j'ai eu l'honneur de vous écrire. M. Dubreuil m'avait indiqué la voie de Trèves, et je m'en suis servi. J'ai adressé la plupart de mes lettres selon ses ordres, à M. Pidol maître des postes de Trèves. Il y en a qui me sont d'une très grande conséquence, et entre autres un paquet au prince royal de Prusse dont je suis très inquiet.

Je vous prie Monsieur de vouloir bien engager M. Dubreuil à demander à ce M. Pidol des nouvelles de plusieurs paquets adressés à ce Pidol à Trèves, par Excellmans Dartigni négociant de Bar-le-Duc.

Si les sieurs Ledet se sont servis de la permission que vous leur aviez donnée de vous adresser pour moi des paquets, que vous deviez faire tenir à M. du Faÿ, je vous donne avis que M. du Faÿ part incessamment pour Londres. J'écris par cette poste aux sieurs Ledet et des Bordes pour leur faire savoir qu'il faut envoyer ces paquets à M. le marquis d'Entragues rue du Bac à Paris lesquels il fera tenir à leur destination. Et si ces paquets étaient déjà chez vous, je vous supplie Monsieur de vouloir bien les faire partir pour l'adresse de M. d'Entragues.

Je suis très fâché que mon traducteur se mette du nombre des assassins de César. Amsterdam était la ville où cette tragédie devait revivre avec la liberté.

Si vous venez en France, croyez-moi Monsieur exécutez votre projet de venir à Cirey. Vous y trouverez plus d'une personne qui vous y désire et qui vous estime. La dame du château vous en prie. Comptez qu'elle est au nombre des raretés qui méritent un voyage. Vous trouverez de la philosophie et des grâces, excellente chère, liberté entière, des livres, des gens qui pensent, et enfin de l'amitié. Vous pouvez très aisément prendre le chemin de Bar-le-Duc. De Bar-le-Duc vous allez à la poste d'Eurville. Les chevaux d'Eurville vous mènent à Cirey, au surplus on vous enverra des chevaux et des guides jusqu'à huit ou dix lieues de Cirey ou quelque endroit que vous l'ordonniez.

Avez-vous vu l'étrange extrait qu'un certain jésuite

a donné dans ce malheureux *Journal de Trévoux*, de la *Théodicée* ? C'est un chef-d'œuvre d'absurdité et d'insolence, mais qui ne doit point surprendre, ces gens-là veulent être tyrans de la république des lettres. Mais il n'y a rien de si pauvre que des tyrans sans pouvoir et sans raison.

Je me recommande à vos bontés Monsieur auprès de M. Dubreuil et je vous attends réellement au château de Cirey.

Mille compliments à M. Tronchin.

Ce 29 mars [1737]

27. À WILLEM JACOB 'S GRAVESANDE

[Vers le 1er avril 1737]

Vous vous souvenez, Monsieur, de l'absurde calomnie, qu'on fit courir dans le monde pendant mon séjour en Hollande. Vous savez si nos prétendues disputes sur le spinozisme et sur des matières de religion, ont le moindre fondement. Vous avez été si indigné de ce mensonge que vous avez daigné le réfuter publiquement. Mais la calomnie a pénétré jusqu'à la cour de France, et la réfutation n'y est pas parvenue. Le mal a des ailes, et le bien va à pas de tortue. Vous ne sauriez croire avec quelle noirceur on a écrit et parlé au cardinal de Fleury. Vous connaissez par ouï-dire ce que peut le pouvoir arbitraire. Tout mon bien est en France, et je suis dans la nécessité de détruire une imposture que, dans votre pays, je me contenterais de mépriser à votre exemple.

Souffrez donc mon aimable et respectable philosophe, que je vous supplie très instamment de m'aider à faire connaître la vérité. Je n'ai point encore écrit au cardinal pour me justifier. C'est une posture trop humiliante, que celle d'un homme qui fait son apologie ; mais c'est un beau rôle, que celui de prendre en main la défense d'un homme innocent. Ce rôle est digne de vous, et je vous le propose comme à un homme, qui a un cœur digne de son esprit.

Il y a deux partis à prendre, ou celui de faire parler monsieur votre beau-frère à M. de Fénelon, et d'exiger de M. de Fénelon, qu'il écrive en conformité au cardinal ; ou celui d'écrire vous-même. Je trouverais ce dernier parti, plus prompt, plus efficace, et plus convenable à un homme comme vous. Deux mots et votre nom feraient beaucoup, je vous en réponds : il ne s'agirait que de dire au cardinal, que l'équité seule vous force à l'instruire, que le bruit que mes ennemis ont fait courir est sans fondement, et que ma conduite en Hollande a confondu leurs calomnies.

Soyez sûr que le cardinal vous répondra, et qu'il en croira un homme accoutumé à démontrer la vérité. Je vous remercie, et je me souviendrai toujours de celles que vous m'avez enseignées. Je n'ai qu'un regret, c'est de n'en plus apprendre sous vous. Je vous lis au moins ne pouvant plus vous entendre. L'amour de la vérité m'avait conduit à Leyde. L'amitié seule m'en a arraché ; en quelque lieu que je sois, je conserverai pour vous le plus tendre attachement, et la plus parfaite estime, etc.

28. À FRÉDÉRIC,
PRINCE HÉRITIER DE PRUSSE

À Cirey [vers le 15 octobre 1737]

Monseigneur,

J'ai reçu la dernière lettre dont Votre Altesse Royale m'a honoré, en date du 27 septembre. Je suis fort en peine de savoir si mon dernier paquet, et celui qui était destiné pour M. de Keyserling sont parvenus à leur adresse ; ces paquets étaient du commencement du mois d'août.

Vous m'ordonnez, Monseigneur, de vous rendre compte de mes doutes métaphysiques : je prends la liberté de vous envoyer un extrait d'un chapitre sur la liberté. Votre Altesse Royale y verra au moins de la bonne foi, si elle y trouve de l'ignorance ; et plût à Dieu que tous les ignorants fussent au moins sincères !

Peut-être l'humanité, qui est le principe de toutes mes pensées, m'a séduit dans cet ouvrage : peut-être l'idée où je suis qu'il n'y aurait ni vice ni vertu ; qu'il ne faudrait ni peine ni récompense ; que la société serait, surtout chez les philosophes, un commerce de méchanceté et d'hypocrisie, si l'homme n'avait pas une liberté pleine et absolue : peut-être, dis-je, cette opinion m'a entraîné trop loin. Mais si vous trouvez des erreurs dans mes pensées, pardonnez-les au principe qui les a produites.

Je ramène toujours, autant que je peux, ma métaphysique à la morale. J'ai examiné sincèrement, et avec toute l'attention dont je suis capable, si je peux avoir quelques notions de l'âme humaine ; et j'ai vu que le fruit de toutes mes recherches est l'ignorance.

Je trouve qu'il en est de ce principe pensant, libre, agissant, à peu près comme de Dieu même : ma raison me dit que Dieu existe ; mais cette même raison me dit que je ne puis savoir ce qu'il est. En effet, comment connaîtrions-nous ce que c'est que notre âme, nous qui ne pouvons nous former aucune idée de la lumière, quand nous avons le malheur d'être nés aveugles ? Je vois donc, avec douleur, que tout ce que l'on a jamais écrit sur l'âme, ne peut nous apprendre la moindre vérité.

Mon principal but, après avoir tâtonné autour de cette âme pour deviner son espèce, est de tâcher au moins de la régler ; c'est le ressort de notre horloge. Toutes les belles idées de Descartes, sur l'élasticité, ne m'apprennent point la nature de ce ressort ; j'ignore encore la cause de l'élasticité : cependant je monte ma pendule, elle va tant bien que mal.

C'est l'homme que j'examine. De quelques matériaux qu'il soit composé, il faut voir s'il y a en effet du vice et de la vertu. Voilà le point important à l'égard de l'homme, je ne dis pas à l'égard de telle société vivant sous telles lois, mais pour tout le genre humain ; pour vous, Monseigneur, qui devez régner, pour le bûcheron de vos forêts, pour le docteur chinois, et pour le sauvage de l'Amérique. Locke, le plus sage métaphysicien que je connaisse, semble, en combattant, avec raison, les idées innées, penser qu'il n'y a aucun principe universel de morale. J'ose combattre ou plutôt éclaircir, en ce point, l'idée de ce grand homme. Je conviens, avec lui, qu'il n'y a réellement aucune idée innée ; il suit évidemment qu'il n'y a aucune proposition de morale innée dans notre âme : mais de ce que nous ne sommes pas nés avec de la barbe, s'ensuit-il que nous ne soyons pas nés, nous autres habitants de ce continent, pour être barbus à un certain âge ? Nous ne naissons point avec la force de marcher ; mais quiconque naît avec deux pieds marchera un jour. C'est ainsi que personne n'apporte en naissant l'idée qu'il faut être juste ; mais Dieu a tellement conformé les organes des hommes, que tous, à un certain âge, conviennent de cette vérité.

Il me paraît évident que Dieu a voulu que nous vivions en société, comme il a donné aux abeilles un instinct et des instruments propres à faire le miel. Notre société ne pouvant subsister sans les idées du juste et de l'injuste, il nous a donc donné de quoi les acquérir. Nos différentes coutumes, il est vrai, ne nous permettront jamais d'attacher la même idée de juste aux mêmes notions : ce qui est crime en Europe sera vertu en Asie, de même que certains ragoûts allemands ne plairont point aux gourmands de France ; mais Dieu a tellement façonné les Allemands et les Français, qu'ils aimeront tous à faire bonne chère. Toutes les sociétés n'auront donc pas les mêmes lois, mais aucune société ne sera sans lois. Voilà donc certainement le bien de la société établi par tous les hommes, depuis Pékin jusqu'en Irlande comme la règle immuable de la vertu : ce qui sera utile à la société sera donc bon par tout pays. Cette seule idée concilie tout d'un coup toutes les contradictions qui paraissent dans la morale des hommes. Le vol était permis à Lacédémone ; mais pourquoi ? parce que les biens y étaient communs, et que voler un avare qui gardait pour lui seul ce que la loi donnait au public, était servir la société.

Il y a, dit-on, des sauvages qui mangent des hommes, et qui croient bien faire : je réponds que ces sauvages ont la même idée que nous du juste et de l'injuste. Ils font la guerre comme nous par fureur et par passion ;

on voit partout commettre les mêmes crimes : manger ses ennemis n'est qu'une cérémonie de plus. Le mal n'est pas de les mettre à la broche ; le mal est de les tuer : et j'ose assurer qu'il n'y a point de sauvage qui croie bien faire en égorgeant son ami. J'ai vu quatre sauvages de la Louisiane qu'on amena en France, en 1723. Il y avait parmi eux une femme d'une humeur fort douce. Je lui demandai, par interprète, si elle avait mangé quelquefois de la chair de ses ennemis, et si elle y avait pris goût ; elle me répondit que oui. Je lui demandai si elle aurait volontiers tué ou fait tuer un de ses compatriotes pour le manger ; elle me répondit en frémissant, et avec une horreur visible pour ce crime. Parmi les voyageurs, je défie le plus déterminé menteur d'oser dire qu'il y ait une peuplade, une famille où il soit permis de manquer à sa parole. Je suis bien fondé à croire que Dieu ayant créé certains animaux pour paître en commun, d'autres pour ne se voir que deux à deux très rarement, les araignées pour faire des toiles, chaque espèce a les instruments nécessaires pour les ouvrages qu'elle doit faire. L'homme a reçu tout ce qu'il faut pour vivre en société ; de même qu'il a reçu un estomac pour digérer, des yeux pour voir, une âme pour juger.

Mettez deux hommes sur la terre ; ils n'appelleront bon, vertueux et juste, que ce qui sera bon pour eux deux. Mettez-en quatre ; il n'y aura de vertueux que ce qui conviendra à tous les quatre ; et si l'un des quatre mange le souper de son compagnon, ou le bat, ou le tue, il soulève sûrement les autres. Ce que je dis de ces quatre hommes, il le faut dire de tout l'univers. Voilà, Monseigneur, à peu près le plan sur lequel j'ai écrit cette métaphysique morale ; mais, quand il s'agit de vertu, est-ce à moi à en parler devant vous ?

Les vertus sont l'apanage
Que vous reçûtes des cieux ;
Le trône de vos aïeux,
Près de ces dons précieux,
Est un bien faible avantage.
C'est l'homme en vous, c'est le sage
Qui m'asservit sous sa loi.
Ah ! si vous n'étiez que roi,
Vous n'auriez point mon hommage.

Jugez mes idées, Grand Prince ; car votre âme est le tribunal où mes jugements ressortissent. Que Votre Altesse Royale me donne d'envie de vivre, pour voir un jour de mes yeux le Salomon du Nord ! Mais j'ai bien peur de n'être pas si heureux que le bon vieillard Siméon. Nous ne passons point devant votre portrait sans dire notre hymne qui commence :

Espérons le bonheur du monde.

J'attends votre décision sur l'*Histoire de Louis XIV*, et sur les *Éléments de la philosophie de Newton* ; si mes tributs ont été reçus avec bonté, j'espère que j'aurai des instructions pour récompense.

J'ose supplier Votre Altesse Royale de daigner m'envoyer, par une voie sûre (et je crois que celle de M. Thieriot l'est), les mémoires que vous avez eu la bonté de me promettre sur le czar. Cependant, je ne renonce point aux vers ; je les aime plus que jamais, Monseigneur, puisque vous en faites. J'espère envoyer bientôt quelque chose qu'on pourra représenter sur le théâtre de Remusberg. Je suis indigné qu'on ait pu présenter à Votre Altesse Royale le misérable manuscrit de *L'Enfant prodigue* qui est entre vos mains ; cela ressemble à ma pièce comme un singe ressemble à un homme. Je ne sais d'autre parti à prendre que de l'imprimer pour me justifier.

Je n'ai point de termes pour remercier Votre Altesse Royale de ses bontés. Avec quelle générosité, j'ai pensé dire avec quelle tendresse, elle daigne s'intéresser à moi ! Vous m'écrivez ce qu'Horace disait à Mecenas, et vous êtes le Mecenas et l'Horace. Mme le marquise du Châtelet qui partage mon admiration pour votre personne, et à qui vous donnez la permission de joindre ses respects aux miens, use de cette liberté. Je suis avec le respect le plus profond, et la plus tendre reconnaissance, etc.

29. AU CHEVALIER LOUIS DE JAUCOURT

À Cirey par Wassy ce 15 novembre 1737

Je suis très aise, Monsieur, que vous soyez à Paris et très fâché que vous n'ayez pas pu passer par la Champagne. Mme la marquise du Châtelet qui connaît ce que vous valez me charge de vous offrir de sa part généralement tout ce qui dépendra d'elle pour vous faire prendre votre route par Cirey, si vous retournez en Hollande. Il y a encore par exemple une très bonne et très douce berline qui est encore à Paris, on l'enverra chercher quand vous voudrez et les chevaux et la berline seront à vos ordres. Si vous aimez mieux une chaise de poste et que vous n'ayez point la vôtre, je prendrai la liberté de vous envoyer la mienne avec des chevaux à Troyes, et vous vous en servirez ensuite pour votre retour. Je serais trop mortifié si vous étiez venu en France sans que j'eusse le bonheur de vous revoir.

Vous pourrez si vous voulez faire l'apothéose de la philosophe de Cirey, et vous verrez qu'elle en est très digne, quand vous l'aurez connue. Vous verrez une âme éclairée par tout ce que les Locke, les Clarke, les Leibniz, les Wolff, ont de bon. Vous verrez une femme qui sait l'optique de Newton aussi bien que les s'Gravesande et les Musschenbroek, qui en sachant tout cela ne croit pas savoir grand-chose, et qui ne permet pas que ces sciences lui ôtent rien de ses devoirs et de ses amusements. Vous verrez un cœur capable d'amitié, au-dessus des petitesses des femmes et des calomnies des femmes et des hommes. Voilà, Monsieur, l'unique apothéose qu'on doive faire d'elle. Pour celle dont on vous a parlé, je peux vous assurer que c'est une des plus absurdes et des plus impertinentes histoires que des esprits oisifs aient pu inventer. Il n'y a pas à cela la moindre ombre de fondement. C'est un conte aussi faux, aussi calomnieux que celui qu'un misérable avait fait de M. s'Gravesande et de moi. Je suis destiné à être calomnié parce que j'ai le malheur d'être connu. Je sais bien que mon royaume n'est point de ce monde, et qu'il faut que je meure pour qu'on me rende justice. Mais comme je ne cherche et ne veux dans ce monde-ci que la retraite et la liberté, je puis en jouissant de ces deux biens, mépriser en paix les calomniateurs qui me les envient. Je me retirerais pour cultiver les lettres, dans le séjour où vous m'avez vu, si je n'étais pas à Cirey, et je vous réponds que tant que j'y serai, Paris me sera fort étranger. Des nouvelles dont vous me parlez, la seule où je prenne part, c'est ce qui concerne les observations faites dans le nord par

MM. de l'Académie des sciences[1]. Si vous en savez quelque chose, Monsieur, vous me ferez un plaisir extrême de vouloir bien m'en faire part. Vous vivez avec un philosophe que j'aime tendrement, et que j'estime depuis longtemps, je vous supplie de me ménager toujours ses bonnes grâces. Vous croyez bien que c'est M. du Fay dont je vous parle. Nous ne sommes pas ici grands botanistes, le terrain n'y est guère propre. Mais nous commençons à faire un cabinet de physique, sur lequel vous devriez bien venir donner vos conseils. N'oubliez pas, Monsieur, un ami véritable qui vous est attaché pour toujours avec le plus tendre dévouement.

VOLT.

30. À MARIE-LOUISE MIGNOT [FUTURE MME DENIS]

À Cirey par Wassy en Champagne
7 décembre 1737

Je reçois, ma chère enfant, votre lettre du 1er décembre, je vais vous parler comme à ma nièce, à ma fille et à mon amie.

Premièrement je serai charmé de vous avoir auprès de moi, et voilà la grande raison qui m'engage à vous marier en Champagne. Mais votre bonheur doit aller avant ma satisfaction. Quand tout Paris dit quelque chose, il dit d'ordinaire une sottise. Il est très faux que je veuille aller en Prusse. Il est bien vrai que l'héritier de cette monarchie s'est pris je ne sais comment, de goût pour moi, et m'honore d'une bonté étonnante. Cela va au point qu'il y aurait à moi trop de vanité d'en parler, si je m'en ouvrais à d'autres qu'à vous. Mais, ma chère nièce, quand il serait roi de Prusse, je ne quitterais point mes amis pour lui, mes amis sont mes rois et mon cœur fait toute ma politique. Tant que je vivrai, je vivrai auprès de Mme du Châtelet, dont l'amitié pour moi mériterait de plus grands sacrifices. La reconnaissance seule devrait m'attacher à elle pour jamais, et la reconnaissance n'est pas le seul sentiment que je lui doive. M. le marquis du Châtelet a les mêmes bontés dont sa femme m'honore. Je vis avec eux dans une liaison pleine d'intimité, de douceur, de confiance, qui depuis cinq ans n'est altérée par aucun orage. S'ils ont jamais la fantaisie de revenir à Paris, je les y suivrai, et si vous vivez avec nous en Champagne, vous viendrez à Paris avec nous. Voilà quant à mon état et à mes desseins. Venons aux vôtres.

Le jeune homme que je vous propose est un fils unique, en quelque façon élevé par nous[1]. Son père est un vieil officier, la probité même, très bon gentilhomme, sa mère est douce économe pleine de prudence, n'ayant aucun défaut de la province ni aucun faux air de la cour. Le père et la mère sont mes amis intimes. Le fils ne se destine à rien qu'à ce que vous voudrez, et si vous l'acceptez, il sera s'il vous plaît votre très humble et très obéissant serviteur. Je ne lui connais jusqu'à présent que des mœurs extrêmement douces. Il est fait pour une vie simple, nul brillant d'aucune espèce, mais nul vice, nulle rusticité. Il faut que vous soyez la maîtresse absolue, et de lui et du bien que vous apporterez. Je ne crois pas que les terres puissent aller à plus de quarante mille francs, mais c'est un bien liquide qui ne doit rien. Le château ne relève pas même du roi, et ne doit rien en aucun cas. Il faudrait y faire environ pour deux mille écus de dépense pour le rendre aussi agréable que je voudrais qu'il le fût pour vous. Mes petites affaires me permettraient de vous donner douze mille livres ou environ, à peu près comptant, au moment du mariage. Je vous assurerais environ dix mille écus par le contrat, car ma chère enfant, je suis très résolu à ne me jamais marier, et vous me tiendriez lieu de fille. Vous voyez d'un coup d'œil votre état. M. le marquis du Châtelet pourrait vous amener avec lui à Cirey, vous y resteriez jusqu'à votre mariage ou jusqu'à votre refus, vous y verriez le jeune homme qu'on vous destine, et si vous n'avez pas de répugnance pour lui, nous ferions rebâtir le Chambonin pendant votre séjour à Cirey. Mme du Châtelet se charge de votre noce. On vous achèterait une berline et des chevaux, on vous meublerait, on vous arrangerait, le beau-père et la belle-mère prépareraient les lieux, et enfin vous iriez prendre possession de votre terre de Chambonin. Ce serait là votre nom. Vous passeriez une partie de l'année chez Mme du Châtelet. Une fille de condition de Paris qui vient s'établir dans votre voisinage servirait à vous rendre la vie agréable. Enfin consultez-vous. Voyez ce que vous voulez, et ce que vous devez faire. C'est à vous à préparer M. de Montigny et M. Paignon à cet établissement[1]. S'ils trouvent mieux pour vous, je satisferai le plaisir de votre société à celui de vous savoir heureuse. Vous me paraissez bien mériter de l'être. Je voudrais faire davantage pour vous. Mais les sentiments de mon cœur sont moins bornés que ma fortune. Ne faites rien qu'après avoir mûrement examiné avec vous-même, avec ceux à qui vous pouvez vous confier. J'embrasse votre sœur, mes compliments a MM. Montigny et Paignon. Adieu ma fille

V.

31. À FRÉDÉRIC, PRINCE HÉRITIER DE PRUSSE

À Cirey, le 20 mai [1738]

Monseigneur,

Vos jours de poste sont comme les jours de Titus : vous pleureriez si vos lettres n'étaient pas des bienfaits. Vos deux dernières, du 31 mars et 19 avril, dont Votre Altesse Royale m'honore, sont de nouveaux liens qui m'attachent à elle ; et il faut bien que chacune de mes réponses soit un nouveau serment de fidélité que mon âme, votre sujette, fait à votre âme, sa souveraine.

La première chose dont je me sens forcé de parler, est la manière dont vous pensez sur Machiavel. Comment ne seriez-vous point ému de cette colère vertueuse où vous êtes presque contre moi, de ce que j'ai loué le style d'un méchant homme ? C'était aux Borgia, père et fils, et à tous ces petits princes qui avaient besoin de crimes pour s'élever, à étudier cette politique infernale ; il est d'un prince tel que vous de la détester. Cet art, qu'on doit mettre à côté de celui des Locuste et des Brinvilliers, a pu donner à quelques tyrans une puissance passagère, comme le poison peut procurer un héritage ; mais il n'a jamais fait ni de grands hommes, ni des hommes heureux : cela est bien certain. À quoi peut-on donc parvenir par cette politique affreuse ? Au malheur des autres et au sien même. Voilà les vérités qui sont le catéchisme de votre belle âme.

Je suis si pénétré de ces sentiments, qui sont vos idées innées, et dont le bonheur des hommes doit être le fruit, que j'oubliais presque de rendre grâce à Votre Altesse Royale de la bonté qu'elle a de s'intéresser à mes maux particuliers. Mais ne faut-il pas que l'amour du bien public marche le premier ? Vous joignez donc, Monseigneur, à tant de bienfaits, celui de daigner consulter pour moi des médecins. Je ne sais qu'une seule chose, aussi singulière que cette bonté, c'est que les médecins vous ont dit vrai. Il y a longtemps que je suis persuadé que ma maladie, s'il est permis de comparer le mal avec le bien, est, tout comme mon attachement à votre personne, une affaire pour la vie.

Les consolations que je goûte dans ma délicieuse retraite et dans l'honneur de vos lettres, sont assez fortes pour me faire supporter des douleurs encore plus grandes. Je souffre très patiemment ; et quoique les douleurs soient quelquefois longues et aiguës, je suis très éloigné de me croire malheureux. Ce n'est pas que je sois stoïcien, au contraire, c'est parce que je suis très épicurien, parce que je crois la douleur un mal et le plaisir un bien, et que, tout bien compté et bien pesé, je trouve infiniment plus de douceurs que d'amertumes dans cette vie.

De ce petit chapitre de morale je volerai sur vos pas, si Votre Altesse Royale le permet, dans l'abîme de la métaphysique. Un esprit aussi juste que le vôtre ne pouvait assurément regarder la question de la *liberté* comme une chose démontrée. Ce goût que vous avez pour l'ordre et l'enchaînement des idées, vous a représenté fortement Dieu comme maître unique et infini de tout : et cette idée, quand elle est regardée seule, sans aucun retour sur nous-mêmes, semble être un principe fondamental d'où découle une fatalité inévitable dans toutes les opérations de la nature. Mais aussi une autre manière de raisonner semble encore donner à Dieu plus de puissance, et en faire un être, si j'ose le dire, plus digne de nos adorations : c'est de lui attribuer le pouvoir de faire des êtres libres. La première méthode semble en faire le Dieu des machines, et la seconde le Dieu des êtres pensants. Or ces deux méthodes ont chacune leur force et leur faiblesse. Vous les pesez dans la balance du sage ; et malgré le terrible poids que les Leibnitz et les Wolf mettent dans cette balance, vous prenez encore ce mot de Montaigne, *que sais-je ?* pour votre devise.

Je vois plus que jamais, par le mémoire sur le czarovitz, que Votre Altesse Royale daigne m'envoyer, que l'histoire a son pyrrhonisme aussi bien que la métaphysique. J'ai eu soin, dans celle de Louis XIV, de ne pas percer plus qu'il ne faut dans l'intérieur du cabinet. Je regarde les grands événements de ce règne comme de beaux phénomènes dont je rends compte, sans remonter au premier principe. La cause première n'est guère faite pour le physicien, et les premiers ressorts des intrigues ne sont guère faits pour l'historien. Peindre les mœurs des hommes, faire l'histoire de l'esprit humain dans ce beau siècle, et surtout l'histoire des arts, voilà mon seul objet. Je suis bien sûr de dire la vérité quand je parlerai de Descartes, de Corneille, du Poussin, de Girardon[1], de tant d'établissements utiles aux hommes ; je serais sûr de mentir si je voulais rendre compte des conversations de Louis XIV et de Mme de Maintenon.

Si vous daignez m'encourager dans cette carrière, je m'y enfoncerai plus avant que jamais ; mais en attendant je donnerai le reste de cette année à la physique, et surtout à la physique expérimentale. J'apprends, par toutes les nouvelles publiques, qu'on débite mes *Éléments de Newton*, mais je ne les ai point encore vus ; il est plaisant que l'auteur et la personne à qui ils sont dédiés soient les seuls qui n'aient point l'ouvrage. Les libraires de Hollande se sont précipités, sans me consulter, sans attendre les changements que je préparais ; ils ne m'ont ni envoyé le livre, ni averti qu'ils le débitaient. C'est ce qui fait que je ne peux avoir moi-même l'honneur de l'adresser à Votre Altesse Royale ; mais on en fait une nouvelle édition plus correcte que j'aurai l'honneur de lui envoyer.

Il me semble, Monseigneur, que ce petit *commercium epistolicum* embrasse tous les arts. J'ai eu l'honneur de vous parler de morale, de métaphysique, d'histoire, de physique ; je serais bien ingrat si j'oubliais les vers. Et comment oublier les derniers que Votre Altesse Royale vient de m'envoyer ? Il est bien étrange que vous puissiez écrire avec tant de facilité dans une langue étrangère. Des vers français sont très difficiles à faire en France, et vous en composez à Remusberg comme si Chaulieu, Chapelle, Gresset, avaient l'honneur de souper avec Votre Altesse Royale.

32. À JEAN-BAPTISTE DUBOS

À Cirey, 30 octobre [1738]

Il y a déjà longtemps, Monsieur, que je vous suis attaché par la plus forte estime : je vais l'être par la reconnaissance. Je ne vous répéterai point ici que vos livres doivent être le bréviaire des gens de lettres, que vous êtes l'écrivain le plus utile et le plus judicieux que je connaisse ; je suis si charmé de voir que vous êtes le plus obligeant, que je suis tout occupé de cette dernière idée.

Il y a longtemps que j'ai assemblé quelques matériaux pour faire l'histoire du *Siècle de Louis XIV* : ce n'est point simplement la vie de ce prince que j'écris, ce ne sont point les annales de son règne ; c'est plutôt l'histoire de l'esprit humain, puisée dans le siècle le plus glorieux à l'esprit humain.

Cet ouvrage est divisé en chapitres ; il y en a vingt environ destinés à l'histoire générale : ce sont vingt tableaux des grands événements du temps. Les principaux personnages sont sur le devant de la toile ; la foule est dans l'enfoncement. Malheur aux détails : la postérité les néglige tous : c'est une vermine qui tue les grands ouvrages. Ce qui caractérise le siècle, ce qui a causé des révolutions, ce qui sera important dans cent années : c'est là ce que je veux écrire aujourd'hui.

Il y a un chapitre pour la vie privée de Louis XIV ; deux pour les grands changements faits dans la police du royaume, dans le commerce, dans les finances ; deux pour le gouvernement ecclésiastique, dans lequel la révocation de l'édit de Nantes et l'affaire de la régale sont comprises ; cinq ou six pour l'histoire des arts, à commencer par Descartes et à finir par Rameau.

Je n'ai d'autres mémoires, pour l'histoire générale qu'environ deux cents volumes de mémoires imprimés que tout le monde connaît ; il ne s'agit que de former un corps bien proportionné à tous ces membres épars, et de peindre avec des couleurs vraies, mais d'un trait, ce que Larrey, Limiers, Lamberty, Roussel etc., etc. falsifient et délaient dans des volumes.

J'ai pour la vie privée de Louis XIV les mémoires de M. Dangeau, en quarante volumes dont j'ai extrait quarante pages ; j'ai ce que j'ai entendu dire à de vieux courtisans, valets, grands seigneurs, et autres ; et je rapporte les faits dans lesquels ils s'accordent. J'abandonne le reste aux faiseurs de conversations et d'anecdotes. J'ai un extrait de la fameuse lettre du roi au sujet de M. de Barbésieux dont il marque tous les défauts auxquels il pardonne en faveur des services du père : ce qui caractérise Louis XIV bien mieux que les flatteries de Pellisson.

Je suis assez instruit de l'aventure de l'homme au masque de fer, mort à la Bastille. J'ai parlé à des gens qui l'ont servi.

Il y a une espèce de mémorial, écrit de la main de Louis XIV, qui doit être dans le cabinet de Louis XV. M. Hardion le connaît sans doute ; mais je n'ose en demander communication.

Sur les affaires de l'Église, j'ai tout le fatras des injures de parti ; et je tâcherai d'extraire une once de miel de l'absinthe des Jurieu, des Quesnel, des Doucin, etc.

Pour le dedans du royaume, j'examine les mémoires des intendants, et les bons livres qu'on a sur cette matière. M. l'abbé de Saint-Pierre a fait un journal politique de Louis XIV que je voudrais bien qu'il me confiât. Je ne sais s'il fera cet acte de bienfaisance pour gagner le paradis.

À l'égard des arts et des sciences, il n'est question, je crois, que de tracer la marche de l'esprit humain en philosophie ; en éloquence, en poésie, en critique ; de marquer les progrès de la peinture, de la sculpture, de la musique, de l'orfèvrerie, des manufactures de tapisserie, de glaces, d'étoffes d'or, de l'horlogerie. Je ne veux que peindre, chemin faisant, les génies qui ont excellé dans ces parties. Dieu me préserve d'employer 300 pages à l'histoire de Gassendi ! La vie est trop courte, le temps trop précieux pour dire des choses inutiles.

En un mot, Monsieur, vous voyez mon plan mieux que je pourrais vous le dessiner. Je ne me presse point d'élever mon bâtiment. *Pendent opera interrupta, minaeque murorum ingentes*[a]. Si vous daignez me conduire, je pourrai dire alors : *aequataque machina coelo*[b]. Voyez ce que vous pouvez faire pour moi, pour la vérité, pour un siècle qui vous compte parmi ses ornements.

À qui daignerez-vous communiquer vos lumières, si ce n'est à un homme qui aime sa patrie et la vérité, et qui ne cherche à écrire l'histoire ni en flatteur, ni en panégyriste, ni en gazetier, mais en philosophe ?

a. « Les travaux interrompus restent en suspens, ainsi que les masses énormes des murs qui menacent le ciel » (Virgile, *L'Énéide*, IV, v. 88-89, à propos des travaux entrepris par Didon pour construire Carthage).

b. « Et les échafaudages qui s'égalent au ciel » (*ibid.*).

Celui qui a si bien débrouillé le chaos de l'origine des Français m'aidera sans doute à répandre la lumière sur les plus beaux jours de la France. Songez, Monsieur, que vous rendrez service à votre disciple et à votre admirateur.

Je serai toute ma vie avec autant de reconnaissance que d'estime etc.

VOLTAIRE.

Je vous prie de me dire si le livre de La Hode[1] mérite que je l'achète et ce que c'est que La Hode.

33. À ROLLAND PUCHOT DES ALLEURS

À Cirey, le 26 novembre [1738]

Si vous n'aviez point signé, Monsieur, la lettre ingénieuse et solide dont vous m'avez honoré, je vous aurais très bien deviné. Je sais que vous êtes le seul homme de votre espèce capable de faire un pareil honneur à la philosophie : j'ai reconnu cette âme de Bayle à qui le ciel pour sa récompense a permis de loger dans votre corps. Il appartient à un génie, cultivé comme le vôtre, d'être sceptique : beaucoup d'esprits légers et inappliqués décorent leur ignorance d'un air de pyrrhonisme, mais vous ne doutez beaucoup que parce que vous pensez beaucoup.

Je marcherai sous vos drapeaux une très grande partie du chemin, et je vous prierai de me donner la main pour le reste de la journée.

Je crois qu'en métaphysique vous ne me trouverez

guère hors des rangs que vous aurez marqués. Il y a deux points dans cette métaphysique : le premier est composé de trois ou quatre petites lueurs que tout le monde aperçoit également ; le second est un abîme immense où personne ne voit goutte. Quand par exemple nous serons convenus qu'une pensée n'est ni ronde ni carrée, que les sensations ne sont que dans nous et non dans les objets, que nos idées nous viennent toutes par les sens (quoi qu'en disent Descartes et Malebranche), que l'âme etc... Si nous voulons aller un pas plus avant, nous voilà dans le vaste royaume des choses possibles.

Depuis l'éloquent Platon jusqu'au profond Leibnitz tous les métaphysiciens ressemblent, à mon gré, à des voyageurs curieux qui seraient entrés dans les antichambres du sérail du Grand Turc, et qui ayant vu de loin passer un eunuque prétendraient conjecturer de là combien de fois sa hautesse a caressé cette nuit son odalisque. Un voyageur dit trois, un autre dit quatre etc. Le fait est que le grand sultan a dormi toute la nuit.

Vous avez assurément grande raison d'être révolté de ce ton décisif avec lequel Descartes donne ses mauvais contes de fées. Mais, je vous prie, ne lui reprochez pas l'algèbre et le calcul géométrique ; il ne l'a que trop abandonné dans tous ses ouvrages : il a bâti son château enchanté sans daigner seulement prendre la moindre mesure. Il était un des plus grands géomètres de son temps, mais il abandonna sa géométrie, et même son esprit géométrique, pour l'esprit d'invention, de système et de roman. C'est là ce qui devait le décrier, et c'est, à notre honte, ce qui a fait son succès. Il faut l'avouer, toute sa physique n'est qu'un tissu d'erreurs : lois du mouvement fausses, tourbillons imaginaires démontrés impossibles dans son système et raccommodés en vain par Huygens, notions fausses de l'anatomie, théorie erronée de la lumière, matière magnétique cannelée impossible, trois éléments à mettre dans *Les Mille et Une Nuits*, nulle observation de la nature, nulle découverte. Voilà pourtant ce que c'est que Descartes.

Il y avait de son temps un Galilée qui était un véritable inventeur, qui combattait Aristote par la géométrie et par des expériences, tandis que Descartes n'opposait que de nouvelles chimères à d'anciennes rêveries. Mais ce Galilée ne s'était point avisé de créer un univers comme Descartes : il se contentait de l'examiner. Il n'y avait pas là de quoi en imposer au vulgaire grand et petit. Descartes fut un heureux charlatan, mais Galilée était un grand philosophe.

Que je suis bien de votre avis, Monsieur, sur Gassendi ! Il relâche, comme vous dites énergiquement, la force de toutes ses raisons. Mais un plus grand malheur, encore, c'est que les raisons lui manquent. Il a deviné bien des choses qu'on a prouvées après lui.

Ce n'est pas assez par exemple, de combattre le plein par des arguments plausibles ; il fallait qu'un Newton en examinant le cours des comètes, démontrât de quelle quantité elles vont nécessairement plus vite à la hauteur de nos planètes, et que par conséquent elles ne peuvent être portées par un prétendu tourbillon de matière qui ne peut aller à la fois lentement avec une planète et rapidement avec une comète dans la même couche. Il a fallu que M. Bradley découvrît la progression de la lumière et démontrât qu'elle n'est point retardée dans son chemin d'une étoile à nous, et que par conséquent il n'y a point là de matière. Voilà ce qui s'appelle être physicien. Gassendi est un homme qui vous dit en gros qu'il y a quelque part une mine d'or, et les autres vous apportent cet or qu'ils ont fouillé, épuré et travaillé.

Ce ne sera donc point, Monsieur, sur la physique que je serai entièrement pyrrhonien, car comment douter de ce que l'expérience découvre, et de ce que la géométrie confirme ? Parce qu'Anaxagore, Leucippe, Aristote et tous les Grecs babillards ont dit longuement des absurdités, cela empêche-t-il que Galilée, Cassini, Huygens n'aient découvert de nouveaux cieux ? la théorie des forces mouvantes en sera-t-elle moins vraie ? Nous avons la longitude et la latitude de deux mille étoiles dont les anciens ne supposaient pas seulement l'existence, et nous avons découvert plus de vérités physiques sur la terre que Flamestead ne compte d'étoiles dans son catalogue.

Tout cela est peu de chose pour l'immensité de la nature, j'en conviens ; mais c'est beaucoup pour la faiblesse de l'homme. Le peu que nous savons étend réellement les forces de l'âme : l'esprit y trouve autant de plaisirs que le corps en éprouve dans d'autres jouissances qui ne sont pas à mépriser.

Je m'en rapporte à vous sur tout cela. Si le don de penser rend heureux, je vous tiens, Monsieur, pour le plus fortuné des hommes. Vous savez jouir, vous savez douter, vous savez affirmer quand il le faut.

Vous me donnez très poliment un conseil très sage : c'est de paraître douter des choses que je veux persuader, et de présenter comme probable ce qui est démontré.

Così alegro franciull' porgiamo aspersi
di soave licor gli orti del vaso[a].

a. « Sucrer le bord de la coupe pour en faire avaler le contenu amer » (Le Tasse, *Jérusalem délivrée*, I, III, v. 5-6).

Je vous réponds bien que si j'avais fait quelque découverte, quand je la croirais inébranlable, je la donnerais sous les livrées modestes du doute. Il sied bien d'être un peu honteux quand on fait boire aux gens le vin du cru. Mais permettez-moi de m'excuser si j'ai un peu trop vanté Newton. J'étais plein de ma divinité. Je ne suis pas sujet à l'enthousiasme, au moins en prose. Vous savez qu'en écrivant l'*Histoire de Charles XII* je n'ai trouvé qu'un homme où les autres voyaient un héros. Mais Newton m'a paru d'une tout autre espèce. Tout ce qu'il a dit m'a semblé si vrai que je n'ai pas eu le courage de faire la petite bouche. D'ailleurs vous connaissez les Français : parlez avec défiance de ce que vous leur donnez, ils vous prendront au mot.

Enfin les ménagements ne feront point passer la fausse monnaie pour la bonne chez la postérité : et si Newton a trouvé la vérité, elle et lui méritent qu'on les présente avec assurance à son siècle.

Je passe, Monsieur, à un article de votre lettre qui n'est pas le moins remarquable : c'est le goût épuré que vous y faites paraître. Vous voulez qu'on ne donne à la philosophie que les ornements qui lui sont propres, et qu'on n'affecte point de faire le plaisant ni l'homme de bonne compagnie quand il ne s'agit que de méthode et de clarté.

Ornari res ipsa negat, contenta doceri[a].

À la bonne heure que M. de Fontenelle ait égayé ses *Mondes*. Ce sujet riant pouvait admettre des

a. « La matière refuse les ornements, il lui suffit d'apporter des enseignements » (Manilius, *Astronomiques*, III, 39).

fleurs et des pompons ; mais des vérités plus approfondies sont de ces beautés mâles auxquelles il faut les draperies du Poussin. Vous me paraissez un des meilleurs faiseurs de draperie que j'aie jamais vus. Mme du Châtelet est entièrement de votre avis. Elle a un esprit qui, comme le dit La Fontaine de Mme de La Sablière,

A beauté d'homme avec grâces de femme[a].

Elle a lu et relu votre lettre avec une sorte de plaisir qu'elle goûte rarement. Elle avait déjà été bien contente d'une lance que vous avez rompue sur le nez de Crousaz en faveur de Bayle : elle voudrait bien voir un bâillon de votre façon mis dans la bouche bavarde de ce professeur dogmatique.

Continuez, Monsieur, à faire voir que les personnes d'un certain ordre en France ne passent point leur vie à ramper chez un ministre ou traîner leur ennui de maison en maison. Empêchez la prescription de la barbarie, et faites honneur à la France.

Permettez-moi de présenter mes très humbles compliments à un autre philosophe mondain qu'on dit aujourd'hui beaucoup plus joufflu que vous : il lit moins que vous Bayle et Cicéron, mais il vit avec vous, et cela vaut bien de bonnes lectures. Mme du Châtelet sera aussi transportée que moi si vous lui faites part de vos idées ; elle en est bien plus digne, quoique je sente tout leur prix.

Je suis etc.

a. « Le Corbeau, la Gazelle, la Tortue et le Rat » (La Fontaine, *Fables*, XII, 15).

34. À NICOLAS-CLAUDE THIERIOT

Ce 9 [janvier 1739]

Mon cher ami depuis ma dernière lettre écrite, vingt paquets arrivant à Cirey augmentent ma douleur, et celle de Mme du Châtelet. Encore une fois n'écoutez point quiconque vous donnera pour conseil, de boire votre vin de champagne gaîment, et d'oublier tout le reste. Buvez, mais remplissez les devoirs sacrés et nécessaires de la tendre amitié. Il n'y a pas de milieu, je suis déshonoré si l'écrit de Desfontaines subsiste sans réponse et si l'infâme calomnie n'est pas confondue.

Ouvrez les 40 tomes de Niceron, la vie des gens de lettres est écrite sur de pareils mémoires. Je serais indigne de la vie présente, si je ne songeais à la vie à venir, c'est-à-dire au jugement que la postérité fera de moi. Faudra-t-il que la crainte que vous inspire un scélérat vous force à un silence aussi cruel que son libelle ? et n'aurez-vous pas le courage d'avouer publiquement ce que vous m'avez tant de fois écrit, tant de fois dit devant tant de témoins ? Songez-vous que j'ai quatre lettres de vous dans lesquelles vous m'avouez que ce misérable Desfontaines avait fait un libelle sanglant intitulé *Apologie du sieur de...*, l'avait imprimé à Rouen, vous l'avait montré à La Rivière-Bourdet ? Mon honneur, l'intérêt public, votre honneur enfin vous pressent d'éclater. Que ne ferais-je point en votre place ? quel zèle ne m'inspirerait pas l'amitié ? quelle gloire j'acquerrais à défendre mon ami calomnié ? que je serais loin d'écouter quiconque me donnerait l'abominable conseil de me taire !

Ah mon ami, mon cher ami de 25 années, qu'avez-vous fait ? quelle malheureuse lettre dictée par la politique avez-vous écrite à Mme du Châtelet, à cette âme magnanime qui n'a pour politique que la vérité, l'amitié et le courage ? Réparez tout, il en est temps encore, écrivez-lui ce que votre cœur et non d'indignes conseils vous auront dicté, ne sacrifiez pas votre ami à un scélérat que vous abhorrez et qui vous a outragé. Je n'écris point au prince royal. Je veux savoir auparavant si vous lui avez envoyé ce malheureux libelle, c'est un point essentiel. Dites-nous franchement la vérité, et mettez le repos dans un cœur qui s'est donné à vous. Les larmes me coulent des yeux en vous écrivant. Au nom de Dieu, courez chez le père Brumoy, voyez quelques-uns de ces pères, mes anciens maîtres, qui ne doivent jamais être mes ennemis, parlez avec tendresse, avec force. Père Brumoy a lu *Mérope*, il en est content, père Tournemine en est enthousiasmé. Plût à Dieu que je méritasse leurs éloges, assurez-les de mon attachement inviolable pour eux, je le leur dois, ils m'ont élevé, c'est être un monstre que de ne pas aimer ceux qui ont cultivé notre âme.

Parlez de Rousseau et de nos procédés avec la sagesse que vous mettez dans vos discours, et qui fera d'autant plus d'impression qu'elle sera appuyée par des faits incontestables. Écrivez-moi, et comptez que mon cœur est encore plus rempli d'amitié pour vous que de douleur.

V.

Voici une lettre pour le protecteur véritable de plusieurs beaux arts, pour M. de Caylus, donnez-la-lui, accompagnez-la de ce zèle tendre qui donne l'âme à tout, et qui répand dans les cœurs le plus divin des sentiments, l'envie de rendre service.

Je vous embrasse.

35. À ANNE-CLAUDE-PHILIPPE DE TUBIÈRES-GRIMOARD DE PESTELS DE LÉVIS, COMTE DE CAYLUS

[9 janvier 1739 ?]

Vous me comblez de joie et de reconnaissance, Monsieur ; je m'intéresse presque autant que vous aux progrès des arts, et particulièrement à la sculpture et à la peinture dont je suis simple amateur. M. Bouchardon est notre Phidias. Il y a bien du génie dans son idée de l'Amour qui fait un arc de la massue d'Hercule, mais alors cet Amour sera bien grand. Il sera nécessairement dans l'attitude d'un garçon charpentier ; il faudra que la massue et lui soient à peu près de même hauteur. Car Hercule avait, dit-on, neuf pieds de haut, et sa massue environ six. Si le sculpteur observe ces dimensions, comment reconnaîtrons-nous l'Amour enfant, tel qu'on doit toujours le figurer ? Pensez-vous que l'Amour faisant tomber des copeaux à ses pieds, à coups de ciseau, soit un objet bien agréable ? De plus, en voyant une partie de cet arc qui sort de la massue, devinera-t-on que c'est l'arc de l'Amour ? L'épée, aux pieds, dira-t-elle que c'est l'épée de Mars ? Et pourquoi de Mars plutôt que d'Hercule ?

Il y a longtemps qu'on a peint l'Amour jouant avec les armes de Mars, et cela est en effet pittoresque, mais j'ai peur que la pensée de Bouchardon ne soit qu'ingénieuse.

Il en est, ce me semble, de la sculpture et de la peinture comme de la musique : elles n'expriment point l'esprit. Un madrigal ingénieux ne peut être rendu par un musicien ; et une allégorie fine, et qui n'est que pour l'esprit, ne peut être exprimée ni par le sculpteur, ni par le peintre. Il faut, je crois, pour rendre une pensée fine, que cette pensée soit animée de quelque passion, qu'elle soit caractérisée d'une manière non équivoque, et surtout que l'expression de cette pensée soit aussi gracieuse à l'œil que l'idée est riante pour l'esprit. Sans cela on dira : un sculpteur a voulu caractériser l'Amour, et il a fait l'Amour sculpteur. Si un pâtissier devenait peintre, il peindrait l'Amour tirant de son four des petits pâtés. Ce serait, à mes yeux, un mérite, si cela était gracieux ; mais la seule idée des calus que l'exercice de la sculpture donne souvent aux mains, peut défigurer l'amant de Psyché.

Enfin ma grande objection est que si M. Bouchardon peut faire de son marbre deux figures, il est fort triste qu'une grande vilaine massue, ou une petite massue sans proportion, gâte son ouvrage. J'ai peut-être tort ; je l'ai sûrement si vous me condamnez ; mais je vous demande, Monsieur, ce qui fera la beauté de son ouvrage ? C'est l'attitude de l'Amour, c'est la noblesse et le charme de sa figure ; le reste n'est pas fait pour les yeux. N'est-il pas vrai qu'une main bien faite, un œil animé, vaut mieux que toutes les allégories ? Je voudrais que notre grand sculpteur fît quelque chose de passionné. Puget a si bien exprimé la douleur ! un Apollon qui vient de tuer Hyacinthe, un Amour qui voit Psyché évanouie, une Vénus auprès d'Adonis expirant ! Ce sont là, à mon gré, de ces sujets qui peuvent faire briller toutes les parties de la sculpture. Je suis bien hardi de parler ainsi devant vous ; je vous supplie, Monsieur, d'excuser tant de témérité.

Je n'ai rien à dire sur la belle fontaine qui va embellir notre capitale, sinon qu'il faudrait que M. Turgot fût notre édile et notre préteur perpétuel. Les Parisiens devraient contribuer davantage à embellir leur ville, à détruire les monuments de la barbarie gothique, et particulièrement ces ridicules fontaines de village qui défigurent notre ville. Je ne doute pas que Bouchardon ne fasse de cette fontaine un beau morceau d'architecture, mais qu'est-ce qu'une fontaine adossée à un mur dans une rue, et cachée à moitié par une maison ? Qu'est-ce qu'une fontaine qui n'aura que deux robinets, où les porteurs d'eau viendront remplir leurs seaux ? Ce n'est pas ainsi qu'on a construit les fontaines dont Rome est embellie. Nous avons bien de la peine à nous tirer du goût mesquin et grossier. Il faut que les fontaines soient élevées dans les places publiques, et que ces beaux monuments soient vus de toutes parts. Il n'y a pas une seule place publique dans le vaste faubourg Saint-Germain ; cela fait saigner le cœur. Paris est comme la statue de Nabuchodonosor, en partie or, en partie fange, etc., etc.

36. À JOHN HERVEY, BARON HERVEY D'ICKWORTH

[Vers le 1er juin 1740]

Je fais compliment à votre nation, milord, sur la prise de Porto-Bello, et sur votre place de garde des sceaux. Vous voilà fixé en Angleterre, c'est une raison pour moi d'y voyager encore. Je vous réponds bien que si certain procès est gagné, vous verrez arriver à Londres une petite compagnie choisie de neutoniens, à qui le pouvoir de votre attraction, et celui de milady Harvey feront passer la mer. Ne jugez point je vous prie de mon *Essai sur le siècle de Louis XIV* par les deux chapitres imprimés en Hollande avec tant de fautes qui rendent mon ouvrage méconnaissable, et inintelligible. Si la traduction anglaise s'est faite sur cette copie informe, le traducteur est digne de faire une version de l'Apocalypse : mais surtout soyez un peu moins fâché contre moi, de ce que j'appelle le dernier siècle le siècle de Louis XIV. Je sais bien que Louis XIV n'a eu l'honneur d'être le maître ni le bienfaiteur d'un Baile, d'un Neuton, d'un Halley, d'un Adisson, d'un Driden ; mais dans le siècle que l'on nomme le siècle de Léon X ce pape Léon X avait-il tout fait ? n'y avait-il pas d'autres princes qui contribuassent à polir et à éclairer le genre humain ? cependant le nom de Léon X a prévalu parce qu'il encouragea les arts plus qu'aucun autre. Eh quel roi a donc en cela rendu plus de services à l'humanité, que Louis XIV ? quel roi a répandu plus de bienfaits, a marqué plus de goût, s'est signalé par plus beaux établissements ? Il n'a pas fait tout ce qu'il pouvait faire, sans doute parce qu'il était homme, mais il a fait plus qu'aucun autre, parce qu'il était un grand homme. Ma plus forte raison pour l'estimer beaucoup, c'est qu'avec des fautes connues, il a plus de réputation qu'aucun de ses contemporains. C'est que malgré un million d'hommes dont il a privé la France, et qui tous ont été intéressés à le décrier, toute l'Europe l'estime ; et le met au rang des plus grands, et des meilleurs monarques.

Nommez-moi donc un souverain qui ait attiré chez lui plus d'étrangers habiles, et qui ait plus encouragé le mérite dans ses sujets. Soixante savants de l'Europe reçurent de lui des récompenses, étonnés d'en être connus. C'est sous lui qu'on vit fleurir les Corneille, les Racine, les Quinault, les Lulli, les Molière, les La Fontaine, les Le Sueur, les Le Brun, les Jouvenet, les Mansard, les Perrault, les Girardon, les Puget, les Coysevox. On vit aussi un Bossuet, un Fénélon, un Fléchier, un Mascaron, un Bourdaloue, un Massillon, faire connaître aux hommes de nouveaux genres d'éloquence. Tous les arts ont été perfectionnés, et tous récompensés ; Paris effaça Rome, et Athènes : songez que tandis que ce grand prince soutenait la guerre contre plus de la moitié de l'Europe, il envoyait des géomètres, et des physiciens, au fond de l'Afrique, et de l'Amérique, chercher de nouvelles connaissances. Songez, milord, que sans le voyage et les expériences de ceux qu'il envoya à la Caïenne en 1672, j'ajouterai, sans les mesures de M. Picard, Neuton n'eût pas fait ses découvertes sur l'attraction. Regardez je vous prie, un Cassini, et un Huygens, qui renoncent tous deux à leur patrie qu'ils honorent pour venir jouir de l'estime, et des bienfaits de Louis XIV, et pensez-vous que les Anglais même ne lui aient point d'obligation ? Dites-moi je vous prie dans quelle cour Charles II puisa tant de politesse, et de goût ? Les bons auteurs de Louis XIV n'ont-ils pas été vos modèles ? n'est-ce pas d'eux que votre sage Adisson, l'homme de votre nation qui avait le plus de goût a tiré souvent ses excellentes critiques ? Pensez-vous que l'auteur de Caton, n'ait pas dû sa conduite et sa sagesse aux Corneille, et aux Racine ? Dites-moi si les bons livres de ce temps n'ont pas servi à l'éducation de tous les princes de l'empire ? Dans quelle cour d'Allemagne n'a-t-on pas vu des théâtres français ? Quel prince ne tâchait pas d'imiter Louis XIV ? Quel peuple ne l'estimait point ? Quelle nation ne suivait alors les modes de la France ? Vous m'opposez, milord, l'exemple du czar Pierre le Grand, qui a fait naître les arts dans son pays, et qui est le créateur d'une nation nouvelle. Vous me dites cependant que son siècle ne sera point appelé dans l'Europe le siècle de czar Pierre : vous concluez de là qu'on ne doit point appeler le siècle passé, le siècle de Louis XIV. Il me semble que la différence est bien palpable. Le czar Pierre s'est instruit chez les autres peuples, il a porté leurs arts chez lui, mais Louis XIV a instruit les nations, il était pour ainsi dire l'âme des princes de l'Europe. Tout jusqu'à ses fautes même leur a été utile. Les protestants qui ont quitté ses États, ont porté chez vous-même une industrie qui faisait la richesse de la France. Comptez-vous pour rien tant de manufactures de soie, et de cristaux ? Ces dernières surtout furent perfectionnées chez vous par nos réfugiés, et nous avons perdu ce que vous avez acquis. Enfin la langue française est presque devenue la langue universelle ; à qui en est-on redevable ? était-elle ainsi étendue du temps de Henri IV ? Non sans doute, on ne connaissait que l'italien, et l'espagnol. Ce sont nos excellents écrivains qui ont fait ce changement : mais qui a protégé, employé, encouragé ces excellents écrivains ? Ne regardez pas seulement Louis XIV comme un homme heureux qui n'a point de part à la gloire de son règne, il a réformé seul le goût de sa cour en plus d'un genre. Il choisit Lulli pour son musicien, il ôta le privilège à Lambert, parce que Lambert était un homme médiocre, et Lulli un homme excellent. Il savait distinguer l'esprit du génie. Il donnait à Quinault le sujet de ses opéras ; il dirigeait les peintures de Le Brun ; il soutenait Corneille et Racine contre leurs ennemis ; il encourageait les arts utiles comme les beaux-arts, et toujours en connaissance de cause ; il prêtait de l'argent à Vanrobez pour établir des manufactures ; il avançait des millions à la compagnie des Indes qu'il avait formée ; il donnait des pensions aux savants, et aux braves officiers. Non seulement il s'est fait des grandes choses sous son règne, mais c'est lui qui les faisait. Souffrez donc, milord, que je tâche d'élever à sa gloire un monument que je consacre encore plus à l'utilité du genre humain. Je ne considère pas seulement Louis XIV parce qu'il a fait du bien aux Français, mais parce qu'il a fait du bien aux hommes. C'est comme homme, et non comme juge que j'écris, je veux peindre le dernier siècle, et non seulement un prince. Je suis las des histoires, où il n'est question que des aventures d'un roi, comme s'il existait seul ou que rien n'existât que par rapport à lui : en un mot c'est d'un plus grand siècle que d'un plus grand roi que j'écris l'histoire. Je pense que vous trouverez dans cet ouvrage quelques-uns de vos sentiments, plus je penserai comme vous, plus j'aurai droit d'espérer l'approbation publique.

37. À JEAN-BAPTISTE-NICOLAS FORMONT

À Bruxelles 3 mars [1741]

Fourmont, vous, et les du Deffand,
C'est-à-dire les agréments,
L'esprit, les bons mots, l'éloquence,
Et vous, plaisirs, qui valez tout,
Plaisirs, que je suivis par goût,
Et les Newton par complaisance ;
Que m'ont servi tous ces efforts
De notre incertaine science,
Et ces carrés de la distance,
Ces corpuscules, ces ressorts,
Cet infini si peu traitable ?
Hélas ! tout ce qu'on dit des corps
Rend-il le mien moins misérable ?
Mon esprit est-il plus heureux,
Plus droit plus éclairé plus sage,
Quand de René, le songe creux
J'ai lu le romanesque ouvrage ?
Quand, avec l'oratorien
Je vois qu'en Dieu je ne vois rien,
Ou qu'après quarante escalades
Au château de la vérité,
Sur le dos de Leibnitz monté,
Je ne trouve que des monades ?
Ah ! fuyez, songes imposteurs,
Ennuyeuse et froide chimère ;
Et puisqu'il nous faut des erreurs,
Que nos mensonges sachent plaire.
L'esprit méthodique et commun
Qui calcule un, par un, donne un,

S'il fait ce métier importun,
C'est qu'il n'est pas né pour mieux faire.
Du creux profond des antres sourds
De la sombre philosophie
Ne voyez-vous pas Émilie
S'avancer avec les Amours ?
Sans ce cortège qui toujours
Jusqu'à Bruxelles l'a suivie,
Elle aurait perdu ses beaux jours
Avec son Leibnitz qui m'ennuie.

Mon cher ami, voilà comme je pense, et après avoir bien examiné s'il faut supputer la force motrice des corps par la simple vitesse, ou par le carré de cette vitesse, j'en reviens aux vers, parce que vous me les faites aimer. J'ose donc vous envoyer quatre volumes de rêveries poétiques. Je trouve qu'il est encore plus difficile d'avoir des songes heureux en poésie qu'en philosophie. *Mahomet* est un terrible problème à résoudre ; et je ne crois pas que je sois prophète dans mon pays, comme il l'a été dans le sien. Mais si vous m'aimez toujours, je serai plus que prophète, comme dit l'autre. C'est l'opinion que j'ai de votre extrême indulgence qui me fait hasarder ces quatre volumes par le coche de Bruxelles. C'est à vous maintenant, mon cher ami, à vous servir de votre crédit, et à faire quelque brigue à la cour pour pouvoir retirer de la douane ce paquet, qui pèse environ deux livres. Une de vos conversations avec Mme du Deffand vaut mieux que tout ce qui est à la chambre syndicale des libraires.

Mme du Châtelet vous fait mille compliments. Elle sait ce que vous valez, tout comme Mme du Deffand. Ce sont deux femmes bien aimables que ces deux femmes-là !

Adieu, mon cher ami.

38. À PIERRE-ROBERT LE CORNIER DE CIDEVILLE

À Bruxelles ce 11 juillet 1741

Vir bonus et prudens versus reprehendet inertes, fiet Aristarchus[a].

Voilà comme il faut des amis. Dites-moi donc votre sentiment mon cher Aristarque et ayez la bonté de renvoyer bien cacheté à l'abbé Moussinot ce que j'ai soumis à vos lumières. Si Mahomet n'est pas votre prophète, soyez le mien. Il serait plus doux de se parler que de s'écrire, mais la destinée recule toujours le temps heureux où Paris doit nous réunir. Nous y habiterons un jour, je n'en veux pas douter, mais j'y arriverai vieilli par les maladies et par la faiblesse de mon tempérament. Le cœur ne vieillit point, je le sais bien, mais il est dur aux immortels de se trouver logés dans des ruines. Je rêvais il n'y a pas longtemps à cette décadence qui se fait sentir de jour en jour et voici comme j'en parlais, car il faut que je vous fasse cette douloureuse confidence.

Si vous voulez que j'aime encore,
Rendez-moi l'âge des amours.
Au crépuscule de mes jours
Rejoignez s'il se peut l'aurore.

Des beaux lieux où le dieu du vin
Avec l'amour tient son empire,

a. « Homme bon et sage, il reprendra les vers faibles, il se fera Aristarque » (Horace, *Art poétique*, I, v. 132).

Le temps qui me prend par la main
M'avertit que je me retire.

Quoi, pour toujours vous me fuyez,
Tendresse, illusion, folie,
Dons du ciel qui me consoliez
Des amertumes de la vie !

Que le matin touche à la nuit !
Je n'eus qu'une heure, elle est finie.
Nous passons. La race qui suit
Déjà par une autre est suivie.

On meurt deux fois, je le vois bien :
Cesser d'aimer et d'être aimable
C'est une mort insupportable,
Cesser de vivre ce n'est rien.

Ainsi je déplorais la perte
Des erreurs de mes premiers ans
Et mon âme aux désirs ouverte
Regrettait ses égarements.

Du ciel alors daignant descendre
L'amitié vint à mon secours :
Elle est plus égale, aussi tendre,
Et moins vive que les amours.

Touché de sa beauté nouvelle
Et de sa lumière éclairé,
Je la suivis ; mais je pleurai
De ne pouvoir plus suivre qu'elle.

Cette amitié est pourtant une charmante consolation. Eh, qui m'en fait connaître le prix mieux que vous ? L'amour à qui vous avez si bien sacrifié toute votre vie n'a servi qu'à vous rendre tendre pour vos amis, et à rendre votre société encore plus délicieuse. Cependant vous plaisez, et vous voilà près des degrés du palais ; quel métier pour vous et pour Mme du Châtelet de passer son temps avec des exploits et des contredits ! Je défie votre chicane de Rouen d'être plus chicane que celle de Bruxelles. Un beau matin nous devrions laisser là *toutes ces amertumes de la vie* et nous rassembler avec *levia carmina et faciles versus*[a1]. N'êtes-vous pas à présent avec votre procureur ? Mme du Châtelet est avec le sien. Mais moi je suis avec vous deux. Adieu, bonsoir charmant ami. Je vais m'enfoncer dans le travail, qui après l'amitié est une grande consolation.

V.

39. À FRÉDÉRIC II, ROI DE PRUSSE

À Paris ce 26 mai 1742

Le Salomon du Nord en est donc l'Alexandre ?
Et l'amour de la terre en est aussi l'effroi ?
L'Autrichien vaincu fuyant devant mon roi,
Au monde à jamais doit apprendre
Qu'il faut que les guerriers prennent de vous la loi,
Comme on vit les savants la prendre.
J'aime peu les héros, ils font trop de fracas ;
Je hais les conquérants, fiers ennemis d'eux-mêmes,
Qui dans les horreurs des combats
Ont placé le bonheur suprême ;

a. « Des poèmes légers et des vers faciles » (Tacite, *Annales*, XVI, 19).

Cherchant partout la mort, et la faisant souffrir
À cent mille hommes leurs semblables ;
Plus leur gloire a d'éclat, plus ils sont haïssables.
Ô ciel que je dois vous haïr !
Je vous aime pourtant, malgré tout ce carnage
Dont vous avez souillé les champs de nos Germains,
Malgré tous ces guerriers que vos vaillantes mains
Font passer au sombre rivage.
Vous êtes un héros ; mais vous êtes un sage.
Votre raison maudit les exploits inhumains
Où vous força votre courage,
Au milieu des canons, sur des morts entassés,
Affrontant le trépas, et fixant la victoire,
Du sang des malheureux cimentant votre gloire,
Je vous pardonne tout, si vous en gémissez.

Je songe à l'humanité, Sire, avant de songer à vous-même ; mais après avoir en abbé de Saint-Pierre pleuré sur le genre humain dont vous devenez la terreur, je me livre à toute la joie que me donne votre gloire. Cette gloire sera complète si Votre Majesté force la reine d'Hongrie à recevoir la paix, et les Allemands à être heureux. Vous voilà le héros de l'Allemagne, et l'arbitre de l'Europe. Vous en serez le pacificateur, et nos prologues d'opéra ne seront plus que pour vous.

La fortune, qui se joue des hommes, mais qui vous semble asservie, arrange plaisamment les événements de ce monde. Je savais bien que vous feriez de grandes actions ; j'étais sûr du beau siècle que vous alliez faire naître ; mais je ne me doutais pas, quand le comte du Four allait voir le maréchal de Broglio, et qu'il n'en était pas trop content, qu'un jour ce comte du Four aurait la bonté de marcher avec une armée triomphante au secours du maréchal, et le délivrerait par une victoire. Votre Majesté n'a pas daigné jusqu'à présent instruire le monde des détails de cette journée. Elle a eu je crois autre chose à faire que des relations, mais votre modestie est trahie par quelques témoins oculaires, qui disent tous qu'on ne doit le gain de la bataille qu'à l'excès de courage et de prudence que vous avez montré. Ils ajoutent que mon héros est toujours sensible, et que ce même homme qui fait tuer tant de monde, est au chevet du lit de M. de Rotembourg. Voilà ce que vous ne mandez point, et que vous pourriez pourtant avouer comme des choses qui vous sont toutes naturelles. Continuez Sire, mais faites autant d'heureux au moins dans ce monde, que vous en avez ôté ; que mon Alexandre redevienne Salomon le plus tôt qu'il pourra, et qu'il daigne se souvenir quelquefois de son ancien admirateur, de celui qui par le cœur est à jamais son sujet, de celui qui viendrait passer sa vie à vos pieds, si l'amitié, plus forte que les rois et que les héros, ne le retenait, et qui sera attaché à jamais à Votre Majesté avec le plus profond respect et la plus tendre vénération.

DE VOLTAIRE.

40. À JEAN-JACQUES AMELOT DE CHAILLOU

À La Haye ce 1er août 1743

Monseigneur,

Le 21 du mois passé je dépêchai un courrier jusqu'à Lille avec un paquet qu'il devait rendre à Mme Denis, ma nièce, femme du commissaire des guerres. Il y avait dans ce paquet une lettre à M. le comte de Maurepas pour être mise sur-le-champ à la poste et sous l'enveloppe de M. de Maurepas une lettre pour vous de six pages dans laquelle entre plusieurs particularités j'avais l'honneur de vous parler de la petite découverte suivante :

Le roi de Prusse fait négocier secrètement un
emprunt
466 730 440,0,631 14 198 26 740 35 27, 0713 617 836
de 400 mille florins à Amsterdam à 3 ½ pour cent. Je
271 19 363 132 701874 429 77 31 638 81 520 89 110 939
conclus que son trésor n'est pas aussi considérable
2132 13 245 938 10 9 70 655 3843 0702 0761 749 692
veut emprunter à petit intérêt
qu'on le dit ou qu'il 101 94 614 836 38 850 154 567
pour rembourser des sommes qui
808 707 370 051 289 56 373 117 0481 210 628 0712 20
en portent un plus grand. Je demandais la per-
282 651 317 48 196 60 929 vous
mission de me servir de cette connaissance pour démêler si
il voudrait recevoir des subsides
dans l'occasion 107 8 878 847 301 678 945, et j'osais
proposer une manière d'affamer les armées ennemies
66 923 735 803 228 111 45 913 64
laquelle ce prince pourrait mettre en usage avec adresse ;
74 946 18 103 2 72 47 20 904 823 0752 0112 513
Cependant j'ai fait proposer par une voie très secrète
031 10614 599 26 0701 0713 7 83 70 740 685 99
au monarque de faire quelque difficulté aux Provinces
112 062 322 350 258 811 927 24 321 0612 510 221
unies touchant le passage des munitions de guerre
0232 890 915 678 0463 174 150 66 862 0601 538 898 708
qui doivent remonter le Rhin sur son territoire. Il a
163 850 231 918 52 9 850 429 439 162. 107 31 748 231
approuvé le projet et si les choses ne changent pas, son

767 89 987 228 998 720 827 271 0702 9
ministre a ordre de retarder ce passage autant qu'il le
137 99 11 62 56 431 41 470 18 0232 890, 915 451 29
pourra. Il s'y prend avec beaucoup d'art. L'envoyé du
213 289 51 730 919 987 49 38 33 36 242 33 323 86
roi de Prusse a ordre de n'en rien communiquer à l'Ambas-
791 22 0631 31 11 206 38 108 203 737 344 88 81 374 237
sadeur de France, parce qu'on craint qu'il ne puisse
19 625 463 18 319 410 91 80 841 5 281 45 20
s'en prévaloir dans la chaleur des conjonctures pré-
140 283 525 839 226 219 324 265 210 576 102
sentes. On ne veut point paraître lié avec vous. On
68 319 720 101 370 0882 482 560293 35 36 0622 161
veut vous servir sous-main, en ménageant la République
319 101 391 634 5666 41 12 105 20672461 915 536 219 0703
Je tâcherai de faire fermenter ce petit levain.
13 431 954 51 90 62 0822 407 211 26, 112 808 707 94 231
Je peux vous assurer que le fond des sentiments du
283 969 929 73 043 80 531 515 213 327 678 894 22 0631 43
roi de Prusse est tel qu'il a été observé dans l'année
465 29 893 25 37 0351 807 107 383 348 1 391 74 0302
où il écrivit la lettre

ci-jointe dont j'ai l'honneur de vous envoyer copie authentique.

lui faire ma cour à Aix-la-Chapelle
Je compte toujours 268 0822 343 17 99 490 39874
324 808 37 213 vers le 18 du mois.
629 22 834. Si vous avez quelques ordres à me donner je les exécuterai avec l'empressement d'un homme qui connaît le prix de votre estime, et qui n'ambitionne que l'honneur de vous servir.

Je suis avec un profond respect,
Monseigneur,
votre très humble et très obéissant serviteur,

XXX

41. À GABRIELLE-ÉMILIE LE TONNELIER DE BRETEUIL, MARQUISE DU CHÂTELET-LOMONT

Pardonne aux diamants qui forment la bordure
D'un portrait de peu de valeur.
Je n'ai pas mis tant d'art à te donner mon cœur :
Il n'a pas besoin de parure.

V.

Ce 13 août 1743.

Voici une autre pierre en cas d'accident.

42. À JACOB VERNET

À Cirey en Champagne, le 1er juin 1744

Monsieur,

Un des grands avantages de la littérature est de procurer des correspondances telles que la vôtre. J'ai reçu la lettre dont vous m'avez honoré et nous avons parlé de vous avec le père Jacquier, que vous avez vu à Genève, et je lui ai bien envié cette satisfaction. Je ne décide point entre Genève et Rome, comme vous savez, mais j'aimerais à voir l'une et l'autre et surtout votre Académie dans laquelle il y a tant d'hommes illustres, et dont vous faites l'ornement.

L'amitié qui m'a fait refuser tous les établissements considérables dont le roi de Prusse voulait m'honorer à sa cour, me retient en France ; c'est elle qui m'empêche de satisfaire le goût que j'ai toujours eu de voir votre république, c'est elle qui fait que Cirey est mon royaume et mon académie.

Je suis flatté que mes petites réflexions sur l'histoire ne vous aient pas déplu. J'ai tâché de mettre ces idées en pratique dans un essai que j'ai assez avancé sur l'histoire universelle depuis Charlemagne : il me semble qu'on n'a guère encore considéré l'histoire que comme des compilations chronologiques, on ne l'a écrite ni en citoyen, ni en philosophe. Que m'importe d'être bien sûr qu'Adaloaldus succéda au roi Agilulf en 616, et de quoi servent les anecdotes de leur cour ? Il est bon que ces noms soient écrits une fois dans les registres poudreux des temps, pour les consulter une fois peut-être dans la vie. Mais quelle misère de faire une étude de ce qui ne peut ni instruire, ni plaire, ni rendre meilleur ! Je me suis attaché à faire autant que j'ai pu l'histoire des mœurs, des sciences, des lois, des usages, des superstitions ; je ne vois presque que des histoires de rois, je veux celle des hommes. Permettez-moi de vous soumettre ce que je dis dans l'avant-propos de mon essai.

Voici comment je m'exprime : « Je regarde la chronologie et les successions des rois comme mes guides, et non comme le but de mon travail. Ce travail serait bien ingrat si je me borne à vouloir apprendre en quelle année un prince indigne de l'être succéda à un prince barbare. Il me semble, en lisant les histoires, que la terre n'ait été faite que pour quelques souverains, et pour ceux qui ont servi leurs passions ; presque tout le reste est abandonné. Les historiens en cela ressemblent à quelques tyrans dont ils parlent, ils sacrifient le genre humain à un seul homme. »

Je voudrais, Monsieur, être à portée de vous consulter sur cet essai que j'ai écrit dans cet esprit.

Peut-être un jour le ferai-je imprimer dans votre ville. À l'égard de mes autres ouvrages de littérature, tous les recueils qu'on en a faits sont très mauvais et fort incorrects. J'ai toujours souhaité qu'on en fît une bonne édition et puisque vous voulez bien m'en parler, je vous dirai que si quelque libraire de votre ville voulait en faire une édition complète, je lui donnerais toutes les facilités et tous les encouragements qui dépendraient de moi, et je lui assurerais même le débit de trois ou quatre cents exemplaires que je lui paierais au prix coûtant avec un bénéfice dont nous conviendrions, et je lui en remettrais l'argent qui serait entre les mains d'un banquier et lui serait délivré quand il livrerait les trois ou quatre cents exemplaires. Je suis extrêmement mécontent des libraires d'Amsterdam, et peut-être les vôtres me serviront-ils mieux. Mais c'est une entreprise que je voudrais très secrète, attendu les mesures que je dois garder en France. Vos libraires pourraient être sûrs qu'ils seraient seuls dépositaires des pièces que je leur ferais tenir, et que leur édition ferait infailliblement tomber toutes les autres. Le marché même que je leur propose serait un bon garant. Si vous trouvez donc, Monsieur, quelque libraire à qui cette entreprise convînt, je vous aurais l'obligation de me voir enfin imprimé comme il faut.

Vos réflexions sur le *Postquam nos Amaryllis*[a] et sur les rois de Naples me paraissent d'un homme qui connaît très bien les livres et le monde.

Comptez, Monsieur, que je suis avec la plus sincère estime etc.

VOLTAIRE.

a. « Depuis que [nous sommes au pouvoir] d'Amaryllis » (Virgile, *Églogues*, I, v. 30).

43. À MARIE-LOUISE DENIS

Ce 13 août [1744] à Cirey

Ma chère nièce j'aurai bientôt la consolation de vous embrasser ; je quitte la tranquillité de Cirey pour le chaos de Paris. Il faut absolument que je revienne préparer des fêtes, et peut-être de l'ennui à notre dauphine et à une cour pour laquelle je ne me sens point fait. Je me sens un peu honteux à mon âge de quitter ma philosophie et ma solitude pour être baladin des rois ; mais on dit qu'il y avait presse à être revêtu de cette grande dignité, et on m'a fait l'honneur de me donner la préférence. Il faut donc la mériter, tâcher de faire rire la cour, mêler le noble au comique, intéresser des gens qui ne s'intéressent qu'à eux-mêmes, donner un spectacle où il y ait de tout, et où la musique n'étouffe point les paroles, avoir affaire à vingt comédiens, à l'opéra, aux danseurs, décorateurs, et tout cela, pourquoi ? pour que la dauphine me fasse en passant un signe de tête. Allons, il faut partir puisque je vous verrai, et que nous nous consolerons tous deux, vous de vos pertes, et moi de la ridicule vie que je mène, toute contraire à mon humeur et à ma façon de penser. J'embrasse tendrement votre aimable sœur et son cher mari. Je ne sais mon enfant, aucune nouvelle d'aucun sous-fermier, et les Montigni ne m'ont point mandé l'établissement de Mlle de Montigni. Tout ce que je sais c'est que le plus riche fermier général, ne serait pas trop bon pour elle. Encore faudrait-il qu'il fût fort aimable. Elle mérite bien d'être heureuse. Elle a de l'esprit et des talents, et pense tout à fait à ma fantaisie.

En vous remerciant ma chère enfant des *Mahomet*.

Je vous prie de dire à votre ami La Porte qu'il me les garde jusqu'à ce que je lui donne une adresse. Présentez-lui bien mes remerciements. Je vous souhaite santé et tranquillité. Adieu ma chère nièce, je me flatte du plaisir de vous embrasser tous incessamment. Mme du Châtelet vous fait mille compliments.

V.

44. À PIERRE-ROBERT LE CORNIER DE CIDEVILLE

À Versailles 31 janvier 1745

Mon aimable ami je suis un barbare qui n'écris point ou qui n'écris qu'en vile prose. Vos vers font mon plaisir et ma confusion. Mais ne plaindrez-vous pas un pauvre diable qui est bouffon du roi à cinquante ans, et qui est plus embarrassé avec les musiciens, les décorateurs, les comédiens, les comédiennes, les chanteurs, les danseurs, que ne le seront les huit ou neuf électeurs pour se faire un César allemand ? Je cours de Paris à Versailles, je fais des vers en chaise de poste. Il faut louer le roi hautement, Mme la dauphine finement, la famille royale tout doucement, contenter la cour, ne pas déplaire à la ville.

Oh qu'il est plus doux mille fois
De consacrer son harmonie
À la tendre amitié dont le saint nœud nous lie !
Qu'il vaut mieux obéir aux lois
De son cœur et de son génie
Que de travailler pour des rois !

Bonjour mon cher ami, je cours à Paris pour une répétition, je reviens pour une décoration. Je vous attends pour me consoler et pour me juger. Que n'êtes-vous venu pour m'aider ! Adieu, je vous aime autant que j'écris peu.

V.

45. À LUC DE CLAPIERS, MARQUIS DE VAUVENARGUES

À Versailles, ce 3 avril [1745]

Vous pourriez, Monsieur, me dire comme Horace : *Tam rarò scribis, ut toto non quater anno*[a]. Ce ne serait pas la seule ressemblance que vous auriez avec ce sage aimable : il a pensé quelquefois comme vous dans ses vers ; mais il me semble que son cœur n'était pas si sensible que le vôtre. C'est cette extrême sensibilité que j'aime ; sans elle vous n'auriez point fait cette belle oraison funèbre dictée par l'éloquence et la tendre amitié. La première façon dont vous l'aviez commencée me paraît sans comparaison plus touchante, plus pathétique, que la seconde ; il n'y aurait seulement qu'à en adoucir quelques traits, et à ne pas comprendre tous les hommes dans le portrait funeste que vous en faites : il y a sans doute de belles âmes, et qui pleurent leurs amis avec des larmes véritables.

a. « Tu écris si rarement, que cela ne fait pas quatre lettres en toute une année » (Horace, *Satires*, II, III, v. 1).

N'en êtes-vous pas une preuve bien frappante, et croyez-vous être assez malheureux pour être le seul qui soyez sensible ? Ne parlons plus de La Fontaine ; qu'importe qu'en plaisantant on ait donné le nom d'instinct au talent singulier d'un homme qui avait toujours vécu à l'aventure, qui pensait et parlait en enfant sur toutes les choses de la vie, et qui était si loin d'être philosophe ? Ce qui me charme surtout de vos réflexions, Monsieur, et de tout ce que vous voulez bien me communiquer, c'est cet amour si vrai que vous témoignez pour les beaux-arts ; c'est ce goût vif et délicat qui se manifeste dans toutes vos expressions. Venez donc à Paris ; j'y profiterai avec assiduité de votre séjour. Vous serez peut-être étonné de recevoir une lettre de moi, datée de Versailles. La cour ne semblait guère faite pour moi ; mais les grâces que le roi m'a faites m'y arrêtent, et j'y suis à présent plus par reconnaissance que par intérêt. Le roi part, dit-on, les premiers jours du mois prochain, pour aller nous donner la paix à force de victoires. Vous avez renoncé à ce métier qui demande un corps plus robuste que le vôtre, et un esprit peu philosophique : c'est bien assez d'y avoir consacré vos plus belles années. Employez, Monsieur, le reste de votre vie à vous rendre heureux ; et songez que vous contribuerez à mon bonheur quand vous m'honorerez de votre commerce, dont je sens tout le prix.

46. À JEANNE-ANTOINETTE POISSON LE NORMANT D'ÉTIOLES, MARQUISE DE POMPADOUR

[Mai / juin 1745]

Sincère et tendre Pompadour,
Car je peux vous donner d'avance
Ce nom qui rime avec l'amour,
Et qui sera bientôt le plus beau nom de France,
Ce tokai dont Votre Excellence
Dans Étioles me régala
N'a-t-il pas quelque ressemblance
Avec le roi qui le donna ?
Il est comme lui sans mélange,
Il unit comme lui la force et la douceur,
Plaît aux yeux, enchante le cœur,
Fait du bien, et jamais ne change.

Le vin que m'apporta l'ambassadeur manchot du roi de Prusse (qui n'est pas manchot), derrière son tombereau d'Allemagne qu'il appelait carrosse, n'approche pas du tokai que vous m'avez fait boire. Il n'est pas juste que le vin d'un roi du Nord égale celui d'un roi de France, surtout depuis que le roi de Prusse a mis de l'eau dans son vin par sa paix de Breslau[1].

Dufresny a dit dans une chanson que les rois ne se faisaient la guerre que parce qu'ils ne buvaient jamais ensemble. Il se trompe. François Ier avait soupé avec Charles Quint et vous savez ce qui s'ensuivit. Vous trouverez en remontant plus haut qu'Auguste avait fait cent soupers avec Antoine. Non Madame ce n'est pas le souper qui fait l'amitié.

etc.

47. À MARIE-LOUISE DENIS[1]

[Décembre 1745]

Ecco mia cara una lettera pel signor Vallier, vi l'indirizzo perche non so dove sta di caza. Un giovane molto savio, dotto, ben costumato, e pieno d'ingegno si presenta, e si mette sotto il vostro padrocinio per essere gradito da la signora Pagnon in qualita di precettore del suo figlio. Si chiama Marmontel, e nato in Toloza. Egli havra l'honore dandare da voi, vi priego di cuore di favorir lo. Non so encora quando j miei affari mi daranno la licenza di lasciare un paese che jo abhorrisco. La corte, il mundo, i grandi, mi fanno noia. Non saro felice che quando potero vivere con voi. La vostra societa, ed una megliore sanita mi farebbero felice. Vi baccio mille volte. La mia anima baccia la vostra, mio catzo, mio cuore sono inamorati di voi. Baccio il vostro gentil culo e tutta la vostra vezzoza persona.

48. À AUGUSTIN CALMET

À Lunéville 15 février 1748

Je préfère, Monsieur, la retraite à la cour, et les grands hommes aux rois. J'aurais la plus grande envie de venir passer quelques semaines avec vous et vos livres : il ne me faudrait qu'une cellule chaude ; et pourvu que j'eusse du potage gras, un peu de mouton et des œufs, j'aimerais mieux cette heureuse et saine frugalité, qu'une chère royale. Enfin, Monsieur, je ne veux pas avoir à me reprocher d'avoir été si près de vous, et n'avoir point eu l'honneur de vous venir voir. Je veux m'instruire avec celui dont les livres m'ont formé, et aller puiser à la source. Je vous en demande la permission ; je serai un de vos moines. Ce sera Paul qui ira visiter Antoine. Mandez-moi si vous voulez bien me recevoir en solitaire. En ce cas je profiterai de la première occasion que je trouverai ici pour venir dans le séjour de la science et de la sagesse.

J'ai l'honneur d'être avec une estime respectueuse, Monsieur, votre, etc.

VOLTAIRE.

49. À DENIS DIDEROT

[10 juin 1749 ?]

Je vous remercie, Monsieur, du livre ingénieux et profond que vous avez eu la bonté de m'envoyer. Je vous en présente un qui n'est ni l'un ni l'autre mais dans lequel vous verrez l'aventure de l'aveugle-né plus détaillée dans cette nouvelle édition que dans les précédentes. Je suis entièrement de votre avis sur ce que vous dites des jugements que formeraient en pareil cas, des hommes ordinaires qui n'auraient que du bon sens, et des philosophes. Je suis fâché que dans les exemples que vous citez vous ayez oublié l'aveugle-né qui en recevant le don de la vue, voyait les hommes comme des arbres.

J'ai lu avec un extrême plaisir votre livre qui dit beaucoup, et qui fait entendre davantage. Il y a longtemps que je vous estime autant que je méprise les barbares stupides qui condamnent ce qu'ils n'entendent point, et les méchants qui se joignent aux imbéciles pour proscrire ce qui les éclaire.

Mais je vous avoue que je ne suis point du tout de l'avis de Sanderson, qui nie un dieu parce qu'il est né aveugle. Je me trompe peut-être mais j'aurais à sa place reconnu un être très intelligent qui m'aurait donné tant de suppléments de la vue, et en apercevant par la pensée des rapports infinis dans toutes les choses j'aurais soupçonné un ouvrier infiniment habile. Il est fort impertinent de prétendre deviner ce qu'il est, et pourquoi il a fait tout ce qui existe, mais il me paraît bien hardi de nier qu'il est. Je désire passionnément de m'entretenir avec vous, soit que vous pensiez être un de ses ouvrages, soit que vous pensiez être une portion nécessairement organisée d'une matière éternelle et nécessaire. Quelque chose que vous soyez vous êtes une partie bien estimable de ce grand tout que je ne connais pas. Je voudrais bien avant mon départ pour Lunéville obtenir de vous, Monsieur, que vous me fissiez l'honneur de faire un repas philosophique chez moi avec quelques sages. Je n'ai pas l'honneur de l'être, mais j'ai une grande passion pour ceux qui le sont à la manière dont vous l'êtes. Comptez, Monsieur, que je sens tout votre mérite, et c'est pour lui rendre encore plus de justice que je désire de vous voir, et de vous assurer à quel point j'ai l'honneur d'être, etc.

50. À CLAIRE-JOSÈPHE-HIPPOLYTE LÉRIS DE LATUDE CLAIRON

Le 12 janvier [1750] au soir

Vous avez été admirable, vous avez montré dans vingt morceaux ce que c'est que la perfection de l'art, et le rôle d'Électre est certainement votre triomphe ; mais je suis père, et, dans le plaisir extrême que je ressens des compliments que tout un public enchanté fait à ma fille, je lui ferai encore quelques petites observations pardonnables à l'amitié paternelle.

Pressez, sans déclamer, quelques endroits comme :

Sans trouble, sans remords, Égisthe renouvelle
De son hymen affreux la pompe criminelle...
Vous vous trompiez, ma sœur, hélas ! tout nous trahit,
etc.

Vous ne sauriez croire combien cette adresse met de variété dans le jeu, et accroît l'intérêt.

Dans votre imprécation contre le tyran :

L'innocent doit périr, le crime est trop heureux,

vous n'appuyez pas assez. Vous dites *l'innocent doit périr* trop lentement, trop langoureusement. L'impétueuse Électre ne doit avoir, en cet endroit, qu'un désespoir furieux, précipité et éclatant. Au dernier hémistiche pesez sur *cri, le* CRI*me est trop heureux ;* c'est sur CRI que doit être l'éclat. Mlle Gaussin m'a remercié de lui avoir mis le doigt sur FOU ; *la foudre va partir*. Ah ! que ce FOU est favorable, m'a-t-elle dit !

La nature en tout temps est funeste en ces lieux.

Vous avez mis l'accent sur *fu*, comme Mlle Gaussin sur *fou* ; aussi a-t-on applaudi : mais vous n'avez pas encore assez fait résonner cette corde.

Vous ne sauriez trop déployer les deux morceaux du quatrième et du cinquième acte. Ces Euménides demandent une voix plus qu'humaine, des éclats terribles.

Encore une fois, débridez, avalez des détails, afin de n'être pas uniforme dans les récits douloureux. Il ne faut se négliger sur rien, et ce que je vous dis là n'est pas un rien.

Voilà bien des critiques. Il faut être bien dur pour s'apercevoir de ces nuances dans l'excès de mon admiration et de ma reconnaissance. Bonsoir, Melpomène ; portez-vous bien.

III

À Potsdam :
chez Frédéric II (1750-1753)

En 1750, Voltaire finit par céder à l'invitation de Frédéric II et le rejoint à Berlin. Tout commence bien (lettre 51) — Voltaire va même jusqu'à parler de son « mariage » avec Frédéric (lettre 52). Obligé de renoncer à son titre d'historiographe de France (lettre 53), il publie néanmoins à Berlin en 1751 Le Siècle de Louis XIV. *Pendant cette période d'isolement à la cour de Potsdam, la correspondance joue un rôle crucial pour Voltaire, lui permettant de maintenir ses liens avec ses amis en Prusse, en particulier Mme Bentinck (lettre 57), et en France. Si les lettres adressées à Mme Denis sont celles qui donnent l'image la plus colorée de ses états d'âme (et on sait que ces lettres ont été partiellement réécrites pour une publication éventuelle), Voltaire correspond aussi avec le marquis d'Argental pour parler de théâtre (lettre 53), ou bien avec un éditeur parisien pour clamer son indignation contre une édition de ses œuvres parue sans sa participation (lettre 54). Sa querelle publique avec Maupertuis fragilise sa position et fâche le roi, à tel point que Voltaire est obligé de quitter Berlin en 1753.*

51. À MARIE-LOUISE DENIS

Berlin 12 septembre 1750

Qui donc peut vous dire que Berlin est ce qu'était Paris du temps de Hugues Capet ? Je vous prie seulement, ma chère enfant, d'aller voir votre ancienne paroisse, l'église de Saint-Barthélemy, où vous n'avez je crois jamais été. C'était là le palais de ce Hugues. Le portail subsiste encore dans toute sa barbarie. Venez après cela voir la salle d'opéra de Berlin. Je voudrais que vous eussiez été au carrousel dont je vous ai déjà dit un petit mot. Remarquez en passant qu'on ne donne plus de carrousels à présent ailleurs qu'ici. Si vous aviez vu le prince royal de Prusse avec sa mine noble et douce habillé en consul romain, couper des têtes de Maure et enfiler des bagues, vous l'auriez pris pour le jeune Scipion. Il est sûr que les peintres qui s'avisent de peindre la continence de Scipion ne le prendront pas pour modèle. Vous l'auriez peut-être prié de vous faire violence, si vous l'aviez vu dans ce bel équipage. Nous avons eu deux fois ce carrousel, une aux flambeaux et l'autre en plein jour. Ensuite nous avons joué *Rome sauvée*[1] sur un petit théâtre assez joli, que j'ai fait construire dans l'antichambre de la princesse Amélie. Moi qui vous parle j'ai joué Cicéron. J'aurais bien voulu que le marquis d'Adhémar eût été là en César et que M. de Thibouville eût joué son rôle de Catilina. Mais on ne peut pas tout avoir. Nous avons eu l'opéra d'*Iphigénie en Aulide*. Quinault n'a plus à se plaindre. Racine a été encore plus maltraité que lui. Je vous avouerai si vous voulez que les vers des opéras qu'on donne ici sont dignes du temps de Hugues Capet, mais en vérité Berlin est un petit Paris. Il y a de la médisance, de la tracasserie, des jalousies de femmes, des jalousies d'auteurs et jusqu'à des brochures. J'attends avec impatience ce que vous et Versailles vous déciderez sur ma destinée, et ce que vous direz de la lettre du roi de Prusse.

J'ai écrit à notre cher d'Argental. J'ai dit à Algarotti que nous avions lu ensemble à Paris son *Congresso di Cithera*. Il en est flatté. Vous savez que les Italiens ont été les premiers maîtres en amour quand ils ont fait revivre les beaux-arts, mais nous le leur avons bien rendu. Adieu, je n'ai pas un moment et je vous embrasse en courant.

52. À MARIE-LOUISE DENIS

À Potsdam 13 octobre 1750

Nous voilà dans la retraite de Potsdam. Le tumulte des fêtes est passé, mon âme en est plus à son aise.

Je ne suis pas fâché de me trouver auprès d'un roi qui n'a ni cour ni conseil. Il est vrai que Potsdam est habité par des moustaches et des bonnets de grenadiers, mais Dieu merci je ne les vois point. Je travaille paisiblement dans mon appartement au son du tambour. Je me suis retranché les dîners du roi. Il y a trop de généraux et de princes. Je ne pouvais m'accoutumer à être toujours vis-à-vis d'un roi en cérémonie et à parler en public. Je soupe avec lui en plus petite compagnie. Le souper est plus court, plus gai, et plus sain. Je mourrai au bout de trois mois de chagrin et d'indigestion, s'il fallait dîner tous les jours avec un roi en public. On m'a cédé, ma chère enfant, en bonne forme au roi de Prusse. Mon mariage est donc fait. Sera-t-il heureux ? Je n'en sais rien. Je n'ai pas pu m'empêcher de dire oui. Il fallait bien finir par ce mariage après des coquetteries de tant d'années. Le cœur m'a palpité à l'autel. Je compte venir cet hiver prochain vous rendre compte de tout, et peut-être vous enlever. Il n'est plus question de mon voyage d'Italie. Je vous ai sacrifié sans remords le Saint-Père et la ville souterraine. J'aurais dû peut-être vous sacrifier Potsdam. Qui m'aurait dit, il y a sept ou huit mois quand j'arrangeais ma maison avec vous à Paris, que je m'établirais à quatre cents lieues dans la maison d'un autre ? et cet autre est un maître. Il m'a bien juré que je ne m'en repentirais pas ; il vous a comprise, ma chère enfant, dans une espèce de contrat qu'il a signé avec moi, et que je vous enverrai, mais viendrez-vous gagner votre douaire de quatre mille livres ? J'ai bien peur que vous ne fassiez comme Mme de Rotambourg qui a toujours préféré les opéras de Paris à ceux de Berlin. Ô destinée comme vous arrangez les événements, et comme vous gouvernez les pauvres humains !

Il est plaisant que les mêmes gens de lettres, qui m'auraient voulu exterminer de Paris il y a un an, crient actuellement contre mon éloignement, et l'appellent désertion. Il semble qu'on soit fâché d'avoir perdu sa victime. J'ai très mal fait de vous quitter, mon cœur me le dit tous les jours plus que vous ne pensez, mais j'ai très bien fait de m'éloigner de ces messieurs-là.

Je vous embrasse avec tendresse et avec douleur.

53. À CHARLES-AUGUSTIN FERRIOL, COMTE D'ARGENTAL

À Potsdam ce 27 octobre [1750]

Mon historiographerie est donnée, mes anges, Mme de Pompadour qui me l'écrit me mande en même temps que le roi a la bonté de me conserver une ancienne pension de deux mille livres. Je n'ai que des grâces à rendre. Le bien que je dis de ma patrie en sera moins suspect, n'étant plus historiographe je n'en serai que meilleur historien. Les éloges que le chambellan du roi de Prusse donnera au roi de France ne seront que la voix de la vérité. Mon cher et respectable ami, voici le temps où il ne faut plus faire que de la prose. Un vieux poète, un vieil amant, un vieux chanteur et un vieux cheval ne valent rien. Il vous reviendra *Rome sauvée, Zulime, Adélaïde*. Cela est bien honnête, et je viendrai prendre congé sur le théâtre de mon grenier. J'espère que Mme d'Argental viendra nous entendre. Mes derniers travaux seront pour mes anges. Je voudrais déjà être auprès de vous ; je voudrais me consoler avec vous de mon bonheur. Pourquoi faut-il que je sois si heureux à Potsdam, quand vous êtes à Paris ? pourquoi tous les êtres pensants, et bien pensants, les gens de goût, les bons cœurs ne font-ils pas un petit peloton dans quelque coin de ce monde ? Quand vous reverrai-je ? Il n'y a pas moyen de se mettre en route dans le terrain fangeux de l'Allemagne. On ne se tire point des boues dans ce temps-ci, surtout dans les abominables campagnes de la Vestphalie. Il faudra absolument attendre les gelées, alors on va comme le vent du nord, et on n'a jamais froid, car on est tout fourré dans son carrosse, et on ne descend que dans des étuves. Il ne fait froid qu'en France en hiver, parce qu'on y oublie au mois de juin qu'il y aura un mois de décembre. Je ne vous oublierai jamais mes anges, dans aucun mois de l'année, dans aucun lieu de la terre, mais encore une fois, et cent fois, je n'ai ni pu ni dû refuser les bontés du roi de Prusse. Je vois tous les jours des gens qui s'en vont au diable pour de bien moins fortes raisons. Non seulement on les approuve, mais on les regarde comme des gens favorisés de la fortune. Or je vous jure qu'il n'y a aucune comparaison à faire de mon état avec celui de tous ceux qui s'expatrient pour aller dire : Le roi mon maître. Comptez que j'ai toutes sortes de raisons et que je n'ai qu'un seul chagrin ; je n'ai aussi qu'un seul désir. Tout cela sera tiré au clair au mois de décembre, et s'il gelait plus tôt, je partirais plus tôt. Moi qui redoutais tant le vent du nord je l'invoque à présent comme les poètes grecs invoquaient le zéphyr. Que faites-vous cependant ? avez-vous reçu Lekain ? y a-t-il toujours des tracasseries à la Comédie ? applaudit-on toujours des sottises qui ont l'air de l'esprit ? joue-t-on des opéras détestables ? fait-on de mauvaises chansons ? qui est-ce qui fait un plat discours à l'Académie en succédant à Gilles le philosophe[1] ? Duclos n'est-il pas historiographe ? Mlle du Mesnil boit-elle toujours pinte ? en perd-elle sa santé et son talent ? Mlle Gaussin croit-elle toujours être grande tragique ? a-t-elle quelque notaire ou quelque prince ? Adieu adieu mes anges, aimez-moi toujours un peu.

N. B. bien que je mets toujours au nombre des anges, ceux qui mangent le soir la côtelette, ceux qui prennent leur lait etc. etc. etc.

54. À MICHEL LAMBERT

[Janvier / février 1751]

Je suis très étonné et très fâché de la manière dont on s'y est pris pour faire cette malheureuse édition de laquelle on ne me rend qu'un compte où il n'y a ni détail ni clarté.

Si dans cette édition l'ordre des matières n'est pas observé, si les odes ne sont pas avec les odes, les épîtres avec les épîtres etc., elle sera sans doute aussi mauvaise que toutes les autres.

Il y aurait de plus une ignorance bien grande et de la manière de penser du public, et de l'habitude d'imprimer, de rebuter le monde par onze volumes quand on peut réduire le tout en huit ou en neuf. Il faudrait réparer une précipitation si mal entendue, en reportant tous les morceaux détachés intitulés *Considérations sur l'histoire*, *Essai sur l'histoire du siècle de Louis XIV*, *Anecdotes du czar Pierre*, au tome qui contient l'histoire de Charles XII.

Il faudrait substituer à la place de ces morceaux *Zadig, Memnon, Sottise des deux parts, Les Titres, Lettres d'un Turc*, et tous ces petits morceaux d'une philosophie allégorique.

Il serait aussi facile que nécessaire de reporter à la fin de chaque tome de pièces de théâtre celles dont on veut faire inutilement un onzième volume.

Il eût été très convenable, de ne point faire suivre le volume de *La Henriade* par un volume de vers, mais de mêler alternativement un volume de prose, afin de présenter au lecteur plus de diversité.

Le point le plus essentiel est de suivre soigneusement toutes les éditions, et toutes les corrections que l'on a reçues, et de faire composer par un homme intelligent une petite préface dans laquelle on indiquera toutes ces nouveautés, et le mélange des sujets variés qui peuvent rendre cette édition plus agréable aux lecteurs et plus honorable aux éditeurs.

J'ai déjà mandé quel excès d'opprobre et d'impertinence il y aurait à imprimer je ne sais quels ouvrages faits pour la canaille, comme un certain roman intitulé *La Comtesse B.*, et l'apothéose de Mlle Le Couvreur etc., et d'oser mettre ces bêtises infâmes sous mon nom. Il ne serait pas moins ridicule de grossir le fatras qu'on imprime d'une préface sur les ouvrages de Molière qui n'est bonne que pour mettre au-devant des œuvres de Molière. Un tel hors-d'œuvre me ferait une extrême peine.

Le résultat de tout ceci est qu'il vaut cent fois mieux donner cette édition en neuf volumes qu'en onze ; et que onze volumes sont le comble de l'ennui et du dégoût, révoltent les acheteurs, et ruinent un libraire, et me causent à moi une véritable affliction.

V.

55. À JEAN-HENRI-SAMUEL FORMEY

[Vers le 1er mai 1751]

Je suis bien aise, Monsieur, qu'un ministre du saint évangile veuille savoir des nouvelles d'une prêtresse de Vénus. Je n'ai pas l'honneur d'être de votre religion, et je ne suis plus de l'autre ; mais j'ai voulu laisser passer le saint temps de Pâques avant de répondre à vos questions, jugeant bien que vous n'auriez pas voulu lire ma lettre pendant la semaine sainte.

Je vous dirai d'abord, en historiographe exact, que le cardinal de Richelieu eut les premières faveurs de Ninon, qui probablement eut les dernières de ce grand ministre. C'est, je crois, la seule fois que cette fille célèbre se donna sans consulter son goût. Elle avait alors seize à dix-sept ans. Son père était un joueur de luth, nommé Lenclos. Son instrument ne lui fit pas une grande fortune, mais sa fille y suppléa par le sien. Le cardinal de Richelieu lui donna deux mille livres de rentes viagères, qui étaient quelque chose dans ce temps-là. Elle se livra depuis à une vie un peu libertine, mais ne fut jamais courtisane publique. Jamais l'intérêt ne lui fit faire la moindre démarche. Les plus grands seigneurs du royaume furent amoureux d'elle ; mais ils ne furent pas tous heureux, et ce fut toujours son cœur qui la détermina. Il fallait beaucoup d'art, et être fort aimé d'elle, pour lui faire accepter des présents.

Dans le commencement de la régence d'Anne d'Autriche, elle fit un peu trop parler d'elle. On sait l'aventure du *beau billet qu'a La Châtre* ; les Laïs et les Thaïs n'ont assurément rien fait ni rien dit de plus plaisant.

Une querelle entre deux de ses amants fut cause qu'on proposa à la reine de la faire mettre dans un couvent. Ninon, à qui on le dit, répondit qu'elle le voulait bien, pourvu que ce fût dans un couvent de cordeliers. On lui dit qu'on pourrait bien la mettre aux Filles repenties ; elle répondit que cela n'était pas juste, parce qu'elle n'était ni fille, ni repentie. Elle avait trop d'amis et était de trop bonne compagnie pour qu'on lui fît cet affront ; et enfin la reine, qui était très indulgente, la laissa vivre à sa fantaisie. Elle donnait souvent chez elle des concerts. On y venait admirer son luth, son clavecin, et sa beauté. Huygens, ce philosophe hollandais qui découvrit en France une lune de Saturne, s'attacha aussi à observer Mlle Ninon de Lenclos. Elle métamorphosa un moment le mathématicien en galant et en poète. Il fit pour elle ces vers, qui sont un peu géométriques :

Elle a cinq instruments dont je suis amoureux :
Les deux premiers, ses mains ; les deux autres, ses yeux ;
Pour le plus beau de tous, le cinquième qui reste,
Il faut être fringant et leste.

Les plus beaux esprits du royaume et la meilleure compagnie se rendaient chez elle. On y soupait ; et, comme elle n'était pas riche, elle permettait que chacun y portât son plat. Saint-Évremond eut quelque temps ses bonnes grâces. On la quittait rarement ; mais elle quittait fort vite, et restait toujours l'amie de ses anciens amants. Elle pensa bientôt en philosophe, et on lui donna le nom de la moderne Leontium.

Sa philosophie était véritable, ferme, invariable, au-dessus des préjugés et des vaines recherches. Elle eut, à l'âge de vingt-deux ans, une maladie qui la mit au bord du tombeau. Ses amis déploraient sa destinée, qui l'enlevait à la fleur de son âge. *Ah, dit-elle, je ne laisse au monde que des mourants*. Il me semble que ce mot est bien philosophique. Elle mérita les quatre vers que Saint-Évremond mit au bas de son portrait, et qui sont plus connus que tous les autres vers de cet auteur :

L'indulgente et sage nature
A formé l'âme de Ninon
De la volupté d'Épicure
Et de la vertu de Caton.

En effet, elle était digne de cet éloge. Elle disait qu'elle n'avait jamais fait à Dieu qu'une prière : *Mon Dieu, faites de moi un honnête homme, et n'en faites jamais une honnête femme.*

Les grâces de son esprit et la fermeté de ses sentiments lui firent une telle réputation que, lorsque la reine Christine vint en France, en 1654, cette princesse lui fit l'honneur de l'aller voir dans une petite maison de campagne où elle était alors.

Lorsque Mlle d'Aubigné (depuis Mme de Maintenon), qui n'avait alors aucune fortune, eut cru faire une bonne affaire en épousant Scarron, Ninon devint sa meilleure amie. Elles couchèrent ensemble quelques mois de suite ; c'était alors une mode dans l'amitié. Ce qui est moins à la mode, c'est qu'elles eurent le même amant et ne se brouillèrent pas. M. de Villarceau quitta Mme de Maintenon pour Ninon. Elle eut deux enfants de lui. L'aventure de l'aîné est une des plus funestes qui soit jamais arrivée. Il avait été élevé loin de sa mère, qui lui avait été toujours inconnue. Il lui fut présenté, à l'âge de dix-neuf ans, comme un jeune homme qu'on voulait mettre dans le monde. Malheureusement, il en devint éperdument amoureux. Il y avait auprès de la porte Saint-Antoine un assez joli cabaret où, dans ma jeunesse, les honnêtes gens allaient encore quelquefois souper. Mlle de Lenclos, car on ne l'appelait plus alors Ninon, y soupait un jour avec la maréchale de La Ferté, l'abbé de Châteauneuf, et d'autres personnes. Ce jeune homme lui fit dans le jardin une déclaration si vive et si pressante que Mlle de Lenclos fut obligée de lui avouer qu'elle était sa mère. Aussitôt ce jeune homme, qui était venu au jardin à cheval, alla prendre un de ses pistolets à l'arçon de la selle, et se tua tout roide. Il n'était pas si philosophe que sa mère.

Son autre fils, nommé Laboissière, est mort tout doucement de sa belle mort, en 1732, à La Rochelle, où il était commissaire de marine. La mort tragique de son fils aîné rendit Mlle de Lenclos un peu plus sérieuse, mais ne l'empêcha pas d'avoir des amants. Elle regardait l'amour comme un plaisir qui n'engageait à aucuns devoirs, et l'amitié comme une chose sacrée. Elle aima quelques années, de très bonne foi, le marquis de Sévigné, le fils de cette célèbre Mme de Sévigné dont nous avons des lettres charmantes. Elle le préféra au maréchal de Choiseul. Ce maréchal lui ayant fait un jour une longue énumération de ses bonnes qualités, comme si par là on se faisait aimer, elle lui répondit par ce vers de Corneille :

Ô ciel ! que de vertus vous me faites haïr[1] *!*

Cependant elle était elle-même la personne qui avait le plus de vertu, à prendre ce mot dans le vrai sens, et cette vertu lui mérita le nom de *la belle gardeuse de cassette*.

Lorsque M. de Gourville, qui fut nommé vingt-quatre heures pour succéder à M. Colbert, et que nous avons vu mourir l'un des hommes de France le plus considéré ; lors, dis-je, que ce M. de Gourville, craignant d'être pendu en personne comme il le fut en effigie, s'enfuit de France en 1661, il laissa deux cassettes pleines d'argent, l'une à Mlle de Lenclos, l'autre à un dévot. À son retour, il trouva chez Ninon sa cassette en fort bon état ; il y avait même plus d'argent qu'il n'en avait laissé, parce que les espèces avaient augmenté depuis ce temps-là. Il prétendit qu'au moins le surplus appartenait de droit à la dépositaire ; elle ne lui répondit qu'en le menaçant de faire jeter la cassette par les fenêtres. Le dévot s'y prit d'une autre façon : il dit qu'il avait employé son dépôt en œuvres pies, et qu'il avait préféré le salut de l'âme de Gourville à un argent qui sûrement l'aurait damné.

Le reste de la vie de Mlle de Lenclos n'a pas de grands événements ; quelques amants, beaucoup d'amis, une vie sédentaire, de la lecture, des soupers agréables : voilà tout ce qui compose la fin de son histoire.

Je ne dois pas oublier que Mme de Maintenon, étant devenue toute-puissante, se ressouvint d'elle, et lui fit dire que si elle voulait être dévote elle aurait soin de sa fortune. Mlle de Lenclos répondit qu'elle n'avait besoin ni de fortune, ni de masque. Elle resta chez elle, paisible avec ses amis, jouissant de sept à huit mille livres de rente, qui en valent quatorze d'aujourd'hui, et n'aurait pas voulu de la place de Mme de Maintenon, avec la gêne où cette place l'aurait condamnée. Plus heureuse que son ancienne amie, elle ne se plaignit jamais de son état, et Mme de Maintenon se plaignit quelquefois du sien.

Elle ne pouvait pas souffrir les ivrognes, qui étaient

encore un peu à la mode de son temps. Chapelle, qui l'était, et qu'elle ne put corriger, fut exclu de sa maison, et devint son ennemi. Il jura que, pendant un mois entier, il ne se coucherait jamais sans être ivre, et sans avoir fait une chanson contre elle. Il tint parole. Voici une de ces chansons dont je me souviens :

Il ne faut pas qu'on s'étonne
Si parfois elle raisonne
De la sublime vertu
Dont Platon fut revêtu ;
Car, à bien compter son âge,
Elle doit avoir.... vécu
Avec ce grand personnage.

Elle répondit à cela qu'elle aurait beaucoup mieux aimé coucher avec Platon qu'avec Chapelle.

Sa maison était sur la fin une espèce de petit hôtel de Rambouillet, où l'on parlait plus naturellement, et où il y avait un peu plus de philosophie que dans l'autre. Les mères envoyaient soigneusement à son école les jeunes gens qui voulaient entrer avec agrément dans le monde. Elle se plaisait à les former. Rémond, que nous avons vu introducteur des ambassadeurs, et qui prétendait être un grand platonicien, se vantait souvent de devoir à Mlle de Lenclos tout le mérite qu'il avait. En effet, il avait un mérite assez singulier. C'est sur lui que Périgny avait fait cette chanson :

De M. Rémond voici le portrait :
Il a tout à fait l'air d'un hareng sauret.
Il rime, il cabale,
Est homme de cour,
Se croit un Candale,

Se dit un Saucour.
Il passe en science
Socrate et Platon ;
Cependant il danse
Tout comme Balon.
De M. Rémond voici le portrait :
Il a tout à fait l'air d'un hareng sauret.

Quand on dit à Mlle de Lenclos que Rémond se vantait partout d'avoir été formé par elle, elle répondit qu'elle faisait comme Dieu, qui s'était repenti d'avoir fait l'homme.

Je suis hareng sauret comme M. Rémond ; mais, n'ayant pas été formé par Mlle de Lenclos, ce n'est pas elle qui s'est repentie de m'avoir fait.

L'abbé de Châteauneuf me mena chez elle dans ma plus tendre jeunesse. J'étais âgé d'environ treize ans. J'avais fait quelques vers qui ne valaient rien, mais qui paraissaient fort bons pour mon âge. Mlle de Lenclos avait autrefois connu ma mère, qui était fort amie de l'abbé de Châteauneuf. Enfin on trouva plaisant de me mener chez elle. L'abbé était le maître de la maison : c'était lui qui avait fini l'histoire amoureuse de cette personne singulière ; c'était un de ces hommes qui n'ont pas besoin de l'attrait de la jeunesse pour avoir des désirs ; et les charmes de la société de Mlle de Lenclos avaient fait sur lui l'effet de la beauté. Elle le fit languir deux ou trois jours ; et enfin l'abbé lui ayant demandé pourquoi elle lui avait tenu rigueur si longtemps, elle lui répondit qu'elle avait voulu attendre le jour de sa naissance pour ce beau gala ; et ce jour-là elle avait juste soixante et dix ans. Elle ne poussa guère plus loin cette plaisanterie, et l'abbé de Châteauneuf resta son ami intime. Pour moi, je lui fus présenté un peu plus tard ; elle avait quatre-vingt-cinq ans. Il lui plut de me mettre sur son testament ; elle me légua deux mille francs pour acheter des livres. Sa mort suivit de près ma visite et son testament.

L'abbé Testu, qu'on appelait *Testu tais-toi* (pour le distinguer d'un autre, devenu un dévot à la mode), homme connu par beaucoup de bouquets à Iris, d'impromptus, de jouissances, et de psaumes paraphrasés, après avoir voulu être longtemps un agréable débauché, eut l'ambition de convertir Mlle de Lenclos à sa mort. *Il croit,* dit-elle, *que cela lui fera honneur, et que le roi lui donnera une abbaye ; mais s'il ne fait fortune que par mon âme, il court risque de mourir sans bénéfice.*

On a peu de lettres d'elle. Il y en a deux ou trois d'imprimées dans le recueil de Saint-Évremond. L'abbé de Châteauneuf en avait beaucoup ; mais en mourant il a brûlé tous ses papiers.

Quelqu'un a imprimé, il y a deux ans, des lettres sous le nom de Mlle de Lenclos, à peu près comme dans ce pays-ci on vend du vin d'Orléans pour du Bourgogne. Si elle avait eu le malheur d'écrire ces lettres, vous ne m'en auriez pas demandé une sur ce qui la regarde.

Au reste, j'apprends que l'on vient d'imprimer deux nouveaux mémoires sur la vie de cette philosophe. Si cette mode continue, il y aura bientôt autant d'histoires de Ninon que de Louis XIV. Je souhaite que ces mémoires soient plus instructifs et plus édifiants que ceux que je viens de vous donner.

Dites, avec moi, un petit *De profundis* pour elle. J'ai l'honneur d'être, etc.

56. À MARIE-LOUISE DENIS

À Berlin 2 septembre 1751

J'ai encore le temps, ma chère enfant, de vous envoyer un nouveau paquet. Vous y trouverez une lettre de La Mettrie pour M. le maréchal de Richelieu. Il implore sa protection. Tout lecteur qu'il est du roi de Prusse, il brûle de retourner en France. Cet homme si gai, et qui passe pour rire de tout, pleure quelquefois comme un enfant d'être ici. Il me conjure d'engager M. le maréchal de Richelieu à lui obtenir sa grâce. En vérité il ne faut jurer de rien sur l'apparence. La Mettrie dans ses préfaces vante son extrême félicité d'être auprès d'un grand roi qui lui lit quelquefois ses vers, et en secret il pleure avec moi, et il voudrait s'en retourner à pied. Mais moi, mais moi,… pourquoi suis-je ici ? Je vais bien vous étonner. Ce La Mettrie est un homme sans conséquence qui cause familièrement avec le roi après la lecture. Il me parle avec confiance ; il m'a juré qu'en parlant au roi ces jours passés de ma prétendue faveur, et de la petite jalousie qu'elle excite, le roi lui avait répondu : *J'aurai besoin de lui encore un an tout au plus ; on presse l'orange et on en jette l'écorce*. Je me suis fait répéter ces douces paroles ; j'ai redoublé mes interrogations ; il a redoublé ses serments. Le croirez-vous ? dois-je le croire ? cela est-il possible ? Quoi, après seize ans de bontés, d'offres, de promesses, après la lettre qu'il a voulu que vous gardassiez comme un gage inviolable de sa parole ! et dans quel temps encore, s'il vous plaît ? dans le temps que je lui sacrifie tout pour le servir, que non seulement je corrige ses ouvrages, mais que je lui fais à la marge une rhétorique et une poétique suivie, composée de toutes les réflexions que je fais sur les propriétés de notre langue, à l'occasion des petites fautes que je peux remarquer, ne cherchant qu'à aider son génie, qu'à l'éclairer, et qu'à le mettre en état de se passer en effet de mes soins. Je me faisais assurément un plaisir et une gloire de cultiver son génie. Tout servait à mon illusion. Un roi qui a gagné des batailles et des provinces, un roi du Nord qui fait des vers en notre langue, un roi enfin que je n'avais pas cherché, et qui me disait qu'il m'aimait ! Pourquoi m'aurait-il fait tant d'avances ? Je m'y perds, je n'y conçois rien. J'ai fait ce que j'ai pu pour ne point croire La Mettrie.

Je ne sais pourtant. En relisant ses vers, je suis tombé sur une épître à un peintre nommé Pene qui est à lui, en voici les premiers vers :

Quel spectacle étonnant vient de frapper mes yeux !
Cher Pene, ton pinceau te place au rang des dieux.

Ce Pene est un homme qu'il ne regarde pas. Cependant c'est le cher Pene, c'est un dieu. Il pourrait bien en être autant de moi ; c'est-à-dire pas grand-chose. Peut-être que dans tout ce qu'il écrit son esprit seul le conduit, et le cœur est bien loin. Peut-être que toutes ces lettres où il me prodiguait des bontés si vives et si touchantes ne voulaient rien dire du tout. Voilà de terribles armes que je vous donne contre moi. Je serai bien condamné d'avoir succombé à tant de caresses. Vous me prendrez pour M. Jourdain, qui disait : *Puis-je rien refuser à un seigneur de la cour qui m'appelle son cher ami*[1] ? Mais je vous répondrai : C'est un roi aimable. Vous imaginez bien quelles réflexions, quel retour, quel embarras, et pour tout dire, quel chagrin, l'aveu de La Mettrie fait naître. Vous m'allez dire : partez ; mais, moi je ne peux pas dire : partons. Quand on a commencé quelque chose, il faut le finir, et j'ai deux éditions sur les bras, et des engagements pris pour quelques mois. Je suis en presse de tous les côtés. Que faire ? Ignorer que La Mettrie m'ait parlé, ne me confier qu'à vous, tout oublier et attendre. Vous serez sûrement ma consolation. Je ne dirai point de vous : Elle m'a trompé en me jurant qu'elle m'aimait. Quand vous seriez reine, vous seriez sincère. Mandez-moi, je vous en prie, fort au long tout ce que vous pensez par le premier courrier qu'on dépêchera à milord Tirconnel.

57. À CHARLOTTE-SOPHIE VON ALTENBURG, COMTESSE BENTINCK

À Potsdam vendredi au soir [1751-1752]

Je vais faire l'impossible, Madame, pour ne pas partir demain aussi tôt que je le craignais. Nous allons tous demain à Berlin. Si je suis obligé de partir le matin je viendrai vous faire ma cour le soir à Berlin dans votre petit entresol. Soyez piétiste, soyez même catholique : cessez, si vous pouvez, d'être philosophe, je ne cesserai jamais de vous être tendrement attaché. J'ai un besoin bien grand de vous voir et de vous entendre, de quelque religion que vous soyez. La mienne est de persister dans le culte que je vous ai voué. Vous ferez à Berlin ma béatitude. Votre retour est la plus agréable nouvelle que je puisse apprendre. Vous savez qu'*évangile* veut dire bonne nouvelle. Cet évangile-là opère mon salut.

Mille tendres respects.

V.

58. À JEAN-HENRI-SAMUEL FORMEY

Potsdam, le 15 avril 1752

Je réponds à toutes vos questions. La plupart des anecdotes sur Mlle Lenclos sont vraies, mais plusieurs sont fausses. On a oublié d'elle un trait qui prouve qu'à vingt ans elle était bien philosophe. Elle eut alors une maladie qui la réduisit à l'extrémité. Ses amis pleuraient de la voir mourir si jeune. *Hélas*, dit-elle, *je ne laisse au monde que des mourants*. L'article de son testament dont vous me parlez n'est point un roman, elle me laissa deux mille francs ; j'étais enfant, j'avais fait quelques mauvais vers qu'on disait bons pour mon âge. L'abbé de Châteauneuf, frère de celui que vous avez vu ambassadeur à La Haye, m'avait mené chez elle, et je lui avais plu je ne sais comment. C'est ce même abbé de Châteauneuf qui avait été son dernier amant, mais à qui cette célèbre vieille ne donna point ses tristes faveurs à l'âge de soixante et dix ans comme on l'a dit. Vous devez d'ailleurs être persuadé que les lettres qui courent ou plutôt qui ne courent plus sous son nom sont au rang des mensonges imprimés. Il est vrai qu'elle m'exhorta à faire des vers ; elle aurait dû plutôt m'exhorter à n'en pas faire. C'est un métier trop dangereux, et la misérable fumée de la réputation fait trop d'ennemis et empoisonne trop la vie. La carrière de Ninon qui ne fit point de vers, et qui eut et donna longtemps beaucoup de plaisir, est assurément préférable à la mienne.

On pouvait se passer d'écrire en forme sa vie, mais du moins on a observé la bienséance de ne l'écrire que longtemps après sa mort. Les biographes qui ont écrit ma prétendue histoire, dont vous me parlez, se sont un peu pressés, et me font trop d'honneur. Il n'y a pas un mot de véritable dans tout ce que ces messieurs ont écrit. Les uns ont dit d'après l'équitable et véridique abbé Desfontaines que je ressemblais à Virgile par ma naissance, et que je pouvais dire apparemment comme lui :

O fortunatos nimium sua si bona norint,
agricolas[a] *!*

Je pense sur cela comme Virgile, et tout me paraît fort égal. Mais le hasard a fait que je ne suis pas né dans le pays des églogues et des bucoliques. Dans une autre vie qu'on s'est avisé de faire encore de moi comme si j'étais mort, on me dit fils d'un porte-clefs du parlement de Paris. Il n'y a point de tel emploi au parlement. Mais qu'importe ? On ajoute une belle aventure d'un carrosse avec l'épouse de M. le duc de Richelieu dans le temps qu'il était veuf. Tous les autres contes sont dans ce goût, et j'aime autant les amours du révérend père de La Chaize avec Mlle du Tron. On ne peut empêcher les barbouilleurs de papier d'écrire des sottises, les libraires hollandais de les vendre et les laquais de les lire.

a. « Ô trop heureux laboureurs, s'ils connaissaient leur bonheur ! » (*Géorgiques*, II, v. 458-459).

L'article du *Journal des savants* dont il est question n'est point dans le journal de Paris ; il est dans celui qu'on falsifie à Amsterdam et se trouve sous l'année 1750. *Le parlement a condamné*, dit ce journal, *l'histoire de Louis XI de M. Duclos, successeur de M. de Voltaire dans la place d'historiographe de France, à cause de ce passage : la dévotion fut de tout temps l'asile des reines sans pouvoir*. Ce sont deux calomnies. On en ajoute une troisième, c'est que *je suis exilé de France, et réfugié en Prusse*. Quand cela serait, il me semble que ce ne serait pas une de ces vérités instructives qui sont du ressort du *Journal des savants*. Le fait est que le roi de Prusse, qui m'honore de ses bontés depuis quinze ans, m'a fait venir auprès de lui, qu'il a fait demander au roi mon maître par son envoyé que je pusse rester à sa cour en qualité de son chambellan, que j'y resterai tant que je pourrai lui être de quelque utilité dans son goût pour les belles-lettres et que ma mauvaise santé et mon âge me permettront de profiter de ses lumières et de ses bontés, que le roi mon maître, en me cédant à lui, m'a daigné accorder une pension et m'a conservé la charge de gentilhomme ordinaire de sa chambre. J'en demande pardon aux calomniateurs et à ceux qui se mêlent d'être jaloux ; mais la chose est ainsi. Je n'y puis que faire ; et j'ajoute qu'un homme de lettres serait bien indigne de l'être s'il était entêté de ces honneurs, et s'il n'était pas toujours aussi prêt à les quitter que reconnaissant envers ceux qui l'en ont comblé.

Je vous envoie un exemplaire de l'édition que l'on a faite à Paris de mes œuvres bonnes ou mauvaises. C'est de toutes la plus passable, il y a pourtant bien des fautes. Une des plus grandes est d'y avoir inséré quatre chapitres du *Siècle de Louis XIV*, qui est imprimé aujourd'hui séparément. C'est un double emploi ; et il est bien vrai, surtout en fait de livres, qu'il ne faut pas multiplier les êtres sans nécessité. C'est par cette raison que je me donnerai bien de garde de vous envoyer les petites pièces fugitives que vous me demandez. Tous ces vers de société ne sont bons que pour les sociétés seules et pour les seuls moments où ils ont été faits. Il est ridicule d'en faire confidence au public. De quoi s'est avisé ce compilateur des lettres de la reine Christine de grossir son énorme recueil d'une lettre que j'écrivis il y a quelques années à la reine de Suède d'aujourd'hui ? comment a-t-il pu en estropier les vers au point où il l'a fait ? Le public n'avait pas plus à faire de ces vers que de la plupart des lettres inutiles de la chancellerie de la reine Christine. Il est vrai qu'en écrivant à la reine Ulrique avec cette liberté que ses bontés et la poésie permettent, je feignais que Christine m'avait apparu et je disais :

À sa jupe courte et légère,
À son pourpoint, à son collet,
Au chapeau garni d'un plumet,
Au ruban ponceau qui pendait
Et par-devant et par-derrière,
À sa mine galante et fière
D'Amazone et d'aventurière,
À ce nez de consul romain,
À ce front altier d'héroïne,
À ce grand œil tendre et hautain,
Moins beau que le vôtre et moins fin,
Soudain je reconnus Christine,
Christine des arts le soutien,
Christine qui céda pour rien
Et son royaume et votre église,

Qui connut tout et ne crut rien,
Que le Saint-Père canonise,
Que damne le luthérien,
Et que la gloire immortalise.

Voilà, Monsieur, le morceau de cette lettre que le compilateur a falsifié. Ne vous fiez point à ces mains lourdes qui fanent les fleurs qu'elles touchent. Mais comptez que la plupart de toutes ces petites pièces sont des fleurs éphémères qui ne durent pas plus que les nouveaux sonnets d'Italie et nos bouquets pour Iris. On n'a que trop recueilli de ces bagatelles passagères dans toutes les misérables éditions qu'on a données de moi, et auxquelles Dieu merci je n'ai aucune part. Soyez persuadé que de même qu'on ne doit pas écrire tout ce que les rois ont fait, mais seulement ce qu'ils ont fait de digne de la postérité ; de même on ne doit imprimer d'un auteur que ce qu'il a écrit de digne d'être lu. Avec cette règle honnête il y aurait moins de livres et plus de goût dans le public. J'espère que la nouvelle édition qu'on a faite à Dresde sera meilleure que toutes les précédentes. Ce sera pour moi une consolation dans le regret que j'ai d'avoir trop écrit.

J'aurais voulu supprimer beaucoup de choses qui échappent à l'esprit dans la jeunesse et que la raison condamne dans un âge avancé. Je voudrais même pouvoir supprimer les vers contre Rousseau, qui se trouvent dans l'Épître sur la calomnie, parce que je n'aime à faire des vers contre personne, que Rousseau a été malheureux, et qu'en bien des choses il a fait honneur à la littérature française. Mais il me réduisit malgré moi à la nécessité de répondre à ses outrages par des vérités dures. Il attaqua presque tous les gens de lettres de son temps qui avaient de la réputation ; ses satires n'étaient pas comme celles de Boileau des critiques de mauvais ouvrages, mais des injures personnelles et atroces. Les termes de *bélître*, de *maroufle*, de *louve*, de *chien*, déshonorent ses épîtres, dans lesquelles il ne parle que de ses querelles. Ces basses grossièretés révoltent tout lecteur honnête homme, et font voir que la jalousie rongeait son cœur du fiel le plus âcre et le plus noir. Voici les deux volumes intitulés *Le Portefeuille*. Ce n'est qu'un recueil de mauvaises pièces dont la plupart ne sont point de Rousseau. Il n'y a que la rage de gagner quelques florins qui ait pu faire publier cette rapsodie. La comédie de *L'Hypocondre* est de lui ; et c'est apparemment pour décrier Rousseau qu'on a imprimé cette sottise. Il avait voulu à la vérité la faire jouer à Paris ; mais les comédiens n'ayant osé s'en charger, il n'osa jamais l'imprimer. On ne doit pas tirer de l'oubli de mauvais ouvrages que l'auteur y a condamnés.

Vous serez plus fâché de voir dans ce recueil une lettre sur la mort de La Motte, où l'on outrage la mémoire de cet académicien distingué, l'accusant des manœuvres les plus lâches et lui reprochant jusqu'à la petite fortune que son mérite lui avait acquise. Cela indigne à la fois et contre l'auteur et contre l'éditeur.

Ceux qui ont fait imprimer le recueil des lettres de Rousseau devaient pour son honneur les supprimer à jamais. Elles sont dépourvues d'esprit et très souvent de vérité. Elles se contredisent : il dit le pour et le contre : il loue et il déchire les mêmes personnes : il parle de Dieu à des gens qui lui donnent de l'argent, et il envoie des satires à Brossette qui ne lui donne rien.

La véritable cause de sa dernière disgrâce chez

le prince Eugène, puisque vous la voulez savoir, vient d'une ode intitulée *La Palinodie* qui n'est pas assurément son meilleur ouvrage. Cette petite ode était contre un maréchal de France ministre d'État, qui avait été autrefois son protecteur. Ce ministre mariait alors une de ses filles au fils du maréchal de Villars. Celui-ci, informé de l'insulte que faisait Rousseau au beau-père de son fils, ne dédaigna pas de l'en faire punir toute misérable qu'elle était. Il en écrivit au prince Eugène, et ce prince retrancha à Rousseau la pension qu'il avait la générosité de lui faire encore, quoiqu'il crût avoir sujet d'être mécontent de lui, dans l'affaire qui fit passer le comte de Bonneval en Turquie. Mme la maréchale de Villars, dont je serais forcé d'attester le témoignage s'il en était besoin, peut dire si je ne tâchai pas d'arrêter les plaintes de M. le maréchal, et si elle-même ne m'imposa pas silence en me disant que Rousseau ne méritait point de grâce. Voilà des faits, Monsieur, et des faits authentiques. Cependant Rousseau crut toujours que j'avais engagé M. le maréchal de Villars à écrire contre lui au prince Eugène.

Si je ne fus pas la cause de sa disgrâce auprès de ce prince, je vous avoue que je fus cause malgré moi qu'il fut chassé de la maison de M. le duc d'Aremberg. Il prétendit dans sa mauvaise humeur que je l'avais accusé auprès de ce prince d'être en effet l'auteur des couplets pour lesquels il avait été banni de France. Il eut l'imprudence de faire imprimer dans un journal de du Sauzet cette imposture. Je me sentis obligé pour toute explication d'envoyer le journal à M. le duc d'Aremberg, qui chassa Rousseau sur ce seul exposé. Voilà, pour le dire en passant, ce qu'a produit la détestable et honteuse licence qu'on a prise trop longtemps en Hollande d'insérer des libelles dans des journaux, et de déshonorer par ces turpitudes un travail littéraire imaginé en France pour avancer les progrès de l'esprit humain. Ce fut ce libelle qui rendit les dernières années de Rousseau bien malheureuses. La presse, il le faut avouer, est devenue un des fléaux de la société, et un brigandage intolérable.

Au reste, Monsieur, je vous l'avouerai hardiment, quoique je ne me fusse jamais ouvert à M. le duc d'Aremberg sur ce que je pensais des couplets infâmes, et de la subornation de témoins, qui attirèrent à Rousseau l'arrêt dont il fut flétri en France, cependant j'ai toujours cru qu'il était coupable. Il savait que je pensais ainsi ; et c'était une des grandes sources de sa haine ; mais je ne pouvais avoir une autre opinion. J'étais instruit plus que personne ; la mère du petit malheureux qui fut séduit pour déposer contre Saurin servait chez mon père, c'est ce que vous trouverez dans le factum fait en forme judiciaire par l'avocat du Cornet en faveur de Saurin. J'interrogeai cette femme, et même plusieurs années après le procès criminel. Elle me dit toujours que Dieu avait puni son fils pour avoir fait un faux serment et pour avoir accusé un homme innocent ; et il faut remarquer que ce garçon ne fut condamné qu'au bannissement en faveur de son âge et de la faiblesse de son esprit. Je n'entre point dans le détail des autres preuves, vous devez présumer qu'il est bien difficile que deux tribunaux aient unanimement condamné un homme dont le crime n'eût pas paru avéré. Si vous voulez après cette réflexion songer quelle bile noire dominait Rousseau, si vous voulez vous souvenir qu'il avait fait contre le directeur de l'Opéra, contre Bérin, contre Pécour et d'autres, des couplets entièrement semblables à ceux pour lesquels il fut condamné, si vous observez que tous ceux qui étaient attaqués dans ces couplets abominables étaient ses ennemis et les amis de Saurin, votre conviction sera aussi entière que celle des juges. Enfin quand il s'agit de flétrir ou le parlement ou Rousseau, il est clair qu'après tout ce que je viens de vous dire il n'y a pas à balancer.

C'est à cet horrible précipice que le conduisirent l'envie et la haine dont il était dévoré. Songez-y bien, Monsieur, la jalousie quand elle est furieuse produit plus de crimes que l'intérêt et l'ambition.

Ce qui vous a fait suspendre votre jugement, c'est la dévotion dont Rousseau voulut couvrir sur la fin de sa vie de si grands égarements et de si grands malheurs. Mais lorsqu'il fit un voyage clandestin à Paris dans ses derniers jours, et lorsqu'il sollicitait sa grâce il ne put s'empêcher de faire des vers satiriques, bien moins bons à la vérité que ses premiers ouvrages, mais non moins distillant l'amertume et l'injure. Que voulez-vous que je vous dise ? La Brinvilliers était dévote et allait à confesse après avoir empoisonné son père ; et elle empoisonnait son frère après la confession. Tout cela est horrible. Mais après les excès où j'ai vu l'envie s'emporter, après les impostures atroces que je l'ai vue répandre, après les manœuvres que je lui ai vu faire, je ne suis plus surpris de rien à mon âge.

Adieu, Monsieur. Vous trouverez dans ce paquet des lettres de M. de La Rivière. Je l'ai connu autrefois : il avait un esprit aimable ; mais il n'a bien écrit que contre son beau-père. C'est encore là une affaire bien odieuse du côté de Bussy-Rabutin. Le factum de La Rivière vaut mieux que les sept tomes de Bussy ; mais il ne fallait pas imprimer ses lettres, etc.

59. À MARIE-LOUISE DENIS

À Potsdam 24 juillet 1752

Vous avez la plus grande raison, vous et vos amis, de presser mon retour ; mais vous ne m'en avez pas toujours pressé par des courriers extraordinaires et ce qu'on mande par la poste est bientôt su. Quand il n'y aurait que ce malheur-là dans l'absence (et il y en a tant d'autres !) il ne faudrait ne jamais quitter sa famille et ses amis. L'établissement de la poste est une belle chose, mais c'est pour les lettres de change. Le cœur n'y trouve pas son compte. Il n'est plus permis de l'ouvrir dès qu'on est éloigné. La plus grande des consolations est interdite. Je ne vous écris plus, ma chère enfant, que par des voies sûres qui sont rares. Voici mon état. Maupertuis a fait discrètement courir le bruit que je trouvais les ouvrages du roi fort mauvais. Il m'accuse de conspirer contre une puissance dangereuse qui est l'amour-propre. Il débite sourdement que le roi m'ayant envoyé de ses vers à corriger, j'avais répondu : *Ne se lassera-t-il point de m'envoyer son linge sale à blanchir ?* Il tient cet étrange discours à l'oreille de dix ou douze personnes en leur recommandant bien à toutes le secret. Enfin je crois m'apercevoir que le roi a été à la fin dans la confidence. Je ne fais que m'en douter. Je ne peux m'éclaircir. Ce n'est pas là une situation bien agréable. Mais ce n'est pas tout.

Il arriva ici sur la fin de l'année passée un jeune homme nommé La Beaumelle qui est, je crois, de Genève, et qui est renvoyé de Copenhague où il était moitié prédicateur, moitié bel esprit. Il est auteur d'un livre intitulé *Mes pensées*, livre où il dit librement son avis sur toutes les puissances de l'Europe. Maupertuis, avec sa bonté ordinaire, et sans y entendre malice, alla persuader à ce jeune homme que j'avais dit au roi du mal de son livre et de sa personne, et que je l'avais empêché d'entrer au service de Sa Majesté. Aussitôt ce La Beaumelle, pour réparer le tort prétendu que j'ai fait à sa fortune, a préparé des notes scandaleuses pour *Le Siècle de Louis XIV* qu'il va faire imprimer je ne sais où. Ceux qui ont vu ces belles notes disent qu'il y a autant de sottises que de mots.

Quant à la querelle de Maupertuis et de Kœnig, en voici le sujet. Ce Kœnig est amoureux d'un problème de géométrie, comme les anciens paladins de leurs dames. Il fit l'année passée le voyage de La Haye à Berlin uniquement pour aller conférer avec Maupertuis sur une formule d'algèbre et sur une loi de la nature dont vous ne vous souciez guère. Il lui montra deux lettres d'un vieux philosophe du siècle passé, nommé Leibniz, dont vous ne vous souciez pas davantage ; et lui fit voir que Leibniz avait parlé de la même loi et combattait son sentiment. Maupertuis, qui est plus occupé de ce qu'il croit intrigues de cour que de vérités géométriques, ne lut pas seulement les lettres de Leibniz.

Le professeur de La Haye lui demanda permission d'exposer son opinion dans les journaux de Leipsick, et avec cette permission il réfuta le plus poliment du monde dans ces journaux l'opinion de Maupertuis, et s'appuya de l'autorité de Leibniz dont il fit imprimer les fragments qui avaient rapport à cette dispute. Voici ce qui est étrange. Maupertuis ayant parcouru et mal lu ce journal de Leipsick et ces fragments de Leibniz alla se mettre dans la tête que Leibniz était de son opinion, et que Kœnig avait forgé ces lettres pour lui ravir, à lui Maupertuis, la gloire d'avoir inventé une bévue. Sur ce beau fondement il fait assembler les académiciens pensionnaires dont il distribue les gages. Il accuse formellement Kœnig d'être un faussaire et fait passer un jugement contre lui sans que personne opine, et malgré les oppositions du seul géomètre qui fût à cette assemblée. Il fit encore mieux. Il ne se trouva pas au jugement, mais il écrivit une lettre à l'Académie pour demander la grâce du coupable qui était à La Haye, et qui, ne pouvant être pendu à Berlin, fut seulement déclaré faussaire et fripon géomètre avec toute la modération imaginable.

Ce beau jugement est imprimé. Voici maintenant le comble. Notre modéré président écrit deux lettres à Mme la princesse d'Orange dont Kœnig est le bibliothécaire, pour la prier de lui imposer silence, et pour ravir à son ennemi condamné et flétri la permission de défendre son honneur. Je n'ai appris que d'hier tous ces détails dans ma solitude. On ne laisse pas de voir des choses nouvelles sous le soleil. On n'avait point encore vu de procès criminel dans une académie des sciences. C'est une vérité démontrée qu'il faut s'enfuir de ce pays-ci. Je mets ordre tout doucement à mes affaires, et vous embrasse très tendrement.

60. À MARIE-LOUISE DENIS

À Potsdam 9 septembre 1752

Je commence, ma chère enfant, à sentir que j'ai un pied hors du château d'Alcine. Je remets entre les mains de Mgr le duc de Virtemberg les fonds que j'avais fait venir à Berlin. Il nous en fera une rente viagère sur nos deux têtes ; la mienne ne lui coûtera pas beaucoup d'années d'arrérages ; mais je voudrais que la vôtre fît payer ses enfants et ses petits-enfants. Cet emploi de mon bien est d'autant meilleur que le paiement est assigné sur les domaines que le duc de Virtemberg a en France. Nous avons des souverainetés hypothéquées et nous ne serons point payés avec un *car tel est notre plaisir*. Ce qu'il y a de douloureux dans une si bonne affaire, c'est que je ne pourrai la consommer que dans quelques mois. Elle est sûre. Les paroles sont données, paroles de prince, il est vrai ; mais ils les tiennent dans les petites occasions, et puis nous aurons un beau et bon contrat. Les princes ont de l'honneur. Ils ne trompent que les souverains quand il s'agit du salut du peuple, ou de ces respectables et héroïques friponneries d'ambition, devant lesquelles l'honneur n'est qu'un conte de vieille. J'ai perdu quelquefois une partie de mon bien avec des financiers, avec des dévots, avec des gens de l'ancien testament qui auraient fait scrupule de manger d'un poulet bardé, qui auraient mieux aimé mourir que de n'être pas oisifs le jour du sabbat et de ne pas voler le dimanche, mais je n'ai jamais rien perdu avec les grands, excepté mon temps. Vous pouvez en un mot compter sur la solidité de cette affaire et sur mon départ. Je ferai voile de l'île de Calypso sitôt que ma cargaison sera prête, et je serai beaucoup plus aise de retrouver ma nièce que le vieil Ulysse ne le fut de retrouver sa vieille femme.

61. À MARIE-LOUISE DENIS

À Berlin 18 décembre 1752

Je vous envoie, ma chère enfant, les deux contrats du duc de Virtemberg. C'est une petite fortune assurée pour votre vie. J'y joins mon testament. Ce n'est pas que je croie à votre ancienne prédiction, que le roi de Prusse me ferait mourir de chagrin. Je ne me sens pas d'humeur à mourir d'une si sotte mort, mais la nature me fait beaucoup plus de mal que lui, et il faut toujours avoir son paquet prêt et le pied à l'étrier pour voyager dans cet autre monde, où quelque chose qui arrive, les rois n'auront pas grand crédit.

Comme je n'ai pas dans ce monde-ci cent cinquante mille moustaches à mon service, je ne prétends point du tout faire la guerre, je ne songe qu'à déserter honnêtement, à prendre soin de ma santé, à vous revoir, à oublier ce rêve de trois années.

Je vois bien qu'on a pressé l'orange, il faut penser à sauver l'écorce. Je vais me faire pour mon instruction un petit dictionnaire à l'usage des rois. *Mon ami* signifie *mon esclave. Mon cher ami* veut dire *vous m'êtes plus qu'indifférent*. Entendez par *je vous rendrai heureux, je vous souffrirai tant que j'aurai besoin de vous. Soupez avec moi ce soir* signifie *je me moquerai de vous ce soir*. Le dictionnaire peut être long. C'est un article à mettre dans l'*Encyclopédie*.

Sérieusement cela serre le cœur. Tout ce que j'ai vu est-il possible ? Se plaire à mettre mal ensemble ceux qui vivent ensemble avec lui ! dire à un homme les choses les plus tendres, et écrire contre lui des brochures ! et quelles brochures ! arracher un homme à sa patrie par les promesses les plus sacrées et le maltraiter avec la malice la plus noire ! que de contrastes ! et c'est là l'homme qui m'écrivait tant de choses philosophiques, et que j'ai cru philosophe ! et je l'ai appelé le Salomon du Nord ! Vous souvenez-vous de cette belle lettre qui ne vous a jamais rassurée ? *Vous êtes philosophe*, disait-il, *je le suis aussi*. Ma foi, Sire, nous ne le sommes ni l'un ni l'autre. Ma chère enfant, je ne me croirai tel que quand je serai avec mes pénates, et avec vous.

L'embarras est de sortir d'ici. Vous savez ce que je vous ai mandé dans ma lettre du 1er novembre. Je ne peux demander de congé qu'en considération de ma santé, et il n'y a pas moyen de dire : Je vais à Plombières au mois de décembre. Il y a ici une espèce de ministre du saint évangile nommé Pérard, né comme moi en France ; il demandait permission d'aller à Paris pour ses affaires. Le roi lui fit répondre qu'il connaissait mieux ses affaires que lui-même, et qu'il n'avait nul besoin d'aller à Paris. Ma chère enfant quand je considère un peu en détail tout ce qui se passe ici, je finis par conclure que cela n'est pas vrai, que cela est impossible, qu'on se trompe, que la chose est arrivée à Syracuse il y a quelque trois mille ans. Ce qui est bien vrai c'est que je vous aime de tout mon cœur et que vous faites ma consolation.

62. À FRÉDÉRIC II, ROI DE PRUSSE

[1er janvier 1753]

Sire,

Pressé par les sollicitations et par les larmes de ma famille je me vois obligé de mettre à vos pieds mon sort et les bienfaits et les distinctions dont vous m'avez honoré. Ma résignation est égale à ma douleur. Je ne me souviendrai que de ces mêmes bienfaits. Votre Majesté doit en être bien convaincue. Attaché à Elle depuis seize ans par ses bontés prévenantes, appelé par Elle dans ma vieillesse, rassuré par ses promesses sacrées contre la crainte attachée à une transplantation qui m'a tant coûté, ayant eu l'honneur de vivre deux ans et demi de suite avec Elle, il m'est impossible de démentir des sentiments qui l'ont emporté dans mon cœur sur ma patrie, sur le roi mon souverain et mon bienfaiteur, sur ma famille, sur mes amis, sur mes emplois : j'ai tout perdu. Il ne me reste que le souvenir d'avoir passé un temps heureux dans votre retraite de Potsdam. Toute autre solitude sera pour moi bien douloureuse sans doute : il est dur d'ailleurs de partir dans cette saison quand on est accablé de maladies ; mais il est encore plus dur de vous quitter. Croyez que c'est la seule douleur que je puisse sentir à présent. M. l'envoyé de France, qui entre chez moi dans le temps que j'écris, est témoin de ma sensibilité, et il répondra à Votre Majesté des sentiments que je conserverai toujours. J'avais fait de vous mon idole, un honnête homme ne change pas de religion, et seize ans d'un dévouement sans bornes ne peuvent être détruits par un moment de malheur.

Je me flatte que de tant de bontés, il vous restera envers moi quelque humanité, c'est ma seule consolation si je puis en avoir une.

63. À MARIE-LOUISE DENIS

À Strasbourg 3 septembre [1753]

Je reçois, ma chère enfant, votre lettre du 27 août qui m'est probablement renvoyée par M. Gayot. Je vous prie dorénavant de m'écrire sous le couvert de M. Defresnay, directeur général des postes, ou sous le nom de M. Darsin. Les lettres me seront rendues sur-le-champ, soit sous le nom de Darsin soit sous l'enveloppe de M. Defresnay. M. Gayot est à Plombières. Je ne doute pas que vous ne lui ayez écrit pour le remercier de tous ses soins. J'ai toujours votre boîte. J'attends une occasion. Je suis à la campagne. Je n'ai point osé aller au gouvernement sans billet. J'attends celui de M. Bernard que vous m'avez promis. Venons à nos affaires. Vous ne me parlez point de votre santé. Elle est donc bonne. C'est là ma première affaire et je ne suis malheureux qu'à moitié.

Mon cœur est pénétré de tout ce que vous faites. Je n'ai point dans mes tragédies d'héroïne comme vous. Moi ne vous point aimer ! Mon enfant je vous adorerai jusqu'au tombeau. Je vous aime tant que je n'irai point dans ce château où il y a un tiers qui vous aime aussi : je deviens jaloux à mesure que je m'affaiblis, ma chère enfant. Je voudrais être le seul qui eût le bonheur de vous foutre, et je voudrais à présent n'avoir jamais eu que vos faveurs, et n'avoir déchargé qu'avec vous. Je bande en vous écrivant, et je baise mille fois vos beaux tétons et vos belles fesses. Eh bien direz-vous que je ne vous aime pas ! Pagnon serait bien étonné s'il lisait cela. Voilà de plaisants discours, dirait-il pour un malade ! mais c'est un malade à qui vous rendez la vie par-ci par-là.

Je ne suis pas si content de l'imbécile abbé Godin que de vous. À qui en veut-il ? pourquoi plutôt dans un endroit que dans un autre ? Le plat homme ! Les deux grelots de Frémont me plaisent beaucoup, ils feront d'ailleurs enrager Lemeri et Le Sec.

En attendant voici ce que je vais faire. J'ai achevé à peu près mon histoire de l'empire. Je tâcherai de la faire imprimer à Strasbourg. J'y aurai pour la perfectionner un secours que je n'aurais point ailleurs. M. Sheffling, le meilleur professeur d'histoire, est à Strasbourg. Il est mon ami, il me vient voir tous les jours dans mon ermitage. Il m'aidera. Je suis bien loin de me promener dans l'Alsace et dans la Lorraine. Je ne songe qu'à profiter du peu de temps qui me reste pour travailler et pour vous aimer. Un moment perdu me paraît un siècle. Dieu merci je n'ai rendu aucune visite, pas même à l'intendant. Il est venu souvent chez moi. Je renvoie mon monde sans façon en qualité de malade. Travailler et penser à vous, voilà ma vie. Au nom de notre amitié ma chère enfant, peignez-moi à tout le monde comme mourant, vous ne mentirez guère, car je ne vis que quand votre idée me ressuscite.

Envoyez-moi je vous prie la malle aux papiers par le premier roulier à l'adresse de M. Defresnay et ne manquez pas d'y mettre toutes mes lettres. J'ai une besogne en tête que vous m'avez conseillée, qui est nécessaire, et que je veux faire en forme de lettres. Je tâcherai de rendre la chose sage, agréable, plaisante ; et quoique mesurée je vous promets qu'elle couvrira d'opprobre dans la postérité ceux qui vous ont fait traîner par des soldats et qui prétendent à la gloire parce qu'ils ont été heureux. Je rappellerai dans ces lettres beaucoup de faits qui seront d'ailleurs attestés par les originaux qui sont dans mes papiers. Soyez sûre que ce recueil sera un jour plus intéressant que celui de Rousseau. Je vous remettrai le tout fidèlement et vous le garderez comme mon testament après quoi je mourrai en paix. Pourriez-vous mettre dans le coffre six assiettes et six couverts d'argent ? Cela peut servir quoique je ne sois pas homme à tenir table sans vous, comme vous faites si gaiement. Je ne soupe plus, vous ne dînez pas. Voilà la plus grande de mes afflictions.

Je vous avoue que j'ai été bien affligé que vous ayez envoyé à Francfort la révocation de votre procuration. Elle est arrivée précisément dans le temps qu'on allait rendre l'argent. Votre révocation a tout gâté. On s'est prévalu de l'apparence de notre mésintelligence. C'est cent louis de perdus à la suite de beaucoup d'autres. Vous vous êtes trop pressée de croire vos pauvres Parisiens qui croient connaître l'Allemagne. C'est moi qui la connais. J'ai eu plusieurs conférences tête à tête avec l'Électeur palatin. Je vous réponds que j'étais mieux à Mayence, à Manheim, à Gotha que partout ailleurs. Je vous dirais d'autres choses qui vous émerveilleraient, mais je ne veux songer à présent qu'à vous, à mon histoire de l'empire, à ces lettres, et Dieu sait si après je ne ferai pas une tragédie. J'ai un sujet admirable, et le diable me bat. Laissez-moi faire et que je vive.

Ce fou de Maupertuis n'a donc pas imprimé l'apologie de ses géants et de l'art d'exalter son âme ? Ce fou devient un sot. L'amour-propre et l'eau-de-vie l'ont abruti. Adieu, aimez-moi pour que je vive, mais parlez toujours de moi comme d'un mourant. Ce coquin de Cernin écrivait à sa sœur : *Il fait le malade à Francfort, et sa nièce fait semblant de le secourir en l'épuisant*. Adieu, je vous recommande Du Billon dans vos moments de loisir.

Je crois qu'il est de la plus grande importance que vous fassiez envoyer au roi de Prusse par milord Maréchal la lettre où je traite comme il faut l'impertinent auteur de la satire contre le roi de Prusse. Voici des vers qu'on m'envoie, ils méritent d'être connus. Adieu ma chère enfant.

V.

Ne dites à personne que je vais faire imprimer une histoire d'Allemagne.

64. À MARIE-ÉLISABETH DE DOMPIERRE DE FONTAINE

23 novembre 1753

Mon aimable nièce, j'étais bien malade quand votre sœur avait l'honneur d'être entre les mains du premier médecin du roi très chrétien. Je crois que nous avions encore, Mme Denis et moi, un peu de poison de Francfort dans les veines. Mais je crois aussi notre chère Denis un peu gourmande ; et l'on raccommode avec du régime ce que les soupers ont gâté. Mais chez moi on ne raccommode rien, parce qu'il a plu à la nature de me donner l'esprit prompt et la chair faible.

Vous vous portez donc bien, ma chère nièce, puisque vous avez la main ferme et libre, et que vous êtes devenue un petit Callot, un petit Tempest. Je me flatte que vos dessins ne sont pas faits pour un oratoire, et qu'ils me réjouiront la vue. Dieu bénisse une famille qui cultive tous les arts. Je serai enchanté de vous embrasser : mais où, et quand ?

Peignez-vous d'après le nu, Madame, et avez-vous des modèles ? Quand vous voudrez peindre un vieux malade emmitouflé, avec une plume dans une main et de la rhubarbe dans l'autre, entre un médecin et un secrétaire, avec des livres et une seringue, donnez-moi la préférence.

Connaissez-vous MM. Corringius, Vitriarius, Struvius, Spener, Goldstal, et autres messieurs du bel air ? Ce sont eux qui broient actuellement mes couleurs. Vous peignez des choses agréables d'une main légère, et moi des sottises graves d'une main appesantie.

Je baise vos belles mains, et je décrasserai les miennes quand je vous verrai. Vous ne me dites rien du conseiller ; faites-lui bien mes compliments.

IV

À Lausanne et Genève : l'exil suisse (1754-1760)

Contraint de quitter la cour de Prusse, Voltaire découvre qu'il n'est pas le bienvenu à la cour de Versailles. Début 1754, il se trouve à Colmar, à la recherche de « quelque abri un peu chaud » (lettre 65), et décide de se fixer dans les terres suisses. En 1755 il trouve sur une colline qui domine Genève une belle maison qu'il baptise « Les Délices » (lettre 67). Voltaire y cultive un jardin (lettre 70) : c'est ainsi qu'une thématique récurrente dans les lettres anticipe la composition de Candide. *Après le tremblement de terre de Lisbonne en 1755, Voltaire publie son* Poème sur le désastre de Lisbonne *(lettre 75), et le problème de l'existence du mal revient souvent dans sa correspondance (lettre 74). Avec ses correspondants parisiens, Voltaire partage les soucis des philosophes, concernant l'attentat de Damiens contre Louis XV (lettre 78), par exemple, ou la censure de l'*Encyclopédie *(lettre 82). En même temps, Voltaire s'amuse à jouer la comédie avec ses amis (lettres 78 et 84). Il trouve le temps d'écrire au syndic de Gex pour plaider la cause d'un paysan à qui on a volé une vache (lettre 97). Voltaire utilise la publication de certaines lettres pour s'adresser à un public plus large, comme c'est le cas avec la lettre de*

1755 qui accuse réception du Discours sur l'inégalité *de Rousseau (lettre 72), ou bien une lettre qui annonce sa réconciliation avec Frédéric (lettre 83). Fin 1758, Voltaire annonce à son ami Cideville qu'il a acheté une belle maison à Ferney, à quelques kilomètres des Délices (lettre 86). Au début de 1759, pendant que Voltaire négocie l'achat de Ferney, le roman* Candide *paraît anonymement : il en parle dans une lettre, mais après publication seulement, et pour en nier la paternité (lettre 89).*

65. À MARC-PIERRE DE VOYER, COMTE D'ARGENSON

À Colmar 20 février 1754

Votre bibliothèque souffrira-t-elle encore ce rogaton ? Je vous supplie, Monseigneur, de faire relier cette préface avec cette belle *Histoire universelle*. Voudriez-vous bien avoir la bonté de donner l'exemplaire ci-joint à M. le président Hénault comme à mon confrère à l'Académie et à mon maître en histoire ? Pardonnez-moi cette liberté.

Quoique je ne sois pas sorti de mon lit ou de ma chambre depuis cinq mois, je ne suis pas moins enchanté de votre haute Alsace : on y est pauvre à la vérité, mais l'évêque de Porentru a deux cent mille écus de rente, et cela est bien juste. Les jésuites allemands gouvernent son diocèse avec toute l'humilité dont ils sont capables. Ce sont gens de beaucoup d'esprit. J'ai appris qu'ils firent brûler Bayle dans Colmar il y a quatre ans. Un avocat général nommé Muller, homme supérieur, porta son Bayle dans la place publique, et le brûla lui-même, plusieurs génies du pays en firent autant. Comme vous êtes secrétaire d'État de la province, je vous supplie de m'envoyer votre Bayle bien relié, afin que je le brûle dès que je pourrai sortir.

Je vous avais supplié de m'honorer d'un petit mot de protection auprès du procureur général pour éviter un extrême ridicule dont le scandale irait aux oreilles du roi. Mais j'ai peut-être mal pris mon temps, et j'ai bien peur que dans un accès de goutte vous n'ayez eu pour moi un accès d'indifférence. Mais je consens d'être excommunié, moi et l'*Histoire* prétendue universelle, si vous êtes quitte de votre goutte.

Je suis fâché de dire à un grand ministre que j'ai un peu le scorbut et quelque atteinte d'hydropisie. Je vous supplie très sérieusement de croire que je suis obligé pour ne point mourir de voyager et de chercher quelque abri un peu chaud. Comme je n'ai reçu aucun ordre positif du roi, et que je ne sais ce qu'on me veut, je me flatte qu'il me sera permis de porter mon corps mourant où bon me semblera. Le roi a dit à Mme de Pompadour qu'il ne voulait pas que j'allasse à Paris ; je pense comme Sa Majesté, je ne veux point aller à Paris, et je suis persuadé qu'il trouvera bon que je me promène au loin.

Je remets le tout à votre bonté et à votre prudence. Si vous jugez à propos, Monseigneur, d'en dire un mot au roi *in tempore opportuno*, et de lui en parler comme d'une chose simple qui n'exige pas de permission, je vous aurai réellement obligation de la vie. Je suis persuadé que le roi ne veut pas que je meure dans l'hôpital de Colmar.

En un mot je vous supplie de sonder l'indulgence du roi. Il est bien affreux de souffrir tout ce que je souffre pour un mauvais livre qui n'est pas de moi.

Je suis dans votre département, ainsi ma prière et mon espérance sont dans les règles.

Daignez me faire savoir si je peux voyager, je vous aurai l'obligation d'exister, et je vivrai plein du plus tendre respect pour vous.

Pardon de cette énorme lettre.

V.

66. À PIERRE-JOSEPH THOULIER D'OLIVET

À Colmar 24 mars 1754

Je vous remercie bien sincèrement, mon cher et savant Abbé, du petit livre très instructif que vous m'avez envoyé. Il prouve que l'Académie est plus utile au public qu'on ne pense, et il fait voir en même temps combien vous êtes utile à l'Académie. Il me semble que la plupart des difficultés de notre grammaire viennent de ces *e* muets qui sont particuliers à notre langue. Cet embarras ne se rencontre ni dans l'italien, ni dans l'espagnol, ni dans l'anglais. Je connais un peu toutes les langues modernes de l'Europe, c'est-à-dire tous ces jargons qui se sont polis avec le temps, et qui sont tous aussi loin du latin et du grec, qu'un bâtiment gothique l'est de l'architecture d'Athènes. Notre jargon par lui-même ne mérite pas en vérité la préférence sur celui des Espagnols qui est bien plus sonore et plus majestueux, ni sur celui des Italiens qui a beaucoup plus de grâces. C'est la quantité de nos livres agréables, et des Français réfugiés, qui ont mis notre langue à la mode jusqu'au fond du Nord. L'italien était la langue courante du temps de l'Arioste et du Tasse. Le siècle de Louis XIV a donné la vogue à la langue française, et nous vivons actuellement sur notre crédit. L'anglais commence à prendre une grande faveur depuis Addisson, Swift, et Pope. Il sera bien difficile que cette langue devienne une langue de commerce, comme la nôtre : mais je vois que jusqu'aux princes, tout le monde veut l'entendre, parce que c'est de toutes les langues celle dans laquelle on a pensé le plus hardiment, et le plus fortement. On ne demande en Angleterre permission de penser à personne. C'est cette heureuse liberté qui a produit l'*Essai sur l'homme* de Pope ; et c'est à mon gré le premier des poèmes didactiques.

Croiriez-vous que dans la ville de Colmar où je suis, j'ai trouvé un ancien magistrat qui s'est avisé d'apprendre l'anglais à l'âge de soixante et dix ans, et qui en sait assez pour lire les bons auteurs avec plaisir ? Voyez si vous en voulez faire autant. Je vous avertis qu'il n'y a point de disputes en Angleterre sur les participes : mais je crois que vous vous en tiendrez à notre langue que vous épurez, et que vous embellissez.

Pardon de ne pas vous écrire de ma main, je suis bien malade. J'irai bientôt trouver La Chaussée. Je vous embrasse.

V.

67. À JACQUES-ABRAM-ÉLIE DANIEL CLAVEL DE BRENLES

À Prangins 9 / 10 février [1755]

Que de peines Monsieur pour avoir ce tombeau que je cherche ! Je vois bien que la maison de

M. Dhervard est trop considérable pour moi ; j'ai très peu de bien libre. J'ai perdu le tiers de mes rentes à Paris ; et ma fortune est comme ma réputation, un petit objet qui excite beaucoup d'envie. Si je peux parvenir à posséder très précairement Saint-Jean l'été, et Monriond l'hiver ou bien Prélas, je me tiendrai heureux. Je n'aurai besoin l'hiver que de vous et de bons poêles, être chaudement avec un ami c'est tout ce qu'il faut. Je redoute le monde ; et les derniers jours de ma vie doivent être consacrés à la solitude et à l'amitié. Je vous avertis d'avance que mon commerce a besoin de la plus grande indulgence. Des souffrances presque continuelles me réduisent à des assujettissements bien désagréables dans la société. Cette pauvre âme, ce sixième sens dépendant des cinq autres se ressent de la décadence de la machine. Vous verrez un arbre qui a produit quelques fruits et dont les branches sont desséchées. Votre philosophie n'en sera point rebutée. Elle connaît la misère humaine. Je vous jure que si j'acquiers les beaux jardins de Saint-Jean c'est pour ma nièce, et si je peux avoir Monriond, c'est pour vous. Il sera assez singulier que ce soient les environs de la sévère Genève qui soient voluptueux, et que la simplicité philosophique soit le partage des environs de Lausanne. Je vous serai très obligé si vous voulez entretenir toujours M. Gies dans la disposition de me louer la maison et le jardin de Montrion, ou du moins ce qui passe pour être jardin. Je suis encore en l'air sur tout cela. Il y a de grandes difficultés sur l'acquisition de Saint-Jean ; le propriétaire de Montrion est un peu épineux. Si la maison de Prélas est plus logeable pour l'hiver, et si on peut s'en accommoder avec moi, ce sera le meilleur parti, mais il faut commencer par voir le local ; et il n'y a que M. Panchaud au monde qui prétende que je doive acheter Monriond sans l'avoir vu.

Enfin mon cher Monsieur je prie Dieu qu'il m'accorde le bonheur d'être votre voisin. Je vous embrasse. Mille respects à Mme de Brenles.

V.

J'apprends dans le moment que le marché de Saint-Jean est entièrement conclu. Cela est très cher, mais très agréable et commode. Il est plaisant que je sois propriétaire d'une terre précisément dans le pays où il ne m'est pas permis d'en avoir.

Cette affaire m'encourage à finir celle de Monrion si je peux. Il faut donner la préférence à Monrion sur Prelas, si Prelas n'est pas meublé. Mais encore une fois je veux absolument une solitude auprès de vous. C'est vous qui m'avez débauché. Comptez que j'aime plus la tête du lac que la queue.

J'appelle Saint-Jean *Les Délices* et la maison ne portera ce nom que quand j'aurai eu l'honneur de vous y recevoir. *Les Délices* seront pour l'été, Monrion pour l'hiver ; et vous pour toutes les saisons. Je ne voulais qu'un tombeau. J'en aurai deux, *te audiam moriens*[a].

V.

a. « Puissé-je t'entendre au moment de ma mort » (Tibulle, *Élégies*, I, I, v. 59-60).

68. À CHARLES-AUGUSTIN FERRIOL, COMTE D'ARGENTAL

Aux Délices près de Genève
8 mars [1755]

Mes Délices sont un tombeau, mon cher et respectable ami. Nous voilà ma garde-malade et moi sur les bords du lac de Genève et du Rhône. Je mourrai du moins chez moi. Il est vrai qu'il serait assez agréable de vivre dans une maison charmante, commode, spacieuse, entourée de jardins délicieux, mais j'y vivrai sans vous mon cher ange, et c'est être véritablement exilé. Notre établissement nous coûte beaucoup d'argent et beaucoup de peines. Je ne parle qu'à des maçons, à des charpentiers, à des jardiniers. Je fais déjà tailler mes vignes et mes arbres. Je m'occupe à faire des basses-cours. Vous croirez sur cet exposé que j'ai abandonné votre *Orphelin*[1]. Ne me faites pas cette cruelle injustice. Vous aurez vos cinq magots chinois incessamment et tout ce que je vous ai promis. J'ai travaillé autant que l'a permis ma déplorable santé. Si vous l'ordonnez le tout partira à l'adresse de M. de Chauvelin, l'intendant des finances, à votre premier ordre. Si vous voulez me donner jusqu'à Pâques j'aurai encore peut-être le temps de limer, et l'envie de vous plaire pourra m'inspirer. Je ne vous parlerai plus de Lambert quoique sa négligence m'embarrasse. Je ne vous parlerai que de Gengis. C'est Arlequin poli par l'amour. C'est plutôt le Cimon de Boccace et de La Fontaine.

Cimon aima, puis devint honnête homme[2].

Voilà le sujet de la pièce. Vous aviez raison de découvrir cinq actes dans mes trois. Le germe y était, reste à savoir si cette tragédie aura la sève et le montant d'*Alzire*. Non assurément. J'y ai fait tout ce que le sujet et ma faiblesse comportent. Mais ce n'est pas assez de faire bien. Il faut être au goût du public, il faut intéresser les passions de ses juges, remuer les cœurs et les déchirer. Mes Tartares tuent tout et j'ai peur qu'ils ne fassent pleurer personne.

Laissons d'abord passer toutes les mauvaises pièces qui se présenteront. Ne nous pressons point, et tâchons que dans l'occasion on dise cela est bien, et s'il était parmi nous, cela serait encore mieux.

In qua scribebat barbara terra fuit[a].

Consolez-moi mon cher ange en m'apprenant que vous êtes heureux, vous et les vôtres. Je baise le bout des ailes de tous les anges.

V.

69. À THÉODORE TRONCHIN

Voici un problème de physique. Hier, Monsieur, quand vous partîtes j'étais près de m'évanouir. Tout mon corps était en convulsions. Je me mets au lit et au bout d'une heure la transpiration m'ôte toutes mes douleurs.

a. « La terre dans laquelle il écrivait était une terre barbare » (Ovide, *Tristes*, III, I, v. 18).

Il y a trente ans et même quarante que je suis dans cet état. Que direz-vous donc ? que prononcerez-vous ? Qu'il faut me coucher quand je souffre, qu'il faut souffrir avec patience, et attendre avec résignation la fin d'une vie douloureuse. J'ai voulu un tombeau dans un pays libre. Je l'ai trouvé. Vous aurez dans ce pays-ci un admirateur de plus, un ami, un serviteur tendre et zélé qui sera à vous jusqu'à son dernier moment.

V.

Aux Délices jeudi [mars-avril 1755]

70. À JEAN-ROBERT TRONCHIN

Aux Délices près de Genève
5 avril 1755

C'est votre jardinier, Monsieur, qui vous écrit aujourd'hui. Vous avez un plus grand jardin, et en moi un plus grand importun que vous ne pensez. Je ne vous demande rien en qualité d'intendant de vos bâtiments ; mais en qualité de votre bostangi, j'ai bien peur d'abuser de vos bontés. Nous avions demandé Mme Denis et moi à M. Sonin toutes les graines qui peuvent se semer au mois d'avril, et peut-être en recevrez-vous incessamment par la diligence de Lyon. Vous aviez déjà prévenu nos désirs par vos faveurs ; mais si M. Sonin nous envoie encore quelque chose, cette surabondance ne nuira assurément pas.

La requête que je vous présente actuellement,

est pour des œilletons d'artichauts dont nous manquons absolument, pour la plus grande quantité possible de lavande, de thym, de romarin, de menthe, de basilic, de rue, de fraisiers, de mignardise ; et de thadicée, de baume, de percepierre, d'estragon, de sariette, pimprenelle, de sauge, et d'hysope pour nous laver de nos péchés[1], etc., etc., etc., etc., etc., etc. ; et généralement parlant, de tout ce qui peut faire les bordures des potagers. Voilà, Monsieur, l'objet de ma passion présente, et c'est la plus grande que j'aie après celle de pouvoir vous posséder ici. Daignez donc faire en sorte que votre jardin soit le mieux fourni du territoire de Genève. On ne connaît pas plus ici les bordures de potager, que les femmes n'y connaissaient les garde-robes. Il faut qu'il ne manque rien à nos Délices ; embellissez votre empire, et soyez sûr de celui que vous aurez toujours sur le cœur de Mme Denis et sur le mien.

Ces deux cœurs-là sont assurément bien à vous.

V.

Vous devez avoir Lekain pour vos plaisirs, il ne lui manque que de la voix.

P.-S. — Comme nous allions fermer notre lettre, nous avons songé Mme Denis et moi qu'il fallait peindre tous vos treillages en beau vert, toutes vos portes en blanc, tous vos carreaux en rouge, et quelques portes en beau jaune. Je suis donc encore Monsieur, assez hardi pour vous prier de donner commission de faire venir à nos Délices, 150 livres de verdet, 300 livres d'huile de noix, 200 livres de céruse, 50 livres de bleu, 50 livres d'ocre jaune,

50 livres de rouge pour les planchers, et 50 de litarge, et 80 livres de colle forte.

Ne dédaignons point les petits détails quand il s'agit d'embellir ce que l'on aime.

Mille pardons, je vous embrasse.

V.

71. À MICHEL GUYOT DE MERVILLE

[Vers le 20 avril 1755]

La vengeance, Monsieur, fatigue l'âme, et la mienne a besoin d'un grand calme. Mon amitié est peu de chose, et ne vaut pas les grands sacrifices que vous m'offrez. Je profiterai de tout ce qui sera juste et raisonnable dans les quatre volumes de critiques que vous avez faites de mes ouvrages, et je vous remercie des peines infinies que vous avez généreusement prises pour me redresser. Si les deux satires que Rousseau et Desfontaines vous suggérèrent contre moi, sont agréables, le public vous applaudira. Il faut, si vous m'en croyez, le laisser juge.

La dédicace de vos ouvrages, que vous me faites l'honneur de m'offrir, n'ajouterait rien à leur mérite, et vous compromettrait auprès du gentilhomme à qui cette dédicace est destinée. Je ne dédie les miens qu'à mes amis. Ainsi, Monsieur, si vous le trouvez bon, nous en resterons là.

72. À JEAN-JACQUES ROUSSEAU

Aux Délices près de Genève
[30 août 1755]

J'ai reçu, Monsieur, votre nouveau livre contre le genre humain ; je vous en remercie ; vous plairez aux hommes à qui vous dites leurs vérités, et vous ne les corrigerez pas. Vous peignez avec des couleurs bien vraies les horreurs de la société humaine dont l'ignorance et la faiblesse se promettent tant de douceurs. On n'a jamais tant employé d'esprit à vouloir nous rendre bêtes.

Il prend envie de marcher à quatre pattes quand on lit votre ouvrage. Cependant comme il y a plus de soixante ans que j'en ai perdu l'habitude, je sens malheureusement qu'il m'est impossible de la reprendre. Et je laisse cette allure naturelle à ceux qui en sont plus dignes que vous et moi. Je ne peux non plus m'embarquer pour aller trouver les sauvages du Canada, premièrement parce que les maladies auxquelles je suis condamné me rendent un médecin d'Europe nécessaire, secondement parce que la guerre est portée dans ce pays-là, et que les exemples de nos nations ont rendu les sauvages presque aussi méchants que nous. Je me borne à être un sauvage paisible dans la solitude que j'ai choisie auprès de votre patrie où vous devriez être.

J'avoue avec vous que les belles-lettres et les sciences ont causé quelquefois beaucoup de mal.

Les ennemis du Tasse firent de sa vie un tissu de malheurs, ceux de Galilée le firent gémir dans les prisons à soixante et dix ans pour avoir connu le mouvement de la terre, et ce qu'il y a de plus honteux c'est qu'ils l'obligèrent à se rétracter.

Dès que nos amis eurent commencé le dictionnaire encyclopédique, ceux qui osaient être leurs rivaux les traitèrent de déistes, d'athées et même de jansénistes. Si j'osais me compter parmi ceux dont les travaux n'ont eu que la persécution pour récompense, je vous ferais voir une troupe de misérables acharnés à me perdre du jour que je donnai la tragédie d'*Œdipe*, une bibliothèque de calomnies ridicules imprimées contre moi, un prêtre ex-jésuite que j'avais sauvé du dernier supplice me payant par des libelles diffamatoires du service que je lui avais rendu ; un homme plus coupable encore faisant imprimer mon propre ouvrage du *Siècle de Louis XIV* avec des notes où la plus crasse ignorance débite les impostures les plus effrontées, un autre qui vend à un libraire une prétendue *Histoire universelle* sous mon nom, et le libraire assez avide, et assez sot, pour imprimer ce tissu informe de bévues, de fausses dates, de faits, et de noms estropiés ; et enfin des hommes assez lâches et assez méchants pour m'imputer cette rhapsodie. Je vous ferais voir la société infectée de ce nouveau genre d'hommes inconnu à toute l'antiquité qui ne pouvant embrasser une profession honnête soit de laquais, soit de manœuvres, et sachant malheureusement lire et écrire se font courtiers de la littérature, volent des manuscrits, les défigurent et les vendent. Je pourrais me plaindre qu'une plaisanterie faite il y a plus de trente ans, sur le même sujet que Chapelain eut la bêtise de traiter sérieusement, court aujourd'hui le monde par l'infidélité et l'infâme avarice de ces malheureux qui l'ont défigurée avec autant de sottise que de malice, et qui au bout de trente ans, vendent partout cet ouvrage lequel certainement n'est plus le mien, et qui est devenu le leur ; j'ajouterais qu'en dernier lieu on a osé fouiller dans les archives les plus respectables et y voler une partie des mémoires que j'y avais mis en dépôt, lorsque j'étais historiographe de France, et qu'on a vendu à un libraire de Paris le fruit de mes travaux. Je vous peindrais l'ingratitude, l'imposture, et la rapine, me poursuivant jusqu'aux pieds des Alpes, et jusques au bord de mon tombeau.

Mais Monsieur, avouez aussi que ces épines attachées à la littérature et à la réputation ne sont que des fleurs en comparaison des autres maux qui de tout temps ont inondé la terre. Avouez que ni Cicéron, ni Lucrèce, ni Virgile, ni Horace ne furent les auteurs de proscriptions de Marius, de Sylla, de ce débauché d'Antoine, de cet imbécile Lépide, de ce tyran sans courage Octave Cépias surnommé si lâchement Auguste.

Avouez que le badinage de Marot n'a pas produit la Saint-Barthélemy, et que la tragédie du *Cid* ne causa pas les guerres de la Fronde. Les grands crimes n'ont été commis que par de célèbres ignorants. Ce qui fait et ce qui fera toujours de ce monde une vallée de larmes c'est l'insatiable cupidité et l'indomptable orgueil des hommes depuis Thamas Couli Can, qui ne savait pas lire, jusqu'à un commis de la douane qui ne sait que chiffrer. Les lettres nourrissent l'âme, la rectifient, la consolent ; et elles font même votre gloire dans le temps que vous écrivez contre elles. Vous êtes comme Achille qui s'emporte contre la gloire, et comme le père Malebranche dont l'imagination brillante écrivait contre l'imagination.

M. Chapuis m'apprend que votre santé est bien mauvaise. Il faudrait la venir rétablir dans l'air natal, jouir de la liberté, boire avec moi du lait de nos vaches, et brouter nos herbes. Je suis très philosophiquement, et avec la plus tendre estime,

Monsieur,

votre très humble et très obéissant serviteur

VOLTAIRE.

73. À MARIE-ÉLISABETH DE DOMPIERRE DE FONTAINE

À Montriond, 8 janvier 1756

J'envoie, ma chère nièce, la consultation de votre procès avec la nature au grand juge Tronchin. Je le prierai d'envoyer sa décision par la poste en droiture, afin qu'elle vous arrive plus vite.

Vous me paraissez à peu près dans le même cas que moi : faiblesse et sécheresse, voilà nos deux principes. Cependant malgré ces deux ennemis, je n'ai pas laissé de passer soixante ans ; et Mme Le Dosseur vient de mourir avant quarante d'une maladie toute contraire. Mlles Bessières avaient une vieille tante qui n'allait jamais à la garde-robe ; elle faisait seulement tous les quinze jours une crotte de chat que sa femme de chambre recevait dans sa main, et qu'elle portait dans la cheminée. Elle mangeait dans une semaine deux ou trois biscuits, et vivait à peu près comme un perroquet ; elle était sèche comme le bois d'un vieux violon, et vécut dans cet état près de quatre-vingts ans, sans presque souffrir.

Au reste je présume que M. Tronchin vous prescrira à peu près le même remède qu'à moi. Et comme vous avez l'esprit plus tranquille que le mien, peut-être ce remède vous réussira ; mais ce ne sera qu'à la longue. Le père putatif du maréchal de Richelieu, qui était le plus sec et le plus constipé des ducs et pairs, s'avisa de prendre du lait à la casse : cela avait l'air du bouillon de Proserpine ; il s'en trouva très bien. Il mangeait du rôti à dîner, il prenait son lait à la casse à souper, et vécut ainsi jusqu'à quatre-vingt-quatre ans. Je vous en souhaite autant ma chère nièce. Amusez-vous toujours à peindre de beaux corps tout nus, en attendant que le docteur Tronchin rétablisse et engraisse le vôtre.

Adieu, ma chère nièce, tâchez de venir nous voir avec des tétons rebondis et un gros cul. Je vous embrasse tendrement tout maigre que je suis. J'écris à Montigny sur la mort de Mme Le Dosseur. Sa perte m'afflige, et fait voir qu'on meurt jeune avec de gros tétons. La vie n'est qu'un songe, nous voudrions bien, votre sœur et moi, rêver avec vous.

74. À ÉLIE BERTRAND

[20 janvier 1756 ?]
Mardi au soir

Je vous ai, mon cher ami, envoyé ce matin un gros paquet, où il ne s'agit point des désastres de Lisbonne mais de donner quelque secours à un infortuné qui se trouve à Berne. Je reçois ce soir votre lettre et j'y réponds sur-le-champ. Je devrais être pour le *péjorisme* puisque je passe ma vie à souffrir. Mais je suis pour le *patientisme*. Le fait est que le tout est bien n'est ni théologique ni vrai. Il est trop certain qu'il y a du mal moral et du mal physique. La grande difficulté est d'en savoir la cause. Mais il y a aussi du bien physique et du bien moral — le mariage dont vous me parlez est de ce genre. Mes respects, je vous prie, à Nanine et au comte d'Olban, et surtout à M. le Banneret de Freidenreik. Je vous réitère les assurances de ma tendre amitié et de l'envie extrême que j'ai de vous revoir.

V.

75. À ÉLIE BERTRAND

À Montriond 18 février [1756]

J'avais, mon cher philosophe, un cruel redoublement de colique quand j'ai reçu votre lettre. Ma consolation est donc que je n'aurai pas la colique dans l'autre monde. Vraiment je l'espère bien, et j'en dis un petit mot dans mon sermon. La question ne roule pas sur cet objet d'espérance. Elle tombe uniquement sur cet axiome, ou plutôt sur cette plaisanterie, *tout est bien à présent, tout est comme il devait être, et le bonheur général présent résulte des maux présents de chaque être*. Or en vérité cela est aussi ridicule que ce beau mot de Possidonius, qui disait à la goutte, *tu ne me feras pas avouer que tu sois un mal.*

Les hommes de tous les temps et de toutes les religions ont si vivement senti le malheur de la nature humaine, qu'ils ont tous dit que l'œuvre de Dieu avait été altérée. Égyptiens, Grecs, Perses, Romains, tous ont imaginé quelque chose d'approchant de la chute du premier homme. Il faut avouer que l'ouvrage de Pope détruit cette vérité, et que mon petit discours y ramène. Car si *tout est bien*, si tout a été comme il devait être, il n'y a donc point de nature déchue. Mais au contraire s'il y a du mal dans le monde, ce mal indique la corruption passée et la réparation à venir. Voilà la conséquence toute naturelle. Vous me direz que je ne tire pas cette conséquence, que je laisse le lecteur dans la tristesse et dans le doute. Eh bien ! il n'y a qu'à ajouter le mot d'espérer à celui d'adorer, et mettre

mortels il faut souffrir,
Se soumettre, adorer, espérer et mourir.

Mais le fonds de l'ouvrage reste malheureusement d'une vérité incontestable. Le mal est sur la terre, et c'est se moquer de moi que de dire que mille infortunés composent le bonheur. Oui, il y a du mal, et peu d'hommes voudraient recommencer leur carrière, peut-être pas un sur cent mille. Et quand on me dit que cela ne pouvait être autrement, on outrage la raison et mes douleurs. Un ouvrier qui a de mauvais matériaux et de mauvais instruments est bien reçu à dire, *je n'ai pu faire autrement*. Mais mon pauvre Pope, mon pauvre bossu, que j'ai connu, que j'ai aimé, qui t'a dit que Dieu ne pouvait te former sans bosse ! Tu te moques de l'histoire de la pomme. Elle est encore, humainement parlant, et faisant toujours abstraction du sacré, elle est plus raisonnable que l'optimisme de Léibnits, elle rend raison pourquoi tu es bossu, malade, et un peu malin.

On a besoin d'un Dieu qui parle au genre humain. L'optimisme est désespérant. C'est une philosophie cruelle sous un nom consolant. Hélas ! si tout est bien quand tout est dans la souffrance, nous pourrons donc passer encore dans mille mondes, où l'on souffrira, et où tout sera bien. On ira de malheurs en malheurs, pour être mieux. Et si *tout est bien*, comment les leibnitiens admettent-ils un mieux ? Ce mieux n'est-il pas une preuve que tout n'est pas bien ? Eh ! qui ne sait que Leibnits n'attendait pas de mieux ? Entre nous, mon cher Monsieur, et Leibnits et Shaftsburi, et Bollingbroke et Pope n'ont songé qu'à avoir de l'esprit. Pour moi, je souffre et je le dis ; et je vous dis aussi la même vérité que j'ai grande envie d'aller à Berne vous remercier de vos bontés et de celles de M. de Freydenreik. Vous savez toutes les nouvelles, tout est bien en France, Mme de Pompadour est dévote, et a pris un jésuite pour confesseur.

76. À PIERRE-ROBERT LE CORNIER DE CIDEVILLE

Aux Délices près de Genève
12 avril 1756

J'ai tant fait de vers, mon cher et ancien ami, que je suis réduit à vous écrire en prose. J'ai différé à vous donner de mes nouvelles comptant vous envoyer à la fois le poème sur le désastre de Lisbonne, sur le *tout est bien*, et sur la loi naturelle : ouvrages dont on a donné à Paris des éditions toutes défigurées. Obligé de faire imprimer moi-même ces deux poèmes, j'ai été dans la nécessité de les corriger. Il a fallu dire ce que je pense et le dire d'une manière qui ne révoltât ni les esprits trop philosophes ni les esprits trop crédules. J'ai vu la nécessité de bien faire connaître ma façon de penser, qui n'est ni d'un superstitieux ni d'un athée. Et j'ose croire que tous les honnêtes gens seront de mon avis.

Genève n'est plus la Genève de Calvin il s'en faut beaucoup. C'est un pays rempli de vrais philosophes. Le christianisme raisonnable de Loke est la religion de presque tous les ministres, et l'adoration d'un être suprême jointe à la morale est la religion de presque tous les magistrats. Vous voyez par l'exemple de Tronchin que les Genevois peuvent apporter en France quelque chose d'utile. Vous avez eu cette année des bords de notre lac l'insertion de la petite vérole, Idamé[1], et *La Religion naturelle*.

Mes libraires se sont donné le plaisir d'assembler dans leur ville les chefs du Conseil et de l'Église et de leur dire mes deux poèmes. Ils ont été universellement approuvés dans tous les points. Je ne sais si la Sorbonne en ferait autant. Comme je ne suis pas en tout de l'avis de Pope, malgré l'amitié que j'ai eue pour sa personne et l'estime sincère que je conserverai toute ma vie pour ses ouvrages, j'ai cru devoir lui rendre justice dans ma préface aussi bien qu'à notre illustre ami M. l'abbé du Resnel qui lui a fait l'honneur de le traduire, et souvent lui a rendu le service d'adoucir les duretés de ses sentiments. Il a fallu encore des notes. J'ai tâché de fortifier toutes les avenues par lesquelles l'ennemi pouvait pénétrer. Tout ce travail a demandé du temps. Jugez, mon cher et ancien ami, si un malade chargé de cette besogne, et encore d'une *Histoire universelle* qu'on imprime, et qui plante, et qui fait bâtir, et qui établit une espèce de petite colonie, a le temps d'écrire à ses amis. Pardonnez-moi donc si je parais si paresseux dans le temps que je suis le plus occupé. Mandez-moi comment je peux vous adresser mon *tout n'est pas bien*, et ma *Religion naturelle*. J'ignore si vous êtes encore à Paris ; je ne sais où est M. l'abbé du Resnel. Je vous écris presque au hasard sans savoir si vous recevrez ma lettre. Mme Denis vous fait mille compliments.

V.

Il y a longtemps que je n'ai vu les paperasses, dont les Crammer ont farci leur édition. Ils ont jugé une petite lettre en vers qui vous est adressée digne d'être imprimée. Ils se sont trompés, mais le plaisir de voir un petit monument de notre amitié m'a empêché de m'opposer à l'impression.

77. À THÉODORE TRONCHIN

Aux Délices le 18 avril 1756

Depuis que vous m'avez quitté,
Je retombe dans ma souffrance,
Mais je m'immole avec gaieté
Quand vous assurez la santé
Aux petits-fils des rois de France.

Votre absence, mon cher Esculape, ne me coûte que la perte d'une santé faible et inutile au monde.

Les Français sont accoutumés à sacrifier de tout leur cœur quelque chose de plus à leurs princes.

Mgr le duc d'Orléans et vous, vous serez tous deux bénis dans la postérité.

Il est des préjugés utiles,
Il en est de bien dangereux,
Il fallait pour triompher d'eux
Un père, un héros courageux
Secondé de vos mains habiles.

Autrefois à ma nation,
J'osai parler dans mon jeune âge
De cette inoculation
Dont grâce à vous, on fait usage ;
On la traita de vision,
On la reçut avec outrage
Tout ainsi que l'attraction.
J'étais un trop faible interprète
De ce vrai qu'on prit pour erreur ;
Et je n'ai jamais eu l'honneur
De passer chez moi pour prophète.

Comment recevoir, disait-on,
Des vérités de l'Angleterre ?
Peut-il se trouver rien de bon
Chez des gens qui nous font la guerre ?
Français, il fallait consulter
Ces Anglais qu'il vous faut combattre :
Rougit-on de les imiter
Quand on a si bien su les battre ?
Également à tous les yeux
Le Dieu du jour doit sa carrière ;
La vérité doit sa lumière
À tous les temps, à tous les lieux.

Recevons sa clarté chérie
Et sans songer quelle est la main
Qui la présente au genre humain,
Que l'univers soit sa patrie.

Une vieille duchesse anglaise aima mieux autrefois mourir de la fièvre que de guérir avec le quinquina, parce qu'on appelait alors ce remède *la poudre des jésuites*. Beaucoup de dames jansénistes seraient très fâchées d'avoir un médecin moliniste. Mais, Dieu merci, messieurs vos confrères n'entrent guère dans ces querelles. Ils guérissent et tuent très indifféremment les gens de toute secte.

On dit que vous prendrez votre chemin par Lunéville. Faites vivre cent ans le bienfaiteur de ce pays-là, et revenez ensuite dans le vôtre. Imitez Hippocrate qui préféra sa patrie à la cour des rois.

Vos deux enfants me sont venus voir aujourd'hui. Je les ai reçus comme les fils d'un grand homme.

Mille compliments à M. de Labat si vous avez le temps de lui parler. Je vous embrasse tendrement.

78. À MARIE-ÉLISABETH DE DOMPIERRE DE FONTAINE

À Montriond 19 février [1757]

Qu'est-ce que c'est donc, ma chère nièce, qu'une petite secte de la canaille, nommée la secte des margouillistes, nom qu'on devrait donner à toutes les sectes ? On dit que ces misérables fanatiques nés des convulsionnaires, et petits-fils des jansénistes, sont ceux qui ont mis non pas le couteau mais le canif à la main de ce monstre insensé de Damiens, que ce sont eux qui envoient du poison au dauphin dans une lettre, et qui affichent des placards : le tout pour la plus grande gloire de Dieu. Les honnêtes gens, par parenthèse, devraient me remercier d'avoir tant crié toute ma vie contre le fanatisme ; mais les cours sont quelquefois ingrates.

Vous savez les coquetteries que me fait le roi de Prusse, et que la czarine m'appelle à Pétersbourg. Vous savez aussi qu'aucune cour ne me tente plus, et que je dois préférer la solidité de mon bonheur dans ma retraite à toutes les illusions. Si j'en voulais sortir, ce ne serait que pour vous. Ma santé exige de la solitude : je m'affaiblis tous les jours.

J'ai fait un effort pour jouer Lusignan ; votre sœur a été admirable dans Zaïre ; nous avions un très beau et très bon Orosmane, un Nérestan excellent, un joli théâtre, une assemblée qui fondait en larmes : et c'est en Suisse que tout cela se trouve, tandis que vous avez à Paris des margouillistes. Je vous ai bien regrettée ; mais c'est ce qui m'arrive tous les jours.

Ayez grand soin de votre malheureuse santé ; conservez-vous, aimez-moi. Mille tendres compliments à fils, à frère, à secrétaire. Adieu, ma très chère nièce. Votre sœur ne vous écrit point aujourd'hui ; elle apprend un rôle. Nous ne vous parlons que de plaisir : instruisez-nous des sottises de Paris.

79. À DENIS DIDEROT

À Montriond pays de Vaud
28 février [1757]

L'ouvrage que vous m'avez envoyé Monsieur ressemble à son auteur. Il me paraît plein de vertu, de sensibilité et de philosophie. Je pense comme vous qu'il y aurait beaucoup à réformer au théâtre de Paris, mais tant que les petits-maîtres se mêleront sur la scène avec les acteurs, il n'y a rien à espérer. Le plus impertinent de tous les abus c'est l'excommunication et l'infamie attachées au talent de débiter en public des sentiments vertueux. Cette contradiction irrite, mais c'est encore une de nos moindres sottises. J'oublie avec plaisir dans ma retraite tous ceux qui travaillent à rendre les hommes malheureux ou à les abrutir ; et plus j'oublie ces ennemis du genre humain, plus je me souviens de vous. Je vous exhorte à répandre autant que vous le pourrez dans l'*Encyclopédie* la noble liberté de votre âme. On ne mettait point Cicéron dans le donjon de Vincennes pour son livre *De natura deorum*. Notre siècle est encore bien barbare. *Vale et scribe.*

Tuus.

V...

80. À JEAN LE ROND D'ALEMBERT

Aux Délices, 24 [mai 1757]

Voici, mon cher et illustre philosophe, l'article *Mages* de mon prêtre. Ce premier pasteur de Lausanne pourrait bien être condamné par la Sorbonne. Il traite l'étoile des mages fort cavalièrement. Il me semble que son article est entièrement tiré des prolégomènes de dom Calmet, et que mon prêtre n'y ajoute guère qu'un ton goguenard. Vous en ferez l'usage qu'il vous plaira. Il y a quelques articles dans le *Dictionnaire* qui ne valent pas celui de mon prêtre.

Je voudrais que votre typographe Briasson pensât un peu à moi. Permettez que je vous adresse ce petit billet pour lui.

Je joins à tout cela une liste des articles que mon prêtre vous prépare.

Je suis fâché de voir que le chevalier de Jaucourt, à l'article *Enfer*, prétende que l'enfer était un point de la doctrine de Moïse ; cela n'est pas vrai, de par tous les diables. Pourquoi mentir ? L'enfer est une fort bonne chose ; mais il est bien évident que Moïse ne l'avait pas connu. C'est ce monde-ci qui est l'enfer ; Prague en est actuellement la capitale, la Saxe en est le faubourg, les Délices seront le paradis quand vous y reviendrez. Vous avez des articles de théologie et de métaphysique qui me font bien de la peine ; mais vous rachetez ces petites orthodoxies par tant de beautés et de choses utiles qu'en général le livre sera un service rendu au genre humain.

Mme Denis vous fait mille compliments.

V.

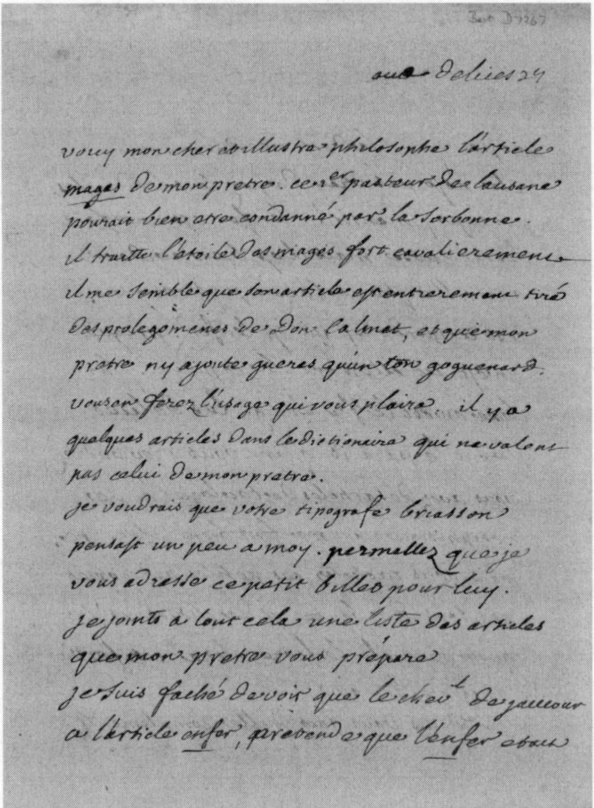
aux Delices 24

voicy mon cher et illustre philosophe l'article mages de mon pretre. ce r^d pasteur de lausane pourait bien etre condanné par la Sorbonne. il traitte l'etoile des mages fort cavalierement. il me semble que son article est entierement tiré des prolegomenes de Don Calmet, et que mon pretre ny ajoute gueres qu'un ton goguenard. vous en ferez l'usage qui vous plaira. il y a quelques articles dans le dictionaire qui ne valent pas celui de mon pretre.
je voudrais que votre tipografe briasson pensast un peu a moy. permettez que je vous adresse ce petit billet pour luy.
je joints a tout cela une liste des articles que mon pretre vous prepare
je suis faché de voir que le chev^r de jaucour a l'article enfer, prevenne que l'enfer etait

À Jean Le Rond d'Alembert, 24 mai 1757

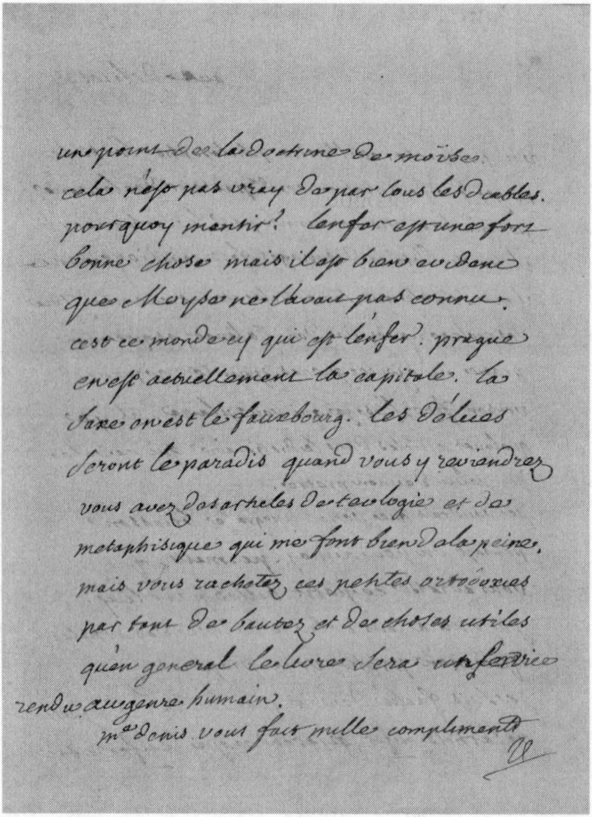

une point de la doctrine de moïse.
cela nest pas vray de par tous les diables.
pourquoy mentir? lenfer est une fort
bonne chose mais il est bien evident
que Moyse ne lavait pas connu.
cest ce monde cy qui est lenfer. prague
en est actuellement la capitale. la
saxe en est le fauxbourg. les délices
seront le paradis quand vous y reviendrez
vous avez des articles de teologie et de
metaphisique qui me font bien de la peine.
mais vous rachetez ces petites orthodoxies
par tant de hauteur et de choses utiles
quen general le livre sera un service
rendu au genre humain.
m^d denis vous fait mille compliments
V

81. À JEAN LE ROND D'ALEMBERT

Aux Délices, 12 de décembre [1757]

Vous savez, mon cher philosophe, tous les murmures de la synagogue. M. de Lubières a dû vous en parler. Ces drôles osent se plaindre de l'éloge que vous daignez leur donner, de croire un dieu, et d'avoir plus de raison que de foi.

Quelques-uns m'accusent d'une confédération impie avec vous. Vous savez mon innocence. Ils disent qu'ils protesteront contre votre article. Laissez-les protester, et moquez-vous d'eux. Ils auront beau jurer qu'ils croient la trinité, leurs camarades de Hollande, de Suisse et d'Allemagne, savent bien qu'il n'en est rien ; ils n'auront que la honte d'avoir renié inutilement leur créance ; mais vous à qui quelques-uns se sont ouverts, vous qui êtes instruit de leur foi par leur bouche, ne vous rétractez pas ; il y va de votre salut : votre conscience y est engagée. Ces gens-là vont se couvrir de ridicule ; chaque démarche qu'ils font depuis le tombeau du diacre Pâris, la place où ils ont assassiné Servet, et jusqu'à celle où ils ont assassiné Jean Hus, les rend tous également l'opprobre du genre humain. Fanatiques papistes, fanatiques calvinistes, tous sont pétris de la même m… détrempée de sang corrompu. Vous n'avez pas besoin de mes saintes exhortations pour soutenir la gale que vous avez donnée au troupeau de Genève. Vous serez ferme, je n'en suis pas en peine ; mais je ne peux m'empêcher de vous parler de leurs criailleries.

À l'égard de Luc[1], tantôt mordant, tantôt mordu, c'est un bien malheureux mortel ; et ceux qui se font tuer pour ces messieurs-là, sont de terribles imbéciles. Gardez-moi le secret avec les rois et avec les prêtres, et croyez que je vous suis attaché avec l'estime infinie et la reconnaissance que je vous dois.

LE VIEUX SUISSE V.

82. À DENIS DIDEROT

[Vers le 5 janvier 1758]

Est-il bien vrai, Monsieur, que tandis que vous rendez service au genre humain, et que vous l'éclairez, ceux qui se croient nés pour l'aveugler aient la permission de faire un libelle périodique contre vous et contre ceux qui pensent comme vous ? Quoi ! on permet aux Garasse d'insulter les Varron et les Pline !

Quelques ministres de Genève ont eu la rage, en dernier lieu, de vouloir justifier l'assassinat juridique de Servet. Le magistrat leur a imposé silence ; les plus sages ministres ont rougi pour leurs confrères bafoués ; et il sera permis à je ne sais quels pédants jésuites d'insulter leurs maîtres !

N'êtes-vous pas tenté de déclarer que vous suspendrez l'*Encyclopédie*, jusqu'à ce qu'on vous ait fait justice ? Les Guignard ont été pendus, et les nouveaux Garasse devraient être mis au pilori. Mandez-moi, je vous prie, les noms de ces malheureux. Je les traiterai selon leur mérite dans la nouvelle édition qui se prépare de l'*Histoire générale*. Que je vous plains de ne pas faire l'*Encyclopédie* dans un pays libre ! Faut-il que ce dictionnaire, cent fois plus utile que celui de Bayle, soit gêné par la superstition qu'il devrait anéantir ; qu'on ménage encore des coquins qui ne ménagent rien ; que les ennemis de la raison, les persécuteurs des philosophes, les assassins de nos rois osent encore parler dans un siècle tel que le nôtre !

On dit que ces monstres veulent faire les plaisants, et qu'ils prétendent venger la religion qu'on n'attaque point, par des libelles diffamatoires, qui devraient servir à allumer les bûchers de leurs sodomites prêtres, si on n'avait pas autant d'indulgence qu'ils ont de fureur.

Votre admirateur et votre partisan jusqu'au tombeau,

LE SUISSE LIBRE.

83. À CLAUDE-ÉTIENNE DARGET

À Lausanne 8 janvier 1758

Vous me demandez, mon cher et ancien compagnon de Potsdam, comment Cinéas s'est raccommodé avec Pyrrhus. C'est premièrement que Pyrrhus fit un opéra de ma tragédie de *Mérope,* et me l'envoya. C'est qu'ensuite il eut la bonté de m'offrir sa clef qui n'est pas celle du paradis, et toutes ses faveurs qui ne conviennent plus à mon âge. C'est qu'une de ses sœurs qui m'a toujours conservé ses bontés a été le lien de ce petit commerce qui se renouvelle quelquefois entre le héros — poète — philosophe — guerrier — malin — singulier — brillant — fier — modeste — etc., et le Suisse Cinéas retiré du monde. Vous devriez bien venir faire quelque tour dans nos retraites soit de Lausanne soit des Délices.

Nos conversations pourraient être amusantes. Il n'y a point de plus bel aspect dans le monde, que celui de ma maison de Lausanne. Figurez-vous quinze croisées de face en ceintre, un canal de douze grandes lieues de long que l'œil enfile d'un côté, et un autre de quatre à cinq lieues, une terrasse qui domine sur cent jardins, ce même lac qui présente un vaste miroir au bout de ces jardins, les campagnes de la Savoie au-delà du lac, couronnées des Alpes qui s'élèvent jusqu'au ciel en amphithéâtre, enfin une maison où je ne suis incommodé que des mouches au milieu des plus rigoureux hivers. Mme Denis l'a ornée avec le goût d'une Parisienne, nous y faisons beaucoup meilleure chère que Pyrrhus. Mais il faudrait un estomac, c'est un point sans lequel il est difficile aux Pyrrhus et aux Cinéas d'être heureux. Nous répétâmes hier une tragédie. Si vous voulez un rôle, vous n'avez qu'à venir. C'est ainsi que nous oublions les querelles des rois, et celles des gens de lettres : les unes affreuses, les autres ridicules.

On nous a donné la nouvelle prématurée d'une bataille entre M. le maréchal de Richelieu et M. le Prince de Brunswik. Il est vrai que j'ai gagné aux échecs une cinquantaine de pistoles à ce prince mais on peut perdre aux échecs, et gagner à un jeu où l'on a pour seconds trente mille baïonnettes. Je conviens avec vous que le roi de Prusse a la vue basse, et la tête vive, mais il a le premier des talents au jeu qu'il joue, la célérité. Le fonds de son armée a été discipliné pendant plus de quarante ans. Songez comment doivent combattre des machines régulières, vigoureuses, aguerries qui voient leur roi tous les jours, qui sont connues de lui, et qu'il exhorte chapeau bas à faire leur devoir. Souvenez-vous comme ces drôles-là font le pas de côté et le pas redoublé, comme ils escamotent les cartouches en chargeant, comme ils tirent six à sept coups par minute. Enfin leur maître croyait tout perdu, il y a trois mois il voulait mourir, il me faisait ses adieux en vers et en prose, et le voilà qui par sa célérité et par la discipline de ses soldats gagne deux grandes batailles en un mois, court aux Français, vole aux Autrichiens, reprend Breslau, a plus de quarante mille prisonniers et fait des épigrammes. Nous verrons comment finira cette sanglante tragédie si vive et si compliquée. Heureux qui regarde d'un œil tranquille tous ces grands événements du meilleur des mondes possibles.

Je n'ai point encore tiré au clair l'aventure de l'abbé de Prades, on l'a dit pendu, mais la renommée ne sait souvent ce qu'elle dit. Je serais fâché que le roi de Prusse fît pendre ses lecteurs. Vous ne me dites rien de M. du Vernet. Vous ne me dites rien de vous. Je vous embrasse bien tendrement et j'ai une terrible envie de vous voir.

LE SUISSE V.

84. À MARIE-ÉLISABETH DE DOMPIERRE DE FONTAINE

À Lausanne, 10 janvier [1758]

Si vous veniez, ma chère nièce, passer l'hiver à Lausanne, et l'été aux Délices, vous pourriez vous vanter d'être dans les deux plus belles situations de l'Europe ; et vous auriez la comédie partout. Nous la jouons à Lausanne, nous la voyons auprès de

Genève ; et si les prédicants en croient M. d'Alembert leur bon ami, ils l'auront bientôt dans leur ville. Cela est plus honnête que d'aller s'égorger en Allemagne comme font tant de gens parce qu'ils n'ont pas mieux à faire. Si on était sensé, on ne songerait qu'à passer une vie douce.

Je crois votre santé à présent raffermie. Tronchin a commencé : le régime et l'exercice ont achevé l'ouvrage. Vous vous êtes fait un plan de vie agréable ; vous avez un fils qui fait votre consolation ; vous avez des amis, vous êtes libre ; et enfin vous êtes aimable : vous devez être heureuse.

J'ai reçu une lettre de monsieur votre fils dont je suis très content ; il me paraît s'être formé en peu de temps. Voilà ce que c'est que d'avoir une mère qui est de bonne compagnie. Il m'apprend que vous avez chez vous M. de La Bléterie, qui veut bien quelquefois encourager ses études : il est trop heureux d'être à portée de recevoir des avis d'un homme de ce mérite.

Vous avez je crois ma maigre effigie que vous demandez pour l'Académie et pour vous. Il y a dans Lausanne un peintre de passage qui peint en pastel aussi bien que vous : quelque répugnance que j'aie à faire crayonner ma vieille mine, il faut bien s'y résoudre et être complaisant. C'est bien l'être que de jouer la comédie à mon âge, et de souffrir qu'on m'envoie de Paris des habits de Zamti et de Narbas. C'est une fantaisie de votre sœur : elle en a bien d'autres qui deviennent les miennes. Elle a fait ajuster la maison de Lausanne comme si elle était située sur le Palais-Royal. Il est vrai que la position en vaut la peine. La pointe du sérail de Constantinople n'a pas une plus belle vue. Je ne suis d'ailleurs incommodé que des mouches au milieu de l'hiver. Je voudrais vous tenir dans cette maison délicieuse. Je n'en suis point sorti depuis que je suis à Lausanne ; je ne peux me lasser de vingt lieues de ce beau lac, de cent jardins, des campagnes de la Savoie, et des Alpes qui les couronnent dans le lointain. Mais il faudrait avoir un estomac, ma chère nièce ; cela vaut mieux que l'aspect de Constantinople.

Si vous savez quelque chose du procès de M. d'Alembert avec les prédicants de Calvin, et de sa prétendue renonciation à l'*Encyclopédie,* je vous prie de m'en faire part.

Avez-vous lu la tragédie d'*Iphigénie en Tauride* ? L'auteur[1] me l'a envoyée, mais je ne l'ai pas encore reçue. Pour moi je ne travaille plus que pour notre petit théâtre de Lausanne. Il vaut mieux se réjouir avec ses amis que de s'exposer à un public toujours dangereux. Je suis très loin de regretter le parterre de Paris. Je ne regrette que vous. Mille compliments au grand écuyer de Cyrus. Quoi qu'on en dise, on aurait eu grand besoin de nos chars contre la cavalerie de Luc. Il voulait mourir il y a trois mois, et à présent le voilà au comble de la gloire. Il ne m'écrit plus ; *les honneurs changent les mœurs*. Adieu, ma chère enfant.

85. À ANTOINE-JEAN-GABRIEL LE BAULT

Aux Délices route de Genève 18 novembre 1758

Monsieur,

Quatre tonneaux de votre bon vin d'ordinaire sont ce qu'il me faut. Je pense qu'on doit préférer une chère honnête de tous les jours, aux repas de parade. Ainsi Monsieur, puisque vous voulez bien que nous buvions de votre vin, pourriez-vous avoir la bonté de m'en faire parvenir quatre tonneaux ou deux queues à 360 livres la queue, les deux queues ou les quatre tonneaux enfermés dans d'autres tonneaux pour prévenir les Suisses qui voudraient en tâter sur le chemin.

Je n'ai appris que depuis peu que M. de Murard conseille nos princes. Je voudrais qu'il conseillât tous les rois et leur fît faire la paix. Je vous remercie bien tendrement Monsieur de la bonté que vous avez d'écrire en ma faveur à M. de Murard. Il n'est pas encore certain que ce soit Mgr le comte de La Marche qui reste possesseur de Gex, mais si dans ses partages cette terre lui demeure, il aura là un pays bien dépeuplé, bien misérable, sans industrie, sans ressource. Mon terrain est excellent, et cependant j'ai trouvé cent arpents appartenant à mes habitants, qui restent sans culture. Le fermier n'avait pas ensemencé la moitié de ses terres. Il y a sept ans que le curé n'a fait de mariages, et cependant on n'a point fait d'enfants parce que nous n'avons que des jésuites dans le voisinage et point de cordeliers. Genève absorbe tout, engloutit tout. On ne connaît point l'argent de France. Les malheureux ne comptent que par petits sous de Genève, et n'en ont point. Voilà les déplorables suites de la révocation de l'édit de Nantes. Mais une calamité bien plus funeste c'est la rapacité des fermes générales, et la rage des employés. Des infortunés qui ont à peine de quoi manger un peu de pain noir sont arrêtés tous les jours, dépouillés, emprisonnés pour avoir mis sur ce pain noir un peu de sel qu'ils ont acheté auprès de leurs chaumières. La moitié des habitants périt de misère, et l'autre pourrit dans des cachots. Le cœur est déchiré quand on est témoin de tant de malheurs. Je n'achète la terre de Ferney que pour y faire un peu de bien. J'ai déjà la hardiesse d'y faire travailler quoique je n'ai pas passé le contrat. Ma compassion l'a emporté sur les formes. Le prince qui sera mon seigneur dominant devrait plutôt m'aider à tirer ses sujets de l'abîme de la misère, que profiter du droit goth et visigoth des lods et ventes. Je suis persuadé, Monsieur, que votre humanité et votre générosité me prêteront leurs secours, pour tâcher de changer en hommes utiles, des sujets qu'on a rendus des bêtes inutiles. Je serai toute ma vie, Monsieur, avec la plus respectueuse et la plus tendre reconnaissance

votre très humble et très obéissant serviteur,

VOLTAIRE.

86. À PIERRE-ROBERT LE CORNIER DE CIDEVILLE

À Ferney, 25 novembre 1758,
mais écrivez toujours aux Délices

Votre amitié pour moi a donc la malice, mon cher ami, de tarabuster le marquis Angot et de lui faire sentir que quelquefois les plus grands seigneurs ne laissent pas d'être obligés à payer leurs dettes malgré les grands services qu'ils rendent à l'État ! Il ne veut pas m'écrire, vous verrez qu'il s'est rouillé en province. Cependant un bas Normand peut hardiment écrire à un Suisse. Le petit bonhomme de marquis veut donc me donner une assignation sur son trésor royal, et de quatre années m'en payer une à cause des dépenses qu'il fait à la guerre ? Je ferai signifier à Monseigneur que je ne l'entends pas ainsi, et que lui ayant joué le tour de vivre jusqu'à la fin de cette présente année, je veux être payé de mon *dû* ou deü. On écrivait autrefois *dub* parce que dû est toujours *dubium*. Mais dû ou deu, ou dub, il faut qu'il paye, et point d'argent point de Suisse. Et M. le surintendant Le Doux aura beau faire, je ferai brèche à son trésor. Car je bâtis un château, non pas un marquisat comme La Motte, non un palais comme le palais d'Ango, mais une maison commode et rustique où j'entre il est vrai par deux tours entre lesquelles il ne tient qu'à moi d'avoir un pont-levis, car j'ai des mâchicoulis et des meurtrières, et mes vassaux feront la guerre à La Motte Ango. Le fait est que j'ai acheté à une lieue des Délices, une terre qui donne beaucoup de foin, de blé, de paille et d'avoine, et je suis à présent *rusticus ab normis sapiens crassa que Minerva*[a]. J'ai des chênes droits comme des pins qui touchent le ciel, et qui rendraient grand service à notre marine si nous en avions une. Ma seigneurie a d'aussi beaux droits que La Motte, et nous verrons quand nous nous battrons, qui l'emportera. *Nunc itaque et versus, et cœtera ludicra pono*[b]. Je sème avec le semoir. Je fais des expériences de physique sur notre mère commune. Mais j'ai bien de la peine à réduire Mme Denis au rôle de Cérès, de Pomone et de Flore. Elle aimerait mieux, je crois, être Thalie à Paris ; et moi non. Je suis idolâtre de la campagne, même en hiver. Allez à Paris, allez, vous

a. « Sage, ne relevant d'aucune secte, et dont la Minerve [l'esprit] était sans finesse » (Horace, *Satires*, II, II, v. 3).

b. « Voilà pourquoi j'abandonne maintenant les vers et autres bagatelles » (Horace, *Épîtres*, I, I, v. 10).

qui ne pouvez encore vous défaire de vos passions. *Urbis amatorem Fuscum salvere jubemus ruris amatores*[a]. L'ami des hommes, ce M. de Mirabeau[1] qui parle, qui parle, qui parle, qui décide, qui tranche, qui aime tant le gouvernement féodal, qui fait tant d'écarts, qui se belouse[2] si souvent, ce prétendu ami du genre humain n'est mon fait, que quand il dit, aimez l'agriculture. Je rends grâce à Dieu, et non à ce Mirabeau, qui m'a donné cette dernière passion. Eh bien quittez donc votre aimable Launay pour Paris, mais retournez à Launay, et regrettez comme moi que Launay soit si loin de Ferney. Écrivez-nous quand vous serez à Paris. Parlez-nous des sottises que vous y aurez vues, et aimez toujours vos deux amis du lac de Genève qui vous aiment de tout leur cœur.

V.

87. À CHARLES-AUGUSTIN FERRIOL, COMTE D'ARGENTAL

Aux Délices 19 décembre [1758]

Mon cher ange, vous étendez les deux bouts de vos ailes sur tous les intérêts. Vous voulez que je vous voie, et qu'*Oreste* réussisse. Ce serait là deux résurrections dont la première me serait bien plus chère que l'autre. Je suis un peu Lazare dans mon tombeau des Alpes. Je vous ai envoyé mon visage de Lazare il y a un an, et si vous tardez à le faire placer

a. « À Fuscus, amant de la ville, nous, amoureux de la campagne, envoyons notre salut » (Horace, *Épîtres*, I, X, v. 1-2).

à l'Académie sous la face grasse de Babet, bientôt je n'en aurai plus du tout à vous offrir. Je deviens plus que jamais pomme tapée. Ne comptez jamais de ma part sur un visage, mais sur le cœur le plus tendre, toujours vif, toujours neuf, toujours plein de vous.

Oui sans doute la scène de l'urne est très changée et très grecque, et croyez-moi les Français tout Français qu'ils sont y reviendront comme les Italiens et les Anglais. Ce n'est qu'à la longue que les suffrages se réunissent sur certains ouvrages et sur certaines gens.

Il n'y avait à mon sens autre chose à reprendre que l'instinct trop violent de la nature, dans la scène de reconnaissance, et pour rendre cet instinct plus vraisemblable et plus attendrissant, il n'y a qu'un vers à changer. Électre dit :

D'où vient qu'il s'attendrit ? Je l'entends qui soupire.

Voici ce qu'il faut mettre à la place :

ORESTE

Ô malheureuse Électre !

ÉLECTRE

Il me nomme, il soupire,
Les remords en ces lieux ont-ils donc quelque empire ? etc.

À l'égard de la fin plus j'y pense plus je crois qu'il faut la laisser comme elle est, et je suis très persuadé, étant hors de l'ivresse de la composition, de l'amour-propre et de la guerre du parterre, que cette pièce bien jouée serait reçue comme *Sémiramis*, qui manqua d'abord son coup, et qui fait aujourd'hui son effet. Ce serait une consolation pour moi, et de la gloire pour vous, si vous forciez le public à être juste.

Pour *Fanime* il y a longtemps que j'y ai donné les coups de pinceau que vous vouliez, et je vous l'enverrais sur-le-champ si vous me promettiez que les comédiens n'auraient pas l'insolence d'y rien changer. Ils furent sur le point de faire tomber *L'Orphelin de la Chine* en retranchant une scène nécessaire qu'ils ont été obligés de remettre. Ils allèrent jusqu'à donner à un confident un nom qui est hébreu. Vous sentez combien cela irrite et décourage. *La Femme qui a raison* est dans le même cas ; mais je vous avoue que j'aime mieux cent fois labourer mes terres comme je fais, que de me voir exposé à l'humiliation d'être corrigé et gâté par des comédiens.

Quand je parle de labourer la terre, je parle très à la lettre. Je me sers du nouveau semoir avec succès, et je force notre mère commune à donner moitié plus qu'elle ne donnait. Vous souvenez-vous que quand je me fis Suisse, le président De Brosses vous parla de me loger dans un château qu'il a entre la France et Genève ? Son château était une masure faite pour des hiboux, une comté, mais à faire rire ; un jardin, mais où il n'y avait que des colimaçons et des taupes ; des vignes sans raisin, des campagnes sans blé, et des étables sans vaches. Il y a de tout actuellement parce que j'ai acheté sa pauvre comté par bail emphytéotique, ce qui joint à Ferney compose une grande étendue de pays qu'on peut rendre aisément fertile et agréable. Ces deux terres touchent presque à mes Délices. Je me suis fait un assez joli royaume dans une république. Je quitterai mon royaume pour venir vous embrasser, mon cher et respectable ami, mais je ne le quitterais pas assurément pour aucun autre avantage quel qu'il pût être.

Ne pensez-vous pas que vu le temps qui court il vaut mieux avoir de beaux blés, des vignes, des bois, des taureaux et des vaches, et lire les *Géorgiques*, que d'avoir des billets de la 4e loterie, des annuités premières et secondes, des billets sur les fermes, et même des comptes à faire à Cadix ? Qu'en dites-vous ? *et de Babeta, quid ? et quid de rege hispano*[a] ? et des nouvelles destructions qu'on nous promet pour l'année prochaine ?

Prenez du lait Madame, engraissez, dormez, et que tous les anges se portent bien.

V.

Je fais tout ce que Mgr le comte de La Marche exige. J'écrirai à Monin. J'écris en droiture à Son Altesse Sérénissime qui a daigné m'écrire. Je vous remercie tendrement.

88. À MARIE DE VICHY DE CHAMROND, MARQUISE DU DEFFAND

Aux Délices 12 janvier [1759]

Libre d'ambition, de soins et d'esclavage,
Des sottises du monde éclairé spectateur,
Il se garda bien d'être acteur,
Et fut heureux autant que sage.
Il fuyait le vain nom d'auteur,
Il dédaignait de vivre au temple de mémoire,
Mais il vivra dans votre cœur.
C'est sans doute assez pour sa gloire.

a. « Et quelles nouvelles de Babet ? et quelles nouvelles du roi d'Espagne ? »

Les fleurs que je jette, Madame, sur le tombeau de notre ami Formont, sont sèches et fanées comme moi. Le talent s'en va, l'âge détruit tout ; que pourriez-vous attendre d'un campagnard qui ne sait plus que planter et semer dans la saison ? J'ai conservé de la sensibilité, c'est tout ce qui me reste, et ce reste est pour vous, mais je n'écris guère que dans les occasions.

Que vous dirais-je du fond de mes retraites ? Vous ne me manderiez aucune nouvelle de la roue de fortune sur laquelle tournent nos ministres du haut en bas, ni des sottises publiques, ni des particulières. Les lettres qui étaient autrefois la peinture du cœur, la consolation de l'absence, et le langage de la vérité, ne sont plus que de tristes et vains témoignages de la crainte qu'on a d'en trop dire, et de la contrainte de l'esprit. On tremble de laisser échapper un mot qui peut être mal interprété ; on ne peut plus penser par la poste ; je n'écris point au président Hénault ; mais je lui souhaite comme à vous une vie longue et saine. Je dois la mienne au parti que j'ai pris. Si j'osais, je me croirais sage, tant je suis heureux. Je n'ai vécu que du jour où j'ai choisi ma retraite. Tout autre genre de vie me serait insupportable. Paris vous est nécessaire ; et il me serait mortel. Il faut que chacun reste dans son élément. Je suis très fâché que le mien soit incompatible avec le vôtre ; et c'est assurément ma seule affliction. Vous avez voulu aussi essayer de la campagne, mais elle ne vous convenait pas. Il vous faut une société de gens aimables, comme il fallait à Rameau des connaisseurs en musique. Le goût de la propriété et du travail est d'ailleurs absolument nécessaire dans des terres. J'ai de très vastes possessions que je cultive. Je fais plus de cas de votre appartement que de mes blés et de mes pâturages ; mais ma destinée était de finir entre un semoir, des vaches et des Genevois. Ces Genevois ont tous une raison cultivée, et ils sont si raisonnables qu'ils viennent chez moi, et qu'ils trouvent bon que je n'aille jamais chez eux. On ne peut, à moins d'être La Popelinière, vivre plus commodément ; voilà ma vie, Madame, telle que vous l'avez devinée, tranquille et occupée, opulente et philosophique, et surtout entièrement libre ; elle vous est absolument consacrée dans le fond de mon cœur, avec le respect le plus tendre, et l'attachement le plus inviolable.

V.

89. À JACOB VERNES

[Février 1759]

Tâchez, mon prêtre aimable, de savoir et de me dire s'il n'y a pas au moins cinq cents familles françaises dans Genève. Pourquoi ce monstre de Caveirac[1] dit-il qu'il n'y en a pas cinquante ? Il faut confondre cet ouvrage du diable qui veut justifier la Saint-Barthélemy et les cruautés exercées dans la révocation de l'édit de Nantes.

Qui sont les oisifs qui m'imputent je ne sais quel *Candide*, qui est une plaisanterie d'écolier, et qu'on m'envoie de Paris ? J'ai vraiment bien autre chose à faire.

Bonjour, *fortunate puer*[a].

a. « Heureux enfant » (J. Vernes a 31 ans).

90. À LOUISE-DOROTHÉE VON MEININGEN, DUCHESSE DE SAXE-GOTHA

Au château de Tournay par Genève
21 février [1759]

Madame,

La nature nous fait payer bien cher la faveur qu'elle nous fait de changer l'hiver en printemps. Votre Altesse Sérénissime a été malade, et la princesse sa fille a été attaquée de la petite vérole. Ce qui est encore très cruel, c'est qu'on est un mois entier dans la crainte avant de recevoir une nouvelle consolante. Vous daignez, Madame, me mander du 10 février que j'ai à trembler pour votre santé et pour celle de la princesse. Mais quand daignerez-vous rassurer le cœur qui est le plus sensible à vos bontés et le plus attaché à votre bien-être ? quand apprendrai-je que la petite vérole a respecté la vie et la beauté d'une princesse née pour vous ressembler, et que Votre Altesse Sérénissime a recouvré cette belle santé que je lui ai connue, cet air de fraîcheur et de félicité qui l'embellissait encore. Pour la félicité, Madame, il y faut renoncer jusqu'à la paix. J'apprends et Dieu veuille qu'on me trompe, qu'on foule encore vos États, et qu'on exige des fournitures pour aller faire ailleurs des malheureux. Il faut avouer que les princes chrétiens et les peuples de cette portion de l'Europe sont bien à plaindre. On met en campagne quatre fois plus de troupes pour disputer une petite province que le grand Turc n'en a pour conserver ses vastes États. Les causes de vos guerres sont toujours très minces, et les effets abominables. Vous êtes le contraire de la nature chez qui l'effet est toujours proportionné à la cause. On ruine cent villes, on égorge cent mille hommes, et qu'en résulte-t-il ? rien ? La guerre de 1741 a laissé les choses comme elles étaient. Il en sera de même de celle-ci. On fait, on aime le mal pour le mal, à l'imitation d'un plus grand seigneur que les rois qui s'appelle le diable. On dit que nos Suisses sont sages. Leur pays est en paix. Oui, mais ils vont tuer et se faire tuer pour quatre écus par mois au lieu de cultiver leurs champs et leurs vignes. Le roi de Prusse vient de m'envoyer deux cents vers de sa façon tandis qu'il se prépare à deux cent mille meurtres. Mais que dire des jésuites Mérégridi, Matos, Jéronimo, Emmanuel, qui ont fait assassiner le roi de Portugal au nom de la Vierge Marie, et de saint Antoine ?

Profond respect, et inquiétude sur la santé de Vos Altesses Sérénissimes.

Je crois que la grande maîtresse des cœurs n'a guère dormi.

91. À GABRIEL ET PHILIBERT CRAMER

[Vers le 25 février 1759]

Qu'est-ce que c'est qu'une brochure intitulée *Candide* qu'on débite dit-on avec scandale, et qu'on dit venir de Lyon ? Je voudrais bien la voir. Pourriez-vous, Messieurs, m'en faire tenir un exemplaire relié ? On prétend qu'il y a des gens assez impertiments pour m'imputer cet ouvrage que je n'ai jamais vu ! Je vous prie de me dire ce qui en est.

92. À GABRIEL ET PHILIBERT CRAMER

Je viens de lire enfin ce *Candide*. Je trouve cette plaisanterie dans un goût singulier mais je ne la crois point du tout faite pour ce pays-ci. S'il est vrai que vous en ayez reçu de Lyon ou de Paris je vous conseille de ne les pas produire et de retirer les exemplaires si vous en avez. C'est un conseil d'ami et d'amis que je donne à mes amis.

Ce midi jeudi [1er mars 1759 ?]

93. À GABRIEL ET PHILIBERT CRAMER

[Vers le 1er mars 1759]

[*Se plaint d'un nouveau libelle, intitulé* Candide, *dirigé contre lui, et dans lequel les jésuites sont dévorés.*] Et à la honte des mœurs on rit de ce détestable écrit à se tenir les côtes. Peut-on rire quand il y a douze jésuites aux fers à Lisbonne ? Le monde est bien pervers. Qu'est-ce donc que ce *Candide* ? Ne pourrai-je parvenir à voir cette infamie ? [...]

V.

94. À NICOLAS-CLAUDE THIERIOT

Aux Délices le 10 mars 1759

J'ai reçu par le Savoyard voyageur, mon ancien ami, votre lettre, vos brochures très crottées, et la lettre de Mme Belot. Je vais lire ses œuvres, et je vous prie de me mander son adresse, car selon l'usage des personnes de génie, elle n'a daté en aucune façon ; et je ne sais ni quelle année elle m'a écrit, ni où elle demeure. Pour vous, je soupçonne que vous êtes encore dans la rue Saint-Honoré. Vous changez d'hospice aussi souvent que les ministres de place. Mme de Fontaine vous reviendra incessamment ; elle est chargée de vous rembourser les petites avances que vous avez bien voulu faire pour m'orner l'esprit.

J'ai lu *Candide* ; cela m'amuse plus que l'*Histoire des Huns*, et que toutes vos pesantes dissertations sur le commerce et sur la finance. Deux jeunes gens de Paris m'ont mandé qu'ils ressemblent à Candide comme deux gouttes d'eau. Moi, j'ai assez l'air de ressembler ici au signor Pococurante ; mais Dieu me garde d'avoir la moindre part à cet ouvrage. Je ne doute pas que M. Joly de Fleury ne prouve éloquemment à toutes les chambres assemblées que c'est un livre contre les mœurs, les lois et la religion. Franchement, il vaut mieux être dans le pays des Oreillons que dans votre bonne ville de Paris. Vous étiez autrefois des singes qui gambadiez. Vous voulez être à présent des bœufs qui ruminent : cela ne vous va pas.

Croyez-moi, mon ancien ami, venez me voir ; je n'ai de bœufs qu'à mes charrues.

Si quid novi, scribe, et cum otiosus eris, veni, et vale[a].

V.

a. « S'il y a du nouveau, écris-le-moi, et quand tu auras des loisirs, viens, et porte-toi bien. »

95. À JEAN-ROBERT TRONCHIN

12 mars [1759], aux Délices

Mon cher correspondant est supplié de vouloir bien affranchir cette lettre pour mon avocat au conseil, lequel plaide contre un curé, et lequel perdra probablement son procès ; je n'ai point de nouvelles de Lisbonne, et je ne sais quand nous pourrons manger du jésuite ; l'abbé Pernetti soutient toujours que j'ai fait voyager le philosophe Pangloss et *Candide*, mais comme je trouve cet ouvrage très contraire aux décisions de la Sorbonne et aux décrétales je soutiens que je n'y ai aucune part ; et s'il le faut je l'écrirai au révérend père Malagrada[1] ; je fais toujours bâtir un château plus beau que celui de M. le baron de Thunder-ten-trunckh. Il me ruine, mais j'espère que les Bulgares n'y viendront point ; j'embrasse mon très cher correspondant de tout mon cœur.

V.

96. À FRÉDÉRIC II, ROI DE PRUSSE

Aux Délices, le 27 mars 1759

Sire,

Je reçois la lettre dont Votre Majesté m'honore, écrite le 2 mars de la main de votre secrétaire, mon compatriote suisse, signée *Fédéric*. Il paraît que Votre Majesté n'avait pas encore reçu le petit monument qu'elle a voulu que je dressasse de mes faibles mains à votre adorable sœur. En voici donc une copie que je hasarde encore dans ce paquet ; je le recommande à Dieu, aux housards et aux curieux qui ouvrent les lettres. Votre paquet que j'ai reçu avec votre lettre contenait votre ode au prince Henri, votre épître à milord Maréchal, et votre ode au prince Ferdinand. Il y a dans cette ode un certain endroit dont il n'appartient qu'à vous d'être l'auteur. Ce n'est pas assez d'avoir du génie pour écrire ainsi, il faut encore être à la tête de cent cinquante mille hommes. Votre Majesté me dit dans sa lettre qu'il paraît que je ne désire que les brimborions dont vous me faites l'honneur de me parler. Il est vrai qu'après plus de vingt ans d'attachement, vous auriez pu ne me pas ôter des marques qui n'ont d'autre prix à mes yeux que celui de la main qui me les avait données. Je ne pourrais même porter ces marques de mon ancien dévouement pour vous pendant la guerre ; mes terres sont en France ; il est vrai qu'elles sont sur la frontière de Suisse ; il est vrai même qu'elles sont entièrement libres, et que je ne paie rien à la France ; mais enfin elles y sont situées. J'ai en France soixante mille livres de rente ; mon souverain m'a conservé par un brevet la place de gentilhomme ordinaire de sa chambre. Croyez très fermement que les marques de bonté et de justice que vous voulez me donner, ne me toucheraient que parce que je vous ai toujours regardé comme un grand homme. Vous ne m'avez jamais connu.

Je ne vous demande point du tout les bagatelles dont vous croyez que j'ai tant d'envie ; je n'en veux point ; je ne voulais que votre bonté : je vous ai toujours dit vrai quand je vous ai dit que j'aurais voulu mourir auprès de vous.

Votre Majesté me traite comme le monde entier ;

elle s'en moque quand elle dit que le président se meurt[1]. Le président vient d'avoir à Bâle un procès avec une fille qui voulait être payée d'un enfant qu'il lui a fait. Plût à Dieu que je pusse avoir un tel procès ; j'en suis un peu loin ; j'ai été très malade, et je suis très vieux ; j'avoue que je suis très riche, très indépendant, très heureux ; mais vous manquez à mon bonheur, et je mourrai bientôt sans vous avoir vu ; vous ne vous en souciez guère, et je tâche de ne m'en point soucier. J'aime vos vers, votre prose, votre esprit, votre philosophie hardie et ferme. Je n'ai pu vivre sans vous, ni avec vous. Je ne parle point au roi, au héros, c'est l'affaire des souverains ; je parle à celui qui m'a enchanté, que j'ai aimé, et contre qui je suis toujours fâché.

97. À ANTOINE DULCIS

Monsieur Dulcis est très instamment prié de prendre en main la cause du pauvre homme porteur de ce billet. Le nommé Chouet lui a saisi une vache sans forme de procès il y a près d'un an et la retient. C'est une espèce de vol. Chouet, ancien fermier de Tournay, réduit ce pauvre homme à la mendicité. Je prie Monsieur Dulcis de vouloir bien m'instruire de cette affaire.

VOLTAIRE
comte de Tournay
gentilhomme ordinaire de la chambre du roi.

30 mai [1759]

98. À JEAN LE ROND D'ALEMBERT

Aux Délices 25e août 1759

Connaissez-vous, mon cher philosophe, un Siméon La Valette ou Siméon Valette ou Simont Valet ? lequel fait des lignes courbes et de petits vers. Il se renomme de vous, mais j'ai perdu sa lettre. Je ne sais où la prendre. Où est-il ? et quel homme est-ce ?

Que dites-vous de Maupertuis mort entre deux capucins ? Il était malade depuis longtemps d'une réplétion d'orgueil, mais je ne le croyais ni hypocrite ni imbécile.

Je ne vous conseille pas d'aller jamais remplir sa place à Berlin. Vous vous en repentiriez. Je suis Astolphe qui avertit Roger de ne pas se fier à l'enchanteresse Alcine, mais Roger ne le crut pas.

Votre livre est charmant, il fait mes délices, au point que je vous pardonne d'avoir vu des prêtres à Genève.

Je mène tous ces faquins-là assez bon train. J'ai un château à la porte duquel il y a quatre jésuites. Ils m'ont abandonné frère Berthier, je leur fais de petits plaisirs et ils me disent la messe quand je veux bien l'entendre. Mes curés reçoivent des ordres, et les prédicants genevois n'osent me regarder en face. Je brave M. Catbrée autant que je le méprise, et je plains Diderot d'être à Paris.

Toutes les lettres de Vienne disent le marquis de Brandebourg écrasé, quelques lettres de Saxe le disent vainqueur et je ne crois ni l'un ni l'autre. Vous savez qu'il faut peu croire. Soyez pourtant certain que l'oncle et la nièce vous aiment de tout leur cœur. Point de philosophie sans amitié.

V.

99. À MARIE DE VICHY DE CHAMROND, MARQUISE DU DEFFAND

17 septembre [1759]

Il est vrai, Madame, que vous êtes dans un couvent comme Héloïse, et que vous avez eu comme elle un oncle chanoine ; il est vrai encore que je suis à peu près réduit à l'état d'Abélard, mais malheureusement pour moi je ne peux pas goûter la consolation de vous dire, c'est avec vous que j'ai perdu le peu que je regrette. Je peux seulement vous assurer que je vous ai toujours trouvée très supérieure à Héloïse, quoique vous ne soyez point aussi théologienne qu'elle. Je vous ai connu une imagination charmante, et une vérité dans l'esprit que j'ai rencontrée bien rarement ailleurs. Si je n'ai point eu l'honneur de vous écrire, c'est que ma retraite m'a fait penser qu'un homme qui avait renoncé à Paris ne devait pas se jouer à ce qu'il a connu dans Paris de plus aimable. J'ai été sensiblement affligé de votre état, et je vous jure qu'il n'a pas peu contribué à me persuader que le meilleur des mondes possibles ne vaut pas grand-chose. Je crois avoir renoncé pour le reste de ma vie, à la plus extravagante des villes possibles. Ce n'est pas que j'aie la vanité de me croire plus sage que ses habitants, mais je me suis fait une petite destinée à part, avec laquelle je ne puis regretter aucune des folies des autres, attendu que je suis trop occupé des miennes ; je me suis avisé de devenir un être entièrement libre. J'ai joint à mon petit ermitage des Délices, des terres sur la frontière de France, qui avaient autrefois le beau privilège de ne dépendre de personne. J'ai été assez heureux pour que le roi m'ait rendu tous ces privilèges malgré le *Journal de Trévoux* et les gazettes ecclésiastiques. J'ai eu l'insolence de faire bâtir un château dans le goût italien. J'ai fait dans un autre une salle de comédie ; j'ai trouvé de bons acteurs, et malgré tout cela je me suis aperçu à la fin que le plus grand plaisir consiste à être journellement et utilement occupé. Je vois que tous les poètes ont eu raison de faire l'éloge de la vie pastorale, que le bonheur attaché aux soins champêtres n'est point une chimère ; et je trouve même plus de plaisir à labourer, à semer, à planter, à recueillir, qu'à faire des tragédies, et à les jouer. Salomon avait bien raison de dire qu'il n'y a de bon que de vivre avec ce qu'on aime, se réjouir dans ses œuvres, et que tout le reste est vanité.

Plût à Dieu, Madame, que vous pussiez vivre comme moi, et que votre société charmante pût augmenter mon bonheur ! Vous voulez que je vous envoie les ouvrages auxquels je m'occupe quand je ne laboure ni ne sème. En vérité, Madame, il n'y a pas moyen, tant je suis devenu hardi avec l'âge ; je ne peux plus écrire que ce que je pense, et je pense si librement qu'il n'y a guère d'apparence d'envoyer mes idées par la poste. Il y a pourtant un ouvrage honnête qui est actuellement sur le métier, c'est l'histoire de la création de deux mille lieues de pays, par le czar Pierre. Je fais cette histoire sur les archives de Pétersbourg qu'on m'a envoyées ; mais je doute que cela soit aussi amusant que la vie de Charles XII, car Pierre n'était qu'un sage extraordinaire, et Charles un fou extraordinaire, qui se battait, comme Don Quichotte, contre des moulins à vent. J'aurai assurément l'honneur de vous envoyer un des premiers exemplaires ; mais je serai bien surpris si l'ouvrage est intéressant.

Non, Madame, je n'aime des Anglais que leurs

livres de philosophie, et quelques-unes de leurs poésies hardies ; et à l'égard du genre dont vous me parlez, je vous avouerai que je ne lis que l'Ancien Testament, trois ou quatre chants de Virgile, tout l'Arioste, une partie des *Mille et Une Nuits* ; et en fait de prose française, je relis sans cesse les *Lettres provinciales*. Ce n'est pas que les pièces nouvelles de nos jours, et les *Poésies sacrées* de M. Lefranc, n'aient leur mérite. On m'a parlé aussi d'un livre de son frère l'évêque, intitulé la réconciliation de l'esprit avec la religion, ou comme quelques-uns disent, *La Réconciliation normande*, mais on ne peut pas tout lire, et il faut bien se livrer à son goût. Je vous félicite, Madame, vous et M. le Président Hénault, de vivre souvent ensemble, et de vous consoler tous deux des sottises de ce monde par les agréments délicieux de votre commerce : j'espère que vous jouirez longtemps tous deux de cette consolation. Vous avez été gourmands, et, quand les gourmands sont devenus sobres, ils vivent cent ans. Si les événements du temps sont le sujet de vos conversations elles ne doivent point tarir. Il ne laisse pas d'y avoir quelque plaisir à voir tous les huit jours une sottise nouvelle. C'est encore un avantage que j'ai dans le petit coin du monde que j'habite ; il n'y a point de pays où l'on soit instruit plus tôt de tout ce qui se passe dans l'Europe. Nous savons toujours les aventures d'Allemagne quatre jours avant vous. Le roi de Prusse me faisait l'honneur de m'écrire assez régulièrement avant que les Russes lui eussent donné sur les oreilles. Il n'a pas actuellement le temps d'écrire, je le crois très embarrassé, et à moins d'un prodige il faudra qu'il soit un exemple des malheurs de l'ambition ; mais s'il succombe, il ne pourra pas au moins reprocher sa perte aux Français.

Adieu, Madame, soyez heureuse autant que vous le pourrez. Conservez votre santé, continuez à faire le charme de la société, faites-vous lire des livres qui vous amusent. Vous ne pouvez lire l'Arioste dans sa langue, et en cela je vous plains beaucoup ; mais croyez-moi faites-vous lire la partie historique de l'Ancien Testament d'un bout à l'autre, vous verrez qu'il n'y a point de livre plus amusant. Je ne parle pas de l'édification qu'on en retire, je parle de la singularité des mœurs antiques, de la foule des événements, dont le moindre tient du prodige, de la naïveté du style, etc. N'oubliez pas les premiers chapitres d'Ézéchiel que personne ne lit, mais faites-vous surtout traduire le chapitre 16 qu'on n'a pas osé traduire fidèlement et vous verrez que Jérusalem est une belle fille que le Seigneur a aimée dès qu'elle a eu du poil et des tétons, qu'il a couché avec elle, qu'il l'a entretenue magnifiquement, que cependant elle a couché avec mille amants, et que même elle s'est souvent servie quand elle était seule, de..., je n'ose pas dire quoi. Et au verset 20 du chapitre 23 il est dit qu'Oliban la bien-aimée après avoir tâté de mille amants a donné la préférence à ceux qui ont les talents d'un âne. Enfin cette naïveté que j'aime sur toutes choses, est incomparable. Il n'y a pas une page qui ne fournisse des réflexions pour un jour entier. Mme du Châtelet l'avait commenté d'un bout à l'autre. Si vous êtes assez heureuse pour prendre goût à ce livre, vous ne vous ennuierez jamais, et vous verrez qu'on ne peut rien vous envoyer qui en approche.

Ah Madame, que le monde est bête ! et qu'il est doux d'être dehors ! mais il faudrait surtout le fuir avec vous.

100. À FRANÇOIS ACHARD JOUMARD TISON, MARQUIS D'ARGENCE

À Tournay par Genève
1er octobre 1759

Monsieur,

La confiance que vous voulez bien me témoigner et le goût que vous avez pour la vérité, me touchent sensiblement. Vous avez perdu, dites-vous, des protecteurs, mais vous êtes sans doute votre protecteur vous-même. On n'a besoin de personne quand on a un nom et des terres. M. le chevalier d'Aydie a pris il y a longtemps le parti de se retirer chez lui. Il s'est procuré par là une vie heureuse et longue. Il n'y a personne qui ne regarde le repos et l'indépendance comme le but de tous ses travaux, pourquoi donc ne pas aller au but de bonne heure ? On est égal aux rois quand on sait vivre heureux chez soi.

Quant aux objets de métaphysique dont vous me faites l'honneur de me parler, ils méritent votre attention. Il est bien vrai que dans les lois de Moïse il n'est jamais parlé de l'immortalité de l'âme, ni de récompenses et de peines dans une autre vie. Tout est temporel ; et l'Anglais Warburton que M. Silhouette a traduit en partie prétend que Moïse n'avait pas besoin de ce ressort pour conduire les Hébreux parce qu'ils avaient Dieu pour roi, et que ce roi les punissait sur-le-champ quand ils avaient fait quelques fautes. Cependant il est clair que du temps de Moïse les Égyptiens avaient embrassé le dogme de l'existence d'une âme aérienne et éternelle qui devait se rejoindre au corps après une multitude de siècles. C'est pour cette raison qu'on embaumait les corps afin que l'âme les retrouvât, et qu'on bâtissait des tombeaux en pyramides. L'idée de l'immortalité de l'âme et d'un enfer se retrouve dans l'ancien Zoroastre, contemporain de Moïse, dont les rites et les opinions nous ont été conservés dans le Sadder. La même opinion est confirmée dans les poésies d'Homère. Il est vrai qu'on n'avait pas l'idée d'un esprit pur. L'âme chez tous les anciens était un air subtil, mais il n'importe quelle fût son essence. Le grand intérêt des sociétés demandait qu'elle fût immortelle et qu'après la mort on pût lui demander compte. Démocrite, Épicure et plusieurs autres, combattirent ce sentiment. Ils prétendirent que les honnêtes gens n'avaient pas besoin de l'enfer pour être vertueux, que l'idée de l'enfer faisait plus de mal que de bien, que l'âme n'est pas un être à part, que c'est une faculté de sentir, de penser, comme les arbres ont de la nature la faculté de végéter, qu'on sent par les nerfs, qu'on pense par la tête, comme on touche avec les mains, et qu'on marche avec les pieds.

Pour Platon et Socrate il est indubitable qu'ils croyaient l'âme immortelle. Ce dogme a été le plus universellement répandu. Il paraît le plus sage, le plus consolant et le plus politique. Pour peu que vous lisiez Monsieur les bons livres traduits en notre langue, vous en saurez beaucoup plus que je ne pourrais vous en dire, et avec l'esprit juste que vous avez, vous vous formerez des idées saines de toutes ces choses qui nous intéressent véritablement. Vous avez grande raison de rejeter toutes les idées populaires. Jamais les sages n'ont pensé comme le peuple. Saint Crépin est le saint des cordonniers, sainte Barbe des vergetiers, mais la vérité est le saint des philosophes. En voilà beaucoup pour un vieillard qui ne connaît plus que sa charrue et ses vignes.

Je trouve que la meilleure philosophie est celle de cultiver ses terres. Je me croirais fort heureux si je pouvais avoir l'honneur de vous recevoir dans un de mes ermitages.

Je suis avec respect
Monsieur
votre très humble et très obéissant serviteur
VOLTAIRE
gentilhomme ordinaire du roi.

101. À JEAN LE ROND D'ALEMBERT

15 octobre [1759]

Je trouve, mon cher philosophe, qu'un conseiller du parlement n'a rien de mieux à faire que d'aller en Italie. M. l'abbé de Saint-Non m'a paru digne de ce voyage que vous vouliez faire. Si jamais l'envie vous en reprend, passez hardiment par Genève et seulement ne donnez plus sur nous la préférence à des prêtres sociniens. Vous êtes bien bon de songer s'ils existent. S'ils osaient ils reconnaîtraient Jésus-Christ pour Dieu s'ils pouvaient à ce prix assister à mes spectacles et être admis au petit théâtre que j'ai fait à Tournay tout près des Délices. Les Genevois se battent pour avoir des rôles. Vous avez daigné accabler ce fou de Jean-Jacques par des raisons, et moi je fais comme celui qui pour toute réponse à des arguments contre le mouvement se mit à marcher. Jean-Jacques démontre qu'un théâtre ne peut convenir à Genève, et moi j'en bâtis un. De meilleurs philosophes que Jean-Jacques écrivent sur la liberté ; et moi je me suis fait libre. Si quelqu'un est en souci de savoir ce que je fais dans mes chaumières et s'il me dit *que fais-tu là maraud*[1] ? Je lui réponds, *je règne*, et j'ajoute que je plains les esclaves. Votre pauvre Diderot s'est fait esclave des libraires et est devenu celui des fanatiques. Si j'avais un terme plus fort que celui du mépris et de l'exécration je m'en servirais pour tout ce qui se passe à Paris. Vous êtes né mon cher philosophe dans le temps de Mme de La Raubière. Vous demanderez ce que c'est. Mme de La Raubière disait que c'était un foutu temps.

J'ai entendu parler d'un frère L'Arrivé, jésuite, qui confesse, dit-on, mesdames, et qui est à la cour en grand crédit. On dit que c'est le plus pétulant idiot qui soit dans l'église de Dieu. Ne trouvez-vous pas que le nom de *l'Arrivée* est celui d'un valet de comédie ? On dit que ce maroufle se mêle d'être persécuteur. Quand il s'agit de faire du mal les jansénistes et les molinistes se réunissent, et tous les philosophes sont ou dispersés ou ennemis les uns des autres. Quels chiens de philosophes ! Ils ne valent pas mieux que nos flottes, nos armées et nos généraux.

Luc se débat violemment mais Luc périra, je vous en réponds. C'est un autre fou dangereux, et c'est bien dommage.

Dulce mari magno[a2] etc. Je finirai ma vie en me moquant d'eux tous. Mais je voudrais m'en moquer avec vous. Je vous embrasse en Confucius, en Lucrèce, en Cicéron, en Julien, en Collins, en Humes, en Shaftsburi, en Midleton, en Bolinbroke, etc., etc.

a. « Qu'il est doux de voir sur la haute mer [...] » (Lucrèce, *De natura rerum*, livre II, chap. I).

102. À FRÉDÉRIC II, ROI DE PRUSSE

[Vers le 15 octobre 1759]

Dans quelque état que vous soyez, il est très sûr que vous êtes un grand homme. Ce n'est pas pour ennuyer Votre Majesté que je lui écris, c'est pour me confesser, à condition qu'elle me donnera absolution. Je vous ai trahi ; voici le fait. Vous m'avez écrit une lettre moitié dans le goût de Marc Aurèle, votre patron, moitié dans le goût de Martial ou de Juvénal, votre autre patron. Je la montrai d'abord à une petite Française minaudière de la cour de France, qui est venue comme les autres, à Genève, au temple d'Esculape, pour se faire guérir par le grand Tronchin, très grand en effet, car il est haut de six pieds, beau et bien fait ; et si Mgr le prince Ferdinand, votre frère, était femme, il viendrait se faire guérir comme les autres. Cette minaudière est, comme je crois l'avoir dit à Votre Majesté, la bonne amie d'un certain duc, d'un certain ministre ; elle a beaucoup d'esprit, et son ami aussi. Elle fut enchantée, elle baisa votre lettre, et vous aurait fait pis, si vous aviez été là. Envoyez cela à mon ami sur-le-champ, dit-elle ; il vous aime dès son enfance, il admire le roi de Prusse, il ne pense en rien comme les autres, il voit clair, il est de la vraie chevalerie qui réunit l'esprit et les armes. La dame en dit tant, que je copiai votre lettre, en retranchant très honnêtement tout le Martial et tout le Juvénal, et laissant fidèlement tout le Marc Aurèle, c'est-à-dire toute votre prose, dans laquelle pourtant votre Marc Aurèle nous donne force coups de patte, et prétend que nous sommes ambitieux. Hélas ! Sire, nous sommes de plaisantes gens pour avoir de l'ambition. Enfin, je ne puis m'empêcher de vous envoyer la réponse qu'on m'a faite. Je puis bien trahir un duc et pair, ayant trahi un roi ; mais je vous en conjure, n'en faites pas semblant. Tâchez, Sire, de déchiffrer l'écriture. On peut avoir beaucoup d'esprit et de très bons sentiments, et écrire comme un chat.

Sire, il y avait autrefois un lion et un rat ; le rat fut amoureux du lion et alla lui faire sa cour. Le lion lui donna un petit coup de patte. Le rat s'en alla dans sa souricière, mais il aima toujours le lion ; et voyant un jour un filet qu'on tendait pour attraper le lion et le tuer, il en rongea une maille. Sire, le rat baise très humblement vos belles griffes en toute humilité ; il ne mourra jamais entre deux capucins comme a fait, à Bâle, un dogue de Saint-Malo ; il aurait voulu mourir auprès de son lion. Croyez que le rat était plus attaché que le dogue.

103. À MARIE DE VICHY DE CHAMROND, MARQUISE DU DEFFAND

12e avril 1760 aux Délices

Je ne vous ai envoyé, Madame, aucune de ces bagatelles dont vous daignez vous amuser un moment. J'ai rompu avec le genre humain pendant plus de six semaines ; je me suis enterré dans mon imagination ; ensuite sont venus les ouvrages de campagne, et puis la fièvre. Moyennant tout ce beau régime vous n'avez rien eu ; et probablement n'aurez rien de quelque temps. Il faudra seulement me faire écrire, Madame veut s'amuser, elle se porte bien, elle est en train, elle est de bonne humeur, elle ordonne qu'on lui envoie quelque rogaton ; et alors on fera partir quelque paquet scientifique, ou comique, ou philosophique, ou historique, ou poétique, selon l'espèce d'amusement que voudra Madame, à condition qu'elle le jettera au feu dès qu'elle se le sera fait lire.

Madame était si enthousiasmée de *Clarisse*, que je l'ai lue pour me délasser de mes travaux pendant ma fièvre ; cette lecture m'allumait le sang ; il est cruel pour un homme aussi vif que je suis, de lire neuf volumes entiers, dans lesquels on ne trouve rien du tout, et qui servent seulement à faire entrevoir, que Mlle Clarisse aime un débauché nommé M. de Lovelace. Je disais, quand tous ces gens-là seraient mes parents et mes amis, je ne pourrais m'intéresser à eux ; je ne vois dans l'auteur qu'un homme adroit, qui connaît la curiosité du genre humain, et qui promet toujours quelque chose de volume en volume pour les vendre ; enfin, j'ai rencontré Clarisse dans un mauvais lieu, au dixième volume, et cela m'a fort touché. La Théodore de Pierre Corneille, qui veut absolument entrer chez la Fillon par un principe de christianisme, n'approche pas de Clarisse, de sa situation, et de ses sentiments ; mais excepté le mauvais lieu où se trouve cette belle Anglaise, j'avoue que le reste ne m'a fait aucun plaisir, et que je ne voudrais pas être condamné à relire ce roman anglais. Il n'y a de bon, ce me semble, que ce qu'on peut relire sans dégoût ; les seuls livres de cette espèce, sont ceux qui peignent continuellement quelque chose à l'imagination, et qui flattent l'oreille par l'harmonie ; il faut aux hommes musique et peinture, avec quelques petits préceptes philosophiques, entremêlés de temps en temps avec une honnête discrétion ; c'est pourquoi Horace, Virgile, Ovide, plairont toujours, excepté dans les traductions qui les gâtent.

J'ai relu après *Clarisse* quelques chapitres de Rabelais, comme le combat de frère Jean des Entommeures, et la tenue du Conseil de Picrocole. Je les sais pourtant presque par cœur, mais je les ai relus avec un très grand plaisir, parce que c'est la peinture du monde la plus vive. Ce n'est pas que je mette Rabelais à côté d'Horace, mais si Horace est le premier des faiseurs de bonnes épîtres, Rabelais, quand il est bon, est le premier des bons bouffons. Il ne faut pas qu'il y ait deux hommes de ce métier dans une nation, mais il faut qu'il y en ait un ; je me repens d'avoir dit autrefois trop de mal de lui ; il y a un plaisir bien préférable à tout cela, c'est celui de voir verdir de vastes prairies, et croître les belles moissons ; c'est la véritable vie de l'homme, tout le reste est illusion. Je vous demande pardon, Madame, de vous parler d'un plaisir qu'on goûte avec ses deux yeux. Vous ne connaissez plus que ceux de l'âme. Je vous trouve admirable de soutenir si bien votre état. Vous jouissez, au moins, de toutes les douceurs de la société. Il est vrai que cela se réduit presque à dire son avis sur les nouvelles du jour. Il me semble qu'à la longue cela est bien insipide ; il n'y a que les goûts et que les passions qui nous soutiennent dans ce monde ; vous mettez à la place de ces passions la philosophie qui ne les vaut pas, et moi, Madame, j'y mets le tendre et respectueux attachement que j'aurai toujours pour vous. Je souhaite à votre ami de la santé, et je voudrais qu'il se souvînt un peu de moi.

104. À FRÉDÉRIC II, ROI DE PRUSSE

Au château de Tournay par Genève
21 avril 1760

Sire,

Un petit moine de Saint-Just disait à Charles Quint, Sacrée Majesté n'êtes-vous pas lasse d'avoir troublé le monde ? faut-il encore désoler un pauvre moine dans sa cellule ? Je suis le moine, mais vous n'avez pas renoncé aux grandeurs et aux misères humaines comme Charles Quint. Quelle cruauté avez-vous de me dire que je calomnie Maupertuis quand je vous dis que le bruit a couru qu'après sa mort on avait trouvé les œuvres du philosophe de Sans-Souci dans sa cassette ? Si en effet on les y avait trouvées cela ne prouverait-il pas au contraire qu'il les avait gardées fidèlement, qu'il ne les avait communiquées à personne, et qu'un libraire en aurait abusé, ce qui aurait disculpé des personnes qu'on a peut-être injustement accusées ? Suis-je d'ailleurs obligé de savoir que Maupertuis les avait renvoyées ? Quel intérêt ai-je à parler mal de lui ? que m'importent sa personne et sa mémoire ? en quoi ai-je pu lui faire tort en disant à Votre Majesté qu'il avait gardé fidèlement votre dépôt jusqu'à sa mort ? Je ne songe moi-même qu'à mourir, et mon heure approche. Mais ne la troublez pas par des reproches injustes et par des duretés qui sont d'autant plus sensibles que c'est de vous qu'elles viennent.

Vous m'avez fait assez de mal. Vous m'avez brouillé pour jamais avec le roi de France, vous m'avez fait perdre mes emplois et mes pensions, vous m'avez maltraité à Francfort, moi et une femme innocente, une femme considérée qui a été traînée dans la boue et mise en prison, et ensuite en m'honorant de vos lettres vous corrompez la douceur de cette consolation par des reproches amers. Vous m'avez reproché au sujet du médecin Tronchin que j'avais reçu de vous une pension. Est-il possible que ce soit vous qui me traitiez ainsi quand je ne suis occupé depuis trois ans qu'à tâcher quoiqu'inutilement de vous servir sans aucune autre vue que celle de suivre ma façon de penser ?

Le plus grand mal qu'aient fait vos œuvres, c'est qu'elles ont fait dire aux ennemis de la philosophie répandus dans toute l'Europe, les philosophes ne peuvent vivre en paix, et ne peuvent vivre ensemble. Voici un roi qui ne croit pas en Jésus-Christ, il appelle à sa cour un homme qui n'y croit point, et il le maltraite. Il n'y a nulle humanité dans les prétendus philosophes, et Dieu les punit les uns par les autres. Voilà ce que l'on dit, voilà ce que l'on imprime de tous côtés, et pendant que les fanatiques sont unis, les philosophes sont dispersés et malheureux, et tandis qu'à la cour de Versailles et ailleurs on m'accuse de vous avoir encouragé à écrire contre la religion chrétienne c'est vous qui me faites des reproches et qui ajoutez ce triomphe aux insultes des fanatiques. Cela me fait prendre le monde en horreur avec justice. J'en suis heureusement éloigné dans mes domaines solitaires. Je bénirai le jour où je cesserai en mourant d'avoir à souffrir, et surtout de souffrir par vous, mais ce sera en vous souhaitant un bonheur dont votre position n'est peut-être pas susceptible et que la philosophie seule pourrait vous procurer dans les orages de votre vie, si la fortune vous permet de vous borner à cultiver uniquement ce fond de sagesse que vous avez en vous, fond admirable mais altéré par les passions inséparables d'une grande imagination, un peu par l'humeur, et par des situations épineuses qui versent du fiel dans votre âme, enfin par le malheureux plaisir que vous vous êtes toujours fait de vouloir humilier tous les autres hommes, de leur dire, de leur écrire des choses piquantes d'autant plus indignes de vous, que vous êtes plus élevé au-dessus d'eux par votre rang et par vos talents uniques. Pardonnez à ces vérités que vous dit un vieillard qui a peu de temps à vivre, et il vous les dit avec d'autant plus de confiance que convaincu lui-même de ses misères et de ses faiblesses infiniment plus grandes que les vôtres, mais moins dangereuses par son obscurité, il ne peut être soupçonné par vous de se croire exempt de torts pour se mettre en droit de se plaindre de quelques-uns des vôtres. Il gémit des fautes que vous pouvez avoir faites autant que des siennes, et il ne veut plus songer qu'à réparer avant sa mort les écarts funestes d'une imagination trompeuse, en faisant des vœux sincères pour qu'un aussi grand homme que vous, soit aussi heureux et aussi grand en tout qu'il doit l'être.

V

À Ferney :
le patriarche s'installe (1760-1763)

Installé au château de Ferney à partir de 1760, Voltaire retrouve enfin, et sur sol français, une certaine stabilité. Une nouvelle période s'ouvre pour Voltaire, qui commence à signer ses lettres « patriarche de Ferney ». La fonction de la correspondance change en conséquence : Voltaire ne se sent plus en exil, au contraire, il est, de son propre aveu, « roi chez lui », et à partir de Ferney, sa voix résonne à Paris, et partout en Europe, grâce en grande partie aux nombreuses lettres qui sortent de sa plume. Voltaire crée même un slogan pour résumer sa croisade contre l'intolérance fanatique : « Écrasez l'infâme », expression — abrégée parfois en « Écrelinf » — qui commence à apparaître à partir de 1760 au bas de ses lettres à d'Alembert et à Damilaville. La condamnation injuste de Jean Calas par les juges de Toulouse en mars 1762 devient, grâce en grande partie à l'activité épistolaire de Voltaire, une cause célèbre (lettres 124, 126 et 127), et mène à son Traité sur la Tolérance *(annoncé dans la lettre 128). L'énergie du patriarche est remarquable : nous connaissons sept lettres (et il y en sans doute d'autres, aujourd'hui perdues) datées du seul jour du 13 août 1760 (lettres 107-113). Ce jour-là, Voltaire converse avec d'Alembert, avec Marmontel et avec Helvétius ; il écrit à un ami à Versailles à propos des dernières nouvelles de la guerre, et à un autre correspondant à Paris pour excuser la conduite de sa nièce ; il contacte deux voisins genevois à propos des activités de son théâtre. Qu'il s'agisse des intérêts nationaux et de la guerre en Allemagne, ou de problèmes domestiques comme lorsqu'il faut repeindre la maison, en passant par la philosophie des Lumières et les stratégies que doivent adopter les philosophes, Voltaire traite de tout cela au courant d'une seule journée. Lorsqu'il se plaint d'écrire « vingt lettres par jour » (lettre 121), il n'exagère qu'à peine.*

105. À MARIE DE VICHY DE CHAMROND, MARQUISE DU DEFFAND

25 avril [1760]

Je suis si touché de votre lettre Madame que j'ai l'insolence de vous envoyer deux petits manuscrits très indignes de vous, tant je compte sur vos bontés. Lisez les vers, quand vous serez dans un de ces moments de loisir où l'on s'amuserait d'un conte de Boccace ou de La Fontaine, lisez la prose quand vous serez un peu de mauvaise humeur contre les misérables préjugés qui gouvernent le monde, et contre les fanatiques ; et ensuite jetez le paquet au feu. J'ai trouvé sous ma main ces deux sottises. Il y a longtemps qu'elles sont faites, et elles n'en valent pas mieux.

Je n'ai jamais été moins mort que je le suis à présent. Je n'ai pas un moment de libre. Les bœufs, les vaches, les moutons, les prairies, les bâtiments, les jardins m'occupent le matin ; toute l'après-dînée est pour l'étude ; et après souper on répète les pièces de théâtre qu'on joue dans ma petite salle de comédie. Cette façon d'être donne envie de vivre, mais j'en ai plus d'envie que jamais depuis que vous daignez vous intéresser à moi avec tant de bonté. Vous avez raison, car dans le fond je suis un bon homme, mes curés, mes vassaux, mes voisins sont très contents de moi, et il n'y a pas jusqu'aux fermiers généraux à qui je ne fasse entendre raison quand j'ai quelque dispute avec eux sur les droits des frontières. Je sais que la reine dit toujours que je suis un impie ; la reine a tort. Le roi de Prusse a bien plus grand tort de dire dans son épître au maréchal de Keit :

Allez lâches chrétiens, etc. etc. etc.

Il ne faut dire d'injures à personne. Mais le plus grand tort est dans ceux qui ont trouvé le secret de ruiner la France en deux ans dans une guerre auxiliaire. J'ai reçu ce matin une lettre de change d'un banquier d'Allemagne sur M. de Montmartel ; ces lettres de change sont numérotées, et vous remarquerez que mon numéro est le mille quarantième à commencer du mois de janvier. Il est bien beau aux Français d'enrichir ainsi l'Allemagne. Il me vient quelquefois des Anglais, des Russes, tous s'accordent à se moquer de nous. Vous ne savez pas Madame ce que c'est que d'être Français en pays étranger. On porte le fardeau de sa nation, on l'entend continuellement maltraiter. Cela est désagréable, on ressemble à celui qui voulait bien dire à sa femme qu'elle était une catin, mais qui ne voulait pas l'entendre dire aux autres. Tâchez Madame d'être payée de vos mérites et de prendre en pitié toutes les misères dont vous êtes témoin. Accoutumez-vous à la disette des talents en tout genre, à l'esprit devenu commun, et au génie devenu rare, à une inondation de livres sur la guerre pour être battu, sur les finances pour n'avoir pas un sou, sur la population pour manquer de recrues et de cultivateurs, et sur tous les arts pour ne réussir dans aucun. Votre belle imagination Madame et la bonne compagnie que vous avez chez vous, vous consoleront de tout cela. Il ne s'agit après tout que de finir doucement sa carrière. Tout le reste est vanité des vanités[1], comme dit l'autre. Recevez mes tendres respects.

V.

106. À LOUISE-FLORENCE-PÉTRONILLE DE TARDIEU D'ESCLAVELLES D'ÉPINAY ET AU BARON FRÉDÉRIC MELCHIOR VON GRIMM

[Vers le 10 août 1760]

Il faut qu'il entre, mon adorable philosophe, qu'il entre, qu'il entre vous dis-je. Contrains-les d'entrer[2].

Notre cher Habacuc, du courage, je vous en prie. La chose vous paraît impossible ? Je vous [ai] déjà dit que c'est une raison pour l'entreprendre. Nous réussirons ; croyez-moi, ce sera un beau triomphe. Mais que Diderot nous aide et qu'il n'aille pas s'amuser à griffonner du papier dans un temps où il doit agir. Il n'a qu'une chose à faire, mais il faut qu'il la fasse. C'est de chercher à séduire quelque illustre sot ou sotte, quelque fanatique sans avoir d'autre but que de lui plaire. Il a trois mois pour adoucir les dévots. C'est plus qu'il ne faut. Qu'on l'introduise chez madame... ou madame... ou madame, lundi, qu'il prie Dieu avec elle mardi, qu'il couche avec elle mercredi ; et puis il entrera à l'Académie tant qu'il voudra, et quand il voudra.

Comptez qu'on est très bien disposé à l'Académie. Je recommande surtout le secret. Que Diderot ait seulement une dévote dans sa manche ou ailleurs ; et je réponds du succès. On s'est déjà ameuté sur mes pressantes sollicitations. Travaillez sous terre tous tant que vous êtes. Ne perdez pas un moment, ne négligez rien. Vous porterez à l'infâme un coup mortel, et je vous donne ma parole d'honneur de venir à l'Académie le jour de l'élection. Je suis vieux. Je veux mourir au lit d'honneur.

Ma belle philosophe sait-elle que je fais bâtir une église ? Oui une église d'ordre dorique à Ferney ? Ô Habacuc criez sur les toits cette nouvelle consolante. Si Diderot veut y venir dire la messe je la servirai.

Ma chère philosophe, voici une autre histoire, une autre négociation. N'est-ce pas M. Faventine qui a le département du domaine ? M. d'Épinay ne peut-il pas quand il rencontrera ce terrible Faventine au conseil des fermes, lui dire, Monsieur ne savez-vous rien de nouveau sur le pays de Gex ? ne vous a-t-on rien dit touchant certains arrangements avec le roi, n'a-t-il rien transpiré ? Alors M. Faventine dira, oui ou non ; et ce oui ou ce non, vos belles mains me l'écriront.

Mais qu'il entre, qu'il entre, qu'il entre à l'Académie. J'ai cela dans la tête voyez-vous ! Ma belle philosophe, je vous ai dans mon cœur. Il est vieux mon cœur, mais il rajeunit quand je pense à vous. Tronchin dit que vous avez de gros tétons. Qu'il entre vous dis-je, et détruisons l'infâme. *Tel est mon avis et qu'on ruine Carthage* disait Caton[1], qui n'était pas si vieux que moi.

Ô belle philosophe ! ô Habacuc ! je vous salue en Belzébuth.

V.

107. À JEAN LE ROND D'ALEMBERT

À Ferney, 13 d'auguste [1760]

Vous êtes assurément, mon divin Protagoras, un des plus salés philosophes que je connaisse ; vous devriez bien honorer de quelques pincées de votre sel cette troupe de polissons hypocrites, qui veut tantôt être sérieuse et tantôt plaisante, et qui n'est jamais que ridicule. Si on ne peut avoir l'aréopage de son côté, il faut avoir les rieurs, et il me paraît qu'ils sont pour nous.

Sans doute, il faut se réunir avec Duclos, et même avec Mairan, quoiqu'il se soit plaint autrefois amèrement d'être contrefait par vous en perfection ; il faut qu'on puisse couvrir tous les philosophes d'un manteau ; marchez, je vous en conjure, en bataillon serré. Je suis enivré de l'idée de mettre Diderot à l'Académie ; ou je me trompe, ou vous avez une belle ouverture. L'Académie travaille à son dictionnaire, et y fait entrer tous les termes des arts. On dira au roi qu'on ne peut achever ce dictionnaire sans Diderot ; cela pourra exciter une petite guerre civile ; et à votre avis, la guerre civile n'est-elle pas fort amusante ? Après avoir fait entrer Diderot, je prétends qu'on fasse entrer l'abbé Mords-les. Il ne se passait pas de jour de poste que je n'écrivisse pour cet abbé, que je n'ai pas l'honneur de connaître ; mais j'aime passionnément mes frères en Belzébuth. Je crois, entre nous, que M. d'Argental a fait déterminer le temps de sa captivité en Babylone, et qu'il a beaucoup plus servi que Jean-Jacques à délivrer notre frère.

J'ai lu mon *Commercium epistolicum* que Charles Palissot a fait imprimer. Je ne sais pas si un bon chrétien comme lui, qui se respecte et qui observe toutes les bienséances, est en droit d'imprimer les lettres qu'on lui écrit. Il a poussé la délicatesse jusqu'à altérer le texte en plusieurs endroits ; mais il en reste encore assez pour que le public ait quelques reproches à lui faire sur sa conduite et sur ses œuvres. Il me semble qu'il s'est fait son procès lui-même : le pis de la chose, c'est qu'il croit sa pièce bonne, parce qu'elle n'est pas absolument mal écrite ; il ne sait pas encore qu'il faut être ou plaisant ou intéressant.

On m'a parlé d'une lettre au vieux Stentor-Astruc, qu'on dit qui fait crever de rire ; j'espère que le fidèle Thieriot me l'enverra. Adieu, mon grand et charmant philosophe ; quoique j'aie dit à Palissot que vous m'écrivez quelquefois des lettres de Lacédémonien, je voudrais que vous fussiez avec moi le plus diffus de tous les hommes.

Il faut que vous me fassiez un plaisir essentiel ; je veux finir ma vie par le supplice que demandait Arlequin ; il voulait mourir de rire. Engagez l'ami Thieriot ou le prêtre de Baal, *Mords-les*, à me donner les éclaircissements suivants que je demande.

Quelques anecdotes vraies sur Gauchat et Chaumeix, quels sont leurs ouvrages, le nom de leurs libraires ; le catalogue des œuvres de l'évêque du Puy Pompignan, en recommandant à l'ami Thieriot de m'envoyer la *Réconciliation de la piété et de l'esprit*, le nom de la m[ère] nommée par l'archevêque pour directrice de l'hôpital, le nom du magistrat qui a le plus protégé en dernier lieu les convulsionnaires, le nom du révérend père jésuite du collège de Louis-le-Grand, qui passe pour aimer le plus tendrement la jeunesse. J'attends ces utiles mémoires pour mettre au net une *Dunciade* ; cela m'amuse plus que Pierre le Grand. J'aime mieux les ridicules que les héros. *Le Conte du tonneau* a fait plus de mal à l'Église romaine que Henri VIII.

Luc périra. C'est bien dommage que Luc ait voulu faire le roi ; il ne devait faire que le philosophe.

Je viens de lire le passage d'un jacobin ; le voici : « Le prêtre qui célèbre fait beaucoup plus que Dieu n'a fait ; car celui-ci travailla pendant sept jours à faire des ouvrages de boue ; l'autre engendre Dieu même, la cause des causes, etc. » Ce passage est de frère Alain de La Roche, in *Tractu de dignitate sacerdotum*. L'abbé Mords-les devrait bien déférer ce jacobin à nos seigneurs de la classe du parlement.

108. À JACQUES BAGIEU

13e août 1760, aux Délices

Ma nièce est un gros cochon, Monsieur, comme sont la plupart de vos Parisiennes ; cela se lève à midi ; la journée se passe sans qu'on sache comment, on n'a pas le temps d'écrire, et quand on veut écrire, on ne trouve ni papier, ni plume, ni encre, il faut m'en venir demander, et puis l'envie d'écrire passe ; sur dix femmes, il y en a neuf qui en usent ainsi. Pardonnez donc, Monsieur, à Mme Denis, son extrême paresse ; elle ne vous en est pas moins attachée, et elle aimerait encore mieux vous le dire que vous l'écrire ; je lui sers de secrétaire ; je suis exact, tout vieux et tout malingre que je suis ; il est bien juste que vous ayez un peu d'amitié pour moi puisque M. Morand votre confrère en a tant pour mon grand persécuteur Fréron.

Saepe premente deo fert deus alter opem[a].

J'ai eu bon nez d'achever ma vie dans ma douce retraite, les Fréron, les Pompignan, les Abraham Chaumeix m'auraient livré sans doute au bras séculier ; quelle inhumanité dans ce Fréron ! de me soupçonner d'être l'auteur de *L'Écossaise*.

Un grand théologien mahométan prétend que Dieu envoie quelquefois un ange chirurgien aux méchants qu'il veut rendre bons ; cet ange vient avec un scalpel céleste pendant le sommeil du scélérat, lui arrache le cœur fort proprement, en exprime le virus, et met un baume divin à la place ; je vous supplie de daigner faire cette opération à Fréron ; mais vous aurez bien de la peine à tirer tout le virus. Je me félicite plus que jamais, de n'être pas témoin de toutes les pauvretés qui se font dans Paris, mais je regrette fort de ne point voir un homme de votre mérite ; comptez que c'est avec les sentiments les plus vifs, que j'ai l'honneur d'être votre très humble et très obéissant serviteur

VOLTAIRE

gentilhomme ordinaire du roi.

a. « Souvent, quand un dieu vous opprime, un autre dieu vous porte secours » (Ovide, *Tristes*, I, II, 4).

109. À FRANÇOIS DE CHENNEVIÈRES

13e août [1760] aux Délices

Il me paraît que la lettre de M. le maréchal de Broglie, est la seule pièce qui depuis longtemps ait plu universellement ; s'il a raison contre M. le prince de Brunswick comme contre M. de Saint-Germain, nos affaires n'iront pas mal. Je voudrais bien chanter un *Te Deum* dans l'église que je fais bâtir ; je recommande, mon cher ami, l'incluse à vos bontés.

110. À DAVID-LOUIS CONSTANT DE REBECQUE, SEIGNEUR D'HERMENCHES

Aux Délices 13 août [1760]

Ce n'est point, Monsieur, la foule des ridicules de Paris qui m'a privé quelque temps de l'honneur de vous écrire ; c'est le fardeau des travaux de la campagne, et celui d'une mauvaise santé.

J'ignore s'il est vrai que les Hessois aient déclaré au prince de Brunsvick que s'il abandonnait Cassel, ils l'abandonneraient à leur tour. Supposé qu'ils tiennent leur parole, la guerre sera bientôt finie en Allemagne ; car il ne paraît pas que le roi de Prusse puisse résister ; les Autrichiens prétendent qu'ils le tiennent cette fois-ci ; il n'y a qu'un coup de désespoir qui puisse déranger leurs mesures, l'enceinte est formée pour faire tomber le Lion du Nord dans leurs filets ; celui qui était né pour être le plus heureux homme de la terre, deviendra le plus malheureux, les disgrâces de Charles XII ne l'ont pas instruit, et les siennes n'instruiront personne. Je me flatte que nous en raisonnerons bientôt ensemble ; on nous fait espérer que vous viendrez dans notre voisinage.

Apportez donc vos habits de théâtre, car M. le duc de Villars apporte les siens. Adieu, Monsieur, mille respects à toute votre aimable famille ; et conservez-moi vos bontés dont je sens tout le prix.

V.

111. À CLAUDE-ADRIEN HELVÉTIUS

13 août [1760]

J'ai lu deux fois votre lettre, mon cher philosophe, avec une extrême sensibilité, c'est ma destinée de relire ce que vous écrivez. Mandez-moi, je vous prie, le nom du libraire qui a imprimé votre ouvrage en anglais, et comment il est intitulé ; car le mot d'esprit qui est équivoque chez nous et qui peut signifier l'âme, l'entendement, n'a pas ce sens louche dans la langue anglaise. *Wit*, signifie Esprit dans le sens où nous disons, *avoir de l'esprit* ; et *understanding*, signifie Esprit, dans le sens que vous l'entendez.

Certainement votre livre ne vous eût point attiré d'ennemis en Angleterre ; il n'y a ni fanatiques, ni hypocrites dans ce pays-là ; les Anglais n'ont que des philosophes qui nous instruisent, et des marins qui nous donnent sur les oreilles. Si nous n'avons point de marins en France, nous commençons à avoir des philosophes, leur nombre augmente par la persécution même ; ils n'ont qu'à être sages, et surtout à être unis. Comptez qu'ils triompheront ; les sots redouteront leur mépris, les gens d'esprit seront leurs disciples, la lumière se répandra en France comme en Angleterre, en Prusse, en Hollande, en Suisse, en Italie même ; oui, en Italie. Vous seriez édifié de la multitude de philosophes qui s'élève sourdement dans le pays de la superstition : nous ne nous soucions pas que nos laboureurs et nos manœuvres soient éclairés, mais nous voulons que les gens du monde le soient, et ils le seront ; c'est le plus grand bien que nous puissions faire à la société, c'est le seul moyen d'adoucir les mœurs que la superstition rend toujours atroces.

Je ne me console point que vous ayez donné votre livre sous votre nom mais il faut partir d'où l'on est.

Comptez que la grande dame a lu les choses comme elles sont imprimées, qu'elle n'a point lu le mot *abominable*, et qu'elle a lu *le repentir du grand Fénelon*. Soyez sûr encore que ce mot a fait un très bon effet ; soyez sûr que je suis très instruit de ce qui se passe.

Je n'ai lu dans Palissot aucune critique des propositions dont vous me parlez ; il faut que ces critiques malhonnêtes soient dans quelques feuilles, ou suppléments de feuilles qui ne me sont pas encore parvenus.

Vous pouvez m'écrire, mon cher philosophe, très hardiment. Le roi doit savoir que les philosophes aiment sa personne et sa couronne, qu'ils ne formeront jamais de cabale contre lui, que le petit-fils de Henri IV leur est cher, et que les Damiens n'ont jamais écouté des discours affreux dans nos antichambres. Nous donnerions tous la moitié de nos biens pour fournir au roi des flottes contre l'Angleterre ; je ne sais si ses tuteurs en feraient autant. Pour moi je défriche des terres abandonnées, je dessèche des marais, je bâtis une église, je soulage comme vous les pauvres, et je dis hardiment par la poste que le discours de maître Joly de Fleury est un très mauvais discours. Je prends tout le reste fort gaiement et j'ai un peu les rieurs de mon côté.

J'ai trouvé de très beaux vers dans le poème que vous m'avez envoyé ; je souhaite passionnément d'avoir tout l'ouvrage, adressez-le à M. Le Normant, ou à quelque autre contresigneur ; vivez, pensez, écrivez librement, parce que liberté est un don de Dieu, et n'est point licence.

Il y a des choses que tout le monde sait, et qu'il ne faut jamais dire, à moins qu'on ne les dise en plaisantant ; il est permis à La Fontaine, de dire que cocuage n'est point un mal mais il n'est pas permis à un philosophe de démontrer qu'il est du droit naturel de coucher avec la femme de son prochain. Il en est ainsi, ne vous déplaise, de quelques petites propositions de votre livre ; l'auteur de la fable des abeilles vous a induit dans le piège.

Au reste il ne faut jamais rien donner sous son nom ; je n'ai pas même fait *La Pucelle* ; Me Joly de Fleury aura beau faire un réquisitoire je lui dirai qu'il est un calomniateur, que c'est lui qui a fait *La Pucelle*, qu'il veut méchamment mettre sur mon compte. Adieu, mon cher philosophe, je vous salue en Platon, en Confucius, vous, madame votre femme, vos enfants ; élevez-les dans la crainte de Dieu, dans l'amour du roi, et dans l'horreur des fanatiques qui n'aiment ni Dieu, ni le roi, ni les philosophes.

V.

112. À JEAN-FRANÇOIS MARMONTEL

13e août [1760]

Nous avions été un peu alarmés, Monsieur, de certaines terreurs paniques que MM. les directeurs de la poste avaient conçues, jamais crainte n'a été plus mal fondée ; M. le duc de Choiseul et Mme de Pompadour connaissent la façon de penser de l'oncle et de la nièce ; on peut tout nous envoyer sans risque ; on sait que nous aimons le roi et l'État ; ce n'est pas chez nous que des Damiens ont entendu des discours séditieux ; on ne prétend point chez nous que l'État doive périr, faute de subsides ; nous n'avons point de convulsionnaires dans nos terres ; je dessèche des marais, je bâtis une église, et je fais des vœux pour le roi ; nous défions tous les jansénistes et tous les molinistes, d'être plus attachés à l'État que nous le sommes ; il est vrai que nous rions du matin au soir, des Pompignans et des Frérons ; mais quoique Lefranc ait épousé la veuve d'un directeur des postes, il ne peut empêcher qu'on ne me donne tous les ordinaires une liste de ses ridicules ; vous pouvez m'écrire en toute sûreté ; le roi ne trouve point mauvais que des amis s'écrivent que Fréron est un bas coquin, et Lefranc un impertinent. Les pauvretés de la littérature n'empêchent pas que M. le maréchal de Broglie ne soit dans Cassel.

Abraham Chaumeix, Jean Gauchat, Martin Trublet ne m'empêcheront pas de donner un beau feu d'artifice à la fin de la campagne.

Mon cher ami, il faut que le roi sache que les philosophes lui sont plus attachés que les fanatiques et les hypocrites de son royaume, l'univers n'en saura rien, l'univers n'est fait que pour Pompignan ; je vous écris cette lettre en droiture, parce que M. Bouret ne m'a offert ses bons offices que pour de gros paquets. Mandez-nous, je vous prie, par qui l'on peut vous sauver dorénavant l'impôt d'une lettre ; dites-moi avec quelle noble fierté l'ami Fréron reçoit le fouet et la fleur de lys qu'on lui donne trois fois par semaine à la comédie. Donnez-nous des nouvelles, surtout de votre situation, de vos dessins et de vos espérances. L'oncle et la nièce s'intéressent également à vous. Présentez mes respects je vous prie à Mme de Geoffrin ; si vous voyez M. Duclos dites-lui, je vous prie, combien je l'estime, et à quel point je lui suis attaché ; mais surtout soyez bien persuadé que vous aurez toujours dans l'oncle et dans la nièce, deux amis essentiels.

Est-il possible qu'il y ait encore quelqu'un qui reçoive Fréron chez lui ? Ce chien fessé dans la rue peut-il trouver d'autre asile que celui qu'il s'est bâti avec ses feuilles ? est-il vrai qu'il est brouillé avec Palissot, et que la discorde est dans le camp des ennemis ? Contribuez de tout votre pouvoir à écraser les méchants et la méchanceté ; les hypocrites, et l'hypocrisie. Ayez la charité de nous mander tout ce que vous saurez de ces garnements ; mais comme il faut mêler l'agréable à l'utile, parlez-moi de Melpomène Clairon ; que fait-elle ? que dit-elle ? que jouera-t-elle ? *lui a-t-on lu d'une voix fausse et grêle, le triste drame écrit pour la Denêle* ? Quelque chose qu'elle joue ce sera un beau tapage quand elle reparaîtra sur la scène. Adieu, si vous avez envie de faire quelque tragédie venez la faire chez nous ; c'est avec ses frères qu'il faut réciter son office.

Je vous embrasse de tout mon cœur.

V.

113. À JEAN-ROBERT TRONCHIN

13e août 1760, aux Délices

J'ai pris la liberté, Monsieur, de vous demander de quoi peindre en vert mon château de Ferney ; Mme Denis prend bien d'autres libertés avec vous. Vous savez toutes les nouvelles. On assure que nous sommes dans Cassel, quoique notre réserve ait été un peu entamée. Les Autrichiens prétendent qu'ils tiennent le roi de Prusse et la Silésie ; à la bonne heure si cela peut nous donner une paix dont tout le monde a besoin, hors ceux qui font des fournitures aux troupes.

Voulez-vous bien, Monsieur, avoir la bonté de faire mettre l'incluse à la poste ?

Votre très humble et très obéissant serviteur.

V.

114. À STANISLAS LESZCZYNSKI, ROI DE POLOGNE

Du 15e août 1760

Sire,

Je n'ai jamais que des grâces à rendre à Votre Majesté. Je ne vous ai connu que par vos bienfaits, qui vous ont mérité votre beau titre. Vous instruisez le monde, vous l'embellissez, vous le soulagez, vous donnez des préceptes et des exemples. J'ai tâché de profiter de loin des uns et des autres, autant que j'ai pu. Il faut que chacun dans sa chaumière fasse, à proportion, autant de bien que Votre Majesté en fait dans ses États. Elle a bâti de belles églises royales, j'édifie des églises de village ; Diogène remuait son tonneau quand les Athéniens construisaient des flottes ; si vous soulagez mille malheureux, il faut que nous autres petits nous en soulagions dix ; le devoir des princes et des particuliers est de faire chacun dans son État, tout le bien qu'il peut faire.

Le dernier livre de Votre Majesté que le cher frère Menoux m'a envoyé de votre part, est un nouveau service que Votre Majesté rend au genre humain. Si jamais il se trouve quelque athée dans le monde (ce que je ne crois pas), votre livre confondra l'horrible absurdité de cet homme. Les philosophes de ce siècle ont heureusement prévenu les soins de Votre Majesté, elle bénit Dieu, sans doute, de ce que depuis Descartes et Newton, il ne s'est pas trouvé un seul athée en Europe. Votre Majesté réfute admirablement ceux qui croyaient autrefois que le hasard pouvait avoir contribué à la formation de ce monde : Votre Majesté voit sans doute avec un plaisir extrême, qu'il n'y a aucun philosophe de nos jours qui ne regarde le hasard comme un mot vide de sens. Plus la physique a fait de progrès, plus nous avons trouvé partout la main du Tout-Puissant.

Il n'y a point d'hommes plus pénétrés de respect pour la vérité, que les philosophes de nos jours ; la philosophie ne s'en tient pas à une adoration stérile, elle influe sur les mœurs ; il n'y a point en France de meilleurs citoyens que les philosophes, ils aiment l'État et le monarque, ils sont soumis aux lois, ils donnent l'exemple de l'attachement et de l'obéissance ; ils condamnent et ils couvrent d'opprobre, ces factions pédantesques et furieuses, également ennemies de l'autorité royale et du repos des sujets. Il n'est aucun d'eux qui ne contribuât avec joie de la moitié de son revenu au soutien du royaume. Continuez, Sire, à les seconder de votre autorité et de votre éloquence, continuez à faire voir au monde, que les hommes ne peuvent être heureux que quand les philosophes sont rois, et quand ils ont beaucoup de sujets philosophes ; encouragez de votre voix puissante la voix de ces citoyens qui n'enseignent dans leurs écrits et dans leurs discours, que l'amour de Dieu, du monarque, et de l'État ; confondez ces hommes insensés, livrés à la faction, qui commencent par accuser d'athéisme quiconque n'est pas de leur avis sur des choses indifférentes.

Le docteur Lange, dit que tous les jésuites sont athées, parce qu'ils ne trouvent point la cour de Pékin idolâtre. Le frère Hardouin, jésuite, dit que les Pascal, les Arnauld, les Nicole, sont athées, parce qu'ils n'étaient pas molinistes ; frère Berthier soupçonne d'athéisme l'auteur de l'*Histoire générale,* parce que l'auteur de cette histoire ne convient pas que des nestoriens conduits par des nuées bleues, soient venus du pays de Tacin dans le septième siècle, faire bâtir des églises nestoriennes à la Chine. Frère Berthier devrait savoir que des nuées bleues ne conduisent personne à Pékin, et qu'il ne faut pas mêler des contes bleus à nos vérités sacrées. Un Breton ayant fait, il y a quelques années, des recherches sur la ville de Paris, l'abbé Trublet et consorts, l'ont accusé d'irréligion au sujet de la rue Tireboudin, et de la rue Trousse-Vache ; et le Breton a été obligé de faire assigner ses accusateurs au Châtelet de Paris.

Les rois méprisent toutes ces petites querelles, ils font le bien général, pendant que leurs sujets animés les uns contre les autres font les maux particuliers.

Un grand roi tel que vous, Sire, n'est ni janséniste, ni moliniste, il n'est d'aucune faction ; il ne prend parti, ni pour, ni contre un dictionnaire ; il rend la raison respectable, et toutes les factions ridicules. Il rend les jésuites utiles en Lorraine quand ils sont chassés du Portugal ; il donne douze mille livres de rente, une belle maison, et une bonne cave à notre cher frère Menoux, afin qu'il fasse du bien ; il sait que la vertu et la religion consistent dans les bonnes œuvres, et non pas dans les disputes ; il se fait bénir, et les calomniateurs se font détester.

Je me souviendrai toujours, Sire, avec la plus tendre et la plus respectueuse reconnaissance, des jours heureux que j'ai passés dans votre palais ; je me souviendrai que vous daigniez faire le charme de la société, comme vous faisiez la félicité de vos peuples, et que si c'était un bonheur de dépendre de vous, c'en était un plus grand de vous approcher.

Je souhaite à Votre Majesté, que votre vie utile au monde, s'étende au-delà des bornes ordinaires. Aureng-Zeb et Muley-Ismaël, ont vécu l'un et l'autre plus de cent cinq ans. Si Dieu accorde de si longs jours à des princes infidèles, que ne fera-t-il point pour Stanislas le bienfaisant !

Je suis avec un profond respect.

115. À ÉTIENNE-NOËL DAMILAVILLE

3 septembre 1760

Je vous envoie, Monsieur, une lettre à cachet volant pour M. Diderot. Je crois que vous vous intéressez autant que lui à tout ce que mon cœur lui dit ; vous pensez tous deux de la même façon. C'est un grand bonheur pour moi que je vous aie connus tous deux ; ce n'est à la vérité que par vos lettres ; mais votre âme s'y peint, et elle enchante la mienne.

Je vis dans la retraite, mais je n'y ai pas un moment de loisir. Je dois quatre lettres à M. Thieriot ; je ne lui écris qu'un petit billet, et je vous supplie, Monsieur, de vouloir bien vous en charger. Je fais mes lettres courtes, pour ne pas trop enfler le paquet.

On m'envoie souvent de mauvais vers, de mauvaises brochures ; vos lettres me consolent. Si vos occupations vous permettaient de me dire quelquefois des nouvelles de la littérature, et surtout de M. Diderot, ce serait une nouvelle obligation que je vous aurais. Comptez, Monsieur, que je sens jusqu'au fond du cœur le prix de l'amitié que vous voulez bien me témoigner.

Oserais-je vous supplier de faire parvenir, par la petite poste, cette lettre à Mme Belot ?

116. À CLAIRE-JOSÈPHE-HIPPOLYTE LÉRIS DE LATUDE CLAIRON

16 octobre [1760]

Belle Melpomène, ma main ne répondra pas à la lettre dont vous m'honorez, parce qu'elle est un peu impotente ; mais mon cœur, qui ne l'est pas, y répondra.

Raisonnons ensemble, raisonnons.

Les monologues qui ne sont pas des combats de passions ne peuvent jamais remuer l'âme et la transporter. Un monologue qui n'est et ne peut être que la continuation des mêmes idées et des mêmes sentiments, n'est qu'une pièce nécessaire à l'édifice ; et tout ce qu'on lui demande c'est de ne pas refroidir. Le mieux, sans contredit, dans votre monologue du second acte, est qu'il soit court, mais pas trop court. On peut faire venir Fanie, et finir par une situation attendrissante. Je tâcherai d'ailleurs de fortifier ce petit morceau ainsi que bien d'autres. On a été forcé de donner *Tancrède* avant que j'y eusse pu mettre la dernière main. Cette pièce ne m'a jamais coûté un mois. Vos talents ont sauvé mes défauts ; il est temps de me rendre moins indigne de vous.

Je ne suis point du tout de votre avis, ma belle Melpomène, sur le petit ornement de la Grève que vous me proposez. Gardez-vous, je vous en conjure, de vouloir rendre la scène française dégoûtante et horrible, et contentez-vous du terrible. N'imitons pas ce qui rend les Anglais odieux. Jamais les Grecs qui entendaient si bien l'appareil du spectacle ne se sont avisés de cette invention de barbares. Quel mérite y a-t-il, s'il vous plaît, à faire construire un échafaud par un menuisier ? En quoi cet échafaud se lie-t-il à l'intrigue ? Il est beau, il est noble de suspendre des armes et des devises ; il en résulte qu'Orbassan voyant le bouclier de Tancrède sans armoiries, et sa cotte d'armes sans faveurs des belles, croit avoir bon marché de son adversaire ; on jette le gage de bataille, on le relève ; tout cela forme une action qui sert au nœud essentiel de la pièce. Mais faire paraître un échafaud pour le seul plaisir d'y mettre quelques valets de bourreau, c'est déshonorer le seul art par lequel les Français se distinguent, c'est immoler la décence à la barbarie ; croyez-en Boileau, qui dit :

Mais il est des objets que l'art judicieux
Doit offrir à l'oreille, et dérober aux yeux[1].

Ce grand homme en savait plus que les beaux esprits de nos jours.

J'ai crié trente ou quarante ans qu'on nous donnât du spectacle dans nos conversations en vers appelées tragédies. Mais je crierais bien davantage si on changeait la scène en place de Grève. Je vous conjure de rejeter cette abominable tentation.

J'enverrai dans quelque temps *Tancrède*, quand j'aurai pu y travailler à loisir. Car figurez-vous que, dans ma retraite c'est le loisir qui me manque. *Fanime* suivra de près. Nous venons de l'essayer en présence de M. le duc de Villars, de l'intendant de Bourgogne et de celui de Languedoc. Il y avait une assemblée très choisie. Votre rôle est plus décent, et par conséquent plus attendrissant qu'il n'était ; vous y mourez d'une manière qu'on ne peut prévoir, et qui a fait un effet terrible, à ce qu'on dit. La pièce est prête. Je vais bientôt donner tous mes soins à *Tancrède*. Quand vous aurez donné la vie à ces deux pièces, je vous supplierai d'être malade, et de venir vous mettre entre les mains de Tronchin, afin que nous puissions être tous à vos pieds.

117. À ÉTIENNE-NOËL DAMILAVILLE

2 décembre 1760

Permettez-vous, Monsieur, que j'abuse si souvent de votre bonne volonté ? Vous verrez au moins que je n'abuse pas de votre confiance. Je vous envoie mes lettres ouvertes : il me semble que tout ce que j'écris est pour vous. Nous sommes des frères réunis par le même esprit de charité ; nous sommes le *pusillus grex*. Si vous voyez M. Diderot dites-lui je vous en prie qu'il a en moi le partisan le plus constant et le plus fidèle.

J'ignore, Monsieur, si vous avez reçu deux paquets assez gros et très édifiants. J'ai ouï dire qu'on était devenu très difficile à la poste.

118. À JEAN LE ROND D'ALEMBERT

7 ou 8 mai [1761]

Monsieur le Protée, Monsieur le multiforme, je crois que votre discours sur l'étude est celui de vos ouvrages qui m'a fait le plus de plaisir, soit parce que c'est le dernier, soit parce que je m'y retrouve. Somme totale vous êtes grand penseur et grand metteur en œuvre. Mais ce n'est pas assez de montrer qu'on a plus d'esprit que les autres. Allons donc, rendez quelque service au genre humain. Écrasez l'infâme, sans pourtant risquer de tomber comme Samson sous les ruines du temple qu'il démolit. Faites sentir à notre siècle toute sa petitesse et tout son ridicule. Renversez ses idoles. Qui sont ces polissons qui ont fait brûler cette consultation de ce polisson qui a répondu à Mlle Clairon par du galimatias ? A-t-on jamais rien vu de plus sot que le livre de cet avocat ? et de plus impertinent que l'arrêt qui le condamne ?

La séance contre l'*Encyclopédie*, et le réquisitoire aussi insolent qu'absurde de maître Aliboron Omer ne sont-ils pas dignes du quatorzième siècle ? faut-il qu'une troupe de convulsionnaires soit toute-puissante ? et ne doit-on pas rougir quand on est homme, de ne pas sonner le tocsin contre ces ennemis de l'humanité ? ne détruisit-on pas dans Athènes la tyrannie des Trente ? et n'est-ce pas par le ridicule qu'il faut détruire dans Paris la tyrannie des 180[1] ? On se plaignait autrefois des jésuites, mais saint Médard[2] devient plus à craindre que saint Ignace. Si on ne peut étrangler le dernier moliniste avec les boyaux du dernier janséniste, rendons du moins ces perturbateurs du repos public si ridicules aux yeux des honnêtes gens, qu'ils n'aient plus pour eux que le faubourg Saint-Marceau et les halles. Mon cher philosophe vous vous déclarez l'ennemi des grands et de leurs flatteurs et vous avez raison. Mais ces grands protègent dans l'occasion, ils peuvent faire du bien, ils méprisent l'infâme, ils ne persécuteront jamais les philosophes pour peu que les philosophes daignent s'humaniser avec eux. Mais pour vos pédants de Paris qui ont acheté un office, pour ces insolents bourgeois moitié fanatiques moitié imbéciles ils ne peuvent faire que du mal. Notre foutue Académie a donné pour sujet de son prix, les louanges d'un chancelier janséniste[3], persécuteur de toute vérité, mauvais cartésien, ennemi de Neuton, faux savant et faux honnête homme. Passe pour le maréchal de Saxe qui aimait les filles et qui ne persécutait personne. Je suis indigné de tout ce qui m'est revenu de Paris. Je ne connais que vous qui puissiez venger la raison. Dites hardiment et fortement tout ce que vous avez sur le cœur. Frappez, et cachez votre main. On vous reconnaîtra, je veux bien croire qu'on en ait l'esprit, qu'on ait le nez assez bon ; mais on ne pourra vous convaincre, et vous aurez détruit l'empire des cuistres dans la bonne compagnie. En un mot je vous recommande l'infâme. Faites-moi ce plaisir avant que je meure. C'est le point essentiel. *L'Oracle des fidèles*[1] devrait faire une prodigieuse sensation, mais la nation est trop frivole pour un livre qui demande de l'attention.

À propos je n'ai pas ici mes calculs de la vie humaine mais il est clair que nous autres animaux à deux pieds nous n'avons que 22 ans dans le ventre, l'un portant l'autre. Expliquez-moi comment à 30 ans on doit espérer 60. J'en ai 67 et je suis bien malingre. Je voudrais vous voir avant de rendre mon corps et mon âme aux quatre éléments.

Dites je vous prie à Mme Du Deffand combien je lui suis attaché, elle pense et parle, et il y en a de par le monde qui ne savent pas même parler.

Oui oui j'ai reçu votre lettre et je m'intéresse fort à votre pouce.

119. AU PAPE CLÉMENT XIII[2]

[23 juin] 1761 à Ferney

Alla santita di nostro signore Clemente,

Francesco di Voltaire, gentiluomo della camera di

sua maesta cristianissima, contre di Torney nel paese di Gex presso a Geneva, signore di Ferney nel'medesimo paese, Maria Denis, la sua nipote, signora con esso di Ferney, si mettono col loro parocho, e tutti i loro vassali a i sacri piedi di sua beatitudine.

La supplican'umilmente di degnarsi di concedere loro alcune sante relliquie per l'altare della nuova chieza che Francesco di Voltaire edifica nel feudo di Ferney nella vicinanza della herezia, riputando che sia convenevole di spiegare tutti i segni della fede in faccia de gli inimici.

Richiedano Francesco di Voltaire e Maria Denis la facolta di donare a i loro vassali un nuovo cimeterio a trecento passi di quello che circumda l'antica chiesa, li cui funesti vapori sono molto nocivi alla sanita.

Eglino supplicano ancora sua santita di favorir li colla liberta pi far coltivare i loro poderi i giorni di feste doppo la santa missa derche in questo clima un giorno di lavore perduto distrugge spesso tutte le speranze dell'anno ; ed osservano inoltre che se i contadini del loro paese non lavorano, passano il tempo nella dissolutezza e nelle risse.

I sopra detti fedeli domandono questi favori con premura, e bacciono i sacri piedi di sua beatitudine con ogni umilita e gratitudine.

120. À JEAN-MARIE ARNOULT

Le 6 juillet 1761, à Ferney

Je vous suis obligé, Monsieur, des éclaircissements que vous me donnez. Je pensais qu'il n'était pas permis à un official de citer des séculiers sans l'intervention de la justice du roi ; et il est clair que cet imbécile de Pontas rapporte fort mal l'ordonnance de 1627. L'official de Gex est dûment official, mais je crois qu'il a très indûment instrumenté le 8 juin. Deux témoins sont prêts à déclarer qu'il les a voulu induire à déposer contre moi. Et de quoi s'agit-il pour faire tant de vacarme ? D'une croix de bois qui ne peut subsister devant un portail assez beau que je fais faire, et qui en déroberait aux yeux toute l'architecture ; il a fait dire à un malheureux que j'ai appelé cette croix *figure*, à un autre que je l'ai appelée *poteau* ; il prétend que six ouvriers qu'il a interrogés, déposent que je leur ai dit, en parlant de cette croix de bois qu'il fallait transplanter : *Ôtez-moi cette potence*. Or de ces six ouvriers quatre m'ont fait serment, en présence de témoins, qu'ils n'avaient jamais proféré une pareille imposture, et qu'ils avaient répondu tout le contraire. Des deux témoins qui restent et que je n'ai pu rejoindre, il y en a un qui est décrété de prise de corps depuis quatre mois, et l'autre est convaincu de vol.

Au reste, Monsieur, je suis bien aise de vous dire que cette croix de bois qui sert de prétexte aux petits tyrans noirs de ce petit pays de Gex, se trouvait placée tout juste vis-à-vis le portail de l'église que je fais bâtir : de façon que la tige et les deux bras l'offusquaient entièrement, et qu'un de ces bras étendu juste vis-à-vis le frontispice de mon château, figurait réellement une potence, comme le disaient les charpentiers. On appelle *potence* en terme de l'art tout ce qui soutient des chevrons saillants ; les chevrons qui soutiennent un toit avancé, s'appellent *potence* : et quand j'aurais appelé cette figure *potence*, je n'aurais parlé qu'en bon architecte.

J'ai de plus passé un acte authentique, par-devant notaire, avec les habitants, par lequel nous sommes convenus que cette croix de village serait placée comme je le veux. Vous remarquerez encore qu'on ne la dérangea qu'avec le consentement du curé.

Ainsi vous voyez, Monsieur, que voilà le plus impertinent prétexte que jamais les ennemis de la justice du roi et des seigneurs puissent prendre pour inquiéter un bienfaiteur assez sot pour se ruiner à bâtir une belle église, dans un pays où Dieu n'est servi que dans des écuries. Ceux qui me font ce procès devraient être plutôt à une mangeoire qu'à un autel. Ils n'ont rien fait depuis le 8 juin, mais ils menacent toujours de faire, et ils me paraissent aussi insolents que menteurs.

Vous aurez sans doute vu, Monsieur, par l'affaire d'Ancian, que parmi ces animaux-là il y en a qui ruent. Si ce curé Ancian est brutal comme un cheval, il est malin comme un mulet et rusé comme un renard. Mais malgré ses ruses, je crois que vous le prendrez au gîte. Je puis vous assurer que lui et ses confrères ont employé toutes les friponneries profanes et sacrées pour avoir de faux témoins ; ils se sont servis de la confession qui met les sots dans la dépendance des prêtres. Je n'ai point vu les procédures, mais je puis vous assurer sur mon honneur et sur ma vie que ce curé Ancian est un scélérat des plus punissables que nous ayons dans l'église de Dieu. Il ne peut empêcher, malgré tous ses artifices et tous ceux de ses confrères, que de Croze n'ait eu le crâne fendu dans la maison où ce curé alla faire le train au milieu de la nuit la plus noire avec quatre coupe-jarrets. Je ne veux que ce fait : tout le reste me paraît peu de chose. Le père de Croze peut envoyer aux juges trois serviettes qu'il conserve teintes du sang de son fils ; elles devraient servir à étrangler le curé de Moens, pourvu que préalablement il fût bien confessé.

Je suppose, Monsieur, que vous avez envoyé votre mémoire à M. de Greilly. C'est encore un curé à relancer. Je vous ai envoyé à la chasse aux prêtres ; si vous voulez venir reconnaître votre gibier au mois de septembre comme vous me l'avez fait espérer, je compte bien que le rendez-vous de chasse sera chez moi.

Je viens d'écrire au bureau des postes de Genève pour savoir si ce n'est point quelque prêtre commis des postes qui a fait la friponnerie de faire payer deux fois le port.

N.b. que je ne mets point mon curé au nombre des bêtes puantes que vous devez chasser ; je suis d'accord avec lui en tout. Il est très reconnaissant, du moins quant à présent, et il peut servir de piqueur dans la chasse aux renards que nous méditons.

J'ai l'honneur d'être en bon laïque Monsieur, votre etc.

121. À ÉTIENNE-NOËL DAMILAVILLE ET À NICOLAS-CLAUDE THIERIOT

Le 15 d'auguste [1761]

Que les frères m'accusent de paresse, s'ils l'osent. J'ai tout Corneille sur les bras, l'*Histoire générale des mœurs*, le *Czar, Jeanne*, etc., etc. et vingt lettres par jour à répondre : et il faut écrire à M. de Lafargue, et je ne sais où le prendre. Il me semble que frère

Thieriot sait sa demeure ; il s'agit de ses vers, cela est important. Comment va l'*Encyclopédie* ? cela est un peu plus important.

Oui, volontiers, que les Sadducéens périssent, mais que les Pharisiens ne soient pas épargnés. On nous défait des chats, mais on nous laisse dévorer par des chiens.

On a eu grande peine à trouver le Grizel[1] que demandent les frères : c'est grand dommage que pour notre édification nous ne puissions pas recouvrer cet ouvrage rare, d'autant plus utile à la bonne cause qu'il rend la mauvaise extrêmement ridicule.

Frère Thieriot est devenu bien paresseux. Un véritable frère ne devrait-il pas avoir déjà envoyé les *Recherches sur le théâtre* ? Il faut le mettre en pénitence. Il n'est pas permis d'être tiède sur les ouvrages et sur le sang du grand Corneille.

J'embrasse les frères, et j'abhorre plus que jamais les ennemis de la raison et des lettres.

122. À JEAN-BAPTISTE, MARQUIS D'ALBERTAS

[Vers le 5 novembre 1761]

Monsieur le premier président des comptes, vous comptez mal, *car* vous avez compté quarante-cinq louis à un homme pour les compter à madame votre femme, et il les a comptés à une autre, et ce n'est pas là le compte. Quand madame la présidente saura cela, elle se fâchera, *car* les femmes aiment à se fâcher contre leurs maris ; et elle dira : si mon mari fait voyager de petits Suisses, j'en ferai voyager de grands et cela ruinera la maison *car* les Suisses sont chers.

Envoyez-lui donc bien vite beaucoup d'argent, *car* elle n'en a point, et il ne faut pas qu'une femme soit sans argent, *car* on ne sait point ce qui peut arriver.

Ne croyez plus, parce que vous êtes couleur de rose et blanc, et le plus honnête homme du monde, qu'un Suisse couleur de rose et blanc soit aussi honnête homme, *car* il y a des fripons de toutes les couleurs. Ne confiez plus votre cher argent à ceux qui vivent aux dépens d'autrui, *car* pour ces gens-là rien n'est plus prochain que l'argent.

Croyez qu'il est presque nécessaire de connaître les hommes pour connaître les Suisses, *car* aujourd'hui rien ne ressemble plus à un homme qu'un Suisse. Il en est de même, comme vous voyez, qui commencent à se former, *car* ils prennent les mœurs des nations polies.

Réparez vite vos torts, *car* c'est le moyen de faire qu'on vous les pardonne, et surtout qu'on vous garde le secret.

Consolez-vous aussi le plus tôt que vous pourrez, *car* rien n'est plus triste que d'avoir du chagrin ; et pour vous consoler croyez que vous n'êtes ni le seul ni le premier qui ait été attrapé par le petit Suisse, *car* malheureusement le malheur d'autrui console.

123. À MARIE-ÉLISABETH DE DOMPIERRE DE FONTAINE

Ferney 19 mars [1762]

Ma chère nièce, je n'ai qu'un moment pour vous dire combien je vous approuve et vous félicite. Il n'y a rien de si doux ni de si sage que d'épouser son ami intime. Vos arrangements dont vous voulez bien me faire part, me paraissent très convenables pour toutes les parties intéressées. Hornoy y gagnera ; votre château s'embellira ; la vie y sera plus animée. Tout le mal est dans cette horrible distance de votre château au mien.

Je vous prierai de m'instruire du jour de votre départ. Il faut qu'un oncle s'arrange pour un petit présent de noces. Je voudrais bien être de la cérémonie et signer au contrat. Je vais annoncer dans l'instant cette nouvelle à Mme Denis qui répète actuellement son rôle de Statira, et qui le jouera bientôt sur un théâtre mieux entendu, mieux orné, mieux éclairé que celui de Paris.

Je suis très fâché de ne vous pas marier dans mon église en présence d'un grand Jésus, doré comme un calice, qui a l'air d'un empereur romain, et à qui j'ai ôté sa physionomie niaise. Nous vous donnerions vraiment une belle fête, car nous sommes en train, et la tête m'en tourne.

Mme Denis arrive ; elle pense comme moi ; nous vous embrassons tendrement vous et le grand écuyer de Cyrus devenu mon neveu.

124. À CHARLES-AUGUSTIN FERRIOL, COMTE D'ARGENTAL, ET À JEANNE-GRÂCE BOSC DU BOUCHET, COMTESSE D'ARGENTAL

À Ferney 27 mars [1762]

Vous me demanderez peut-être mes divins anges, pourquoi je m'intéresse si fort à ce Calas qu'on a roué. C'est que je suis homme, c'est que je vois tous les étrangers indignés, c'est que tous vos officiers suisses protestants disent qu'ils ne combattront pas de grand cœur pour une nation qui fait rouer leurs frères sans aucune preuve.

Je me suis trompé sur le nombre des juges dans ma lettre à M. de La Marche. Ils étaient treize, cinq ont constamment déclaré Calas innocent. S'il avait eu une voix de plus en sa faveur, il était absous. À quoi tient donc la vie des hommes ? à quoi tiennent les plus horribles supplices ?

Quoi, parce qu'il ne s'est pas trouvé un sixième juge raisonnable, on aura fait rouer un père de famille ? on l'aura accusé d'avoir pendu son propre fils, tandis que ses quatre autres enfants crient qu'il était le meilleur des pères ? Le témoignage de la conscience de cet infortuné ne prévaut-il pas sur l'illusion de huit juges animés par une confrérie de pénitents blancs, qui a soulevé les esprits de Toulouse contre un calviniste ? Ce pauvre homme criait sur la roue qu'il était innocent, il pardonnait à ses juges, il pleurait son fils auquel on prétendait qu'il avait donné la mort. Un dominicain qui l'assistait d'office sur l'échafaud, dit qu'il voudrait mourir aussi saintement qu'il est mort. Il ne m'appartient pas de condamner le parlement de Toulouse, mais enfin il n'y a eu aucun témoin oculaire. Le fanatisme du peuple a pu passer jusqu'à des juges prévenus. Plusieurs d'entre eux étaient pénitents blancs. Ils peuvent s'être trompés. N'est-il pas de la justice du roi et de sa prudence de se faire au moins représenter les motifs de l'arrêt ? Cette seule démarche consolerait tous les protestants de l'Europe, et apaiserait leurs clameurs. Avons-nous besoin de nous rendre odieux ? Ne pourriez-vous pas engager M. le comte de Choiseul à s'informer de cette horrible aventure qui déshonore la nature humaine, soit que Calas soit coupable soit qu'il soit innocent ? Il y a certainement d'un côté ou d'un autre un fanatisme horrible, et il est utile d'approfondir la vérité.

Mille tendres respects à mes anges.

V.

125. À ISAAC PINTO

Aux Délices par Genève 21e juillet 1762

Les lignes dont vous vous plaignez, Monsieur, sont violentes et injustes. Il y a parmi vous des hommes très instruits et très respectables, votre lettre m'en convainc assez. J'aurai soin de faire un carton dans la nouvelle édition. Quand on a un tort il faut le réparer et j'ai eu tort d'attribuer à toute une nation les vices de plusieurs particuliers.

Je vous dirai avec la même franchise, que bien des gens ne peuvent souffrir ni vos lois, ni vos livres, ni vos superstitions ; ils disent que votre nation s'est fait de tout temps beaucoup de mal à elle-même, et en a fait au genre humain. Si vous êtes philosophe, comme vous paraissez l'être, vous pensez comme ces messieurs, mais vous ne le direz pas. La superstition est le plus abominable fléau de la terre ; c'est elle qui de tous les temps a fait égorger tant de juifs et tant de chrétiens ; c'est elle qui vous envoie encore au bûcher chez des peuples d'ailleurs estimables. Il y a des aspects sous lesquels la nature humaine est la nature infernale. On sécherait d'horreur si on la regardait toujours par ces côtés. Mais les honnêtes gens en passant par la Grève où l'on roue, ordonnent à leur cocher d'aller vite, et vont se distraire à l'opéra du spectacle affreux qu'ils ont vu sur leur chemin.

Je pourrais disputer avec vous sur les sciences que vous attribuez aux anciens Juifs, et vous montrer qu'ils n'en savaient pas plus que les Français du temps de Chilpéric ; je pourrais vous faire convenir que le jargon d'une petite province, mêlé de chaldéen, de phénicien et d'arabe, était une langue aussi indigente et aussi rude que notre ancien gaulois, mais je vous fâcherais peut-être, et vous me paraissez trop galant homme pour que je veuille vous déplaire. Restez juif, puisque vous l'êtes, vous n'égorgerez point quarante-deux mille hommes pour n'avoir pas bien prononcé shibboleth, ni vingt-quatre mille pour avoir couché avec des Madianites ; mais soyez philosophe, c'est tout ce que je peux vous souhaiter de mieux dans cette courte vie.

J'ai l'honneur d'être, Monsieur, avec tous les sentiments qui vous sont dus, votre très humble et très obéissant serviteur.

V.

chrétien, gentilhomme ordinaire de la chambre du roi très chrétien.

126. À CHARLES-AUGUSTIN FERRIOL, COMTE D'ARGENTAL, ET À JEANNE-GRÂCE BOSC DU BOUCHET, COMTESSE D'ARGENTAL

29 auguste 1762, aux Délices

J'apprends, mes divins anges, que vous n'êtes plus chez vous, et que la petite vérole vous en a chassés ; voilà ce que c'est que de ne pas faire inoculer tous les petits garçons et toutes les petites filles d'un pays, à l'âge de sept ans, mais j'ai peur que Tronchin et La Condamine n'aient décrédité l'inoculation, l'un en excitant trop d'envie, et l'autre en y mêlant un peu de ridicule.

Je vous envoie *Mariamne* pour vous amuser dans votre exil ; vous avez dû recevoir le *Jules César* de Shakespear ; je crois que vous serez convaincu que La Place est fort loin d'avoir fait connaître le théâtre anglais ; avouez que l'excès énorme de son extravagance était pourtant bon à connaître.

J'ai vu la requête de Mariette pour les Calas ; j'ai vu l'arrêt ; la jurisprudence de Toulouse est bien étrange, cet arrêt ne dit pas seulement de quoi Jean Calas était accusé ; je ne regarde ce jugement que comme un assassinat fait en robe et en bonnet carré. Je me flatte qu'enfin votre protection fera rendre justice à l'innocence ; je sais bien que les lois ne permettent pas les dédommagements que l'équité exigerait, les juges devraient au moins demander pardon à la famille, et la nourrir. Que pourra faire le conseil ? Il dira que Calas n'a point pendu son fils, nous le savions bien, et quand le conseil se laisserait séduire par le parlement de Toulouse, l'Europe ne croira pas moins Calas innocent ; le cri public l'emporte sur tous les arrêts, mais enfin, c'est toujours beaucoup que le conseil réprime un peu le fanatisme.

Mes chers anges, je ne ferai point imprimer *Cassandre* ; que votre volonté soit faite dans la terre comme aux cieux, mais il arrivera sûrement quelque malheur dans le Palatinat.

L'Électeur fait une belle dépense pour cette représentation ; nous jouerons la pièce à Ferney ; mais quoique ce ne soit pas en électeurs, le spectacle ne laissera pas que d'être beau. J'espère que nous en régalerons M. le maréchal de Richelieu, nous verrons à cette représentation s'il y a encore quelque chose à changer, et ensuite nous l'enverrons à nos juges en dernier ressort.

Mes divins anges nous avons des fluxions qui ne permettent pas trop d'écrire. Mille tendres respects.

V.

127. À ANNE-ROSE CALAS ET À ROSE CALAS

18e janvier 1763 au château de Ferney

Je vous réponds, Mesdemoiselles, sur du papier orné de fleurs, parce que je crois que le temps des épines est passé, et qu'on rendra justice à votre respectable mère et à vous. Je vous félicite d'être auprès d'elle. Je me flatte que votre présence a touché tous les juges, et qu'on réparera l'abomination de Toulouse. Je vois avec un extrême plaisir que le public s'intéresse à vous aussi vivement que moi.

Je fais mes plus sincères compliments à madame votre mère, et suis avec beaucoup de zèle, Mesdemoiselles, votre très humble et très obéissant serviteur

VOLTAIRE
gentilhomme ordinaire du roi.

128. À ÉTIENNE-NOËL DAMILAVILLE

24 janvier 1763

Mon cher frère, on ne peut empêcher, à la vérité, que Jean Calas ne soit roué, mais on peut rendre les juges exécrables, et c'est ce que je leur souhaite. Je me suis avisé de mettre par écrit toutes les raisons qui pourraient justifier ces juges, je me suis distillé la tête pour trouver de quoi les excuser, et je n'ai trouvé que de quoi les décimer.

Gardez-vous bien d'imputer aux laïques un petit ouvrage sur la tolérance qui va bientôt paraître. Il est dit-on d'un bon prêtre ; il y a des endroits qui font frémir, et d'autres qui font pouffer de rire ; car, Dieu merci, l'intolérance est aussi absurde qu'horrible.

Mon cher frère m'enverra donc la petite feuille qu'on attribue à M. Le Brun. Mais est-il possible que Le Brun qui m'adressait de si belles odes pour m'engager à prendre Mlle Corneille et m'envoie souvent de si jolis vers, ne soit qu'un petit perfide ?

Nous marions Mlle Corneille à un gentilhomme du voisinage, officier de dragons, sage, doux, brave, d'une jolie figure, aimant le service du roi et sa femme, possédant dix mille livres de rente, à peu près, à la porte de Ferney. Je les loge tous deux. Nous sommes tous heureux. Je finis en patriarche. Je voudrais à présent marier Mlles Calas à deux conseillers au parlement de Toulouse.

On dit la comédie de M. Dupuis fort jolie : cela est heureux. Le nom de notre futur est Dupuits. Frère Thieriot doit être fort aise de la fortune de Mlle Corneille. Elle la mérite. Savez-vous bien que cette enfant a nourri longtemps son père et sa mère du travail de ses petites mains ? La voilà récompensée. Sa vie est un roman.

Je vous embrasse tendrement, mon cher frère. Écrasez l'infâme.

129. À JEAN LE ROND D'ALEMBERT[1]

28 septembre [1763]

J'apprends que Platon est revenu de chez Denys de Syracuse. Ce n'est pas que je vous croie au-dessus de Platon, et l'autre au-dessus de Denys, mais les vieux noms font un merveilleux effet. Vous avez par-devers vous deux traits de philosophie dont nul Grec n'a approché. Vous avez refusé une présidence et un grand gouvernement. Tous les gens de lettres doivent vous montrer au doigt comme un homme qui leur apprend à vivre.

Pour moi, mon illustre et incomparable voyageur, je ne vous pardonnerai jamais de n'être pas revenu par Genève. Vous dédaignez les petits triomphes. Vous auriez été bien content de voir l'accomplissement de vos prédictions. Il n'y a plus dans la ville de

Calvin que quelques gredins qui croient au consubstantiel. On pense ouvertement comme à Londres. Ce que vous savez est bafoué. Il n'y a pas longtemps qu'un pauvre ministre de village prêchant devant quelques citoyens qui ont des maisons de campagne, un de ces messieurs le fit taire. Vous m'ennuyez, lui dit-il, allons dîner. Il fit sortir de l'église toute l'honorable compagnie. Jean-Jacques il est vrai a été condamné mais c'est parce que dans un petit livret intitulé *Contrat social,* il avait trop pris le parti du peuple contre le magistrat. Aussi le peuple très reconnaissant a pris à son tour le parti de Jean-Jacques. Sept cents citoyens sont allés deux à deux en procession protester contre les juges. Ils ont fait quatre remontrances. Ils soutiennent que Jean-Jacques était en droit de dire tout ce qu'il voulait contre la religion chrétienne, qu'il fallait conférer amicalement avec lui et non pas le condamner. Vous aurez dans quelques mois le plaisir d'apprendre qu'on aura destitué quatre syndics pour avoir jugé Jean-Jacques. Quand destituera-t-on Omer ? Les Français arrivent tard à tout.

Il m'est revenu qu'on vend dans votre ville de Paris une petite brochure dévote intitulée le *Catéchisme de l'honnête homme*. Je crois que frère Damilaville en a un exemplaire. Je vous exhorte à vous en procurer quelques-uns. C'est un ouvrage, dit-on, qui fait beaucoup de bien. Il faut que ce soit le curé du *Vicaire savoyard* qui en soit l'auteur.

J'ai toujours peur que vous ne soyez pas assez zélé. Vous enfouissez vos talents. Vous vous contentez de mépriser un monstre qu'il faut abhorrer et détruire. Que vous coûterait-il de l'écraser en quatre pages, en ayant la modestie de lui laisser ignorer qu'il meurt de votre main ? C'est à Méléagre à tuer le sanglier.

Lancez la flèche sans montrer la main. Faites-moi quelque jour ce petit plaisir. Consolez-moi dans ma vieillesse.

Savez-vous bien que j'ai chez moi un jésuite pour aumônier ? Je vous prie de le dire à frère Berthier quand vous irez à Versailles. Il est vrai que je ne l'ai pris qu'après m'être bien assuré de sa foi.

Je vous embrasse très tendrement mon cher philosophe.

Écrasez l'infâme.

130. À MARIE DE VICHY DE CHAMROND, MARQUISE DU DEFFAND

11 octobre 1763

Je vous jure, Madame, que je suis aveugle aussi ; n'allez pas me renier ; il est vrai que je ne le suis que par bouffées, et que je ne suis pas encore parvenu à être absolument digne des Quinze-Vingts. J'ai d'ailleurs pris mon parti depuis longtemps, sur tout ce qu'on peut voir, et sur tout ce qu'on peut entendre ; et c'est ce qui fait que je ne regrette guère dans Paris, que vous, Madame, et le très petit nombre de personnes de votre espèce.

Je suis persuadé que Mme la duchesse de Luynes est partie pour la vie éternelle avec de grands sentiments de dévotion, et cela est bien consolant.

Vivez, Madame, gaiement avec quatre sens qui vous restent ; quatre sens et beaucoup d'esprit sont quelque chose. C'est vous qui êtes très clairvoyante, et non pas moi. Vous voyez surtout à merveille le ridicule de la façon d'écrire d'aujourd'hui. Le style qui est à la mode me porte plus que jamais à écrire avec la plus grande simplicité. Il n'est pas juste que vous soyez sans *Pucelle* ; je vais prendre si bien mes mesures que vous en aurez une incessamment. Il y a quelquefois de petits morceaux assez curieux qui me passent par les mains, mais je ne sais comment faire pour vous les envoyer. Et vous, Madame, comment feriez-vous pour vous les faire lire ? Ces petits ouvrages sont pour la plupart d'une philosophie extrêmement insolente, qui ferait trembler votre lecteur. On ne peut guère confier ces rogatons à la poste. Si vous aimiez l'histoire, vous auriez un amusement sûr, pour le reste de votre vie ; mais j'ai peur que l'histoire ne vous ennuie. J'essaierai de vous faire parvenir un petit morceau dans ce genre, qui vous mettra au fait de bien des choses ; cela est court, et n'est point du tout pédant. Le grand malheur de notre âge, Madame, c'est qu'on se dégoûte de tout. Un Pompignan amuse un quart d'heure, mais on retombe ensuite dans la langueur ; on vit tristement au jour la journée, on attend que quelqu'un vienne chez vous par oisiveté, et qu'il nous dise quelque nouvelle à laquelle nous ne nous intéressons point du tout. On n'a plus ni passion, ni illusion, on a le malheur d'être détrompé, le cœur se glace, et l'imagination ne sert qu'à nous tourmenter.

Voilà, à peu près, notre état ; et quand avec cela on a perdu les deux yeux, il faut avouer qu'on a besoin de courage. Vous en avez beaucoup, et il est soutenu par la société de vos amis.

Je vous prie de dire à M. le président Hénault que je lui serai bien sincèrement attaché pour tout le reste de ma vie. Je l'estime infiniment à tous égards. Ma grande querelle avec lui sur *François II* ne roule point du tout sur le fond de l'ouvrage qui me plaît beaucoup, mais sur quelques embellissements que je lui demandais, en cas qu'il fît réimprimer l'ouvrage.

On m'a parlé d'une tragédie de Saül et de David[1], qui est dans ce goût ; elle est traduite dit-on de l'anglais. Cette pièce est fort rare ; si vous pouvez vous la procurer, elle vous amusera un quart d'heure, surtout si vous vous souvenez de l'histoire hébraïque, qu'on appelle la Sainte Écriture. Les hommes sont bien bêtes et bien fous. Adieu, Madame, prenez-les pour ce qu'ils sont, et vivez aussi heureuse que vous le pouvez, en les méprisant, et en les tolérant.

131. À CHARLES-JEAN-FRANÇOIS HÉNAULT

À Ferney, le 4 décembre [1763]

Mon cher et respectable confrère, celui qui vous grave n'entend pas mal ses intérêts : il est bien sûr que son burin deviendra célèbre sous la protection de votre plume. Je vous demande en grâce que si on met au bas de votre portrait ce petit vers :

Qu'il vive autant que son ouvrage !

on ajoute : *Par Voltaire et par le public.*

Il est bien triste que Mme du Deffand ne puisse voir votre estampe.

La lumière est pour elle à jamais éclipsée ;
Mais vous vous entendez tous deux.
L'imagination, le feu de la pensée,
Valent peut-être mieux
Que deux yeux.
Je me défais des miens, et j'en suis plus tranquille ;
J'en ai moins de distractions.
Lorsque le cœur calmé renonce aux passions,
Deux yeux sont un meuble inutile.

Cela n'est pas tout à fait vrai, mais il faut tâcher de se le persuader. Mon espèce d'aveuglement est tout à fait drôle : une ophtalmie abominable m'ôte entièrement la vue quand il y a de la neige sur la terre, et je recommence quelquefois de voir honnêtement quand le temps se met au beau. Je vous prie, Monsieur, vous qui avez de bons yeux (et cela doit s'entendre de plus d'une manière), de lire ce petit mémoire historique ; vous y trouverez des choses curieuses.

J'ai envoyé à Mme du Deffand un conte à dormir debout, qui est d'un goût un peu différent. Les aveugles s'amusent comme ils peuvent.

Tout le *Corneille* est imprimé ; il y en a douze tomes. La *Bérénice* de Racine est à côté de celle de Corneille, avec des remarques ; l'*Héraclius* espagnol est au-devant de l'*Héraclius* français ; la conspiration de Brutus et de Cassius contre César, de ce fou de Shakespeare, est après le *Cinna* de Corneille, et traduite vers pour vers, et mot pour mot : cela est à faire mourir de rire.

Adieu, Monsieur ; conservez vos bontés au vieux de la montagne.

VI

À Ferney :
« Écrasez l'infâme » (1764-1766)

Ces années marquent l'apogée de la lutte voltairienne en faveur des victimes de l'injustice politique et du préjugé religieux, et la correspondance joue dans ces campagnes un rôle de premier plan. Son slogan « Écrasez l'infâme » n'apparaît pas moins de cinq fois dans un petit billet à Damilaville (lettre 142). Le Dictionnaire philosophique portatif *paraît en 1764, sous un anonymat peu convaincant, et Voltaire essaie avec ses lettres de se distancier de l'œuvre (lettres 135-139). Voltaire utilise la correspondance comme outil pour exercer son influence, que ce soit sur le gouvernement à Paris, sur l'intendant de la province (lettre 140), ou bien au sujet de la nomination d'un curé de campagne (lettre 153)… Par moments optimiste, Voltaire ose parler d'une « révolution dans les esprits » (lettre 147), déclarant que « le monde se déniaise furieusement » (lettre 155). Calas est finalement réhabilité en 1765, mais il y a ensuite l'affaire Sirven (lettres 152, 163), et le choc de l'exécution du jeune chevalier de La Barre en 1766 ; lorsque le corps de ce dernier est jeté au bûcher avec un exemplaire du* Dictionnaire philosophique portatif *(lettres 156, 159 et 162), Voltaire s'exclame : « les fanatiques triomphent » (lettre 159). Jamais il n'a été aussi actif sur le plan politique, mais ses activités littéraires ne se ralentissent pas pour autant.* La Philosophie de l'histoire *paraît en 1765 (lettre 146),* Le Philosophe ignorant *suit en 1766 (lettre 164) ; et toujours en tonnant contre le goût des « Welches » (le terme péjoratif qu'utilise Voltaire pour désigner les Français peu éclairés), il continue à cultiver la nostalgie pour la littérature du Grand Siècle (lettres 141, 154).*

132. À MARIE DE VICHY DE CHAMROND, MARQUISE DU DEFFAND

6e janvier 1764 à Ferney

Je ne m'étonne plus, Madame, que vous n'ayez pas reçu la *Jeanne* que je vous avais envoyée par la poste, sous le contreseing d'un des administrateurs. Aucun livre ne peut entrer par la poste en France sans être saisi par les commis, qui se font depuis quelque temps une assez jolie bibliothèque, et qui deviendront en tout sens des gens de lettres. On n'ose pas même envoyer des livres à l'adresse des ministres. Enfin, Madame, comptez que la poste est infiniment curieuse, et à moins que M. le président Hénault ne se serve du nom de la reine pour vous faire avoir une *Pucelle*, je ne vois pas comment vous pourrez parvenir à en avoir des pays étrangers.

Je m'amusais à faire des contes de ma mère l'Oye[1], ne pouvant plus lire du tout. Je ne suis pas précisément comme vous, Madame, mais vous souvenez-vous des yeux de l'abbé de Chaulieu, les deux dernières années de sa vie ? Figurez-vous un état mitoyen entre vous et lui, c'est précisément ma situation.

Je pense avec vous, Madame, que quand on veut être aveugle, il faut l'être à Paris ; il est ridicule de l'être dans une campagne avec un des plus beaux aspects de l'Europe. On a besoin absolument dans cet état de la consolation de la société. Vous jouissez de cet avantage, la meilleure compagnie se rend chez vous, et vous avez le plaisir de dire votre avis sur toutes les sottises qu'on fait et qu'on imprime. Je sens bien que cette consolation est médiocre ; rarement le dernier âge de la vie est-il bien agréable. On a toujours espéré assez vainement de jouir de la vie, et à la fin, tout ce qu'on peut faire c'est de la supporter. Soutenez ce fardeau, Madame, tant que vous pourrez, il n'y a que les grandes souffrances qui le rendent intolérable. On a encore en vieillissant un grand plaisir, qui n'est pas à négliger, c'est de compter les impertinents et les impertinentes qu'on a vu mourir, les ministres qu'on a vu renvoyer et la foule de ridicules qui ont passé devant les yeux.

Si de cinquante ouvrages nouveaux qui paraissent tous les mois, il y en a un de passable, on se le fait lire, et c'est encore un petit amusement. Tout cela n'est pas le ciel ouvert, mais enfin on n'a pas mieux, et c'est un parti forcé.

Pour M. le président Hénault c'est tout autre chose, il rajeunit, il court le monde, il est gai, et il sera gai à quatre-vingts ans, tandis que Moncrif et moi nous sommes probablement fort sérieux. Dieu donne ses grâces comme il lui plaît. Avez-vous le plaisir de voir quelquefois M. d'Alembert ? Non seulement il a beaucoup d'esprit, mais il l'a très décidé, et c'est beaucoup, car le monde est plein de gens d'esprit qui ne savent comment ils doivent penser.

Adieu, Madame, songez, je vous prie, que vous me devez quelque respect, car si dans le royaume des aveugles les borgnes sont rois, je suis assurément plus que borgne ; mais que ce respect ne diminue rien de vos bontés. Il y a longtemps que je suis privé du bonheur de vous voir et de vous entendre. Je mourrai probablement sans cette joie ; tâchons, en attendant, de jouer avec la vie, mais c'est ne jouer qu'à colin-maillard.

V.

133. À MARIE DE VICHY DE CHAMROND, MARQUISE DU DEFFAND

4e juin 1764 aux Délices

J'écris avec grand plaisir, Madame, quand j'ai un sujet ; écrire vaguement et sans avoir rien à dire c'est mâcher à vide, c'est parler pour parler, et les deux correspondants s'ennuient mutuellement et cessent bientôt de s'écrire. Nous avons un grand objet à traiter, il s'agit de bonheur, ou du moins d'être le moins malheureux qu'on peut dans ce monde. Je ne saurais souffrir que vous me disiez que plus on pense plus on est malheureux. Cela est vrai pour les gens qui pensent mal, je ne dis pas pour ceux qui pensent mal de leur prochain, cela est quelquefois très amusant, je dis pour ceux qui pensent tout de travers. Ceux-là sont à plaindre sans doute, parce qu'ils ont une maladie de l'âme, et que toute maladie est un état triste. Mais vous dont l'âme se porte le mieux du monde, sentez, s'il vous plaît, ce que vous devez à la nature. N'est-ce donc rien d'être guéri des malheureux préjugés qui mettent à la chaîne la plupart des hommes, et surtout des femmes ? de ne pas mettre son âme entre les mains d'un charlatan ? de ne pas déshonorer son être par des terreurs et des superstitions indignes de tout être pensant ? d'être dans une indépendance qui vous délivre de la nécessité d'être hypocrite ? de n'avoir de cour à faire à personne et d'ouvrir librement votre âme à vos amis ?

Voilà pourtant votre état. Vous vous trompez vous-même quand vous dites que vous voudriez vous borner à végéter, c'est comme si vous disiez que vous voudriez vous ennuyer. L'ennui est le pire de tous les états. Vous n'avez certainement autre chose à faire, autre parti à prendre, qu'à continuer de rassembler autour de vous vos amis. Vous en avez qui sont dignes de vous. La douceur, et la sûreté de la conversation est un plaisir aussi réel que celui d'un rendez-vous dans la jeunesse. Faites bonne chère, ayez soin de votre santé, amusez-vous quelquefois à dicter vos idées pour comparer ce que vous pensiez la veille à ce que vous pensez aujourd'hui ; vous aurez deux très grands plaisirs, celui de vivre avec la meilleure compagnie de Paris, et celui de vivre avec vous-même ; je vous défie d'imaginer rien de mieux.

Il faut que je vous console encore, en vous disant que je crois votre situation très supérieure à la mienne. Je me trouve dans un pays situé tout juste au milieu de l'Europe. Tous les passants viennent chez moi, il faut que je tienne tête à des Allemands, à des Anglais, à des Italiens, à des Français même, que je ne verrai plus, et vous ne vivez qu'avec des personnes que vous aimez.

Vous cherchez des consolations, je suis persuadé que c'est vous qui en fournissez à Mme la maréchale de Luxembourg ; je lui ai connu une imagination bien brillante, et l'esprit du monde le plus aimable. J'ai cru même entrevoir chez elle de beaux rayons de philosophie, il faut qu'elle devienne absolument philosophe, il n'y a que ce parti-là pour les belles âmes. Voyez la misérable vie qu'a menée Mme la maréchale de Villars dans ses dernières années ; la pauvre femme allait au salut, et lisait en bâillant les méditations du père Croiset[1].

Vous qui relisez Corneille, Madame, mandez-moi, je vous prie, tout ce que vous pensez de mes pensées, et je vous dirai ensuite mon secret. Daignez toujours aimer un peu votre directeur qui se ferait un grand honneur d'être dirigé par vous.

V.

134. À CHARLES-JEAN-FRANÇOIS HÉNAULT

20 juin 1764, aux Délices

Vous m'avez envoyé, mon illustre et cher confrère, le portrait d'un des premiers hommes de France et mon cœur vous répète ce que l'exergue vous a dit. Riez d'une caricature qui ressemble assez. C'est l'ouvrage d'un jeune homme de quinze ans, qui, en me voyant par la fenêtre m'a croqué en deux minutes et m'a gravé en quatre. Ce siècle est le siècle des graveurs, sans vous il ne serait pas celui des grands hommes.

135. À ÉTIENNE-NOËL DAMILAVILLE

9e juillet 1764

Dieu me préserve, mon cher frère, d'avoir la moindre part au *Dictionnaire philosophique portatif* ! J'en ai lu quelque chose ; cela sent terriblement le fagot[1]. Mais puisque vous êtes curieux de ces ouvrages impies pour les réfuter, j'en chercherai quelques exemplaires, et je vous les enverrai par la première occasion.

Frère Cramer vous a dit qu'il y avait un vieux pédant, entouré de vieux in-folio, qui travaillait de tout son cœur à un ouvrage fort honnête ; frère Cramer a raison. Je crois que la meilleure manière de tomber sur l'infâme, est de paraître n'avoir nulle envie de l'attaquer ; de débrouiller un peu le chaos de l'Antiquité ; de tâcher de jeter quelque intérêt ; de répandre quelque agrément sur l'histoire ancienne ; de faire voir combien on nous a trompés en tout ; de montrer combien ce qu'on croit ancien est moderne ; combien ce qu'on nous a donné pour respectable est ridicule ; de laisser le lecteur tirer lui-même les conséquences. Il est certain qu'en rassemblant certains points de l'histoire on peut démêler les véritables sources qu'on nous a longtemps cachées. Cela demande du temps et de la peine, mais l'objet le mérite. L'auteur m'a déjà montré quelques cahiers. Il dit que l'ouvrage sera sage, qu'il dira moins qu'il ne pense, et qu'il fera penser beaucoup. Cette entreprise m'intéresse infiniment. Je suis bien loin de songer à des tragédies. On m'a mandé que *Les Triumvirs* dont vous me parlez, sont d'un jeune ex-jésuite qui a du talent. Les jésuites avaient au moins cela de bon qu'ils aimaient la comédie et qu'ils en faisaient. Les jansénistes sont les ennemis de tout plaisir honnête.

Je vous embrasse de tout mon cœur.

Écr[asez] l'inf[âme].

136. À JEAN LE ROND D'ALEMBERT

On dit mon cher philosophe que vous perfectionnez les lunettes. Ceux qui ont de mauvais yeux vous béniront ; mais moi qui perds la vue dès qu'il fait froid et qu'il y a un peu de neige sur la terre, je ne profiterai pas de votre belle invention. Après avoir rendu hommage à votre physique, il faut que je vous parle morale. Il y en a tant dans ce diabolique dictionnaire que je tremble que l'ouvrage et l'auteur ne soient brûlés par les ennemis de la morale et de la littérature. Ce recueil est de plusieurs mains comme vous vous en serez aisément aperçu. Je ne sais par quelle fureur on s'obstine à m'en croire l'auteur. Le plus grand service que vous puissiez me rendre est de bien assurer sur votre part du paradis que je n'ai nulle part à cette œuvre d'enfer qui d'ailleurs est très mal imprimée et pleine de fautes ridicules. Il y a trois ou quatre personnes qui crient que j'ai soutenu la bonne cause, que je combats dans l'arène jusqu'à la mort contre les bêtes féroces. Ces bonnes âmes me bénissent et me perdent. C'est trahir ses frères que de les louer en pareille occasion. Il faut agir en conjurés, et non pas en zélés. On ne sert assurément ni la vérité ni moi en m'attribuant cet ouvrage. Si jamais vous rencontrez quelque pédant à grand rabat ou à petit rabat, dites-leur bien je vous en prie que jamais ils n'auront le plaisir de me condamner en mon propre et privé nom, et que je renie tout dictionnaire jusqu'à celui de la Bible par Don Calmet. Je crois qu'il y a dans Paris très peu d'exemplaires de cette abomination alphabétique, et qu'ils ne sont pas dans des mains dangereuses. Mais dès qu'il y aura le moindre danger, je vous demande en grâce de m'avertir, afin que je désavoue l'ouvrage dans tous les papiers publics, avec ma candeur et mon innocence ordinaires.

Il se répand des bruits fâcheux sur l'impératrice de toutes les Russies. On prétend qu'à son retour elle a trouvé un violent parti contre elle, et que le sang du prince Ivan ou Jean a crié vengeance. Je ne garantis rien, pas même la mort de ce prince qui est trop avérée. Portez-vous bien, digérez, et aimez un peu qui vous aime beaucoup.

V.

Ce 19 [septembre 1764]

137. À LOUISE-FLORENCE-PÉTRONILLE DE TARDIEU D'ESCLAVELLES D'ÉPINAY

Un de nos frères, Madame, que je soupçonne être le prophète bohémien, m'a écrit une belle lettre par laquelle il veut quelques exemplaires d'un livre diabolique, auquel je serais bien fâché d'avoir la moindre part. Ma conscience même serait alarmée de contribuer au débit de ces œuvres de Satan. Mais comme il est très doux de se damner pour vous, Madame, et surtout avec vous, il n'y a rien que je ne fasse pour votre service. Je fais chercher quelques exemplaires à Genève, ces hérétiques les ont tous fait enlever avec avidité. La ville de Calvin est devenue la ville des philosophes. Il ne s'est jamais fait une si grande révolution dans l'esprit humain qu'aujourd'hui. C'est une chose étonnante que presque tout le monde commence à croire qu'on peut être honnête homme sans être absurde. Cela me fait saigner le cœur.

Je vous prie, Madame, de me recommander aux prières des frères. Je prie Dieu continuellement pour eux comme pour vous, et pour la propagation du saint Évangile. Vous savez qu'Esculape Tronchin va inoculer les Parmesans tandis que vos Welches[1] condamnent l'inoculation. Il n'y [a], révérence parler, parmi les Welches que nos frères qui aient le sens commun. Vous, Madame, qui joignez à ce sens commun les grâces et l'esprit, vous êtes française, et nullement welche ; et moi, Madame, je suis à vos pieds pour toute ma vie.

25e septembre 1764

138. À ÉTIENNE-NOËL DAMILAVILLE

1er octobre 1764

Mon cher frère, la tempête gronde de tous côtés contre le *Portatif*. Quelle barbarie de m'attribuer un livre farci de citations de saint Jérôme, d'Ambroise, d'Augustin, de Clément d'Alexandrie, de Tatien, de Tertullien, d'Origène ! N'y a-t-il pas de l'absurdité de soupçonner un pauvre homme de lettres d'avoir seulement lu aucun de ces auteurs ? Le livre est reconnu pour être d'un nommé Dubut, petit apprenti théologien de Hollande. Hélas ! je m'occupais tranquillement de la tragédie de *Pierre le Cruel*, dont j'avais déjà fait quatre actes, quand cette funeste nouvelle est venue troubler mon repos. J'ai jeté dans le feu et ce malheureux *Portatif* que je venais d'acheter, et la tragédie de Pierre, et tous mes papiers ; et j'ai bien résolu de ne me mêler que d'agriculture le reste de ma vie.

Je vous le dis, je vous le répète : ce maudit livre sera funeste aux frères si on persévère dans l'injustice de me l'attribuer. On sait comment la calomnie est faite. Voilà son style, dit-elle ; ne le reconnaissez-vous pas à ce tour, à cette phrase ? Eh Madame l'impudente ! qui vous a dit que M. Dubut n'a pas le même style ? est-il donc si rare de trouver deux auteurs qui écrivent à peu près dans le même goût ? est-il donc permis de persécuter un pauvre innocent, parce qu'on a cru reconnaître sa manière d'écrire ? La calomnie répond à cela qu'elle n'entend point raison, qu'il faut venger Pompignan et maître Aliboron, et qu'elle poursuivra les philosophes tant qu'elle pourra.

Opposez donc, mon cher frère, votre éloquence à ses fureurs. En vérité tous les philosophes sont intéressés à repousser des accusations de cette nature. *Interim*[a] écrasez l'infâme.

Voici un petit billet pour Protagoras.

a. « En attendant ».

139. À JEAN LE ROND D'ALEMBERT

1er octobre [1764]

Premièrement mon cher et grand philosophe, je vous conjure encore d'affirmer sur votre part de paradis, que votre frère n'a nulle part au *Portatif*. Car votre frère jure et ne parie pas, que jamais il n'a composé cette infamie, et il faut l'en croire, et il ne faut pas que les frères soient persécutés. Ce n'est point le *mensonge officieux* que je propose à mon frère, c'est la clameur officieuse, le service essentiel de bien dire que ce livre renié par moi n'est point de moi, c'est de ne pas armer la langue de la calomnie et la main de la persécution. Ce livre est divin à deux ou trois bêtises près qui s'y sont glissées. *Quas aut incuria fudit aut humana parum cavit natura*[a], mais je jure par Sabaoth et Adonaï *quia non sum author hujus libri*[b]. Il ne peut avoir été que par un saint inspiré du diable, car il y a là du moral et de l'infernal.

Mon second point c'est que je suis tombé aujourd'hui sur l'article *dictionnaire*, en votre *Encyclopédie*. J'ai vu avec horreur ce que vous dites de Bayle, *heureux s'il avait plus respecté la religion et les mœurs*, ou quelque chose d'approchant. Ah que vous m'avez contristé ! Il faut que le démon de Jurieu vous ait possédé dans ce moment-là. Vous devez faire pénitence toute votre vie de ces deux lignes. Qu'auriez-vous dit de plus de Spinoza et de La Fontaine ? Que ces lignes soient baignées de vos larmes !

a. « Qui sont, soit des négligences, soit des marques de l'infirmité humaine » (Horace, *Art poétique*, III, 352-353).
b. « Que je ne suis pas l'auteur de ce livre ».

Ah monstres ! ah tyrans des esprits ! quel despotisme affreux vous exercez ! si vous avez contraint mon frère à parler ainsi de notre père.

Ut ut est[a], je vous demande en grâce mon cher philosophe que je ne sois jamais l'auteur de ce *Portatif*. C'est une rapsodie, un recueil de plusieurs morceaux détachés de plusieurs auteurs. Je sais à quel point on est irrité contre ce livre. Les Fréron et les Pompignan crient qu'il est de moi, et par conséquent les gens de bien doivent crier qu'il n'en est pas. On ne peut ni vous estimer ni vous aimer plus que je fais.

V.

N. B. — J'apprends dans ce moment que les orages s'élèvent contre le *Portatif*. La chose est très sérieuse. L'ouvrage est d'un nommé Dubut, proposant, lequel n'a jamais existé, mais pourquoi me l'imputer ?

140. À CHARLES ANDRÉ DE LACORÉ

Aux Délices, près de Genève 9e novembre 1764

Monsieur

Quoique j'aie si peu profité de l'honneur que vous m'avez fait de venir dans mes retraites, j'ai eu assez le bonheur de vous entretenir pour découvrir vos sentiments de bonté et de justice ; ils m'autorisent à prendre la liberté de vous envoyer ce mémoire qu'on m'a confié.

Si vous jugez, Monsieur, qu'il mérite votre attention, vous pourrez aisément vous faire présenter

a. « Quoi qu'il en soit ».

un mémoire plus étendu par M. Christin, avocat à Saint-Claude, jeune homme très instruit, et fait pour un plus grand théâtre. Il paraît digne de votre confiance et de votre protection, et son mérite est bien au-dessus de son extérieur qui n'a rien que de petit, et de simple.

Je me flatte que Mme de Lacoré est actuellement en meilleure santé. La mienne qui est fort mauvaise, et la perte de la vue dont je suis menacé, m'ont empêché de lui faire ma cour ; et je joins à ce regret celui d'avoir eu si peu de temps pour vous parler de tous les sentiments que vous m'avez inspirés, et pour vous assurer du respect avec lequel j'ai l'honneur d'être

Monsieur

Votre très humble
et très obéissant serviteur Voltaire
gentilhomme ordinaire du roi

141. À PIERRE-ROBERT LE CORNIER DE CIDEVILLE

4 février [1765]

J'ai été quelque temps aveugle mon cher et ancien ami, et à présent j'ai le quart de mes deux yeux. C'est avec ce quart que mon cœur tout entier vous écrit. Vous faites un bel éloge du jour de l'an, mais je vous aime toute l'année et tous les jours sont pour moi les calendes de janvier. Il est très vrai que le gâteau des rois est une cérémonie païenne, mais quel usage ne l'est pas ? Processions, images, encens, cierges, mystères, tout jusqu'à la confession est pris dans l'Antiquité. Les Welches n'ont rien à eux en propre pas même *Le Cid*, qui est tout entier de deux auteurs espagnols, pas même le *soyons amis Cinna*, qui est de Sénèque. Je ne connais guère que le *qu'il mourût* et le cinquième acte de *Rodogune* qui soient de l'invention du grand Corneille. Ni les *Fables* ni les *Contes* de La Fontaine ni l'*Art poétique* ne sont nés chez nous, presque toutes nos beautés et nos sottises sont d'après l'antique. Nous sommes venus trop tard en tout. À peine commençons-nous à ouvrir les yeux en physique, en finance, en jurisprudence et même dans la discipline militaire. Aussi avons-nous été battus et ruinés, mais l'opéra-comique console de tout.

Vous renoncez donc à Paris pour cet hiver mon cher ami, et moi j'y ai renoncé depuis quinze ans pour le reste de ma vie, et je compte n'avoir véritablement vécu que dans la retraite. On parle à Paris et on ne pense guère. La journée se passe en futilités, on ne vit point pour soi, on y meurt, oublié, sans avoir vécu. Peut-être du temps d'*Andromaque*, d'*Iphigénie* et de *Phèdre*, des belles fêtes de Louis XIV, d'*Armide* et du *Passage du Rhin*, Paris méritait la curiosité d'un honnête homme. Mais les temps sont un peu changés. Les billets de confession, *Le Serrurier*, *Le Maréchal*, les deux vingtièmes, le réquisitoire sur l'inoculation ne méritent pas le voyage. D'Alembert a fait un petit livre sur la destruction des jésuites[1]. C'est presque le seul ouvrage marqué au bon coin depuis trente ans. Il est plus philosophe que *Les Provinciales* et peut-être aussi ingénieux. Ce d'Alembert n'est pas welche, c'est un vrai Français.

Vivez mon cher ami et comptez que vous n'êtes pas plus aimé vers la rivière de Seine que vers les Alpes.

V.

142. À ÉTIENNE-NOËL DAMILAVILLE

5 février 1765

Mon cher frère, écr[asez] l'inf[âme]. Je ne suis occupé que d'écr[aser] l'inf[âme]. C'est la consolation de mes derniers jours. Dites écr[asez] l'inf[âme] à tous ceux que vous rencontrerez. Vous aurez incessamment la petite destruction d'alembertine qui est un bon écr[asez] l'inf[âme] et le premier voyageur qui partira pour Paris vous apportera une bonne provision de petits diabloteaux.

M. de Laleu doit vous remettre un papier important, concernant mes affaires temporelles[1] ; c'est mon testament, ne vous déplaise, auquel il faut que je fasse quelques additions. Quoique cet ouvrage ne soit pas un écr[asez] l'inf[âme] je le recommande pourtant à vos bontés qui s'étendent à tous les objets.

143. À JEAN LE ROND D'ALEMBERT

3 d'avril [1765]

Ma reconnaissance est vive, je l'avoue ; mais ce n'est pas elle qui fait mon enthousiasme pour vous ; c'est votre zèle aussi intrépide que sage, c'est votre manière d'avoir toujours raison, c'est votre art d'attaquer le monstre, tantôt avec la massue d'Hercule, tantôt avec le stylet le plus affilé ; et puis, quand vous l'avez mis sous vos pieds, vous vous moquez de lui fort plaisamment. Que j'aime votre style ! que votre esprit est net et clair ! plût à Dieu que les autres frères eussent écrit ainsi ! l'*inf*[*âme*] ne se débattrait pas encore comme elle le fait sous la vérité qui l'écrase. Je voudrais bien savoir quel est le polisson de théologien à qui vous faites tant d'honneur. Quoi qu'il en soit, vous serez obéi ponctuellement et promptement.

Avez-vous lu *Le Siège de Calais*[1] ? Je suis ami de l'auteur, je dois l'être ; je trouve que le retour du maire et de son fils, à la fin, doit faire un bel effet au théâtre. Il se peut d'ailleurs qu'il y ait dans la pièce quelques défauts qui vous aient choqué ; mais ce n'est pas à moi de m'en apercevoir, et d'ailleurs le patriotisme excuse tout. Je voudrais savoir jusqu'à quel point vous êtes bon patriote ; j'ai peur que vous ne vous borniez à être bon juge. Je vous aime et révère ; *écr*[*asez*] *l'inf*[*âme*].

144. À THÉOPHILE IMARIGEON DUVERNET

Ferney, le 16 avril 1765

Je fais mon compliment, Monsieur l'Abbé, aux habitants de la ville de Vienne de vous avoir confié leur collège. Les jeunes gens de cette ville auront fait un grand pas vers la sagesse lorsqu'ils commenceront à rougir de l'atrocité de leurs ancêtres à l'égard du malheureux Servet. Il est très important de leur apprendre de bonne heure que ce médecin espagnol, moitié théologien et moitié philosophe, avant d'être cuit à petit feu dans Genève, avait déjà été condamné à être brûlé vif à Vienne, au milieu du marché aux cochons. Il faut encore que ces jeunes gens sachent que Servet ét[ait] l'ami et le médecin de l'archevêque et du premier magistrat de cette ville. Ils devaient l'un et l'autre leur santé aux soins de Servet. Le fanatisme éteignit en eux tout sentiment d'amitié et de reconnaissance. Le prélat permit à son official, escorté d'un inquisiteur de la foi, de déclarer hérétique son médecin ; et le magistrat, escorté de quatre à cinq assesseurs aussi ignorants que lui, crut que pour plaire à Dieu et pour édifier les bonnes femmes du Dauphiné, il devait en conscience faire brûler son ami Servet, déclaré hérétique par un inquisiteur de la foi.

Vous trouverez certainement dans la bibliothèque de votre collège, une grande partie des matériaux qui vous seront devenus nécessaires pour l'histoire des révérends pères jésuites. Vous êtes très en état, Monsieur, de bien faire cette histoire, et vous êtes sûr d'être lu lors même qu'il n'y aurait plus au monde ni jésuites ni ennemis des jésuites. Vous rendrez un grand service aux hommes en leur faisant connaître des religieux qui les ont trompés et qui les ont fait battre en les trompant.

Un grand philosophe géomètre qui daigne me mettre au nombre de ses amis, vient de publier un discours très éloquent sur la destruction de ces religieux. Ce discours plein de chaleur, de sel et de vérités, est une excellente préface à l'histoire que vous préparez. Vous devez sentir, Monsieur, plus que personne que la destruction de cette société, dite de Jésus, est un grand bien qui s'opère en Europe ; c'est une légion d'ennemis de moins que les gouvernements et la philosophie auront désormais à craindre et à combattre. Il est à désirer que les hommes de lettres qui les remplacent dans l'enseignement de la jeunesse aient autant de courage et de lumières que vous en avez pour faire le bien. On verra bientôt en France, en Espagne, en Portugal une génération d'hommes très instruits, qui sentiront vivement combien il est affreux de se tourmenter pour des subtilités métaphysiques, et de faire un enfer anticipé de ce monde qui ne devrait être, pendant le peu d'instants que nous nous y arrêtons, que le séjour des plaisirs et de la vertu. Si nous sommes encore sots et barbares, c'est aux instructeurs qu'on doit s'en prendre. Les études dans les collèges n'ont été jusqu'ici réglées que d'après les principes d'une théologie dogmatique ; et c'est de cette source empoisonnée que sont sorties tant de sectes qui en l'honneur de Jésus-Christ, se sont chargées d'anathèmes, et qui après s'être querellées grossièrement, ont employé des milliers de bourreaux pour s'exterminer, et ont fait en s'exterminant un vaste cimetière de l'Europe, tantôt pour les couleurs eucharistiques et tantôt pour la grâce versatile.

Ce que vous me dites, Monsieur, du nombre de ceux qui ne croient pas en Dieu, est une vérité incontestable. Le temps où il y eut en Europe plus d'athées et plus de crimes de toutes les espèces, est celui où l'on eut plus de théologiens et de persécuteurs. M. Charles Gouju[1] est entièrement de votre sentiment, et il s'en rapporte à votre prudence au sujet de la petite homélie qu'il adresse à ses frères sur la banqueroute des révérends pères jésuites et sur l'athéisme des théologiens.

Je suis etc.

145. À PIERRE DESINNOCENDS

À Ferney 19 avril 1765

Monsieur,

Je ne vous fais point d'excuse de prendre la liberté de vous écrire sans avoir l'honneur d'être connu de vous. Un hasard singulier avait conduit dans mes retraites sur les frontières de la Suisse, les enfants du malheureux Calas. Un autre hasard y amène la famille Sirven condamnée à Castres, sur l'accusation, ou plutôt sur le soupçon du même crime qu'on imputait aux Calas.

Le père et la mère sont accusés d'avoir noyé leur fille dans un puits, par principe de religion. Tant de parricides ne sont pas heureusement dans la nature humaine. Il peut y avoir eu des dépositions formelles contre les Calas, il n'y en a aucune contre les Sirven. J'ai vu le procès-verbal, j'ai longtemps interrogé cette famille déplorable. Je peux vous assurer, Monsieur, que je n'ai jamais vu tant d'innocence accompagnée de tant de malheurs. C'est l'emportement du peuple du Languedoc contre les Calas qui détermina la famille Sirven à fuir dès qu'elle se vit décrétée. Elle est actuellement errante sans pain, ne vivant que de la compassion des étrangers. Je ne suis pas étonné qu'elle ait pris le parti de [se] soustraire à la fureur du peuple, mais je crois qu'elle doit avoir confiance dans l'équité de votre parlement.

Si le cri public, le nombre des témoins abusés par le fanatisme, la terreur et le renversement d'esprit qui put empêcher les Calas de se bien défendre, firent succomber Calas le père, il n'en sera pas de même des Sirven. La raison de leur condamnation est dans leur fuite. Ils sont jugés par contumace et c'est à votre rapport, Monsieur, que la sentence a été confirmée par le Parlement.

Je ne vous célerai point que l'exemple de Calas effraie les Sirven, et les empêche de se représenter. Il faut pourtant ou qu'ils perdent leur bien pour jamais, ou qu'ils purgent la contumace, ou qu'ils se pourvoient au conseil du roi.

Vous sentez mieux que moi combien il serait désagréable que deux procès d'une telle nature fussent portés dans une année devant Sa Majesté ; et je sens comme vous qu'il est bien plus convenable et bien plus digne de votre auguste corps, que les Sirven implorent votre justice. Le public verra que si un amas de circonstances fatales a pu arracher des juges l'arrêt qui fit périr Calas, leur équité éclairée n'étant pas entourée des mêmes pièges n'en sera que plus déterminée à secourir l'innocence des Sirven.

Vous avez sous vos yeux toutes les pièces du procès. Oserai-je vous supplier, Monsieur, de les revoir ? Je suis persuadé que vous ne trouverez pas la plus légère preuve contre le père et la mère. En ce cas, Monsieur, j'ose vous conjurer d'être leur protecteur.

Me serait-il permis de vous demander encore une autre grâce ? C'est de faire lire ces mêmes pièces à quelques-uns des magistrats vos confrères. Si je pouvais être sûr que ni vous, ni eux, n'avez trouvé d'autre motif de la condamnation des Sirven que leur fuite, si je pouvais dissiper leurs craintes uniquement fondées sur les préjugés du peuple, j'enverrais à vos pieds cette famille infortunée digne de toute votre compassion. Car, Monsieur, si la populace des catholiques superstitieux croit les protestants capables d'être parricides par piété, les protestants croient qu'on veut les rouer tous par dévotion ; et je ne pourrais ramener les Sirven que par la certitude entière que leurs juges connaissent leur procès et leur innocence.

J'aurais le bonheur de prévenir l'éclat d'un nouveau procès au conseil du roi, et de vous donner en même temps une preuve de ma confiance en vos lumières et en vos bontés. Pardonnez cette démarche que ma compassion pour les malheureux et ma vénération pour le Parlement et pour votre personne me font faire du fond de mes déserts.

J'ai l'honneur d'être avec respect, Monsieur, votre etc.

146. À CHARLES-AUGUSTIN FERRIOL, COMTE D'ARGENTAL, ET À JEANNE-GRÂCE BOSC DU BOUCHET, COMTESSE D'ARGENTAL

27 mai 1765

Il y a au fond de la Suisse mes chers anges des eaux assez bonnes pour les vieillards cacochymes qui ont besoin de mettre du baume et de la tranquillité dans leur sang. Je crois que je vais prendre ces eaux, et que je pars incessamment pour avoir de ce baume, car il faut mourir à son aise. Il me semble que c'est une ordonnance du médecin, que je suppose être dans la demi-feuille dont Mme de Florian m'a parlé. Il n'y a qu'une chose dont je suis un peu en doute, c'est si cette demi-feuille ou demi-page parle de maladies mortelles ; vous sentez combien il est triste que les consultations d'un pauvre malade soient exposées aux regards de ceux qui ne sont pas de la faculté, et qu'il est très bon de changer d'air. Je soupçonne qu'on a joué le même tour à frère Damilaville, qui a grand mal à la gorge et qui a besoin de régime. Je lui conseille pour son mal, de prendre comme moi de la racine de patience.

Je me trompe peut-être mais j'imagine qu'on peut, avec quelque sûreté, écrire pour ses affaires sous l'enveloppe de M. de Chauvelin l'intendant, en faisant partir le paquet de Lyon, le dessus écrit d'une main étrangère, et la lettre cachetée d'une tête.

Je présume encore que vous pouvez avoir la bonté de m'écrire à Lyon sous le couvert de M. Camp, banquier, contresigné Chauvelin. Je ne crois pas non plus compromettre l'intérêt que vous voulez bien prendre à ma situation violente, en insérant ici un petit mot pour frère Damila que je vous supplie de lui faire rendre. Je dois un petit mot à Lekain. Agréerez-vous que je le mette aussi dans ce paquet ?

Dès qu'il partira quelqu'un pour Paris je ne manquerai pas de le charger de quelques Bazin de Hollande arrivés depuis peu[1]. Je ne sais plus comment le monde est fait. L'ouvrage de feu l'abbé me paraît rempli du plus profond respect pour la religion. Les jansénistes sont comme les provinciaux, ils croient toujours qu'on veut se moquer d'eux, ou plutôt ils ressemblent aux tyrans qui supposent continuellement des conspirations contre leur pouvoir. Mes chers et divins anges j'ai défriché un coin de terre sauvage, je l'ai embelli, j'ai rendu ses grossiers habitants assez heureux. Je quitterai tout le fruit de mes peines comme on sort d'une hôtellerie, sitôt que je ne pourrai vivre dans cet asile sans inquiétude. Mandez-moi je vous prie si je dois rester dans ce trou, ou aller dans un autre, parce que tous les trous sont égaux pour un homme qui pense. Celui qu'on habite pour quelques minutes, est si voisin de celui qu'on habitera pour toujours, que ce n'est pas la peine de se gêner.

Toute ma famille rassemblée baise très humblement les ailes de mes anges. Le patriarche pourrait bien aller de Sichem en Égypte quoiqu'il n'ait point de femme à présenter à des pharaons.

147. À CLAUDE-ADRIEN HELVÉTIUS

26 juin [1765]

Je vous ai toujours dans la tête et dans le cœur, mon cher philosophe, quoique vous m'ayez entièrement oublié. Vous m'avez affligé en ne venant point dans mes déserts libres au retour d'une cour despotique ; ma douleur redouble quand j'apprends que vous désespérez de la cause commune. Un général tel que vous doit inspirer de la confiance aux armées. Je vous conjure de prendre courage, de combattre, et je vous réponds de la victoire. Ne voyez-vous pas que tout le Nord est pour nous, et qu'il faudra tôt ou tard que les lâches fanatiques du Midi soient confondus ? L'impératrice de Russie, le roi de Pologne (qui n'est pas un imbécile, faisant de mauvais livres avec un secrétaire ex-jésuite), le roi de Prusse, vainqueur de la superstitieuse Autriche, bien d'autres princes arborent l'étendard de la tolérance et de la philosophie. Il s'est fait depuis douze ans une révolution dans les esprits, qui est sensible. Plusieurs magistrats dans les provinces font amende honorable pour l'insolente hypocrisie de ce malheureux Omer, la honte du parlement de Paris. D'assez bons livres paraissent coup sur coup. La lumière s'étend certainement de tous côtés. Je sais bien qu'on ne détruira pas la hiérarchie établie puisqu'il en faut une au peuple. On n'abolira pas la secte dominante ; mais certainement on la rendra moins dominante et moins dangereuse. Le christianisme deviendra plus raisonnable et par conséquent moins persécuteur. On traitera la religion en France comme en Angleterre et en Hollande, où elle fait le moins de mal qu'il soit possible. Nous ne sommes pas faits en France pour arriver les premiers. Les vérités nous sont venues d'ailleurs ; mais c'est beaucoup de les adopter. Je suis très persuadé que si on veut s'entendre et se donner un peu de peine, la tolérance sera regardée dans quelques années comme un baume essentiel au genre humain. Le nom d'Omer Joly sera aussi odieux et aussi ridicule que celui de Fréron. C'est à vous à soutenir vos frères et à augmenter leur nombre. Vous savez qu'il est aisé d'imprimer sans se compromettre, la *Gazette ecclésiastique* en est une belle preuve. Est-il possible que des sages ne puissent parvenir dans Paris à faire avec prudence ce que font les fanatiques avec sécurité ? Quoi ! ces malheureux vendront des poisons et nous ne pourrons pas distribuer des remèdes ? Nous avons à la vérité des livres qui démontrent la fausseté et l'horreur des dogmes chrétiens ; nous aurions besoin d'un ouvrage qui fît voir combien la morale des vrais philosophes l'emporte sur celle du christianisme. Cette entreprise est digne de vous ; il vous serait bien aisé d'alléguer un nombre de faits très intéressants qui serviraient de preuves. Ce serait un amusement pour vous et vous rendriez service au genre humain. Éclairez les hommes mais soyez heureux ; vous méritez de l'être et vous avez de quoi l'être. Personne ne s'intéresse plus que moi à votre félicité ; mais je tiens qu'elle sera plus parfaite lorsque sans vous compromettre, vous aurez contribué à confondre l'erreur. Le secret témoignage qu'on se rend alors à soi-même est une des meilleures jouissances. Votre lâche Fontenelle ne vivait que pour lui ; vivez pour vous et pour les autres. Il ne songeait qu'à montrer de l'esprit, servez-vous de votre esprit pour éclairer le genre humain. Je vous embrasse dans la communion des fidèles.

V.

148. À CHARLES-AUGUSTIN FERRIOL, COMTE D'ARGENTAL, ET À JEANNE-GRÂCE BOSC DU BOUCHET, COMTESSE D'ARGENTAL

Ferney le 6 juillet 1765

Voici mes divins anges ce qui est advenu. Votre paquet adressé à M. Camp et contresigné Chauvelin, arriva en son temps à Lyon à l'adresse de M. Camp. Les fermiers généraux des postes l'avaient arrêté et contresigné à Paris d'une autre façon en mettant en gros caractères sur l'enveloppe et avec une encre rouge *paquet suspect*. M. Camp est toujours malade, M. Tronchin qui est à Lyon fut étonné du *suspect* en lettres rouges, il ouvrit le paquet. Les directeurs des postes disputèrent, ils exigèrent je crois un louis : enfin le paquet qui portait une sous-enveloppe à l'adresse de Wagnière chez Souchay à Genève m'a été rendu aujourd'hui. La même chose à peu près m'était arrivée à peu près au sujet d'un très petit paquet, aussi contresigné Chauvelin que vous m'aviez adressé il y a environ trois semaines. Ainsi vous voyez que les fermiers préfèrent le port aux conseillers d'État intendants des finances. Je pense donc que n'ayant à m'envoyer que des paquets honnêtes, le meilleur parti est de les mettre avec les dépêches pour le résident de Genève : vous voudrez bien m'informer du départ par une simple lettre par la poste, à Wagnière chez *Souchay* à Genève sans autre enveloppe.

J'étais curieux avec juste raison de savoir ce que contenait cette vieille demi-page. Le mot *l'infâme* a toujours signifié le jansénisme, secte dure et barbare, plus ennemie de l'autorité royale que le presbytérianisme (et ce n'est pas peu dire) et plus dangereuse que les jésuites. Si le roi sait mon grimoire il sait que je n'écris jamais qu'en loyal sujet à des sujets très loyaux.

Lekain est triste et moi aussi ; je lui conseille de venir chez moi, en Suisse pour s'égayer. Mlle Clairon viendra à Ferney, j'y passerai quelques jours pour elle, et la tragédie que nous jouerons tous ensemble nous remettra de la gaieté dans le cœur. Ferney n'est point à moi, comme vous savez, il est à Mme Denis. J'ai le malheur de n'avoir rien en France et même nulle part, mais je vous remercie pour Mme Denis, vous et M. le duc de Praslin, comme si c'était pour moi-même ; et jamais ses bontés et les vôtres ne sortiront de mon cœur. Je crois qu'il est très convenable que j'écrive à M. de Calonne ; je regarde sa commission de rapporteur comme un de vos bienfaits.

Je viens de vous dire mes anges que si Lekain fait bien, il viendra dans ma Suisse, mais je le prierai de rester au théâtre. On est donc revenu sur les six pendus[1] ? Je suis très aise pour l'auteur que l'illusion l'ait si bien et si longtemps servi. Le ridicule n'est que dans l'enthousiasme qui a pris pour une chose honorable à la nation, l'époque honteuse de trois batailles perdues coup sur coup et d'une province subjuguée : vous apprêtez trop à rire aux Anglais et j'en suis fâché.

Comme je ne reçois le manuscrit du petit prêtre qu'aujourd'hui vous ne pouvez recevoir la nouvelle leçon que dans quinze jours. Il est bon d'ailleurs d'accorder du temps au zèle de ce jeune homme. Il dit que la scène des deux tyrans ne fera jamais un bon effet, parce qu'une conférence entre deux méchants hommes n'intéresse point ; mais elle peut attacher par la grandeur de l'objet et par la vérité des idées, surtout si elle est bien dialoguée et bien écrite : selon lui, c'est la scène de Julie errant dans les rochers de cette île triumvirale qui doit intéresser : mais il faut des actrices.

Je me mets sous les ailes de mes anges.

V.

149. À JEAN LE ROND D'ALEMBERT

8 juillet [1765]

Mon cher philosophe votre lettre m'a pénétré le cœur. Je vous aime assez pour vous apprendre des secrets que je ne devrais dire à personne, et je compte assez sur votre probité, sur votre amitié pour être sûr que vous garderez le silence que je romps avec vous. Je ne vous parle point de l'intérêt quc vous avez à vous taire : tout intérêt est chez vous subordonné à la vertu.

La plupart des lettres sont ouvertes à la poste. Les vôtres l'ont été depuis longtemps. Il y a quelques mois que vous m'écrivîtes, *que direz-vous des ministres vos protecteurs ou plutôt vos protégés* ? et l'article n'était pas à leur louange. Un ministre m'écrivit quinze jours après, *je ne suis pas honteux d'être votre protégé, mais*, etc. Ce ministre paraissait très irrité. On prétend encore qu'on a vu une lettre de vous à l'impératrice de Russie dans laquelle vous disiez, *la France ressemble à une vipère, tout en est bon, hors la tête*. On ajoute que vous avez écrit dans ce goût au roi de Prusse. Vous sentez mon cher philosophe combien il a été inutile que je vous aie rendu justice, et que j'aie écrit à ceux qui se plaignaient ainsi de vous *que vous êtes l'homme qui fait le plus d'honneur à la France*. La voix d'un pauvre Jean criant dans le désert, et surtout d'un Jean persécuté ne fait pas un grand effet. Voilà donc où vous en êtes. C'est à vous à tout peser, voyez si vous voulez vous transplanter à votre âge, et s'il faut que Platon aille chez Denis, ou que Platon reste en Grèce. Votre cœur et votre raison sont pour la Grèce. Vous examinerez si en restant dans Athènes vous devez rechercher la bienveillance des Périclès. Je suis persuadé que le ministre qui n'a rien répondu sur votre pension ne garde ce silence que parce qu'un autre ministre lui a parlé. On est fâché contre vous depuis la *Vision*[1]. Je sentis cruellement le coup que cette *Vision* porterait aux philosophes. Je vous le mandai, vous ne me crûtes pas mais j'étais très instruit. Mme la princesse de Robecque n'apprit qu'elle était en danger de mort que par cette brochure. Jugez quel effet elle dut faire. Depuis ce temps des trésors de colère se sont amassés contre nous tous, et vous ne l'ignorez pas.

J'ai cru apercevoir au travers de ces nuages qu'on vous estime comme on le doit, et qu'on aurait désiré votre estime.

Je sais bien que vous ne ferez jamais de démarche qui répugne à la hauteur de votre âme, mais il vous faut votre pension. Voulez-vous me faire votre agent quoique je ne sois pas sur les lieux ? Il y a un homme qui est dans une très grande place, et qui est mécontent de vous. Il n'est pas impossible que son ressentiment ait influé sur le refus ou sur le délai de la justice qu'on vous doit. Permettrez-vous que je prenne la liberté de lui écrire ? Je suis sans conséquence, je ne compromettrai ni lui ni vous. Je lui proposerai une action généreuse. Il est très capable de la faire, très capable aussi de se moquer de moi, mais j'en courrai volontiers les risques, et rien ne retombera sur vous. Je ne ferai rien assurément sans avoir vos instructions que vous pourrez me faire parvenir en toute sûreté par la voie dont vous vous êtes déjà servi.

On crie contre les philosophes. On a raison, car si l'opinion est la reine du monde, les philosophes gouvernent cette reine. Vous ne sauriez croire combien leur empire s'étend. Votre *Destruction* a fait beaucoup de bien. Bon soir, je suis las d'écrire, je ne le serai jamais de vous lire et de vous aimer.

V.

150. À CLAIRE-JOSÈPHE-HIPPOLYTE LÉRIS DE LATUDE CLAIRON

[Août 1765 ?]

Il est vrai, Mademoiselle, que la belle Ofilds, la première comédienne d'Angleterre, jouit d'un beau mausolée dans l'église de Westminster, ainsi que les rois et les héros du pays, et même le grand Newton. Il est vrai aussi que Mlle Lecouvreur, la première actrice de France en son temps, fut portée dans un fiacre au coin de la rue de Bourgogne, non encore pavée ; qu'elle y fut enterrée par un crocheteur, et qu'elle n'a point de mausolée. Il y a dans ce monde des exemples de tout. Les Anglais ont établi une fête annuelle en l'honneur du fameux comédien poète Shakespear. Nous n'avons pas encore parmi nous la fête de Molière. Louis XIV au comble de la grandeur dansa avec les danseurs de l'Opéra devant tout Paris en revenant de la fameuse campagne de 1672. Si l'archevêque de Paris en avait voulu faire autant, il n'aurait pas été si bien accueilli, quand même il eût été le premier homme de l'Europe pour le menuet.

L'Italie au commencement de notre XVIe siècle vit renaître la tragédie et la comédie, grâce au goût du pape Léon X, et au génie des prélats Bibiena, La Casa, Trissino. Le cardinal de Richelieu fit bâtir la salle du Palais-Royal pour y jouer ses pièces, et celles de ses cinq garçons poètes. Deux évêques faisaient par ses ordres les honneurs de la salle, et présentaient des rafraîchissements aux dames dans les entractes.

Nous devons l'opéra au cardinal Mazarin mais voyez comme tout change. Les cardinaux Dubois et Fleury, tous deux premiers ministres, ne nous ont pas valu seulement une farce de la foire. Nous sommes devenus plus réguliers ; nos mœurs sont sans doute plus sévères. On a soupçonné les jansénistes d'avoir armé les bras de l'Église contre les spectacles, pour se donner le plaisir de tomber sur les jésuites qui faisaient jouer des tragédies et des comédies par leurs écoliers, et qui mettaient ces exercices parmi les premiers devoirs d'une bonne éducation. On prétend même que les jésuites intimidés cessèrent leurs spectacles quelque temps avant que leur société fût abolie en France.

Vous avez sans doute entendu dire, Mademoiselle, aux grands savants qui viennent chez vous, que le contraire était arrivé chez les Grecs et chez les Romains nos maîtres. L'argent destiné pour les frais du théâtre d'Athènes était un argent sacré. Il n'était pas même permis d'y toucher dans les plus pressantes nécessités, et dans les plus grands dangers de la guerre.

On fit encore mieux dans l'ancienne Rome. Elle était désolée par la peste vers l'an 390 de sa fondation : il fallait apaiser les dieux par les cérémonies les plus saintes. Que fit le sénat ? Il ordonna qu'on jouât la comédie, et la peste cessa. Tout bon médecin n'en doit pas être surpris ; il sait qu'un plaisir honnête est fort bon pour la santé.

Malheureusement nous ne ressemblons ni aux Grecs, ni aux anciens Romains. Il est vrai qu'en France il y a beaucoup d'aimables Français, mais il y a aussi des Welches ; et ceux-ci ne regarderaient pas la comédie comme un spécifique s'ils étaient attaqués de la peste. Pour moi, Mademoiselle, je voudrais passer ma vie à vous entendre ou la peste m'étouffe. J'avoue que les contradictions qui divisent les esprits au sujet de votre art sont sans nombre ;

mais vous savez que la société subsiste de contradictions ; il n'y en a point parmi ceux qui vivent avec vous ; ils se réunissent tous dans les sentiments d'estime et d'amitié qu'ils vous doivent.

151. À ANTOINE-LÉONARD THOMAS

22 septembre 1765

Je n'ai reçu qu'aujourd'hui, Monsieur, le présent dont vous m'avez honoré, et la lettre charmante dont vous l'accompagnez. La mort de notre résident, chez qui le paquet a resté longtemps, a retardé mon plaisir, et je me hâte de vous témoigner ma reconnaissance. Vous ne savez pas combien je vous suis redevable. Ce n'est point là un discours académique, c'est un excellent ouvrage d'éloquence et de philosophie. Autrefois nous donnions pour sujet du prix, des textes faits pour le séminaire de Saint-Sulpice. Aujourd'hui les sujets sont dignes de vous. Il est plaisant qu'à la suite d'un écrit si sublime, il se trouve une approbation de deux docteurs. Elle ne peut nuire pourtant à votre ouvrage, il est admirable malgré leur suffrage.

On ne lit plus Descartes, mais on lira son éloge, qui est en même temps le vôtre. Ah ! Monsieur, que vous y montrez une belle âme, et un esprit éclairé ! Quel morceau que l'histoire de la persécution du nommé Voet contre Descartes ! Vous avez employé et fortifié les crayons de Démosthène pour peindre un coquin absurde qui ose poursuivre un grand homme. Vous m'avez fait un grand plaisir de ne pas oublier le petit conseiller de province qui méprisait la philosophie de son frère. Tout votre ouvrage m'enchante d'un bout à l'autre, et je vais le relire dès que j'aurai dicté ma lettre, car l'état où je suis me permet rarement d'écrire. Vous avez parfaitement séparé le génie de Descartes de ses chimères, et vous avez habilement montré combien l'auteur même des tourbillons était un homme supérieur.

On m'a dit que vous faites un poème épique sur Pierre le Grand ; vous êtes fait pour célébrer les grands hommes ; c'est à vous à peindre vos confrères. Je m'imagine qu'il y aura une philosophie sublime dans votre poème. Le siècle est monté à ce ton-là, et vous n'y avez pas peu contribué.

Vous faites dans votre *Éloge de Descartes* un éloge de la solitude qui m'a bien touché. Plût à Dieu que vous voulussiez partager la mienne, et y vivre avec moi, comme un frère que l'éloquence, la poésie et la philosophie m'ont donné ! J'ai dans ma masure un ami qui est comme moi votre admirateur, et avec qui je voudrais passer le reste de ma vie. C'est M. Damilaville qu'un malheureux emploi de finance rappelle à Paris. Il vous dira quelle obligation je vous aurais si vous daigniez venir tenir sa place. Il est vrai que dans l'été nous avons un peu de monde et même des spectacles, mais je n'en suis pas moins solitaire. Vous travailleriez avec le plus grand loisir. Vous feriez renaître ces temps que nos petits-maîtres regardent comme des fables, où les talents et la philosophie réunissaient des amis sous le même toit.

J'ai bien peur que ma proposition ne soit aussi une fable, mais enfin il ne tiendra qu'à vous d'en faire la vérité la plus consolante pour votre serviteur, pour votre admirateur, et permettez-moi de le dire pour votre ami.

V.

152. À ÉTIENNE-NOËL DAMILAVILLE

4e février 1766

Il est arrivé, il est arrivé, le ballot Briasson ! On relie jour et nuit. Je grille d'impatience. Mille compliments à Protagoras.

Voici un certificat de ma façon pour les Sirven. Consulter avec Élie s'il est admissible. Je voudrais bien que ce divin Élie m'envoyât un précis de son mémoire dépouillé entièrement des accessoires qui sont nécessaires pour les juges et qui ne font que ralentir l'intérêt et refroidir les lecteurs étrangers. J'enverrais ce précis à tous les princes protestants et à l'impératrice de l'Église grecque. Je l'accompagnerais d'un petit discours sur le fanatisme qui n'est pas d'un bigot, mais qui est je crois d'un bon citoyen. Mon cher frère, je veux soulever l'Europe en faveur des Sirven.

Voici une feuille que je détache des *Mélanges*, et que je vous envoie pour en régaler Élie. Ma foi, les coquins en auront dans le cul. Je ne sais plus où demeure l'indolent Thieriot.

153. À CLAIRE-JOSÈPHE-HIPPOLYTE LÉRIS DE LATUDE CLAIRON

Ferney 30e mars 1766

Vous allez être un peu surprise, Mademoiselle. Je vous demande une cure. Vous allez croire que c'est la cure de quelque malade pour qui je vous prierais de parler à M. Tronchin, ou la cure de quelque esprit faible que je recommanderais à votre philosophie, ou la cure de quelque pauvre amant à qui vos talents et vos grâces auraient tourné la tête. Rien de tout cela, c'est une cure de paroisse. Un drôle de corps de prêtre du pays de Henri IV, nommé Doliac, demeurant à Paris sur la paroisse Sainte-Marguerite, meurt d'envie d'être curé du village de Cazaux. M. de Villepinte donne ce bénéfice. Le prêtre a cru que j'avais du crédit auprès de vous, et que vous en aviez bien davantage auprès de M. de Villepinte. Si tout cela est vrai, donnez-vous le plaisir de nommer un curé au pied des Pyrénées à la requête d'un homme qui vous en prie au pied des Alpes. Souvenez-vous que Molière, l'ennemi des médecins, obtint de Louis XIV un canonicat pour le fils d'un médecin.

Les curés qui ont pris la liberté de nous excommunier nous canoniseront quand ils sauront que c'est vous qui donnez des cures. Je voudrais que vous dispossassiez de celle de Saint-Sulpice.

Je ne sais pas quand vous remonterez sur le jubé de votre paroisse. Vous devriez choisir pour votre premier rôle celui de lire au public la déclaration du roi en faveur des beaux-arts contre les sots. C'est à vous qu'il appartient de la lire.

Adieu, Mademoiselle, je vous supplie de vouloir faire souvenir de moi vos amis, et surtout d'être bien persuadée qu'il n'y en a aucun de plus sensible que moi à tous vos différents mérites ; je vous serai attaché toute ma vie, soit que vous donniez des bénéfices à des prêtres, soit que vous les corrigiez de leur impertinence, soit que vous les méprisiez.

154. À PIERRE-JOSEPH THOULIER D'OLIVET

1er avril 1766 à Ferney

Mon cher Maître, je ne vous donne pas un poisson d'avril quand je vous dis que je vous aimerai tendrement toute ma vie, et que je vous souhaite les années de Nestor, et surtout cette santé inaltérable sans laquelle la vieillesse n'est qu'une longue mort. Cette santé est un bien dont je n'ai jamais joui, et c'est ce qui me rend la retraite à la campagne absolument nécessaire. La réputation est une chimère, et le bien-être est quelque chose de solide.

En vous remerciant de l'Alexandre. Il n'y a personne qui ne voulût pencher le cou avec un si beau surnom. Je vous trouve quelquefois bien sévère avec Racine. Ne lui reprochez-vous pas quelquefois d'heureuses licences qui ne sont pas des fautes en poésie ? Il y a dans ce grand homme plus de vers faibles qu'il n'y en a d'incorrects. Mais malgré tout cela nous savons, vous et moi, que personne n'a jamais porté l'art de la parole à un plus haut point, ni donné plus de charme à la langue française. J'ai souscrit il y a deux ans pour une édition qu'on doit faire de ses pièces du théâtre avec des commentaires. J'ignore qui sera assez hardi pour le juger, et assez heureux pour le bien juger. Il n'en est pas de ce grand homme qui allait toujours en s'élevant comme de Corneille qui alla toujours en baissant, ou plutôt en tombant de la chute la plus lourde. Racine a fini par être le premier des poètes dans *Athalie*, et Corneille a été le dernier dans plus de dix pièces de théâtre sans qu'il y ait dans ses enfants infortunés ni la plus légère étincelle de génie, ni le moindre vers à retenir ; cela est presque incompréhensible dans l'auteur des beaux morceaux de *Cinna*, du *Cid*, de *Pompée*, de *Polyeucte*, etc.

Vous avez bien raison de dire qu'il y a moins de fautes dans Racine que dans nos meilleurs écrivains en prose. Les belles oraisons funèbres de Bossuet en sont pleines, mais en vérité ces fautes sont des beautés quand on les compare à la plupart des pièces d'éloquence d'aujourd'hui. Vous savez bien que Louis Racine, cité par vous quelquefois, a frappé souvent des vers sur l'enclume de Jean, son père. Pourquoi donc a-t-il si peu de réputation ? C'est qu'il manque d'imagination et de variété ; il n'y a rien chez lui de piquant ; il n'a pas sacrifié aux grâces ; il n'a sacrifié qu'à saint Prosper ; et quoiqu'il tourne bien ses vers,

On lit peu ces auteurs nés pour nous ennuyer,
Qui toujours sur un ton semblent psalmodier[1].

Vous voyez que j'ai avec vous le cœur sur les lèvres ; voilà cette franchise parisienne que vous avez louée, ce me semble, et qui doit plaire à la franchise franc-comtoise. C'est une consolation pour moi de m'entretenir ainsi librement avec vous. J'ai eu besoin depuis quelque temps de relire vos *Tusculanes*, et le *De natura deorum* pour me confirmer dans l'opinion où je suis que jamais philosophe ancien et moderne n'a mieux parlé que Cicéron. J'aime bien mieux ces ouvrages-là que ses *Philippiques* qui l'ont fait tuer à l'âge de soixante et trois ans.

Adieu, vivez heureux et longtemps, mon cher

Maître, et souvenez-vous du mot de votre ami Marcus Tullius : *Non est vetula quae credat*[a1], etc.

155. À JEAN LE ROND D'ALEMBERT

5 d'avril [1766]

Mon cher et grand philosophe, dans un fatras de lettres que je recevais par la voie de Genève, mon étourderie a ouvert celle que je vous envoie. Je ne me suis aperçu qu'elle vous était adressée qu'après avoir fait la sottise de la décacheter ; je vous en demande très humblement pardon, en vous protestant, foi de philosophe, que je n'en ai rien lu. J'avais ordonné en général qu'on retirât toutes celles qui vous seraient adressées d'Italie. Je n'ai trouvé que celle-là dans mon paquet ; je me flatte qu'elle n'est pas du pape régnant ; je présume qu'elle est d'un être pensant, puisqu'elle est pour vous.

Il y a peu de ces êtres pensants. Mon ancien disciple couronné me mande qu'il n'y en a guère qu'un sur mille, c'est à peu près le nombre de la bonne compagnie[2] ; et s'il y a actuellement un millième d'hommes de raisonnables, cela décuplera dans dix ans. Le monde se déniaise furieusement. Une grande révolution dans les esprits s'annonce de tous côtés. Vous ne sauriez croire quels progrès la raison a faits dans une partie de l'Allemagne. Je ne parle pas des

a. « Il n'y a pas toujours une vieille pour croire » (Cicéron, *De natura rerum*, livre II, chap. II ; à propos de l'enfer).

impies, qui embrassent ouvertement le système de Spinosa, je parle des honnêtes gens qui n'ont point de principes fixes sur la nature des choses, qui ne savent point ce qui est, mais qui savent très bien ce qui n'est pas : voilà mes vrais philosophes. Je peux vous assurer que, de tous ceux qui sont venus me voir, je n'en ai trouvé que deux qui fussent des sots. Il me paraît qu'on n'a jamais tant craint les gens d'esprit à Paris qu'aujourd'hui. L'inquisition sur les livres est sévère ; on me mande que les souscripteurs n'ont point encore le *Dictionnaire encyclopédique*. Ce n'est pas seulement être sévère, c'est être injuste. Si on arrête le débit de ce livre, on vole les souscripteurs, et on ruine les libraires. Je voudrais bien savoir quel mal peut faire un livre qui coûte cent écus. Jamais vingt volumes in-folio ne feront de révolution ; ce sont les petits livres portatifs à trente sous qui sont à craindre. Si l'Évangile avait coûté douze cents sesterces, jamais la religion chrétienne ne se serait établie.

Pour moi, j'ai mon exemplaire de l'*Encyclopédie*, en qualité d'étranger et de Suisse. On veut bien que les Suisses se damnent, mais on veille de près, à ce que je vois, sur le salut des Parisiens. Si vous pouviez m'envoyez quelque chose pour achever ma damnation, vous me feriez un plaisir diabolique dont je vous serais très obligé. Je ne peux plus travailler, mais j'aime à me donner du bon temps, et je veux quelque chose qui pique.

Il faut que je vous dise que je viens de lire Grotius, *De veritate*, etc. Je suis bien étonné de la réputation de cet homme ; je ne connais guère de plus sot livre que le sien, excepté l'ampoulé Houtteville[1]. On avait, de son temps, de la réputation à bon marché. Il y a un bon article de Hobbes dans l'*Encyclopédie*. Plût à Dieu que tout cet ouvrage fût fait comme votre *Discours préliminaire* !

Adieu, mon très cher philosophe ; sera-t-il dit que je mourrai sans vous revoir ?

156. À ÉTIENNE-NOËL DAMILAVILLE

7 juillet 1766

Mon cher frère, mon cœur est flétri, je suis atterré. Je me doutais qu'on attribuerait la plus sotte et la plus effrénée démence à ceux qui ne prêchent que la sagesse et la pureté des mœurs. Je suis tenté d'aller mourir dans une terre étrangère où les hommes soient moins injustes. Je me tais, j'ai trop à dire.

Je vous prie instamment de m'envoyer la lettre qu'on prétend que j'ai écrite à Jean-Jacques, et qu'assurément je n'ai point écrite.

Le temps se consume à confondre la calomnie. On vous demande bien pardon de vous charger de faire rendre tant de lettres.

157. À ANDRÉ MORELLET

7 juillet [1766]

C'est moi, mon cher frère, qui voudrais passer avec vous dans ma retraite les derniers six mois qui me restent peut-être encore à vivre. C'est Antoine qui voudrait recevoir Paul. Mon désert est plus agréable que ceux de la Thébaïde, quoiqu'il ne soit pas si chaud. Tous nos ermites vous aiment, tous chantent vos louanges et désirent passionnément votre retour.

Le livre de Fréret est bien dangereux, mais *oportet hereses esse*[a]. Les manuscrits de Du Marsais et de Chenelard[1] ont été imprimés aussi. Il est bien triste que l'on impute quelquefois à des vivants, et même à de bons vivants, les ouvrages des morts. Les philosophes doivent toujours soutenir que tout philosophe qui est en vie est un bon chrétien, un bon catholique. On les loue quelquefois des mêmes choses que les dévots leur reprochent, et ces louanges deviennent funestes *che sono accusé, e paion' lodi*[b]. Le bruit de ces dangereux éloges va frapper les longues et superbes oreilles de certains pédants ; et ces pédants irrités poursuivent avec rage de pauvres innocents qui voudraient faire le bien en secret. La dernière scène qui vient de se passer à Paris prouve bien que les frères doivent cacher soigneusement les mystères et les noms de leurs frères. Vous savez que le conseiller Pasquier a dit en plein Parlement que les jeunes gens d'Abbeville qu'on a fait mourir avaient puisé leur impiété dans l'école et dans les ouvrages des philosophes modernes. Ils ont été nommés par leur nom, c'est une dénonciation dans toutes les formes. On les rend complices des profanations insensées de ces malheureux jeunes gens, on les fait passer pour les véritables auteurs du supplice dans lequel on a fait expirer de jeunes indiscrets. Y a-t-il jamais rien de plus méchant et de plus absurde

a. « Il convient d'être hérétique » (Corinthiens, XI, 19).

b. « Qui sont accusations, et paraissent louanges » (Le Tasse, *Jérusalem délivrée*, chant II, LVIII, 8).

que d'accuser ainsi ceux qui enseignent la raison et les mœurs d'être les corrupteurs de la jeunesse ? Qu'un janséniste fanatique eût été coupable d'une telle calomnie, je n'en serais pas surpris ; mais que ce soit un conseiller de grand-chambre, cela est honteux pour la nation. Le mal est que ces imputations parviennent au roi et qu'elles paraissent dictées par l'impartialité et par l'esprit de patriotisme. Les sages, dans des circonstances si funestes, doivent se taire et attendre.

Quand vous trouverez, mon cher frère, les livres que vous avez eu la bonté de me promettre, M. Damilaville les paiera à votre ordre. Rien ne presse, ne songez qu'à vos travaux et à vos amusements, vivez aussi heureux qu'un pauvre sage peut l'être, et souvenez-vous des ermites qui vous seront toujours très tendrement attachés.

158. À DENIS DIDEROT

23 juillet 1766

On ne peut s'empêcher d'écrire à Socrate quand les Melitus et les Anitus se baignent dans le sang et allument les bûchers. Un homme tel que vous ne doit voir qu'avec horreur le pays où vous avez le malheur de vivre. Vous devriez bien venir dans un pays où vous auriez la liberté entière non seulement d'imprimer ce que vous voudriez, mais de prêcher hautement contre des superstitions aussi infâmes que sanguinaires. Vous n'y seriez pas seul, vous auriez des compagnons et des disciples. Vous pourriez y établir une chaire qui serait la chaire de la vérité. Votre bibliothèque se transporterait par eau et il n'y aurait pas quatre lieues de chemin par terre. Enfin vous quitteriez l'esclavage pour la liberté. Je ne conçois pas comment un cœur sensible et un esprit juste peut habiter le pays des singes devenus tigres. Si le parti qu'on vous propose satisfait votre indignation et plaît à votre sagesse, dites un mot et on tâchera d'arranger tout d'une manière digne de vous, dans le plus grand secret et sans vous compromettre. Le pays qu'on vous propose est beau et à portée de tout. L'Uranibourg de Tycho Brahé serait moins agréable. Celui qui a l'honneur de vous écrire est pénétré d'une admiration respectueuse pour vous, autant que d'indignation et de douleur. Croyez-moi, il faut que les sages qui ont de l'humanité se rassemblent loin des barbares insensés.

159. À ÉTIENNE-NOËL DAMILAVILLE

18 auguste 1766

Ils en ont menti les vilains Velches, ils en ont menti les assassins en robe. Je peux vous le dire en sûreté dans cette lettre. C'est par une insigne fourberie qu'on a substitué le *Dictionnaire philosophique* au *Portier des chartreux*[1] que l'on n'a pas osé nommer à cause du ridicule.

Je sais à n'en pouvoir douter que jamais livre de philosophie ne fut entre les mains de l'infortuné jeune homme qu'on a si indignement assassiné.

Je ne vois, mon cher frère, que cruauté et mensonge. Il est si faux qu'on m'ait refusé, qu'au contraire on m'a prévenu et qu'on a même tracé la route que je devais prendre. Je la prendrais cette route, si les hommes qui aiment la vérité avaient du zèle ; mais on n'en a point, on est arrêté par mille liens, on demeure tranquillement sous le glaive, exposé non seulement aux fureurs des méchants, mais à leurs railleries. Les fanatiques triomphent. Que deviendra votre ami ? Quel rôle jouera-t-il, quand l'ouvrage auquel il a travaillé vingt années devient l'horreur ou le jouet des ennemis de la raison ? Ne sent-il pas que sa personne sera toujours en danger, et que ce qu'il peut espérer de mieux est de se soustraire à la persécution, sans pouvoir jamais prétendre à rien, sans oser ni parler ni écrire ?

Le chevalier de Jaucourt qui a mis son nom à tant d'articles doit-il être bien content ? Enfin six ou sept cent mille sots huguenots ont abandonné leur patrie pour les sottises de Jean Chauvin, et il ne se trouvera pas douze sages qui fassent le moindre sacrifice à la raison universelle qu'on outrage ? Cela est aussi honteux pour l'humanité que l'infâme persécution qui nous opprime.

Je dois être très mécontent que vous ne m'ayez pas écrit un seul mot de votre ami, que vous ne m'ayez pas même fait part de ses sentiments. Je vois bien que les philosophes sont faits pour être isolés, pour être accablés l'un après l'autre, et pour mourir malheureusement, sans s'être jamais secourus, sans avoir seulement eu ensemble la moindre intelligence ; et quand ils ont été unis, ils se sont bientôt divisés et par là même ils ont été en opprobre aux yeux de leurs ennemis. Ce n'était point ainsi qu'en usaient les stoïciens et les épicuriens. Ils étaient frères, ils faisaient un corps ; et les philosophes d'aujourd'hui sont des fauves qu'on tue l'un après l'autre.

Je vois bien qu'il faut mourir sans aucune espérance. Cependant ne m'abandonnez pas, écrivez à M. Boursier sur sa manufacture, sur M. Tonpla, sur toutes les choses qu'il entendra à demi-mot. Je ne vous dirai pas aujourd'hui, mon cher frère, *écrasez l'infâme* car c'est l'infâme qui nous écrase. Voici un petit mot pour le prophète Élie[1].

160. À ÉTIENNE-NOËL DAMILAVILLE

5 septembre 1766 à Genève

Votre lettre, Monsir, l'avoir fait peaucoup de joie à le votre petit serviteur le Suisse. Moi être pien aise de tout ce que fous dites à moi pour ce qui recarde mon cher maître, monsir Boursier. Le monte chez vous l'y étre pas pon Suisse. Il dit et écrit des mensonges qui mettent en peine les chens. Moi l'être pien aise que tout cela soit pas frai. Cependant toutes ces sottises sont la causse de mille pruits et discours que l'on tient dans les enfirons.

Monsir Boursier l'a pas peur ; mais li être pien fachir de toutes les apominations que l'on fait continuellement. Je crains que lui si mette un pon fois en colère ; je ne foudrais pas. Il ne faut pas toujours croire son petit commis. Témoin la pouture de tabac dont Bigex a dû rouler quelques carottes, et qui commence à s'y distripuer. Je l'avrais pien prié de ne pas faire ; et moi mettre aux genoux ; lui l'avre pas foulu croire moi. Lui n'a vu ni mangir de pon pain de Gonesse, fait par ce poulangir que fous me parle[1] ; et moi l'ai rien dit ; je ne savre ce que c'est.

Matame Denis li être peaucoup poltron. Le peur l'empêche d'écrire. Moi lui avre point dit. Les feseurs de poutre de perlin pin pin de Pésançon feront pentre un pon apoticaire pour avoir fendu de pons drogues. Ô mon Dié ! les pons chens ont enfie de se mettre cent piés dans la terre. Le monte va retevenir parbare. Le cœur fait mal ; mais le mien fous aime bien, car fous li être un prave homme.

Je me recommande à le votres pons prières, et je fous demande toujours votre pon amitié.

WAGNIÈRE.

161. À G. L. DEODATI DE TOVAZZI

À Ferney 9e septembre 1766

Vous souviendriez-vous, Monsieur, qu'à l'occasion de votre dissertation sur la langue italienne j'eus l'honneur de recevoir quelques lettres de vous et de vous répondre ? On vient d'imprimer une de mes lettres à Amsterdam sous le nom de Genève dans un recueil de deux cents pages.

Ce recueil contient plusieurs de mes lettres presque toutes entièrement falsifiées. Celle que je vous adressai de Ferney le 24 janvier 1761 est défigurée d'une manière plus maligne et plus scandaleuse que les autres. On y outrage indignement un général d'armée ministre d'État, dont le mérite est égal à la naissance. Il est ce me semble de votre intérêt, Monsieur, du mien, et de celui de la vérité, de confondre une si horrible calomnie. Voici comme je m'expliquais avec vous sur la valeur de ce général.

« Nous exprimerions encore différemment l'intrépidité tranquille que les connaisseurs admirèrent dans le petit-neveu du héros de La Valteline etc. »

Voici comme l'éditeur a falsifié ce passage :

« Nous exprimerions encore différemment l'intrépidité tranquille que quelques *prétendus* connaisseurs admirèrent *dans le plus petit neveu* du héros de La Valteline, lorsqu'ayant vu son armée en déroute par la terreur panique de nos alliés à Rosbach, qui causa pourtant la nôtre ; ce petit neveu ayant aperçu etc. »

Cet article aussi insolent que calomnieux finit par cette phrase non moins falsifiée : « Il eut encore le courage de soutenir tout seul les reproches amers et intarissables d'une multitude toujours trop tôt et trop bien instruite du mal et du bien. »

Une telle falsification n'est pas la négligence d'un éditeur qui se trompe, mais le crime d'un faussaire qui veut à la fois décrier un homme respectable et me nuire. Il vous nuit à vous-même en supposant que vous êtes le confident de ces infamies. Vous ne refuserez pas sans doute de rendre gloire à la vérité. Je crois nécessaire que vous preniez la peine de me certifier que ce morceau de ma lettre depuis ces mots, nous *exprimerions*, jusqu'à ceux-ci, *du mal et du bien*, n'est point dans la lettre que je vous écrivis, qu'il y est absolument contraire, et falsifié de la manière la plus lâche et la plus odieuse. Je recevrai avec une extrême reconnaissance cette justice que vous me devez et le prince qui est intéressé à cette calomnie sera instruit de l'honnêteté et de la sagesse de votre conduite dont vous avez déjà donné des preuves.

Recevez celle de mon estime et de tous les sentiments avec lesquels j'ai l'honneur d'être, Monsieur.

162. À ÉTIENNE-NOËL DAMILAVILLE

26 septembre 1766

Je n'ai point reçu, mon cher ami, de réponse de M. Deodati. Il faut ou qu'il ne soit point à Paris ou qu'il soit malade, ou qu'il ne sache pas remplir les premiers devoirs de la société. Il me doit le témoignage de la vérité. Ma famille juge que la chose est importante. Je serai peut-être forcé de m'adresser à monsieur le lieutenant de police.

Je vous ai déjà mandé que M. le duc de Choiseul et M. le duc de Praslin souhaitaient M. de Chardon pour rapporteur. J'ignore les sentiments présents de M. de Beaumont sur ce choix ; mais le point principal est l'impression de son mémoire. Je me flatte que M. d'Argental en aura le premier exemplaire.

Il me semble que le temps est favorable pour faire imprimer cet ouvrage, et pour disposer les esprits. L'automne est un temps d'indolence et de désœuvrement pendant lequel on est avide de nouveautés.

Vous savez sans doute que le sieur Saucourt, juge d'Abbeville, n'a pas voulu juger les autres accusés, et l'on croit qu'il se démettra de sa place. C'est ainsi qu'on se repent après que le mal est fait. J'attends votre paquet dans lequel j'espère trouver des consolations.

Si M. Boulanger, auteur du bel article *Vingtième,* vivait encore, il serait bien étonné que le blé coûte quarante francs le setier, et qu'on n'y mette point ordre. Tout va comme il plaît à Dieu. Voulez-vous bien, mon cher ami, envoyer cette lettre au libraire Lacombe ? Il y a aussi une lettre à lui adressée dans ce maudit recueil, et Lacombe sera sans doute plus honnête que Deodati.

Bonsoir, mon très cher ami.

163. À JACOB VERNES

26e septembre 1766 à Ferney

Voici, Monsieur, où en est l'affaire de cette malheureuse et innocente famille des Sirven. Il a fallu deux années de soins et de peines réitérées pour rassembler en Languedoc les pièces justificatives. Nous les avons enfin arrachées. Le mémoire de M. de Beaumont est déjà signé par plusieurs avocats. Nous avons déjà demandé un rapporteur. M. le duc de Choiseul nous protège. Il m'écrit ces propres mots de sa main, dans la dernière lettre dont il m'honore :

Le jugement des Calas est un effet de la faiblesse humaine, et n'a fait souffrir qu'une famille, mais la dragonnade de M. de Louvois a fait le malheur du siècle.

Avouez, Monsieur le curé huguenot, que M. le duc de Choiseul est une belle âme, et que ces paroles doivent être gravées en lettres d'or. Pour celles de Vernet, si on peut les écrire ce n'est qu'avec la matière dont Ézéchiel faisait son déjeuner. Quant à Jean-Jacques, il suffit de vous dire qu'il y avait autrefois à Paris un pauvre homme nommé Chiampot la perruque qui se plaignait que la cour et la ville étaient liguées contre lui. Vous devriez bien abandonner vos ouailles quelques moments pour venir converser dans un château où il n'y a pas une ouaille.

V.

164. À CLAUDE-ADRIEN HELVÉTIUS

27e octobre 1766

Vous me donnez, mon illustre philosophe, l'espérance la plus consolante et la plus chère. Quoi, vous seriez assez bon pour venir dans mes déserts ! Ma fin approche, je m'affaiblis tous les jours, ma mort sera douce si je ne meurs point sans vous avoir vu.

Oui, sans doute, j'ai reçu votre réponse à la lettre que je vous avais écrite par l'abbé Mords-les. Je n'ai pas actuellement un seul *Philosophe ignorant*. Toute l'édition que les Cramer avaient faite, et qu'ils avaient envoyée en France leur a été renvoyée bien proprement par la Chambre syndicale, elle est en chemin, et je n'en aurai que dans trois semaines. Ce petit livre est, comme vous savez, de l'abbé Tilladet ; mais on m'impute tout ce que les Cramer impriment, et tout ce qui paraît à Genève, en Suisse, et en Hollande. C'est un malheur attaché à cette célébrité fatale dont vous avez eu à vous plaindre aussi bien que moi. Il vaut mieux sans doute être ignoré et tranquille que d'être connu et persécuté. Ce que vous avez essuyé pour un livre qui aurait été chéri des La Rochefoucauld doit faire frémir longtemps tous les gens de lettres. Cette barbarie m'est toujours présente à l'esprit, et je vous en aime toujours davantage.

Je vous envoie une petite brochure d'un avocat de Besançon, dans laquelle vous verrez des choses relatives à une barbarie bien plus horrible. Je crains encore qu'on ne m'impute cette petite brochure. Les gens de lettres, et même nos meilleurs amis, se rendent les uns aux autres de bien mauvais services par la fureur qu'ils ont de vouloir toujours deviner les auteurs de certains livres. De qui est cet ouvrage attribué à Bolingbroke, à Boulanger, à Fréret ? Eh mes amis ! qu'importe l'auteur de l'ouvrage ? ne voyez-vous pas que le vain plaisir de deviner devient une accusation formelle dont les scélérats abusent ? Vous exposez l'auteur que vous soupçonnez ; vous le livrez à toute la rage des fanatiques ; vous perdez celui que vous voudriez sauver. Loin de vous piquer de deviner si cruellement, faites au contraire tous les efforts possibles pour détourner les soupçons. Aidons-nous les uns les autres dans la cruelle persécution élevée contre la philosophie. Est-il possible que cette philosophie ne nous réunisse pas ! Quoi ! de misérables moines n'auront qu'un même esprit, un même cœur, ils défendront les intérêts du couvent jusqu'à la mort ! et ceux qui éclairent les hommes ne seront qu'un troupeau dispersé, tantôt dévorés par les loups, et tantôt se donnant les uns aux autres des coups de dents !

L'abominable conduite de Jean-Jacques fait plus de tort à la philosophie que des mandements d'évêques et des arrêts du Parlement, mais ce Judas de la troupe sacrée ne doit point décourager les autres apôtres. Qui peut rendre plus de services que vous à la raison et à la vertu ? qui peut être plus utile au monde sans se compromettre avec les pervers ? Que de choses j'aurais à vous dire, et que j'aurai de plaisir à vous ouvrir mon cœur et à lire dans le vôtre si je ne meurs pas sans vous avoir embrassé ! Du moins, je vous embrasse de loin, et c'est avec une amitié égale à mon estime.

V.

VII

À Ferney :
le vieil ermite (1767-1769)

Dans sa vie privée, le grand événement de ces années est la rupture entre Voltaire et sa nièce, qui quitte Ferney le 1er mars 1768 (lettre 174) : au cours de cette journée frénétique, Voltaire rédige au moins treize lettres. Mme Denis part pour Paris, et ne reviendra à Ferney que vingt mois plus tard. Voltaire, annonçant qu'il est fatigué par son rôle d'« aubergiste de l'Europe », pense à vendre Ferney (lettres 176, 180). Il jouit d'une remarquable célébrité auprès des monarques de l'Europe : le roi de Danemark, Christian VII, vient au secours des Sirven, dont l'innocence n'est toujours pas prouvée (lettre 167) ; lorsque Voltaire écrit à Catherine II, il se permet d'inclure dans sa lettre un extrait d'une autre lettre adressée à Frédéric (lettres 193 et 194). Pour le 23 mars 1768, nous connaissons six lettres (et il y en a peut-être d'autres) : il inclut dans une lettre à Damilaville une autre pour d'Alembert ; à Mme Favart, il envoie une lettre de remerciement ; s'occupant de ses affaires personnelles, il demande à Moultou, pasteur à Genève, le retour d'un livre et envoie à sa voisine Mme Gallatin un billet pour Grasset pour lui permettre d'acquérir un livre « dangereux » (lettres 175-180). Les obligations épistolaires sont parfois lassantes : il apprécie beaucoup les soles qui lui sont offertes par le directeur des postes à Lyon (lettre 166), mais ses remerciements pour le vaisseau qu'on a nommé en son honneur sont réduits au strict minimum (lettre 183).

165. À ÉTIENNE-FRANÇOIS DE CHOISEUL-STAINVILLE, DUC DE CHOISEUL

9e janvier 1767

Mon héros, mon protecteur,

C'est pour le coup que vous êtes mon colonel. Le satrape Élochivis environne mes poulaillers de ses innombrables armées, et le bonhomme qui cultive son jardin au pied du mont Caucase est terriblement embarrassé par votre funeste ambition.

Permettez-moi la liberté grande de vous dire que vous avez le diable au corps. Maman Denis et moi nous nous jetons à vos pieds. Ce n'est pas les Genevois que vous punissez, c'est nous, grâce à Dieu. Nous sommes cent personnes à Ferney qui manquons de tout, et les Genevois ne manquent de rien. Nous n'avons pas aujourd'hui de quoi donner à dîner aux généraux de votre armée.

À peine l'ambassadeur de votre Sublime Porte eut-il assuré que le roi de Perse prenait les honnêtes Scythes sous sa protection et sauvegarde spéciale, que tous les bons Scythes s'enfuirent. Les habitants de Scythopolis peuvent aller où ils veulent, et revenir, et passer et repasser avec un passeport du chiaoux Hennin ; et nous pauvres Persans, parce que nous sommes votre peuple, nous ne pouvons ni avoir à manger, ni recevoir nos lettres de Babylone, ni envoyer nos esclaves chercher une médecine chez les apothicaires de Scythopolis.

Si votre tête repose sur les deux oreillers de la justice et de la compassion, daignez répandre la rosée de vos faveurs sur notre disette.

Dès qu'on eut publié votre rescrit impérial dans la superbe ville de Gex où il n'y a ni pain, ni pâte, et qu'on eut reçu la défense d'envoyer du foin chez les ennemis, on leur en fit passer cent fois plus qu'ils n'en mangeront en une année. Je souhaite qu'il en reste assez pour nourrir les troupes invincibles qui bordent actuellement les frontières de la Perse.

Que Votre Sublimité permette donc que nous lui adressions une requête qui ne sera point écrite en lettres d'or sur un parchemin couleur de pourpre selon l'usage, attendu qu'il nous reste à peine une feuille de papier que nous réservons pour votre éloge.

Nous demandons un passeport signé de votre main prodigue en bienfaits pour aller, nous et nos gens, à Genève ou en Suisse selon nos besoins et nous prierons Zoroastre qu'il intercède auprès du grand Orosmade pour que tous les péchés de la chair que vous avez pu commettre vous soient remis.

166. À JEAN-FRANÇOIS-RENÉ TABAREAU

Mardi au soir 20e janvier 1767, à Ferney

Nous vous avons, Monsieur, l'obligation d'avoir satisfait parfaitement le goût d'un des sept péchés mortels. Notre gourmandise vous remercie très sensiblement de vos soles qui étaient aussi fraîches que si nous les avions mangées à Marseille. Je suis honteux des offres que vous voulez bien me faire. Plus j'en ai de reconnaissance, plus je crains d'en abuser, mais si vous avez quelque commissionnaire à qui vous vouliez bien me recommander nous profiterions de vos bontés Mme Denis et moi, jusqu'au point de vous envoyer quelquefois une petite liste de nos nécessités. Nous aurions en cela le plaisir d'obéir aux ordres du roi qui a défendu tout commerce entre la France et Genève. Entourés que nous sommes de neiges et de soldats, nous ignorons dans notre retraite si les voitures publiques de Lyon vont à Genève ; en cas qu'on ne pût se servir de cette voie, nous vous supplierions de permettre que votre courrier se chargeât jusqu'à Meyrin de quelques petits paquets, supposé qu'il fasse le voyage en voiture.

J'en étais là, Monsieur, lorsque l'on nous apporte de votre part une alose et deux soles ; les chartreux de Ripaille ne font pas si bonne chère que nous, et c'est beaucoup dire. Le proverbe ne savait pas encore que *qui sole mange, sole lui vient*.

Si Mme Denis et moi nous étions bien impudents, nous vous supplierions d'engager votre pourvoyeur à nous envoyer cet hiver par notre courrier deux pièces de volaille deux fois par semaine ; cela ne le chargerait pas beaucoup, nous paierions exactement le pourvoyeur, et le courrier ne serait pas oublié, mais en vérité nous n'osons pas avoir tant d'indiscrétion.

Je suis très fâché que votre parent qui était fait pour avoir de la considération s'attire des réponses mortifiantes qui courent le monde. S'il venait demander une grâce à M. le duc de Choiseul, la réponse *vous venez trop tard* est bonne ; mais elle ne vaut rien s'il ne s'agit que d'une visite du Jour de l'An. M. le duc de Choiseul est trop grand pour s'apercevoir si on lui fait sa cour de bonne heure ou trop tard.

Je ne savais pas que M. Jean-Georges, évêque [...]. L'église abhorre le sang, à ce qu'elle dit, l'évêque Jean-Georges n'a jamais fait périr personne que d'ennui. Je n'ai jamais entendu dire que j'eusse écrit une lettre à M. le duc de Choiseul sur l'évêque Jean-Georges. On ne tarit point sur les contes.

Avez-vous dans votre arrière-bibliothèque la tragédie comique de *Saül* et de *David* ? Si vous ne l'avez pas je vous la déterrerai.

Comptez, Monsieur, sur mon attachement inviolable.

V.

167. À CHRISTIAN VII, ROI DE DANEMARK

Au château de Ferney, 4 février 1767

Sire,

La lettre dont Votre Majesté m'a honoré m'a fait répandre des larmes de tendresse et de joie. Votre Majesté donne de bonne heure de grands exemples. Ses bienfaits pénètrent dans des pays presque ignorés du reste du monde. Elle se fait de nouveaux sujets de tous ceux qui entendent parler de sa générosité bienfaisante. C'est dans le Nord qu'il faudra voyager pour apprendre à penser et à sentir. Si ma caducité et mes maladies me permettaient de suivre les mouvements de mon cœur je viendrais me jeter aux pieds de Votre Majesté.

Du temps que j'avais de l'imagination, Sire, je n'aurais fait que trop de vers pour répondre à votre charmante prose. Pardonnez aux efforts mourants d'un homme qui ne peut plus exprimer l'étendue des sentiments que vos bontés font naître en lui. Je souhaite à Votre Majesté autant de bonheur qu'elle aura de véritable gloire.

J'ai l'honneur d'être, avec un très profond respect, Sire, de Votre Majesté le très humble et très obéissant serviteur

VOLTAIRE.

Pourquoi généreux prince, âme tendre et sublime,
Pourquoi vas-tu chercher dans nos lointains climats
Des cœurs infortunés que l'injustice opprime ?
C'est qu'on n'en peut trouver au sein de tes États.

Tes vertus ont franchi par ce bienfait auguste
Les bornes des pays gouvernés par tes mains
Et partout où le ciel a placé des humains
Tu veux qu'on soit heureux et tu veux qu'on soit juste.

Hélas ! assez de rois que l'histoire a faits grands
Chez leurs tristes voisins ont porté les alarmes,
Tes bienfaits vont plus loin que n'ont été leurs armes,
Ceux qui font des heureux sont les vrais conquérants.

168. À LOUIS-FRANÇOIS-ARMAND DU PLESSIS, DUC DE RICHELIEU

27e mai 1767, à Ferney

Il me paraît, Monseigneur, que le royaume du prince noir m'a été plus favorable que les Velches de Paris. J'en ai uniquement l'obligation au maître de l'Aquitaine. Il faut qu'il ait daigné lui-même ordonner des répétitions sous ses yeux et que l'envie de lui plaire ait mis les acteurs au-dessus d'eux-mêmes. Vous connaissez Paris, il n'est rempli que de petites cabales en tout genre. *Zaïre, Oreste, Sémiramis, Mahomet, Tancrède, L'Orphelin de la Chine*, tombèrent à la première représentation ; elles furent accablées de critiques ; elles ne se relevèrent qu'avec le temps. On se faisait un plaisir de me mettre fort au-dessous de Crébillon pour plaire à Mme de Pompadour qui disait que le *Catilina* de ce Crébillon était la seule bonne pièce qu'on eût jamais faite. Voilà comme on juge de tout jusqu'à ce que le temps fasse justice. S'il est permis de comparer les petites choses aux grandes, vous savez que le maréchal de Villars ne jouit de sa réputation qu'à l'âge de près de quatre-vingts ans. *Le favori de Vénus, de Minerve et de Mars* sait lui-même quelles contradictions il a essuyées dans sa carrière de la gloire. Il faut se soumettre à cette loi générale qui existe dans le monde depuis le péché originel ; il mit dans le cœur humain l'envie et la malignité qui sans doute n'y étaient pas auparavant.

Je vous avertis que nous avons ici la meilleure troupe de l'Europe, et que l'envie n'est point entrée dans notre tripot. Nous avons un jeune M. de La Harpe, auteur du *Comte de Warwik*. Il est par sa figure et par la beauté de son organe beaucoup plus fait que Lekain pour jouer Athamare. Jamais je n'ai vu rien de plus parfait qu'un M. de Chabanon qui a joué Indatire. La femme de M. de La Harpe était Obéide ; sa figure est fort supérieure à celle de Mlle Clairon ; elle a une voix aussi théâtrale, elle sait pleurer et frémir ; les deux vieillards étaient de la plus grande vérité. Je ne me suis pas mal tiré du rôle de Sozame, et surtout quand je me plaignais des cours, je puis me vanter d'avoir fait une impression singulière. La pièce n'a point été ainsi jouée à Paris, il s'en faut beaucoup. À qui en est la faute ? à mon séjour en Scythie. M. d'Argental ne s'en est point mêlé, il est très malade, et je crains même que sa maladie ne soit trop sérieuse. J'avais vu chez moi Mlle Durancy il y a quelques années, je lui avais trouvé du talent, elle me demanda le rôle d'Obéide, on dit qu'elle le joua très mal à la première représentation, mais qu'à la troisième et à la quatrième elle fit un très grand effet. On me mande qu'elle joue avec beaucoup d'intelligence et de vérité mais qu'elle n'est pas d'une figure agréable et qu'elle n'a pas le don des larmes. On dit que les autres actrices n'ont point de talent, et que le théâtre tragique n'a jamais été dans un état plus pitoyable. On me mande que lorsqu'un acteur de province se présente pour doubler les premiers rôles, ceux qui sont chargés de ces rôles ne manquent pas de les accabler de dégoûts et de les faire renvoyer. Si on est aussi malin dans ce tripot qu'à la cour, je vous réponds que vous n'aurez d'autre théâtre que celui de l'opéra-comique. C'est à vous qui êtes doyen de l'Académie et premier gentilhomme de la Chambre de protéger les beaux-arts ; ils en ont besoin ; vous savez dans quelle décadence est ma chère patrie dans tous les genres. Vous conservez votre gloire, mais la

France a un peu perdu la sienne. Il faut espérer que nous aurons du moins encore quelques crépuscules des beaux jours du siècle de Louis XIV.

Agréez, Monseigneur, mon tendre et profond respect.

V.

169. À ÉTIENNE-NOËL DAMILAVILLE

4ᵉ juin 1767

Mon cher ami, faites d'abord mes compliments à la Sorbonne du service qu'elle nous a rendu, car les choses spirituelles doivent marcher devant les temporelles. Ensuite ayez la charité de reprendre l'affaire des Sirven. M. de Chardon peut à présent rapporter l'affaire. Sirven est prêt de partir pour Paris ; je vous l'adresserai. Il faudra qu'il se cache jusqu'à ce que son affaire soit en règle.

Je tremble pour celle de notre ami Beaumont. On me mande qu'elle a un côté odieux et un autre qui est très défavorable. L'odieux est qu'un philosophe, que le défenseur des Calas et des Sirven, reproche à un mort d'avoir été huguenot, et demande que la terre soit confisquée pour avoir été vendue à un catholique. Le défavorable est qu'il plaide contre des lettres patentes du roi. Il est vrai qu'il plaide pour sa femme qui demande à rentrer dans son bien ; mais elle n'y peut rentrer qu'en cas que le roi lui donne la confiscation. Il reste à savoir si ce bien de ses pères a été vendu à vil prix. Tout cela me paraît bien délicat. C'est une affaire de faveur, et il est fort à craindre que le secrétaire d'État qui a signé les lettres patentes de son adverse partie ne soutienne son ouvrage. Je crois que M. de Chardon en est le rapporteur ; je serais fâché que M. de Chardon fût contre lui, et plus fâché encore si M. de Chardon étant pour lui, le Conseil n'était pas de l'avis du rapporteur. L'affaire de Sirven me paraît bien plus favorable et bien plus claire. Je m'intéresse vivement à l'une et à l'autre.

Voici un petit mot pour Protagoras qui est d'une autre nature. Tout ce qui est dans ce billet est pour vous comme pour lui ; tout est commun entre les frères. Ma santé devient tous les jours plus faible ; tout périt chez moi hors les sentiments qui m'attachent à vous. Je vous embrasse bien fort, mon très cher ami.

V.

170. À JEAN LE ROND D'ALEMBERT

4 de juin [1767]

Mon cher philosophe, j'ai envoyé vos gants d'Espagne sur-le-champ à leur destination[1] ; ils ont une odeur qui m'a réjoui le nez. Vous savez que je n'ai point de troupes, et que je ne peux forcer le cordon de dragons qui coupe toute communication entre Genève et mes déserts. Celui qui s'est chargé de donner des soufflets aux jésuites et aux jansénistes n'a jamais pu venir chez moi ; je ne le connais point, et j'ai craint même de lui écrire. Gabriel Cramer, qui est le seul à qui je puisse me fier, a fait agir cet homme, qui est un sot et un pauvre diable, lequel fait agir encore en sous-ordre un autre sot pauvre diable. Ces sots pauvres diables n'ont aucun débouché, nulle correspondance en France, et tout va comme il plaît à Dieu. Les Genevois touchent au moment de la crise de leurs affaires ; pour moi, je m'occupe à cultiver mon jardin et à me moquer d'eux.

Dieu maintienne votre Sorbonne dans la fange où elle barbote ! La gueuse a rendu un service bien essentiel à la philosophie. On commence à ouvrir les yeux d'un bout de l'Europe à l'autre. Le fanatisme, qui sent son avilissement et qui implore le bras de l'autorité, fait malgré lui l'aveu de sa défaite. Les jésuites chassés partout, les évêques de Pologne forcés d'être tolérants, les ouvrages de Bolingbroke, de Fréret et de Boulanger répandus partout, sont autant de triomphes de la raison. Bénissons cette heureuse révolution qui s'est faite dans l'esprit de tous les honnêtes gens depuis quinze ou vingt années ; elle a passé mes espérances. À l'égard de la canaille, je ne m'en mêle pas ; elle restera toujours canaille. Je cultive mon jardin, mais il faut bien qu'il y ait des crapauds ; ils n'empêchent pas mes rossignols de chanter.

Adieu, aigle ; donnez cent coups de bec aux chouettes qui sont encore dans Paris.

171. À ÉTIENNE-NOËL DAMILAVILLE

À Ferney, 4 juillet 1767

Vous savez, mon cher ami, que ce fut vous qui, dans le temps du triomphe de la famille Calas et de M. de Lavaysse, m'apprîtes que M. de Lavaysse était beau-frère de ce malheureux La Beaumelle. Monsieur son père m'écrivit de Toulouse quelque temps après que madame sa fille, veuve d'un homme assez riche, avait en effet épousé La Beaumelle malgré toutes ses représentations. Je fus affligé qu'une famille à laquelle je m'intéresse fût alliée à un homme si coupable, mais je n'en demeurai pas moins attaché à cette famille.

Vous n'ignorez pas que j'ai reçu un nombre prodigieux de lettres anonymes dans ma retraite. J'en ai reçu quatre-vingt-quatorze de la même écriture, et je les ai toutes brûlées. Enfin j'en ai reçu une quatre-vingt-quinzième qui ne peut être écrite que par La Beaumelle ou par son frère, ou par quelqu'un à qui il l'aura dictée, puisque dans cette lettre il n'est question que de La Beaumelle même. J'ai pris le parti de l'envoyer au ministère. J'avais d'ailleurs le dessein d'instruire le public littéraire de cette étrange manœuvre, et de faire connaître celui qui outrageait ma vieillesse avec tant d'acharnement pour récompense des services rendus à la famille dans laquelle il est entré.

J'ai même envoyé à M. de Lavaysse le père cette déclaration que je devais rendre publique, et que j'ai supprimée en attendant que je prenne une résolution plus convenable.

Dans ces circonstances M. de Lavaysse de Vidou m'a écrit le 25 juin ; il ignore apparemment la conduite de son beau-frère. Je le plains beaucoup ; je vous prie de lui faire part de mes sentiments, et de lui montrer cette lettre.

Je crains bien que nous n'ayons d'autre parti à prendre que celui de la résignation et de la douleur au sujet des Sirven. Ils sont innocents, on n'en peut douter ; on leur a ôté leur honneur et leurs biens ; on les a condamnés à la mort comme parricides, on leur doit justice ; mais d'un côté le malheureux procès de M. de Beaumont, de l'autre la présence de M. le procureur général du Languedoc qui soutiendra les droits de son parlement et, enfin, les bruits affreux qui courent sur les protestants des provinces méridionales ne permettent pas de se flatter qu'on puisse s'adresser au Conseil avec succès. Les nouvelles horreurs de La Beaumelle sont encore un obstacle. Toutes ces fatalités réunies laissent peu d'espérance. Vous voyez les choses de plus près, je m'en rapporte à vous ; je vous supplie de m'instruire de l'état des choses.

La multitude de lettres que j'ai à écrire aujourd'hui et ma santé qui baisse tous les jours me mettent hors d'état de répondre aussi au long que je le voudrais à M. Lavaysse de Vidou. Le peu que je vous écris, mon cher ami, suffira pour le convaincre de mes sentiments et de l'état où je me trouve. Ayez donc la bonté encore une fois de lui faire lire cette lettre ; c'est tout ce que je puis vous dire, dans l'incertitude où je suis et dans les souffrances de corps que j'éprouve. Je vous embrasse tendrement et j'attends mes consolations de votre amitié.

172. À JACQUES LACOMBE

7e auguste 1767, à Ferney

Je vous suis très obligé, Monsieur, des livres que vous m'envoyez. Ils sont pour l'usage du jeune homme dont je vous avais parlé.

Il serait sans doute bien flatteur pour moi qu'un homme de lettres tel que vous, qui a bien voulu se donner à la typographie, entreprît la nouvelle édition du *Siècle de Louis XIV* que j'ai consacré principalement à la gloire des belles-lettres et des beaux-arts. J'ai augmenté le catalogue raisonné des gens de lettres d'un grand tiers ; et j'ai tâché de détruire plus d'un préjugé et plus d'une fable qui déshonoraient un peu l'histoire littéraire de ce beau siècle. J'en ai usé ainsi, dans la liste des souverains contemporains, des princes du sang, des généraux et des ministres. D'anciens recueils que j'avais faits pour mon usage, et que j'ai retrouvés, m'ont beaucoup servi. J'ai reçu de toutes parts depuis dix années des instructions que je fais entrer dans le corps de l'ouvrage. J'ose enfin le regarder comme un monument élevé à l'honneur de la France. Il est très triste pour moi que cette édition ne se fasse pas en France ; mais vous savez que je suis plus près de Genève et de Lausanne que de Paris. L'édition est commencée. Ma méthode dont je n'ai jamais pu me départir est de faire imprimer sous mes yeux, et de corriger à chaque feuille ce que je trouve de défectueux dans le style. J'en use ainsi en vers et en prose. On voit mieux ses fautes quand elles sont imprimées.

Au reste, cette édition est principalement destinée aux pays étrangers. Vous ne sauriez croire quels progrès a fait notre langue depuis dix ans dans le Nord. On y recherche nos livres avec plus d'avidité qu'en France. Nos gens de lettres instruisent vingt nations tandis qu'ils sont persécutés à Paris, même par ceux qui osent se dire leurs confrères.

Quant au mémoire qui regarde les calomnies absurdes du sieur La Beaumelle, il était encore plus nécessaire pour les étrangers que pour les Français.

On sait bien à Paris que Louis XIV n'a point empoisonné le marquis de Louvois ; que le Dauphin, père du roi, ne s'est point entendu avec les ennemis pour faire prendre Lille ; que Monsieur le duc, père de M. le prince de Condé d'aujourd'hui, n'a point fait assassiner M. Vergier. Mais à Vienne, à Bude, à Berlin, à Stokholm, à Pétersbourg, on peut aisément se laisser séduire par le ton audacieux dont La Beaumelle débite ces abominables impostures. Ces mensonges imprimés sont d'autant plus dangereux qu'ils se trouvent aussi à la suite des lettres de Mme de Maintenon qui sont pour la plupart authentiques. Le faux prend la couleur de la vérité à laquelle il est mêlé. La calomnie se perpétue dans l'Europe si on ne prend soin de la détruire. Il est de mon devoir de venger l'honneur de tant de personnes de tout rang outragées, surtout dans des notes infâmes dont ce malheureux a défiguré mon propre ouvrage. J'étais historiographe de France lorsque je commençai *Le Siècle de Louis XIV*. Je dois finir ce que j'ai commencé, je dois laver ce monument de la fange dont on l'a souillé. Enfin je dois me presser, ayant peu de temps à vivre.

Recevez, Monsieur, les assurances de mon estime et de mon attachement.

V.

N. B. — Il me semble que vous pourriez mettre cette lettre dans votre *Avant-coureur* en commençant à ces mots *il serait sans doute*.

M. Daquin dont je ne connaissais pas le livre ne m'a pas rendu justice en bien des choses, et surtout dans l'idée où il est que mes ouvrages ont fait ma fortune. Il se trompe beaucoup.

173. À CHARLES-JEAN-FRANÇOIS HÉNAULT

À Ferney, 26e février 1768

Mon cher et illustre confrère, vous ne voulez donc pas placer le maréchal de La Meilleraye parmi les surintendants ? Il le fut pourtant en 1648. C'est un fait avéré.

Je vous avais proposé aussi, de mettre Abel Servien à sa place, avec Nicolas Foucquet puisqu'ils furent tous deux toujours surintendants conjointement.

Mais j'ai de plus grandes plaintes à vous faire. Comment avez-vous pu dans votre nouvelle édition démentir la bonté de votre caractère et la douceur de vos mœurs dans l'article Servet ? Il semble que vous vouliez un peu justifier Calvin et tous les persécuteurs. Vous flétrissez l'indulgence, la tolérance, du nom *tolérantisme*, comme si c'était une hérésie, comme si vous parliez de l'arianisme et du jansénisme. Vous n'ignorez pas que le meurtre de Servet est une violation criminelle du droit des gens, un véritable assassinat commis en cérémonie[1], et qui devait attirer sur les assassins le châtiment le plus terrible ? J'ose croire que si le mot d'arien n'avait pas retenu Charles Quint, ou plutôt, s'il n'était pas tombé dès lors dans le triste état qu'il alla bientôt cacher dans la solitude de Saint-Just, il aurait puni sévèrement cet outrage fait dans Genève, ville impériale, à la nation espagnole. C'était un attentat inouï d'arrêter sans aucun prétexte un sujet de Charles Quint qui voyageait sur la foi publique, muni de bons passeports. Servet ne voulait coucher qu'une nuit à Genève pour aller en Allemagne. Calvin, qui le sut, le fit saisir comme il partait de l'hôtellerie de la Rose. On lui vola quatre-vingt-dix-sept doublons d'or, une chaîne d'or et six bagues.

Vous savez quelle mort suivit ce brigandage. Calvin, qui aurait été lui-même brûlé en France s'il avait été pris, força le misérable Conseil de Genève à faire brûler Servet à petit feu avec des fagots verts, et il jouit de ce spectacle. Il n'y eut point dans votre Saint-Barthélemy d'assassinat plus cruellement exécuté.

Vous m'avouerez que la douceur chrétienne, nommée par vous *tolérantisme*, eût mieux valu que cette sainte abomination. J'ose vous dire qu'en France, si les Guises avaient été plus tolérants votre conseiller Anne Dubourg, neveu du chancelier, et tant d'autres, n'auraient pas péri par le même supplice que Servet. Croyez-moi, mon cher et illustre confrère, la tolérance prêche mieux que les bourreaux.

Vous citez l'exemple de Socrate, vous paraissez regarder sa mort comme une preuve de l'intolérance des Athéniens. On dirait à vous entendre que les lois d'Athènes mettaient à mort tous ceux qui s'étaient moqués du hibou de Minerve. Vous êtes trop savant dans l'Antiquité pour ne pas convenir que la mort de Socrate fut l'effet d'une cabale criminelle, et d'un fanatisme passager, à peu près comme l'assassinat juridique commis à Toulouse contre Calas.

Songez, je vous en supplie, que les Athéniens punirent la cabale qui avait fait empoisonner Socrate, qu'ils condamnèrent à mort les principaux juges, qu'ils érigèrent à Socrate non seulement une statue, mais un temple. En un mot, jamais les Athéniens ne montrèrent un plus grand respect pour la philosophie et une horreur plus violente pour les persécuteurs.

Les Romains, dont vous tenez vos lois, ont été tolérants depuis Romulus jusqu'au châtiment du centurion Marcel qui, l'an 298, brisa sa baguette de commandement à la tête des troupes et déclara qu'il ne fallait plus servir les empereurs parce qu'ils n'étaient pas chrétiens. Avant Marcel il y eut quelques chrétiens persécutés, mais, comme dit Origène, de loin à loin et en très petit nombre, Origène, livre III. Il serait très aisé de prouver qu'ils ne furent punis que comme factieux puisque Origène et le fougueux Tertullien moururent dans leur lit et qu'aucun prêtre soi-disant évêque de Rome ne fut exécuté, non pas même saint Pierre dont le prétendu séjour à Rome est une fable absurde.

Non, vous ne trouverez pendant plus de huit cents ans aucun homme persécuté à Rome pour ses opinions. Comment pouvez-vous dire que s'il n'y avait pas de persécution alors c'était parce que tout le monde était d'accord sur le culte des dieux ? Quoi ! les stoïciens et les épicuriens ne rejetaient pas hautement toute la théologie grecque et romaine ? Quoi ! ces sectes nombreuses ne s'en moquaient-elles pas ouvertement ? Cicéron lui-même n'en a-t-il pas parlé avec le dernier mépris ? Lucrèce n'a-t-il pas chassé la superstition de toutes les honnêtes maisons ? Ne l'a-t-il pas renvoyée à la canaille, aux femmelettes, et aux hommes faibles qui sont au-dessous des femmelettes ?

Quel censeur, quel tribun, quel préteur, quel centumvir ont jamais fait un procès à Lucrèce ?

La tolérance a toujours été la foi fondamentale de la République romaine, loi non gravée sur les douze tables, mais empreinte dans toutes les têtes et dans tous les cœurs. Cela est vrai comme il est vrai qu'Henri IV a été assassiné par la seule intolérance.

Vous citez Dion Cassius, vil Grec, vil écrivain, vil flatteur, vil ennemi de Cicéron, qui seul de tous les historiens dit que Mécène, qu'il n'a jamais vu, conseilla à Auguste de ne point admettre de *religions nouvelles*. Les malheureuses équivoques qui embrassent tous les langages, et qui ont causé parmi nous tant de disputes fatales, ont produit une grande méprise sur ce passage de Dion Cassius. *Ta hiera* ne signifie point ici ce que nous entendons par religion, un système dogmatique ennemi des autres systèmes, *ta hiera* veut dire : *sacrifice, cérémonie sacrée*. Il y en avait assez à Rome. Il ne s'agissait du temps d'Auguste que d'admettre, par une sanction publique du sénat, les mystères de Cérès Éleusine, ceux de la déesse de Sirie, et ceux d'Isis.

Vous connaissez l'ancienne loi des douze tables qui ne fut jamais abolie, *Deos externos nisi publice adscitos ne colunto*[a], point de culte étranger s'il n'est admis par la loi. Ces cultes étrangers n'ont donc jamais été autorisés, mais ils ont été tolérés dans l'empire. Isis même, quoique la déesse d'un peuple vaincu et méprisé, eut un temple dans les faubourgs de Rome du temps d'Auguste.

Les juifs, ces misérables juifs, les plus fanatiques des hommes, avaient à Rome une synagogue. Où pourrez-vous jamais trouver une plus grande différence de culte, et une plus grande tolérance ?

Ah ! mon cher confrère, quel temps prenez-vous pour vouloir flétrir une vertu si nécessaire au genre humain ! C'est le temps même où la tolérance universelle commence à s'établir dans une grande partie de

a. « Ne rendez point de culte aux dieux étrangers, à moins qu'ils n'aient été naturalisés » (Cicéron, *De legibus*, II, 8).

l'Europe. C'est lorsque la tolérance étanche dans l'Allemagne depuis la paix de Westphalie le sang que le monstre de l'intolérantisme avait fait couler pendant deux siècles. C'est lorsque l'impératrice de Russie assemble dans la grande salle de son palais jusqu'à des musulmans, des adorateurs du grand lama et des païens pour former le code des lois qu'elle va donner à un empire plus vaste que l'Empire romain. C'est lorsque le roi de Pologne établit la liberté de conscience dans un pays deux fois aussi grand que la France.

Vous ne sauriez croire combien de gens de lettres m'ont témoigné de douleur et se sont plaints à moi comme à votre ancien ami et à votre admirateur très zélé. Je suis affligé comme eux de ce fatal article. Il fera un mal que vous n'avez pas voulu. Vous mettez des armes entre les mains des furieux. Est-il possible que ces armes soient aiguisées par le plus doux et le plus aimable des hommes ? Je ne vous en aime pas moins, mais ma douleur est égale aux sentiments que je conserverai pour vous jusqu'à la mort.

Je n'écris point à Mme Du Deffand ; que lui manderais-je du désert où j'achève mes jours ? Je ne pourrais que lui dire, que je l'aime de tout mon cœur, ou que de tout mon cœur je l'aime, car il n'y a plus moyen de lui dire : *Belle marquise, vos beaux yeux me font mourir d'amour*, ou *d'amour me font mourir vos beaux yeux belle marquise*[1].

Jouissez tous deux de la vie comme vous pourrez. Je la supporte assez doucement.

174. À MARIE-LOUISE DENIS

À Ferney mardi 1er mars [1768]
à 2 heures après midi

Il y a une destinée sans doute, et souvent elle est bien cruelle. Je suis venu trois fois à votre porte, vous avez frappé à la mienne. J'ai voulu promener ma douleur dans le jardin. Il était 10 heures, je mettais l'aiguille sur 10 heures au globe solaire, j'attendais que vous fussiez éveillée. J'ai rencontré M. Mallet. Il m'a dit qu'il était affligé de votre départ. J'ai jugé qu'il sortait de votre appartement. J'ai cru que vous dîneriez au château comme vous l'aviez dit. Aucun domestique ne m'a averti de rien, ils croyaient tous que j'étais instruit. J'ai fait venir Christin et père Adam. Nous nous sommes entretenus jusqu'à midi. Enfin je retourne chez vous. Je demande où vous êtes. Wagnière me dit : « Eh quoi vous ne savez pas qu'elle est partie à 10 heures ! » Je me retourne plus mort que vif vers père Adam. Il me répond comme Wagnière : « J'ai cru que vous le saviez ! » Sur-le-champ j'envoie chercher un cheval dans l'écurie. Il n'y avait personne. Ainsi dans la même maison avec vingt domestiques nous nous sommes cherchés sans nous voir. Je suis au désespoir, et cette obstination de mon malheur m'annonce un avenir bien sinistre. Je sais que le moment de la séparation aurait été affreux : mais il est plus affreux encore que vous soyez partie sans me voir, tandis que nous nous cherchions l'un l'autre. J'ai envoyé vite chez Mme Racle pour pleurer avec elle. Elle dîne avec Christin, Adam et son mari ; et moi je suis très loin de dîner. Je me dévore et je vous écris. J'espère que ma lettre et les paquets pour M. de Choiseul et pour Marmontel vous seront rendus vendredi matin par M. Tabareau. Je les tenais tout prêts. J'avais encore d'autres papiers à vous communiquer quand vous êtes partie !

Voici bien une autre preuve des persécutions de ma destinée. La Harpe est cause de mon malheur. Qui m'aurait dit que La Harpe me ferait mourir à cent lieues de vous n'aurait pas été cru. Enfin tout est avéré. Damilaville est allé chez cet Antoine qui demeure rue Hautefeuille. Cet Antoine que La Harpe disait lui avoir donné la copie de cette misère en question, cet Antoine qui *ne lui avait donné qu'une copie infidèle sur laquelle il rectifia celles que lui La Harpe fit courir* (parce qu'apparemment La Harpe en avait une copie fidèle). Remarquez bien tout cela ; Antoine a répondu que La Harpe en avait menti ; et n'a pas ajouté à son nom des épithètes bien honorables. La Harpe ne s'est guère mieux conduit dans sa tracasserie avec Dorat. Enfin voilà l'origine de mon malheur. Voilà ce qui ouvre à Ferney le tombeau que j'y ai fait bâtir. Je ne me plaindrai point de La Harpe ; je n'accuserai que cette destinée qui fait tout, et je pardonne entièrement à La Harpe.

Vous verrez MM. de Choiseul, de Richelieu, d'Argental. Vous adoucirez mes malheurs ; c'est encore là votre destinée. Vous réussirez à Paris dans vos affaires et dans les miennes, vous reverrez votre frère et votre neveu. Si je meurs, je meurs tout entier à vous, si je vis ma vie est à vous. J'embrasse tendrement M. et Mme Dupuits. Je les aime, je les regrette, j'ai le cœur percé.

175. À ÉTIENNE-NOËL DAMILAVILLE

23 mars 1768

Cette lettre est pour M. d'Alembert et pour vous. Je demande le secret à l'un et à l'autre. Si la stance d'une certaine ode courait, vous sentez quelles suites horribles elle pourrait avoir. J'ai tout lieu de craindre qu'on n'ait pris le manuscrit avec le second chant. Mais il faut sagesse et silence.

176. À JEAN LE ROND D'ALEMBERT

23e mars 1768

Je pense que vous vous moquez de moi, mon cher philosophe ; moi soixante et treize ans ! J'en ai bien soixante-quatorze sonnés ; les belles caricatures qu'on a faites de moi me font naître le 20 novembre 1694, et je suis né le 20 février. Pensez-vous qu'à mon âge, pouvant à peine aller de ma chambre à mon jardin, j'aille faire une visite à Catherine à Moscou ou à Pétersbourg ? Et si j'avais la force et la taille de l'hetman des cosaques qui vint il y a quelques mois à Ferney, croyez-vous que je restasse plus de huit jours chez les descendants des Huns ?

Je vendrai peut-être Ferney que j'avais très embelli pour Mme Denis, et qui est assurément un des plus agréables châteaux de France. Je pourrai le vendre pour faire face à nos affaires que notre métier d'aubergiste de l'Europe, et les fêtes données par maman ont un peu dérangées. Mais les grands seigneurs de

Paris qui nous doivent des dix années d'arrérages nous ont plus dérangés encore. Si elle ne sait pas se faire payer, elle sera pauvre. Si elle réussit, elle sera riche.

Elle se moque du monde de vous dire que son voyage n'était pas nécessaire, et je l'en gronde comme je le dois. Si je vends Ferney, je me retirerai dans la terre de Tournay qui est contiguë. Le château n'est pas si beau, mais je n'aime pas le faste.

Je vous demande en grâce, mon cher ami, de me dire si La Harpe ne vous a pas confié une certaine ode où il se trouvait cette strophe :

Quel est parmi nous le barbare ?
Ce n'est point le brave officier
Qui de Champagne ou de Navarre
Dirige le courage altier.
C'est ce pédant dur et tranquille,
Gonflé d'un orgueil imbécile
Et qui pense avoir mérité
. . . .
Le droit d'accabler ses semblables
Pour l'avoir jadis acheté[1],
etc.

Il serait bien triste que cela parût, surtout dans le moment présent. Je n'ai rien à ajouter sur l'infidélité, et sur la conduite étrange de La Harpe, sinon qu'après l'avoir grondé il faut lui pardonner. Vous ne sauriez croire à quel point votre amitié me console, et un peu de philosophie me soutiendra jusqu'au moment où mon corps sera rendu aux quatre éléments, et où ma faculté de penser sera avec ma faculté de digérer.

177. À MARIE-JUSTINE-BENOÎTE FAVART

23e mars 1768, au château de Ferney

Vous ne sauriez croire, Madame, combien je vous suis obligé. Ce que vous avez bien voulu m'envoyer est plein d'esprit et de grâces, et je crois toujours que le dernier ouvrage de M. Favart est le meilleur. Ma foi il n'y a plus que l'Opéra-Comique qui soutienne la réputation de la France. J'en suis fâché pour la vieille Melpomène, mais la jeune Thalie de l'hôtel de Bourgogne éclipse bien par ses agréments la vieille majesté de la reine du théâtre. Permettez-moi d'embrasser M. Favart. J'ai l'honneur d'être avec les sentiments que je dois à tous deux, Madame, votre très humble et très obéissant serviteur

VOLTAIRE.

Pardonnez, Madame, le papier s'est trouvé coupé.

178. À LOUISE-SUZANNE GALLATIN

Je vous envoie, Madame, tout ce que j'ai. Si votre aimable prince veut se faire une petite bibliothèque de tous les rogatons nouveaux sur ces matières, il faut qu'il fasse donner ordre à Marc-Michel Rey, libraire à Amsterdam, de faire tenir à Cassel à un homme de confiance, tout ce qui a été imprimé depuis un an ou dix-huit mois.

On m'a dit qu'il y a dans Genève un nommé Grasset, rue Verdaine, dont il faut taire le nom, qui vend en secret quelques-unes de ces brochures aux honnêtes gens par lesquels il est sûr de n'être pas compromis. Voici un petit billet qui servira de passeport à celui qui voudra acheter.

Mille respects.

V.

23e mars 1768

179. À GABRIEL GRASSET

Vous pouvez vendre en toute sûreté au porteur ce qu'il vous demandera.

22e mars 1768

180. À PAUL-CLAUDE MOULTOU

Mon très cher et très aimable philosophe, il est vrai que je veux vendre Ferney. Je suis las de vivre en fermier général ou en prince de l'Empire. Nos affaires ont été très dérangées pour avoir donné pendant quatorze ans bals, ballets et comédies, et pour avoir été les aubergistes de l'Europe. Mme Denis va tâcher de rassembler quelques débris à Paris. Je lui donne vingt mille francs de pension, et je me réserve de quoi vivre philosophiquement à Tournay, si je puis trouver un prix raisonnable de Ferney. Quiconque l'achètera ne pourra que faire un très bon marché. Puisque vous avez la bonté de m'en procurer la défaite, vous recevrez demain un mémoire très fidèle concernant la terre. J'aurai l'honneur de vous parler une autre fois de Paul apôtre. Permettez qu'aujourd'hui le spirituel soit un peu sacrifié au temporel.

Si vous n'avez plus besoin du *Militaire philosophe* je vous supplie de me le renvoyer.

Je vous embrasse en Zwingle qui pensait que toutes les religions étaient bonnes, excepté la tyrannie romaine.

23e mars [1768]

181. À MARIE DE VICHY DE CHAMROND, MARQUISE DU DEFFAND

30e mars 1768

Quand j'ai un objet, Madame, quand on me donne un thème, comme par exemple de savoir si l'âme des puces est immortelle, si le mouvement est essentiel à la matière, si les opéras-comiques sont préférables à *Cinna* et à *Phèdre*, ou pourquoi Mme Denis est à Paris, et moi entre les Alpes et le mont Jura, alors j'écris régulièrement, et ma plume va comme une folle.

L'amitié dont vous m'honorez me sera bien chère jusqu'à mon dernier moment, et je vais vous ouvrir mon cœur.

J'ai été pendant quatorze ans l'aubergiste de l'Europe, et je me suis lassé de cette profession. J'ai reçu chez moi trois ou quatre cents Anglais qui sont tous si amoureux de leur patrie que presque pas un seul ne s'est souvenu de moi après son départ, excepté un prêtre écossais nommé Broun, ennemi de M. Hume, qui a écrit contre moi, et qui m'a reproché d'aller à confesse, ce qui est assurément bien dur.

J'ai eu chez moi des colonels français avec tous leurs officiers pendant plus d'un mois. Ils servent si bien le roi qu'ils n'ont seulement pas eu le temps d'écrire ni à Mme Denis ni à moi.

J'ai bâti un château comme Béchamel[1], et une église comme Lefranc de Pompignan. J'ai dépensé cinq cent mille francs à ces œuvres profanes et pies. Enfin, d'illustres débiteurs de Paris et d'Allemagne, voyant que ces magnificences ne me convenaient point, ont jugé à propos de me retrancher les vivres pour me rendre sage. Je me suis trouvé tout d'un coup presque réduit à la philosophie. J'ai envoyé Mme Denis solliciter les généreux Français, et je me suis chargé des généreux Allemands.

Mon âge de soixante et quatorze ans, et des maladies continuelles me condamnent au régime et à la retraite. Cette vie ne peut convenir à Mme Denis, qui avait forcé la nature pour vivre avec moi à la campagne. Il lui fallait des fêtes continuelles pour lui faire supporter l'horreur de mes déserts, qui de l'aveu des Russes sont pires que la Sibérie pendant cinq mois de l'année. On voit de sa fenêtre trente lieues de pays, mais ce sont trente lieues de montagnes, de neiges et de précipices. C'est Naples en été, et la Laponie en hiver. Mme Denis avait besoin de Paris ; la petite Corneille en avait encore plus besoin. Elle ne l'a vu que dans un temps où ni son âge, ni sa situation ne lui permettaient de le connaître. J'ai fait un effort pour me séparer d'elles, et pour leur procurer des plaisirs à la tête desquels je mets celui qu'elles ont eu de vous rendre leurs devoirs. Voilà, Madame, l'exacte vérité sur laquelle on a bâti bien des fables, selon la louable coutume de votre pays, et je crois même de tous les pays.

J'ai reçu de Hollande une *Princesse de Babylone*. J'aime mieux les *Quarante écus* que je ne vous envoie point, parce que vous n'êtes pas arithméticienne, et que vous ne vous souciez guère de savoir si la France est riche ou pauvre. La princesse part sous l'enveloppe de Mme la duchesse de Choiseul. Si elle vous amuse je ferai plus de cas de l'Euphrate que de la Seine.

J'ai reçu une petite lettre de Mme de Choiseul ; elle me paraît digne de vous aimer. Je suis fâché contre M. le président Hénault ; mais j'ai cent fois plus d'estime et d'amitié pour lui que je n'ai de colère.

Adieu, Madame, tolérez la vie ; je la tolère bien. Il ne vous manque que des yeux, et tout me manque. Mais assurément les sentiments que je vous dois et que je vous ai voués ne me manquent pas.

V.

182. À LOUISE-SUZANNE GALLATIN

[1768 ?]

Sans doute, Madame. Ne suis-je pas toujours à vos ordres ?

V.

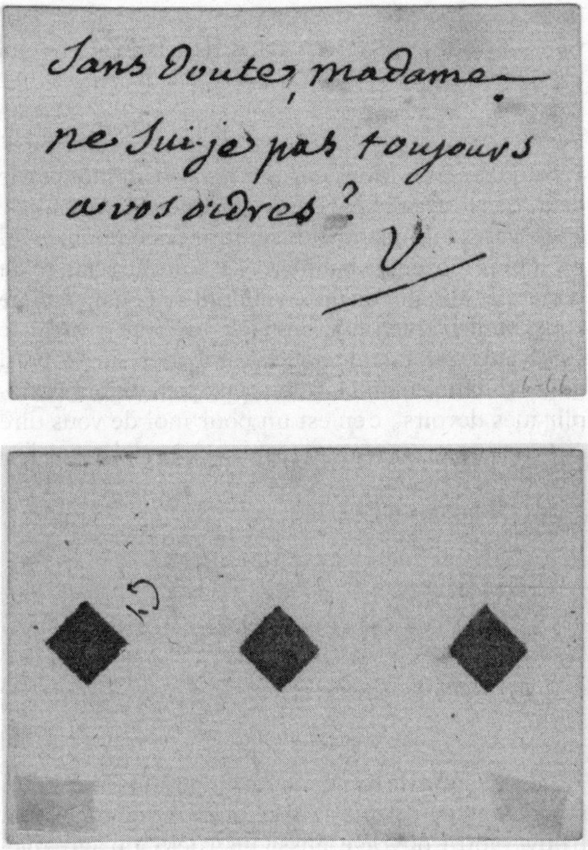
Sans doute, madame. ne sui-je pas toujours a vos ordres ?

V

À Louise-Suzanne Gallatin, 1768

183. [DESTINATAIRE INCONNU]

27 juillet [1768], à Ferney

Ne jugez pas, Monsieur, de ma sensibilité, par le délai de ma réponse. Je suis quelquefois un malade assez gai ; mais quand mes souffrances redoublent, il n'y a plus moyen de badiner avec son vaisseau, ni de remercier aussitôt qu'on le voudrait ceux qui, comme vous, veulent bien lui souhaiter un bon voyage. Je suis vieux : je fais quelques gambades sur le bord de mon tombeau, mais je ne peux pas toujours remplir mes devoirs ; c'en est un pour moi de vous dire combien vos vers sont agréables et à quel point j'en suis reconnaissant.

J'ai l'honneur d'être, etc.

184. À CHARLES-ALEXANDRE GUILLAUMOT

Au château de Ferney, 24 auguste [1768]

Si ma mauvaise santé me l'avait permis, Monsieur, il y a longtemps que je vous aurais remercié. J'ai trouvé votre ouvrage aussi instructif qu'agréable. J'en suis devenu un peu moins indigne, depuis que je n'ai eu l'honneur de vous voir. J'ai fort augmenté ma petite chaumière, et j'en ai changé l'architecture ; mais j'habite un désert, et je m'intéresse toujours à Paris, comme on aime ses anciens amis avec leurs défauts.

Je suis toujours fâché de voir le faubourg Saint-

Germain sans aucune place publique ; des rues si mal alignées ; des marchés dans les rues ; des maisons sans eau, et même des fontaines qui en manquent, et encore quelles fontaines de village ! Mais en récompense les cordeliers, les capucins, ont de très grands emplacements. J'espère que dans cinq ou six cents ans tout cela sera corrigé ! En attendant, je vous souhaite tous les succès que vos grands talents méritent.

J'ai l'honneur d'être avec toute l'estime qui vous est due Monsieur, votre très humble et très obéissant serviteur

VOLTAIRE.

185. À CHARLES-JOSEPH PANCKOUCKE

[Octobre-novembre 1768]

L'académie de Rouen, Monsieur, me fait l'honneur de m'écrire que vous êtes chargé depuis un mois de me faire parvenir deux exemplaires du discours qui a remporté le prix. Je ne crois pas que les commis de la douane des pensées trouvent rien de contraire à la théologie orthodoxe dans l'*Éloge de Pierre Corneille*. Peut-être seront-ils plus difficiles pour *Le Siècle de Louis XIV et de Louis XV*, attendu que dans une histoire il y a toujours plusieurs choses mal sonnantes pour beaucoup d'oreilles. On dit que ceux qui ont les plus longues vous font quelques petites difficultés.

Notre ami Gabriel m'a averti que vous désiriez que je fisse une petite galanterie à monsieur le Chancelier et à M. de Sartines[1]. Je leur envoie quatre volumes en beau maroquin, à filets d'or, mais cela ne désarmera pas les ennemis du sens commun, et n'empêchera pas les dogues de saint Médard d'aboyer et de mordre. Vous aurez à combattre, car vous et moi nous pouvons nous vanter d'avoir quelques rivaux.

Des gredins du Parnasse ont dit que je vends mes ouvrages. Ces malheureux cherchent à penser pour vivre, et moi je n'ai vécu que pour penser. Non, Monsieur, je n'ai point trafiqué de mes idées ; mais je vous avertis qu'elles vous porteront malheur, et que vous les vendrez à la livre très bon marché, si on s'opiniâtre à faire un si prodigieux recueil de choses inutiles. Un auteur ne va point à la gloire, et un libraire à la fortune avec un si lourd bagage. Passe pour de gros dictionnaires, mais pour de gros livres de pur agrément, c'est se moquer du public ; c'est se faire un magasin de coquilles et d'ailes de papillons.

Quant à votre entreprise de la nouvelle encyclopédie, gardez-vous bien encore une fois de retrancher tous les articles de M. le chevalier de Jaucourt. Il y en a d'extrêmement utiles, et qui se ressentent de la noblesse d'âme d'un homme de qualité et d'un bon citoyen, tels que celui du Labarum. Gardez-vous des idées particulières et des paradoxes en fait de belles-lettres. Un dictionnaire doit être un monument de vérité et de goût, et non pas un magasin de fantaisies. Songez surtout qu'il faut plutôt retrancher qu'ajouter à cette encyclopédie. Il y a des articles qui ne sont qu'une déclamation insupportable. Ceux qui ont voulu se faire valoir en y insérant leurs puérilités ont absolument gâté cet ouvrage. La rage du bel esprit est absolument incompatible avec un bon dictionnaire. L'enthousiasme y nuit encore plus, et les exclamations à la Jean-Jacques sont d'un prodigieux ridicule.

Je vous embrasse sans cérémonie, mais de tout mon cœur.

186. À JEAN LE ROND D'ALEMBERT

2 novembre 1768

Mon cher et illustre philosophe, je ne sais d'autre anecdote sur M. l'abbé d'Olivet, sinon que quand il était notre préfet aux jésuites il nous donnait des claques sur les fesses par amusement. Si M. l'abbé de Condillac veut placer cela dans son éloge, il faudra qu'il fasse une petite dissertation sur l'amour platonique.

Depuis ce temps-là il fut éditeur, commentateur, traducteur de Cicéron et a vécu vingt ans plus que lui. C'était sans doute le plus grand cicéronien de tous les Francs-Comtois sans même en excepter l'abbé Bergier malgré sa catilinaire contre Fréret.

M. l'abbé Caille m'a chargé de vous envoyer trois empereurs. Ce jeune abbé Caille promet quelque chose. Il pourra aller loin en théologie. L'abbé Mords-les doit en avoir fourni un exemplaire à notre confrère Marmontel qui est fort bien dans la cour de ces trois empereurs damnés. Ces secrets ne sont que pour les adeptes.

Interim vale.

V.

Il doit y avoir à présent pour vous un *Siècle de Louis XIV et de Louis XV* à la chambre syndicale, il y a huit jours qu'il est parti par la diligence.

187. À PIERRE DE BUISSON, CHEVALIER DE BEAUTEVILLE

4 novembre 1768, à Ferney

Monsieur,

Je suis obligé en honneur de rendre compte à Votre Excellence de ce qui vient de m'arriver. Une dame fort jolie et fort affligée est venue chez moi. Je n'ai pas à mon âge de quoi la consoler, elle m'a assuré qu'il n'y avait que vous qui pussiez lui donner de la consolation. « J'ai le malheur, m'a-t-elle dit, d'être la femme d'un poète. — Votre mari est-il jeune, Madame, fait-il bien des vers ? — Ah, Monsieur, il les fait détestables. — Cela est fort commun, Madame, mais que peut un ambassadeur de France contre la rage de faire de mauvais vers ? — Monsieur, je suis genevoise, et mon mari est un jeune étourdi, nommé Lamande. — Eh bien, Madame, envoyez-le chez Jean-Jacques Rousseau ; ils travailleront du même métier. — Monsieur, il y a renoncé pour sa vie, il s'avisa il y a deux ans, pendant les troubles de Genève où personne ne s'entendait, de faire une mauvaise brochure en vers qu'on n'entendait pas davantage ; il a été banni pour neuf ans par un arrêt du Conseil Magnifique, il a un père encore plus vieux que vous qui est aveugle et qui se trouve sans secours ; ma mère vieille et infirme a besoin de mes soins, je passe ma vie à courir pour me partager entre ma mère et mon mari, monsieur l'ambassadeur de France est le seul qui puisse finir mes malheurs. »

J'ai répondu alors de Votre Excellence, j'ai assuré la désolée que si elle venait à votre lever elle s'en trouverait assez bien ; mais que vous étiez actuellement occupé avec les dames de Saint-Omer. « Hélas, Monsieur, m'a-t-elle répliqué, il peut de Saint-Omer pardonner à mon mari et me le rendre. On a prétendu que mon mari lui avait manqué de respect dans son impertinent ouvrage où personne n'a jamais rien compris. — Madame, ai-je dit, si votre mari avait été citoyen de Bergopsom, M. le chevalier de Beauteville lui aurait très mal fait passer son temps ; mais s'il est citoyen de Genève et s'il a écrit des sottises, soyez très persuadée que M. l'ambassadeur de France n'en sait rien, qu'il ne lit point ces pauvretés, ou qu'il ne s'en souvient plus. » Alors elle s'est remise à pleurer. « Ah que monsieur l'ambassadeur pourrait faire une belle action ! disait-elle. — Il la fera, Madame, n'en doutez pas, c'est une de ses habitudes ; de quoi s'agit-il ? — Ce serait, Monsieur, qu'il trouvât bon que mon Magnifique conseil abrégeât le temps du bannissement de mon sot mari qui a voulu faire le bel esprit ; il ne faudrait pour cela qu'un mot de la main de Son Excellence. La grâce de mon mari sera accordée si monsieur l'ambassadeur daigne seulement vous témoigner qu'il sera satisfait que ce Magnifique conseil laisse revenir mon mari Lamande dans sa patrie, et que je puisse y soulager la vieillesse de mes parents. Prenez la liberté de lui demander cette faveur, il ne vous refusera pas : car c'est sans doute une chose très indifférente pour lui que le sieur Lamande et moi, nous soyons à Genève ou en Savoie. »

Enfin, Monsieur, elle m'a tant pressé, tant conjuré que j'ose vous conjurer aussi. Une nombreuse famille vous aura l'obligation de la fin de ses peines. Votre Excellence peut avoir la bonté de m'écrire qu'elle est satisfaite des deux ans d'expiation de Lamande, et qu'elle daignera voir avec plaisir qu'il soit rappelé dans sa ville. Voyez, Monsieur, si j'ai trop présumé en vous demandant cette grâce et si vous pardonnez à Lamande et à mon importunité.

Le plus grand plaisir que m'ait fait la jolie pleureuse a été de me fournir cette occasion de vous renouveler le respect et l'attachement avec...

188. À MARIE DE VICHY DE CHAMROND, MARQUISE DU DEFFAND

3e avril 1769, à Ferney

Chacun a son diable, Madame, dans cet enfer de la vie. Le mien m'a affublé de onze accès de fièvre, et me voilà ; mais ce n'est pas pour longtemps. En vérité c'est dommage que la nature m'ayant fait, ce me semble, pour vivre avec vous, me fasse mourir si loin de vous. Quand je dis que nos deux espèces d'âmes étaient modelées l'une pour l'autre, n'allez pas croire que ma vanité radote. Le fait est clair. Vous me dites par votre dernière lettre que *les choses qui ne peuvent nous être connues ne nous sont pas nécessaires*. Grand mot, Madame, grande vérité ; et qui plus est, vérité consolante. Où il n'y a rien le roi perd ses droits, et Dieu aussi. Faites-vous lire s'il vous plaît l'article « Nécessaire », dans un certain livre alphabétique, vous y verrez votre pensée.

C'est un dialogue entre Selim et Osmin, deux braves musulmans ; et Osmin conclut que la nature n'ayant pas favorisé le genre humain en tout temps et en tout lieu du divin Alcoran, l'Alcoran n'est pas nécessaire à l'homme.

Au reste je sens très bien que le siècle de Louis XIV est si prodigieusement supérieur au siècle présent, que les athées de ce temps-ci ne valent pas même ceux du temps passé. Il n'y en a aucun qui approche de Spinosa. Ce Spinosa admettait avec toute l'Antiquité une intelligence universelle, et il faut bien qu'il y en ait une puisque nous avons de l'intelligence. Nos athées modernes substituent à cela je ne sais quelle nature incompréhensible, et je ne sais quels calculs impossibles. C'est un galimatias qui fait pitié. J'aime mieux lire un conte de La Fontaine (quoique par parenthèse ses contes soient autant au-dessous de l'Arioste que l'écolier est au-dessous du maître). Cependant, ces philosophes ont tous quelque chose d'excellent. Leur horreur pour le fanatisme, et leur amour de la tolérance m'attache à eux. Ces deux points doivent leur concilier l'amitié de tous les honnêtes gens.

Je passe des athées à Sémiramis. Que voulez-vous, s'il vous plaît, que je fasse ? Je ne saurais en vérité prendre le parti de Moustapha contre elle. Son fils l'aime, son peuple l'aime, sa cour l'idolâtre. Elle m'envoie le portrait de son beau visage entouré de vingt gros diamants, avec la plus belle pelisse du Nord, et un Code de lois aussi admirable que notre jurisprudence française est impertinente. On parle français à Moscou et en Ukraine. Ce n'est ni le parlement de Paris, ni la Sorbonne qui ont établi des chaires de professeurs en notre langue dans ces pays autrefois si barbares. Peut-être y ai-je un peu contribué. Permettez-moi d'avoir quelque condescendance pour un empire de deux mille lieues d'étendue où je suis aimé, tandis que je ne suis pas excessivement bien traité dans la petite partie occidentale de l'Europe où le hasard m'a fait naître.

Je vous avoue que j'aimerais mieux avoir l'honneur de souper avec vous dans votre couvent de Saint-Joseph que de rester au milieu des neiges de l'épouvantable chaîne des Alpes, ou de courir de roi en impératrice. Soyez très sûre, Madame, que vos lettres ont fait de mon envie extrême de vous revoir une très grande passion. Comptez que mon âme court après la vôtre.

Je serais peut-être un peu décontenancé devant Mme la duchesse de Choi... Quand le vieux chevalier Des Touches Canon, père putatif de d'Alembert, voyait une jolie femme bien aimable il lui disait : « Passez, passez vite, Madame, vous n'êtes pas de ma sorte. » Je suis devenu un peu grossier dans ma retraite.

Que m'importe que la nature
En dessinant ses traits chéris
Pour modèle ait pris la figure
De la Vénus de Médicis ?
Je suis berger, mais non Pâris,
Un vieux berger n'est pas un homme.
Je pourrais lui donner la pomme
Sans que mon cœur en fût épris,
Et sans que la maligne engeance
Des déesses de son pays
Reprochât à mes sens surpris
D'être séduits par l'apparence !
Je sais que son esprit orné
A toute la délicatesse
Que l'on vanta dans Sévigné
Avec beaucoup plus de justesse.
Qu'elle aime fort la vérité
Mais ne la dit qu'avec finesse.
Ma grossière rusticité,

Et mon impudence suissesse
Auraient grand-peine à se prêter
À tant de grâce et de souplesse.
Il faut que pour bien s'ajuster
Les gens soient d'une même espèce.
Vous dont l'esprit et les bons mots,
L'imagination féconde,
La repartie et l'à-propos
Font toujours le charme du monde,
Vous ma brillante Du Deffand
Conservez dans votre retraite,
Vivez avec la grand-maman,
C'est pour vous que les dieux l'ont faite.
Si j'allais très imprudemment
Troubler vos séances secrètes,
Que diriez-vous d'un chat-huant
Introduit entre deux fauvettes ?

Cependant je veux savoir qui soupe entre Mme de Choi.... et vous ; qui en est digne ; qui soutient encore l'honneur du siècle.

Que voulez-vous que je vous dise ? Hélas toutes ces petites consolations ne sont encore que des emplâtres sur la blessure de la vie. Mais dans votre malheur vous avez du moins le meilleur des remèdes, et puisque vous existez, qu'y a-t-il de mieux que de consumer quelques moments de cette existence douloureuse et passagère avec des amis qui sont au-dessus du commun des hommes ?

Vous m'avez donné une grande satisfaction en m'apprenant que le président a repris son âme.

Hélas qu'a-t-il pu ressaisir
De cette âme qui sut vous plaire ?
Quelque faible ressouvenir

De quelque image bien légère
Qui ne revient que pour s'enfuir ?
A-t-il du moins quelque désir
Même encor sans le satisfaire ?
A-t-il quelque ombre de plaisir ?
Voilà notre importante affaire.
Qu'on a peu de temps pour jouir !
Et la jouissance est un songe.
Du néant tout semble sortir,
Dans le néant tout se replonge.
Plus d'un bel esprit nous l'a dit ;
Un autre Hénault et Deshoulière,
Chapelle et Chaulieu l'ont écrit.
L'Antiquité leur devancière
Mille fois nous en avertit.
La Sorbonne dit le contraire,
À ces messieurs rien n'est voilé,
Et quand la Sorbonne a parlé
Les beaux esprits doivent se taire.

Dites, je vous en conjure, au délabré président combien je m'intéresse à son âme aimable. La mienne prend la liberté d'embrasser la vôtre. Adieu, Madame, vivons comme nous pourrons.

V.

P.-S. La lettre à Guillemet fut renvoyée à Versailles, de Versailles à Lyon, de Lyon à Genève, et m'a enfin été rendue. Elle est charmante.

189. À LOUISE-HONORINE CROZAT DU CHÂTEL, DUCHESSE DE CHOISEUL

3e juillet 1769, Lyon

Guillemet ignore si Madame la Duchesse est dans son palais de Paris, ou dans son palais de Chanteloup, ou dans sa chambre de Versailles. Quelque part où elle soit, elle dit ou elle fait des choses très agréables.

Guillemet prend la liberté de lui en dépêcher qui ne sont pas peut-être de ce genre. Mais comme elle est très tolérante il s'est imaginé qu'elle pourrait jeter un coup d'œil sur une tragédie où l'on dit que la tolérance est prêchée. Monseigneur son époux le Corsique aurait-il le temps de s'amuser un moment de cette bagatelle ? Guillemet en doute. Monseigneur a un nouveau royaume et un nouveau pape à gouverner, et force petits menus soins qui prennent vingt-quatre heures au moins dans la journée. Les détails me pilent, disait Montaigne, à ce qu'on m'a rapporté[1]. Voilà pourquoi Guillemet se garde bien d'écrire à Monseigneur ; mais quand nous entendons parler de ses succès dans nos climats sauvages, notre cœur danse de joie.

Je vais bientôt, Madame, quitter la typographie avant que je quitte absolument la vie, selon le conseil de La Bletterie. Je suis comme l'apothicaire Arnoud qui se plaignait que l'on contrefît toujours ses sachets, cela dégoûte à la fin du métier, les typographes comme les apothicaires ; ainsi, Madame, vous vous pourvoirez, s'il vous plaît, ailleurs ; il faut bien que tout finisse. Il faut surtout finir cette lettre de peur de vous ennuyer. Daignez donc, Madame, agréer le profond respect qui ne finira qu'avec la vie de

GUILLEMET.

P.-S. — Je ne sais comment je suis avec madame votre petite-fille depuis un certain déjeuner. Je ne sais si elle aime encore les vers ; je ne sais rien d'elle.

190. À JACQUES LACOMBE

À Ferney, 9e juillet 1769

Toutes les réflexions, Monsieur, toutes les critiques que j'ai lues sur les ouvrages nouveaux dans votre *Mercure*, m'ont paru des leçons de sagesse et de goût. Ce mérite assez rare m'a fait regarder votre ouvrage périodique comme très utile à la littérature.

Vous ne répondez pas des pièces qu'on vous envoie. Il y en a une sous mon nom, page 53 du *Mercure* de juillet ; c'est une lettre qu'on prétend que j'ai écrite à mon cher B***. On me fait dire en vers un peu singuliers à mon cher B*** *que le feu est l'âme du monde, que sa clarté l'inonde, que le feu maintient les ressorts de la machine ronde et que sa plus belle production est la lumière éthérée dont Newton le premier par sa main inspirée, sépara les couleurs par la réfraction*.

Je vous avoue que je me souviens pas d'avoir jamais écrit ces vers à mon cher B. que je n'ai pas l'honneur de connaître. Je vous ai déjà mandé qu'on m'attribuait trois ou quatre cents pièces de vers et de prose que je n'ai jamais lues.

On a imprimé sous mon nom les amours de Moustapha et d'Elmire, les aventures du chevalier Ker, et j'espère que bientôt on m'attribuera le parfait teinturier et l'histoire des conciles en général.

Je vous ai déjà parlé de l'*Histoire du Parlement*. Cet ouvrage m'est enfin tombé entre les mains. Il est à la vérité mieux écrit que les amours de Moustapha ; mais le commencement m'en paraît un peu superficiel et la fin indécente. Quelque peu instruit que je sois dans ces matières, je conseille à l'auteur de s'en instruire plus à fond, et de ne point laisser courir sous mon nom un ouvrage aussi informe dont le sujet mériterait d'être approfondi par une très longue étude et avec une grande sagesse. On est accoutumé d'ailleurs à cet acharnement avec lequel on m'impute tant d'ouvrages nouveaux. Je suis le contraire du geai de la fable qui se parait des plumes du paon. Beaucoup d'oiseaux qui n'ont peut-être du paon que la voix prennent plaisir à me couvrir de leurs propres plumes ; je ne puis que les secouer et faire mes protestations que je consigne dans votre greffe de littérature.

J'ai l'honneur d'être, Monsieur, avec toute l'estime que je vous dois,

votre, etc.

191. À CHARLES-AUGUSTIN FERRIOL, COMTE D'ARGENTAL

30e auguste 1769

Mon cher ange, j'ai été un peu malade, je ne suis pas de fer comme vous savez ; c'est ce qui fait que je ne vous ai pas remercié plus tôt de votre dernière lettre.

Le jeune auteur des *Guèbres* m'est venu trouver ; il a beaucoup ajouté à son ouvrage, et j'ai été assez content de ce qu'il a fait de nouveau. Mais tous ses soins et toute sa sagesse ne désarmeront probablement pas les prêtres de Pluton. On était prêt de jouer cette pièce à Lyon, la seule crainte de l'archevêque, qui n'est pourtant qu'un prêtre de Vénus, a rendu les empressements des comédiens inutiles. L'intendant veut la faire jouer à sa campagne ; je ne sais pas encore ce qui en arrivera. Il se trouve par une fatalité singulière que ce n'est pas la prêtraille que nous avons à combattre dans cette occasion, mais les ennemis de cette prêtraille qui craignent de trop offenser leurs ennemis.

J'ai écrit à M. le maréchal de Richelieu pour le prier de faire mettre *Les Scythes* sur la liste de Fontainebleau. *Les Scythes* ne valent pas *Les Guèbres*, il s'en faut beaucoup ; mais tels qu'ils sont ils pourront être utiles à Lekain, et lui fournir trois ou quatre représentations à Paris.

Je me flatte que la rage de m'attribuer ce que je n'ai pas fait est un peu diminuée.

Je ne me mêle point de l'affaire de Martin. Elle n'est que trop vraie, quoi qu'en dise mon gros petit neveu qui a compulsé les registres de la Tournelle de cette année au lieu de ceux de 1767. Mais j'ai bien assez des Sirven sans me mêler des Martin. Je ne peux pas être le don Quichotte de tous les roués et de tous les pendus. Je ne vois de tous côtés que les injustices les plus barbares ; Lally et son bâillon, Sirven, Calas, Martin, le chevalier de La Barre se présentent quelquefois à moi dans mes rêves. On croit que notre siècle n'est que ridicule, il est horrible. La nation passe un peu pour être une jolie troupe de singes, mais parmi ces singes il y a des tigres, et il y en a toujours eu. J'ai toujours la fièvre le 24 du mois d'auguste, que les barbares Welches nomment août. Vous savez que c'est le jour de la Saint-Barthélemy, mais je tombe en défaillance le 14 mai où l'esprit de la Ligue catholique qui dominait encore dans la moitié de la France assassina Henri IV par les mains d'un révérend père feuillant. Cependant les Français dansent comme si de rien n'était.

Vous me demandez ce que c'est que l'aventure du pape et de la perruque. C'est que mon ex-jésuite Adam voulait me dire la messe en perruque pour ne pas s'enrhumer, et que j'ai demandé cette permission au pape, qui me l'a accordée. Mais l'évêque, qui est une tête à perruque, est venu à la traverse et il ne tient qu'à moi de lui faire un procès en cour de Rome, ce qu'assurément je ne ferai pas.

Le parlement de Toulouse semble faire amende honorable aux mânes de Calas en favorisant l'innocence de Sirven. Il a déjà rendu un arrêt par lequel il déclare le juge subalterne qui a jugé toute la famille à être pendue incapable de revoir cette affaire, et la remet à d'autres juges. C'est beaucoup. Je regarde le procès des Sirven comme gagné. J'avais besoin de cette consolation. Mes très tendres respects à mes deux anges.

V.

192. À LOUISE-HONORINE CROZAT DU CHÂTEL, DUCHESSE DE CHOISEUL

Ferney, 4 septembre 1769

Madame Gargantua,

Pardon de la liberté grande, mais comme j'ai appris que monseigneur votre époux forme une colonie dans les neiges de mon voisinage, j'ai cru devoir vous montrer à tous deux ce que notre climat qui passe pour celui de la Sibérie sept mois de l'année peut produire d'utile.

Ce sont mes vers à soie qui m'ont donné de quoi faire ces bas, ce sont mes mains qui ont travaillé à les fabriquer chez moi avec le fils de Calas ; ce sont les premiers bas qu'on ait faits dans le pays.

Daignez les mettre, Madame, une seule fois, montrez ensuite vos jambes à qui vous voudrez, et si on n'avoue pas que ma soie est plus forte et plus belle que celle de Provence et d'Italie, je renonce au métier. Donnez-les ensuite à une de vos femmes, ils lui dureront un an.

Il faut donc que monseigneur votre époux soit bien persuadé qu'il n'y a point de pays si disgracié de la nature qu'on ne puisse en tirer parti.

Je me mets à vos pieds, j'ai sur eux des desseins ;
Je les prie humblement de m'accorder la joie
De les savoir logés dans ces mailles de soie
Qu'au milieu des frimas je formai de mes mains.
Si La Fontaine a dit : Déchaussons ce que j'aime,
J'ose prendre un plus noble soin ;
Mais il vaudrait bien mieux, j'en juge par moi-même,
Vous contempler de près que vous chausser de loin.

Vous verrez, Madame Gargantua, que j'ai pris tout juste la mesure de votre soulier. Je ne suis fait pour contempler ni vos yeux ni vos pieds mais je suis tout fier de vous présenter de la soie de mon cru.

Si jamais il arrive un temps de disette, je vous enverrai dans un cornet de papier du blé que je sème et vous verrez si je ne suis pas un bon agriculteur digne de votre protection.

On dit que vous avez reçu parfaitement un petit médecin de votre colonie, mais un laboureur est bien plus utile qu'un médecin. Je ne suis plus typographe, je me donne entièrement à l'agriculture depuis le poème des *Saisons* de M. de Saint-Lambert. Cependant s'il paraît quelque chose de bien philosophique qui puisse vous amuser, je serai toujours à vos ordres.

Agréez, Madame, le profond respect de votre ancien colporteur, laboureur et manufacturier

GUILLEMET.

193. À CATHERINE II, IMPÉRATRICE DE RUSSIE

30e octobre 1769, à Ferney

Madame,

Votre Majesté Impériale me rend la vie en tuant des Turcs. La lettre dont elle m'honore du 22 septembre me fait sauter de mon lit en criant *alla Catharina !* J'avais donc raison, j'étais plus prophète que Mahomet ; Dieu et vos troupes victorieuses m'avaient donc exaucé quand je chantais *Te Catharinam laudamus, te dominam confitemur*[a]. L'ange Gabriel m'avait donc instruit de la déroute entière de l'armée ottomane, de la prise de Choczim, et m'avait montré du doigt le chemin de Yassi.

Je suis réellement, Madame, au comble de la joie, je suis enchanté, je vous remercie, et pour ajouter à mon bonheur, vous devez toute cette gloire à Monsieur le nonce. S'il n'avait pas déchaîné le Divan contre Votre Majesté, vous n'auriez pas vengé l'Europe.

Voilà donc ma législatrice entièrement victorieuse. Je ne sais pas si on a tâché de supprimer à Paris et à Constantinople votre instruction pour le code de la Russie ; mais je sais qu'on devrait le cacher aux Français ; c'est un reproche trop honteux pour nous de notre ancienne jurisprudence ridicule et barbare presque entièrement fondée sur les décrétales des papes, et sur la jurisprudence ecclésiastique.

Je ne suis pas dans votre secret ; mais le départ de votre flotte me transporte d'admiration. Si l'ange Gabriel ne m'a pas trompé c'est la plus belle entreprise qu'on ait faite depuis Annibal.

Permettez que j'envoie à Votre Majesté la copie de la lettre que j'écris au roi de Prusse. Comme vous y êtes pour quelque chose, j'ai cru devoir la soumettre à votre jugement.

Que Dieu me donne de la santé, et certainement je viendrai me mettre à vos pieds l'été prochain pour quelques jours, ou même pour quelques heures si je ne puis mieux faire.

a. « Nous te louons, Catherine, nous te reconnaissons comme notre maîtresse. »

Que Votre Majesté Impériale pardonne au désordre de ma joie, et agrée le profond respect d'un cœur plein de vous.

L'ERMITE DE FERNEY.

194. À FRÉDÉRIC II, ROI DE PRUSSE

Du 31e octobre 1769 à Ferney

Sire,

Un Bohémien qui a beaucoup d'esprit et de philosophie, nommé M. Grimm, m'a mandé que vous aviez initié l'empereur à nos saints mystères, et que vous n'étiez pas trop content que j'eusse passé près de deux ans sans vous écrire.

Je remercie Votre Majesté très humblement de ce petit reproche : je lui avouerai que j'ai été si fâché et si honteux du peu de succès de la transmigration de Clèves, que je n'ai osé depuis ce temps-là présenter aucune de mes idées à Votre Majesté. Quand je songe qu'un fou et un imbécile comme saint Ignace a trouvé une douzaine de prosélytes qui l'ont suivi, et que je n'ai pas pu trouver trois philosophes, j'ai été tenté de croire que la raison n'était bonne à rien ; d'ailleurs, quoi que vous en disiez, je suis devenu bien vieux, et, malgré toutes mes coquetteries avec l'impératrice de Russie, le fait est que j'ai été longtemps mourant et que je me meurs.

Mais je ressuscite et je reprends tous mes sentiments envers Votre Majesté et toute ma philosophie pour lui écrire aujourd'hui au sujet d'une petite extravagance anglaise qui regarde votre personne.

Elle se doutera bien que cette démence anglaise n'est pas gaie ; il y a beaucoup de sages en Angleterre, mais il y a autant de sombres enthousiastes. L'un de ces énergumènes qui peut-être a de bonnes intentions, s'est avisé de faire imprimer dans la gazette de la cour qu'on appelle *The Whitehall Evening-Post*, le 7 octobre, une prétendue lettre de moi à Votre Majesté dans laquelle je vous exhorte à ne plus corrompre la nation que vous gouvernez. Voici les propres mots fidèlement traduits :

« Quelle pitié si l'étendue de vos connaissances, vos talents et vos vertus ne vous servaient qu'à pervertir ces dons du ciel pour faire la misère et la désolation du genre humain. Vous n'avez rien à désirer, Sire, dans ce monde, que l'auguste titre d'un héros chrétien. »

Je me flatte que ce fanatique imprimera bientôt une lettre de moi au grand Turc Moustapha dans laquelle j'exhorterai Sa Hautesse à être un héros mahométan. Mais comme Moustapha n'a veine qui tende à le faire un héros et que ma véritable héroïne l'impératrice de Russie y a mis bon ordre, je ne crois pas que j'entreprenne cette conversion turque. Je m'en tiens aux princes et aux princesses du Nord qui me paraissent plus éclairés que tout le sérail de Constantinople.

Je ne réponds autre chose à l'auteur qui m'impute cette belle lettre à Votre Majesté, que ces quatre lignes-ci : *J'ai vu dans le* Whitehall Evening-Post, *du 7 octobre 1769, numéro 3668, une prétendue lettre de moi à Sa Majesté le roi de Prusse. Cette lettre est bien sotte, cependant je ne l'ai point écrite. Fait à Ferney le 29 octobre 1769. Voltaire.*

Il y a partout, Sire, de ces esprits également absurdes et méchants qui croient ou qui font semblant de croire qu'on n'a point de religion quand on n'est pas de leur secte. Ces superstitieux coquins ressemblent à la Philaminte des *Femmes savantes* de Molière ; ils disent :

Nul ne doit plaire à Dieu que nous et nos amis[1].

J'ai dit quelque part que La Motte Le Vayer, précepteur du frère de Louis XIV, répondit un jour à un de ces maroufles : *Mon ami, j'ai tant de religion que je ne suis pas de ta religion.*

Ils ignorent, ces pauvres gens, que le vrai culte, la vraie piété, la vraie sagesse est d'adorer Dieu comme le père commun de tous les hommes sans distinction, et d'être bienfaisant.

Ils ignorent que la religion ne consiste ni dans les rêveries des bons Quakers, ni dans celles des bons anabaptistes ou des piétistes, ni dans l'impanation et invination, ni dans un pèlerinage à Notre-Dame-de-Lorette, à Notre-Dame-des-Neiges, à Notre-Dame-des-Sept-Douleurs, mais dans la connaissance de l'Être suprême qui remplit toute la nature et dans la vertu.

Je ne vois pas que ce soit une piété bien éclairée qui ait refusé aux dissidents de Pologne les droits que leur donne leur naissance et qui ait appelé les janissaires de Notre saint père le Turc au secours des bons catholiques romains de la Sarmatie. Ce n'est point probablement le Saint-Esprit qui a dirigé cette affaire ; à moins que ce ne soit un Saint-Esprit du R.P. père Malagrida, ou du R.P. Guignard, ou du R.P. Jacques Clément.

Je n'entre point dans la politique qui a toujours appuyé la cause de Dieu depuis le grand Constantin, assassin de toute sa famille, jusqu'au meurtre de Charles Ier qu'on fit assassiner par le bourreau, l'Évangile à la main. La politique n'est pas mon affaire, je me suis toujours borné à faire mes petits efforts pour rendre les hommes moins sots et plus honnêtes.

C'est dans cette idée que sans consulter les intérêts de quelques souverains (intérêts à moi très inconnus), je me borne à souhaiter très passionnément que les barbares Turcs soient chassés incessamment du pays de Xénophon, de Socrate, de Platon, de Sophocle et d'Euripide. Si on le voulait, cela serait bientôt fait ; mais on a entrepris autrefois sept croisades de la superstition, et on n'entreprendra jamais une croisade d'honneur. On en laissera tout le fardeau à Catherine seconde.

Au reste, Sire, je suis dans mon lit depuis un an ; j'aurais voulu que mon lit fût à Clèves. J'apprends que Votre Majesté qui n'est pas faite pour être au lit se porte mieux que jamais, que vous êtes engraissé, que vous avez des couleurs brillantes. Que le grand Être qui remplit l'univers vous conserve ! Soyez à jamais le protecteur des gens qui pensent et le fléau des ridicules.

Agréez le profond respect de votre ancien serviteur, qui n'a jamais changé d'idées, *quoi qu'on die.*

VIII

À Ferney :
Voltaire statufié (1770-1773)

La commande par ses amis d'une statue, geste inédit pour un auteur vivant, flatte Voltaire, et lui donne un prétexte pour méditer sur sa propre image (lettres 199, 200, 203 et 209). Il est pris pendant ces années par la publication des Questions sur l'Encyclopédie *(1770-1772), synthèse magistrale de ses publications précédentes qui est en même temps un manifeste pour l'avenir. La parution en 1770 du* Système de la nature, *expression d'un matérialisme simpliste (lettres 203, 206) agace profondément le patriarche, et le pousse à réitérer son crédo déiste (lettres 207, 210). Il s'occupe de sa colonie d'horlogers à Ferney (lettres 204, 216), et tout en se décrivant comme « persécuté » (lettre 208), il reste actif, à travers sa correspondance, dans son combat contre le fanatisme (lettre 223). L'énorme variété des lettres continue à nous émerveiller : Voltaire répond à un officier qu'il ne connaît pas sur une question linguistique (lettre 195) et compose des vers au sujet des artichauts qu'on lui a offerts (lettre 222) ; il intervient auprès d'un ami avocat pour plaider la cause d'une femme qui a perdu tous ses biens (lettre 226) en même temps qu'il converse avec Catherine II sur le partage de la Pologne (lettre 214).*

195. [DESTINATAIRE INCONNU]

Au château de Ferney, par Genève, le 6 février [1770]

Vous vous adressez, Monsieur, à un vieillard malade, qui a presque oublié sa langue. Messieurs vos oncles auraient bien mieux décidé que moi la question que vous me proposez. Je me souviens seulement que dans le *Don Quichotte* il est dit que Sancho Pança *enfile* des proverbes. Je crois même que dans la comédie du *Menteur* il est parlé des mensonges que Dorante *enfile*, parce qu'en effet Dorante en débite plusieurs, et son valet peut lui dire : *Comme vous les enfilez !* Mais on ne peut jamais se servir du mot *enfiler* tout seul, pour signifier mentir. Voilà, Monsieur, tout ce que je sais, et c'est bien peu de chose. Je ne vous fais point un mensonge en vous disant que j'ai été très sensible à l'honneur que vous m'avez fait. J'ai celui d'être avec tous les sentiments que je vous dois, Monsieur, votre très humble et très obéissant serviteur

VOLTAIRE,
gentilhomme de la chambre du roi.

196. À ÉTIENNE-FRANÇOIS DE CHOISEUL-STAINVILLE, DUC DE CHOISEUL

18e février 1770, à Ferney

À Mécénas Atticus duc de Choiseul, etc., etc.

La voix de Jean criant dans le désert vous dit ces choses.

Ce n'est pas assez que vous ayez fait des pactes de famille, donné un royaume à l'aîné de la famille, fait un pape madré ou non madré et mis les soldats d'Israël sur un meilleur pied qu'ils n'ont jamais été. Tout cela n'est rien sans la charité. Le Dieu d'Israël est irrité contre les enfants de Jacob qui assassinent dans les rues des vieillards de quatre-vingts ans, des innocents destitués d'armes blessent des femmes grosses, et se préparent à pendre ceux qu'ils n'ont pu assassiner.

C'est une des suites de l'insolence avec laquelle ils en ont usé envers l'ambassadeur de l'oint du Seigneur et envers Messala Atticus, premier ministre de cet oint. Le sanhédrin n'est pas moins coupable d'avoir fomenté, préparé, autorisé les abominations des enfants de Bélial.

Voici ce que dit le Seigneur. Si vous aviez seulement fait bâtir à Versoix une cinquantaine de maisons de boue vous auriez actuellement dans Versoix quatre cents habitants qui ne savent où coucher qui vous seraient attachés pour jamais, et qui probablement iront habiter l'Angleterre que mon cœur réprouve, ou la Hollande que je vomis de ma bouche parce qu'elle est tiède.

J'ai ordonné à mon serviteur François V. capucin digne d'avoir soin de ces malheureux en attendant que votre rosée puisse les consoler.

Je sais que mon serviteur chargé de la bourse commune loge le diable dans sa bourse, c'est-à-dire, rien, et qu'il ne pourra donner cent mille sicles pour bâtir des maisons.

Mon serviteur François V. est encore plus pauvre pour le moment présent, mais vous pourriez trouver quelque bon ami, non pas de cœur, mais de finance qui prêtât des sicles pour bâtir des maisons. Il n'a pas besoin d'édit pour donner à qui voudra de quoi reposer sa tête.

Vous avez une galère dans un port qui n'est pas fait, mais des familles ne peuvent coucher dans une galère à moins que ce ne soit la famille de Fréron.

L'esprit de charité pourrait vous porter encore à empêcher qu'on ne pende plusieurs de vos serviteurs qui se sont engagés à vous, dont vous avez la signature, qui se sont soumis à coucher dans les maisons que vous n'avez pas bâties, qui se sont déclarés Français, et qui pour cette raison sont présumés avoir incessamment la hart au col.

Je vous dis donc de la part du Seigneur, faites comme vous voudrez, car vous avez l'œil de l'aigle, et la prudence du serpent.

Signé Jean, prédicateur du désert
et plus bas François V. capucin indigne,
admis à la dignité de capucin par frère
Amatus de Lamballa, général des capucins,
résident à Rome ; et de plus déclaré père
temporel des capucins de Gex.

Lequel François prie Dieu pour vous et pour votre digne épouse.

197. À CATHERINE II, IMPÉRATRICE DE RUSSIE

À Ferney 10e mars 1770

Madame,

J'aurais eu l'honneur de remercier plus tôt Votre Majesté Impériale, si je n'avais pas été cruellement malade. Je n'ai pas la force de vos sujets, il s'en faut beaucoup. Je me flatte surtout qu'ils auront celle de continuer à bien battre les Turcs.

Votre Majesté m'a dit un grand mot, « Je ne manque ni d'hommes, ni d'argent ». Je m'en aperçois bien puisqu'elle fait acheter des tableaux à Genève, et qu'elle les paie fort cher. La cour de France ne vous ressemble pas, elle n'a point d'argent, et elle nous prend le nôtre.

La lettre dont Votre Majesté a daigné m'honorer m'était bien nécessaire pour confondre tous les bruits qu'on affecte de répandre. Je me donne le plaisir de mortifier les conteurs de mauvaises nouvelles.

Le roi de Prusse vient de m'envoyer cinquante vers français fort jolis, mais j'aimerais mieux qu'il vous envoyât cinquante mille d'hommes pour faire diversion, et que vous tombassiez sur Moustapha avec toutes vos forces réunies. Toutes les gazettes disent que ce gros cochon va se mettre à la tête de trois cent mille hommes ; mais je crois qu'il faut bien rabattre de ce calcul. Trois cent mille combattants avec tout ce qui suit pour le service et la nourriture d'une armée, monteraient à près de cinq cent mille. Cela est bon du temps de Cyrus et de Tomyris, et lorsque Salomon avait quarante mille chars de guerre avec deux ou trois milliards de roubles en argent comptant, sans parler de ses flottes d'Ophir.

Voici le temps où les flottes de Votre Majesté qui sont un peu plus réelles que celles de Salomon vont se signaler. La terre et les mers vont retentir ce printemps de nouvelles vraies et fausses. J'ose supplier Votre Majesté Impériale de daigner ordonner qu'on m'envoie les véritables. Écrire un code de lois d'une main et battre Moustapha de l'autre est une chose si neuve et si belle que vous excusez sans doute, Madame, mon extrême curiosité.

J'ai encore une autre grâce à vous demander, c'est de vouloir bien vous dépêcher d'achever ces deux grands ouvrages, afin que j'aie le plaisir d'en parler à Pierre le Grand à qui je ferai bientôt ma cour dans l'autre monde.

J'espère lui parler aussi d'un jeune prince Galitzin qui me fait l'honneur de coucher ce soir dans ma chaumière de Ferney. Je suis toujours enchanté de l'extrême politesse de vos sujets. Ils ont autant d'agrément dans l'esprit que de valeur dans le cœur. On n'était pas si poli du temps de Catherine Ire. Vous avez apporté dans votre empire toutes les grâces de madame la princesse votre mère, que vous avez embellies.

Vivez heureuse, Madame ; achevez tous vos ouvrages ; soyez la gloire du siècle et de l'Europe. Je recommande Moustapha à vos braves troupes. Ne pourrait-il pas aller passer le carnaval de 1771 à Venise avec Candide ?

Je reçois une lettre de M. le comte de Chouvalof votre chambellan qui me fait voir qu'il a reçu les miennes, et que la pétaudière polonaise ne les a pas arrêtées.

Que Votre Majesté Impériale daigne toujours agréer mon profond respect, mon admiration et mon enthousiasme pour elle.

V.

198. À CHARLES-LÉOPOLD CHAZEL, MARQUIS DE JAUCOURT

[Avril-mai 1770]

Mon très généreux et très cher commandant je suis votre sujet plus que jamais. J'ai établi dans le hameau de Ferney *Les Versoix* une petite annexe de vos manufactures de montres de votre capitale de Bourg-en-Bresse. Cette salle de théâtre que vous connaissez est changée en ateliers. On fond de l'or, on polit des rouages là où on déclamait des vers. Il faut bâtir de nouvelles maisons pour les émigrants. Tous les ouvriers de Genève viendraient s'il y avait de quoi les loger. Il faut songer que chacun veut avoir une montre d'or depuis Péquin jusqu'à la Martinique et qu'il n'y avait que trois grandes manufactures, Londres, Paris, et Genève.

Les âmes tolérantes et sensibles seront encore fort aises d'apprendre que soixante huguenots vivent avec mes paroissiens de façon qu'il ne serait pas possible de deviner qu'il y a deux religions chez moi. Voilà qui est consolant pour la philosophie et qui démontre combien l'intolérance est absurde et abominable. La révolution s'est faite tout doucement dans les têtes les moins instruites comme dans les plus éclairées. Nous verrons la même chose dans dix ans en Turquie si mon impératrice *pousse sa pointe* comme dit le père Daniel. Ma foi le temps de la raison est venu et j'en bénis Dieu tout capucin que je suis. C'est dommage que je sois si vieux et si malade, car je me flatte que dans quelques années je verrais le vrai paradis de mon vivant.

Conservez-moi vos bontés Monsieur, elles sont un des ingrédients de mon paradis.

FRÈRE FRANÇOIS.

Je lis actuellement tous les articles de M. le chevalier de Jaucourt. Vous ne sauriez croire combien il me fait aimer sa belle âme, et comme je m'instruis avec lui.

199. À SUZANNE NECKER

Ma juste modestie, Madame, et ma raison me faisaient croire d'abord que l'idée d'une statue était une bonne plaisanterie ; mais puisque la chose est sérieuse, souffrez aussi que je vous parle sérieusement.

J'ai soixante et seize ans, et je sors à peine d'une grande maladie qui a traité fort mal mon corps et mon âme pendant six semaines. M. Pigalle doit, dit-on, venir modeler mon visage. Mais, Madame, il faudrait que j'eusse un visage, on en devinerait à peine la place ; mes yeux sont enfoncés de trois pouces ; mes joues sont du vieux parchemin mal collé sur des os qui ne tiennent à rien. Le peu de dents que j'avais est parti. Ce que je vous dis là n'est point coquetterie, c'est la pure vérité. On n'a jamais sculpté un pauvre homme dans cet état. M. Pigalle croirait qu'on s'est moqué de lui, et pour moi j'ai tant d'amour-propre que je n'oserais jamais paraître en sa présence. Je lui conseillerais, s'il veut mettre à fin cette étrange aventure, de prendre à peu près son modèle sur la petite figure en porcelaine de Sèvres. Qu'importe, après tout, à la postérité qu'un bloc de marbre ressemble à un tel homme ou à un autre. Je me tiens très philosophe sur cette affaire. Mais comme je suis encore plus reconnaissant que philosophe je vous donne sur ce qui me reste de corps le même pouvoir que vous avez sur ce qui me reste d'âme. L'un et l'autre sont fort en désordre, mais mon cœur est à vous, Madame, comme si j'avais vingt-cinq ans, et le tout avec un très sincère respect.

V.

Mes obéissances je vous en supplie à Monsieur Necker.

21e mai 1770, à Ferney

200. À SUZANNE NECKER

19e juin 1770

Vous qui chez la belle Hypathie
Tous les vendredis raisonnez
De vertu, de philosophie
Et tant d'exemples en donnez,

Vous saurez que dans ma retraite
Est venu Phidias Pigal
Pour dessiner l'original
De mon vieux et petit squelette.
Chacun rit vers le mont Jura
En voyant ces honneurs insignes,
Mais la France entière dira
Combien vous seuls en étiez dignes.

Quand les gens de mon village ont vu Pigalle déployer quelques instruments de son art, tiens, tiens, disaient-ils, on va le disséquer, cela sera drôle.

C'est ainsi, Madame, vous le savez, que tout spectacle amuse les hommes. On va également aux marionnettes, au feu de la Saint-Jean, à l'opéra-comique, à la grand-messe, à un enterrement. Ma statue fera sourire quelques philosophes, et renfrognera les sourcils réprouvés de quelque coquin d'hypocrite, ou de quelque polisson de folliculaire. Vanité des vanités !

Mais tout n'est pas vanité. Ma tendre reconnaissance pour mes amis, et surtout pour vous, Madame, n'est pas vanité.

V.

Mille tendres obéissances à Monsieur Necker.

201. À PAUL-CLAUDE MOULTOU

J'ai du malheur, Monsieur, je n'ai rien trouvé ni à la page 34 du tome 2 de Simon, édition de Hollande in-4°, ni dans la 50ᵉ épître de Jérôme, laquelle 50ᵉ épître est adressée à l'évêque de Rome Damase, et non pas à Pammacus. Mon édition des lettres de Jérôme est de Paris 1743. C'est une traduction faite par les bénédictins. Me voilà tout dérouté. Je vous supplie de m'envoyer le texte latin. Quel fanatique que notre ami Jérôme !

Certes Abauzit et vous vous valez mieux que ces gens-là.

30 juin 1770 à Ferney

202. À PAUL-CLAUDE MOULTOU

Enfin j'ai découvert le pot aux roses. C'est dans la 54e lettre de Jérôme, et non dans la 50e. Je ne sais rien de comparable au fanatisme de Jérôme que l'excès de son amour-propre. Il faut avouer que le seigneur Jésus mon sauveur s'y est pris d'une étrange manière pour établir son Église, ou plutôt ses églises, *stultorum infinitus est numerus*[a]. J'en aime mieux le sage Abauzit et le sage Monsieur de M… à qui je fais les plus tendres compliments.

V.

30e juin 1770

203. AU BARON FRIEDRICH MELCHIOR VON GRIMM

23e juillet 1770

Mon cher prophète, M. Pigalle, quoique le meilleur homme du monde, me calomnie étrangement. Il va disant que je me porte bien, et que je suis gras comme un moine. Je m'efforçais d'être gai devant lui, et d'enfler les muscles buccinateurs pour lui faire ma cour.

Jean-Jacques est plus enflé que moi, mais c'est d'amour-propre. Il a eu soin qu'on mît dans plusieurs gazettes qu'il a souscrit pour cette statue deux louis d'or. Mes parents et mes amis prétendent qu'on ne

a. « Le nombre des sots est infini » (Ecclésiaste, I, 15).

doit pas accepter son offrande. Je vous prie de me mander où il demeure.

Je vous prie aussi de me dire si vous avez lu le *Système de la nature*, si on le trouve à Paris[1]. Il y a des chapitres qui me paraissent bien faits, d'autres qui me semblent bien longs, et quelques-uns que je ne crois pas assez méthodiques. Si l'ouvrage eût été plus serré il aurait fait un effet terrible ; mais tel qu'il est il en fait beaucoup. Il est bien plus éloquent que Spinosa ; mais Spinosa a un grand avantage sur lui, c'est qu'il admet une intelligence dans la nature à l'exemple de toute l'Antiquité, et que notre homme suppose que l'intelligence est un effet du mouvement et des combinaisons de la matière, ce qui n'est pas trop compréhensible. J'ai une grande curiosité de savoir ce qu'on en pense à Paris. Vous qui êtes prophète vous en pourrez dire des nouvelles mieux que personne.

Ne m'oubliez pas auprès de ma philosophe et de vos amis.

204. À PHILIPPE-ANTOINE DE CLARIS, MARQUIS DE FLORIAN

Le 3 d'auguste [1770]

Mon cher grand écuyer de Cyrus, buvez à ma santé le jour de la noce vous et Mme de Florian. L'homme du monde qui a le moins l'air d'un garçon de la noce, c'est moi. Si mon cœur décidait de ma conduite, j'assisterais au mariage. Ma chétive santé et mon âge ne me laissent prétendre à d'autre sacrement pour ma personne que celui de l'extrême-onction. Je passe mes derniers jours à établir une colonie. Je ne jouirai pas du fruit de mes travaux ; il est beaucoup plus aisé de marier un jeune conseiller du Parlement, que de loger et d'accorder une trentaine de familles. Cependant, nous travaillons jour et nuit à présenter à la nouvelle mariée les fruits de notre nouvel établissement. Nous avons fait une montre assez jolie, et qui sera fort bonne. Nos artistes sont excellents ; il n'y en a point de meilleurs à Paris, mais leur transmigration ne leur a pas permis d'aller aussi vite en besogne que M. d'Hornoy. Il se marie le 7, et nous ne serons prêts que le 15. Nous enverrons notre offrande, Mme Denis et moi, par M. d'Osny à qui nous l'adresserons. Nos fabricants ont voulu absolument mettre mon portrait à la montre. Puisque Pigalle m'a sculpté, il faut bien que je souffre qu'on me peigne. J'ai toute honte bue.

J'embrasse tendrement le nouveau marié, sa mère et son oncle le Turc.

Je fais grand cas de votre philosophie qui vous ramène à la campagne. J'aime à être encouragé par votre exemple, à chérir la solitude, et à fuir le tracas du monde.

On ne peut vous être plus tendrement dévoué que l'ermite de Ferney.

205. À CATHERINE II, IMPÉRATRICE DE RUSSIE

À Ferney 5e septembre 1770

Madame,

J'étais si plein des victoires de Votre Majesté Impériale, et si bouffi d'enthousiasme et de gloire, que j'oubliai de vous envoyer les vers que le roi de Prusse m'écrivait sur votre respectable personne et sur le peu respectable Moustapha. Voici ces vers.

Si monsieur le mamamouchi
Ne s'était point mêlé des troubles de Pologne,
Il n'aurait point avec vergogne
Vu ses spahis mis en hachis,
Et de certaine Impératrice
(Qui vaut seule bien d'empereurs)
Reçu pour prix de son caprice
Des leçons qui devraient rabaisser ses hauteurs.
Vous voyez comme elle s'acquitte
De tant de devoirs importants.
J'admire avec le vieil ermite
Ses immenses projets, ses exploits éclatants.
Quand on possède son mérite
On peut se passer d'assistants.

Je n'ai pas l'honneur de penser comme les têtes couronnées. Je crois fermement que cent mille hommes de troupes auxiliaires en Grèce et sur le Danube n'auraient fait nul mal. Il valait mieux dans votre situation être secourue qu'être louée. Votre gloire en a augmenté, mais les conquêtes en ont été retardées.

Les dernières lettres de Venise disent que dans une émeute populaire les fidèles musulmans se sont déchaînés contre tous les Francs, qu'ils ont tué l'ambassadeur de France et presque tous ses domestiques, que l'ambassadeur d'Angleterre n'a pu échapper à la fureur du peuple qu'en se déguisant en matelot, que le baile de Venise s'est longtemps défendu dans sa maison, et qu'à la fin le grand seigneur lui a envoyé une garde de mille hommes.

Si ces nouvelles étaient vraies (ce que je ne veux

pas croire), quels princes de l'Europe n'armeraient pas sur-le-champ pour venger le droit des gens ? Vous seule le soutenez, Madame, aussi vous seule jouirez d'une gloire immortelle.

Que Votre Majesté Impériale me permette de me mettre à ses pieds.

LE VIEIL ERMITE DE FERNEY.

206. AU BARON FRIEDRICH MELCHIOR VON GRIMM

10 octobre 1770

Mon cher prophète, je suis le bonhomme Job, mais j'ai eu des amis qui sont venus me consoler sur mon fumier[1], et qui valent mieux que les amis de cet Arabe ; il est très peu de gens de ces temps-là et même de ces temps-ci qu'on puisse comparer à M. d'Alembert et à M. de Condorcet. Ils m'ont fait oublier tous mes maux ; je n'ai pu malheureusement les retenir plus longtemps, les voilà partis, et je cherche ma consolation en vous écrivant autant que mon accablement peut me le permettre.

Ils m'ont dit, et je savais sans eux, à quel point les Welches sont déchaînés contre la philosophie. Voilà le temps de dire aux philosophes ce qu'on disait aux sergents, et ce que saint Jean disait aux chrétiens : « Mes enfants, aimez-vous les uns les autres[2], car qui diable vous aimera ? »

Ce maudit *Système de la nature* a fait un mal irréparable, on ne veut plus souffrir de cornes dans le pays, et les lièvres sont obligés de s'enfuir de peur qu'on ne prenne leurs oreilles pour des cornes[3].

On a beau dire avec discrétion qu'on ne fait point d'anguilles avec du blé ergoté, qu'il y a une intelligence dans la nature, et que Spinosa en était convaincu ; on a beau être de l'avis de Virgile ; le monde est rempli de Bavius et de Mœvius[1].

Embrassez pour moi, je vous prie, frère Platon, quand même il n'admettrait pas l'intelligence ainsi que Spinosa. Ne m'oubliez pas auprès de ma philosophe. Le vieux malade ne l'oubliera jamais, et vous sera dévoué jusqu'au dernier moment.

207. À LOUIS-FRANÇOIS-ARMAND DU PLESSIS, DUC DE RICHELIEU

1er novembre 1770

Ah ah ! mon héros est aussi philosophe, il a mis le doigt dessus, il a découvert tout d'un coup le pot aux roses. Je ne suis pas étonné qu'il juge si bien de Cicéron, mais je suis surpris qu'au milieu de tant d'affaires et de plaisirs qui ont partagé sa vie, il ait eu le temps de le lire. Il l'a lu avec fruit, il le définit très bien. L'auteur du *Système de la nature* est encore plus bavard, et le système fondé sur des anguilles faites avec de la farine est digne de notre pauvre siècle.

Cette fausse expérience n'avait point été faite du temps de Mirabaud, et Mirabaud notre secrétaire perpétuel était incapable d'écrire une page de philosophie.

Quel que soit l'auteur il faut l'ignorer ; mais il était pour moi de la plus grande importance dans les circonstances présentes, qu'on sût que je n'approuve pas ses principes. Je suis persuadé d'ailleurs que mon héros n'est pas mécontent de la modestie de ma petite *drôlerie*. Je lui aurais bien de l'obligation, et il ferait une action fort méritoire si dans ses goguettes avec le roi, il avait la bonté de glisser gaiement à son ordinaire que j'ai réfuté ce livre qui fait tant de bruit, et que le roi lui-même a donné à M. Séguier pour le faire ardre.

Au reste, je pense qu'il est toujours très bon de soutenir la doctrine de l'existence d'un Dieu rémunérateur et vengeur, la société a besoin de cette opinion. Je ne sais si vous connaissez ce vers,

Si Dieu n'existait pas, il faudrait l'inventer[1].

Le saut est grand de Dieu à la comédie. Je sais bien que ce tripot est plus difficile à conduire qu'une armée. Les gens tenant la comédie, et les gens tenant le Parlement sont un peu difficiles, mais en tout cas, je vous envoie une pièce qui m'est tombée entre les mains, et dans laquelle j'ai corrigé quelques vers. Elle m'a paru mériter d'être ressuscitée, c'est la première du théâtre français. Ne peut-on pas rajuster ses anciens habits quand on n'en a pas de nouveaux ? Lekain sait son rôle de Massinisse et cela pourrait vous amuser à Fontainebleau, car enfin il faut s'amuser, et plaisir vaut mieux que tracasserie. Je ne suis plus fait ni pour avoir du plaisir, ni pour en donner : mes maladies augmentent tous les jours, mais mon tendre attachement pour vous ne diminue pas, et mon cœur sera plein de vous jusqu'à mon dernier soupir.

208. À JEAN LE ROND D'ALEMBERT

Mon cher et très grand philosophe, mon cher ami, je m'anéantis petit à petit sans souffrir beaucoup ; il faut encore remercier la nature quand on finit sans ces maladies intolérables qui rendent la mort de tant d'honnêtes gens si affreuse.

J'ai reçu vos deux lettres de Montpellier qui m'ont servi de gouttes d'Angleterre. Il me paraît indubitable que c'est vous qui de manière ou d'autre m'avez joué le tour que me fait le roi de Dannemarck. Si ce n'est pas vous qui lui avez écrit c'est vous qui lui avez parlé quand il était à Paris, et c'est à vous que je dois sa belle souscription pour la statue.

Nous avons pour nous, mon cher philosophe, toutes les puissances du Nord, *sed libera nos a daemonio meridiano*[a]. Le midi est encore encroûté comme les soleils de Descartes. Ce ne sont pas des avocats généraux de nos provinces méridionales dont je parle, vous allez d'un M. Duché à un M. de Castillon : Grenoble se vante de M. Servan. Il est impossible que la raison et la tolérance ne fassent de très grands progrès sous de tels maîtres ; Paris n'aura qu'à rougir, je respecte fort son Parlement, mais il n'a personne à mettre à côté des hommes éclairés et éloquents dont je vous parle.

Je serai très vivement affligé s'il est vrai que mon Alcibiade dans sa vieillesse persécute mon jeune Socrate de Bordeaux. Ou je suis bien trompé, ou mon Socrate est un philosophe intrépide.

Vous me mandez qu'il est gai dans son château ; mais moi je m'attriste en songeant qu'il suffit d'une demi-feuille de papier pour ôter la liberté à un

a. « Mais délivre-nous du démon de midi » (Psaumes, XV, 6).

magistrat plein de vertu et de mérite. Mais comme il n'en a pas fallu davantage à M. l'abbé Terray pour me ravir tout mon bien de patrimoine, j'admire le pouvoir de l'art d'écrire.

Je crois Palissot encore à Genève, et je suppose qu'il y fait imprimer un recueil de ses ouvrages. Il se pourrait bien faire que cette entreprise ne lui procurât ni gloire ni repos. Il veut à toute force se faire des ennemis célèbres ; c'est un assez mauvais parti.

M. de Condorcet m'a écrit une lettre comme vous en écrivez, pleine d'esprit et d'agréments, et de bonté pour moi.

Je vous expliquerai dans quelque temps l'affaire dont il s'agit avec M. de Castillon. Elle peut être très glorieuse pour lui, et sûrement vous vous y intéresserez. Je ne puis actuellement entrer dans aucun détail, cela serait peut-être un peu long, et je suis trop malade.

Mme Denis vous présente toujours ses regrets et à M. de Condorcet ; aussi fais-je du fond de mon cœur, mais il n'est pas juste que nous vous possédions seuls, *oportet fruantur fama sui*[a].

Ce 5e novembre 1770

209. À CHRISTIAN VII, ROI DE DANEMARK

[Vers le 5 novembre 1770]

Sire,

M. d'Alembert m'a instruit des bontés de Votre Majesté pour moi. Tant de générosité de votre part

a. « Il faut qu'ils jouissent de leur réputation » (Tacite, *Annales*, II, 13).

ne m'étonne point, mais l'objet m'en étonne. Ce n'était pas sans doute à un simple citoyen comme moi qu'il fallait une statue. L'Europe en doit aux rois qui voyagent pour répandre des lumières, qui ont la modestie de croire en acquérir, qui donnent des exemples en prétendant qu'ils en reçoivent, qui emportent les vœux de tous les peuples chez lesquels ils ont été, qui ne revoient leurs sujets que pour les rendre heureux, pour en être chéris et pour les venger des Barbares.

Je suis prêt de finir ma carrière lorsque Votre Majesté en commence une bien éclatante. L'honneur qu'elle daigne me faire répand sur mes derniers jours une félicité que je ne devais pas attendre. Je sens combien il est flatteur de finir par avoir tant d'obligation à un tel monarque.

Je suis avec le plus profond respect
et la plus vive reconnaissance,
Sire,
de Votre Majesté
le très humble, très obéissant et très obligé.

210. À MARC-RENÉ DE VOYER DE PAULMY, MARQUIS D'ARGENSON

6 novembre 1770

Auriez-vous jamais, Monsieur, dans vos campagnes en Flandre et en Allemagne, porté les satires de Perse dans votre poche ? Il y a un vers qui est curieux, et qui vient fort à propos :

De Jove quid sentis ? Minimum est quod scire laboro[a].

Il ne s'agit que d'une bagatelle : que pensez-vous de Dieu ?

Vous voyez que l'on fait de ces questions depuis longtemps. Nous ne sommes pas plus avancés qu'on était alors. Nous savons très bien que telles et telles sottises n'existent pas, mais nous sommes fort médiocrement instruits de ce qui est. Il faudrait des volumes, non pas pour commencer à s'éclaircir, mais pour commencer à s'entendre : il faudrait bien savoir quelle idée nette on attache à chaque mot qu'on prononce. Ce n'est pas encore assez, il faudrait savoir quelle idée ce mot fait passer dans la tête de votre adverse partie. Quand tout cela est fait, on peut disputer pendant toute sa vie sans convenir de rien.

Jugez si cette petite affaire peut se traiter par lettres ; et puis vous savez que quand deux ministres négocient ensemble, ils ne disent jamais la moitié de leur secret.

J'avoue que la chose dont il est question mérite qu'on s'en occupe très sérieusement ; mais gare l'illusion et les faiblesses ! Il y a une chose peut-être consolante : c'est que la nature nous a donné à peu près tout ce qu'il nous fallait ; et si nous ne comprenons pas certaines choses un peu délicates, c'est apparemment qu'il n'était pas nécessaire que nous les comprissions.

Si certaines choses étaient absolument nécessaires, tous les hommes les auraient, comme tous les chevaux ont des pieds. On peut être assez sûr que ce qui n'est pas d'une nécessité absolue pour

a. « Que penses-tu de Jupiter ? — C'est la dernière chose dont je me soucie » (Perse, *Satires*, II, v. 17-18 ; la traduction de Voltaire est une belle infidèle).

tous les hommes en tous les temps et dans tous les lieux, n'est nécessaire à personne. Cette vérité est un oreiller sur lequel on peut dormir en repos : le reste est un éternel sujet d'arguments pour et contre.

Ce qui n'admet point le pour et le contre, Monsieur, ce qui est d'une vérité incontestable, c'est mon sincère et respectueux attachement pour vous.

LE VIEUX MALADE.

211. À FRÉDÉRIC II, ROI DE PRUSSE

Ferney, 11 janvier [1771]

À l'auguste prophète de la nouvelle loi,

Grand prophète, vous ressemblez à vos devanciers envoyés du Très-Haut : vous faites des miracles. Je vous dois réellement la vie. J'étais mourant au milieu de mes neiges helvétiques, lorsqu'on m'apporta votre sacrée vision. À mesure que je lisais, ma tête se débarrassait, mon sang circulait, mon âme renaissait ; dès la seconde page je repris mes forces, et par un singulier effet de cette médecine céleste, elle me rendit l'appétit en me dégoûtant de tous les autres aliments.

L'Éternel ordonna autrefois à votre prédécesseur Ézéchiel de manger un livre de parchemin[1] ; j'aurais bien volontiers mangé votre papier, si je n'avais cent fois mieux aimé le relire. Oui, vous êtes le seul envoyé de Jéhova, puisque vous êtes le seul qui ayez dit la vérité en vous moquant de tous vos confrères ; aussi Jéhova vous a béni en affermissant votre trône, en taillant votre plume, et en illuminant votre âme.

Voici comment le Seigneur a parlé :

C'est lui dont j'ai prédit : il aplanira les hauts, il comblera les bas[1] ; le voilà qui vient : il apprend aux enfants des hommes qu'on peut être valeureux et clément, grand et simple, éloquent et poète ; car c'est moi qui lui appris toutes ces choses. Je l'illuminai quand il vint au monde, afin qu'il me fît connaître tel que je suis[2], et non pas tel que les sots enfants des hommes m'ont peint. Car je prends tous les globes de l'univers à témoin que moi leur formateur je n'ai jamais été ni fessé ni pendu dans ce petit globule de la Terre ; que je n'ai jamais inspiré aucun Juif, ni couronné aucun pape ; mais que j'ai envoyé, dans la plénitude des temps, mon serviteur Frédéric, lequel ne s'appelle pas mon oint, car il n'est pas oint ; mais il est mon fils et mon image, et je lui ai dit : Mon fils, ce n'est pas assez d'avoir fait de tes ennemis l'escabeau de tes pieds[3] et d'avoir donné des lois à ton pays, il faut encore que tu chasses pour jamais la superstition de ce globe.

Et le grand Frédéric a répondu à Jéhova : Je l'ai chassé de mon cœur, ce monstre de la superstition, et du cœur de tout ce qui m'environne ; mais, mon père, vous avez arrangé ce monde de manière que je ne puis faire le bien que chez moi, et même encore avec un peu de peine.

Comment voulez-vous que je donne du sens commun aux peuples de Rome, de Naples et de Madrid ? Jéhova alors a dit : Tes exemples et tes leçons suffiront ; donnez-en longtemps, mon fils, et je ferai croître ces germes qui produiront leur fruit en leur temps.

Et le grand prophète a répondu : Ô Jéhova, vous êtes bien puissant, mais je vous défie de rendre tous les hommes raisonnables. Croyez-moi, contentez-vous d'un petit nombre d'élus : vous n'aurez jamais que cela pour votre partage.

212. À LOUIS-FRANÇOIS-ARMAND DU PLESSIS, DUC DE RICHELIEU

À Ferney 18e février 1771

Oui mon héros, je vous l'avoue, j'ai ri un peu quand vous m'avez mandé que vous aviez la goutte. Mais savez-vous bien pourquoi j'ai ri ? C'est que je l'ai aussi. Il m'a paru assez plaisant qu'ayant pensé comme vous presque en toutes choses, ayant eu les mêmes idées, j'aie aussi les mêmes sensations. Dieu m'avait fait pour être réformé à votre suite. C'est bien dommage que je sois toujours si éloigné de vous, et que je sois une planète si distante du centre de mon orbite.

D'Argens vient de mourir à Toulon. Il ne vous reste plus que moi de vos anciens serviteurs bafoués ou par vous, ou par les rois. Je le suis fort aussi par la nature, mes yeux à l'écarlate sont absolument aveuglés par la neige à l'heure que je vous écris.

Je cours actuellement ma soixante et dix-huitième année, et vous êtes un jeune de près de soixante et quinze. Voilà, si je ne me trompe, le temps de faire des réflexions sur les vanités de ce monde. Deux jours que j'ai à vivre et une vingtaine d'années qui vous restent ne diffèrent pas beaucoup.

Je ris des folies de ce monde encore plus que de la goutte, mais je ne ris point quand mon héros me gronde selon sa louable coutume, de ne lui avoir pas envoyé je ne sais quels livres imprimés en Hollande dont il me parle. Voulait-il que je les lui envoyasse par la poste afin que le paquet fût ouvert, saisi, et porté ailleurs ? m'a-t-il donné une adresse ? m'a-t-il fourni des moyens ? ignore-t-il que je ne suis ni en Prusse, ni en Russie, ni en Suède, ni en Dannemark, ni en Angleterre, ni en Hollande, ni dans le Nord de l'Allemagne où les hommes jouissent du droit de savoir lire et écrire ?

Ne se souvient-il plus du pauvre garçon apothicaire qui fut, il y a deux ans, fouetté, marqué d'une fleur de lys toute chaude, condamné aux galères perpétuelles par Messieurs, et qui mourut de douleur le lendemain avec sa femme et sa fille, pour avoir vendu dans Paris une mauvaise comédie intitulée *La Vestale*, laquelle avait été imprimée avec une permission tacite ?

Ne vous souvient-il plus qu'un des plus horribles crimes mentionnés dans le procès du chevalier de La Barre était d'avoir dans son cabinet des livres qu'on appelle défendus ? Ce qui, joint à l'abomination de n'avoir pas ôté son chapeau pendant la pluie devant une procession de capucins, engagea les tuteurs des rois à lui faire couper le poing, à lui arracher la langue, et à faire jeter dans les flammes sa tête d'un côté et son corps de l'autre ?

Ne saviez-vous pas, mon héros, que, parmi ces Welches pour lesquels vous avez combattu sous Louis XIV et sous Louis XV pendant soixante ans, il y a des tigres acharnés à dévorer les hommes, comme il y a des singes occupés à faire la culbute ?

J'ai été assez persécuté, je veux mourir tranquille. Dieu merci je ne fais point de livres puisqu'il est si dangereux d'en faire. J'achève ma vie au pied du mont Jura, et j'irais mourir au pied du Caucase si on me persécutait encore. J'eusse aimé mieux rire avec vous à Richelieu ; mais mon héros est incapable de porter la philosophie jusque-là. Il sera dans le tourbillon jusqu'à l'âge de quatre-vingt-dix ans, comme le duc d'Épernon qui ne le valait pas. Il faut que chaque individu remplisse sa destinée.

Je vous remercie très tendrement d'avoir favorisé M. Gaillard qui en est digne.

Je crois votre goutte aussi légère que votre brillante imagination. Il n'est pas possible que vous étant baigné presque tous les jours l'accès soit bien violent et bien douloureux. La mienne est peu de chose aussi ; mais mes yeux, mes yeux, voilà ce qui m'accable. Je ne conçois pas comment Mme Du Deffand peut être si gaie et si sémillante après avoir perdu la vue. Dieu vous conserve vos deux yeux qui ont été tant lorgneurs et tant lorgnés ! Dieu vous conserve tout le reste ! Ne grondez plus votre vieux serviteur qui assurément ne le mérite pas.

Vous souvenez-vous de Couratin qui avait toujours tort avec vous quelque chose qu'il fît ?

Permettez-moi de me mettre aux pieds de Mme la comtesse d'Egmont.

LE VIEIL ERMITE.

213. À THÉOPHILE IMARIGEON DUVERNET

Le 4 mai 1772, à Ferney

Il faut bien, Monsieur, que chacun fasse son testament ; mais vous vous doutez bien que celui qu'on m'impute n'est point mon ouvrage. L'Ancien et le Nouveau Testament ont fait dire assez de sottises, sans que j'y ajoute les miennes. Mes prétendues dernières volontés sont la production d'un avocat de Paris, nommé Marchand, qui est le loustic du barreau. C'est une espèce de cible qui fait rire quelquefois par ses plaisanteries. J'espère que mon vrai testament sera plus honnête et plus sage. Le malheur est qu'après avoir été esclave toute sa vie, il faut l'être encore après sa mort. Personne ne peut être enterré comme il voudrait l'être.

Ceux qui seraient bien aises d'être dans une urne sur la cheminée d'un ami sont obligés d'aller pourrir dans un cimetière, ou dans quelque chose d'équivalent. Ceux qui auraient envie de mourir dans la communion de Marc Aurèle, d'Épictète et de Cicéron sont obligés de mourir dans celle de Calvin, s'ils sont à Genève, et dans celle du pape, s'ils sont à Rome. Cependant, depuis quelques années on meurt beaucoup plus commodément qu'autrefois dans Genève. La liberté de penser s'y établit insensiblement comme en Angleterre. Il y a des gens qui m'accusent de ce changement. Je voudrais avoir mérité ce reproche depuis Constantinople jusqu'à la Dalécarlie. Il est ridicule et horrible de gêner les vivants et les morts. Chacun, ce me semble, doit disposer de son corps et de son âme à sa fantaisie : le grand point est de ne jamais molester ni le corps ni l'âme de son prochain, supposé que ce prochain ait une âme. Notre consolation après notre mort est que nous ne saurons rien de la manière dont on nous aura traités. Nous avons été baptisés, sans en rien savoir : nous serons inhumés de même. Le mieux serait peut-être de n'avoir point reçu cette vie dont on se plaint si souvent, et qu'on aime toujours. Mais rien n'a dépendu de nous. Nous sommes attachés, comme dit Horace, avec les gros clous de la nécessité[1], etc.

214. À CATHERINE II, IMPÉRATRICE DE RUSSIE

À Ferney 29 mai 1772

Madame,

Le vieux malade de Ferney a reçu presque en

même temps de Votre Majesté Impériale les deux lettres dont elle l'a honoré, l'une en date du 30 mars v[ieux] st[yle], et l'autre du 3 avril avec le paquet contenant les fruits des cèdres du Liban que les dix tribus chassées par le bon Salmanazar ont sans doute transplantés en Sibérie.

Votre Majesté me comble toujours de faveurs. Je vais semer ces petites fèves dès que la saison le permettra. Ces cèdres-là ombrageront peut-être un jour des Genevois ; mais du moins ils n'auront pas sous leurs ombrages des rendez-vous de Confédérés sarmates.

J'ai enfin eu l'honneur de voir un des cinq Orlof. Les héros qu'on appelle les fils Aymon ne sont qu'au nombre de quatre, ceux-ci sont cinq. J'ai vu celui qui ne se mêle de rien et qui est philosophe. Il m'a étonné, et mes regrets ont redoublé de n'avoir pu jouir de l'honneur de voir les quatre autres. Mais Votre Majesté sait que je mourrai avec un regret bien plus cuisant.

Nos extravagants de chevaliers errants qui ont couru sans mission vers la zone glaciale combattre pour le *liberum veto* méritent assurément toute votre indignation, mais les dévots à Notre-Dame de Csantochova sont cent fois plus coupables. Du moins nos Don Quichottes welches ne peuvent se reprocher ni bassesse ni fanatisme. Ils ont été très mal instruits, très imprudents et très injustes.

J'étais moi-même bien mal instruit ou plutôt aussi aveugle des yeux de l'âme que de ceux du corps de ne pas comprendre ce que le roi de Prusse m'écrivait il y a environ un an : *Vous verrez un dénouement auquel personne ne s'attend*. J'avais toujours mon Moustapha en tête, ma chimère sur les frontières de ma Suisse était que grâce à mon héroïne il n'y eût plus de Turcs en Turquie. Elle prenait dès ce temps-là même un parti encore plus noble et plus utile, celui de détruire l'anarchie en Pologne, en rendant à chacun ce que chacun croit lui appartenir et en commençant par elle-même.

Mais qui sait si après avoir exécuté ce grand projet elle n'achèvera pas l'autre et si un jour elle n'aura pas trois capitales, Pétersbourg, Moscou et Byzance ? Cette Byzance est plus agréablement située que les deux autres. Il en sera de votre séjour sur le Bosphore de Thrace comme de mes cèdres du Liban, je ne les verrai pas, mais au moins mes héritiers les verront.

Je ne verrai pas non plus votre Saint-Cyr qui est fort au-dessus de notre Saint-Cyr. Nos demoiselles seront très dévotes et très honnêtes mais les vôtres joindront à ces deux bonnes qualités celle de jouer la comédie comme elles faisaient autrefois chez nous. L'article de la barbe vous embarrasse, mais si Esther n'avait point de barbe Mardochée en avait. On prétend même que lorsque la Mardochée ornée d'une très courte barbe blonde vint un jour répéter son rôle avec Esther tête-à-tête dans sa chambre, cette Esther tout étonnée lui dit : Eh mon Dieu, ma sœur pourquoi avez-vous mis votre barbe à votre menton ? Quoi qu'il en soit, Madame, Votre Majesté Impériale allie à merveille le temporel et le spirituel, elle envoie d'un côté des plénipotentiaires et de l'autre des troupes victorieuses. Ainsi elle donnera la paix à main armée, on ne la donne guère autrement.

Enfin je triomphe aussi dans mon coin. J'ai toujours soutenu contre mes contradicteurs opiniâtres que vous viendriez à bout de tout. Il semble que votre courage avait passé dans ma tête. Aucun de mes antiraisonneurs ne m'a intimidé pendant quatre ans. J'ai enfin gagné obscurément ma gageure, quand vous êtes montée au faîte de la gloire et de la félicité, et quand Moustapha, Kienlong, Ganganelli et le Grand Lama ne peuvent vous disputer d'être la première personne de notre globe. Cela me rend bien fier.

Mais je n'en suis ni plus ni moins attaché à Votre Majesté Impériale avec le respect que tout le monde vous doit comme moi.

LE VIEUX MALADE DE FERNEY.

215. À AMABLE-ÉMILIE LE TELLIER DE SOUVRÉ, COMTESSE DE SAINT-HÉREM

À Ferney 27e juillet 1772

Madame,

Vous avez écrit à un vieillard octogénaire qui est très honoré de votre lettre. Il est vrai que madame votre mère daigna autrefois me témoigner beaucoup d'amitié et quelque estime. Ce serait une grande consolation pour moi si je pouvais mériter de sa fille un peu de ses sentiments.

Vous avez assurément très grande raison de regarder l'adoration de l'Être des êtres comme le premier des devoirs, et vous savez sans doute que ce n'est pas le seul. Nos autres devoirs lui sont subordonnés, mais les occupations d'un bon citoyen ne sont pas aussi méprisables et aussi haïssables qu'on a pu vous le dire.

Celui qui a contribué à rendre Henri IV encore plus cher à la nation, celui qui a écrit *Le Siècle de Louis XIV*, qui a vengé les Calas, qui a écrit le traité de la tolérance, ne croit point avoir célébré des choses méprisables et haïssables. Je suis persuadé que vous ne haïssez, que vous ne méprisez que le vice et l'injustice, que vous voyez dans le maître de la nature le père de tous les hommes, que vous n'êtes d'aucun parti, que plus vous êtes éclairée, plus vous êtes indulgente, que votre vertu ne sera jamais altérée par les séductions de l'enthousiasme. Telle était madame votre mère que je regrette toujours.

Tous les hommes sont également faibles, également petits devant Dieu, mais également chers à celui qui les a formés. Il ne nous appartient pas de vouloir soumettre les autres à nos opinions. Je respecte la vôtre, je fais mille vœux pour votre félicité, et j'ai l'honneur d'être avec le plus sincère respect

Madame,

Votre...

216. À JEAN-ANTOINE LÉPINE

à Ferney par Lyon et Versoix
le 4 septembre 1772

Je suis très sensible, Monsieur, à la lettre que vous m'avez écrite : je connaissais déjà votre mérite et je m'intéressais à vos succès. Si vous voulez envoyer, Monsieur, votre fils à Ferney, il y trouvera des artistes très habiles qui font très bien les montres plates, et qui en ont fait même en bagues. Je me ferai un plaisir de loger Monsieur votre fils et vos élèves.

Vous savez peut-être que j'ai bâti plusieurs maisons pour les artistes que les troubles de Genève ont forcés de quitter leur patrie. Plusieurs autres sont venus chez moi de divers pays. La colonie prospère.

Je fais partir par la poste tous leurs ouvrages sans qu'il en coûte rien aux fabricants. Mon hameau misérable, dont j'ai fait une espèce de petite ville, a fait des envois à Constantinople et à Pétersbourg. On y travaille pour l'Espagne, et nous avons même deux apprentis espagnols.

La bonté des ouvrages qu'on fait à Ferney, le titre de l'or, et le prix modique de la main-d'œuvre, donnent aux fabricants des facilités et des avantages qu'on ne peut avoir ailleurs. Je suis persuadé que vous pourriez en tirer un très grand parti, et je me tiendrais fort heureux d'avoir pu rendre quelques services à un homme de votre mérite.

J'ai l'honneur d'être avec tous les sentiments qui vous sont dus, Monsieur, votre très humble et très obéissant serviteur

VOLTAIRE.

217. À MARIE DE VICHY DE CHAMROND, MARQUISE DU DEFFAND

23e octobre 1772

Je me vante, Madame, d'avoir les oreilles aussi dures que vous, et le cœur encore davantage ; car je vous assure que je n'ai pas entendu un seul mot de presque tous les ouvrages en vers et en prose qu'on m'envoie depuis dix ans. La plupart m'ont mis dans une extrême colère. J'ai été indigné que le siècle fût tombé de si haut. Je ne reconnais plus la France en aucun genre, excepté dans celui des finances. J'ai voulu, dans la tragédie des *Lois de Minos* faire des vers comme on en faisait il y a environ cent ans. Je voudrais que vous en jugeassiez. Il faudrait que je vous procurasse du moins ce petit amusement ; vous diriez au lecteur de cesser quand l'ennui vous prendrait. Avec cette précaution on ne risque rien. Mon idée serait que vous priassiez Lekain de venir un jour souper chez vous en très petite et très bonne compagnie. J'entends par petite et bonne, quatre ou cinq personnes, tout au plus, qui aiment les vers qui disent quelque chose, et qui ne sont pas tout à fait allobroges.

J'exige encore que vos convives aiment le roi de Suède, et même un peu le roi de Pologne. Je veux qu'ils soient persuadés qu'on a immolé des hommes à Dieu depuis Iphigénie jusqu'au chevalier de La Barre.

Je veux qu'outre cela vos convives, hommes et femmes, soient un peu indulgents, puisque la sottise est faite, et qu'il n'y a plus moyen de rien réparer.

J'exige encore que la chose soit secrète, et que vos amis aient au moins le plaisir d'y mettre du mystère, si le mystère est un plaisir.

Si vous acceptez toutes ces conditions voici un petit billet pour Lekain, que je mets dans ma lettre. Lisez ce billet, ou plutôt faites-vous-le lire, puis faites-le cacheter.

Je ne vous parlerai point cette fois-ci de l'*Épître à Horace*. Ce que je vous propose a l'air plus agréable. Cette *Épître à Horace* n'est pas finie, elle est d'ailleurs fort scabreuse, et elle demanderait un secret bien plus profond que le souper des *Lois de Minos*.

Je vous avouerai, Madame, que j'aimerais mieux vous lire cette tragédie crétoise, que de la faire lire par un autre ; mais j'ai fait vœu de ne point aller à Paris tant qu'on me soupçonnera d'avoir manqué à votre grand-maman. Je suis toujours très ulcéré, et ma blessure ne se fermera jamais. Ne vous fâchez pas si je suis constant dans tous mes sentiments.

218. À HENRI-LOUIS LEKAIN

Ferney, 23 octobre 1772

Je vous prie, mon cher ami, de faire à Mme la marquise Du Deffand, la même faveur que vous avez faite à Tronchin ; je veux dire de souper chez elle, et de lui lire, en très petite compagnie, *Les Lois de Minos*. Vous savez que la perte de ses yeux ne lui permet guère d'aller au spectacle, et que les yeux de son âme sont excellents. Je vous demande avec la plus vive instance de ne me pas refuser ; on vous gardera le secret. On le jurera sur la pièce qui tiendra lieu d'évangile, et vous verrez jusqu'à quel point un lecteur tel que vous peut faire illusion, en débitant un ouvrage très indigne de paraître après les chefs-d'œuvre qui ornent la scène française.

Portez-vous bien ; formez des acteurs, ne pouvant pas former de poètes.

Je vous embrasse le plus tendrement du monde.

V.

219. À DENIS DIDEROT

À Ferney 20e avril 1773

J'ai été bien agréablement surpris, Monsieur, en recevant une lettre signée Diderot lorsque je revenais d'un bord du Styx à l'autre. Figurez-vous quelle eût été la joie d'un vieux soldat couvert de blessures si M. de Turenne lui avait écrit ? La nature m'a donné la permission de passer encore quelque temps dans ce monde, c'est-à-dire une seconde entre ce qu'on appelle deux éternités, comme s'il pouvait y en avoir deux.

Je végéterai donc au pied des Alpes encore un instant dans la fluante du temps qui engloutit tout. Ma faculté intelligente s'évanouira comme un songe, mais avec le regret d'avoir vécu sans vous voir.

Vous m'envoyez les fables d'un de vos amis. S'il est jeune je réponds qu'il ira très loin ; s'il ne l'est pas on dira de lui, qu'il écrivit avec esprit ce qu'il inventa avec génie. C'est ce qu'on disait de La Motte. Qui croirait qu'il y eût encore une louange au-dessus de celle-là, et c'est celle qu'on donne à La Fontaine, *il écrivit avec naïveté*. Il y a dans tous les arts un je ne sais quoi qu'il est bien difficile d'attraper. Tous les philosophes du monde fondus ensemble n'auraient pu parvenir à donner l'*Armide* de Quinault, ni « Les Animaux malades de la peste » que fit La Fontaine, sans savoir même ce qu'il faisait. Il faut avouer que dans les arts de génie tout est l'ouvrage de l'instinct. Corneille fit la scène d'Horace et de Curiace comme un oiseau fait son nid, à cela près qu'un oiseau fait toujours bien, et qu'il n'en est pas de même de nous autres chétifs. M. Boisard paraît un très joli oiseau du Parnasse à qui la nature a donné au lieu d'instinct beaucoup de raison, de justesse et de finesse. Je vous envoie ma lettre de remerciements pour lui. Ma maladie dont les suites me persécutent encore, ne me permet guère d'être diffus. Soyez sûr que je mourrai en vous regardant comme un homme qui a eu le courage d'être utile à des ingrats, et qui mérite les éloges de tous les sages. Je vous aime, je vous estime comme si j'étais un sage.

LE VIEUX MALADE DE FERNEY V.

220. À JEAN-JACQUES-FRANÇOIS-MARIN BOISARD

Au château de Ferney 20 avril 1773

Une maladie, Monsieur, qui m'accable encore à l'âge de près de quatre-vingts ans, et l'affaiblissement de ma vue n'ont pu m'empêcher de lire votre ouvrage. Le plaisir fait du bien, je vous remercie de celui que je vous dois. Toutes vos fables m'ont paru pleines d'invention et d'esprit. Il y a des vers fort heureux, c'est un goût absolument différent de celui de La Fontaine ; vous n'avez rien imité de personne et c'est un grand mérite après tous les ouvrages que nous avons en ce genre. Le triste état où je suis ne me permet pas d'entrer avec vous dans aucun détail, mais il ne me rend pas moins sensible à votre gloire et à l'honneur que vous m'avez fait. J'ai celui d'être avec toute l'estime que vous méritez M[onsieur] v[otre] t[rès]...

VOLTAIRE.

221. À JEAN-FRANÇOIS MARMONTEL

28e avril 1773, à Ferney

Mon cher ami, vous venez bien à propos au secours des libraires de Paris, qui sans vous n'auraient fait qu'une collection insipide, et grâce aux soins dont vous voulez bien les honorer je crois que l'ouvrage sera très intéressant et très instructif.

La tragédie de *Sophonisbe* n'est pas si bien réformée que celle de *Venceslas*. La raison en est qu'on n'a pas laissé subsister un seul vers de Mairet.

Il y a longtemps que je cherche une occasion de vous envoyer un petit recueil pour mettre dans un coin de votre bibliothèque, mais la contrebande est devenue si difficile que je ne sais comment m'y prendre.

Je vous remercie de demeurer dans un *impasse*, mais je ne vous pardonne pas d'écrire français par un *o*.

Je vous embrasse bien tendrement.

LE VIEUX MALADE DE FERNEY V.

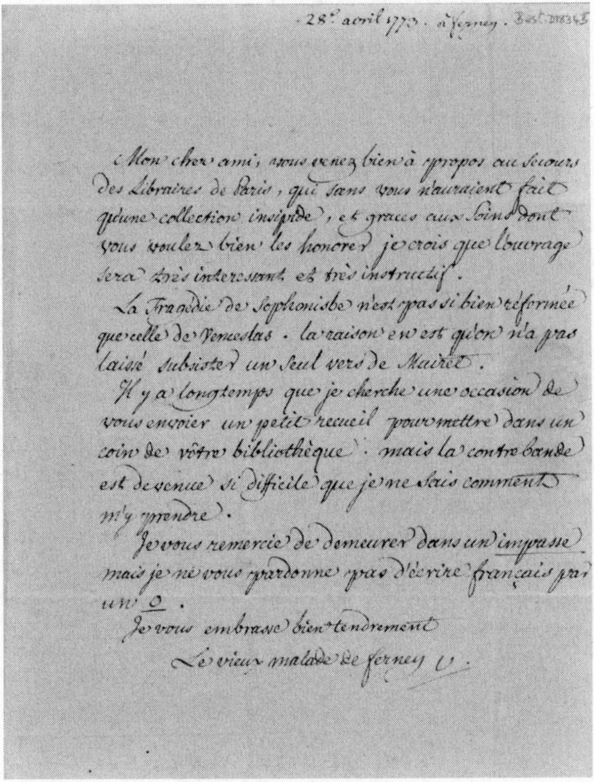

28e avril 1773 . à ferney . Best. D18345

Mon cher ami, vous venez bien à propos au secours des Libraires de Paris, qui sans vous n'auraient fait qu'une collection insipide, et graces aux soins dont vous voulez bien les honorer je crois que l'ouvrage sera très interessant et très instructif.

La Tragédie de Sophonisbe n'est pas si bien réformée que celle de Venceslas. la raison en est qu'on n'a pas laissé subsister un seul vers de Mairet.

Il y a longtemps que je cherche une occasion de vous envoier un petit recueil pour mettre dans un coin de vôtre bibliothèque. mais la contrebande est devenue si difficile que je ne sais comment m'y prendre.

Je vous remercie de demeurer dans un impasse mais je ne vous pardonne pas d'écrire français par un o.

Je vous embrasse bien tendrement

Le vieux malade de ferney V.

À Jean-François Marmontel, 28 avril 1773

222. À JOSEPH VASSELIER

Ce 28 avril [1773]

La neige a de nos champs fait blanchir la verdure,
Et nous mangeons des petits pois !
Ainsi donc, vous changez les lois
De l'aveugle et triste nature !
Si jamais quelque potentat
Veut achever, par sa justice,
De changer les lois de l'État,
Il nous rendra plus de service.

Vous m'envoyez, mon cher ami, non seulement des petits pois et des artichauts, mais encore de jolis vers. Je vous remercie des uns et des autres. Défaites-vous donc de votre goutte ; il me semble que vous en êtes trop souvent attaqué. Pour moi, j'ai tous les maux ensemble, sans cela je serais actuellement avec vous.

LE VIEUX MALADE DE FERNEY.

223. AU PRINCE DMITRI ALEXEIEVITCH GOLITSIN

19 juin 1773, à Ferney

Monsieur le Prince,

Vous rendez un grand service à la raison, en faisant réimprimer le livre de feu M. Helvétius. Ce livre trouvera des contradicteurs, et même parmi les philosophes. Personne ne conviendra que tous les esprits soient également propres aux sciences, et ne diffèrent que par l'éducation. Rien n'est plus faux : rien n'est plus démontré faux par l'expérience. Les âmes sensibles seront toujours fâchées de ce qu'il dit de l'amitié ; et lui-même aurait condamné ce qu'il en dit, ou l'aurait beaucoup adouci, si l'esprit systématique ne l'avait pas entraîné hors des bornes.

On souhaitera peut-être dans cet ouvrage plus de méthode, et moins de petites historiettes, la plupart fausses. Mais il me semble que tout ce qu'il dit sur le papisme, sur les abominations de l'intolérance, sur la liberté, sur le pouvoir arbitraire, sur le malheur des hommes, sera bien reçu de tout ce qui n'est pas un sot, ou un jésuite. Quelque philosophe aurait pu corriger son premier livre *De l'Esprit* ; mais le condamner comme on a fait, et persécuter l'auteur, cela est aussi barbare qu'absurde, et digne du XIVe siècle. Tout ce que des fanatiques ont anathématisé dans Helvétius homme si estimable se trouvait au fond dans le petit livre du duc de La Rochefoucauld et même dans les premiers chapitres de Loke. On peut écrire contre un philosophe, en cherchant comme lui la vérité par des routes différentes ; mais on se déshonore, on se rend exécrable à la postérité, en le persécutant. Il s'en fallut peu que des Mélitus et des Anitus, assassins du chevalier de La Barre, ne trempassent leurs mains dans le sang de l'auteur du livre *De l'Esprit*.

Je remercie V[otre] Exc[ellence] de la bonté que vous avez eue de m'envoyer l'ouvrage posthume, qui avec ses défauts m'est très précieux. Les notes surtout réussiront. Les fautes typographiques n'ont presque point d'inconvénient ; car ce livre sera lu principalement par ceux que ces fautes n'arrêtent pas, et qui les corrigent en lisant.

Si on le dédie à l'Impératrice, tous les honnêtes

gens vous auront la plus grande obligation. On verra que les premières têtes de l'Europe et les meilleures ont en horreur la superstition et la persécution. On se souviendra que dans l'Empire romain on ne persécuta jamais un seul philosophe, et c'est de quoi Tertullien se plaint dans sa fougueuse apologie.

Je dois encore des remerciements à V[otre] Exc[ellence] pour cette histoire de la guerre civile [de la] sublime Catherine contre la Sublime Porte du peu sublime Moustapha. Vous savez que je m'intéresse à cette guerre presque autant qu'à la tolérance universelle qui condamne toutes les guerres. Il faut bien quelquefois se battre contre ses voisins ; mais il ne faut pas brûler ses compatriotes pour des arguments. On dit que le pape est aussi tolérant qu'un pape peut l'être : je le souhaite pour l'amour du genre humain : j'en souhaite autant au Muphti, au Shérif de La Mecque, au Grand Lama, et au Daïri.

Je suis possesseur d'un tas de boue, grand comme la patte d'un ciron, sur ce misérable globe ; il y a des papistes, des calvinistes, des piétistes, quelques sociniens et même un jésuite : tout cela vit ensemble dans la plus grande concorde, du moins jusqu'à présent. Il en est ainsi dans votre vaste empire, sous les auspices de Catherine. On goûte depuis longtemps ce bonheur en Angleterre, en Hollande, en Brandebourg, en Prusse, et dans plusieurs villes de l'Allemagne, pourquoi donc pas dans toute la terre ? Pourquoi cette abominable maxime attribuée à Dieu et dictée par le diable, s'il y en avait un ? *Que celui qui n'écoute pas l'assemblée soit comme un fermier général et comme un païen*[1]. Pourquoi jeter dans les ténèbres extérieures celui qui n'a pas eu une robe nuptiale pour souper avec l'architri... ? Pourquoi nous dire qu'on fit mourir d'apoplexie Anane et sa femme, qui, ayant donné presque tout leur bien à leurs directeurs gardèrent quelques florins pour dîner[1] ? Pourquoi... ? Pourquoi... ? Pourquoi... ?

Si on me demande pourquoi je vous suis si attaché, je réponds : c'est que vous êtes tolérant, juste et bienfaisant. Agréez donc, Monsieur le Prince, ma très sensible et très respectueuse reconnaissance.

V.

224. À JEAN LE ROND D'ALEMBERT

3 de juillet [1773]

Voici, mon cher et grand philosophe, ma réponse à l'abbé philosophe.

N'êtes-vous pas bien content de ces petits mots d'Helvétius ; tome I, page 107 ?

« Nous sommes étonnés de l'absurdité de la religion païenne ; celle de la religion papiste étonnera bien davantage la postérité. »

Et page 102 : « Pourquoi faire de Dieu un tyran oriental ? pourquoi mettre ainsi le nom de la divinité au bas du portrait du diable ? Ce sont les méchants qui peignent Dieu méchant. Qu'est-ce que leur dévotion ? Un voile à leurs crimes. »

C'est dommage que ce ne soit pas un bon livre ; mais il y a de très bonnes choses : c'est une arme qui tiendra son rang dans l'arsenal où nous avons déjà tant de canons qui menacent le fanatisme. Il est vrai que les ennemis ont aussi leurs armes : elles sont d'une autre espèce, elles ont tué le chevalier de La Barre, elles ont blessé à mort Helvétius ; mais le sang de nos martyrs fait des prosélytes. Le troupeau des sages grossit à la sourdine.

Bonsoir, mon sage ; bonsoir, mon cher Bertrand ; il ne me reste plus qu'un doigt pour tirer les marrons du feu, mais il est à votre service.

225. À JEAN LE ROND D'ALEMBERT

24 de juillet [1773]

Raton sera toujours prêt à tirer les marrons du feu pour le déjeuner des Bertrands. Raton ne craint point de brûler ses pattes. Le temps approche où il n'aura bientôt ni pieds ni pattes ; il faut qu'il s'en serve jusqu'au dernier moment pour l'édification du prochain. Donnez donc, mon cher ami, cette lettre à Marmontel-Bertrand, second du nom. Il faut absolument que j'aie la correspondance du bienheureux abbé Sabatier. En attendant, priez Dieu pour moi.

LE VIEUX RATON.

226. À CHARLES-FRÉDÉRIC-GABRIEL CHRISTIN

À Ferney 15 octobre 1773

Mon cher philosophe humain, défenseur des opprimés, je vous adresse une infortunée dépouillée de tous ses biens en vertu de cette abominable mainmorte. Un ancien conseiller du parlement de Besançon exilé à Gray a fait condamner cette femme. On lui a pris jusqu'à ses nippes et ses habits ; on a fouillé dans ses poches ; il ne lui reste que ses papiers qu'elle vous remettra.

Le fond de son affaire ne me paraît pas bien clair ; mais il est plus clair que la rapacité du conseiller exilé est bien barbare. Dieu veuille que le malheur de cette femme n'influe pas sur le sort de nos douze mille esclaves !

Cette pauvre femme est venue de Gray dans ma retraite ; que puis-je pour elle que de lui donner le couvert et quelque argent ? Je vous prie de lire ses mémoires et de lui donner un conseil.

Elle dit qu'il y a en dernier lieu une sentence du bailliage de Besançon qui lui adjuge la possession d'un cotillon et de ses chemises, et qui lui permet de prouver que l'argent qu'on lui a saisi lui appartient en propre.

Vous remarquerez que cet ancien conseiller contre lequel elle plaide se nomme Brody, et est fils de votre grand juge de Saint-Claude.

Si cette affaire pouvait s'accommoder vous feriez une action charitable. Vous y êtes accoutumé.

Peut-être une autre femme, mon cher ami, adoucirait la cruauté d'un autre homme, mais cette pauvre diablesse n'est pas faite pour toucher le cœur, et on dit que ce M. Brody n'est pas tendre.

Vale amice.

V.

IX

À Ferney :
le vieux hibou (1774-1777)

Dans une phrase mémorable, Diderot écrit de Voltaire qu'« il ressemble à un de ces antiques châteaux de fées, qui tombe en ruines de toutes parts ; mais on s'aperçoit bien qu'il est habité par quelque vieux sorcier ». La nostalgie de Voltaire pour le goût et le génie du siècle de Louis XIV ne fait qu'augmenter après la mort de Louis XV en 1774. Au prince de Ligne (lettre 244), évoquant une fable de La Fontaine, Voltaire se caricature comme « un très vieux hibou près de mourir ». Il continue à écrire, à publier, et à soigner son image (lettres 232 et 234). L'habileté avec laquelle il compose une lettre en vers impressionne (lettre 247) : sa gronderie lorsque cette lettre paraît dans la presse est peu convaincante (lettre 250). Pour le seul 3 mai 1776 — Voltaire a 82 ans — nous connaissons six lettres (lettres 235-240) : il félicite le contrôleur général des finances, Turgot, pour ses réformes récentes, et écrit en même temps au premier commis du Contrôle général des finances ; il écrit une longue lettre, qu'il publiera par la suite, sur la culture du Grand Siècle, et écrit aussi au marquis d'Argence ; ce même jour, il s'adresse aux fermiers généraux pour défendre les intérêts du pays de Gex, et s'occupe de ses propres affaires financières en s'adressant au conseil suprême de Montbéliard. Le patriarche répète sans cesse à ses correspondants qu'il est mourant, mais sa correspondance reste toujours aussi vivante et aussi prolifique.

227. À MARIE DE VICHY DE CHAMROND, MARQUISE DU DEFFAND

28 juillet 1774

Je n'ai point de thème aujourd'hui, Madame, j'ai envie de vous écrire et je n'ai rien à vous dire. Quand je vous aurai souhaité un bon estomac, de la dissipation et de l'amusement, il en résultera seulement que je vous ai ennuyée.

Le conte que vous m'avez fait de ce nouveau conseiller qui n'osait qu'opiner avant que ses anciens qu'opinassent est un vieux conte que j'ai entendu faire avant que Mme de Choiseul fût née.

J'ai un neveu qui est gros comme un muid et qui est doyen des conseillers clercs du nouveau Parlement ; il faut me pardonner de prendre un peu le parti de sa compagnie. L'ancienne n'était guère plus savante, et était certainement plus tracassière. Si vous vous faites lire l'histoire, vous aurez remarqué que depuis François Ier, le parlement de Paris a cru toujours ressembler au parlement d'Angleterre. C'est précisément comme si un de nos consuls se croyait consul romain. Le monde a toujours été gouverné par des équivoques. Toutes nos querelles de religion ont eu des équivoques pour principes, c'est ce qui m'a fait souhaiter que la satire de Boileau sur les équivoques fût un peu meilleure.

Il me paraît que vous autres Parisiens vous allez voir une grande et paisible révolution dans votre gouvernement et dans votre musique. Louis XVI et Gluck vont faire de nouveaux Français.

M. de Lisle va à son régiment et je n'aurai plus de nouvelles. Il avait une pitié charmante pour ma curiosité ; il me donnait des thèmes toutes les semaines ; il égayait le sérieux de ma vie, car je suis très sérieux ; je fais mes moissons, je plante, je bâtis, j'établis une colonie qu'on va peut-être détruire. Voilà des occupations graves.

Portez-vous bien Madame, ayez du plaisir si vous pouvez, cela est bien plus important et beaucoup plus difficile. Je vous suis attaché depuis bien longtemps ; mais à quoi cela sert-il ? Je vous suis inutile, je suis vieux, je vais mourir. Adieu Madame, je vous aime comme si j'avais encore vingt ans à vivre gaiement avec vous.

LE VIEUX MALADE DE FERNEY V.

228. À FRÉDÉRIC II, ROI DE PRUSSE

16 aug[uste] 1774

Sire,

J'ai enfin proposé au chancelier de France de faire pour votre officier ce qu'il pourrait. Je lui ai mandé que Votre Majesté daignait s'intéresser à ce jeune homme qui mérite en effet votre protection par son extrême sagesse et par son application continuelle à tous les devoirs de son état, et surtout par la résolution inébranlable de vous servir toute sa vie.

Peut-être les formalités qui semblent inventées pour retarder les affaires, pourront retenir Morival chez moi encore quelque temps, mais il se rendra à Vesel au moment que Votre Majesté l'ordonnera.

Vraiment Sire je suis et j'ai toujours été de votre avis. Vous me dites dans votre lettre du 30 juillet, *Représentez-vous l'ennemi prêt à pénétrer aux environs de Ferney, ne regarderez-vous pas comme votre sauveur le brave qui défendrait vos possessions ?*.

J'ai dit en médiocres vers dans *La Tactique* ce que vous dites en très bonne prose.

Eh quoi vous vous plaignez qu'on cherche à vous défendre
Seriez-vous bien content qu'un Goth vînt mettre en cendre
Vos arbres, vos moissons, vos granges, vos châteaux ?
Il vous faut de bons chiens pour garder vos troupeaux.
Il est n'en doutez point des guerres légitimes, etc.

Vous voyez Sire que je pensais absolument comme certain héros du siècle. Mme Des Houlières a dit,

Faute de s'approcher et faute de s'entendre
On est souvent brouillé pour rien.

D'ailleurs les pensées d'un pauvre philosophe enterré au pied des Alpes ne sont pas comme les pensées des maîtres de la terre. Ces philosophes vrais ou prétendus sont sans conséquence, mais vous autres héros et souverains, quand vous avez mis quelque grande idée dans votre cervelle, la destinée des hommes en dépend.

Que je gémisse ou non de voir la patrie d'Homère en proie à des Turcs venus des bords de la mer d'Hircanie, que je vous prie d'avoir la bonté de les chasser, et de mettre des Alcibiades en leur place, il n'en sera ni plus ni moins, et les Turcs n'en sauront rien. Mais qu'il vous prenne envie d'étendre votre puissance vers l'Orient ou vers l'Occident, alors la chose devient sérieuse, et malheur à qui s'y opposerait.

L'*Épître à Ninon* est réellement du comte de Shouvalow, neveu du Shouvalow dernier amant de l'impératrice Élisabeth. Ce neveu a été élevé à Paris et a d'ailleurs beaucoup d'esprit et beaucoup de goût. On ne s'attendait pas il y a cinquante ans qu'un jour un Russe ferait si bien des vers français, mais il a été prévenu par un roi du Nord qui lui a donné de grands exemples.

Je ne connais point la satire intitulée *Louis XV aux Champs Élysées*, et je ne crois pas qu'elle existe.

Il paraît un recueil des lettres de feu milord Chesterfield à un fils bâtard qu'il aimait comme Mme de Sévigné aimait sa fille.

Il est très souvent parlé de vous dans ces lettres. On vous y rend toute la justice que la postérité vous rendra. Le suffrage du lord Chesterfield a un très grand poids, non seulement parce qu'il était d'une nation qui ne songe guère à flatter les rois mais parce que de tous les Anglais c'est peut-être celui qui a écrit avec le plus de grâces. Son admiration pour vous ne peut être suspecte. Il ne se doutait pas que ses lettres seraient imprimées après sa mort et après celle de son bâtard. On les traduit en français en Hollande, ainsi Votre Majesté les verra bientôt. Elle lira le seul Anglais qui ait jamais recommandé l'art de plaire comme le premier devoir de la vie.

Je me souviens toujours que ma plus grande passion a été de vous plaire. Elle est actuellement de ne vous pas déplaire. Tout s'affaiblit avec l'âge, plus on sent sa misère plus on est modeste.

VOTRE VIEUX ADMIRATEUR V.

229. À CHARLES-AUGUSTIN FERRIOL, COMTE D'ARGENTAL

14e septembre 1774

Mon cher ange, je ne m'attendais pas que votre frère passât avant moi. Je suis honteux d'être en vie quand je songe à toutes les victimes qui tombent de tous côtés autour de moi. Mon cœur vous dit, vivez longtemps, mon cher ange, vous et Madame d'Argental, comme si la chose dépendait de vous. Nous sommes tous dans ce monde comme des prisonniers dans la petite cour d'une prison, chacun attend son tour d'être pendu sans en savoir l'heure ; et quand cette heure vient, il se trouve qu'on a très inutilement vécu. Toutes les réflexions sont vaines, tous les raisonnements sur la nécessité et sur la misère humaine ne sont que des paroles perdues. Je regrette votre frère, et je vous aime de tout mon cœur ; voilà tout ce que je puis vous dire.

Si vous avez le temps d'entendre parler des sottises des vivants, je vous dirai que votre protégé Lekain a écrit à un Genevois ces belles paroles, *Le calomniateur Maupeou est à la Bastille, et on lui fait son procès*. Cette nouvelle a été crue fermement dans tout Genève. Il n'y a point de ville en Europe qui s'intéresse plus qu'elle à vos affaires de France, attendu qu'elle s'est acquis six ou sept millions de rentes sur le roi par son habileté, tandis que les Welches vont à l'opéra-comique.

Personne n'a douté un moment que la nouvelle de Lekain ne fût très vraie ; il était réputé l'avoir apprise de tout le public. Cependant elle est fausse. Mais j'ai grand intérêt de savoir si l'homme accusé d'avoir calomnié une personne très respectable et très aimable serait en effet coupable d'avoir trempé dans une intrigue qu'on lui impute. Vous pouvez me dire oui, ou non, sans vous compromettre.

Je vous ai écrit par Mme de Sauvigny ; vous pouvez me dire un mot par M. Bacon, substitut de M. le Procureur général. Vous pouvez m'écrire des *on dit*. Tout le monde écrit des *on dit*, cent mille lettres à la poste sont pleines de cent mille *on dit*. Où en serions-nous si on ne permettait pas les *on dit* ? La société ne subsiste que des *on dit*.

Je voudrais bien venir vous voir sans qu'on dît, il est à Paris. Plus j'avance en âge, plus je dis,

Moins connu des mortels je me cacherais mieux,
Je hais jusqu'aux soins dont m'honorent les dieux[1].

Mes anges puissiez-vous conserver très longtemps votre santé sans laquelle il n'y a rien.

Je suis bien sensible à l'attention que vous avez de me payer les 9 400. Cela vient très à propos car ma colonie me ruine. Je prendrai la liberté de tirer une lettre de change sur vous, puisque vous le permettez.

Adieu mon cher ange, Paris est bien fou, et ce monde-ci bien misérable.

C'est dommage qu'il n'y en ait pas d'autre.

V.

230. À SÉBASTIEN-ROCH-NICOLAS CHAMFORT

16e novembre 1774, à Ferney

Monsieur,

Quand M. de La Harpe m'envoya son bel éloge de La Fontaine qui n'a point eu le prix, je lui mandai qu'il fallait que celui qui l'a remporté fût le discours le plus parfait qu'on eût vu dans toutes les académies de ce monde. Votre ouvrage m'a prouvé que je ne me suis pas trompé. Je bénis Dieu dans ma décrépitude de voir qu'il y ait aujourd'hui des genres dans lesquels on est bien au-dessus du grand siècle de Louis XIV. Ces genres ne sont pas en grand nombre, et c'est ce qui redouble l'obligation que je vous ai. Je vous remercie du fond de mon cœur usé, de tous les plaisirs nouveaux que votre ouvrage m'a donnés. Tout ce que je peux vous dire c'est que La Fontaine n'aurait jamais pu parler d'Ésope et de Phèdre aussi bien que vous parlez de lui.

À propos, Monsieur, vous me reprochez, mais avec votre politesse et vos grâces ordinaires, d'avoir dit que La Fontaine n'était pas assez peintre. Il me souvient en effet d'avoir dit autrefois qu'il n'était pas un peintre aussi fécond, aussi varié, aussi animé que l'Arioste, et c'était à propos de *Joconde*. J'avoue mon hérésie au plus aimable prêtre de notre église.

Vous me faites sentir plus que jamais combien La Fontaine est charmant dans ses bonnes fables ; je dis dans ses bonnes, car ses mauvaises sont bien mauvaises. Mais que l'Arioste est supérieur à lui et à tout ce qui m'a jamais charmé ! par la fécondité de son génie inventif, par la profusion de ses images, par la profonde connaissance du cœur humain, sans faire jamais le docteur, par ces railleries si naturelles dont il assaisonne les choses les plus terribles ? J'y trouve toute la grande poésie d'Homère avec plus de variété ; toute l'imagination des *Mille et Une Nuits* ; la sensibilité de Tibulle, les plaisanteries de Plaute, toujours le merveilleux et le simple. Les exordes de ses chants sont d'une morale si vraie et si enjouée ! N'êtes-vous pas étonné qu'il ait pu faire un poème de plus de quarante mille vers dans lequel il n'y a pas un morceau ennuyeux, et pas une ligne qui pèche contre la langue, pas un tour forcé, pas un mot impropre ? et encore ce poème est tout en stances.

Je vous avoue que cet Arioste est mon homme, ou plutôt un dieu, comme disent messieurs de Florence, *il divin' Ariosto*. Pardonnez-moi ma folie. La Fontaine est un charmant enfant que j'aime de tout mon cœur, mais laissez-moi en extase devant *messer Ludovico*, qui d'ailleurs a fait des épîtres comparables à celles d'Horace. *Multae sunt mansiones in domo patris mei*[a]. Vous occupez une de ces places. Continuez, Monsieur, réhabilitez notre siècle, je le quitte sans regret. Ayez surtout, grand soin de votre

a. « Il y a maintes demeures dans la maison de mon père » (Jean, XIV, 2).

santé. Je sais ce que c'est que d'avoir été quatre-vingt et un ans malade.

Agréez, Monsieur l'estime sincère, et les respects du vieux bonhomme.

V.

Je suis toujours très fâché de mourir sans vous avoir vu.

231. À HENRI LAMBERT D'HERBIGNY, MARQUIS DE THIBOUVILLE

20e mars 1775

Je ne vous dirai que ce que j'ai dit à M. d'Argental. Il y a quatre éditions du *Don Pèdre* de ce jeune homme en quinze jours, mais Dieu me préserve qu'il y eût une seule représentation ! Je vous répète que si le seul Lekain peut jouer le rôle de Guesclin, il n'y a jamais eu que Mlle Lecouvreur qui pût faire valoir Léonore, et que le seul Baron était fait pour Don Pèdre. Vous n'avez au Théâtre-Français que des marionnettes, et dans Paris que des cabales. Mes anges, mes pauvres anges, le bon temps est passé. Vous avez quarante journaux, et pas un bon ouvrage ; la barbarie est venue à force d'esprit. Que Dieu ait pitié des Welches ! Mais aimez toujours le vieux malade qui vous aime, et plaignez un siècle où l'opéra-comique l'emporte sur *Armide* et sur *Phèdre*. Vous vivez au milieu d'une nation égarée, qui est à table depuis quatre-vingts ans, et qui demande sur la fin du repas de mauvaises liqueurs, après avoir bu au premier service d'excellent vin de Bourgogne.

Pour le vieux malade, il ne boit plus que de la tisane.

V.

232. À JOHANN RUDOLF SINNER

À Ferney par Genève 9e mai 1775

Monsieur,

Il y a déjà quelque temps que M. le brigadier d'Hermenches me dit que vous vouliez avoir dans votre bibliothèque les portraits de ceux dont vous avez quelques ouvrages. Il ajouta que vous aviez même la bonté de vous charger du mien. Je lui dis que j'aurais l'honneur de vous l'envoyer. Je l'ai fait faire par un très bon peintre, sur les dimensions que M. d'Hermenches me donna. La toile est carrée et de deux pieds et demi. Je vous prie, Monsieur, de vouloir bien me dire quelle doit être la largeur de la bordure. Mon portrait et moi nous sommes à vos ordres, tout indignes que nous en sommes.

J'ai l'honneur d'être avec les plus respectueux sentiments

Monsieur

Votre très humble et très obéissant serviteur

VOLTAIRE.

233. À MARIE DE VICHY DE CHAMROND, MARQUISE DU DEFFAND

26e novembre 1775

Puisque vous dites, Madame, à M. d'Argental,

Atys comblé d'honneur n'aime plus Sangaride,

je vous dirai,

Aeglé ne m'aime plus, et n'a rien à me dire.

Car j'aime autant Quinault que vous. Je ne suis pas de ces pédants qui le trouvent fade, et qui le condamnent pour avoir parlé d'amour lorsqu'il en devait parler. Je le regarde comme le second de nos poètes pour l'élégance, pour la naïveté, la vérité et la précision.

Il est très vrai que vous n'avez plus rien à me dire puisque vous ne m'écrivez point, mais il n'est pas vrai que je sois comblé d'honneurs, je ne le suis que de ridicules, et c'est toujours par ses amis qu'on est maltraité. M. d'Argental s'obstine à me croire tombé dans une espèce d'apoplexie pour avoir été gourmand ; et le fait est que mon accident me prit après avoir été un jour sans manger.

Il m'appelle aussi commissaire départi par le roi auprès des fermiers généraux, pendant que je suis opprimé départi par ces messieurs. Voulez-vous, Madame, que je vous parle vrai ? Mon département est l'abîme du néant éternel où je vais bientôt entrer. Je lis tous les ouvrages philosophiques de Cicéron sur ce sujet plus usé qu'aisé, et je ne vous conseille pas de les lire, car quoique ce grand homme soit très éloquent il ne nous apprend rien du tout. L'abbé de Chaulieu avait précisément mon âge quand il est mort ; et il ne m'en a pas appris davantage.

Les suites de mon accident m'ont paru si sérieuses que je n'ai pas voulu faire mon voyage sans prendre la liberté de dire adieu à celle que vous appeliez votre grand-maman. Comme il faut se réconcilier dans ces moments-là, j'avais sur le cœur l'injustice de son mari qui me croyait un petit ingrat. J'étais assurément bien éloigné de l'être, mais je n'ai pas mieux réussi auprès de votre grand-maman qu'auprès de vous. Vous me croyez comblé d'honneurs, et elle me croit plein de ménagements, elle se moque de mes honneurs et de mon apoplexie.

Jugez si dans cet état j'ai eu des choses bien amusantes à vous dire ; je ne savais aucune nouvelle ni de l'Opéra-Comique, ni de l'assemblée du clergé. Mais vous, Madame, qui vivez dans le centre des plaisirs et des grandes affaires, comment voulez-vous qu'un pauvre solitaire ose vous écrire du fond de ses déserts et ses neiges, privé de toute société, et de presque tous ses sens, lorsque vous en avez encore quatre excellents ? C'est à vous à réveiller les gens qui s'endorment au bord de leur tombeau ; mais ce n'est pas à eux de vous importuner de leurs rêveries, il faut qu'ils soient discrets, et qu'ils attendent vos ordres. Il n'y a que les vampires de Don Calmet[1] qui viennent lutiner les vivants. Soyez très sûre que si j'ai perdu tout ce qui fait vivre, passions, amusements, imagination, et toutes les bagatelles de ce monde, je vous reste sérieusement attaché, et que je le serai tant que mes petites apoplexies me le permettront ; je vous regarderai comme la personne de mon siècle qui est le plus selon mon cœur et selon mon goût, supposé que j'aie encore goût et cœur. Je vous demanderai vos bontés comme la première de mes consolations, et je dirai, c'est auprès d'elle que j'aurais voulu passer ma vie.

V.

234. À DOMINIQUE VIVANT DENON

À Ferney, le 20 décembre 1775

De ce plaisant Callot vous avez le crayon ;
Vos vers sont enchanteurs, mais vos dessins burlesques ;
Dans votre salle d'Apollon
Pourquoi peignez-vous des grotesques ?

Si je pouvais, Monsieur, mêler des plaintes aux remerciements que je vous dois, je vous supplierais très instamment de ne point laisser courir cette estampe dans le public. Je ne sais pourquoi vous m'avez dessiné en singe estropié, avec une tête penchée et une épaule quatre fois plus haute que l'autre. Fréron et Clément s'égaieront trop sur cette caricature.

Permettez que vous envoie, Monsieur, une petite boîte de buis, doublée d'écaille, faite dans un de nos villages. Vous y verrez une posture honnête et décente et une ressemblance parfaite. C'est un grand malheur de chercher l'extraordinaire et de fuir le naturel, en quelque genre que ce puisse être.

Je vous demande bien pardon. J'ai dû, non seulement vous dire librement ma pensée, mais celle de tous ceux qui ont vu cet ouvrage. Je n'en suis pas moins pénétré, Monsieur, de l'estime sincère et de la reconnaissance que vous doit votre très humble et très obéissant serviteur

VOLTAIRE.

235. À FRANÇOIS ACHARD JOUMARD TISON, MARQUIS D'ARGENCE

3e mai 1776

Le vieux malade, qui n'est plus bon à rien dans ce monde, y tient encore, mon cher Marquis, par le tendre intérêt qu'il prend à tout ce qui vous regarde. Il se souvient très bien d'avoir fait sa cour autrefois à la mère de madame votre belle-fille. Il se souvient que cette mère était très aimable. Vous me paraissez heureux dans tout ce qui vous entoure. Les Anglais que vous m'avez adressés étaient enchantés de votre habitation, de la vie que vous menez, et surtout de votre personne. J'aurais bien dû me faire un de vos vassaux plutôt que de choisir ma retraite entre les neiges des Alpes et celles du mont Jura. Je ne conçois pas la ridicule et dangereuse folie de tant de nos Français de tous les étages, depuis les princes jusqu'aux moines, qui sont venus en foule chercher la santé entre nos précipices et nos montagnes chez des médecins des urines. Quelques-uns en sont morts. J'ai tenu bon, parce que je ne sors jamais de ma chambre pendant l'hiver. Je me suis occupé, les étés à bâtir une espèce de ville assez jolie qui se flattait de vous recevoir avec M. de Beaumont.

Nous avons actuellement M. de Trudaine ; il est

protecteur de la ville, et il a ordonné qu'on la pavât. Vous auriez trouvé les choses bien changées. Mais trois ou quatre mois agréables ne me consolent point de nos horreurs de huit mois d'hiver. Si j'avais été sage je vivrais, et je mourrais dans votre beau climat, m'occupant à vous faire ma cour, et à vous renouveler tous les jours les assurances de ma tendre amitié.

V.

236. AUX FERMIERS GÉNÉRAUX

À Ferney 3e mai 1776

Messieurs,

La noblesse de votre procédé envers moi, m'enhardit à vous faire des propositions sur des objets plus importants. Il s'agit de votre intérêt avec les habitants qui bordent le pays de Gex du côté du Jura, le long de la petite rivière nommée la Valserine. Les habitants de ce terrain depuis le petit canton de Lélex jusqu'au Rhône offrent de vous payer une indemnité telle que vous la jugerez convenable, si vous voulez bien comprendre cette petite langue de terre dans le pays de Gex. Il semble en effet qu'en gardant le pont de Bellegarde on serait à l'abri de toute contrebande. C'est à vous, Messieurs, qui sans doute connaissez parfaitement le local à décider si cet arrangement est convenable ou non.

L'autre prière que nos États ont à vous faire, est de vouloir nous dire combien de sel vous pouvez ordonner qu'on nous fournisse.

Si vous voulez bien me confier vos intentions je

les communiquerai à nos États qui partageront ma reconnaissance.

J'ai l'honneur d'être avec tous les sentiments que je vous dois

Messieurs,

votre très.

237. AU BARON DE FAUGÈRES

3 de mai [1776]

Vous proposez, Monsieur, qu'autour de la statue élevée à Montpellier *à Louis XIV après sa mort*, on dresse des monuments aux grands hommes qui ont illustré son siècle en tout genre. Ce projet est d'autant plus beau que, depuis quelques années, il semble qu'on ait formé parmi nous une cabale pour rabaisser tout ce qui a fait la gloire de ces temps mémorables. On s'est lassé des chefs-d'œuvre du siècle passé. On s'efforce de rendre Louis XIV petit, et on lui reproche surtout d'avoir voulu être grand. La nation, en général, donne la préférence à Henri IV, et l'exclusion à tous les autres rois. Je n'examine pas si c'est justice ou inconstance, si notre raison perfectionnée connaît mieux le vrai mérite aujourd'hui qu'autrefois, je remarque seulement que du temps d'Henri IV, elle ne connaissait point du tout le mérite, elle ne le sentait point. On ne me connaît pas, disait ce bon prince au duc de Sully, on me regrettera. En effet, Monsieur, ne dissimulons rien ; il était haï et peu respecté. Le fanatisme, qui le persécuta dès son berceau, conspira cent fois contre sa vie, et la lui arracha enfin au milieu de ses grands officiers, par la main d'un ancien moine feuillant devenu fou, enragé de la rage de la Ligue. Nous lui faisons aujourd'hui amende honorable ; nous le préférons à tous les rois, quoique nous conservions encore, et pour longtemps, une grande partie des préjugés qui ont concouru à l'assassinat de ce héros.

Mais si Henri IV fut grand, son siècle ne le fut en aucun genre. Je ne parlerai pas ici de cette foule de crimes et d'infamies dont la superstition et la discorde souillèrent la France. Je m'arrête aux arts dont vous voulez éterniser la gloire. Ils étaient ou ignorés ou très mal exercés, à commencer par celui de la guerre. On la faisait depuis quarante ans, et il n'y eut pas un seul homme qui laissa la réputation d'un général habile, pas un que la postérité ait mis à côté d'un prince de Parme, d'un prince d'Orange. Pour la marine, Monsieur, vous qui vous y êtes distingué, vous savez qu'elle n'existait pas alors. Les arts de la paix, qui font le charme de la société, qui embellissent les villes, qui éclairent l'esprit, qui adoucissent les mœurs, tout cela nous fut étranger ; tout cela n'est né que dans l'âge qui vit naître et mourir Louis XIV.

J'ai peine à concevoir l'acharnement avec lequel on poursuit aujourd'hui la mémoire du grand Colbert qui contribua tant à faire fleurir tous ces arts, et surtout la marine qui est un des principaux objets de votre grand dessein. Vous savez, Monsieur, qu'il créa cette marine si longtemps formidable. La France, deux ans avant sa mort, avait cent quatre-vingts vaisseaux de guerre et trente galères. Les manufactures, le commerce, les compagnies de négoce, dans l'Orient et dans l'Occident, tout fut son ouvrage. On peut lui être supérieur, mais on ne pourra jamais l'éclipser.

Il en sera de même dans les arts de l'esprit, comme en éloquence, en poésie, en philosophie et dans les arts où l'esprit conduit la main, comme en architecture, en peinture, en sculpture, en mécanique. Les hommes qui embellirent le siècle de Louis XIV par tous ces talents, ne seront jamais oubliés, quel que soit le mérite de leurs successeurs. Les premiers qui marchent dans une carrière, restent toujours à la tête des autres dans la postérité. Il n'y a de gloire que pour les inventeurs, a dit Newton dans sa querelle avec Leibnitz, et il avait raison. Il faut regarder comme inventeur un Pascal qui forma en effet un genre d'éloquence nouveau ; un Pélisson qui défendit Fouquet du même style dont Cicéron avait défendu le roi Déjotarus devant César ; un Corneille qui fut parmi nous le créateur de la tragédie, même en copiant le *Cid* espagnol ; un Molière qui inventa réellement et perfectionna la comédie ; et si Descartes ne s'était pas écarté, dans ses inventions, de son guide, la géométrie ; si Malebranche avait su s'arrêter dans son vol, quels hommes ils auraient été !

Tout le monde convient que ce grand siècle passé fut celui du génie ; mais après les hommes qu'on regarde comme inventeurs, viennent souvent, je ne dis pas des disciples formés dans l'école de leurs maîtres, ce qui serait louable, mais des singes qui s'efforcent de gâter l'ouvrage de ces maîtres inimitables. Ainsi, après que Newton a découvert la nature de la lumière, arrive un Castel qui veut enchérir, et qui propose un clavecin oculaire.

À peine a-t-on découvert, avec le microscope, un nouveau monde en petit, que voilà un Needham qui imagine avoir fait une république d'anguilles, lesquelles accouchent sur-le-champ d'autres anguilles, le tout dans une goutte de bouillon ou dans une goutte d'eau qui a bouilli avec du blé ergoté. Les animaux, les végétaux sont produits sans germe, et pour comble de ridicule, cela est appelé le sublime de l'histoire naturelle.

Sitôt que de vrais philosophes eurent calculé l'action du Soleil et de la Lune sur le flux et le reflux des mers, des romanciers, au-dessous de Cyrano de Bergerac, écrivent l'histoire des temps où ces mers couvraient les Alpes et le Caucase, et où l'Univers n'était habité que par des poissons. Ils nous découvrent ensuite la grande époque dans laquelle les marsouins, nos aïeux, devinrent hommes, et comment leur queue fourchue se changea en cuisses et en jambes. C'est là le grand service que *Telliamed* a rendu depuis peu au genre humain[1].

Ainsi, Monsieur, dans tous les arts, dans toutes les professions, les charlatans succèdent aux bons maîtres ; et fasse le ciel que nous n'ayons jamais de charlatans plus funestes !

Puisse votre projet être exécuté ! puissent tous les génies qui ont décoré le siècle de Louis XIV, reparaître dans la place de Montpellier, autour de la statue de ce roi, et inspirer aux siècles à venir une émulation éternelle ! etc.

238. AU CONSEIL SUPRÊME DE MONTBÉLIARD

3e mai 1776, à Ferney

Messieurs,

J'ai reçu d'Angleterre une lettre dont S[on] A[ltesse] S[érénissime] Monseigneur le duc de Virtemberg m'honore. Il a la bonté de me dire qu'il donnera ses ordres positifs pour mon paiement. Je suis si pénétré de ses bontés et des vôtres que je me borne cette année à la proposition que vous m'avez faite de me payer dix mille francs vers le 15 du mois de juin. Je vous prierai d'y ajouter vingt autres mille livres au mois de décembre. Et ces sommes jointes aux paiements réguliers que les sieurs Rosé et Meiner doivent me faire tous les trois mois, suffiront pour me mettre en état de satisfaire tous mes créanciers.

Seulement je vous prierai, Messieurs, d'engager le sieur Rosé à me fournir avant le 15 juin prochain quatorze mille livres, parce que depuis quelque temps il me paie par semestre, au lieu de payer tous les trois mois, ce qui m'est égal. Je lui demande cette fois-ci le paiement du semestre au 15 juin, parce que j'ai promis de payer plusieurs créanciers à cette échéance. Je vous serai très obligé, Messieurs, de vouloir bien condescendre à toutes mes propositions.

J'ai l'honneur d'être avec respect

Messieurs

Votre très humble et très obéissant serviteur

VOLTAIRE.

239. À ANNE-ROBERT-JACQUES TURGOT

À Ferney 3 mai 1776

M. de Trudaine, votre digne ami, Monseigneur, m'a fait voir un édit sur les vins qui vaut bien celui du 14 septembre sur les blés. Ces deux pièces véritablement éloquentes, puisque la raison et le bien public y parlent à chaque ligne, n'ont qu'à se joindre à l'édit de la caisse de Poissy, et la France est sûre de faire bonne chère. Les aloyaux, que les Anglais appellent rost-beef, valent bien la poule au pot. Je crois bien que le parlement de Bordeaux sera un peu fâché, mais le parlement de Toulouse sera fort aise.

M. de Trudaine est témoin des transports de joie que vous avez causés dans tous les pays qui nous environnent. Nous voyons naître le siècle d'or ; mais il est bien ridicule qu'il y ait tant de gens du siècle de fer dans Paris. On m'assure pour ma consolation que vous pouvez compter sur la fermeté de Sésostris : c'était là mon plus grand souci.

Je n'ose vous supplier de me confirmer cette heureuse anecdote dont dépend la destinée de toute une nation ; mais je vous avoue que je voudrais bien, avant de mourir, être sûr de mon fait, et pouvoir vous excepter du nombre des grands hommes dont Horace a dit :

Diram qui contudit hydram,
comperit invidiam supremo fine domari[a].

Quant à notre sel, Monseigneur, je ne vous en importunerai plus, puisque je vois que vous n'oubliez rien.

Quant à la dame Lobreau, il est clair que son argent est tout aussi bon que celui des épiciers qui veulent donner la comédie sans avoir d'acteurs.

Quisque suam exerceat artem[b].

a. « Celui qui abattit l'hydre cruelle a éprouvé qu'il faut pour dompter l'envie aller jusqu'au sacrifice suprême » (Horace, *Épîtres*, II, I, 10-12).

b. « Que chacun exerce son métier » (Horace, *Épîtres*, I, XIV, 44).

Pour votre part, il est

Cum tot sustineas et tanta negotia solus[a].

Vous voyez que je passe ma vie entre vos ouvrages et ceux d'Horace : je ne peux mieux finir ma carrière.

Mme Denis est pénétrée de l'honneur de votre souvenir, et nous le sommes tous de vos extrêmes bontés.

V.

240. À JEAN DE VAINES

3e mai 1776

Puisque vous daignez, Monsieur, admettre dans votre bibliothèque, des facéties chinoises, indiennes et tartares, j'ai l'honneur de vous en envoyer un exemplaire. Mais je viens de lire une brochure qui me dégoûte de toutes les autres. C'est un édit sur la liberté du commerce des vins. Il fait un beau pendant avec l'édit du 14 septembre en faveur des blés.

Je conçois qu'il y ait des gens tout étonnés de voir des traités de politique et de morale avec la formule, *car tel est notre bon plaisir*. Mais je ne conçois pas que des gens qui ont de la barbe au menton s'effarouchent des vérités qu'on leur démontre. Il me semble que je vois les médecins du temps de Molière

a. « Alors que seul tu soutiens tant et de si grandes affaires » (Horace, *Épîtres*, II, I, 1).

soutenir des thèses contre la circulation du sang. Il est impossible que le parti de ceux qui ferment les yeux à la lumière se soutiennent longtemps. Toutes les nouvelles vérités sont d'abord mal reçues chez nous. On est fâché d'être obligé de retourner à l'école quand on se croit docteur, *et quae imberbes didicere senes perdenda fateri*[a].

Enfin, Monsieur, ces vins me paraissent avoir une sève et une force toute nouvelle. Je conseille à *Messieurs* d'en boire largement au lieu d'en dire du mal. Ces bons vins de M. Turgot sont capables de me ranimer. Mon malheur est de n'avoir pas longtemps à en boire.

241. À CHARLES-AUGUSTIN FERRIOL, COMTE D'ARGENTAL

30e juillet 1776

Mon cher ange, l'abomination de la désolation[1] est dans le temple du Seigneur. Lekain, aussi en colère que vous l'êtes dans votre lettre du 24, me dit que presque toute la jeunesse de Paris est pour Le Tourneur, que les échafauds et les bordels anglais l'emportent sur le théâtre de Racine et sur les belles scènes de Corneille, qu'il n'y a plus rien de grand et de décent à Paris que les Gilles de Londres, et qu'enfin on va donner une tragédie en prose où il y a une assemblée de bouchers qui fera un merveilleux effet.

a. « Avouer qu'il [leur] faut oublier, devenus vieux, ce qu'ils ont appris avant d'avoir de la barbe » (Horace, *Épîtres*, II, I, 84-84).

J'ai vu finir le règne de la raison et du goût. Je vais mourir en laissant la France barbare, mais heureusement vous vivez, et je me flatte que la reine ne laissera pas sa nouvelle patrie dont elle fait le charme, en proie à des sauvages et à des monstres. Je me flatte que M. le maréchal de Duras ne nous aura pas fait l'honneur d'être de l'Académie pour nous voir manger par des Hottentots. Je me suis quelquefois plaint des Welches, mais j'ai voulu venger les Français avant de mourir. J'ai envoyé à l'Académie un petit écrit, dans lequel j'ai essayé d'étouffer ma juste douleur, pour ne laisser parler que ma raison. Ce mémoire est entre les mains de M. d'Alembert, mais il me semble que je ne dois le faire imprimer qu'en cas que l'Académie y donne une approbation un peu authentique. Elle n'est pas malheureusement dans cet usage. Voilà pourtant le cas où elle devrait donner des arrêts contre la barbarie. Je vais tâcher de rassembler les feuilles éparses de ma minute pour vous en faire tenir une copie au net. Je sais que je vais me faire de cruels ennemis, mais peut-être un jour la nation me saura gré de m'être sacrifié pour elle.

Secondez ma faiblesse, mon cher ange, et mettez-moi à l'ombre de vos ailes.

V.

242. À DENIS DIDEROT

8e décembre 1776

Le dragon peintre, si joufflu et si gai, Monsieur, m'a trouvé dans mon lit, n'ayant ni joue ni gaieté, parce que la santé qui est la base de tout m'a abandonné absolument. J'ai quatre-vingt-trois ans, et je vous répète que je suis inconsolable de mourir sans vous avoir vu. Votre gros garçon [dit] que vous demeurez dans la rue Taranne depuis très longtemps. Ne soyez point étonné que je l'ignorasse. Il y a près de trente ans que je n'ai vu Paris, et je n'y ai jamais demeuré deux ans de suite dans toute ma vie qui est assez longue. Je reviendrais volontiers y passer mon dernier quart d'heure pour avoir la consolation de vous entendre s'il était possible de passer ce dernier quart d'heure dans ce pays-là ; mais malheureusement il est fort difficile d'y vivre et d'y mourir comme on veut. Mon grand malheur a été que Ferney ne fût pas précisément sur votre route quand vous revîntes de chez Catherine.

J'ai tâché de rassembler autour de moi le plus que j'ai pu de vos enfants, mais je n'ai pas toute la famille, il s'en faut bien, et où la trouver dans mes déserts ? N'y a-t-il point à Paris quelque typographe un peu habile, et bien assorti, à qui je pusse m'adresser, et voudriez-vous avoir la bonté de me l'indiquer ? J'avais autrefois un ami qui était le vôtre, et qui ne me laissait pas manquer mon pain quotidien dans ma solitude. Personne ne l'a remplacé, et je meurs de faim. Cet ami savait que nous n'étions pas si éloignés de compte, et qu'il n'eût fallu qu'une conversation pour nous entendre, mais on ne trouve pas partout des hommes avec qui on puisse parler. La multitude des livres nouveaux qui ne nous apprennent rien, nous surcharge et nous dégoûte. Le peu que j'ai lu de vous me rend presque tous les autres livres insipides. En un mot, Monsieur, vos ouvrages et votre personne causent mes regrets.

Extremum quod te alloquor hoc est[a].

Votre t[rès] h[umble et très] o[béissant] s[erviteur]

V.

N.B. On dit que vous n'aimez pas trop à écrire des lettres. Cependant je vous prie de me répondre sur un objet qui en vaut la peine. On a imprimé à Paris chez Nyon les *Mémoires concernant l'histoire des sciences, arts, mœurs, usages des Chinois par les missionnaires de Pékin*. Le fond du livre est dit-on d'un Chinois nommé Ko, dérobé à ses parents par les jésuites dans son enfance, élevé à la maison professe de ces perturbateurs du genre humain. Il est rempli de leur esprit comme l'était Jean Chatel. Il parle des philosophes de Paris à peu près dans le goût de Palissot. Voici ce qu'il dit, page 271, *Nous brûlerions sur-le-champ cet ouvrage, si nous soupçonnions qu'il pût plaire par quelque endroit aux ennemis de la religion. Nous les avons vus de trop près pour ne pas les mépriser ; nous les connaissons trop pour les craindre ; et nous sommes trop sûrs de ce que nous avons avancé pour ne pas les braver*.

Dans un autre endroit ils regardent comme un saint martyr un prince du sang qui, séduit par les jésuites sur la fin du règne du Can-hy, se fit chrétien, vola toute sa famille pour enrichir une dévote des jésuites ; se rendit coupable de mille actions infâmes, et à qui cependant, l'empereur Can-hy laissa la vie.

Tous ces drôles-là restent impunément à Pékin sous prétexte qu'ils savent un peu de mathématiques, et qu'ils sont en possession de quelques éphémérides suivant lesquels ils composent aisément l'almanach.

a. « Voici mes dernières paroles » (Virgile, *L'Énéide*, VI, v, v. 466).

Si on ne les prévient, ils feront un jour à la Chine ce qu'ils ont fait au Japon. On espère, dit-on, qu'on les fera connaître par le moyen de la cour de Pétersbourg.

Le vieux solitaire vous souhaite une vie longue et heureuse, il n'a que la moitié de ce qu'il vous souhaite.

243. À FRÉDÉRIC II, ROI DE PRUSSE

À Ferney, 9 décembre [1776]

Sire,

Il n'est pas étonnant qu'un homme qui a passé sa vie à barbouiller du papier contre ceux qui trompent les hommes, qui les volent et qui les persécutent, soit un peu poursuivi par ces gens-là sur la fin de ses jours. Il est encore moins étonnant que le Marc-Aurèle de notre siècle prenne pitié de ce vieil Épictète. Votre Majesté daigne me consoler d'un trait de plume des cris de la canaille superstitieuse et implacable.

J'ai pris la liberté de déposer à vos pieds les raisons qui m'avaient privé longtemps de l'honneur de vous écrire, et parmi ces raisons la première a été la nécessité où je suis réduit, d'être un petit Libanius qui répond aux Grégoire de Nazianze et aux Cyrille[1].

La fourmilière que je fais bâtir dans ma retraite, et qui est rongée par les rats de la finance française, était le second motif de ma douleur et de mon silence, et l'oubli de votre ancien pupille M. le duc de Virtemberg était le troisième.

Dans le chaos des petites affaires qui dérangent les petites têtes, je n'osais pas à mon âge écrire à Votre Majesté ; je tremblais de radoter devant le maître de l'Europe.

La même main qui instruit les rois et qui console d'Alembert daigne aussi s'étendre pour moi. Votre Majesté est trop bonne d'avoir bien voulu écrire un mot en ma faveur dans le Virtemberg ; c'est malheureusement dans le comté de Montbéliard qu'est ma dette, et cette principauté de Montbéliard ressortit au parlement de Besançon, ce sont des affaires qui ne finissent point, et moi je vais bientôt finir. M. le duc de Virtemberg me donne aujourd'hui sa parole de me satisfaire dans le courant de l'année prochaine, sa régence me doit cent mille francs ; cela ruine un homme qui se ruinait déjà à faire bâtir une petite ville. Mais il faut que je prenne patience, et que j'attende le paiement de M. le duc de Virtemberg, ou la mort qui paie tout.

Je mets mes misères aux pieds de Votre Majesté puisqu'elle daigne me l'ordonner. La postérité rira si elle sait jamais qu'un chétif Parisien a conté ses affaires à Frédéric le Grand, et que Frédéric le Grand a daigné les entendre.

On vient d'imprimer à Paris un livre assez curieux sur la littérature de la Chine, sa religion et ses usages. La plus grande partie de ce livre est composée par un Chinois que les jésuites dérobèrent à ses parents dans son enfance, et qui a été élevé par eux à leur collège de Paris : il parle français parfaitement ; mais malheureusement c'est un jésuite lui-même, et c'est le plus insolent énergumène qui soit parmi eux, il a la rage du *contrains-les d'entrer*[1]. Le scélérat est capable de bouleverser l'Empire. Je me flatte que si votre écolier en poésie, et votre très plat écolier Kienlong est instruit enfin de ce fanatisme qui couve dans sa ville capitale, il enverra bientôt tous ces convertisseurs en Occident.

Daignez conserver, Sire, vos bontés pour ma vieille âme qui va bientôt quitter son vieux corps.

244. À CHARLES-JOSEPH, PRINCE DE LIGNE

13e décembre 1776 à Ferney

Un très vieux hibou près de mourir dans une masure entre le mont Jura et les grandes Alpes, est extrêmement sensible aux bontés que lui témoigne un aigle autrichien. L'esprit qui règne dans la lettre de Bruxelles du 25 novembre ranimerait le pauvre hibou, si quelque chose pouvait le ranimer. Il se souviendra jusque dans ses derniers moments d'avoir voyagé autrefois, malgré ses ailes pesantes, vers les domaines de cet aigle charmant qui ne faisait alors que de naître, et qui depuis l'a honoré de temps en temps d'un souvenir qui lui est bien précieux.

Ce bel aigle a vu en dernier lieu la nouvelle ménagerie de Fontainebleau, et les nouveaux oiseaux brillants qui décorent une belle volière. Il juge parfaitement de leurs différents ramages. C'est à lui d'établir par son exemple une jolie volière à Bruxelles. Il ne faut souvent qu'un seul homme pour faire régner le bon goût dans le pays qu'il habite. L'émulation gagne de proche en proche. Il en est des choses de l'esprit comme des coiffures des femmes. Il suffit, dans tout pays, d'une belle dame pour mettre une nouvelle coiffure à la mode. De même, c'est assez d'un homme supérieur par son rang et par son esprit, pour mettre à la mode les beaux-arts et le bon goût. C'est ce que fait l'aigle dont je parle. L'aigle que je remercie, et dont je suis avec un profond respect le très humble et très obéissant serviteur.

LE VIEUX HIBOU V.

245. À CATHERINE II, IMPÉRATRICE DE RUSSIE

À Ferney 24 janvier 1777

Madame,

Votre sujet moitié suisse, moitié gaulois, nommé Voltaire était près de mourir il y a quelques jours. Son confesseur catholique apostolique romain, c'est-à-dire universel, coureur de Rome, vint pour me préparer au voyage. Le malade lui dit, mon Révérend Père, Dieu pourrait bien me damner. Et pourquoi cela, vieux bonhomme ? me dit le prêtre. Hélas ! lui répondis-je, c'est qu'on m'a accusé auprès de lui d'être un ingrat. J'ai été comblé des bontés d'une autocratrice qui est une de ses plus belles images dans ce monde, et je ne lui ai point écrit depuis plus d'un an. Qu'est-ce qu'une autocratrice ? me dit mon vilain. Eh pardieu ! lui dis-je, c'est une impératrice. Vous êtes un grand ignorant ; et cette impératrice fait du bien depuis le Kamtschatka jusqu'en Afrique. Oh si cela est, repartit le prêtre, vous avez bien fait. Elle n'a pas de temps à perdre. Il ne faut pas ennuyer une autocratrice impératrice bienfaitrice occupée du soir au matin, tantôt à battre les Turcs, tantôt à leur donner la paix, ou bien à couvrir de vaisseaux la mer Noire, et qui s'amuse à faire fleurir onze cent mille lieues carrées de pays. Allez, allez, je vous donne l'absolution.

246. À JEAN LE ROND D'ALEMBERT

9 de mai [1777]

Votre estomac et votre cul, mon cher ami et mon cher philosophe, ne peuvent pas être en pire état que ma tête. Ma petite apoplexie, à l'âge de quatre-vingt-trois ans, vaut bien vos déjections à l'âge de soixante ans. Mettons l'un et l'autre, dans le même plat, vos entrailles et mes méninges, et présentons-les à la philosophie. Je meurs accablé par la nature qui m'attaque par en haut, quand elle vous lutine par le bas. Je meurs persécuté par la fortune qui s'est moquée de moi dans la fondation de ma colonie. Je meurs poursuivi par les mauvais livres qui pleuvent. Je meurs aboyé par les dogues qui déchirent ce Delisle. Je sais qu'étant en curée, ils veulent me dévorer aussi ; mais ils feront mauvaise chère. Je suis un vieux cerf plus que dix cors, et je leur donnerai de bons coups d'andouillers avant d'expirer sous leurs dents. La cervelle me tinte si prodigieusement, à l'heure que je vous écris, que l'*amanuensis*[1] et moi ne nous entendons plus. Mon cœur est encore sain, il sera à vous jusqu'au dernier moment.

Adieu, sage, adieu ; mes compliments à Pascal-Condorcet ; il jouera un grand rôle. Adieu, cher Bertrand ; souvenez-vous de Raton.

247. À CHARLES MICHEL, MARQUIS DU PLESSIS-VILLETTE

Ferney, le 27 auguste 1777

Mon Dieu, que vos rimes en *ine*
M'ont fait passer de doux moments !
Je reconnais les agréments
Et la légèreté badine
De tous ces contes amusants
Qui faisaient les doux passe-temps
De ma nièce et de ma voisine.

Je suis sorcier, car je devine
Ce que seront les jeunes gens.
Je m'aperçus bien dès ce temps,
Que votre muse libertine
Serait philosophe à trente ans.
Alcibiade en son printemps,
Était Socrate à la sourdine.

Plus je relis et j'examine
Vos vers sensés et très plaisants,
Plus j'y vois un fond de doctrine
Tout propre à messieurs les savants,
Non pas à messieurs les pédants
De qui la science chagrine
Est l'éteignoir des sentiments.

Adieu : réunissez longtemps
La gaieté, la grâce si fine
De vos folâtres enjouements,
Avec ces grands traits de bon sens
Dont la clarté nous illumine.

Je ne crains point qu'une coquine
Vous fasse oublier les absents :
C'est pourquoi je me détermine
À vous envoyer de mes *ens*,
Entrelacés avec des *ine*.

248. À CATHERINE II, IMPÉRATRICE DE RUSSIE

À Ferney 21 septembre 1777

Madame,

Il est bien dur de mourir sans avoir vu l'auguste Catherine seconde, ou plutôt Catherine l'unique, et sans s'être mis à ses pieds. Tout ce que je lis concernant votre Empire, tout ce que je vois par des hasards heureux augmente à tout moment mon admiration. Un souverain donné à la Crimée et reconnu par le sultan en dépit de toutes ses chicanes ; le commerce établi dans la mer Noire ; les découvertes faites au-delà du Kamtschatka, entre les îles du Japon et celles de l'Amérique, tout cela forme un nouveau monde, une nouvelle gloire de Votre Majesté Impériale.

Je reçois dans ce moment une suite de médaillons depuis Ruzick[1] jusqu'à l'immortelle Catherine. Elle est gravée en Minerve avec un casque et une cuirasse. Il n'y a point de médaille ni antique, ni nouvelle qui approche de la beauté de cet ouvrage. Il est du sieur Waechter[2] qui n'a perfectionné son art que dans Pétersbourg. Notre siècle devient le siècle de toute sorte de gloire, comme celui de Louis XIV, des Médicis, et d'Alexandre.

Souffrez que je me prosterne du pied des Alpes devant ce beau siècle, et devant celle qui l'a fait naître.

Que Votre Majesté Impériale daigne agréer le profond respect de celui qui l'annonça à la Terre il y a quinze ans,

Son très humble serviteur, admirateur et adorateur

V.

249. À LOUIS-FRANÇOIS-ARMAND DU PLESSIS, DUC DE RICHELIEU

22 septembre 1777

Je ne sais, Monseigneur, ce qui m'est arrivé depuis que vous m'avez flatté que je vous ferais ma cour à cent cinquante ans, et que je serais témoin de vos amours avec l'abbesse de Rennes ; mais j'ai été tout près d'aller demander là-bas un congé à Lucifer. Il m'envoie quelquefois de ses gardes pour me faire comparaître devant lui, et me fait sentir qu'il n'appartient pas à un pauvre homme comme moi d'oser marcher sur vos pas.

J'ai vu dans ma retraite un homme qui a été, je crois, autrefois votre neveu ; c'est M. le prince de Beauvau qui m'a fait cet honneur-là. J'aurais bien voulu que son oncle m'en eût fait autant, quand même il ne m'aurait pas amené Mme l'abbesse de Rennes. Vous croyez bien que j'ai été tenté cent fois d'aller à Paris. Mais comme mes jambes, ma tête et mon estomac m'ont refusé le service, j'ai pris le parti d'attendre tout doucement ma destinée. Je crois que vous gouvernez très bien la vôtre, et que vous vous êtes mis absolument au-dessus d'elle. La plupart des autres hommes sont au-dessous. Vous avez été grand acteur sur le théâtre de ce monde, vous êtes le spectateur le plus clairvoyant. Les décorations sont changées, le nouveau spectacle attire tous les regards. Je n'entrevois tout cela du fond de ma caverne qu'avec de bien mauvaises lunettes. Je suis un pauvre Suisse mort et oublié en France ; mais je ne puis m'empêcher de vous dire que par un effet singulier de la sympathie, le roi de Prusse est la seule correspondance qui me soit restée. Ce mot de sympathie doit vous paraître bien impertinent. Je ne crois pas que j'aie rien de commun avec le vainqueur de Rosback, pas plus qu'avec le vainqueur de Minorque. Cependant il y a une certaine façon de penser qui a rapproché de moi chétif ce héros du Nord ; comme il y a eu dans vous une certaine bonté, une certaine indulgence qui vous a toujours empêché de m'oublier totalement. Je vous dirai même que depuis peu le roi de Prusse m'a donné des marques solides de sa protection dans un temps où mes affaires étaient horriblement délabrées. Je ne me serais pas attendu à cette générosité lorsque je me brouillai si imprudemment avec lui il y a trente ans. Cela ne démontre-t-il pas qu'il ne faut jamais désespérer de rien ?

Je me souviens que je vous écrivis plusieurs fois sur la catastrophe de cet infortuné Lally[1]. Je vous demandai votre avis. Vous eûtes la discrétion de ne me jamais répondre. Mais enfin Lally trouve un vengeur dans son fils qui me paraît avoir le courage et le caractère de son père. Il poursuit la révision du procès avec une chaleur et une fermeté qui paraissent mériter l'applaudissement universel. Il a beaucoup d'esprit ; son style est vigoureux comme son âme ; le Parlement ne lui met pas un bâillon dans la bouche. Je me flatte que vous n'en mettrez pas un dans la vôtre, et que vous daignerez me dire s'il est vrai que la requête en cassation soit admise. Je suis bien persuadé qu'elle doit l'être. L'horrible aventure du chevalier de La Barre et de Talonde méritait bien aussi qu'on se pourvût en cassation. L'un de ces deux martyrs est vivant, et est un très bon et très brave officier. J'ai obtenu pour lui une place auprès du roi de Prusse ; il est son ingénieur. Qui sait s'il ne viendra pas un jour assiéger Abbeville quand vous commanderez une armée en Picardie ? J'attends cet événement dans cinquante ans. En attendant, je me meurs malgré toutes vos plaisanteries. Je ne sors point de mon lit, et je vous demande un *requiem*.

V.

250. À CHARLES MICHEL, MARQUIS DU PLESSIS-VILLETTE

24 septembre [1777]

Quand l'abbé de Chaulieu et le marquis de La Fare s'écrivaient des billets en vers, soit pour aller souper au temple ou à Saint-Maur, on n'imprimait point leurs billets dans le *Mercure galant* ; les cafés de Paris ne devenaient point les confidents et les juges de leurs amusements. Enfin, on ne les exposait point aux impertinents discours de la canaille de la littérature, plus insolente et plus dangereuse que la canaille des halles. Il eût été à souhaiter que M. le marquis de Villette qui écrit comme les Chaulieu et les La Fare, dans leur bon temps, n'eût pas prodigué sa charmante facilité au public toujours très malin, très injuste, et dont il faut se garder comme de la morsure des singes.

Un pauvre vieillard de quatre-vingt-trois ans, alité depuis deux mois, mourant, et ne devant écrire que son testament, ayant eu la faiblesse et la hardiesse de répondre aux vers charmants de M. le marquis de Villette, sur les mêmes rimes, et non pas avec le même agrément, ne devait pas être puni, et être condamné au *Mercure*.

Ce *Mercure*, tout *Mercure* qu'il est, est feuilleté par les dames de la cour, comme par les dames de la rue Saint-Denis. Le petit mot : *Je ne crains point qu'une coquine*, est relevé dans les deux tripots avec toute la charité qu'on y connaît. Il y a des conjonctures où ces petites méchancetés sont très à craindre, et malheureusement ce vieux malade est dans ce cas.

La chose est faite ; il n'y a plus de remède. La seule pénitence est de venir chez le bonhomme avec le marquis de Villevieille, d'assister à son extrême-onction, et de lui dire un *De Profundis* en *ine* aussi joli que la charmante lettre.

X

À Paris :
le retour triomphal (1778)

En février 1778, Voltaire quitte Ferney et part pour Paris : c'est la première fois qu'il voit la capitale depuis un bref séjour en 1750. Il loge chez le marquis de Villette, où il reçoit de nombreux visiteurs, dont Benjamin Franklin qui vient accompagné de son petit-fils (lettre 251). Voltaire assiste à des séances à l'Académie française (lettre 257), et il est reçu en triomphe à la Comédie-Française lors d'une représentation de sa dernière tragédie Irène *— scène qu'il raconte à Frédéric II (lettre 255). Sa santé se dégrade, comme en témoignent les nombreux billets adressés à Théodore Tronchin, son médecin, à Paris (lettres 251, 253 et 258), et ses lettres servent maintenant à garder le contact avec Ferney (lettre 256). Le 26 mai, Voltaire apprend que Louis XVI a cassé l'arrêt du Parlement qui avait condamné Lally-Tollendal en 1766, et il écrit au fils de ce dernier pour exprimer sa satisfaction (lettre 260). C'est sa dernière victoire, exprimée dans sa dernière lettre : Voltaire mourra quelques jours plus tard, le 30 mai 1778.*

251. À THÉODORE TRONCHIN

17e fév[rier] 1778

Le vieux Suisse que Monsieur Tronchin a eu la bonté de voir chez M. de Villette, lui représente que l'alternative continuelle de strangurie et de diabète, avec une cessation entière du mouvement péristaltique des entrailles, est une chose assez désagréable et un peu dangereuse.

Qu'une machine ainsi détraquée ne peut subsister encore quelques jours que par ces mêmes bontés que Monsieur Tronchin a eues.

Les pilules de Mme Denis lui ont fait depuis peu beaucoup de bien, mais n'ont diminué aucune de ses douleurs. Un peu d'enflure aux jambes, enflure qu'il est difficile à démêler dans un corps si sec, semble annoncer la destruction prochaine de cette frêle machine.

Le vieux malade sera fort aise de pouvoir entretenir un moment Monsieur Tronchin avant de prendre congé de la compagnie.

Il a vu M. Franklin qui lui a amené son petit-fils auquel il a dit de demander la bénédiction du vieillard. Le vieillard la lui a donnée en présence de vingt personnes et lui a dit ces mots pour bénédiction, DIEU ET LA LIBERTÉ[1].

252. À CHARLES-JOSEPH, PRINCE DE LIGNE

Prince, dont le charmant esprit
Avec tant de grâces m'attire,
Si j'étais mort, comme on l'a dit,
N'auriez-vous pas eu le crédit
De m'arracher du sombre empire ?
Car je sais très bien qu'il suffit
De quelques sons de votre lyre.
C'est ainsi qu'Orphée en usait
Dans l'Antiquité révérée.
Et c'est une chose avérée
Que plus d'un mort ressuscitait.
Croyez que si dans vos gazettes
On a parlé de mon trépas
Ce n'était pas chose indiscrète
Ces messieurs ne se trompaient pas.
En effet, qu'est-ce que la vie ?
C'est un jour. Tel est son destin.
Qu'importe qu'elle soit finie
Vers le soir, ou vers le matin !

18e fév[rier] 1778, à Paris

253. À THÉODORE TRONCHIN

On est honteux d'importuner Monsieur Tronchin de ses petites misères, mais il n'y a point de plaideur qui ne sollicite son juge. Le vieux voyageur de Ferney pourrait bien être condamné.

La strangurie a recommencé, et s'est emparée seule de la place ; les pieds et les jambes sont enflés ; et sans cela, il se servirait de ses jambes pour venir embrasser Monsieur Tronchin au Palais-Royal.

18e fév[rier 1778] au matin

254. À LOUIS-LAURENT GAULTIER

Votre lettre, Monsieur, me paraît celle d'un honnête homme, et cela suffit pour me déterminer à recevoir l'honneur de votre visite, le jour et le moment qu'il vous plaira de me la faire. Je vous dirai la même chose que j'ai dite en donnant ma bénédiction au petit-fils de l'illustre et sage M. Franklin, l'homme le plus respectable de l'Amérique, et peut-être de l'Europe, qui me demandait instamment cette bénédiction. Je ne prononçai que ces mots, *Dieu, et la Liberté*. Tous les assistants versèrent des larmes d'attendrissement. Je me flatte que vous êtes dans les mêmes principes. J'ai quatre-vingt-quatre ans, je vais bientôt paraître devant ce Dieu créateur de tous les mondes. Si vous avez quelque chose de particulier à me communiquer, et qui en vaille la peine, je me ferai un devoir et un honneur de recevoir votre visite, malgré les souffrances qui m'accablent.

J'ai l'honneur d'être, Monsieur, votre très humble et très obéissant serviteur

VOLTAIRE,
gentilhomme ord[inaire]
de la chambre du Roi.

20e fév[rier] 1778

255. À FRÉDÉRIC II, ROI DE PRUSSE

À Paris, le 1er d'avril [1778]

Sire,

Le gentilhomme français qui rendra cette lettre à Votre Majesté, et qui passe pour être digne de paraître devant Elle, pourra vous dire que si je n'ai pas eu l'honneur de vous écrire depuis longtemps, c'est que j'ai été occupé à éviter deux choses qui me poursuivaient dans Paris, les sifflets et la mort.

Il est plaisant qu'à quatre-vingt-quatre ans j'aie échappé à deux maladies mortelles. Voilà ce que c'est que de vous être consacré : je me suis renommé de vous, et j'ai été sauvé.

J'ai vu avec surprise et avec une satisfaction bien douce, à la représentation d'une tragédie nouvelle, que le public qui regardait, il y a trente ans, Constantin et Théodose comme les modèles des princes et même des saints, a applaudi avec des transports inouïs à des vers qui disent que Constantin et Théodose n'ont été que des tyrans superstitieux. J'ai vu vingt preuves pareilles du progrès que la philosophie a fait enfin dans toutes les conditions. Je ne désespérerais pas de faire prononcer dans un mois le panégyrique de l'empereur Julien : et assurément si les Parisiens se souviennent qu'il a rendu chez eux la justice comme Caton, et qu'il a combattu pour eux comme César, ils lui doivent une éternelle reconnaissance.

Il est donc vrai, Sire, qu'à la fin les hommes s'éclairent, et que ceux qui se croient payés pour les aveugler ne sont pas toujours les maîtres de leur crever les yeux ! Grâces en soient rendues à Votre Majesté ! Vous avez vaincu les préjugés comme vos autres ennemis : vous jouissez de vos établissements en tout genre. Vous êtes le vainqueur de la superstition, ainsi que le soutien de la liberté germanique.

Vivez plus longtemps que moi, pour affermir tous les empires que vous avez fondés. Puisse *Fédéric le Grand* être *Fédéric immortel* !

Daignez agréer le profond respect et l'inviolable attachement de

VOLTAIRE.

256. À CLAIRE CRAMER

18e avril 1778, à Paris

Le vieux malade, Madame, est bien consolé par vos bontés toujours constantes. Il est arrivé à Paris toujours souffrant comme à Ferney. Il y a vu de très brillants Genevois, mais aucun de plus aimable que vous et votre mari. Il a éprouvé des Parisiens une humanité et une bonté qui approche, si je l'ose dire, de l'enthousiasme qu'inspira le sage Jean-Jacques quand il fit d'un marquis français un bon menuisier, et qu'il proposa à Monsieur le Dauphin d'épouser la fille du bourreau. Mais comptez, Madame, que ces moments de faveur qui passent si vite n'éblouissent pas. On revole à la tranquillité et à l'amitié, et si sa détestable santé le lui permet, il partira après nos dernières fêtes catholiques de Pâques ; et il espère vous voir incessamment dans votre palais de Sécheron[1].

V.

257. À JEAN LE ROND D'ALEMBERT

[18 mai 1778]

Mon très cher Secrétaire et Maître perpétuel, je voulais courir à l'Académie. Deux maladies cruelles me retiennent. Je vous recommande à vous et à mes respectables confrères, les vingt-quatre lettres de l'alphabet.

V.

258. À THÉODORE TRONCHIN

[Vers le 20 mai 1778]

Votre vieux malade a la fièvre. Son corps glorieux a les jambes fort enflées, et parsemées de taches rouges. Il voulait ce matin se transporter au temple d'Esculape. Il ne le peut.

259. À JEAN-LOUIS WAGNIÈRE

À 3 heures du matin [24 mai 1778]

Je me meurs, mon cher Wagnière, il paraît bien difficile que je réchappe. Je suis bien puni de votre départ, d'avoir quitté Ferney, et d'avoir pris une maison à Paris. J'ai recours à vous pour être payé de M. Schérer, qui est, comme vous savez, le dépositaire de toute ma fortune. J'attends de vous cette consolation dans les inquiétudes mortelles où me plonge mon état. La Barberat a tort d'être fâchée, elle sera bien payée et bien récompensée. La Bardy a le plus grand tort d'être partie ; elle a une maison qu'elle ne devrait pas abandonner, elle serait inutile à Paris.

Je vous embrasse tendrement, mon cher ami, et tristement.

V.

Vous a-t-on pas écrit ?

260. AU CHEVALIER TROPHIME-GÉRARD DE LALLY-TOLLENDAL

Le 26 de mai [1778]

Le mourant ressuscite en apprenant cette grande nouvelle ; il embrasse bien tendrement M. de Lally, il voit que le roi est le défenseur de la justice ; il mourra content.

ANNEXES

VOLTAIRE

Avertissement (1761)

Devenu le patriarche de Ferney, Voltaire reçoit une quantité de courrier de plus en plus importante : cela lui coûte cher (car c'est le récipient qui paie les frais de poste), et il lui revient de plus la tâche d'accuser réception de toutes les lettres qu'il reçoit. En 1760 il confie ainsi au comte d'Argental : « Je reçois vingt lettres de connus, d'inconnus qui tous s'adressent à moi pour que je sois le réparateur des torts[1]*. » L'année suivante il publie donc cet « Avertissement » pour annoncer qu'il n'acceptera plus le courrier qui lui est adressé par des personnes qui lui sont inconnues*[2].

1. Lettre du 16 mai 1760.

2. Cet « Avertissement » fut d'abord publié dans *Annonces, affiches, et avis divers* (Paris, 16 novembre 1761, p. 713 ; c'est le texte que nous donnons ici). Le texte fut repris ensuite dans le *Mercure de France* (janvier 1762, t. I, p. 206). Trois mois plus tard, animé sans doute par un esprit de concurrence, Jean-Jacques Rousseau publia une annonce semblable : « Jean-Jacques Rousseau, Citoyen de Genève, prie Messieurs les auteurs de ne plus lui envoyer leurs ouvrages, surtout par la poste, et Messieurs les beaux-esprits de ne lui plus écrire des lettres de compliment, même affranchies ; n'étant pas en état de payer tant de ports, ni de répondre à tant de lettres » (*Mercure de France*, avril 1762, t. I, p. 209).

AVERTISSEMENT DE M. DE VOLTAIRE

Plusieurs personnes s'étant plaint de n'avoir point reçu de réponse à des paquets envoyés, soit à Ferney, soit à Tournay, soit aux Délices ; on est obligé d'avertir, qu'attendu la multiplicité immense de ces paquets, on a été contraint de renvoyer tous ceux qui n'étaient pas adressés par des personnes avec qui on a l'honneur d'être en relation.

VOLTAIRE

Questions sur l'Encyclopédie

Article « Poste » (1771)

Ayant consacré une si grande partie de sa longue vie à écrire des lettres et à réfléchir sur le bon usage de la lettre, il n'est pas surprenant que Voltaire finisse par consacrer un article au sujet de la poste. Cet article paraît fin 1771 dans le tome VIII des Questions sur l'Encyclopédie, *le dernier des grands dictionnaires alphabétiques de Voltaire*[1]. *À la différence de l'article « Poste » de l'*Encyclopédie, *où d'Alembert esquisse l'histoire de l'institution de la poste depuis Hérodote jusqu'à Louis XI mais omet toute mention de la France moderne, l'article de Voltaire est plutôt personnel et traite l'actualité. Lorsqu'il parle de la poste comme étant « la consolation de la vie », on devine l'isolement que ressentait parfois le patriarche de Ferney, loin de Paris et de ses amis. Il reste néanmoins sceptique quant à l'idéal de la lettre intime passant par la poste publique : « L'établissement de la poste est une belle chose, mais c'est pour les lettres de change. Le cœur n'y trouve pas son compte. Il n'est plus permis de l'ouvrir dès qu'on est éloigné. La plus grande des consolations est interdite » (lettre 59). L'article de Voltaire est essentiellement une sortie contre le cabinet noir, ou le Cabinet du secret des Postes, comme il s'appelait au temps de Louis XV :*

1. Voltaire, *Questions sur l'Encyclopédie*, dir. N. Cronk et C. Mervaud, dans *Œuvres complètes de Voltaire*, t.42B, Voltaire Foundation, 2012, p. 469-474.

les autorités royales lisaient systématiquement le courrier d'individus considérés comme suspects, dont Voltaire, et cette violation systématique de la vie privée devient un thème récurrent dans ses lettres.

Autrefois si vous aviez eu un ami à Constantinople et un autre à Moscou, vous auriez été obligé d'attendre leur retour pour apprendre de leurs nouvelles. Aujourd'hui, sans qu'ils sortent de leur chambre, ni vous de la vôtre, vous conversez familièrement avec eux par le moyen d'une feuille de papier. Vous pouvez même leur envoyer par la poste un sachet de l'apothicaire Arnoud contre l'apoplexie ; et il est reçu plus infailliblement qu'il ne les guérit.

Si l'un de vos amis a besoin de faire toucher de l'argent à Pétersbourg et l'autre à Smyrne, la poste fait votre affaire.

Votre maîtresse est-elle à Bordeaux, et vous devant Prague avec votre régiment, elle vous assure régulièrement de sa tendresse ; vous savez par elle toutes les nouvelles de la ville, excepté les infidélités qu'elle vous fait.

Enfin, la poste est le lien de toutes les affaires, de toutes les négociations ; les absents deviennent par elle présents ; elle est la consolation de la vie.

La France où cette belle invention fut renouvelée dans nos temps barbares, a rendu ce service à toute l'Europe. Aussi n'a-t-elle jamais corrompu ce bienfait ; et jamais le ministère qui a eu le département des postes n'a ouvert les lettres d'aucun particulier, excepté quand il a eu besoin de savoir ce qu'elles contenaient. Il n'en est pas ainsi, dit-on, dans d'autres pays. On a prétendu qu'en Allemagne vos lettres en passant par cinq ou six dominations différentes, étaient lues cinq ou six fois, et qu'à la fin le cachet était si rompu qu'on était obligé d'en remettre un autre.

M. Craigs secrétaire d'État en Angleterre, ne voulut jamais qu'on ouvrît les lettres dans ses bureaux ; il disait que c'était violer la foi publique, qu'il n'est pas permis de s'emparer d'un secret qui ne nous est pas confié, qu'il est souvent plus criminel de prendre à un homme ses pensées que son argent ; que cette trahison est d'autant plus malhonnête qu'on peut la faire sans risque, et sans en pouvoir être convaincu.

Pour dérouter l'empressement des curieux, on imagina d'abord d'écrire une partie de ses dépêches en chiffres. Mais la partie en caractères ordinaires, servait quelquefois à faire découvrir l'autre. Cet inconvénient fit perfectionner l'art des chiffres qu'on appelle *sténographie*.

On opposa à ces énigmes l'art de les déchiffrer ; mais cet art fut très fautif et très vain. On ne réussit qu'à faire accroire à des gens peu instruits qu'on avait déchiffré leurs lettres, et on n'eut que le plaisir de leur donner des inquiétudes. Telle est la loi des probabilités que dans un chiffre bien fait il y a deux cents, trois cents, quatre cents à parier contre un, que dans chaque numéro vous ne devinerez pas la syllabe dont il est représentatif.

Le nombre des hasards augmente avec la combinaison de ces numéros ; et le déchiffrement devient totalement impossible quand le chiffre est fait avec un peu d'art.

Ceux qui se vantent de déchiffrer une lettre sans être instruits des affaires qu'on y traite et sans avoir des secours préliminaires, sont de plus grands charlatans que ceux qui se vanteraient d'entendre une langue qu'ils n'ont point apprise.

Quant à ceux qui vous envoient familièrement par la poste, une tragédie en grand papier et en gros caractère avec des feuilles blanches pour y mettre vos observations, ou qui vous régalent d'un premier tome de métaphysique, en attendant le second, on peut leur dire qu'ils n'ont pas toute la discrétion requise, et qu'il y a même des pays où ils risqueraient de faire connaître au ministère qu'ils sont de mauvais poètes et de mauvais métaphysiciens.

ABBÉ DE VOISENON

Anecdotes littéraires (1781)

La correspondance entre Voltaire et Mme Du Châtelet

L'absence de la correspondance échangée entre Voltaire et Mme Du Châtelet constitue la lacune la plus regrettable dans tout le corpus épistolaire voltairien. L'abbé de Voisenon (1708-1775) connaissait bien le couple, et son témoignage à ce sujet, aussi anecdotique qu'il soit, est précieux[1].

Mme la marquise du Châtelet avait huit volumes in-quarto manuscrits et bien reliés, des lettres qu'il lui avait écrites. On n'imaginerait pas que dans des lettres d'amour, on s'occupât d'une autre divinité que de celle dont on a le cœur plein, et qu'on fît plus d'épigrammes contre la religion, que de madrigaux pour sa maîtresse. Voilà cependant ce qui arrivait à Voltaire. Mme du Châtelet n'avait rien de caché pour moi ; je restais souvent tête-à-tête avec elle jusqu'à cinq heures du matin, et il n'y avait que l'amitié la plus vraie qui faisait les frais de nos veilles. Elle me disait quelquefois qu'elle était entièrement détachée de Voltaire. Je ne répondais rien, je tirais un des huit volumes, et je lisais quelques lettres ; je remarquais des yeux humides de larmes ; je refermais le livre promptement, en lui disant : « Vous n'êtes pas guérie. » La dernière année de sa vie, je fis la même épreuve : elle les critiquait ; je fus convaincu que la cure était faite. Elle me confia que Saint-Lambert

1. Voisenon, *Anecdotes littéraires*, dans *Œuvres complètes*, Moutard, 1781, t. IV, p. 181-182.

avait été son médecin[1]. Elle partit pour la Lorraine, où elle mourut. Voltaire, inquiet de ne pas trouver ses lettres, crut que j'en étais dépositaire, et m'en écrivit. Je ne les avais pas. On assure qu'elles ont été brûlées. J'ai rapporté cette anecdote, pour prouver la manie qui tourmente un homme aussi singulier.

1. Voir Émilie Du Châtelet, *Lettres d'amour au marquis de Saint-Lambert*, éd. Anne Soprani, Éditions Paris-Méditerranée, 1997.

BEAUMARCHAIS

Avis (1780)

Après la mort de Voltaire en 1778, Beaumarchais finance la préparation d'une édition définitive de ses œuvres. Il est entendu que la correspondance occupera une place importante dans cette nouvelle édition, et Beaumarchais publie cette annonce pour solliciter le concours du public dans la collecte de manuscrits[1].

Avis aux personnes qui ont des écrits particuliers, des pièces fugitives ou des lettres de M. de Voltaire

La Société Littéraire et Typographique qui a fait l'acquisition des droits de Mme Denis et de M. de Panckoucke sur les portefeuilles de M. de Voltaire, et de leurs privilèges sur ses ouvrages, a trouvé dans ses manuscrits un très grand nombre de lettres qu'il se plaisait à conserver. Loin de les joindre à celles de l'auteur et de les publier dans l'édition qu'elle prépare, cette Société croit devoir offrir aux personnes qui ont déposé leurs sentiments dans le sein de M. de Voltaire, de leur rendre leurs lettres, afin qu'il n'en puisse être fait, dans aucun temps, un usage contraire à leur volonté.

Il était impossible de proposer plutôt la remise de ces lettres, elle était nécessaire aux rédacteurs pour l'ordre des

1. Cette annonce fut publiée dans le *Courrier de l'Europe, gazette anglo-française*, vendredi 7 juillet 1780 (Londres, chez Cox), p. 15-16.

matières, pour l'intelligence des allusions renfermées dans les écrits de l'auteur, et pour l'histoire de sa vie ; elles n'ont pas été moins utiles pour l'application des notes et pour le choix des variantes et des fragments.

Les rédacteurs désirent porter l'exactitude jusqu'à collationner les copies que M. de Voltaire a gardées de ses propres lettres, sur les originaux mêmes : plusieurs de ces copies et nombre de pièces fugitives manquant de dates, ils seraient forcés de les ranger dans la classe des ouvrages posthumes, au lieu de les placer dans l'ordre chronologique qu'ils ont adopté ; mais ils espèrent que les personnes qui étaient liées avec l'auteur, et dont le goût délicat se plaisait à recueillir ses productions, voudront bien contribuer à perfectionner le monument qui va s'élever à la gloire de ce beau génie, en communiquant les écrits qui sont dans leurs mains : ils recevront avec reconnaissance les notes ou observations des hommes de lettres sur les ouvrages et sur la vie de M. de Voltaire, les personnes qui ne voudront point être nommées ne le seront pas.

Quoiqu'il n'y ait point de lacune sensible dans les portefeuilles de l'auteur, si quelqu'un croyait posséder exclusivement quelques écrits de M. de Voltaire, les éditeurs offrent de rembourser ce qu'il en a pu coûter pour se les procurer ; ils prient, ainsi que les rédacteurs, d'adresser tous les renseignements ou envois de papiers, à M. Caron de Beaumarchais, correspondant-général de la Société Littéraire et Typographique, Vieille rue du Temple, à Paris.

*

Cet Avis serait accompagné du Prospectus, si l'on n'attendait pour le distribuer les modèles des papiers et des caractères qui doivent y être joints en forme de carton.

Ces modèles, imprimés avec les caractères de Baskerville, dont la Société a acquis les poinçons, et rapprochés d'un Prospectus imprimé sur du papier et avec des caractères ordinaires, montreront à quel point de perfection la Société veut porter la partie typographique de cette édition.

Les reproches que l'on fait aux éditeurs de faire attendre ce Prospectus au public ne sont point mérités ; il ne restait en Angleterre qu'un seul ouvrier de feu Baskerville en état de graver les accents français qui manquaient à la fonderie : ces accents sont gravés maintenant, les matrices viennent d'en être frappées ; et la France est enfin enrichie des types les plus parfaits de l'Europe.

DOSSIER

Le réseau de la correspondance de Voltaire

CHRONOLOGIE

1685. Révocation de l'édit de Nantes.
1688. Début de la guerre de la ligue d'Augsbourg.
1694. 21 novembre, naissance de François-Marie, fils de François Arouet, notaire au Châtelet de Paris, et de Marguerite Daumard ; il a pour frère aîné Armand et pour sœur Marguerite Catherine.
1697. Traité de Ryswick, mettant fin à la guerre de la ligue d'Augsbourg.
1700. Mort de Charles II, roi d'Espagne ; Philippe d'Anjou, petit-fils de Louis XIV, lui succède, ce qui entraînera la guerre de Succession d'Espagne (1701-1713).
1701. Mort de Mme Arouet.
1704. François-Marie est mis au Grand Collège des jésuites, futur lycée Louis-le-Grand. — Défaite de Hochstaedt.
1705. En mourant, la célèbre courtisane Ninon de Lenclos, à qui il a été présenté par son parrain l'abbé de Châteauneuf, fait au jeune Arouet un legs « pour s'acheter des livres ». À peu près à la même époque, l'abbé de Châteauneuf l'introduit dans la société libertine du Temple.
1709-1711. Déjà célèbre comme poète, le jeune Arouet fait brillamment ses classes de rhétorique et de philosophie. Il est mis ensuite à l'École de Droit. — Mort de Boileau, de Louis, « le grand dauphin ».

1712. Naissance de Jean-Jacques Rousseau, de Frédéric II. Villars remporte la victoire de Denain (24 juillet).

1713. Pour « calmer » son fils, François Arouet l'envoie à La Haye auprès de l'ambassadeur de France, qui négocie la paix d'Utrecht, mettant fin à la guerre de Succession d'Espagne. Le jeune homme a une liaison avec une jeune protestante, Olympe Du Noyer, dite Pimpette, et doit rentrer en France le 24 décembre. Naissance de Diderot. Clément XI promulgue la bulle *Unigenitus*, qui suscite de longues querelles religieuses.

1714. François-Marie est mis en stage chez le notaire Alain, où il fait la connaissance de Nicolas Thieriot, qui sera son correspondant à Paris et restera son ami.

1715. Le 1er septembre, Louis XIV meurt ; Philippe d'Orléans devient régent. Le jeune Arouet fréquente la cour de Sceaux chez la duchesse du Maine pour laquelle il compose ses premiers contes, notamment *Le Crocheteur borgne* ; dans ce milieu frondeur, il s'abandonne à sa veine satirique, qui n'épargne pas le Régent.

1716. Première publication d'une lettre de Voltaire, dans le *Nouveau Mercure galant* : il s'agit d'une lettre en prose et vers adressée à Chaulieu (dans ce volume, lettre 3). — De mai à octobre, il est en exil chez le duc de Sully, à Sully-sur-Loire. — Venue à Paris d'une troupe de comédiens italiens, qui jouera plusieurs fois des parodies de pièces du futur Voltaire.

1717. Il commence le *Poème de la Ligue* (la future *Henriade*). De nouvelles satires très osées contre Philippe d'Orléans le font envoyer à la Bastille (16 mai). — Naissance de D'Alembert. Début du « système de Law ».

1718. Libéré en avril, et envoyé en exil à Châtenay, François-Marie prend le nom de Voltaire, sans doute par anagramme pour AROVET LI (Arouet le Jeune en latin). C'est aussi une façon de rejeter la paternité de François Arouet, dont il prétendra plus tard ne pas avoir été le fils. Le 18 novembre, première représentation d'*Œdipe*, qui obtient un succès retentissant.

1719. Début pour Voltaire d'une existence très mondaine, pendant laquelle il fera notamment la connaissance de milord Bolingbroke. Le système de Law bat son plein. Conspiration de Cellamare : compromise, la duchesse du Maine est reléguée à Sceaux.

1720. Faillite du « système ». Law s'enfuit de France.

1721. Montesquieu publie les *Lettres persanes*.

1722. Mort de François Arouet, qui soumet l'héritage de François-Marie à une tutelle et à des conditions de bonne conduite. Celui-ci reçoit une pension du Régent. Il fait de juillet à octobre un voyage en Hollande avec Mme de Ruppelmonde et, pour apaiser ses scrupules de religion, écrit pour elle une première version de l'*Épître à Uranie* (« Je ne suis pas chrétien, mais c'est pour t'aimer mieux », dit-il en s'adressant à Dieu). À Bruxelles, il choque Jean-Baptiste Rousseau par ses outrances antichrétiennes et se brouille avec lui.

1723. Liaison avec Mme de Bernières. Le poème de *La Ligue* se voit refuser une approbation, et Voltaire ne peut le dédier au roi. Il est atteint de la petite vérole au château de Maisons, où il est soigné par Thieriot. — En février, Louis XV est déclaré majeur. Le 2 décembre, Philippe d'Orléans meurt et le duc de Bourbon devient Premier ministre.

1724. Le 6 mars, *Mariamne* est joué sans succès. Voltaire, qui loge chez Mme de Bernières, passe l'été aux eaux de Forges avec le duc de Richelieu.

1725. Grâce à la protection de la marquise de Prie, maîtresse du duc de Bourbon, Voltaire est chargé de fournir les divertissements pour le mariage de Louis XV avec Marie Leszczynska. Celle-ci lui accorde une pension importante. Il forme le projet d'un voyage en Angleterre et le prépare par des dispositions financières. Après avoir présenté *Mariamne*, remanié sous le nom d'*Hérode et Mariamne*, il fait jouer en août la comédie de *L'Indiscret*. — Mort de

Pierre le Grand de Russie, que Voltaire avait rencontré à Paris.

1726. Querelle avec le chevalier de Rohan, qui, infirme, fait bâtonner Voltaire par ses gens. Comme Voltaire s'arme et veut provoquer Rohan en duel, il est mis à la Bastille (17 avril). Libéré, il est autorisé à réaliser son projet de voyage en Angleterre (mai). Après un bref voyage secret à Paris, il y séjournera jusqu'en novembre 1728.

1727. Voltaire apprend l'anglais, est présenté au roi George Ier, voit représenter Shakespeare, Ben Johnson, les comédies de la Restauration.

1728. Il travaille à l'*Histoire de Charles XII*, à *Brutus*, rédige quelques « Lettres anglaises », rencontre Pope, Swift... En novembre, il rentre clandestinement en France, passant l'hiver à Dieppe.

1729. Il se réinstalle à Paris, où il résidera en principe jusqu'en 1733. Il se livre à des opérations financières aussi tortueuses que profitables.

1730. Achève et fait imprimer l'*Histoire de Charles XII*. La fin d'Adrienne Lecouvreur, sans doute sa maîtresse, dont le corps est jeté à la voirie, lui inspire l'*Ode sur la mort de Mlle Lecouvreur*. Le 11 décembre, première représentation de *Brutus*, qu'il fait imprimer avec un *Discours sur la tragédie* et une dédicace à Bolingbroke. Il développe ses activités financières qui s'étendront bientôt à la fourniture aux armées et au négoce en Amérique et aux Indes.

1731. La police arrêtant l'impression de *Charles XII*, Voltaire le fait imprimer clandestinement à Rouen. Liaison avec Mme de Fontaine-Martel, qui assure la promotion de son œuvre.

1732. Les *Œuvres* (Amsterdam, Ledet) contiennent quelques lettres en vers et en prose : il s'agit de la première publication de lettres de Voltaire dans une édition collective. Il achève une version des *Lettres philosophiques* en vingt-quatre lettres et en fait exécuter une impression clandestine à Rouen. Il conçoit le premier projet de ce qui deviendra *Le Siècle de*

Louis XIV. Première représentation et triomphe de *Zaïre*, dédié à Falkener, un riche marchand anglais (13 août).

1733. Mort de Mme de Fontaine-Martel (janvier). Publication du *Temple du goût*, dont les attaques contre des personnes suscitent de vives querelles. Installé près de Saint-Gervais, Voltaire fait la connaissance de Mme Du Châtelet, Émilie, qui devient sa maîtresse et à laquelle il restera attaché jusqu'à la mort de celle-ci (1749). Il écrit la vingt-cinquième *Lettre philosophique*. Elle ne figure pas dans la version anglaise de l'ouvrage qui paraît à Londres par les soins de Thieriot sous le titre *Letters Concerning the English Nation* (août). — Début d'un conflit avec l'Autriche (1733-1738) à propos des affaires de Pologne.

1734. Voltaire assiste au mariage du duc de Richelieu qu'il a contribué à faire conclure. Les *Lettres philosophiques* paraissent en français en Angleterre (24 lettres) et en France (25 lettres) (avril) et provoquent un scandale. Le 3 mai une lettre de cachet ordonne l'arrestation de Voltaire qui se réfugie auprès de Mme Du Châtelet à Cirey en Champagne, non loin des terres de l'Empire.

1735. À Cirey, Voltaire se livre en compagnie de Mme Du Châtelet à des travaux de métaphysique et de physique. — Préliminaires de Vienne, visant à mettre fin à la guerre avec l'Autriche. Auguste III, candidat de l'Autriche, est reconnu roi de Pologne par la France. En contrepartie, son candidat, Stanislas Leszczynski, reçoit le duché de Lorraine, qui deviendra français à sa mort. Dès cette époque, Voltaire et Mme Du Châtelet deviennent des familiers de la cour de Lorraine. Le 11 août, les élèves du collège d'Harcourt représentent *La Mort de César*, tragédie sans amour de Voltaire qui sera imprimée l'année suivante.

1736. Le succès d'*Alzire, ou les Américains*, représenté le 27 janvier, et qui présente sous un jour favorable la religion chrétienne, rend possible un séjour de Voltaire à Paris (mai-juillet). Démêlés avec le libraire Jore, imprimeur des *Lettres philosophiques*, que Voltaire charge pour se protéger. L'héritier de Prusse, le futur Frédéric II, entame avec Voltaire une correspondance (août), qui sera très suivie. En septembre, scandale causé par la publication du *Mondain*, poème antichrétien. Pendant l'hiver 1736-1737, voyage en Hollande, où Voltaire a pu rencontrer la comtesse Bentinck, avec qui il aura une liaison pendant son séjour en Prusse.

1737. Séjour studieux à Cirey. Voltaire s'occupe avec Mme Du Châtelet d'exégèse religieuse : leur lecture critique de la Bible laissera des traces dans beaucoup d'œuvres ultérieures.

1738. Marie-Louise Mignot, fille de la sœur de Voltaire, se marie avec un sieur Denis (février). À Cirey, Voltaire se livre à des expériences et envoie un mémoire à l'Académie sur la nature du feu. Il écrit les premiers *Discours sur l'homme* et un conte nommé *Gangan* (allusion à un roman de Bordelon, *Gongam ou l'Homme prodigieux*) et l'envoie au roi de Prusse : c'est une ébauche de *Micromégas*. Il écrit contre l'abbé Desfontaines et polémique avec Jean-Baptiste Rousseau. En décembre paraissent les *Éléments de la philosophie de Newton*, pour lesquels il a bénéficié des lumières de Maupertuis, déjà sollicité auparavant lors de la rédaction des *Lettres philosophiques* sur le même sujet. — La signature du traité de Vienne met définitivement fin à la guerre de Succession de Pologne.

1739. Voltaire accompagne Mme Du Châtelet à Bruxelles, où il l'aide dans un procès de famille. Il y restera jusqu'en octobre 1741, entrecoupant son séjour de voyages en Hollande pour des affaires de librairie, ainsi que d'un bref voyage à Paris (fin de l'été 1739), qui est suivi en novembre de la « suppression » des premiers chapitres du *Siècle de Louis XIV*. Au même moment paraît à Amsterdam une édition des *Œuvres de M. de Voltaire* en huit volumes, contenant des corrections importantes.

1740. Frédéric II devient roi de Prusse (31 mai). Voltaire, qu'il avait chargé de publier un *Anti-Machiavel*, doit infléchir le sens de cet ouvrage. Le 11 septembre, il rencontre pour la première fois Frédéric II à Clèves (voir le récit qu'il fera de cette rencontre dans ses *Mémoires*, rédigés en 1757). En novembre, il quitte La Haye pour un premier et bref séjour à Berlin. En décembre, profitant de l'état de santé de l'Empereur, et bien que la Prusse eût accepté, comme la plupart des cours d'Europe, la Pragmatique Sanction par laquelle, en 1712, Charles VI avait proclamé l'indivisibilité des États autrichiens et l'aptitude des femmes à succéder à la couronne à défaut d'héritiers mâles, Frédéric II, au mépris des principes de l'*Anti-Machiavel*, envahit la Silésie.

1741. De Bruxelles où il séjourne, Voltaire fait jouer à Lille *Mahomet* (25 avril), qui obtient un grand succès. Il commence à travailler à un ouvrage qui deviendra l'*Essai sur les mœurs*. À la fin de l'année, il rentre à Cirey après un détour par Paris. — Après la mort de Charles VI, sa fille Marie-Thérèse est couronnée impératrice. Se joignant à la Prusse, la France engage les hostilités contre l'Autriche, entamant ainsi la guerre de Succession d'Autriche (1740-1748).

1742. Nouveau voyage à Bruxelles avec Mme Du Châtelet (août), suivi d'une nouvelle rencontre avec Frédéric à Aix-la-Chapelle (septembre) et d'un retour à Paris (novembre). Entre-temps, *Mahomet*, joué à Paris le 9 août, est interdit après la troisième représentation. — Frédéric II, se dérobant de l'alliance française, signe avec l'Autriche la paix de Breslau.

1743. Fleury, Premier ministre depuis 1726, étant mort, les frères d'Argenson, amis de Voltaire, accèdent au ministère. Voltaire, dont l'élection à l'Académie n'a pas été agréée par le roi, est chargé d'une mission secrète : feignant d'être mécontent de la France, il doit aller à Berlin sonder les intentions de Frédéric (juin). Sur le plan littéraire, il fait jouer *Mérope* le 20 février, avec un grand succès. La Comédie-Française représente aussi *La Mort de César* (20 août).

1744. Rentré de Prusse à Cirey en mars, Voltaire y compose des pièces commandées pour le mariage du dauphin. L'été, à Paris, il a une liaison avec une comédienne, la Gaussin, et commence à s'intéresser à sa nièce, Marie-Louise Denis, devenue veuve. Ayant conclu une alliance avec la Prusse, la France déclare la guerre à l'Angleterre et à l'Autriche. Le marquis d'Argenson, devenu ministre des Affaires étrangères, utilise les services de Voltaire et facilite ses entrées à la Cour.

1745. Publication de vingt-cinq lettres dans le tome VI des *Œuvres* (Amsterdam, Ledet) : c'est à cette date la collection de lettres la plus importante. À Versailles, Voltaire, devenu « historiographe de France » (27 mars), célèbre la victoire de Fontenoy (11 mai). En l'absence du roi, il est reçu à Étioles chez Mme de Pompadour ; il laissera plus tard entendre qu'il a reçu ses faveurs. Tout en restant lié à Mme Du Châtelet, il devient l'amant de Mme Denis. Il fait la connaissance de Jean-Jacques Rousseau, qui a été chargé de mettre en un acte *La Princesse de Navarre*, commandé à Voltaire pour le mariage du dauphin (décembre). — Sur le plan international, la paix de Dresde confirme la perte de la Silésie par l'Autriche (décembre).

1746. Voltaire est élu à l'Académie (avril), et devient en novembre « gentilhomme ordinaire de la chambre et du cabinet », avec pension.

1747. Le marquis d'Argenson disgracié (janvier), la position de Voltaire devient moins sûre. Il passe les étés à Anet chez la duchesse du Maine et compose pour elle des comédies et des contes, dont *Memnon*, premier état de *Zadig*. Revenu à la Cour, il a au « jeu de la Reine » un mot imprudent adressé en anglais à Mme Du Châtelet. Le scandale les fait se retirer à Lunéville chez le roi Stanislas. Voltaire s'intéresse à la grande édition de ses *Œuvres* qui se prépare à Dresde.

1748. À Lunéville, Mme Du Châtelet devient la maîtresse

du poète Saint-Lambert. Représentation de *Sémiramis* (29 août). Publication de *Zadig* et du *Monde comme il va*. Publication de l'*Esprit des lois*, de Montesquieu, dont Voltaire ne pense guère de bien. — Le 16 octobre, signature de la paix d'Aix-la-Chapelle, peu favorable à la France, qui restitue ses conquêtes aux Pays-Bas, en Savoie et à Nice.

1749. Retour à Paris en compagnie de Mme Du Châtelet. Voltaire s'installe rue Traversière (actuelle rue Molière). Il fait à Frédéric des offres de service. À Lunéville, où elle est revenue avec Voltaire (juillet), Mme Du Châtelet meurt des suites d'un accouchement (10 septembre). Voltaire rentre à Paris (octobre), où il écrit *Catilina, ou Rome sauvée*.

1750. Mme Denis prend possession du logement de la rue Traversière. Voltaire fréquente de nouveau la société de la duchesse du Maine. Il lit à celle-ci les contes qu'il a composés, et elle fait représenter devant la cour de Sceaux sa tragédie de *Catilina* (22 juin). Le 25 juin, quittant Paris où il ne reviendra qu'en 1778, il part pour Potsdam, où il arrive un mois après, ayant fait des étapes dans les Pays-Bas, puis en Westphalie, où l'appelle Frédéric. En Prusse, il retrouve la comtesse Bentinck avec laquelle il noue des liens intimes. Il entre en relations d'affaires suspectes avec le « Juif Hirschel ». — Au Portugal, le nouveau roi, Joseph Ier, prend pour Premier ministre le réformateur Pombal, pour lequel Voltaire professera une vive admiration.

1751. Tout en travaillant assidûment au *Siècle de Louis XIV*, Voltaire poursuit et gagne sans gloire son procès contre Hirschel (mars). Il va se loger au château du Marquisat, près de Potsdam, et aide la comtesse Bentinck dans ses affaires. À Paris, tandis que Lambert publie une édition de ses *Œuvres* en onze volumes (avril-mai), qui inclut *Micromégas* rapidement retiré, et que *Mahomet* est repris (30 septembre), ses amis essaient en vain d'obtenir son pardon et de le faire revenir en France.

Le premier volume de l'*Encyclopédie* paraît. — Au Portugal, Pombal supprime les autodafés. Mort de Bolingbroke.

1752. Une première édition du *Siècle de Louis XIV*, non autorisée en France, paraît à Berlin. Voltaire se remet immédiatement à ses travaux historiques, puis entre, d'abord secrètement, dans la lutte qui oppose, à l'Académie de Berlin, König et Maupertuis (juillet). Il rédige les premiers articles d'une « encyclopédie de la raison », plus activement militante que l'autre dans la lutte contre le christianisme. Peu sûr de Frédéric, il place en rentes du Wurtemberg une partie de la fortune qu'il amasse en Prusse (septembre). En décembre, il mécontente fortement Frédéric en faisant paraître la *Diatribe du docteur Akakia* contre Maupertuis, président de l'Académie de Berlin ; le roi fait saisir et brûler la brochure. — En France, condamnation de l'*Encyclopédie*.

1753. Après une éphémère réconciliation avec Frédéric, Voltaire quitte Berlin le 26 mars avec un « congé » de six mois auquel ni lui ni Frédéric n'ajoutent foi. Après un séjour dans les cours de Gotha et de Cassel (avril-mai), Voltaire arrive à Francfort (1er juin), où il est séquestré, ainsi que Mme Denis qui est venue le rejoindre, par les émissaires du roi de Prusse. Il n'est libéré que lorsqu'il peut restituer des manuscrits de Frédéric qu'il avait emportés dans ses bagages. La France lui étant toujours interdite, il s'arrête en Alsace où il s'occupe en travaillant aux *Annales de l'Empire*, en composant *Scarmentado*, conte de ton très pessimiste, et en « récrivant » les lettres qu'il avait adressées de Berlin à Mme Denis pour faire croire à la postérité qu'il n'a jamais été la dupe de Frédéric, dont en fait il parlait comme du « Salomon du Nord » dans sa correspondance authentique.

1754. Publication des *Annales de l'Empire*, promises à la duchesse de Gotha. N'obtenant toujours pas la permission de rentrer en France, il séjourne à Colmar, à l'abbaye de Sénones chez Dom Calmet, où il fait provision de munitions pour la lutte contre la Bible, qui seront employées notamment dans *Le Taureau blanc* (juin), et aux eaux de Plombières, où il retrouve la société parisienne. En novembre, il part pour Lyon, va de là à Genève et Prangins.

1755. Décidé à s'installer en Suisse, il loue une propriété à Lausanne et achète en bail viager à Genève la propriété de Saint-Jean, rebaptisée « Les Délices », qui lui inspire au printemps une *Épître en arrivant dans sa terre près du lac de Genève*. Dès le mois de juin, le consistoire des pasteurs de Genève se plaint des représentations théâtrales données aux Délices (le théâtre est interdit dans la Genève calviniste). Le 20 août, *L'Orphelin de la Chine* est représenté à Paris. Le 1er novembre, le tremblement de terre de Lisbonne, qui fait plus de vingt mille morts, émeut Voltaire et l'amène à se poser plus nettement la question de la validité de l'optimisme leibnizien. Il compose en décembre le *Poème sur le désastre de Lisbonne*. — Mort de Montesquieu.

1756. La France procède à un renversement des alliances ; prenant acte du caractère désormais menaçant de la Prusse, elle s'allie à l'Autriche. Le 18 mai, la déclaration de guerre de l'Angleterre ouvre la guerre de Sept Ans. Pendant un moment, Voltaire espérera trouver dans les événements le moyen de se venger du roi de Prusse. C'est ainsi qu'il proposera en novembre au ministère les plans d'un char de combat, protégé contre le feu de la mousqueterie et traîné par des chevaux. Ce plan est repoussé, l'engin ne pouvant fonctionner que sur un sol bien dégagé. Sur le plan littéraire, Voltaire reçoit d'Alembert et prépare l'article « Genève » de l'*Encyclopédie*. Première édition Cramer, à Genève, d'une *Collection complète des Œuvres de M. de Voltaire* en dix-sept volumes, contenant plusieurs contes nouveaux, *Les Deux Consolés*, le *Songe de Platon* (composé sans doute dès 1738) et les *Voyages de Scarmentado*. Première publication avouée de l'*Essai sur l'histoire générale et sur les mœurs*.

1757. Divers événements survenus au début de l'année

laisseront des traces dans *Candide* : l'attentat de Damiens contre Louis XV (5 janvier), l'exécution de l'amiral Byng, condamné à mort pour trahison, en faveur duquel Voltaire était intervenu non sans maladresse, etc. La cour de Russie le charge officieusement d'écrire une *Histoire de Pierre Ier*. En août, reprise de la correspondance avec Frédéric : celui-ci subit des défaites et songe un moment au suicide. Voltaire joue au consolateur ; il est même mêlé un moment à des pourparlers de paix, mais la France y met fin. Du reste, grâce à la victoire de Rossbach (5 novembre), Frédéric reprend la Silésie. Voltaire y fait longuement allusion dans les *Mémoires* qu'il écrit alors, et qui ne seront publiés qu'après sa mort, en 1784. À Paris, Lambert publie une seconde édition de ses *Œuvres*, en vingt-deux volumes cette fois. La publication de l'article « Genève » de l'*Encyclopédie* fait scandale dans cette ville : le consistoire accuse Voltaire d'en être l'auteur.

1758. Voltaire entreprend la rédaction de *Candide*. Tandis que d'Alembert, par prudence, se retire de l'*Encyclopédie*, lui-même envoie scrupuleusement à Diderot tous les articles qu'il lui a promis (certains ne seront pas retenus pour la publication). En juillet-août, un séjour chez l'Électeur palatin est profitable à l'avancement de *Candide*, terminé en octobre. C'est l'époque où la comtesse Bentinck fait un séjour aux Délices. Jean-Jacques Rousseau répond à l'article « Genève » par sa *Lettre à d'Alembert sur les spectacles*, qui irrite considérablement Voltaire, grand amateur de théâtre. Succès anglais au Canada et aux Indes. En décembre, le duc de Choiseul, ami de Voltaire, qui a des contacts avec lui par Mme Du Deffand, amie intime de la duchesse, devient ministre des Affaires étrangères. Peu confiant dans les sentiments des pasteurs de Genève à son égard, et rassuré sur ses relations avec la France, Voltaire fait l'acquisition des seigneuries de Ferney et de Tournay, situées en territoire français, près de la frontière de la République de Genève (décembre 1758-février 1759).

Comme il achète en viager, ce sera pour lui l'occasion d'une série de querelles avec le vendeur, le président de Brosses, de Dijon.

1759. Publication simultanée de *Candide* à Paris, Londres, Amsterdam et Genève (janvier). L'ouvrage est condamné à Paris et à Genève. Voltaire devient un apôtre de la campagne contre « l'Infâme » (le christianisme). Il écrit contre les « antiphilosophes » une *Ode sur la mort de la margrave de Bayreuth*, puis une pièce, *Socrate*, qui ne sera pas jouée. À l'automne, il met ses relations avec Frédéric au service de Choiseul pour des pourparlers de paix qui n'aboutissent pas. Vers la fin de l'année, il se livre à Tournay et surtout à Ferney à une frénésie d'aménagements et de travaux de toute sorte qui ne s'interrompront qu'avec sa mort.

1760. Sur sa lancée antichrétienne, Voltaire travaille à ce qui deviendra le *Dictionnaire philosophique*. Tandis qu'à Paris, Le Franc de Pompignan, Fréron, Palissot et Rousseau l'attaquent, il répond au premier par des épigrammes, au second par une comédie diffamatoire, *L'Écossaise*, à Rousseau par la satire du *Pauvre Diable*, etc. Il multiplie les représentations dans le théâtre aménagé à Ferney, et recueille Marie Corneille, petite-nièce du grand Corneille. Dans ses nouveaux domaines, il a déjà des démêlés avec les jésuites, le curé de Moëns, l'évêque d'Annecy. Mais il s'intéresse aussi aux expériences de Spallanzani et à la traduction d'un prétendu manuscrit antique indien, l'*Ezour Veidam*, qui lui permet d'affirmer l'antériorité de la civilisation indienne sur celle des Égyptiens, à plus forte raison des Juifs. En fait, cet ouvrage n'est qu'une fabrication moderne (les anciens ouvrages sanscrits ne seront découverts que plus tard).

1761. Le succès de *La Nouvelle Héloïse* de Rousseau, paru au début de l'année, irrite Voltaire qui y répond par des *Lettres sur la Nouvelle Héloïse*, qu'il n'avoue pas. Contre Shakespeare, il lance un *Appel à toutes les nations de l'Europe*. Il prépare une édition commentée de Corneille dont les profits iront à Marie Corneille, mais les jugements qu'il porte au nom de la logique ou de la grammaire sont souvent injustes et dépourvus du sens de l'évolution de la langue. En mai, il entreprend de construire à Ferney une église « moderne » dont la dédicace, *Deo erexit Voltaire*, est un monument de l'esprit du philosophe. Par la même occasion, il obtient du pape des reliques de saint François pour son église et pour lui un titre de franciscain *ad honorem*. — En Inde, capitulation de Pondichéry, où commandait Lally-Tollendal.

1762. Fin mars, Voltaire apprend l'exécution à Toulouse le 13 octobre 1761 d'un huguenot, accusé d'avoir tué son fils qui s'était converti au catholicisme. D'abord indifférent, il se passionne bientôt pour ce qui devient « l'affaire Calas », non encore résolue de nos jours sur le plan policier ; dès juillet-août, il commence une campagne de requêtes et de mémoires pour faire annuler la décision du parlement de Toulouse. Il lit avec enthousiasme le *Manuel des inquisiteurs*, de l'abbé Morellet. Il se réjouit de l'expulsion des jésuites de France, non sans craindre la toute-puissance des jansénistes. Il travaille au *Dictionnaire philosophique*, au *Traité sur la Tolérance*, mené de front avec le *Pot-pourri*. — L'*Émile* de Rousseau est condamné à Paris et Genève. Nonnotte publie *Les Erreurs de Voltaire*, qui met ce dernier en fureur. — En Russie, Catherine fait assassiner son mari Pierre III et lui succède sous le nom de Catherine II ; pour rétablir sa réputation en Europe, elle pourra compter sur le dévouement de Voltaire.

1763. Les lettres de Voltaire à Damilaville sont insérées dans la *Correspondance littéraire* de Grimm, dans une rubrique « Correspondance du patriarche ». Cette publication à demi privée continuera jusqu'à la mort de Damilaville en 1768. — Tandis que le traité de Paris (10 février) met fin à la guerre de Sept Ans, Voltaire marie Mlle Corneille, qui devient Mme Dupuits et, le 7 mars, le Conseil du roi autorise la révision du procès Calas. Il termine le *Pot-pourri*, compose le *Catéchisme de l'honnête homme*, publie *Saül*, tragédie grossièrement antireligieuse, et, en novembre, le *Traité sur la Tolérance*, de ton modéré.

1764. Voltaire intervient en faveur de protestants condamnés aux galères pour des « assemblées » illégales ; il propose de les employer à fonder une colonie en Guyane, pour compenser les pertes coloniales du traité de Paris. Le ministère refuse, à cause des difficultés climatiques. En mars, Voltaire s'intéresse activement à l'affaire Sirven, protestant accusé d'un meurtre, qui s'est réfugié en Suisse avec sa femme. À l'occasion de la mort de Mme de Pompadour (15 avril), il évoque dans ses lettres ses relations avec celle-ci. Sur le plan littéraire, il met en souscription le commentaire sur Corneille, fait créer *Olympie* à la Comédie-Française, publie les *Contes de Guillaume Vadé*, qui outre des mélanges (contre Shakespeare) contient des contes en vers (*Ce qui plaît aux dames*...) et en prose (*Le Blanc et le noir*, *Jeannot et Colin*). En juillet, il publie le dangereux *Dictionnaire philosophique portatif*, et oppose les *Sentiments des citoyens* aux *Lettres écrites de la montagne* de Jean-Jacques Rousseau.

1765. Profitant de la réhabilitation des Calas (9 mars), Voltaire relance l'affaire Sirven, notamment par une campagne de souscription internationale. Le 21 mars il revend les Délices, ce qui le débarrasse de certains scrupules envers Genève : à la fin de l'année, il interviendra dans les troubles entre les différentes catégories de Genevois, les uns par le sang (bourgeois et citoyens), les autres par le sol (« natifs »). Publication des *Nouveaux mélanges*, dont le tome III contient le *Pot-pourri* et six lettres ; de *La Philosophie de l'histoire*, dédié à Cathérine II, et qui deviendra l'introduction à l'*Essai sur les mœurs*. — En août, le chevalier de La Barre, avec son ami d'Étallonde, mutile un crucifix lors d'une partie de débauche. Une perquisition à son domicile fait découvrir, parmi des livres défendus, le *Dictionnaire philosophique*, ce qui explique le sentiment (inavoué) de responsabilité qu'éprouva Voltaire. — Joseph II est couronné empereur ; il sera un monarque « éclairé ». — Parution des *Lettres secrètes de M. de Voltaire* : cette publication, qui n'est pas autorisée par Voltaire, contient des lettres écrites entre 1734 et 1744.

1766. Voltaire suggère à Versailles une intervention, militaire éventuellement, en faveur des « natifs » genevois. En mai, Lally-Tollendal, accusé de trahison pour n'avoir pu défendre Pondichéry contre les Anglais, est condamné et exécuté. Voltaire va travailler à sa réhabilitation. Le 1er juillet, La Barre est exécuté à Abbeville, après rejet d'un recours en grâce. Affolé, Voltaire se réfugie en Suisse. Il propose à d'Alembert, Diderot et autres de se retirer à Clèves, terre du roi de Prusse, et d'y fonder une colonie philosophique qui combattra « l'Infâme ». Tous refusent. Sur le plan littéraire, publication d'ouvrages surtout « philosophiques » : *Questions sur les miracles, Dialogue du douteur et de l'adorateur*..., comprenant aussi un « conte », *Le Philosophe ignorant* (incluant la *Petite Digression sur les Quinze-Vingts* et l'*Aventure indienne*) ; d'un *Commentaire sur le livre des délits et des peines de Beccaria* (supprimer la torture, proportionner les châtiments avec les délits...) ; et de la tragédie (antireligieuse) des *Scythes*. Mise en chantier de *L'Ingénu*. Parution de deux volumes de lettres sans l'autorisation de Voltaire, les *Lettres de M. de Voltaire à ses amis du Parnasse* et *Monsieur de Voltaire peint par lui-même, ou Lettres de cet écrivain dans lesquelles on verra l'histoire de sa vie*. Voltaire répond au premier en publiant l'*Appel au public*, qui paraît en octobre. Les deux volumes contiennent des lettres aménagées ou trafiquées qui visent à nuire à sa réputation.

1767. Le blocus de Genève par l'armée française gêne Voltaire. Il suggère à Choiseul de recruter les « natifs » et de les installer à Versoix, dont on ferait un port (de guerre : avec une petite frégate armée de canons) pour contrer Genève. Son activité littéraire est presque entièrement consacrée à la lutte contre

« l'Infâme », encouragée par l'expulsion des jésuites d'Espagne, qui lui semble promettre une ère nouvelle ; représentation des *Scythes* à Paris (26 mars) ; publication des *Questions de Zapata*, des *Anecdotes sur Bélisaire*, de l'*Examen important de milord Bolingbroke*, ouvrage violemment antichrétien (qui remonte probablement à l'époque berlinoise), tout comme *Le Dîner du comte de Boulainvilliers* ; seul le conte de *L'Ingénu* présente une vision plus sereine. En Pologne, Stanislas Poniatowski, qui a été élu roi avec l'appui de Catherine en septembre 1764, voit celle-ci saper de plus en plus ouvertement son autorité en fomentant la révolte des « dissidents » protestants. Voltaire soutiendra longtemps cette politique de la tsarine au nom de la lutte contre le « fanatisme ».

1768. Mécontent de Mme Denis, qui a été complice de La Harpe dans un vol de manuscrit, Voltaire la renvoie à Paris. Pendant qu'elle y mène grand train et accumule les dettes, il se livre avec passion au travail en menant une vie recluse. Il reprend la lutte en faveur de Sirven, dont le pourvoi a été rejeté (mars) ; il fait ses piques avec ostentation, mécontentant à la fois ses amis parisiens et l'évêque d'Annecy ; il anime les travaux de Versoix. Surtout il écrit et publie *L'Homme aux quarante écus* et *La Princesse de Babylone* (février-mars), *La Guerre civile de Genève*, satire contre les Genevois, la *Profession de foi des théistes, L'A.B.C.*, le *Précis du siècle de Louis XV, Les Singularités de la nature, Le Pyrrhonisme de l'histoire*, etc. L'édition collective « Quarto » commence à paraître.

1769. Nouvelle comédie autour des pâques de Voltaire, qui feint d'être à l'agonie pour communier chez lui. Il profite encore de l'absence de Mme Denis pour publier *La Raison par alphabet* (version nouvelle du *Dictionnaire philosophique*), l'*Épître à l'auteur du livre des Trois Imposteurs* (contre l'athéisme professé dans cet ouvrage publié au siècle précédent), *Le Cri des nations, Les Lettres d'Amabed, Les Guèbres*, nouvelle tragédie antichrétienne, ainsi que deux œuvres qui tranchent par leur caractère plus apaisé par rapport au Christ, *Dieu et les hommes* et *Les Adorateurs* (fin de l'année). Après le retour de Mme Denis (octobre), il se donne davantage encore à la mise en valeur de Ferney, construisant des maisons qu'il vend ou loue à bon prix aux « colons » genevois qui importent l'horlogerie.

1770. Tout en créant une manufacture de montres et une de bas dont il assure la promotion dans toute l'Europe auprès des souverains ses amis, il modernise la *Sophonisbe* (1627) de Mairet, s'oppose au matérialisme de la « clique holbachique » par *Dieu : réponse au Système de la nature* ; commence une campagne par lettres et factums pour la libération des « serfs du Mont-Jura », dont les seigneurs sont les moines de Saint-Claude. En décembre, disgrâce de Choiseul.

1771. Voltaire soutient activement la (judicieuse) réforme de Maupeou supprimant les parlements et instituant une justice plus proche des administrés et gratuite ; mais ses amis, liés à Choiseul, lui en font grief. Il publie volume sur volume des *Questions sur l'Encyclopédie* qu'il a écrites dans la foulée du *Dictionnaire philosophique portatif* (noter que les éditeurs de Kehl fondront ces deux ouvrages sous le nom fallacieux de *Dictionnaire philosophique*). Le 25 novembre, l'acquittement définitif de Sirven est un nouveau succès pour Voltaire, excellent tacticien des guerres juridiques, auxquelles il sait intéresser l'opinion publique.

1772. Le partage de la Pologne commence enfin à ouvrir les yeux de Voltaire, qui met une sourdine à sa campagne en faveur de Catherine II. Il compose pour le théâtre une tragédie, *Les Pélopides* (non représentée) et une comédie, *Le Dépositaire*, dans laquelle il fait allusion à l'honnêteté avec laquelle Ninon de Lenclos avait conservé un dépôt que lui avait confié Gourville, disgracié au moment de l'affaire Fouquet. Il écrit des pièces en vers, satires (*Les Systèmes, Les Cabales*) et épîtres (*Épître à Horace*), hommage au poète latin dont il se souvient fréquemment. Le

23 novembre, mort de Thieriot, avec lequel il avait partiellement renoué, après des années de refroidissement.

1773. En février-mars, douloureuse crise de strangurie qui met la vie de Voltaire en danger. C'est sans doute dans la joie de la convalescence qu'il compose *Le Taureau blanc*, dans lequel il reprend dans le style burlesque les critiques de la Bible qu'il avait traitées sérieusement dans les *Questions sur l'Encyclopédie*. Le roman est reproduit à partir de novembre dans les livraisons (non imprimées) de la *Correspondance littéraire*. En novembre également, paraît *La Tactique*, poème contre la guerre adressé à Frédéric II.

1774. Voltaire, qui a sollicité de Frédéric un congé pour d'Étallonde, condamné avec La Barre, mais qui avait pu s'enfuir et s'était engagé dans l'armée prussienne, essaie, en vain, de le faire réhabiliter. Le 10 mai, mort de Louis XV. Louis XVI prend pour ministre Turgot, un intendant réformateur, ami et hôte de Voltaire, qui entreprend des réformes hardies (suppression du servage, des corporations...). Elles se heurtent à la résistance des parlements, réinstallés après l'échec de la réforme Maupeou, alors que Voltaire les approuve et les soutient. Sur le plan littéraire, il fait jouer la *Sophonisbe* de Mairet « corrigée » par lui (15 janvier). Le *Journal des dames* publie une version « châtiée » de son premier conte, *Le Crocheteur borgne*. Dans l'hiver 1774-1775 il publie la tragédie de *Don Pèdre*, suivie de l'*Éloge historique de la Raison*, pièce célébrant le progrès des « lumières » en Europe, intéressante aussi car elle témoigne du refroidissement de son enthousiasme pour Frédéric et Catherine.

1775. Troubles populaires, attribués à la politique de liberté du commerce des grains de Turgot ; Voltaire l'appuie de son mieux. Il milite en faveur d'une zone franche pour le pays de Gex que Turgot lui accordera (décembre) et qui existe toujours. Désespérant d'obtenir pour le moment la révision du procès de La Barre, il écrit *Le Cri du sang innocent*. L'*His-*

toire de Jenni, ou le Sage et l'athée, paru en juillet, confirme qu'il prend ses distances avec le matérialisme, qui ruine la morale commune. À partir de septembre, Cramer entame la publication de la collection des *Œuvres* dite « encadrée » (un filet orné entoure chaque page pour éviter, en vain d'ailleurs, les contrefaçons). Elle contient des contes nouveaux, l'*Aventure de la Mémoire* et *Les Oreilles du comte de Chesterfield*, et comptera au total quarante volumes.

1776. Publication du *Commentaire historique sur les œuvres de l'auteur de « La Henriade »*, qui contient une trentaine de lettres, choisies comme « pièces justificatives » pour leur valeur de témoignage (dont, dans ce volume, lettres 35, 150, 213, 223 et 237). — Les *Remontrances du pays de Gex au roi* (mars) demandent de nouvelles réformes, mais le renvoi de Turgot (12 mai) ajourne les espérances de Voltaire, quoique son successeur, le banquier genevois Necker, entretienne, par l'intermédiaire de sa femme, de bonnes relations avec le seigneur de Ferney ; quoi qu'il en soit, l'entreprise de Versoix opposée à Genève n'est plus d'actualité. La déclaration d'Indépendance des États-Unis sera regardée par Voltaire comme un triomphe de la « liberté » (voir l'année 1778). Publication de *La Bible enfin expliquée*. Encouragé dans son amour pour le théâtre classique français par le séjour à Ferney du célèbre comédien Lekain, qui joue ses pièces, Voltaire déclare une guerre sans merci à Shakespeare dans une *Lettre à l'Académie* qui y sera lue le 25 août.

1777. À la grande déception de Voltaire, qui avait organisé une réception avec revue de troupes, etc., Joseph II passe par Ferney sans s'y arrêter (juillet). Devenu le grand homme de tout le pays de Gex, Voltaire est célébré à Ferney pour la Saint-François, mais le rôle qu'il veut jouer lui attire des inimitiés, notamment celle de Fabry, « subdélégué » (de l'intendant) pour le pays de Gex. Il fonde un prix pour récompenser le meilleur projet de réforme de la législation, et publie lui-même *Le Prix de la justice et de l'humanité* (octobre).

1778. Sollicité par Beaumarchais, Voltaire entreprend de corriger ses œuvres en vue d'une grande édition complète (voir l'année 1784), mais ne fait que commencer le travail. Le 5 février, dans une berline où un lit lui est aménagé, il quitte Ferney pour Dijon et Paris, où il retrouve Mme Denis (10 février). Logé chez Villette, rue de Beaune, il mène une vie épuisante, au milieu des cérémonies (députations de l'Académie et de la Comédie-Française, suivies de visites de remerciement, triomphe populaire lors de la représentation d'*Irène*, le 30 mars, réception de Franklin dont il bénit le petit-fils au nom de « Liberté », réception dans une loge maçonnique, etc.) et des intrigues de son entourage (Villette et Mme Denis essaient de retarder l'arrivée de Wagnière, son fidèle secrétaire, puis de l'écarter). Le 7 mai, il présente à l'Académie le plan d'un nouveau dictionnaire de langue, et se met aussitôt au travail. Mais quelques jours plus tard, une nouvelle crise de strangurie, soignée par des doses de plus en plus fortes d'opium, le cloue au lit. Le 26 mai, il reçoit la nouvelle de la révision du procès de Lally-Tollendal. Il accepte, malgré son entourage, les secours d'un simple curé, l'abbé Gautier ; il meurt le 30 mai en laissant une déclaration autographe : « Je meurs en adorant Dieu, en aimant mes amis, en ne haïssant pas mes ennemis et en détestant la superstition. » Malgré l'interdiction de sépulture, il est enterré en terre chrétienne, à l'abbaye de Scellières (Champagne), dont son neveu Mignot est abbé (avant d'être transféré au Panthéon en 1791). Dès l'été suivant, Mme Denis vend à Catherine II sa bibliothèque et ses manuscrits, dont quelques copies seront faites avant le transport de l'ensemble à Saint-Pétersbourg. — Mort de J.-J. Rousseau (2 juillet).

1784-1789. Beaumarchais, Condorcet et Decroix publient les *Œuvres* de Voltaire, en soixante-dix volumes in-8°. Cette édition, dite « de Kehl », inclut pour la première fois la correspondance générale de Voltaire (4 500 lettres).

FRÉDÉRIC DELOFFRE et NICHOLAS CRONK

BIBLIOGRAPHIE

I. ÉDITIONS DE LA CORRESPONDANCE

C'est l'édition dite de Kehl (1784-1789), parue après la mort de Voltaire, qui assembla un corpus de 4 500 lettres et créa ainsi la correspondance générale de Voltaire. Le nombre de lettres ne cesse d'augmenter d'une édition à l'autre : l'édition de Beuchot (1834) donne 7 500 lettres, celle de Moland (1880-1882) en donne 10 500. Au milieu du XXe siècle, André Delattre répertorie plus de 4 000 lettres retrouvées depuis l'édition Moland (*Répertoire chronologique des lettres de Voltaire non recueillies dans les éditions de sa correspondance générale*, University of North Carolina, Chapel Hill, 1952), et ouvre la voie ainsi aux travaux de T. Besterman.

Theodore Besterman (1904-1976) consacra une grande partie de sa vie à éditer la correspondance de Voltaire et à créer le corpus épistolaire que nous connaissons aujourd'hui, composé de la correspondance active (les lettres de Voltaire) aussi bien que passive (les lettres qui lui étaient adressées). La première édition, en 118 volumes, parut entre 1953 et 1964, et Besterman entreprit tout de suite une deuxième édition révisée et augmentée, dite « définitive » : ces 51 volumes, qui parurent à Genève et ensuite à Oxford entre 1968 et 1977, furent incorporés dans la nouvelle édition des *Œuvres complètes de Voltaire* (où ils constituent les tomes 85-135). Cette édition « définitive », qui compte 21 221 lettres, dont plus de 15 000 de Voltaire, reste aujourd'hui l'édition de référence.

L'édition de la *Correspondance* qui paraît dans la Bibliothèque de la Pléiade en 13 volumes (1977-1993) reprend l'édition Besterman, mais seulement pour la partie active de la correspondance : pour la partie passive, il faut toujours se reporter à l'édition Besterman. Dans l'édition de la Pléiade, le travail de Besterman est profondément repensé par l'« adaptateur », Frédéric Deloffre, qui, au-delà de la traduction des notes, est responsable de nombreuses corrections et d'ajouts importants aux commentaires sur les lettres. Au tome XIII (1993) de cette édition, Deloffre ajoute notamment une section « Additions et corrections » (p. 381-654) qui contient le texte de nombreuses lettres absentes de l'édition de Besterman.

L'édition Besterman de la correspondance de Voltaire a été intégrée dans *Electronic Enlightenment* (http://www.e-enlightenment.com), base de données gérée par la Bodleian Library de l'Université d'Oxford, et distribuée par Oxford University Press. L'existence de cette ressource permet de faire des recherches qui ne sont pas possibles avec l'édition papier. L'édition Besterman sera progressivement « révisée » par l'ajout des lettres nouvellement découvertes dans la base de données.

Pour se référer aux lettres de Voltaire, il est devenu la norme de se servir de la numérotation de cette édition, où chaque numéro est précédé d'un « D » (pour *définitive*), par exemple « D123 ». Dans les cas de lettres découvertes depuis l'achèvement de cette édition, il existe un protocole pour créer un numéro d'identification : voir N. Cronk, « La correspondance de Voltaire : la première mise à jour (2011) de l'édition de Th. Besterman », *Revue Voltaire*, 11 (2011), p. 195-196.

Voltaire change de personnalité avec chaque correspondant. Il est donc toujours révélateur de lire l'intégralité d'une correspondance entre Voltaire et un seul correspondant. Voici trois éditions récentes construites autour d'un seul correspondant, et un recueil des lettres composées en italien :

Voltaire et sa « grande amie » : correspondance complète de Voltaire et de Mme Bentinck (1740-1778), éd. Frédéric Deloffre et Jacques Cormier, Voltaire Foundation, 2003.
Voltaire, Catherine II, Correspondance 1763-1778, éd. A. Stroev, Non Lieu, 2006.
Les Amours de Pimpette, ou Une saison en Hollande : correspondance de Voltaire avec Olympe Du Noyer, éd. Jacques Cormier, L'Harmattan, 2009.
Voltaire cattolico, éd. Antonio Gurrado, Lindau, 2013 [recueil des lettres écrites en italien].

II. ÉTUDES

AGES, Arnold, « The private Voltaire : three studies in the correspondence », *SVEC*, 81 (1971), p. 7-125.
—, « Voltaire and the geography of philosophy : the testimony of the correspondence », *Französische Literatur im Zeitalter der Aufklärung : Gedächtnisschrift für Fritz Schalk*, Klostermann, 1983, p. 1-14.
ALTMAN, Janet, *Epistolarity : approaches to a form*, Columbus, Ohio State University Press, 1982.
—, « L'évolution des manuels épistolaires en France et en Angleterre au XVIIIe siècle : reflet des mentalités ? », dans *La Lettre au XVIIIe siècle et ses avatars*, dir. Georges Bérubé et Marie-France Silver, Toronto, Gref, 1996, p. 21-33.
BENREKASSA, Georges, « L'interlocuteur voltairien : le masque et la plume », dans *Le Siècle de Voltaire : hommage à René Pomeau*, éd. Christiane Mervaud et Sylvain Menant, Voltaire Foundation, 1987, t. I, p. 89-97.
BÉRUBÉ, Georges et SILVER, Marie-France, dir., *La Lettre au XVIIIe siècle et ses avatars*, Toronto, Gref, 1996.
BESSIRE, François, « La lettre, du débat d'idées à la stratégie de communication : l'échange épistolaire entre Voltaire

et Jean-Sylvain Bailly sur l'origine des sciences et ses prolongements éditoriaux », dans *Penser par lettre*, dir. Benoît Melançon, Montréal, Fides, 1998, p. 295-310.

—, *La Bible dans la Correspondance de Voltaire*, Voltaire Foundation, 1999.

—, « La *Correspondance*, l'œuvre majeure de Voltaire ? », *RHLF*, 109 (1999), p. 205-214.

—, « *'Orate fratres*. Écr l'inf' : Quand Voltaire écrivait à ses disciples », dans *Poétique de la pensée : Études sur l'âge classique et le siècle philosophique : En hommage à Jean Dagen*, Champion, 2006, p. 71-83.

BEUGNOT, Bernard, « Débats autour du genre épistolaire : réalité et écriture », *RHLF*, 74 (1974), p. 195-202.

—, « Style ou styles épistolaires ? », *RHLF*, 78 (1978), p. 939-952.

BODENMANN, Siegfried et REY, Anne-Lise, « La guerre en lettres : la controverse scientifique dans les correspondances des Lumières », *Revue d'histoire des sciences*, 66 (2013), p. 233-248.

BRAY, Bernard, « Le hibou et l'aigle : correspondance(s) entre Voltaire et le prince de Ligne », dans *Épistoliers de l'âge classique*, Tübingen, Gunter Narr, 2007, p. 440-452.

—, « Le clairon et le flageolet : Voltaire et le prince de Ligne correspondants de Catherine II », dans *Épistoliers de l'âge classique*, Tübingen, Gunter Narr, 2007, p. 453-466.

BESTERMAN, Theodore, « Le vrai Voltaire par ses lettres », dans *Studies on Voltaire and the Eighteenth Century*, 10 (1959), p. 9-48.

—, « Twenty thousand Voltaire letters », dans *Editing Eighteenth-Century Texts*, éd. D. I. B. Smith, Toronto, 1968, p. 7-24.

CALVEZ, Daniel, *Le Langage proverbial de Voltaire dans sa correspondance (1704-1769)*, Peter Lang, Berne, 1989.

CAPLAN, Jay, *Postal Culture in Europe : 1500-1800*, Voltaire Foundation, 2016.

CARR, Thomas M., Jr., « Sharing grief — initiating consolation : Voltaire's letters of condolence », *Studies in Eighteenth-Century*, 25 (1996), p. 131-146.

CAVE, Christophe, « La représentation de soi dans la correspondance de Voltaire », thèse de doctorat, Lyon II, 1995.

—, « La représentation de soi comme arme de combat dans la correspondance de Voltaire », dans *Voltaire et ses combats*, dir. Ulla Kölving et Christiane Mervaud, Voltaire Foundation, 1997, t. I, p. 231-240.

—, « Lettre et biographie : Voltaire "peint par lui-même" », dans Christophe Cave et Simon Davies (éd.), *Les Vies de Voltaire : discours et représentations biographiques, XVIIIe-XXIe siècles*, *SVEC* 2008:04, p. 107-123.

—, « Le réseau épistolaire voltairien », dans *Réseaux de correspondance à l'âge classique (XVIe-XVIIIe siècle)*, éd. Pierre-Yves Beaurepaire, Jens Häseler et Antony McKenna, Publications de l'Université de Saint-Étienne, 2006, p. 237-250.

COTONI, Marie-Hélène, « Images, esprit, sensibilité dans quelques lettres de Voltaire (août-septembre 1749) », dans *Hommage à Pierre Nardin (philologie et littérature françaises)*, Les Belles Lettres, 1977, p. 137-146.

CRONK, Nicholas, « L'auteur patriarche : une construction en lettres », *Revue Voltaire*, 11 (2011), p. 47-60.

—, « Voltaire et le don du manuscrit », *Genesis*, 34 (2012), p. 19-35.

—, « Generic instability in Voltaire's correspondence : when is a letter not a letter ? », dans *Was ist ein Brief ? Aufsätze zu epistolarer Theorie und Kultur / What is a Letter ? Essays on Epistolary Theory and Culture*, dir. Marie Isabel Matthews Schlinzig et Caroline Socha, Königshausen & Neumann, 2017.

DAWSON, Deirdre, *Voltaire's Correspondence : An Epistolary Novel*, Berne, Peter Lang, 1994.

—, « Voltaire's complaint : illness and eroticism in *La Correspondance* », *Literature and Medicine*, 18 (1999), p. 24-38.

DAYBELL, James, *The Material Letter in Early Modern England : Manuscript Letters and the Culture and Practices of Letter-Writing, 1512-1635*, Palgrave Macmillan, 2012.

DAYBELL, James et GORDON, Andrew (dir.), *Cultures of Correspondence in Early Modern Britain*, University of Pennsylvania Press, 2016.

FUMAROLI, Marc, « Genèse de l'épistolographie classique : rhétorique humaniste de la lettre, de Pétrarque à Juste Lipse », *RHLF*, 78 (1978), p. 886-900.

GIL, Linda, « La *Correspondance* de Voltaire dans l'édition de Kehl : le commerce des idées », *Revue Voltaire*, 16 (2016), p. 253-270.

HAROCHE-BOUZINAC, Geneviève, *Voltaire dans ses lettres de jeunesse (1711-1733) : la formation d'un épistolier au XVIIIe siècle*, Klincksieck, 1992.

—, « "Billets font conversation" : de la théorie à la pratique : l'exemple de Voltaire », dans *Lettre et conversation, Actes du colloque de Wolfenbüttel*, octobre 1991, Klincksieck, 1995, p. 341-354.

—, Geneviève, « Voltaire et ses images dans la correspondance », dans *Voltaire en Europe : Hommage à Christiane Mervaud*, dir. Michel Delon et Catriona Seth, Voltaire Foundation, 2000, p. 299-306.

HOWLAND, John W., *The Letter Form and the French Enlightenment : the Epistolary Paradox*, Berne, Peter Lang, 1991.

IVERSON, John R., « The falsification of Voltaire's letters and the public persona of the author : from the *Lettres secrettes* (1765) to the *Commentaire historique* (1776) », dans *An American Voltaire : Essays in Memory of J. Patrick Lee*, éd. Joe E. Johnson et Byron R. Wells, Cambridge Scholars Publishing, 2009, p. 180-200.

JAINCHILL, Andrew, « Politics, patronage, and peace : the correspondence of Voltaire and the marquis d'Argenson », *Revue Voltaire*, 16 (2016), p. 229-240.

JARDINE, Lisa, *Erasmus, Man of Letters : the Construction of Charisma in Print*, Princeton University Press, 1983.

KAUFMANN, Vincent, *L'Équivoque épistolaire*, Minuit, 1990.

LEJEUNE, Philippe, « À qui appartient une lettre ? », dans *Pour l'autobiographie : chroniques*, Seuil, 1998, p. 75-78.

LIZÉ, Émile, *Voltaire, Grimm et la Correspondance littéraire*, Voltaire Foundation, 1979.

MAGNAN, André, *Dossier en Prusse (1750-1753)*, Voltaire Foundation, 1986.

MALLINSON, G. Jonathan, « What's in a name ? Reflections on Voltaire's Pamela », *Eighteenth-Century Fiction*, 18 (2005-2006), p. 157-168.

MELANÇON, Benoît, *Diderot épistolier : contribution à une poétique de la lettre familière au XVIIIe siècle*, Montréal, Fides, 1996.

MENANT, Sylvain, « Voltaire lecteur de *Candide* », dans *Les 250 ans de "Candide" : lectures et relectures*, dir. Nicholas Cronk et Nathalie Ferrand, Louvain, Peeters, 2014, p. 165-177.

MÉNISSIER, Patricia, *Les Amies de Voltaire dans la correspondance (1749-1778)*, Champion, 2007.

MERVAUD, Christiane, *Voltaire et Frédéric II : une dramaturgie des Lumières : 1736-1778*, *SVEC*, 234, Voltaire Foundation, 1985.

—, « Voltaire et le "cri du sang innocent" : l'affaire La Barre dans sa *Correspondance* », *L'Infini*, 25 (1989), p. 135-145.

—, « La logistique du combat contre l'Infâme : la correspondance de Voltaire et de Damilaville », *Raison présente*, 112 (1994), p. 3-24.

—, « La chimère de la gloire ou la chimère du bonheur : Cideville, lecteur et critique de Voltaire », *Études normandes*, 1 (1997), p. 69-83.

—, « La correspondance de Voltaire et de Vauvenargues », dans *Vauvenargues : philosophie de la force active*, dir. Laurent Bove, Champion, 2000, p. 91-101.

—, « Voltaire's correspondence », dans *The Cambridge Companion to Voltaire*, dir. Nicholas Cronk, Cambridge University Press, 2009, p. 153-165.

—, « Introduction », *Voltaire, un jeu de lettres, 1723-1778 : correspondance inédite*, éd. Nicholas Cronk, Olivier Ferret, François Jacob, Christiane Mervaud et Christophe Paillard, Paradigme, 2011.

—, « Voltaire en majesté : les "Lettres véritables" du *Commentaire historique* », *Revue Voltaire*, 11 (2011), p. 61-107.

MORABITO, Raffaele, « Pratiques épistolières et épistolarité restreinte », *Orbis Litterarum*, 44 (1989), p. 191-203.

MOREL, Nicolas, « "N'est-ce pas la plus étonnante ?" : Beuchot, Cayrol et la *Correspondance* de Voltaire », *Revue Voltaire*, 16 (2016), p. 271-283.

MOUREAUX, José-Michel, « La correspondance de Voltaire : du document au monument », *Revue internationale de philosophie*, 187 (1994), p. 77-91.

—, « La place de Diderot dans la correspondance de Voltaire », *Studies on Voltaire and the Eighteenth Century*, 242 (1986), p. 169-217.

NIVAT, Jean, « Quelques énigmes de la correspondance de Voltaire », *RHLF*, 53 (1953), p. 439-463.

PAILLARD, Christophe, « Ingérence censoriale et imbroglio éditorial. La censure de la correspondance de Voltaire dans les éditions in-8° et in-12 de Kehl », *Revue Voltaire*, 7 (2007), p. 275-309.

—, « La Correspondance de Voltaire et l'édition de ses Œuvres. Problèmes de méthodologie éditoriale », *RHLF*, 112 (2012), p. 859-872.

PASSERON, Irène, « Qu'est-ce qu'une lettre au dix-huitième siècle ? Lettres ostensibles, ouvertes ou privées dans la correspondance de D'Alembert », *Littérales*, 37 (2006), p. 59-86.

PHILIPON DE LA MADELAINE, Louis, *Modèles de lettres sur différents sujets*, Bruyset-Ponthus, 1761.

ROMBEAUT, Albert, « Destination : inconnu », *Revue des sciences humaines*, 66, 195 (1984), p. 79-100.

RUBIN-DETLEV, Kelsey, « La correspondance de Voltaire et Catherine II : un jeu de rôle littéraire », *Revue Voltaire*, 11 (2011), p. 237-256.

—, « "What would Voltaire say ?" : Voltaire's exchange value in the correspondence of Catherine the Great », *Revue Voltaire*, 16 (2016), p. 241-252.

SCHLOBACH, Jochen, « Lettres inédites de Voltaire dans la *Correspondance littéraire* », *Studi francesi*, 14 (1970), p. 418-450.

SIESS, Jürgen, dir., *La Lettre entre réel et fiction*, SEDES, 1998.

—, « La marquise et le philosophe : la rencontre épistolaire entre Marie Du Deffand et Voltaire », dans *Penser par lettre*, dir. Benoît Melançon, Berne, Fides, 1998, p. 311-325.

SOURIAU, Maurice, « La langue de Voltaire dans sa correspondance », *RHLF*, 28 (1921), p. 105-131, 279-288 et 423-449.

STROSETZKI, Christoph, « La place de la théorie de la conversation au XVIIIe siècle », dans *Art de la lettre, art de la conversation à l'époque classique en France*, dir. Bernard Bray et Christoph Strosetzki, Klincksieck, 1995, p. 145-163.

TAYLOR, Samuel S. B., « Voltaire letter-writer », *Forum for Modern Language Studies*, 21 (1985), p. 338-348.

VAILLÉ, Eugène, *Histoire des postes françaises jusqu'à la Révolution*, PUF, 1946.

—, *Le Cabinet noir : histoire du contrôle et de la violation de la correspondance privée*, PUF, 1950.

VERCRUYSSE, Jeroom, « Les supercheries de l'édition de Kehl : une lettre de Voltaire à Panckoucke dépecée et retrouvée (27 juillet 1768) », dans *Thèmes et figures du siècle des Lumières : mélanges offerts à Roland Mortier*, éd. Raymond Trousson, Droz, 1980, p. 307-311.

VIALA, Alain, « La genèse des formes épistolaires en France et leurs sources latines et européennes : essai de chronologie distinctive (XVIe-XVIIe siècles) », *Revue de littérature comparée*, 218 (1981), p. 168-183.

III. SUR LES DÉCOUVERTES RÉCENTES DE LETTRES DE VOLTAIRE

On connaît la boutade : « Encore des lettres de Voltaire ? Mais on en trouvera jusqu'au Jugement dernier[1] ! » Dans le tome XIII (1993) de la *Correspondance* de Voltaire dans la Bibliothèque de la Pléiade, Frédéric Deloffre fournit une « Bibliographie supplémentaire » (p. 655-663) qui dresse le catalogue des découvertes faites depuis l'achèvement de l'édition Besterman en 1977. La liste qui suit répertorie les principales découvertes de lettres de Voltaire depuis 1993.

ARTIGAS-MENANT, Geneviève, « Le poème de Fontenoy en Italie : une lettre inédite de Voltaire », dans *Pratiques d'écriture. Mélange de littérature et d'histoire offert à Jean Godon*, dir. LAFORGE, Pierre, Klincksieck, 1996, p. 83-92.

1. Henri Beaune, *Voltaire au collège*, Amyot, 1867, p. I.

BANDERIER, Gilles, « Une lettre inédite de Voltaire au pasteur Élie Bertrand (Besterman, D6793b) », *French Studies Bulletin*, 83 (2002), p. 10-12.

BEN MESSAOUD, Samy, « Trois lettres de Voltaire à Lemierre », *SVEC*, 358 (1997), p. 21-25.

CHOUILLET, Anne-Marie, « Lettre de Voltaire à d'Alembert, à propos d'un article de l'*Encyclopédie* », *Recherches sur Diderot et sur l'Encyclopédie*, 12 (1992), p. 198.

—, « Deux réactions au *Discours préliminaire* de D'Alembert », *Recherches sur Diderot et l'Encyclopédie*, 18-19 (1995), p. 270-271.

COTONI, Marie-Hélène, « Une lettre oubliée de Voltaire à Frédéric II », *SVEC*, 341 (1996), p. 165-167.

CRONK, Nicholas, « Une lettre de Voltaire à David Hume (D11499R) », *Revue Voltaire*, 8 (2008), p. 369-375.

—, « Une lettre inédite : Henri Pitot à Voltaire, 17 août 1738 (D1592-R1) », *Revue Voltaire*, 10 (2010), p. 255-265.

—, « La correspondance de Voltaire dans les collections de la Pierpont Morgan Library : lettres et documents inédits », *Revue Voltaire*, 11 (2011), p. 197-217.

—, « Notes sur deux lettres de Voltaire passées en vente : D17279A et D20759-N1 », *Revue Voltaire*, 11 (2011), p. 219-220.

—, « La correspondance de Voltaire : quelques lettres inédites », *Revue Voltaire*, 12 (2012), p. 261-273.

—, « La correspondance de Voltaire dans les collections de la New York Public Library », *RHLF*, 112 (2012), p. 653-692.

—, « La correspondance de Voltaire : deux nouvelles lettres sur le début de l'affaire des serfs de Saint-Claude », *Revue Voltaire*, 13 (2013), p. 219-224.

—, « Voltaire et la question du mariage des Protestants : une lettre inédite (D16708a) », *Revue Voltaire*, 14 (2014), p. 215-222.

—, « Deux nouvelles lettres de Voltaire (D9043a, D15637a) », *Revue Voltaire*, 15 (2015), p. 269-271.

—, « Une lettre inédite de Voltaire à la reine Caroline (D330a) », *French Studies Bulletin*, 135 (2015), p. 17-20.

—, « La correspondance de Voltaire : quinze lettres inédites », *RHLF*, 115 (2015), p. 667-694.

—, « La correspondance entre Voltaire et le duc d'Uzès : compléments à l'édition Besterman », *Dix-Huitième Siècle*, 48 (2016), p. 607-631.

—, « Voltaire and the chevalier de Jaucourt : the lessons of an epistolary corpus », *Revue Voltaire*, 16 (2016), p. 215-227.

—, « Trois lettres inédites de Voltaire retrouvées en Allemagne », dans *Lumières sans frontières : Hommage à Roland Mortier et Raymond Trousson*, dir. Daniel Droixhe et Jacques Ch. Lemaire, Hermann, 2016, p. 177-185.

CRONK, Nicholas, FERRET, Olivier, JACOB, François, MERVAUD, Christiane et PAILLARD, Christophe, *Voltaire, un jeu de lettres, 1723-1778 : correspondance inédite*, Paradigme, 2011.

DAWSON, Robert L., « A new Voltaire correspondent », *SVEC*, 2004:07, p. 27-31.

GRANDEROUTE, Robert, « Quatre lettres inédites de Collini à Voltaire », *SVEC*, 230 (1985), p. 137-144.

HELLEGOUARC'H, Jacqueline, « Cinq lettres inconnues de Voltaire à son neveu l'abbé Mignot. L'une est datée de 1766, les quatre autres de 1772 », *RHLF*, 109 (2009), p. 197-207.

JAINCHILL, Andrew, « An unpublished letter from the marquis d'Argenson to Voltaire (1 May 1739, D1998a) », *Revue Voltaire*, 14 (2014), p. 199-213.

KARP, Sergueï, « Une lettre inédite de Voltaire à Kaunitz », dans *Sciences, musiques, Lumières. Mélanges offerts à Anne-Marie Chouillet*, dir. CHABOT, Hugues, KÖLVING, Ulla et PASSERON, Irène, CIEDS, 2002, p. 553-555.

KÖLVING, Ulla et BROWN, Andrew, « Deux lettres inédites de Hénault à Voltaire sur *Le Siècle de Louis XIV* », *Cahiers Voltaire*, 1 (2002), p. 83-103.

LAMBERTERIE, Charles de et MENANT, Sylvain, « Une lettre inédite de Voltaire au P. Basile Tuaillon, 6 janvier 1759 (D8032a) », *Revue Voltaire*, 13 (2013), p. 225-229.

MAGNAN, André, « "Mes très chers et très aimables enfants...". Une lettre inédite de Voltaire à ses neveux Denis », *Cahiers Voltaire*, 4 (2005), p. 7-24.

—, « Une lettre oubliée de Beaumarchais sur l'édition de Kehl et sur la genèse de *Candide* », dans *Voltaire en Europe. Hommage à Christiane Mervaud*, dir. Michel

Delon et Catriona Seth, Voltaire Foundation, 2000, p. 307-319.

MERVAUD, Christiane, « Un inédit de Frédéric II : sa dernière lettre à Voltaire, 15 avril 1778 (D21157) », *Revue Voltaire*, 5 (2005), p. 9-29.

MERVAUD, Michel, « Une lettre oubliée de Catherine II à Voltaire », *Revue Voltaire*, 4 (2005), p. 293-297.

PAILLARD, Christophe, « Deux lettres de Voltaire inconnues à Besterman : 12 juin et 8 octobre 1771 », *La Gazette des Délices* [revue en ligne], 15 (2007).

PASTA, Renato, « Ancora su Voltaire e l'Italia : lettere inedite a Luigi Lorenzi (1746-1764) », *Archivio storico italiano*, 170 (2012), p. 731-755.

PLAVINSKAIA, Nadejda, « Trois lettres d'Émilie Du Châtelet retrouvées dans les archives moscovites », *Cahiers Voltaire*, 4 (2005), p. 57-82.

PROSCHWITZ, Gunna von, « Un billet inédit de Voltaire », *RHLF*, 93 (1993), p. 919-923.

QUÉRO, Dominique, « Correspondance inédite de l'abbé Aunillon avec Adrienne Lecouvreur, Voltaire et Madame de Graffigny », *RHLF*, 110 (2010), p. 675-703.

TRIAIRE, Dominique, « Une lettre inédite de Voltaire à Vilnius », *La Gazette des Délices* [revue en ligne], 28 (2010).

VERCRUYSSE, Jeroom, « D'Astier, une bonne étoile, filante, de Voltaire : une correspondance inédite de décembre 1764 - janvier 1765 », *SVEC*, 341 (1996), p. 159-164.

—, « Les premières relations entre Voltaire et le prince de Ligne : une lettre et des propos inédits », dans *Lettres de Belgique. En hommage à Robert Frickx : Mélanges*, dir. Raymond Trousson et Léon Somville, Janus, 1992, p. 229-234.

—, « Le prince et le hibou philosophe. À propos d'une lettre défigurée du prince de Ligne à Voltaire », dans *Voltaire en Europe. Hommage à Christiane Mervaud*, dir. DELON, Michel et SETH, Catriona, Voltaire Foundation, 2000, p. 363-368.

ZAKHARKINE, Stepan, « Une lettre inconnue de Voltaire à Kyiv », *Cahiers Voltaire*, 2 (2003), p. 99-102.

NOTES

Pour la préparation de ces notes, je suis profondément redevable aux éditions de T. Besterman et de F. Deloffre. La lettre « D » suivie d'un chiffre renvoie à la numérotation des lettres dans la deuxième édition dite « définitive » de Besterman.
Pour faciliter la lecture, nous avons placé la traduction des citations du latin et de l'italien (appelées par les lettres a, b, c) en bas de page ; toutes ces traductions sont de moi.
Sauf indication contraire, les lettres ont été publiées pour la première fois après la mort de Voltaire. Dans le cas où une lettre a été publiée de son vivant, la date de sa première publication est systématiquement indiquée.

I. À PARIS ET À LONDRES : L'AUTEUR DÉBUTANT (1704-1733)

1. ARMAND AROUET ET VOLTAIRE À FRANÇOISE BAILLIF DU PONT, 29 DÉCEMBRE 1704 [D1]

C'est apparemment la première lettre de Voltaire à avoir été conservée — apparemment, car l'authenticité de cette lettre adressée à sa cousine n'est pas absolument certaine.

2. À CLAUDE-PHILIPPE FYOT DE LA MARCHE,
VERS LE 7 AOÛT 1711 [D6]

Première lettre de Voltaire dont l'autographe soit conservé.

Page 52.

1. La pièce jouée au collège Louis-le-Grand en 1711 était intitulée *Grœsus*, tragédie latine du père Le Jay, d'abord jouée et imprimée en 1700.

3. À GUILLAUME AMFRYE DE CHAULIEU,
11 JUILLET 1716 [D32]

Voltaire publia cette lettre dans le Nouveau Mercure galant *en 1716, et l'admit dans ses œuvres collectives à partir de 1732. Très jeune, Voltaire fit la connaissance de Chaulieu (1639-1720), dans la Société du Temple, cercle libertin et poétique présidé par le grand prieur Philippe de Vendôme. Cette lettre en prose et en vers rend hommage à Chapelle et Bachaumont, connus pour leur* Voyage curieux historique et galant *(1663), modèle du genre du récit de prose mêlé de vers.*

Page 53.

1. Chaulieu, dans un poème, avait chanté la tocane, c'est-à-dire le champagne.

4. À MME DE MIMEURE,
ÉTÉ 1716 [D40]

Page 56.

1. Manicamps était un courtisan libertin du temps de Louis XIV.

Page 57.

1. Le baron de Breteuil est le père de la marquise Du Châtelet.
2. Pierre-Charles Roy est un poète, donc rival de Voltaire.

5. À LORD ASHBURNHAM, 12 JUIN 1718 [D62]

La première lettre que Voltaire signe « Arouet de Voltaire ».

6. À PHILIPPE II, DUC D'ORLÉANS,
NOVEMBRE 1718 [D70]

Voltaire évoque ici ses grands titres de gloire littéraire : sa première tragédie Œdipe, *jouée en 1718 (Philippe d'Orléans refusa la dédicace de cette pièce) ; et son poème épique à la gloire d'Henri IV,* La Ligue, *qui allait être publié pour la première fois en 1723 (et republié plus tard sous le titre* La Henriade*).*

7. À BERNARD LE BOVIER DE FONTENELLE,
1er JUIN 1721 [D92]

Cette lettre fut publiée dès 1726. Fontenelle, secrétaire perpétuel de l'Académie royale des sciences depuis 1699, était surtout connu pour des Entretiens sur la pluralité des mondes *(1686), œuvre de vulgarisation des idées scientifiques de Descartes.*

Page 61.

1. Le comte de Boulainvilliers était un historien qui, d'après Voltaire, « avait la faiblesse de croire à l'astrologie ».

8. À MME DE BERNIÈRES,
7 OCTOBRE 1722 [D128]

Page 62.

1. Le poème auquel Voltaire fait allusion est *La Ligue* (qui en fait ne parut pas à La Haye).

9. À NICOLAS-CLAUDE THIERIOT,
4 DÉCEMBRE 1722 [135]

Page 63.

1. Henri Saint Jean, vicomte de Bolingbroke (1678-1751),

homme politique anglais qui s'était réfugié en France en 1715, après avoir soutenu la rébellion jacobite contre le nouveau roi George Ier. Il résida à La Source, près d'Orléans. Mme de Villette, nièce de Mme de Maintenon, était la deuxième femme de Bolingbroke.

2. M. de Canillac, le favori du Régent, avait été exilé à Blois.

10. À NICOLAS-CLAUDE THIERIOT, VERS LE 23 MAI 1725 [D231]

Page 64.

1. Le lieutenant civil au Châtelet de Paris était Jérôme d'Argouges.

2. Les estampes auxquelles Voltaire fait allusion illustrent *La Ligue*.

11. À MME DE BERNIÈRES, 28 MAI 1725 [D233]

Page 65.

1. Le château de La Rivière-Bourdet était la résidence de Mme de Bernières. Voltaire y avait séjourné en 1723, et y avait écrit en partie sa tragédie *Mariamne* et *La Ligue*.

12. À MME DE BERNIÈRES, 17 SEPTEMBRE 1725 [D249]

Le mariage de Louis XV fut célébré à Fontainebleau le 5 septembre 1725. « Marie, Sophie, Félicité » sont les prénoms de la reine Marie Leszczynska.

13. À NICOLAS-CLAUDE THIERIOT, 17 OCTOBRE 1725 [D253]

Page 69.

1. Gervasi, Helvétius (père du philosophe Claude-Adrien Helvétius) et Silva sont des médecins célèbres.

2. *L'Indiscret* est une comédie de Voltaire, représentée pour la première fois en 1725.

14. À ALEXANDER POPE,
4 OCTOBRE 1726 [D301]

Page 71.

1. Traduction :

Monsieur,

J'apprends à l'instant le triste accident qui vous est arrivé. L'onde dans laquelle vous êtes tombé n'était pas celle d'Hippocrène, autrement elle vous eût respecté. Vraiment je suis ému plus que je ne puis dire du danger que vous avez couru et plus encore des blessures que vous avez reçues. Est-il possible que les doigts qui ont écrit l'*Enlèvement de la boucle* et la *Critique*, qui ont habillé Homère d'un vêtement anglais si élégant, aient été traités de façon si barbare ? Qu'on coupe la main à Dennis, ou à vos poétastres : la vôtre est sacrée. J'espère, Monsieur, que vous êtes maintenant complètement rétabli. En vérité je prends à votre accident la part qu'un élève doit prendre à tous les malheurs de son maître. Je suis sincèrement, Monsieur, avec l'admiration que vous méritez, votre très humble serviteur, Voltaire.

2. John Dennis est un poète et dramaturge critiqué par Pope dans sa *Dunciad*.

15. À NICOLAS-CLAUDE THIERIOT,
26 OCTOBRE 1726 [D303]

3. Traduction :

J'ai l'intention de vous envoyer deux ou trois poèmes de M. Pope, le meilleur poète d'Angleterre et pour le moment du monde entier. J'espère que vous êtes assez familier avec la langue anglaise pour goûter tous les charmes de ses ouvrages. Pour moi je considère son *Essai sur la critique* comme supérieur à l'*Art poétique* d'Horace ; et sa *Boucle de cheveux enlevée*, dans le genre comique, est à mon avis supérieure au *Lutrin* de Despréaux. Je n'ai jamais trouvé une imagination si aimable, d'aussi tendres grâces, tant de variété, tant d'esprit et une connaissance plus raffinée du monde que dans ce petit morceau.

Maintenant, mon cher Thieriot, après avoir répondu tout au long à vos questions sur les livres anglais, laissez-moi vous mettre au courant de cette mauvaise fortune qui me poursuit toujours. Je suis revenu en Angleterre vers la fin de juillet, fort mécontent de mon voyage secret en France, aussi inutile que coûteux. Je n'avais sur moi que quelques lettres de change sur un juif du nom de Médina, pour la somme d'environ huit ou neuf mille livres françaises, tout compris. En arrivant à Londres, j'appris que mon diable de juif avait fait banqueroute. Je n'avais pas un sou, j'étais malade à mourir d'une fièvre violente, étranger, seul, désemparé au milieu d'une ville où personne ne me connaissait. Milord et Milady Bolingbroke étaient à la campagne. Je n'osais me présenter à notre ambassadeur dans un état aussi misérable. Je n'avais jamais souffert une telle détresse ; mais je suis né pour souffrir tous les malheurs de la vie. En ces circonstances, mon étoile, qui au milieu de ses influences les plus maléfiques, fait descendre sur moi quelque adoucissement, dirigea vers moi un gentleman anglais que je ne connaissais pas, qui me força d'accepter quelque argent dont j'avais besoin. Un autre citoyen de Londres, que je n'avais vu qu'une fois à Paris, m'a emmené à sa maison de campagne, où, depuis, je mène une vie obscure et charmante, sans aller à Londres, et abandonné aux plaisirs de l'indolence et de l'amitié. L'affection sincère et généreuse de cet homme, qui adoucit l'amertume de ma vie, me porte à vous aimer de plus en plus. Tous les exemples d'amitié me rendent mon ami Thieriot plus cher encore. J'ai souvent vu Milord et Milady Bolingbroke. J'ai trouvé que leur affection était toujours la même et avait même grandi en proportion de mes chagrins. Ils m'ont tout offert, argent et maison ; mais j'ai tout refusé parce qu'ils sont lords, et j'ai tout accepté de M. Faulknear parce que c'est un simple particulier.

J'avais songé d'abord à imprimer notre pauvre Henri à Londres à mes frais ; mais la perte de mon argent a fâcheusement mis fin à ce projet. Je me demande si je ferai l'essai d'une souscription patronnée par la cour. Je suis fatigué des cours, mon cher Thieriot. Tout ce qui est roi ou dépend d'un roi épouvante ma philosophie républicaine. Je ne veux pas tremper mes lèvres à la coupe de l'esclavage sur la terre de la liberté.

J'ai écrit librement à l'abbé Desfontaines, c'est vrai, et j'agirai toujours de même, n'ayant aucune raison de me contraindre. Je ne crains ni n'espère rien de votre pays. Tout ce que je désire, c'est de vous voir un jour à Londres. Je me plais à vivre dans cet espoir. Si ce n'est qu'un rêve, laissez-moi en jouir, ne me désabusez pas, laissez-moi croire que j'aurai le plaisir de vous voir à Londres, respirant l'esprit vigoureux de cette inexplicable nation. Vous traduirez mieux leurs pensées, lorsque vous vivrez au milieu d'eux. Vous verrez une nation dévouée à la liberté, savante, spirituelle, méprisant la vie et la mort, une nation de philosophes ; non pas qu'il n'y ait quelques sots en Angleterre, chaque pays a ses fous. Il se peut que la sottise française soit plus plaisante que la folie anglaise, mais par Dieu la sagesse anglaise et l'honnêteté anglaise sont supérieures à ce que vous avez chez vous. Je vous ferai connaître un jour le caractère de cet étrange peuple, mais il est temps de mettre fin à ce bavardage anglais. Je crains que vous ne preniez cette longue épître pour quelqu'un de ces ennuyeux livres anglais que je vous ai conseillé de ne pas traduire. Avant de fermer cette lettre, je dois vous dire pourquoi j'ai reçu la vôtre si tard. C'est la faute de mon correspondant de Calais, maître du Noquet. Aussi, désormais, vous devrez m'écrire chez lord Bolingbroke, à Londres. Ce moyen est plus court et plus sûr. Dites à tous ceux qui veulent m'écrire de se servir de cette adresse.

J'ai tant écrit sur la mort de ma sœur à ceux qui m'avaient écrit à ce sujet que j'ai failli oublier de vous en parler. Je n'ai rien à vous dire sur ce malheur, sinon que vous connaissez mon cœur et ma manière de penser. J'ai pleuré sa mort et je voudrais être avec elle. La vie n'est qu'un rêve rempli de fréquents accès de folie et plein de misères réelles ou imaginaires. La mort nous réveille de ce rêve pénible et nous donne soit une existence meilleure, soit pas d'existence du tout. Adieu. Écrivez-moi souvent. Comptez sur mon exactitude à vous répondre lorsque je serai fixé à Londres.

Écrivez-moi quelques lignes en anglais, pour me faire voir le progrès de vos études.

J'ai reçu la lettre du marquis de Villars et celle qui est venue de Turquie par Marseille.

J'ai oublié le roman dont vous parlez. Je ne me souviens pas avoir jamais fait de vers sur ce sujet. Oubliez cela, oubliez tous ces délires de ma jeunesse. Pour moi, j'ai bu l'eau de Léthé. Je ne me souviens que de mes amis.

Page 73.

1. Everard Fawkener (que Voltaire écrit Faulknear) a hébergé Voltaire chez lui à Wandsworth, à la campagne près de Londres. Plus tard Voltaire lui dédiera sa tragédie *Zaïre*. C'est chez lui que Voltaire se met à apprendre l'anglais.

Page 74.

1. « Life is but a dream… » est une réécriture du célèbre monologue (*Hamlet*, III, I) que Voltaire traduira plus tard dans ses *Lettres sur les Anglais*.

16. À JONATHAN SWIFT,
14 DÉCEMBRE 1727 [D323]

Voltaire vient de publier à Londres An Essay upon the Civil Wars of France… And also upon the Epic Poetry of the European Nations from Homer down to Milton *(1727). Le but de cette publication en anglais était de préparer le public pour la parution à Londres de* La Henriade *(1728), version révisée de* La Ligue.

Page 75.

1. Traduction :

Monsieur,

Vous serez surpris de recevoir un essai anglais de la plume d'un voyageur français. Pardonnez, je vous prie, à un de vos admirateurs qui doit à vos écrits l'affection qu'il porte à votre langage, et qui s'est ainsi laissé entraîner à l'entreprise téméraire d'écrire en anglais.

Vous verrez par la préface que j'ai quelques desseins sur vous et qu'il faut que je fasse mention de vous pour l'honneur de votre pays et pour l'instruction du mien. Ne me défendez pas d'orner mon récit de votre nom. Laissez-moi goûter la satisfaction de parler de vous comme la postérité en parlera.

En attendant, puis-je me hasarder à vous prier d'employer un peu votre crédit en Irlande pour me procurer quelques souscriptions à *La Henriade* qui est presque achevée, et qui ne paraît pas encore faute d'un peu de secours. La souscription n'est que d'une guinée d'avance.

Je suis avec la plus grande estime et la plus parfaite reconnaissance, Monsieur, votre très humble et très obéissant serviteur.

17. À CAROLINE, REINE CONSORT,
15 AVRIL 1728 [D330a]

Première publication : N. Cronk, « Une lettre inédite de Voltaire à la reine Caroline (D330a) », French Studies Bulletin, *135 (2015), p. 17-20.*
En 1728 Voltaire vient de publier à Londres La Henriade, *belle édition in-quarto avec planches. Il avait obtenu la permission de dédier cette édition à Caroline, devenue reine d'Angleterre l'année précédente. Cette lettre accompagne l'envoi du volume. Le grand espace blanc laissé au début de la lettre est une marque de respect.*

18. À PIERRE-ROBERT LE CORNIER DE CIDEVILLE,
10 JANVIER 1731 [D394]

Cideville, condisciple de Voltaire au collège Louis-le-Grand, était conseiller au Parlement de Normandie.

19. À MME DU CHÂTELET,
VERS LE 6 MAI 1733 [D607]

La première lettre que nous connaissons adressée par Voltaire à sa future compagne.

II. À CIREY :
CHEZ MME DU CHÂTELET (1734-1750)

20. À NICOLAS-CLAUDE THIERIOT,
VERS LE 15 JUILLET 1735 [D893]

Page 85.

1. La « nymphe » de Thieriot est la grande danseuse Marie Sallé.

Page 87.

1. Le *Portrait de Voltaire* auquel il est fait allusion est un texte anonyme qui circulait en 1735 (pour le texte, voir Voltaire, *Correspondance*, Pléiade, t. I, p. 1569-1570).

21. À FRÉDÉRIC, VERS LE 1er SEPTEMBRE 1736 [D1139]

Voltaire publia cette lettre dans ses Œuvres *de 1745.*

22. À BONAVENTURE MOUSSINOT, 17 NOVEMBRE 1736 [D1201]

L'abbé Bonaventure Moussinot est un homme de confiance de Voltaire ; se trouvant à Paris, il est bien placé pour s'occuper de ses affaires financières et administratives.

Page 92.

1. « Pds » est l'abréviation de « prince du sang ».

23. À NICOLAS-CLAUDE THIERIOT, 24 NOVEMBRE 1736 [D1207]

Le Mondain, *épître de Voltaire, provoque un scandale en 1736, pour sa défense de la société de consommation moderne et son portrait satirique du misérable monde biblique. Voltaire parle aussi de sa comédie* L'Enfant prodigue, *créée à la Comédie-Française en octobre 1736. Il envoie un paquet de ses œuvres, par M. Chambrier, ministre de Prusse à la cour de France, contenant* Le Mondain, L'Ode sur le fanatisme *(« l'ode à Émilie »), l'épître à Mme Du Châtelet en tête des* Éléments de la philosophie de Newton *(« la neutonique ») et « une lettre sur Locke », qui pourrait être un manuscrit clandestin.*

24. À MAURICE, COMTE DE SAXE, VERS LE 15 JANVIER 1737 [1256]

Voltaire composa la Défense du Mondain *pour développer sa défense du luxe.*

25. À D'ARGENTAL, 1er MARS 1737 [1291]

Voltaire se défend contre les calomnies de Jean-Baptiste Rousseau ; il aimerait que d'Argental intervienne auprès du cardinal Fleury, principal ministre du roi.

26. AU CHEVALIER LOUIS DE JAUCOURT, 29 MARS 1737 [D1305]

Voltaire prépare la publication de ses Éléments de la philosophie de Newton *chez Ledet et Desbordes à Amsterdam, et il se sert de Jaucourt comme agent pour représenter ses intérêts auprès de l'éditeur.*

27. À WILLEM JACOB 'S GRAVESANDE, VERS LE 1er AVRIL 1737 [D1308]

Le beau-frère de 's Gravesande est G.-J. de Salignac, marquis de La Mothe-Fénelon, ambassadeur de France en Hollande depuis 1724.

28. À FRÉDÉRIC, VERS LE 15 OCTOBRE 1737 [D1376]

Voltaire partage ses idées philosophiques avec le prince, et se compare à Siméon, à qui avait été révélé qu'il ne mourrait pas sans avoir revu Jésus (Luc II, *25-35).*

29. AU CHEVALIER LOUIS DE JAUCOURT, 15 NOVEMBRE 1737 [D1390-R2]

L'édition Besterman ne reproduit que quelques fragments de cette lettre, extraits d'un catalogue de vente. La lettre est publiée intégralement pour la première fois par Jean Sareil, qui n'identifie pas son destinataire (« Quelques lettres de Voltaire et de ses amis », RHLF, *70 (1970), p. 653-658, en particulier p. 653-654). Le destinataire est identifié pour*

la première fois, et le texte rétabli à partir de l'autographe (Musée Dobrée, Nantes, aut. 1317) dans : N. Cronk, « Voltaire and the chevalier de Jaucourt : the lessons of an epistolary corpus », Revue Voltaire, *16 (2016), p. 215-227 (en particulier p. 225-227).*
*Le chevalier de Jaucourt, qui deviendra plus tard le collaborateur infatigable de Diderot dans la publication de l'*Encyclopédie, *était un grand savant qui à cette date résidait aux Pays-Bas. Il était donc bien placé pour rendre des services à Voltaire, notamment en assurant la liaison avec les éditeurs Ledet et Desbordes qui préparaient la première édition des* Éléments de la philosophie de Newton *(Amsterdam, 1738). Toujours l'objet de calomnies diverses, Voltaire se sert aussi de ses amis pour gérer l'opinion publique et pour contrer les histoires qui courent à son égard. Du Fay (1698-1739) est un chimiste, qui en 1732 allait être nommé intendant du Jardin du roi.*

Page 111.

1. Allusion à l'expédition de Maupertuis, Clairaut et d'autres en Laponie (1736-1737) afin de faire des mesures pour affirmer la thèse de Newton selon laquelle la Terre était aplatie aux pôles ; ils venaient de rentrer à Paris fin août 1737, dix semaines avant la rédaction de cette lettre.

30. À MARIE-LOUISE MIGNOT,
7 DÉCEMBRE 1737 [D1398a]

Absente de l'édition Besterman, cette lettre fut publiée pour la première fois par N. Cronk, « La correspondance de Voltaire dans les collections de la New York Public Library », RHLF, *112 (2012), p. 653-692, aux p. 663-670.*
Voltaire cherche à marier sa nièce Marie-Louise, orpheline, au fils de sa voisine et amie à Cirey, Mme Champbonin. Marie-Louise, toujours d'une grande indépendance d'esprit, va refuser cette proposition et moins de trois mois plus tard, fin février 1738, elle va épouser Charles-Nicolas Denis.

Page 112.

1. Le père et la mère de Louis de Champbonin étaient

amis et parents des Du Châtelet, et voisins de Voltaire à Cirey.

Page 113.

1. Après la mort de leur père, Marie-Louise et sa sœur Marie-Élisabeth s'installèrent chez leur tante, Mme Paignon ; leurs frères, Pierre-François et Alexandre-Jean (« l'abbé Mignot »), furent recueillis chez leur oncle, Jean-François Mignot de Montigny.

31. À FRÉDÉRIC, 20 MAI 1738 [D1506]

*Le « commerce épistolaire » (*commercium epistolicum*) avec Frédéric continue, traitant une vaste gamme de sujets dans l'esprit de la devise de Montaigne, « Que sais-je ? » (*Essais, *II, XII).*

Page 116.

1. François Girardon (1628-1715), un des grands sculpteurs du règne de Louis XIV, réalisa notamment des œuvres monumentales pour les jardins du château de Versailles.

32. À JEAN-BAPTISTE DUBOS, 30 OCTOBRE 1738 [D1642]

Voltaire dévoile son programme pour Le Siècle de Louis XIV *; cette lettre fut publiée sous forme de petite brochure en 1739.*

Page 121.

1. Yves de La Motte, dit de La Hode, *La Vie de Philippe d'Orléans, régent du royaume pendant la minorité de Louis XV* (1736).

33. À ROLLAND PUCHOT DES ALLEURS, 26 NOVEMBRE 1738 [D1666]

Voltaire réfléchit sur le pyrrhonisme. Et sur la bonne façon de présenter sous forme littéraire les idées philosophiques. Le

« philosophe mondain » auquel Voltaire fait allusion à la fin de la lettre est le frère du destinataire.

34. À NICOLAS-CLAUDE THIERIOT, 9 JANVIER 1739 [D1758]

Toujours en proie aux diffamations, maintenant de la part de l'abbé Desfontaines, Voltaire essaie d'obtenir le soutien de son ami Thieriot, charmant mais paresseux. Voltaire inclut dans l'envoi une autre lettre (lettre 35).

35. AU COMTE DE CAYLUS, 9 JANVIER 1739 ? [D1757]

Voltaire inclura cette lettre dans son Commentaire historique *(1776). Edmé Bouchardon (1698-1762) fut nommé sculpteur du roi en 1732 (d'où l'allusion à Phidias, sculpteur grec du* V*e* *siècle avant J.-C. qui réalisa notamment des statues pour le Parthénon).* L'Amour taillant son arc dans la massue d'Hercule *est son œuvre la plus célèbre. Le modèle en terre cuite fut présenté au Salon de 1739, et en 1740 l'œuvre fut commandée par Philibert Orry, directeur général des Bâtiments du roi. La statue, exécutée entre 1747 et 1750, fut d'abord placée dans le salon d'Hercule du château de Versailles ; elle est conservée aujourd'hui au Louvre. Bouchardon était aussi le créateur de la fontaine monumentale de la rue de Grenelle, destinée à procurer de l'eau au quartier mais aussi à l'embellir et à honorer Louis XV. Un modèle de la fontaine fut présenté au Salon de 1738, et la construction commença à la fin de 1739, sous la responsabilité de Michel-Étienne Turgot (prévôt des marchands et père du ministre de Louis XVI).*

36. À LORD HERVEY, VERS LE 1er JUIN 1740 [D2216]

*Cette lettre est publiée sous forme de brochure dès 1740. Lord Hervey, que Voltaire avait connu en Angleterre, vient d'être nommé ministre (*Lord Privy Seal*). À cet Anglais franco-*

phile et francophone, il explique l'ambition de son histoire du siècle de Louis XIV.

37. À JEAN-BAPTISTE-NICOLAS FORMONT, 3 MARS 1741 [D2439]

La partie de cette lettre qui est en vers fut publiée en 1757. Écrivant à un ami de longue date, Voltaire mélange l'utile et l'agréable, la prose et les vers. Le style est allusif dans les deux parties : « René » renvoie à Descartes, bien sûr, et « l'oratorien » à Malebranche. Avec la remarque « comme dit l'autre », dans la partie en prose, Voltaire se compare à Jésus... (Matthieu, VIII, *17 et* XI, *9 ; Luc,* VII, *26). Voltaire travaille à sa tragédie* Mahomet *depuis plusieurs années ; elle sera créée à Lille en avril 1741.*

38. À PIERRE-ROBERT LE CORNIER DE CIDEVILLE, 11 JUILLET 1741 [D2512]

Le passage de cette lettre en vers, justement célèbre, fut publié en 1746.

Page 140.

1. Voltaire montre les origines classiques de cette poésie de société qu'il aime cultiver.

39. À FRÉDÉRIC II, 26 MAI 1742 [D2611]

Cette lettre fut publiée dans les Œuvres *de Voltaire en 1745. Voltaire réagit à la bataille de Chotusitz (ou bataille de Caslau), qui eut lieu le 17 mai 1742, dans laquelle Frédéric mit en échec l'armée des Autrichiens. Le « comte du Four » est le pseudonyme dont se servait Frédéric en 1740 pendant ses voyages* incognito.

40. À JEAN-JACQUES AMELOT DE CHAILLOU, 1er AOÛT 1743 [D2798]

Jean-Jacques Amelot de Chaillou (1689-1749), élu membre de l'Académie française en 1727, fut ministre d'État aux Affaires étrangères de 1737 à 1744. Voltaire, qui cherche par tous les moyens à consolider sa position à Paris, s'est proposé comme intermédiaire diplomatique entre la France et la Prusse, et il écrit à La Haye une série de lettres encodées pour faire part des renseignements qu'il a pu recueillir. Le code utilisé dans ces lettres emploie une méthode d'équivalences directes : un groupe donné de chiffres représente un certain mot ou une phrase convenue (« 0631 » signifie par exemple « la Prusse »).

41. À MME DU CHÂTELET, 13 AOÛT 1743 [D2807]

Ces quelques vers sont d'autant plus précieux que le reste des échanges épistolaires entre Voltaire et Mme Du Châtelet a été détruit : c'est sans doute la lacune la plus regrettable dans tout le corpus de la correspondance voltairienne.

42. À JACOB VERNET, 1er JUIN 1744 [D2984]

*Voltaire partage avec le pasteur genevois, qu'il avait rencontré à Paris en 1733, ses projets pour écrire une histoire universelle, l'*Essai sur les mœurs. *Le long passage cité ressemble fort à un extrait de l'*Abrégé de l'histoire universelle *qui sera publié en 1753.*

43. À MARIE-LOUISE DENIS, 13 AOÛT 1744 [D3015]

Le mariage du dauphin avec Marie-Thérèse, infante d'Espagne, eut lieu à Versailles en février 1745. Voltaire est invité à contribuer aux festivités du mariage.

44. À PIERRE-ROBERT LE CORNIER DE CIDEVILLE, 31 JANVIER 1745 [D3073]

Voltaire participe aux préparations de La Princesse de Navarre *(il est lui-même l'auteur du livret, musique de*

Rameau), une comédie-ballet qui cherche à renouer avec la grande tradition du siècle précédent dans un genre inventé par Molière et Lully. C'est cette œuvre qui inaugure la semaine de festivités qui suit le mariage du dauphin.

45. À VAUVENARGUES,
3 AVRIL 1745 [D3093]

En avril 1745, Voltaire est nommé historiographe de France. Vauvenargues avait composé un Éloge *pour son ami Paul-Hipolyte-Emmanuel de Seitres de Caumont, jeune officier qui servait dans le même régiment que lui, et qui mourut en avril 1742.*

46. À MME DE POMPADOUR,
MAI-JUIN 1745 [D3132]

Les vers dans cette lettre furent publiés en 1765. Louis XV avait fait la connaissance de Mme d'Étiolles, âgée de vingt-quatre ans, au moment des festivités pour le mariage du dauphin ; il la fera marquise de Pompadour au mois de juillet 1745.

Page 152.

1. Avec le traité de Breslau (1742), l'Autriche céda presque toute la Silésie à la Prusse.

47. À MARIE-LOUISE DENIS,
DÉCEMBRE 1745 [D3272]

La découverte, dans les années 1950, des lettres d'amour que Voltaire adressa à Mme Denis en italien, dont nous avons ici un exemple, mit fin une fois pour toutes aux doutes qui avaient plané sur la nature précise des relations entre l'oncle et la nièce. Mme Denis n'a pas détruit ces lettres, comme elle aurait pu le faire ; mais avec une certaine pudibonderie, elle a barré sur le manuscrit les mots mio catzo *et* il vostro gentil culo.

Page 153.

1. Traduction :

Voici ma chère une lettre pour le sieur Vallier ; je vous l'adresse parce que je ne sais pas où il habite. Un jeune homme très sage, instruit, bien élevé et plein de talent se présente et se met sous votre patronage pour être agréé de Mme Pagnon en qualité de précepteur de son fils. Il s'appelle Marmontel, il est de Toulouse. Il aura l'honneur d'aller chez vous, je vous prie de tout cœur de l'aider. Je ne sais pas encore quand mes affaires me permettront de quitter un pays que j'abhorre. La cour, le monde, les grands m'ennuient. Je ne serai heureux que quand je pourrai vivre avec vous. Votre société et une meilleure santé me rendraient heureux. Je vous embrasse mille fois. Mon âme embrasse la vôtre, mon vit et mon cœur sont amoureux de vous. J'embrasse votre gentil cul et toute votre adorable personne.

48. À AUGUSTIN CALMET, 15 FÉVRIER 1748 [D3618]

Voltaire se sert des ouvrages d'érudition de Dom Calmet, et notamment de son Commentaire *de la Bible. Calmet est abbé à Senones dans les Vosges ; Voltaire y passa un mois, à son retour de Prusse en 1754.*

49. À DENIS DIDEROT, 10 JUIN 1749 ? [D3940]

C'est la première lettre que nous connaissons adressée par Voltaire à Diderot. Ce dernier a offert à Voltaire La Lettre sur les aveugles *qui vient juste de paraître, au mois de juin, anonymement. La portée de l'œuvre est ouvertement matérialiste, et elle met en scène un aveugle incapable d'apprécier l'ordre de l'univers qui pour un déiste comme Voltaire prouve l'existence d'un créateur. Voltaire répond en envoyant à Diderot avec cette lettre un exemplaire des* Éléments de la philosophie de Newton *: les positions des deux hommes sont clairement établies dès cette première lettre.*

50. À MLLE CLAIRON,
12 JANVIER 1750 [D4095]

*Mlle Clairon, une des plus grandes actrices du siècle, avait débuté à la Comédie-Française en 1743 dans le rôle de Phèdre. Lorsque l'*Oreste *de Voltaire fut représenté à Paris pour la première fois le 12 janvier 1750, Mlle Clairon créa le rôle d'Électre ; Voltaire y assista en loge grillée.*

III. À POTSDAM : CHEZ FRÉDÉRIC II (1750-1753)

51. À MARIE-LOUISE DENIS,
12 SEPTEMBRE 1750 [D4217]

Lettre réécrite par Voltaire : voir la Note sur l'édition, p. 39. Voltaire donne ses premières impressions de Berlin, qui sont essentiellement théâtrales.

Page 164.

1. *Rome sauvée* : cette tragédie antique de Voltaire sera créée à la Comédie-Française, en février 1752.

52. À MARIE-LOUISE DENIS,
13 OCTOBRE 1750 [D4240]

Lettre réécrite par Voltaire : voir la Note sur l'édition, p. 39. Arrivé à Potsdam, Voltaire parle à sa compagne de son « mariage » avec Frédéric.

53. À D'ARGENTAL,
27 OCTOBRE 1750 [D4250]

Voltaire vient d'apprendre qu'à cause de son départ de la France, il perd sa place comme historiographe de France (même s'il conserve son brevet de gentilhomme ordinaire du roi) ; Mme de Pompadour avait sollicité la charge d'historiographe pour Duclos. C'est face à cette mauvaise nouvelle que Voltaire forge un néologisme, historiographerie. *Dans les moments de crise, Voltaire se tourne vers le comte et la comtesse d'Argental, qu'il qualifie toujours de ses « anges » (gardiens, s'entend).*

Page 168.

1. Cette allusion vise Fontenelle.

54. À MICHEL LAMBERT, JANVIER-FÉVRIER 1751 [D4369]

En 1751, Voltaire apprend que le libraire parisien va sortir une édition de ses Œuvres. *Loin de Paris, Voltaire peut difficilement influencer la forme que prendra l'édition.*

55. À JEAN-HENRI-SAMUEL FORMEY, VERS LE 1er MAI 1751 [D4456]

Cette lettre fut publiée en 1765. Ninon de Lenclos, cette « prêtresse de Vénus », dont la réputation est résumée par ce « beau billet » de La Châtre, devenu proverbial : le marquis de La Châtre avait exigé de Ninon de Lenclos une assurance écrite de fidélité, dont celle-ci ne se souvint que dans un moment fort inopportun. Elle est morte à Paris en 1705, à l'âge de quatre-vingt-cinq ans, quand le jeune Arouet avait douze ans. Sa rencontre avec cette légende du Grand Siècle fait partie de sa mythologie personnelle.

Page 173.

1. *La Mort de Pompée*, III, IV.

56. À MARIE-LOUISE DENIS, 2 SEPTEMBRE 1751 [D4564]

Lettre réécrite par Voltaire : voir la Note sur l'édition, p. 39. La Mettrie, philosophe matérialiste, avait été accueilli par Frédéric à Berlin après le scandale déclenché par la publication de L'Homme-machine *(1747). Il mourra à Potsdam en novembre 1751.*

Page 179.

1. Molière, *Le Bourgeois gentilhomme*, III, III.

57. À MME BENTINCK,
1751-1752 [D4653]

Les nombreux billets adressés à Mme Bentinck pendant son séjour à Berlin sont très difficiles à dater. Il ne s'agit pas de lettres échangées entre des personnes éloignées l'une de l'autre, mais de billets échangés par des personnes qui se rencontrent régulièrement.

58. À JEAN-HENRI-SAMUEL FORMEY,
15 AVRIL 1752 [D4867]

Cette lettre parut tout de suite sous la forme d'une préface aux Œuvres *de Voltaire publiées à Dresde en 1752.*

59. À MARIE-LOUISE DENIS,
24 JUILLET 1752 [D4956]

Lettre réécrite par Voltaire : voir la Note sur l'édition, p. 39. On trouve ici la première mention de La Beaumelle, qui devint l'un des ennemis les plus acharnés de Voltaire.

60. À MARIE-LOUISE DENIS,
9 SEPTEMBRE 1752 [D5012]

Lettre réécrite par Voltaire : voir la Note sur l'édition, p. 39. La lettre s'ouvre avec le Roland furieux *de l'Arioste (Ruggero ensorcelé par la magicienne Alcina), et se conclut avec l'*Odyssée *d'Homère (la reine Calypso dans sa grotte enchantée qui pendant sept ans fait oublier sa patrie au héros Ulysse). C'est transformer Frédéric en ensorceleur.*

61. À MARIE-LOUISE DENIS,
18 DÉCEMBRE 1752 [D5114]

Lettre réécrite par Voltaire : voir la Note sur l'édition, p. 39. Les mots de Frédéric, « on presse l'orange et on en jette l'écorce » (lettre 56), résonnent toujours dans l'esprit de Voltaire.

62. À FRÉDÉRIC II, 1er JANVIER 1753 [D5132]

Voltaire démissionne de sa position à la cour de Potsdam ; la rhétorique est calculée avec finesse.

63. À MARIE-LOUISE DENIS, 3 SEPTEMBRE 1753 [D5500]

Une lettre d'amour (la référence à « un tiers qui vous aime aussi » est une allusion à Cideville), mais combinée avec une lettre d'affaires. Voltaire montre une grande discrétion dans ses références à Frédéric, qu'il désigne par des pseudonymes, « Cernin » et « Du Billon » : en filigrane, le projet de « Paméla » s'esquisse.

64. À MARIE-ÉLISABETH DE DOMPIERRE DE FONTAINE, 23 NOVEMBRE 1753 [D5578]

Toujours à la recherche des portraits de lui-même, Voltaire imagine de poser nu pour sa nièce : le portrait imaginé relève plus du burlesque que de l'érotique.

IV. À LAUSANNE ET GENÈVE : L'EXIL SUISSE (1754-1760)

65. AU COMTE D'ARGENSON, 20 FÉVRIER 1754 [D5682]

Le comte d'Argenson avait soutenu Voltaire en lui procurant des matériaux pour Le Siècle de Louis XIV *; il est donc normal que Voltaire lui envoie maintenant ce « rogaton »,* les Annales de l'Empire *(parues en décembre 1753), et qu'il en envoie un autre exemplaire au président Hénault, le meilleur* *ami du comte d'Argenson. Mais le vrai but de cette lettre est politique et personnel : où Voltaire peut-il déposer ses bagages ?*

66. À PIERRE-JOSEPH THOULIER D'OLIVET, 24 MARS 1754 [D5746]

L'abbé d'Olivet, connu comme grammairien et comme traducteur de Cicéron, vient d'éditer un volume, par « divers académiciens », Opuscules sur la langue française. *Voltaire accuse réception, avec tout le respect dû à son ancien professeur.*

67. À JACQUES-ABRAM-ÉLIE DANIEL CLAVEL DE BRENLES, 9-10 FÉVRIER 1755 [D6150]

La maison « Saint-Jean » se trouve sur une colline, juste en dehors de la ville de Genève : c'est dans cette lettre que Voltaire l'appelle « Les Délices » pour la première fois. Montriond (que Voltaire orthographie mal) est près de Lausanne.

68. À D'ARGENTAL, 8 MARS 1755 [D6200]

Page 213.

1. La tragédie *L'Orphelin de la Chine* allait être créée à la Comédie-Française au mois d'août 1755.
2. La Fontaine, *Contes*, III, VI, 24 (« La Courtisane amoureuse »).

69. À THÉODORE TRONCHIN, MARS-AVRIL 1755 [D6226]

Tronchin est un des plus célèbres médecins de l'époque. Le thème de la maladie est récurrent dans la correspondance voltairienne, où il joue un rôle stratégique majeur.

70. À JEAN-ROBERT TRONCHIN,
5 AVRIL 1755 [D6235]

Voltaire, en tant que catholique, ne pouvait pas posséder un terrain dans la république de Genève ; c'est le banquier Jean-Robert Tronchin, agissant en qualité de prête-nom, qui achète pour le compte de son locataire fictif le domaine de Saint-Jean. Voltaire prend très au sérieux son rôle de jardinier, voire de « bostangi » (mot turc pour désigner le jardinier en chef).

Page 216.

1. Exode, XII, 22.

71. À MICHEL GUYOT DE MERVILLE,
VERS LE 20 AVRIL 1755 [D6252]

Voltaire était souvent critiqué pour ses attaques cinglantes contre ses adversaires ; ici, il préfère une ironie plus douce.

72. À JEAN-JACQUES ROUSSEAU,
30 AOÛT 1755 [D6451]

Voltaire accuse réception du Discours sur l'origine et les fondements de l'inégalité parmi les hommes, *qui vient de paraître à Amsterdam ; Rousseau signe cet ouvrage sur la page de titre « Jean-Jacques Rousseau, citoyen de Genève ». Voltaire va publier cette réponse dès 1755, dans la première édition de* L'Orphelin de la Chine, *et en octobre dans* Le Mercure de France. *Lorsque Voltaire évoque ses adversaires, il se sert de circonlocutions pour désigner Desfontaines (« un prêtre ex-jésuite ») et La Beaumelle (« un homme plus coupable encore »).*

73. À MARIE-ÉLISABETH DE DOMPIERRE
DE FONTAINE,
8 JANVIER 1756 [D6681]

Voltaire donne des conseils de santé à sa nièce ; son évocation du médecin Tronchin déclenche une méditation sur le corps physique.

74. À ÉLIE BERTRAND, VERS LE 20 JANVIER 1756 [D6696a]

Lettre retrouvée depuis l'édition Besterman. Première publication : Charles Wirz, « L'Institut et Musée Voltaire en 1981 », Genava, *30 (1982), p. 193 ; repris par F. Deloffre au tome XIII de l'édition de la Pléiade, p. 532-533, qui propose la date donnée ici.*
Le dialogue avec le pasteur genevois sur l'optimisme continue. Écrivant avant la parution du Poème sur le désastre de Lisbonne, *Voltaire engage le pasteur Bertrand dans une discussion philosophique sur le problème du mal. Si le* péjorisme *est à l'opposé de l'optimisme de Pope et de Leibniz, le* patientisme *semble esquisser une position intermédiaire. L'emploi de ces deux néologismes montre comment Voltaire se sert de la lettre comme laboratoire pour élaborer sa pensée.*

75. À ÉLIE BERTRAND, 18 FÉVRIER 1756 [D6738]

Le « sermon » auquel se réfère Voltaire est bien sûr son Poème sur le désastre de Lisbonne. *Voltaire reçut la nouvelle du tremblement de terre à Lisbonne vers la fin de novembre 1755, et dix jours plus tard, le texte du* Poème *était déjà déposé chez l'imprimeur Cramer à Genève. La première édition séparée du* Poème *parut en mars 1756. Face aux critiques de ceux qui trouvaient le* Poème *trop pessimiste, Voltaire changea la conclusion en introduisant le mot « espérance » : nous voyons ici que Voltaire essaie de concilier sa position avec celle du pasteur Élie Bertrand.*

76. À PIERRE-ROBERT LE CORNIER DE CIDEVILLE, 12 AVRIL 1756 [D6821]

En mars 1756, Voltaire publia à Genève dans un volume le Poème sur le désastre de Lisbonne *et le* Poème sur la loi naturelle.

Page 226.

1. « Idamé » désigne *L'Orphelin de la Chine*.

77. À THÉODORE TRONCHIN, 18 AVRIL 1756 [D6839]

La pratique de l'inoculation contre la petite vérole, précurseur de la vaccination, est importée de l'Orient en Angleterre au début du XVIIIe *siècle et introduite en France par le docteur Tronchin. Cette lettre en vers et en prose célèbre l'intervention du médecin genevois pour inoculer des enfants de la famille royale. C'est un sujet cher à Voltaire, qui, plus de vingt ans auparavant, avait plaidé la cause de l'inoculation, dans la onzième des* Lettres sur les Anglais. *Cette lettre a une valeur évidente de manifeste, et elle circula largement sous forme manuscrite, comme l'attestent les nombreuses copies manuscrites qui survivent. Dès juin 1756, la lettre fut imprimée, probablement sans l'aval de Voltaire, dans le journal* Suite de la clef *; des rééditions suivirent, dans le* Portefeuille trouvé *(1757) et dans* Monsieur de Voltaire peint par lui-même *(1766).*

78. À MARIE-ÉLISABETH DE DOMPIERRE DE FONTAINE, 19 FÉVRIER 1757 [D7166]

L'attentat de Damiens contre la vie de Louis XV eut lieu en janvier 1757 ; Damiens sera exécuté à la fin du mois de mars.

79. À DENIS DIDEROT, 28 FÉVRIER 1757 [D7175]

Cette lettre sera publiée en 1760. Voltaire accuse réception du Fils naturel *de Diderot (le texte de la pièce est suivi d'un texte théorique sur le drame bourgeois, en forme de dialogue, les* Entretiens sur le Fils naturel*).*

80. À JEAN LE ROND D'ALEMBERT, 24 MAI 1757 [D7267].

*L'*Encyclopédie *avance à grands pas depuis 1751, et Voltaire écrit souvent à son disciple d'Alembert (avec qui il s'entend mieux qu'avec Diderot) pour proposer un article, voire pour critiquer un article déjà paru. Avec cette lettre, Voltaire soumet un article, « Mages », rédigé par Antoine Noé de Polier de Bottens, premier pasteur de Lausanne et auteur de plusieurs articles peu orthodoxes pour l'*Encyclopédie.

81. À JEAN LE ROND D'ALEMBERT, 12 DÉCEMBRE 1757 [D7512]

*En 1757, l'article « Genève » de D'Alembert vient de paraître dans l'*Encyclopédie *et suscite de vives réactions.*

Page 235.

1. « Luc » désigne Frédéric.

82. À DENIS DIDEROT, VERS LE 5 JANVIER 1758 [D7561]

*La publication de l'*Encyclopédie *vient d'être suspendue, en 1757, et une rumeur court que d'Alembert se retire de l'entreprise. Voltaire aurait aimé que Diderot publie l'*Encyclopédie *à l'étranger, mais Diderot est bien décidé à rester à Paris.*

83. À CLAUDE-ÉTIENNE DARGET, 8 JANVIER 1758 [D7565]

Darget était le conseiller privé et secrétaire de Frédéric II. Cette lettre parut dans le Journal encyclopédique *en juillet 1758. Voltaire parle, en public en quelque sorte, de son « raccommodement » avec « Pyrrhus », c'est-à-dire Frédéric.*

84. À MARIE-ÉLISABETH DE DOMPIERRE DE FONTAINE, 10 JANVIER 1758 [D7571]

*Voltaire pense à son portrait et à jouer des rôles sur scène : il fait faire des costumes pour jouer les rôles de Zamti (*L'Orphelin de la Chine*) et Narbas (*Mérope*).*

Page 241.

1. Claude Guymond de La Touche. La tragédie avait été créée à la Comédie-Française en juin 1757 et reçue avec enthousiasme.

85. À ANTOINE-JEAN-GABRIEL LE BAULT, 18 NOVEMBRE 1758 [D7946]

Voltaire apprécie particulièrement le vin de Corton fabriqué par Le Bault en Bourgogne, et il lui écrit souvent pour lui passer des commandes. Cette lettre est remarquable pour une autre raison : Voltaire, toujours à Genève, est en train d'acquérir le château de Ferney, près de Genève mais situé sur sol français. Il vient de visiter ses nouvelles terres et décrit avec brutalité l'état de misère des paysans vivant dans le pays de Gex.

86. À PIERRE-ROBERT LE CORNIER DE CIDEVILLE, 25 NOVEMBRE 1758 [D7951]

Voltaire annonce à son ami l'achat de Ferney.

Page 245.

1. Le marquis de Mirabeau est l'auteur de *L'Ami des hommes, ou traité de la population* (1756-1758).
2. « Se blouser » (Voltaire écrit : « se belouser ») : style familier pour « se tromper ».

87. À CHARLES-AUGUSTIN FERRIOL, 19 DÉCEMBRE 1758 [D7988]

Voltaire cultive ses jardins en même temps que ses pièces.

88. À MME DU DEFFAND, 12 JANVIER 1759 [D8040]

Formont, ami de longue date de Voltaire, est mort à Rouen en décembre 1758.

89. À JACOB VERNES, FÉVRIER 1759 [D8119]

C'est ici la première mention de Candide *dans la correspondance.*

Page 250.

1. *Jean Novi de Caveirac* : l'auteur avait publié son *Apologie de Louis XIV* en 1758.

90. À LA DUCHESSE DE SAXE-GOTHA, 21 FÉVRIER 1759 [D8134]

Ces réflexions sur les guerres contemporaines font écho au chapitre III *de* Candide.

91. À GABRIEL ET PHILIBERT CRAMER, VERS LE 25 FÉVRIER 1759 [D8141]

Un billet ostensible, destiné à être présenté en cas de poursuite contre l'auteur.

92. À GABRIEL ET PHILIBERT CRAMER, 1er MARS 1759 ? [D8148]

Autre billet ostensible. Le 26 février, la Vénérable Compagnie des Pasteurs à Genève avait dénoncé Candide *au Petit Conseil, trouvant dans l'œuvre « des choses sales, inspirant l'inhumanité, contraires aux bonnes mœurs, et injurieuses à la Providence » ; le Petit Conseil ordonna la saisie de l'œuvre.*

93. À GABRIEL ET PHILIBERT CRAMER,
VERS LE 1er MARS 1759 [D8152]

Le jeu, si c'en est un, continue.

94. À NICOLAS-CLAUDE THIERIOT,
10 MARS 1759 [D8168]

Encore une lettre ostensible. Mais les allusions à Pococurante (chap. XXV*) et au pays des Oreillons (chap.* XVI*) renforcent pour nous l'actualité du roman.*

95. À JEAN-ROBERT TRONCHIN,
12 MARS 1759 [D8179]

Une lettre ostensible, qui ne fait même plus semblant d'en être une.

Page 255.

1. Le père Malagrida (que Voltaire écrit : Malagrada), jésuite, allait être exécuté à Lisbonne en 1761 dans un autodafé ; en pensant à l'autodafé qui se déroule à Lisbonne dans *Candide* (1759), Voltaire avait sans doute la triste impression que la vie imitait l'art…

96. À FRÉDÉRIC II,
27 MARS 1759 [D8218]

Voltaire est sensible à la signature « Fédéric », rappel de leur ancienne intimité.

Page 257.

1. Il s'agit, bien sûr, de Maupertuis.

97. À ANTOINE DULCIS,
30 MAI 1759 [D8324]

Voltaire s'adresse au syndic de Gex. En formulant une demande officielle, il n'hésite pas à signer avec tous ses titres à l'appui.

98. À JEAN LE ROND D'ALEMBERT,
25 AOÛT 1759 [D8451]

D'Alembert vient de publier son Essai sur les éléments de la philosophie. *Pour la deuxième fois (voir ci-dessus, lettre 60, p. 192), Voltaire a recours au* Roland furieux *de l'Arioste pour dépeindre Frédéric comme l'enchanteresse Alcina.*

99. À MME DU DEFFAND,
17 SEPTEMBRE 1759 [D8484]

Une réflexion morale, avec comme refrain « tout le reste est vanité » (Ecclésiaste, III, 12, 22). Mme Du Deffand lui avait demandé son avis sur le genre du roman ; Voltaire répond que les meilleures fictions se trouvent dans l'Ancien Testament.

100. AU MARQUIS D'ARGENCE,
1er OCTOBRE 1759 [D8516]

La question de l'immortalité de l'âme, récurrente dans l'œuvre de Voltaire, est placée dans un large contexte historique.

101. À JEAN LE ROND D'ALEMBERT,
15 OCTOBRE 1759 [D8536]

La querelle sur le théâtre à Genève continue ; la Lettre de D'Alembert à M. J.-J. Rousseau, sur l'article « Genève » *(1759), vient de paraître.*

Page 266.

1. Marc-Antoine Le Grand, *Le Roi de cocagne,* III, VIII.
2. Citation inexacte ; c'est l'image du sage libéré des frayeurs de la mort qui est peinte dans ce début fameux du livre II.

102. À FRÉDÉRIC II,
VERS LE 15 OCTOBRE 1759 [D8537]

*La « petite Française » est la marquise de Muy ; son ami est Choiseul, célèbre pour son écriture illisible. Si Frédéric comme auteur est assimilé aux auteurs classiques (Marc Aurèle, Martial, Juvénal), Voltaire a recours à La Fontaine pour caractériser ses rapports avec le roi (*Fables, *II, 11, « Le Lion et le Rat »).*

103. À MME DU DEFFAND,
12 AVRIL 1760 [D8846]

Voltaire n'a pas apprécié Clarisse *de Richardson (il faut supposer qu'il l'a lu dans la traduction infidèle de Prévost) ; il lui préfère, explique-t-il, le* Gargantua *de Rabelais (dont il cite ici les chapitres* XXVII *et* XXXIII*). À la fin de la lettre, il envoie ses salutations à « votre ami », le président Hénault.*

104. À FRÉDÉRIC II,
21 AVRIL 1760 [D8866]

Exaspéré par les reproches de Frédéric, Voltaire finit par lui dire quelques « vérités ».

V. À FERNEY : LE PATRIARCHE S'INSTALLE (1760-1763)

105. À MME DU DEFFAND,
25 AVRIL 1760 [D8873]

Voltaire évoque sa vie à Ferney.

Page 281.

1. Encore une référence à l'Ecclésiaste, I, 2, 14.

106. À LOUISE-FLORENCE-PÉTRONILLE DE TARDIEU D'ESCLAVELLES D'ÉPINAY ET AU BARON FRÉDÉRIC MELCHIOR VON GRIMM, VERS LE 10 AOÛT 1760 [D9131]

Voltaire soutient avec enthousiasme l'idée de faire entrer Diderot à l'Académie française ; d'Alembert ne soutient que faiblement cette proposition, qui reste sans suite.

2. Luc, XIV, 23.

Page 283.

1. Plutarque, *Vie de Caton le Censeur*, 27, 1.

107. À JEAN LE ROND D'ALEMBERT, 13 AOÛT 1760 [D9137]

La comédie Les Philosophes, *de Charles Palissot, vient d'être créée le 2 mai 1760 à la Comédie-Française. La pièce, qui contenait de nombreux sarcasmes à propos des philosophes et de Diderot en particulier, remporta un grand succès. Voltaire fut responsable pour la riposte du parti philosophique, et Palissot publia certaines des lettres que Voltaire lui avait adressées. Voltaire parle d'autres philosophes qui pourraient entrer à l'Académie, comme l'abbé Morellet, et souligne comme toujours l'importance de l'unité du parti. Il est amusant que Voltaire ici, en évoquant Swift et* The Tale of the Tub, *se propose d'écrire une* Dunciade, *sur le modèle de Pope. En 1764, ce sera Palissot qui continuera ses attaques contre les philosophes en publiant un poème satirique,* La Dunciade ou la guerre des sots.

108. À JACQUES BAGIEU, 13 AOÛT 1760 [D9138]

Bagieu était chirurgien militaire à Paris. Voltaire parle à nouveau des ennemis des philosophes ; il s'adresse à un chirurgien, d'où la pertinence de l'histoire qu'il raconte du « grand théologien mahométan ».

109. À FRANÇOIS DE CHENNEVIÈRES,
13 AOÛT 1760 [D9139]

Chennevières avait un poste à Versailles, comme premier commis de la Guerre et directeur général des hôpitaux militaires. Voltaire se réjouit des dernières nouvelles de la guerre, qui sont mauvaises pour Frédéric. Le duc de Broglie avait pris le commandement de l'armée en Allemagne fin 1759, et fut nommé maréchal.

110. À DAVID-LOUIS CONSTANT DE REBECQUE,
13 AOÛT 1760 [D9140]

David-Louis Constant de Rebecque était un officier au service du prince d'Orange, et un acteur assidu au service du théâtre de Voltaire. À Ferney on prépare du théâtre, tandis que le monde parle des revers de Frédéric dans les guerres en Allemagne.

111. À CLAUDE-ADRIEN HELVÉTIUS,
13 AOÛT 1760 [D9141]

Helvétius avait publié De l'esprit *en 1758 ; une traduction anglaise (*De l'esprit, or Essays on the Mind*) suivit en 1759. Il semble avoir envoyé à Voltaire des extraits de son poème* Le Bonheur, *qui allait paraître plus tard, en 1772.* De l'esprit *avait provoqué un scandale à cause de son matérialisme, et Voltaire reproche à Helvétius d'avoir mis son nom sur la page de titre. Helvétius avait été contraint de faire des rétractations successives, changements dont Mme de Pompadour (« la grande dame ») est parfaitement au courant.*

112. À JEAN-FRANÇOIS MARMONTEL,
13 AOÛT 1760 [D9142]

De nouveau, cette insistance sur le fait que les philosophes ne menacent pas le royaume. L'allusion à la comédienne Denêle est une référence au Pauvre diable, *poème satirique que Voltaire avait publié en 1760 (avec la date de 1758).*

113. À JEAN-ROBERT TRONCHIN, 13 AOÛT 1760 [D9143]

La lettre « incluse » est peut-être une de celles qui précèdent.

114. À STANISLAS LESZCZYNSKI, 15 AOÛT 1760 [D9148]

Cette lettre fut publiée sous forme de brochure séparée en 1760. Voltaire accuse réception d'un livre que le roi venait de publier anonymement, L'Incrédulité combattue par le simple bon sens *(1760) ; dans la seconde édition, le livre était sous-titré « essai philosophique, par un roi ».*

115. À ÉTIENNE-NOËL DAMILAVILLE, 3 SEPTEMBRE 1760 [D9189]

Ce billet est inséré dans un « paquet » contenant trois autres lettres, dont une pour Diderot, laissée ouverte pour que Damilaville puisse la lire.

116. À CLAIRE-JOSÈPHE-HIPPOLYTE LÉRIS DE LATUDE CLAIRON, 16 OCTOBRE 1760 [D9317]

La première publique de Tancrède *eut enfin lieu à la Comédie-Française le 3 septembre 1760, après avoir d'abord circulé dans les salons. Le rôle d'Aménaïde avait été écrit pour Mlle Clairon, et elle remporta un grand succès. Le 6 août, Voltaire avait déjà écrit au comte d'Argental : « la fin de* Tancrède *est une claironade terrible ».*

Page 299.

1. Boileau, *Art poétique*, III, v. 53-54 (Voltaire cite de mémoire et approximativement).

117. À ÉTIENNE-NOËL DAMILAVILLE,
2 DÉCEMBRE 1760 [D9440]

Les frères philosophes, à qui Damilaville distribue les lettres à Paris, sont caractérisés par une expression tirée des Évangiles : « Ne craignez point, petit troupeau [pusillus grex] *: car il a plu à votre Père de vous donner son royaume » (Luc, XII, 32).*

118. À JEAN LE ROND D'ALEMBERT,
7-8 MAI 1761 [D9771]

*Voltaire vient de lire l'*Apologie de l'étude *de D'Alembert, lue à l'Académie le 13 avril (et publiée dans les* Mélanges *de D'Alembert en 1767).*

Page 301.

1. *Tyrannie des 180* : allusion au Parlement de Paris.
2. *Saint Médard* : allusion aux convulsionnaires jansénistes qui avaient défrayé la chronique au début des années 1730.
3. Le *chancelier janséniste* est d'Aguesseau.

Page 302.

1. *L'Oracle des anciens fidèles* (1760), de Simon Bigex (qui plus tard allait devenir un secrétaire de Voltaire), était une réponse à *L'Oracle des nouveaux philosophes* (1759-1760) de l'abbé Guyon, qui visait Voltaire en particulier.

119. AU PAPE CLÉMENT XIII,
23 JUIN 1761 [D9841]

Il est question à plusieurs reprises dans les lettres de la petite église qui se trouve devant le château de Ferney, que Voltaire a reconstruite à partir de 1758.

2. Traduction :

À la sainteté de notre seigneur Clément,

François de Voltaire, gentilhomme de la chambre de Sa Majesté Très Chrétienne, comte de Tournay — dans le pays de Gex — près de Genève, seigneur de Ferney — dans le même pays, Marie Denis, sa nièce, dame avec lui de Ferney, se mettent avec le curé, et tous leurs vassaux aux pieds sacrés de Sa Béatitude.

Ils La supplient humblement de daigner leur accorder quelques saintes reliques pour l'autel de la nouvelle église que François de Voltaire édifie dans le fief de Ferney, dans le voisinage de l'hérésie, estimant qu'il convient de déployer tous les étendards de la foi face aux ennemis de celle-ci.

François de Voltaire et Marie Denis demandent la permission de donner à leurs vassaux un nouveau cimetière à trois cents pas de celui qui entoure l'église, dont les exhalaisons pestilentielles sont très nuisibles à la santé.

Ils supplient encore Sa Sainteté de leur accorder la permission de faire cultiver leurs biens les jours de fête après la sainte messe — parce que dans ce climat un jour de travail perdu détruit souvent toute l'espérance d'une année ; et ils font en outre observer que si les citoyens de leurs pays ne travaillent pas, ils passent le temps dans la débauche et dans les rixes.

Les fidèles susdits demandent ces faveurs avec insistance, et baisent les pieds sacrés de Sa Béatitude avec toute l'humilité et la reconnaissance possibles.

120. À JEAN-MARIE ARNOULT, 6 JUILLET 1761 [D9879]

Arnoult était avocat au parlement de Bourgogne. En janvier 1954, l'écrivain suisse Maurice Chappaz, catholique, lut cette lettre, et écrivit à sa femme Corinna Bille : « Je lis une dizaine de lettres de Voltaire chaque soir avant de m'endormir. Elles sont nettes, vives et c'est un fanatique mais de la tolérance. Je pense à ton père et je ris quand il parle des Jésuites et des petits tyrans noirs du petit pays de Gex. »

121. À ÉTIENNE-NOËL DAMILAVILLE ET À NICOLAS-CLAUDE THIERIOT, 15 AOÛT 1761 [D9946]

Dans une variante de l'allégorie des renards et des loups, les Sadducéens et les chats sont les jésuites, les Pharisiens et les chiens sont les jansénistes.

Page 307.

1. *Conversation de M. l'intendant des menus en exercice avec M. l'abbé Grizel* (1761) est une œuvre de Voltaire lui-même.

122. À JEAN-BAPTISTE, MARQUIS D'ALBERTAS, VERS LE 5 NOVEMBRE 1761 [D10137]

Le marquis d'Albertas était premier président à la Cour des Comptes de Provence. Voltaire transforme une lettre d'obligation (à Mme d'Albertas, qui séjournait à Genève) en un jeu littéraire.

123. À MARIE-ÉLISABETH DE DOMPIERRE DE FONTAINE, 19 MARS 1762 [D10379]

Le premier mari de Marie-Élisabeth, Nicolas Joseph Dompierre de Fontaine, était mort en 1756. Elle prend comme deuxième époux Philippe Antoine de Claris, marquis de Florian.

124. AUX D'ARGENTAL, 27 MARS 1762 [D10389]

Jean Calas fut exécuté le 10 mars à Toulouse. La campagne pour faire réhabiliter sa mémoire ne fait que commencer.

125. À ISAAC PINTO, 21 JUILLET 1762 [D10600]

Cette lettre fut publiée dans le Mercure de France *en mai 1769. Pinto avait publié en 1762 une critique d'un texte de Voltaire qui par la suite forma la première partie de l'article « Juifs » dans le* Dictionnaire philosophique portatif. *Les allusions à l'Ancien Testament à la fin de la lettre sont à Juges, XII, 6 et à Nombres, XXV, 6. Voltaire ne tint pas sa promesse de corriger la partie de son texte qui était « injuste ».*

126. AUX D'ARGENTAL,
29 AOÛT 1762 [D10679]

Voltaire fit une traduction en prose et en vers blancs du Jules César *de Shakespeare qu'il ajouta plus tard à son* Théâtre de Pierre Corneille *(1764).* Cassandre *désigne la pièce* Olympie *qui parut imprimé en 1763.* Le Théâtre anglais *(1745-1748) de Pierre-Antoine de La Place rendit son traducteur célèbre ; mais le pionnier dans ce domaine est Voltaire lui-même, dans ses* Lettres sur les Anglais *(1733-1734).*

127. À ANNE-ROSE CALAS ET À ROSE CALAS,
18 JANVIER 1763 [D10923]

Après l'exécution de leur père, les deux filles de Jean Calas avaient été enfermées dans des couvents. Cette lettre est effectivement écrite sur du papier à fleurs.

128. À ÉTIENNE-NOËL DAMILAVILLE,
24 JANVIER 1763 [D10943]

Voltaire annonce l'existence de son Traité sur la Tolérance *; il ne fera pas diffuser le livre avant le mois d'octobre, pour ne pas compromettre l'issue du procès en réhabilitation.*

129. À JEAN LE ROND D'ALEMBERT,
28 SEPTEMBRE 1763 [D11433]

D'Alembert revient d'un voyage à la capitale prussienne, où il a refusé la présidence de l'Académie de Berlin. Voltaire est satisfait que son ami ne se soit pas laissé séduire par Frédéric ; et il annonce au passage la parution de son Catéchisme de l'honnête homme, *autre pamphlet dans la campagne pour « écraser l'infâme ». C'est avec ce slogan que depuis 1760 Voltaire signe ses lettres à d'Alembert.*

Page 316.

1. Méléagre tua un sanglier envoyé par Diane et en offrit la hure à Atalante, qu'il épousa.

130. À MME DU DEFFAND,
11 OCTOBRE 1763 [D11455]

Page 320.

1. *Saül* est de Voltaire lui-même, quoique publié anonymement ; ce drame biblique qui dévoile les aspects les plus ridicules de l'Ancien Testament n'était pas destiné à la scène.

131. À CHARLES-JEAN-FRANÇOIS HÉNAULT,
4 DÉCEMBRE 1763 [D11529]

Voltaire avait créé la formule « Qu'il vive autant que son ouvrage ! » dans une lettre en vers et en prose adressée de Cirey à Hénault, et datée du 13 juillet 1744 ; cette lettre fut publiée par la suite dans ses Œuvres diverses *de 1746. Voltaire employa à nouveau la formule dans une autre lettre adressée à Hénault, de Berlin, datée du 18 décembre 1752.*

VI. À FERNEY : « ÉCRASEZ L'INFÂME » (1764-1766)

132. À MME DU DEFFAND,
6 JANVIER 1764 [D11625]

Page 327.

1. *Contes de ma mère l'Oye* : il s'agit des *Contes de Guillaume Vadé*, que Voltaire publie anonymement en avril 1764 ; le volume comprend, avec d'autres textes, sept contes en vers et deux en prose.

133. À MME DU DEFFAND, 4 JUIN 1764 [D11904]

Voltaire joue le rôle de directeur de conscience.

Page 331.

1. Le père Jean Croiset est l'auteur de *Retraite spirituelle pour un jour chaque mois* (1694).

134. À CHARLES-JEAN-FRANÇOIS HÉNAULT, 20 JUIN 1764 [D11940]

Voltaire reçoit le portrait gravé d'Hénault, avec un vers de Voltaire au bas (voir ci-dessus la lettre 131). En retour, Voltaire lui envoie son propre portrait gravé.

135. À ÉTIENNE-NOËL DAMILAVILLE, 9 JUILLET 1764 [D11978]

Le Dictionnaire philosophique portatif *paraît anonymement à Genève en juillet 1764 : le jeu des désaveux ne fait que commencer. On lit dans les* Mémoires secrets *(27 septembre) :*

> M. de Voltaire, suivant son usage, persifle le public et désavoue le *Dictionnaire philosophique*. Voici une anecdote à ce sujet, que nous tenons du sieur Cramer, son imprimeur à Genève, et qui est à Paris. Il nous a conté qu'il avait écrit […] une lettre à M. de Voltaire, dans laquelle, en lui rendant compte de ce nouveau livre dont on parlait à Paris, fort scandaleux, fort connu, fort couru et très bien fait, au dire des connaisseurs, il ajoutait qu'on le lui attribuait, qu'il le priait en conséquence de vouloir bien lui en envoyer un exemplaire. M. de Voltaire lui a répondu qu'il [en] avait […] ouï parler […] qu'il désirait, ainsi que M. Cramer, très ardemment l'avoir en sa possession ; qu'il lui demandait en grâce de lui en procurer la lecture, dès que ce livre tomberait entre ses mains. M. de Cramer a riposté […] qu'il avait fait voir sa lettre à tout le monde, suivant ses intentions qu'il présumait […] qu'actuellement que la farce était jouée, il le suppliait de nouveau très instamment de lui envoyer un exemplaire de cet ouvrage.

Page 332.

1. *Sentir le fagot* : être suspect d'hérésie.

136. À JEAN LE ROND D'ALEMBERT,
19 SEPTEMBRE 1764 [D12090]

Voltaire recrute d'Alembert dans sa campagne pour désavouer le Portatif *; en suggérant que « ce recueil est de plusieurs mains », il lui suggère en outre une stratégie défensive possible.*

137. À LOUISE-FLORENCE-PÉTRONILLE
DE TARDIEU D'ESCLAVELLES D'ÉPINAY,
25 SEPTEMBRE 1764 [D12102]

Page 335.

1. « Welche » est le terme péjoratif qu'emploie Voltaire pour désigner les Français (et surtout les Français peu ouverts aux Lumières).

138. À ÉTIENNE-NOËL DAMILAVILLE,
1er OCTOBRE 1764 [D12115]

Ce billet accompagne une lettre pour d'Alembert (« Protagoras ») : voir la lettre suivante. Le véritable anonymat reste difficile pour Voltaire, son style étant si reconnaissable. Début octobre, Goldoni écrit à son ami Albergati Capacelli (qui comme Goldoni est un correspondant de Voltaire) qu'il a pu lire le Portatif, *même s'il n'a pas pu encore en acheter un exemplaire : « Tout le monde le dit de Voltaire, et lui ne le reconnaît pas pour sien ; mais s'il n'est pas de lui, il y a au monde un autre Voltaire que je ne connais pas. Celui qui l'a écrit n'a pas peur du diable » (nous traduisons).*

139. À JEAN LE ROND D'ALEMBERT,
1er OCTOBRE 1764 [D12113]

*Voltaire critique son ami pour une phrase hypocrite concernant la religion dans l'*Encyclopédie *; il propose une tactique* *inverse : dire plus ouvertement ce que l'on pense, mais en gardant un (pseudo-) anonymat.*

140. À CHARLES ANDRÉ DE LACORÉ,
9 NOVEMBRE 1764 [D12187a]

Première publication : N. Cronk, « La correspondance de Voltaire : deux nouvelles lettres sur le début de l'affaire des serfs de Saint-Claude », Revue Voltaire, *13 (2013), p. 219-224. Charles André de Lacoré (1720-1784) fut l'intendant de Franche-Comté de 1761 à 1784. Voltaire lui envoie un mémoire rédigé par son ami, le jeune avocat Christin, qui aborde la question des paysans traités comme serfs par les autorités ecclésiastiques de Saint-Claude. Deux jours auparavant, sans doute alors qu'il lisait le mémoire de Christin, Voltaire avait écrit à Damilaville, en évoquant la ville de Saint-Claude comme « pays où les citoyens sont esclaves ; et de qui esclaves ? de l'évêque et des moines ! » (7 novembre 1764). Si c'est Christin qui, semble-t-il, a pris l'initiative de soulever cette question avec Voltaire, c'est Voltaire qui, tout de suite, expédie le mémoire de Christin à l'intendant de la province. Cette lettre fournit ainsi un bel exemple du fonctionnement politique du patriarche de Ferney. À partir de 1770, Voltaire interviendra lui-même publiquement dans le débat en faveur des serfs de Saint-Claude, par exemple avec son article « Esclaves » dans les* Questions sur l'Encyclopédie.

141. À PIERRE-ROBERT LE CORNIER DE CIDEVILLE,
4 FÉVRIER 1765 [D12377]

En méditant le thème que « tout est dit, et l'on vient trop tard », Voltaire se place dans une perspective résolument néo-classique : l'exemple du « qu'il mourût » est cité par Boileau comme exemple du sublime.

Page 340.

1. *Sur la destruction des jésuites en France, par un auteur désintéressé* parut début 1765 (l'ordre des jésuites ayant été supprimé en France en 1763).

142. À ÉTIENNE-NOËL DAMILAVILLE,
5 FÉVRIER 1765 [D12382]

Page 341.

1. Guillaume Claude de Laleu est le notaire parisien à qui Voltaire confie une part importante de la gestion de ses affaires financières.

143. À JEAN LE ROND D'ALEMBERT,
3 AVRIL 1765 [D12521]

Voltaire vient de recevoir de D'Alembert les Observations sur une dénonciation de la Gazette littéraire faite à M. l'archevêque de Paris *(1765) : Voltaire suppose que d'Alembert en est l'auteur (en réalité l'œuvre est de l'abbé Morellet).*

Page 342.

1. *Le Siège de Calais* est une tragédie de Belloy (1765).

144. À THÉOPHILE IMARIGEON DUVERNET,
16 AVRIL 1765 [D12550]

Page 344.

1. Charles Gouju, l'auteur d'une *Lettre à ses frères sur les révérends pères* (1761), n'est autre que Voltaire lui-même.

145. À PIERRE DESINNOCENDS,
19 AVRIL 1765 [D12559]

Cette lettre est apparemment une lettre ouverte. Desinnocends était l'un des juges qui avaient voté pour l'exécution de Calas.

146. AUX D'ARGENTAL,
27 MAI 1765 [D12620]

Page 348.

1. Le *Bazin de Hollande* dont parle Voltaire est *La Philo-*

sophie de l'histoire, par feu l'abbé Bazin, sortie des presses de Gabriel Grasset à Genève en avril 1765, avec pour fausse adresse « À Amsterdam, chez Changuion ».

147. À CLAUDE-ADRIEN HELVÉTIUS,
26 JUIN 1765 [D12660]

L'autographe de cette lettre révèle que Voltaire la dicta à un secrétaire d'occasion, qui fit de nombreuses fautes ; Voltaire les corrigea de sa main et ajouta, au bas de la première page, « pardon pour l'imbécile qui écrit sous ma dictée ».

148. AUX D'ARGENTAL,
6 JUILLET 1765 [D12788]

Page 353.

1. *Le Siège de Calais*, déjà évoqué dans la lettre 143, met en scène la célèbre histoire des six bourgeois.

149. À JEAN LE ROND D'ALEMBERT,
8 JUILLET 1765 [D12790]

Page 354.

1. *La Vision de Palissot* (1760) est de l'abbé Morellet. D'Alembert s'attendait à recevoir une pension du gouvernement, mais sa *Destruction des jésuites* avait déplu ; le ministre qui aurait été « irrité » contre d'Alembert est probablement Choiseul.

150. À CLAIRE-JOSÈPHE-HIPPOLYTE LÉRIS
DE LATUDE CLAIRON,
AOÛT 1765 ? [D12832]

Voltaire inclut cette lettre dans son Commentaire historique *(1776). Une lettre ostensible, liée à la crise qui frappa la Comédie-Française en avril et mai 1765, lorsque plusieurs acteurs, dont Mlle Clairon, furent emprisonnés pour avoir refusé de jouer* Le Siège de Calais*. Sa santé étant fort alté-*

rée, Mlle Clairon vint se reposer chez Voltaire à Ferney au mois d'août 1765. L'actrice Anne Oldfield (que Voltaire écrit Ofilds) est enterrée à l'Abbaye de Westminster.

151. À ANTOINE-LÉONARD THOMAS, 22 SEPTEMBRE 1765 [D12896]

Cette lettre est publiée trois fois en 1765 : dans les Nouveaux Mélanges *de Voltaire ; dans le* Journal encyclopédique, *au mois de novembre ; comme préface dans l'édition même de l'*Éloge de René Descartes *de A.-L. Thomas, qui avait gagné un prix de l'Académie française (il faut supposer que Thomas envoya à Voltaire un manuscrit de son* Éloge*).*

152. À ÉTIENNE-NOËL DAMILAVILLE, 4 FÉVRIER 1766 [D13156]

*Voltaire explique dans une lettre qu'il écrit à Thieriot le même jour : « On m'a envoyé enfin l'*Encyclopédie *en feuilles. Je la fais vite relier afin de la lire. Ce sera ma consolation au coin du feu dans ce rude hiver. » Voici le « certificat » pour les Sirven — famille protestante injustement accusée du meurtre d'une de leurs filles par intolérance religieuse — inclus dans la lettre :*

> Mon certificat n'est peut-être pas d'une grande valeur, puisque je suis devenu, en quelque façon, partie pour la famille des Sirven, en recommandant son innocence à ceux qui la défendent. Mais je dois d'autant moins cacher une vérité dont je suis convaincu que c'est cette conviction même qui m'a forcé de m'intéresser pour cette famille infortunée.
>
> Je dois dire que le père et les deux filles vinrent de Lausanne chez moi, le 5 avril 1765, pour signer une procuration. La mère, qui était attaquée d'une maladie mortelle, voulut accompagner ses filles, elle ne put se traîner que jusqu'à Genève. Le sieur Sirven et ses filles m'apprirent l'état où était la dame Sirven. J'envoyai sur-le-champ un domestique à Genève s'informer de la santé de la malade : il la trouva rendant les derniers soupirs, et prenant Dieu à témoin de son innocence et de celle de sa famille. On ne dissimule pas dans ces moments. Une femme, persuadée

de sa religion, ne trompe point, en mourant, Dieu et les hommes. Je dois ajouter que quiconque aura entretenu un quart d'heure le père et les filles aura vu tout ce qui peut pénétrer un cœur de compassion pour les plus grands malheurs et de respect pour la vertu la plus pure.

Fait au château de Ferney, le 4 février 1766. Signé : VOLTAIRE.

153. À CLAIRE-JOSÈPHE-HIPPOLYTE LÉRIS DE LATUDE CLAIRON, 30 MARS 1766 [D13228]

Voltaire cherche à faire nommer un curé de campagne : sans succès ; un autre candidat sera retenu.

154. À PIERRE-JOSEPH THOULIER D'OLIVET, 1er AVRIL 1766 [D13233]

D'Olivet, ancien professeur de Voltaire, était surtout connu pour ses traductions de Cicéron.

Page 363.

1. Boileau, *Art poétique*, I, v. 73-74.

Page 364.

1. Même citation (approximative) dans le *Traité sur la Tolérance*, chap. VIII.

155. À JEAN LE ROND D'ALEMBERT, 5 AVRIL 1766 [D13235]

2. Frédéric a effectivement écrit à Voltaire : « S'il se trouve donc un homme sur mille qui pense, c'est beaucoup » (lettre du 25 février 1766).

Page 365.

1. De Grotius, Voltaire vient de lire *De veritate religionis christianae* (1627) ; il possède la traduction française dans sa bibliothèque. L'abbé Houtteville est l'auteur de *La Religion chrétienne prouvée par les faits* (1722).

156. À ÉTIENNE-NOËL DAMILAVILLE,
7 JUILLET 1766 [D13394]

Voltaire vient d'apprendre le 1er *juillet la nouvelle de l'exécution du jeune chevalier de La Barre pour blasphème et sacrilège.*

157. À ANDRÉ MORELLET,
7 JUILLET 1766 [D13397]

Page 367.

1. Les deux « manuscrits » auxquels se réfère Voltaire sont l'*Analyse de la religion chrétienne*, par Dumarsais, qui vient d'être inclus par Voltaire dans son *Recueil nécessaire*, à côté de textes de Voltaire et du *Vicaire savoyard* de J.-J. Rousseau (publié en 1766, mais daté de 1765) ; et l'*Examen important de milord Bolingbroke* que Voltaire vient de publier, avec, par précaution, la mention « écrit sur la fin de 1736 ».

158. À DENIS DIDEROT,
23 JUILLET 1766 [D13442]

Voltaire rêvait de fonder une communauté de philosophes à Clèves (Kleve), près de Nimègue, sous le patronage de Frédéric II ; mais Diderot ne voulut jamais quitter Paris.

159. À ÉTIENNE-NOËL DAMILAVILLE,
18 AOÛT 1766 [D13500]

La police trouva chez La Barre, avec trois livres licencieux, le Dictionnaire philosophique portatif *de Voltaire. Au moment de l'exécution du jeune homme de vingt ans, son corps fut jeté au bûcher avec un exemplaire du* Portatif.

Page 369.

1. L'*Histoire de dom Bougre, portier des Chartreux*, de Latouche, est un roman libertin (1741).

Page 371.

1. Boursier est un pseudonyme pour Voltaire. Tonpla indique Diderot (Pla-ton). Élie, Élie de Beaumont.

160. À ÉTIENNE-NOËL DAMILAVILLE,
5 SEPTEMBRE 1766 [D13537]

Voltaire signe du nom de Wagnière, son fidèle secrétaire, qui était originaire du pays de Vaud ; il s'amuse donc à imaginer un patois suisse (qui n'est pas sans rappeler la langue qu'on trouve dans certaines scènes de Monsieur de Pourceaugnac *de Molière).*

Page 372.

1. L'écrit de « poulangir » est *L'Antiquité dévoilée* de Boulanger.

161. À G. L. DEODATI DE TOVAZZI,
9 SEPTEMBRE 1766 [D13542]

Le général calomnié est le prince de Soubise. Deodati de Tovazzi répondit à Voltaire, le 21 septembre : « Pour confondre l'imposture dont vous vous plaignez, et qui attaque en même temps un prince si estimable par son zèle patriotique et son amour pour le roi, le moyen le plus sûr est, je crois, de vous envoyer la lettre que vous me fîtes l'honneur de m'écrire en date du 24 janvier 1761, telle que je la fis imprimer alors à la suite de ma Dissertation sur la langue italienne, *avec ma réponse, et de certifier qu'elle est en tout conforme à l'original. Vous trouverez ce certificat signé de ma main au bas de cette lettre imprimée que je vous envoie ; vous en ferez tel usage que vous voudrez. »*

162. À ÉTIENNE-NOËL DAMILAVILLE,
26 SEPTEMBRE 1766 [D13589]

Élie de Beaumont, avocat protestant, se gagna la reconnaissance de Voltaire avec son Mémoire pour réhabiliter le nom de Calas *(1762). Ici, il est question de son* Mémoire à consulter, et consultation pour Pierre-Paul Sirven, commissaire à terrier dans le diocèse de Castres : présentement à Genève, accusé d'avoir fait mourir sa seconde fille, pour l'empêcher de se faire catholique ; et pour ses deux filles *(1766).*

163. À JACOB VERNES,
26 SEPTEMBRE 1766 [D13592]

Jean-Jacob Vernet, mentionné au dernier paragraphe, était recteur de l'Académie de Genève. La polémique déclenche chez Voltaire des allusions scatologiques : la référence à Ézéchiel et à ses tartines de merde (Ézéchiel, IV, *12) est une de ses obsessions particulières. Quant à Chiampot, il a raconté l'histoire ailleurs, dans une lettre adressée au comte d'Argental : « Je suis un peu comme Chiampot la perruque. Vous ne savez peut-être pas son histoire. C'était un homme qui quitta Paris parce que les petits garçons couraient après lui. Il alla à Lyon par la diligence, et en descendant, il fut salué d'une huée de polissons » (lettre du 23 septembre 1750).*

164. À CLAUDE-ADRIEN HELVÉTIUS,
27 OCTOBRE 1766 [D13626]

Le Philosophe ignorant, *mis en vente par Cramer en juin 1766, est anonyme. Voltaire adopte le nom de l'abbé Tilladet (et un abbé de ce nom est mort en 1715) comme pseudonyme pour signer le* Dialogue du douteur et de l'adorateur, *et plus tard,* Tout en Dieu. *La petite brochure est le* Commentaire sur le livre des délits et des peines, par un avocat de province, *qui parut fin août ou début septembre 1766. Cet « avocat de province » n'est pas, pour une fois, un pseudonyme : il désigne Charles-Gabriel-Frédéric Christin, avocat à Saint-Claude dans la Franche-Comté, qui collabora avec Voltaire dans la préparation du livre.*

VII. À FERNEY : LE VIEIL ERMITE (1767-1769)

165. À ÉTIENNE-FRANÇOIS DE CHOISEUL-STAINVILLE, DUC DE CHOISEUL, 9 JANVIER 1767 [D13823]

Depuis plusieurs années la république de Genève connaissait de graves troubles sociaux, et la situation s'aggrava en 1766 lorsqu'une tentative de médiation fut refusée. Fin 1766, Choiseul envoya des troupes et soumit Genève à un blocus total pour contraindre les Genevois à accepter l'édit de pacification. Le village de Ferney, près de Genève, est affecté par le blocus, donc Voltaire s'adresse à Élochivis (anagramme pour Choiseul). Hennin, le résident français à Genève, devient ici le « chiaoux », un commissaire de police dans l'empire ottoman.

166. À JEAN-FRANÇOIS-RENÉ TABAREAU, 20 JANVIER 1767 [D13867]

Tabareau était directeur de la poste à Lyon. À Ripaille, à l'est de Thonon, était installée la commanderie de l'ordre de Saint-Maurice, fondée par Amédée VIII ; la vie qu'on y menait donna lieu à l'expression faire ripaille. Les trois points entre crochets indiquent l'endroit où le papier a été déchiré.

167. À CHRISTIAN VII, 4 FÉVRIER 1767 [D13917]

Cette lettre fut publiée en 1768. Le même jour, Voltaire écrit à Damilaville : « J'augure bien de l'affaire des Sirven. Le roi de Danemark m'écrit une lettre charmante de sa main sans que je l'aie prévenu, et leur envoie un secours » ; c'est à cette lettre que Voltaire répond ici.

168. AU DUC DE RICHELIEU,
27 MAI 1767 [D14202]

Richelieu, « maître de l'Aquitaine », était gouverneur de la Guyenne. Voltaire aime l'appeler « le favori de Vénus, de Minerve et de Mars » : il s'est déjà servi de cette même expression dans deux lettres précédentes (du 21 août 1757 et du 9 janvier 1767).

169. À ÉTIENNE-NOËL DAMILAVILLE,
4 JUIN 1767 [D14213]

Voltaire inclut la lettre pour « Protagoras » (d'Alembert) qui suit.

170. À JEAN LE ROND D'ALEMBERT,
4 JUIN 1767 [D14211]

Page 391.

1. Les « gants d'Espagne » sont sans doute deux œuvres de D'Alembert qui venaient d'être publiées en 1767 : la *Lettre à M.***, conseiller au parlement de ***, pour servir de supplément à l'ouvrage qui a pour titre Sur la destruction des jésuites en France*, et la *Seconde lettre de M.***, sur l'édit du roi d'Espagne pour l'expulsion des jésuites*.

171. À ÉTIENNE-NOËL DAMILAVILLE,
4 JUILLET 1767 [D14254]

Voltaire se plaint des invectives de La Beaumelle, mais ne dit rien de ses propres attaques contre lui. Le beau-frère de La Beaumelle, François Lavaysse, ami de la famille Calas, essaie de désamorcer la situation dans sa lettre du 25 juin, à laquelle Voltaire se réfère :

> Vous vous êtes souvent plaint, Monsieur, que l'on fit courir sous votre nom quantité de mauvaises brochures que des auteurs faméliques vendent à des libraires ignorants avec un « par Mr de V. » qui fait débiter ces sortes d'ou-

vrages jusqu'à ce que la fraude soit découverte. Un mal intentionné s'est servi, m'a-t-on dit, de ce coupable stratagème pour répandre dans le Languedoc un écrit rempli d'injures contre mon beau-frère et l'auteur de cet écrit a mis au nombre de ses plus grosses injures les mots de huguenots, de prédicant, etc. Rien au monde ne pouvait mieux déceler le faux que cette fanatique maladresse ; cependant mon inconsidérée sœur en voyant cet écrit qui lui a été adressé, je ne sais par qui, ne s'est pas donné le temps de penser que vous ne pouviez pas en être l'auteur. Elle a pris la plume à la hâte et vous a écrit, Monsieur, pour se plaindre à vous de cette violation du droit des gens, comme si vous eussiez réellement attaqué son mari en pleine paix.

172. À JACQUES LACOMBE, 7 AOÛT 1767 [D14341]

Lacombe fut reçu libraire en 1765, et un des premiers ouvrages à sortir de son imprimerie fut la Poétique de M. de Voltaire *(1766). Cette lettre parut, comme Voltaire le propose ici, dans* L'Avant-Coureur *en août 1767.*

173. À CHARLES-JEAN-FRANÇOIS HÉNAULT, 26 FÉVRIER 1768 [D14779]

En 1768 paraît la cinquième édition, « revue, corrigée et augmentée », du Nouvel abrégé chronologique de l'histoire de France *du président Hénault (la première édition datait de 1744). Voltaire peut y lire : « Le tolérantisme est toujours la prétention du parti le plus faible » (p. 408). Voltaire réagit avec violence à ce terme (qui est un néologisme), et crée à son tour dans cette lettre son propre néologisme,* intolérantisme.

Page 397.

1. Allusion à Boileau, *Satires*, VIII, v. 296.

Page 401.

1. Molière, *Le Bourgeois gentilhomme*, II, IV.

174. À MARIE-LOUISE DENIS,
1er MARS 1768 [D14789]

Mme Denis a quitté Ferney sans que Voltaire ait pu lui dire au revoir. Un jour de crise à Ferney au cours duquel Voltaire écrit (au moins) douze autres lettres.

175 À ÉTIENNE-NOËL DAMILAVILLE,
23 MARS 1768 [D14875]

Il semble que ce billet accompagnait la lettre qui suit à d'Alembert.

176. À JEAN LE ROND D'ALEMBERT,
23 MARS 1768 [D14874]

Page 405.

1. Ces vers viennent de l'*Ode à la vérité* (1766) de Voltaire.

177. À MARIE-JUSTINE-BENOÎTE FAVART,
23 MARS 1768 [D14876]

Mme Favart a envoyé à Voltaire Les Moissonneurs*, par Favart et avec musique par Duni, représentés en janvier 1768 et publiés peu après ; l'édition est dédiée au duc de Choiseul. Inutile d'ajouter que, dans d'autres lettres, Voltaire stigmatise l'opéra-comique comme l'emblème de la décadence du goût moderne... Dans quelques mots écrits en bas dans la marge, Voltaire s'excuse pour le « papier coupé » : la lettre ne comporte qu'un feuillet, et il était considéré comme plus courtois d'envoyer une double feuille, même si le second feuillet restait blanc.*

178. À LOUISE-SUZANNE GALLATIN,
23 MARS 1768 [D14877]

L'« aimable prince » est Frédéric II de Hesse-Cassel, qui fit ses études à Genève et à Lausanne, avant de se convertir au catholicisme en 1749. Voltaire inclut un billet pour Grasset (lettre suivante).

179. À GABRIEL GRASSET,
22 MARS 1768 [D14869]

Ce billet est inclus dans la lettre précédente que Voltaire envoie à Mme Gallatin.

180. À PAUL-CLAUDE MOULTOU,
23 MARS 1768 [D14878]

Moultou était pasteur à Genève. La « défaite » désigne la vente. Voltaire semble avoir possédé quatre exemplaires du Militaire philosophe *(une version abrégée par Naigeon des* Difficultés sur la religion *de Robert Challe). Il n'en prend pas moins le plus grand soin de réclamer ceux qu'il prête.*

181. À MME DU DEFFAND,
30 MARS 1768 [D14897]

Page 409.

1. Louis de Béchameil, marquis de Nointel, surintendant des bâtiments sous Louis XIV, célèbre pour son hospitalité fastueuse, et davantage encore pour l'invention de la sauce qui porte son nom.

182. À LOUISE-SUZANNE GALLATIN,
1768 [D15116]

Voltaire échange souvent des billets avec sa voisine Mme Gallatin, au sujet d'un dîner ou d'une invitation à son théâtre privé. Ce billet, sans doute envoyé sans enveloppe et porté par un domestique, est griffonné sur le dos d'une carte à jouer (voir la reproduction p. 411). Avec son expression lapidaire et amicale, l'emploi de la çarte à jouer rappelle la pratique du texto moderne.

183. [DESTINATAIRE INCONNU],
27 JUILLET 1768 [D15160]

Ce correspondant a envoyé à Voltaire des vers sur le vaisseau qui portait son nom, commençant par :

Poète aimable, ô Voltaire enchanteur,
Comme l'amour, tu règnes sur nos âmes [...]

et finissant par :

Que l'aquilon te cède la victoire :
Sois, dans ton cours, précédé par la gloire,
Et des zéphyrs deviens le favori.

L'auteur de ces vers s'empressa de publier dans le Mercure de France *(septembre 1768) son poème suivi de la réponse de Voltaire.*

184. À CHARLES-ALEXANDRE GUILLAUMOT,
24 AOÛT 1768 [D15187]

Guillaumot était ingénieur de la généralité de Paris. Il vient d'envoyer à Voltaire ses Remarques sur un livre intitulé Observations sur l'architecture de M. l'abbé Laugier *(1768). Comparer ci-dessus la lettre au comte de Caylus (lettre 35, p. 129).*

185. À CHARLES-JOSEPH PANCKOUCKE,
OCTOBRE-NOVEMBRE 1768 [D15280]

Gabriel-Henri Gaillard remporta le prix de l'académie de Rouen en 1768 avec son Éloge de Pierre Corneille. *Voltaire a raison de craindre pour ses propres œuvres historiques. Les* Mémoires secrets *notent, à la date du 20 décembre 1768 :* « Le Siècle de Louis XV, *par M. de Voltaire, est aussi arrêté. Le Parlement a trouvé mauvais que cet historien censurât son jugement de M. de Lally, et ne veut point d'appel de ses arrêts, même à la postérité. Il s'est élevé contre l'ouvrage, qui ne paraît plus que clandestinement.* »

Page 413.

1. Maupeou fut nommé chancelier de France en 1768 ; M. de Sartines était lieutenant général de police depuis 1759.

186. À JEAN LE ROND D'ALEMBERT, 2 NOVEMBRE 1768 [D15281]

Les Trois Empereurs en Sorbonne *parurent en 1768 sous le nom de « M. l'abbé Caille » : l'ouvrage est, bien entendu, de Voltaire.*

187. AU CHEVALIER DE BEAUTEVILLE, 4 NOVEMBRE 1768 [D15293]

Beauteville avait pris part comme militaire aux opérations qui aboutirent, en 1747, à la prise de Bergen-op-Zoom ; depuis 1766 il est l'envoyé de France à Genève.

188. À MME DU DEFFAND, 3 AVRIL 1769 [D15566]

Pour cette lettre, en plus de l'original, nous disposons de la première minute olographe, d'une seconde minute, et troisièmement d'une copie corrigée de la main de Voltaire. Il est évident qu'il a particulièrement soigné le texte de cette lettre en prose et en vers, peut-être en vue aussi d'une publication (qui n'eut pas lieu). « Un certain livre alphabétique » désigne le Dictionnaire philosophique portatif.

189. À LA DUCHESSE DE CHOISEUL, 3 JUILLET 1769 [D15726]

Depuis un moment, Voltaire avait adopté le masque de Guillemet, prote d'imprimerie, pour s'adresser à la duchesse. Il lui envoie ici sa tragédie Les Guèbres *— qu'elle n'a pas du tout appréciée, car le 11 juillet, Mme de Choiseul écrit à Mme Du Deffand : « Voici une fort mauvaise brochure que Voltaire m'a envoyée, quoiqu'elle ne soit pas de lui. » Le post-scriptum concerne Mme Du Deffand, fâchée avec Voltaire à cause de sa décision provocatrice, à Pâques de cette année 1768, de faire sa communion dans l'église de Ferney.*

Page 423.

1. Parlant de la mort, Montaigne écrit : « Je la gourmande en bloc, par le menu elle me pile » (*Essais*, III, 4).

190. À JACQUES LACOMBE, 9 JUILLET 1769 [D15740]

Cette lettre est publiée dans le Mercure de France *au mois d'août 1769 (« Lettre de M. de Voltaire à l'auteur du* Mercure *»). L'article paru sous son nom dans le* Mercure *de juillet n'était pas une nouveauté, car il avait déjà paru dans les* Nouveaux mélanges *(t. 5, 1768). En désavouant un texte qui n'est pas de lui, Voltaire profite de l'occasion pour en désavouer un autre, l'*Histoire du parlement, *qui est certainement de sa plume. Cette réflexion sur les impostures littéraires nous amène naturellement au « Geai paré des plumes du paon » (La Fontaine,* Fables, *IV, 9).*

191. À D'ARGENTAL, 30 AOÛT 1769 [D15855]

Il semble que Les Guèbres, ou la tolérance, *publiés en 1769, n'aient jamais été représentés sur scène. Le jugement de Diderot est sévère : « Cette tragédie n'est pas une des bonnes de l'auteur. On y sent le vieillard avec ses rides. [...] Je suis sûr que Voltaire se dit à lui-même, Je n'ai pas voulu faire mieux. Il se trompe. Il n'a pu faire mieux. »*

192. À LA DUCHESSE DE CHOISEUL, 4 SEPTEMBRE 1769 [D15869]

*Certes Diderot signe l'article « Bas » dans l'*Encyclopédie, *mais il n'y a que Voltaire parmi les philosophes qui puisse se vanter de faire de la manufacture de bas. Cette lettre à Mme de Choiseul (qu'il appelle « Madame Gargantua ») accompagne le don d'une paire de bas de soie. La citation de La Fontaine dans le morceau de vers est tirée de « La Courtisane amoureuse »* (Contes, *III,* VI, *v. 177).*

193. À CATHERINE II,
30 OCTOBRE 1769 [D15980]

Voltaire répond à une lettre de Catherine, datée du 22 septembre : « Monsieur, Chotzin est prise et l'armée turque est anéantie. [...] Adieu Monsieur portez-vous bien et moquons-nous de Moustapha le Victorieux. À propos, j'ai entendu dire qu'on avait défendu de rendre mon instruction pour le code à Constantinople et à Paris. » Rien de privé dans ces échanges : Hennin à Genève informe Choiseul, le 1er novembre, qu'il a lu la lettre de Catherine II, datée du 22 septembre. Et lorsque Voltaire lui répond ici, il inclut avec sa lettre une copie de la lettre qu'il écrit en même temps à Frédéric II... (voir la lettre suivante).

194. À FRÉDÉRIC II,
31 OCTOBRE 1769 [D15985]

Au mois d'août 1769, Frédéric II rencontra Joseph II (l'« empereur » cité ici) à Neisse. La lettre que cite Voltaire ici concernant le faux paru dans la presse londonienne fut envoyée par Hennin, le Résident de France à Genève, au duc de Grafton, premier ministre anglais.

Page 433.

1. Molière, *Les Femmes savantes*, III, II (c'est Armande qui prononce ces paroles).

VIII. À FERNEY : VOLTAIRE STATUFIÉ (1770-1773)

195. [DESTINATAIRE INCONNU],
6 FÉVRIER 1770 [D16138]

Cette lettre parut pour la première fois dans les Œuvres complètes *de Voltaire éditées par Renouard (1819-1825) ; on y lit la note suivante : « Le sujet de cette lettre était une discussion* *survenue entre deux officiers au régiment Colonel-Général de cavalerie. Il s'agissait de savoir si le terme d'*enfiler *était français pour dire* imposer, mener *ou* mystifier. *On proposa de soumettre la question à Voltaire. L'un des officiers lui écrivit, et reçut la réponse ci-jointe. »*

196. À ÉTIENNE-FRANÇOIS DE CHOISEUL-STAINVILLE, DUC DE CHOISEUL, 18 FÉVRIER 1770 [D16159]

Voltaire s'intéresse au projet de Choiseul de construire à Versoix, sur le lac Léman, un port qui concurrencerait Genève et qui serait une ville modèle pour la tolérance religieuse. Déjà en 1768 Voltaire était au courant d'une pétition des résidents de cette ville (la signature dont il est question ici). Il semble que Voltaire prit la décision d'écrire à Choiseul, après avoir parlé avec Hennin, à qui il écrit le même jour : « Ma foi, Monsieur, ayant bien pesé tout ce que vous avez la bonté de m'écrire, je prends le parti de faire une élégie en prose que j'envoie à M. le duc de Choiseul. La Motte faisait bien des odes en prose. J'y ajouterai une exhortation pathétique pour bâtir quelques maisons. » Le sicle *est une monnaie hébraïque, et Voltaire invente ici un discours biblique, savant mélange de références véritables (Isaïe, XL, 3 ; Corinthiens I, XIII, 3 ; Révélation, III, 16…) et de pastiche du style biblique (« l'œil de l'aigle »).*

197. À CATHERINE II, 10 MARS 1770 [D16215]

Voltaire répond à une lettre de Catherine II datée du 30 janvier : « Je le répète, la sage Europe ne donnera son approbation à mes projets qu'autant qu'ils réussiront. » Voltaire accorde son approbation aux exploits militaires de Catherine, mais en donnant une importance égale au projet de l'impératrice de créer un nouveau code de lois (le Nakaz*), et en soulignant la politesse des sujets russes de sa connaissance.*

198. AU MARQUIS DE JAUCOURT, AVRIL-MAI 1770 [D16325]

Le marquis de Jaucourt (frère de l'encyclopédiste Louis) était depuis 1767 le commandant des troupes chargées d'investir Genève.

199. À SUZANNE NECKER, 21 MAI 1770 [D16355]

Le buste de Voltaire en porcelaine de Sèvres date de 1767.

200. À SUZANNE NECKER, 19 JUIN 1770 [D16431]

Cette lettre paraît dans la Correspondance littéraire *de Grimm dans la livraison du 15 juillet 1770 (voir l'analyse remarquable qu'en fait Leo Spitzer, mais qui ne commente pas la partie en vers : « Quelques interprétations de Voltaire » [1931], dans* Études de style, *Gallimard, 1970, p. 361-365). Elle y est suivie d'un texte de Grimm, et ensuite d'une lettre de Voltaire à Grimm (ci-dessous, lettre 203) : c'est ainsi que deux lettres « privées » dans un premier temps sont vite transformées en « article » pour un public différent. Ce n'est qu'un seul exemple d'un phénomène récurrent dans ces années de la plus grande célébrité de Voltaire. Voici le texte de Grimm dans la* Correspondance littéraire *qui suit directement cette lettre :*

> Phidias Pigalle a fait son voyage à Ferney, et en est revenu après y avoir passé huit jours. La veille de son départ, il ne tenait encore rien, et son parti était pris de renoncer à l'entreprise, et de revenir déclarer qu'il n'en pouvait venir à bout. Le patriarche lui accordait bien tous les jours une séance ; mais il était pendant ce temps-là comme un enfant, ne pouvant se tenir tranquille un instant. La plupart du temps il avait son secrétaire à côté de lui pour dicter des lettres pendant qu'on le modelait, et, suivant un tic qui lui est familier en dictant des lettres, il soufflait des pois ou faisait d'autres grimaces mortelles pour le statuaire. Celui-ci s'en désespéra, et ne vit plus pour lui d'autre res-

source que de s'en retourner ou de tomber malade à Ferney d'une fièvre chaude. Enfin, le dernier jour, la conversation se mit, pour le bonheur de l'entreprise, sur le veau d'or d'Aaron ; le patriarche fut si content que Pigalle lui demandât au moins six mois pour mettre une pareille machine en fonte que l'artiste fit de lui, le reste de la séance, tout ce qu'il voulut, et parvint heureusement à faire son modèle comme il avait désiré. Il eut une si grande peur de gâter ce qu'il tenait dans une seconde séance qu'il en fit faire le moule aussitôt par son mouleur, et qu'il partit le lendemain de grand matin et clandestinement de Ferney sans voir personne. J'ai vu le plâtre de Pigalle ; il est fort beau et très ressemblant ; et cependant il ne ressemble point du tout aux petites figures de l'ouvrier de Saint-Claude, qui ressemblent si bien à l'original. C'est que l'ouvrier de Saint-Claude lui a laissé le caractère malin et satirique qu'il a assez souvent. Dans ces petits portraits, le patriarche a aussi la tête penchée de haut en bas sur la poitrine, et par conséquent le regard un peu en dessous. Pigalle lui a fait la tête droite ; dans la statue elle sera même relevée, et le regard dirigé en haut. D'ailleurs le plâtre de Pigalle est simple, calme, d'un beau caractère ; seulement je trouve qu'il a le regard un peu mélancolique, et comme s'il était travaillé par le spleen, et ce n'est pas assurément la maladie qui mettra le grand patriarche au tombeau. Au reste, Phidias Pigalle nous a apporté les nouvelles les plus satisfaisantes sur sa santé. Il m'a assuré qu'il montait les escaliers plus vite que tous les souscripteurs ensemble, et qu'il était plus alerte à fermer une porte, à ouvrir une fenêtre, à faire la pirouette, que tout ce qui était autour de lui. J'ai gardé à Phidias Pigalle le secret de toutes ses nouvelles ; je savais bien qu'elles seraient prises en mauvaise part à Ferney ; mais il faut que quelque maladroit ait fait compliment au patriarche sur son embonpoint, car voici la lettre que je viens d'en recevoir : [suit la lettre 203].

201. À PAUL-CLAUDE MOULTOU, 30 JUIN 1770 [D16460]

Il arrive à Voltaire de se servir de certains de ces correspondants comme assistants de recherche.

202. À PAUL-CLAUDE MOULTOU, 30 JUIN 1770 [D16461]

Voici le deuxième billet que Voltaire adresse au pasteur Moultou dans la même journée.

203. AU BARON FRIEDRICH MELCHIOR VON GRIMM, 23 JUILLET 1770 [D16540]

Cette lettre paraît dans la Correspondance littéraire *de Grimm, où elle porte la date du 10 juillet, dans la livraison du 15 juillet 1770 (sur cette publication, voir ci-dessus, lettre 200). On ne connaît aucun parent ni aucun ami de Voltaire lui ayant déconseillé d'accepter la contribution de Jean-Jacques Rousseau. D'Alembert, notamment, lui avait fait valoir qu'il était impossible et malséant de refuser cette participation.*

Page 449.

1. Le *Systeme de la nature* venait de paraître, sous le pseudonyme de Mirabaud ; Voltaire ne connaît pas l'identité de l'auteur (d'Holbach). Le livre aura une réception orageuse à Paris, et le 18 août 1770 il sera condamné par le parlement à être brûlé au pied du grand escalier du palais.

204. AU MARQUIS DE FLORIAN, 3 AOÛT 1770 [D16561]

Il est question de célébrer le mariage du petit-neveu de Voltaire ; M. d'Hornoy est le fils de sa nièce Élisabeth et de son premier mari, Dompierre de Fontaine. Voltaire appelle le marquis de Florian, son deuxième mari, l'« écuyer de Cyrus », parce qu'il était associé à la mise en œuvre du char de guerre inventé par Voltaire, et désigné par lui « chariot de Cyrus ».

205. À CATHERINE II,
5 SEPTEMBRE 1770 [D16632]

Voltaire envoie les vers de Frédéric II — qui ont un air fort voltairien…

206. AU BARON FRIEDRICH MELCHIOR VON GRIMM,
10 OCTOBRE 1770 [D16693]

Cette lettre paraît dans la Correspondance littéraire *de Grimm, dans la livraison du 15 novembre 1770. D'Alembert et Condorcet viennent de faire une visite à Ferney : ils arrivèrent autour du 23 septembre, et repartirent probablement le 9 octobre, pour continuer leur voyage vers Lyon et ensuite le Midi.*

Page 452.

1. Job, II, 8.
2. 1re épître de Jean : 1 Jn, IV, 7, 11, 21.
3. La Fontaine, *Fables*, V, 4, « Les Oreilles du lièvre ».

Page 453.

1. *Bavius* et *Mœvius* étaient des critiques envieux de la gloire de Virgile.

207. AU DUC DE RICHELIEU,
1er NOVEMBRE 1770 [D16736]

Voltaire ne connaît toujours pas l'identité de l'auteur du Système de la nature, *caché sous le pseudonyme de Mirabaud (Jean-Baptiste de Mirabaud avait été secrétaire perpétuel de l'Académie de 1742 à 1754). La* drôlerie *de Voltaire est sa brochure* Dieu : Réponse au Système de la nature *(1770) — s'il met le terme en italique, c'est parce qu'il pense au* Bourgois gentilhomme *de Molière (I, II). La pièce « corrigée » par Voltaire est* La Sophonisbe *(1634) de Jean Mairet.*

Page 454.

1. Voltaire, *Épître à l'auteur du livre des Trois Imposteurs*.

208. À JEAN LE ROND D'ALEMBERT,
5 NOVEMBRE 1770 [D16743]

Mon Alcibiade *est une allusion au duc de Richelieu, censé persécuter Dupaty, avocat général au parlement de Bordeaux.*

209. À CHRISTIAN VII,
VERS LE 5 NOVEMBRE 1770 [D16745]

Comme la dernière lettre l'a laissé entendre, le roi de Danemark a souscrit pour la statue de Voltaire.

210. AU MARQUIS D'ARGENSON,
6 NOVEMBRE 1770 [D16746]

Une réflexion philosophique suscitée par le Système de la nature. *La notion que Dieu ne peut demander aux hommes que ce que leurs facultés naturelles leur permettent de connaître dérive peut-être du* Militaire philosophe.

211. À FRÉDÉRIC II,
11 JANVIER 1771 [D16957]

Frédéric a envoyé à Voltaire sa Facétie à M. de Voltaire : Rêve.

Page 459.

1. Ézéchiel, III, 1.

Page 460.

1. Isaïe, XL, 4.
2. Jean, I, 8-9.
3. Psaumes, CIX, 1.

212. AU DUC DE RICHELIEU,
18 FÉVRIER 1771 [D17028]

Jean-Baptiste Josserand, garçon épicier, Jean Lécuyer, brocanteur, et Marie Suisse, sa femme, avaient été condamnés, les deux premiers à la marque et aux galères, la dernière à cinq ans de détention à la Salpêtrière pour avoir vendu non seulement Éricie ou la Vestale *(1768), tragédie de Dubois-Fontanelle, mais aussi* L'Homme aux quarante écus *(1768) de Voltaire et, surtout,* Le Christianisme dévoilé, *de d'Holbach et paru sous pseudonyme en 1766, ouvrages qui furent condamnés au feu. La comtesse d'Egmont-Pignatelli est la fille du duc de Richelieu.*

213. À THÉOPHILE IMARIGEON DUVERNET, 4 MAI 1772 [D17727]

Voltaire inclut cette lettre dans son Commentaire historique *(1776). Jean-Henri Marchand publia anonymement un* Testament politique de M. de Voltaire *(1770).*

Page 464.

1. Horace, *Odes*, I, XXXV, 17-18.

214. À CATHERINE II, 29 MAI 1772 [D17762]

La Pologne se trouvait affaiblie, en partie à cause du liberum veto, *le droit de veto des membres de la Diète polonaise à l'égard des décisions du roi. Cet affaiblissement politique mena en 1772 au partage de la Pologne, lorsque le pays perdit un tiers de son territoire, partagé entre la Prusse, la Russie et l'Autriche. Le mot* antiraisonneur *est une création de Voltaire.*

215. À LA COMTESSE DE SAINT-HÉREM, 27 JUILLET 1772 [D17839]

La comtesse de Saint-Hérem était la fille du marquis de Souvré ; elle avait un parent qui était l'évêque de Langres.

216. À JEAN-ANTOINE LÉPINE, 4 SEPTEMBRE 1772 [D17898a]

Absente de l'édition Besterman, cette lettre fut publiée pour la première fois par N. Cronk, « La correspondance de Voltaire dans les collections de la New York Public Library », RHLF, *112 (2012), p. 653-692 (précisément p. 681-685).*
Jean-Antoine Lépine (1720-1814), horloger du roi, était considéré comme l'un des plus grands horlogers de la capitale. Né dans le pays de Gex, il était parti pour Paris à l'âge de vingt-quatre ans, et travailla pour André-Charles Caron, horloger du roi (et père de Beaumarchais). En 1756, Lépine épousa la fille de Caron, Madeleine-Françoise, et devint ainsi le beau-frère du futur écrivain.

217. À MME DU DEFFAND, 23 OCTOBRE 1772 [D17973]

Mme Du Deffand vient de se plaindre auprès de Voltaire (lettre du 12 octobre) : « Ne me répétez donc plus que vous ne savez pas si tel ou tel de vos ouvrages me feront plaisir ; je vous ai dit mille et mille fois, et je vous le dis aujourd'hui pour la dernière, qu'il n'y a que vous que je peux lire. Envoyez-moi donc généralement tout ce que vous faites. […] Pourquoi n'ai-je pas Les Lois de Minos *? Il en court des extraits qui m'ont fait grand plaisir. »*

218. À HENRI-LOUIS LEKAIN, 23 OCTOBRE 1772 [D17972]

Ce billet était inclus dans la lettre précédente.

219. À DENIS DIDEROT, 20 AVRIL 1773 [D18327]

Diderot a envoyé à Voltaire les Fables nouvelles *(1773) de Jean-Jacques Boisard (1744-1833). Voltaire inclut avec cette lettre la lettre suivante.*

220. À JEAN-JACQUES-FRANÇOIS-MARIN BOISARD, 20 AVRIL 1773 [D18325]

Une lettre de politesse que Voltaire fait envoyer par les bons soins de Diderot.

221. À JEAN-FRANÇOIS MARMONTEL, 28 AVRIL 1773 [D18343]

Voltaire félicite Marmontel sur la parution récente du premier tome des Chefs-d'œuvre dramatiques ou recueil des meilleurs pièces du théâtre français *; et profite de l'occasion pour évoquer le « petit recueil » qu'il vient lui-même de publier,* Les Lois de Minos… et plusieurs pièces curieuses détachées. *Avec un correspondant de longue date, Voltaire peut se permettre de ressortir quelques-unes de ses lubies favorites. Son opinion que* cul-de-sac *était un mot ignoble qui devait être remplacé par* impasse *(ici au masculin) était connue depuis son* Discours aux Welches, *1764 ; et il avait prôné l'orthographe « français » au lieu de « françois » pour la première fois dans l'édition du* Siècle de Louis XIV *en 1751.*

222. À JOSEPH VASSELIER, 28 AVRIL 1773 [D18345]

Joseph Vasselier (1735-1798) était secrétaire de la poste à Lyon, et littérateur à ses heures. Après la mort de Voltaire, en 1800, il publia ses Poésies, *et inclut dans le volume cette réponse du patriarche.*

223. AU PRINCE DMITRI ALEXEIEVITCH GOLITSIN, 19 JUIN 1773 [D18431]

Voltaire inclut cette lettre dans son Commentaire historique *(1776). Helvétius était mort à Paris en 1771, et son livre* De l'homme *parut en mars 1773 à La Haye, par les soins du prince Golitsin, ambassadeur de Russie à La Haye depuis 1768. L'ouvrage est dédicacé « À Sa Majesté Impériale très haute et très auguste princesse Catherine II, impératrice de toutes les Russies, protectrice des arts et des sciences ; digne par son esprit de juger des anciennes nations, comme elle est digne de gouverner la sienne ». Le prince Golitsin vient d'envoyer à Voltaire deux ouvrages :* De l'homme, *et* Histoire de la guerre entre la Russie et la Turquie et particulièrement de la campagne de 1768 *(Saint-Pétersbourg, 1773), de Guinement de Keralio, révisée et publiée par Golitsin lui-même.*

Page 478.

1. Matthieu, XVIII, 17.

Page 479.

1. Actes des apôtres, V, 1-10.

224. À JEAN LE ROND D'ALEMBERT,
3 JUILLET 1773 [D18450]

L'« abbé philosophe » est l'abbé Thomasseau de Cursay, qui vient de publier ses Anecdotes sur des citoyens vertueux de la ville d'Angers. *Voltaire partage avec d'Alembert sa lecture récente de* De l'homme *d'Helvétius. Il conclut en faisant allusion à un jeu verbal qu'ils partagent depuis janvier 1772 : dans la fable de La Fontaine « Le Singe et le Chat » (*Fables, *IX, 5), c'est le chat Raton qui se brûle les pattes en tirant les marrons du feu pour que le singe Bertrand puisse les manger.*

225. À JEAN LE ROND D'ALEMBERT,
24 JUILLET 1773 [D18485]

Voltaire développe le jeu entre Bertrand et Raton ; il inclut une lettre pour Marmontel, qui devient Marmontel-Bertrand.

226. À CHARLES-FRÉDÉRIC-GABRIEL CHRISTIN,
15 OCTOBRE 1773 [D18587]

Christin, avocat à Saint-Claude, est un collaborateur pour des questions de jurisprudence, mais aussi, comme nous le voyons ici, un conseiller.

IX. À FERNEY : LE VIEUX HIBOU (1774-1777)

227. À MME DU DEFFAND, 28 JUILLET 1774 [D19051]

Le « conte » que Mme Du Deffand relate à Voltaire de la part de Mme de Choiseul est le suivant : « Un nouveau conseiller prenait sa première séance au parlement un jour qu'on devait juger un procès. Quand on en vint aux opinions, l'usage étant que le dernier venu donne son avis le premier, le premier président lui dit : Qu'opinez-vous Monsieur ? Moi Monsieur ? répondit-il, je ne qu'opine point, je laisse mes anciens qu'opiner les premiers, quand ils auront qu'opiné je qu'opinerai à mon tour » (lettre du 13 juillet 1774).

228. À FRÉDÉRIC II, 16 AOÛT 1774 [D19080]

Voltaire répond à une lettre de Frédéric (datée du 30 juillet), dans laquelle le roi taquine le patriarche sur les contradictions de son attitude envers la guerre :

> Tant que vous fulminerez avec tant de force contre cet art que vous appelez infernal, vous vivrez ; et je ne croirai votre fin prochaine que lorsque vous ne direz plus d'injures aux vengeurs de l'État, à des héros qui risquent leur santé, leurs membres et leur vie, pour conserver celle de leurs concitoyens. Puisque nous vous perdrions, si vous ne lâchiez de ces sarcasmes contre les guerriers, je vous accorde le privilège exclusif de vous égayer sur leur compte. [...] Mais je ne sais où je m'égare. Est-ce à moi à suggérer des réflexions à ce philosophe solitaire qui, de son cabinet, fournit toute l'Europe de réflexions. Je vous abandonne à toutes celles que vous fournira votre esprit inépuisable. [...] En attendant, vos héros russes entassent victoires sur victoires, sur les bords du Danube, pour fléchir l'indocilité du sultan. Ils lisent vos libelles, et vont se battre. Et votre impératrice, comme vous l'appelez, a fait passer une nouvelle flotte dans la Méditerranée, et, tandis que vous décriez cet art que vous nommez infernal

dans vos ouvrages, vingt de vos lettres m'encouragent à me mêler des troubles de l'Orient. Conciliez, si vous pouvez, ces contraires, et ayez la bonté de m'en envoyer la concordance. Nous avons reçu ici les vers d'un soi-disant Russe à *Ninon de l'Enclos, Pégase et le vieillard,* et nous attendons *Louis XV aux Champs-Élysées*. Tout cela vient de la fabrique du patriarche de Ferney, auquel le philosophe de Sans-Souci souhaite longue vie, gaieté et contentement.

Louis XV aux Champs-Élysées *est en fait un dialogue de Frédéric lui-même : Voltaire tombe dans le piège tendu par le roi.*

229. À D'ARGENTAL,
14 SEPTEMBRE 1774 [D19116]

Antoine de Ferriol, comte de Pont de Veyle, le frère du comte d'Argental, est mort en septembre 1774 ; Voltaire l'appelle « son autre ange gardien ». La citation attribuée à Lekain est juste ; son attitude est caractéristique de l'état de l'opinion publique, qui, sous l'effet des campagnes antimonarchiques, s'était dressée contre les remarquables réformes du chancelier Maupeou.

Page 492.

1. Racine, *Phèdre*, V, VII.

230. À SÉBASTIEN-ROCH-NICOLAS CHAMFORT,
16 NOVEMBRE 1774 [D19189]

Chamfort vient de gagner en 1774 le prix de l'académie de Marseille pour son Éloge de La Fontaine. *La Harpe aussi s'était mis sur les rangs, et son protecteur Necker, ne doutant pas de son triomphe, augmenta de deux mille livres la valeur de la médaille. Voltaire était bien connu pour avoir une opinion nuancée de La Fontaine poète (on le soupçonnait même d'être jaloux de sa très grande réputation), et il fait allusion ici à son* Discours aux Welches *(1764). Il déplace l'argument donc vers un poète, Ludovico Ariosto, pour qui il a toujours eu une admiration complète.*

231. AU MARQUIS DE THIBOUVILLE,
20 MARS 1775 [D19380]

Don Pèdre *était publié dans un recueil de textes en 1774. Quant à l'*Armide, *il ne s'agit pas bien sûr de l'opéra de*

Gluck, qui ne sera créé qu'en 1777, mais de la tragédie en musique de Lully, sur un livret de Quinault (1686).

232. À JOHANN RUDOLF SINNER,
9 MAI 1775 [D19466]

Sinner était conservateur de la bibliothèque de Berne. Le peintre auquel Voltaire se réfère est Barat, qui fit plusieurs copies de son portrait ; Henriquez fit une gravure d'après une copie appartenant à d'Argental.

233. À MME DU DEFFAND,
26 NOVEMBRE 1775 [D19759]

*Le 4 décembre, Mme Du Deffand écrit à Walpole : « J'ai reçu une lettre de Voltaire, il y avait huit ou dix mois que notre correspondance était suspendue ; le bruit courait qu'il était chargé d'une commission de finance, qu'on l'avait fait marquis. Sans le croire, je priai d'Argental de lui dire de ma part ce vers de l'opéra d'*Atys *:* Atys, comblé d'honneurs, n'aime plus Sangaride. *» Voltaire répond au défi de ce vers d'*Atys *(IV, I), avec un autre vers d'un livret de Quinault pour un opéra de Lully, en l'occurrence de* Thésée *(IV, V).*

Page 498.

1. Don Calmet était l'auteur d'une *Dissertation sur les apparitions des anges, des démons et des esprits, et sur les revenants et vampires de Hongrie, de Bohème, de Moravie et de Silésie* (1746).

234. À DOMINIQUE VIVANT DENON,
20 DÉCEMBRE 1775 [D19804]

Le graveur Vivant Denon, après une visite à Ferney, envoya à Voltaire début décembre, non pas le fameux Déjeuner de Ferney, *souvent gravé et reproduit, mais un médaillon séparé de la tête de Voltaire, qui fut aussi reproduit. La boîte que Voltaire offre en retour à Denon est un ouvrage de Rosset.*

235. AU MARQUIS D'ARGENCE,
3 MAI 1776 [D20101]

Le marquis d'Argence est un ancien officier, retiré dans ses terres, près d'Angoulême. Il était venu à Ferney en 1760 et en 1764.

236. AUX FERMIERS GÉNÉRAUX,
3 MAI 1776 [D20102]

Voltaire se fait porte-parole pour sa petite communauté auprès des fermiers généraux ; sans doute espérait-on que son nom donnerait du poids à la demande.

237. AU BARON DE FAUGÈRES,
3 MAI 1776 [D20103]

Voltaire inclut cette lettre dans son Commentaire historique *(1776). Les œuvres de Voltaire sont bien sûr clairement en filigrane dans cette lettre : c'est* La Henriade *qui créa la popularité d'Henri IV, comme c'est* Le Siècle de Louis XIV *qui établit le mythe du Grand Siècle.*

Page 505.

1. *Telliamed, ou entretiens sur la diminution de la mer, la formation de la terre, l'origine de l'homme, etc.* (1748), est de Benoît de Maillet.

238. AU CONSEIL SUPRÊME DE MONTBÉLIARD,
3 MAI 1776 [D20104]

En fait, le duc se borne à dire, dans une lettre datée du 8 avril, qu'il écrit au Conseil de régence de « s'arranger sur vos propositions d'une manière qui puisse vous être agréable ». Voltaire avait prêté des sommes considérables au duc de Wurtemberg, et leurs affaires financières sont le sujet de nombreuses lettres.

239. À ANNE-ROBERT-JACQUES TURGOT,
3 MAI 1776 [D20105]

Turgot est contrôleur général des finances depuis 1774 ; Louis XVI va reculer devant l'ambition de ses plans de réforme, et le 12 mai, Turgot sera obligé de démissionner. Sésostris, *conte en vers de Voltaire qui fut publié vers mars 1776, est une parabole en l'honneur de Louis XVI, venu au trône en 1774 : ici, Sésostris désigne le roi. L'édit concernant le libre commerce des vins date d'avril 1776.*

240. À JEAN DE VAINES,
3 MAI 1776 [D20106]

Jean de Vaines est le premier commis du Contrôle général des finances ; il va conserver sa place après la disgrâce de Turgot. Voltaire lui envoie ses Lettres chinoises, indiennes et tartares à M. Pauw, par un bénédictin, *recueil de douze lettres sur la religion et la politique, qui vient de paraître.*

241. À D'ARGENTAL,
30 JUILLET 1776 [D20232]

La tragédie en prose dont parle Voltaire est le Maillard *de Sedaine. Le « petit écrit » que Voltaire a envoyé à l'Académie sera publié à Genève en 1776 sous le titre* Lettre à l'Académie française lue dans cette Académie à la solennité de la Saint-Louis, le 25 auguste 1776.

Page 509.

1. Daniel, IX, 27 ; XI, 31 ; XII, 11, Matthieu, XXIV, 15.

242. À DENIS DIDEROT,
8 DÉCEMBRE 1776 [D20459]

Le dragon peintre *est Jean-Baptiste-Nicolas de Lisle, capitaine de dragons et ami de Mme Du Deffand. L'ami* qui était le vôtre *est Damilaville, décédé en 1768.* Ko *est le pseudo-*

nyme du jésuite Pierre-Martial Cibot, un des auteurs des Mémoires concernant l'histoire, les sciences, les arts, les mœurs, les usages, etc., des Chinois, *qui commencent à paraître en 1776.*

243. À FRÉDÉRIC II, 9 DÉCEMBRE 1776 [D20461]

Voltaire répond à une lettre de Frédéric datée du 25 novembre : « J'ai écrit dans le Wurtemberg pour vous donner assistance pour une dette qui m'est connue. […] Il est singulier que ma destinée ait voulu me rendre le consolateur des philosophes. J'ai donné tous les lénitifs de ma boutique pour soulager la douleur de D'Alembert. Je vous en donnerais volontiers de même, si je connaissais votre mal à fond. »

Page 513.

1. *Grégoire* et *Cyrille* sont des docteurs de l'Église du IVe et Ve siècles.

Page 514.

1. *Contrains-les d'entrer* : allusion à Luc, XIV, 23, mais Voltaire pense aussi au *Commentaire philosophique sur ces paroles de Jésus-Christ : Contrains-les d'entrer* (1686-1688) de Pierre Bayle.

244. À CHARLES-JOSEPH, PRINCE DE LIGNE, 13 DÉCEMBRE 1776 [D20466]

*Voltaire se sert des personnages d'une fable de La Fontaine (*Fables*, V, 18, « L'Aigle et le Hibou »), même s'il n'en exploite pas l'histoire. Le prince de Ligne accepte le défi en répondant (autour du 16 janvier 1777) à cette lettre avec des vers qui paraîtront dans la* Correspondance littéraire *:*

Je sais que le hibou, favorisé des cieux,
De la sagesse est le symbole.
Si je ne t'avais vu, je croirais que les dieux,
Pour corriger notre espèce frivole,
Sous cette forme-là t'ont placé parmi nous.
Quand Minerve te suit, ton sort me paraît doux ;
Mais comme toi sait-elle instruire et plaire ?
C'est toujours en grondant qu'elle fait quelque bien ;
Elle est maussade, atrabilaire,
Et son lugubre oiseau ne te ressemble en rien.
Se peint-on un hibou qui passe en mélodie
L'Amphion des forêts, le cygne mantouan ;
Qui des clairons de Mars, du luth de Polymnie,
Ou bien de la flûte de Pan,
Sait tirer la même harmonie ?
Si l'on devient un aigle en fixant le soleil,
Sans doute j'en suis un ; j'osai voir le génie
Qui n'eut jamais et n'aura son pareil,
Qui des sots préjugés affronta la manie,
Qui des torts de Thémis fut le réparateur,
L'ami de la raison, l'amant de la folie,
Et de l'humanité le joyeux bienfaiteur.
C'est toi seul qui, dans ton délire,
Toujours ou sublime ou charmant,
Planes sur tout ce qui respire,
Du haut des cieux, ton unique élément.
L'aigle n'est plus à Rome, il n'y reste qu'une oie,
De qui le Capitole est l'asile et la proie :
Elle l'avait sauvé dans un temps plus brillant.
Plus d'aigle nulle part ; la nature épuisée,
Pour former ton être divin,
Depuis ce temps s'est reposée.
De perroquets au ramage malin,
De geais et de corbeaux je vois bien des volières ;
Mais l'on verra plutôt sous les célestes sphères
Se rassembler deux astres éclatants,
Deux mondes et deux océans,
Que l'on ne verra deux Voltaires.

245. À CATHERINE II,
24 JANVIER 1777 [D20534]

Voltaire invente un conte pour présenter ses excuses. Le mot autocratrice *est un néologisme de Voltaire employé pour la première fois en 1739.*

246. À JEAN LE ROND D'ALEMBERT,
9 MAI 1777 [D20665]

Jean-Baptiste-Claude Delisle de Sales (1741-1816) publia De la philosophie de la nature, *son ouvrage le plus important, en 1770. D'abord passé inaperçu, ce n'est qu'en 1777 que cet ouvrage long et diffus est jugé contraire à la religion et aux mœurs, et Delisle condamné au bannissement perpétuel par le Châtelet. Voltaire contribue pour 500 livres à une souscription lancée en sa faveur, l'arrêt fut cassé, et Voltaire négocia avec Frédéric II pour que Delisle puisse partir à Berlin.*

Page 517.

1. L'*amanuensis* est bien sûr J.-L. Wagnière, secrétaire de Voltaire depuis 1756, qui écrit à la dictée la majeure partie des lettres de Voltaire.

247. AU MARQUIS DU PLESSIS-VILLETTE,
27 AOÛT 1777 [D20776]

Voltaire avait offert une montre au marquis de Villette, qui fit ses remerciements en vers, en rimes ine *et* ents, ants. *Voltaire lui répond à son tour, en employant les mêmes rimes. Les « Vers [de Villette] à M. de Voltaire, qui avait envoyé à l'auteur une montre en or à répétition et à quantième, ornée de son portrait, de sa manufacture de Ferney », suivis de la « Réponse de M. de Voltaire », parurent dans le* Mercure de France *en septembre 1777. Les trois septains et le dizain qu'on a ici, qui forment une espèce de ballade irrégulière, faisaient sans doute partie d'une lettre où ils étaient suivis de prose.*

248. À CATHERINE II, 21 SEPTEMBRE 1777 [D20807]

Page 519.

1. *Ruzick*, ou pluôt Rurik, passe pour avoir fondé la monarchie russe en 864.

2. G. C. Waechter avait déjà, en 1770, fait une médaille de Voltaire.

249. AU DUC DE RICHELIEU, 22 SEPTEMBRE 1777 [D20809]

Le 2 septembre, Richelieu avait écrit à Voltaire : « Il y a quelques jours que Mme de Guitry, abbesse de la grosse abbaye de la ville de Rennes, écrivait de sa main à un de ses amis : J'ai aujourd'hui cent quatre ans et je veux en vivre cent cinquante. *[...] Ainsi prenez courage, mon cher Voltaire, votre âme doit pousser votre corps beaucoup plus loin que tous les autres. » Dans l'expression « effet [...] de la sympathie », le mot* sympathie *a un sens fort, comparable au moins à celui de l'expression* affinité élective.

Page 521.

1. Lally-Tollendal avait été conduit au supplice avec un bâillon dans la bouche, d'où cette référence à son fils qui le défend.

250. AU MARQUIS DU PLESSIS-VILLETTE, 24 SEPTEMBRE 1777 [D20811]

Voltaire fait semblant d'être fâché par la publication de sa lettre en vers (ci-dessus, lettre 247). Villette ne manquera pas de publier cette lettre aussi, mais après la mort du patriarche, dans ses Œuvres du marquis de Villette *(1782). Le vers « Je ne crains point qu'une coquine » est une autocitation, tirée de l'*Épître à M. le marquis de Villette *; comme l'homosexualité de Villette était bien connue, les mauvaises langues trouvèrent dans ce vers un truisme.*

Par la suite ce poème sera repris dans le Journal encyclopédique *(1771), l'*Esprit des journaux *(1777) et l'*Almanach des Muses *(1778) : la frontière entre « lettre » et « œuvre » est parfois très floue.*

X. À PARIS : LE RETOUR TRIOMPHAL (1778)

251. À THÉODORE TRONCHIN, 17 FÉVRIER 1778 [D21049]

Page 530.

1. Les mots de cette bénédiction furent prononcés en anglais, *God and liberty*.

252. À CHARLES-JOSEPH, PRINCE DE LIGNE, 18 FÉVRIER 1778 [D21050]

*Ces vers, qui furent sans doute accompagnés d'un texte en prose, parurent à Paris dans l'*Almanach des Muses *en 1779, sous le titre « À Monsieur le prince de Ligne, sur le faux bruit de la mort de l'auteur, annoncée dans la Gazette de Bruxelles ».*

253. À THÉODORE TRONCHIN, 18 FÉVRIER 1778 [D21051]

Encore une lettre au médecin : le pronom « je » est entièrement absent.

254. À LOUIS-LAURENT GAULTIER, 20 FÉVRIER 1778 [D21070]

L'abbé Gaultier avait demandé à être reçu par Voltaire pour le confesser.

255. À FRÉDÉRIC II,
1er AVRIL 1778 [D21138]

*Ceci est la dernière lettre de Voltaire à Frédéric. Il lui annonce le triomphe de la représentation d'*Irène *le 30 mars à la Comédie-Française. En lui disant adieu, il se sert du nom intime* Fédéric *: Frédéric avait signé une lettre avec ce nom pour la première fois plus de quarante ans auparavant, en 1736.*

256. À CLAIRE CRAMER,
18 AVRIL 1778 [D21158]

*Claire est la femme de l'éditeur Gabriel Cramer. Voltaire fait allusion à l'*Émile *de Rousseau, en parlant du* bon menuisier *(Livre III) et de la* fille du bourreau *(Livre V).*

Page 534.

1. Sécheron est situé au nord de Genève.

257. À JEAN LE ROND D'ALEMBERT,
18 MAI 1778 [D21198]

Ce billet concerne une des séances auxquelles Voltaire ne put assister, celles du 11, 18 et 25 mai. Comme celle du 18 est la seule pour laquelle les excuses de Voltaire furent portées au procès-verbal, c'est sans doute d'elle qu'il s'agit ici.

258. À THÉODORE TRONCHIN,
VERS LE 20 MAI 1778 [D21203]

Nous avons le manuscrit olographe de cette lettre. Voltaire a commencé à écrire ce billet de son écriture habituelle, ferme et claire, puis sa main a été prise de tremblement.

259. À JEAN-LOUIS WAGNIÈRE,
24 MAI 1778 [D21209]

Le dernier billet au secrétaire que Voltaire surnommait le « fidèle Wagnière ».

260. AU CHEVALIER TROPHIME-GÉRARD
DE LALLY-TOLLENDAL,
26 MAI 1778 [D21213]

On a ici le dernier et célèbre message de Voltaire. La grande nouvelle dont il y est question est la révision du procès du père de Lally-Tollendal, exécuté en 1766. Voltaire mourut le 30 mai 1778, mais sombra dès le 27 dans le délire ou l'inconscience.

INDEX

TABLE DES ILLUSTRATIONS

LETTRES CHOISIES

ANNEXES

DOSSIER

DU MÊME AUTEUR

Dans la même collection

ROMANS ET CONTES, *tome I* : Le Crocheteur borgne. Cosi-Sancta. Songe de Platon. Micromégas. Le Monde comme il va. Zadig ou la Destinée. Memnon ou la Sagesse humaine. Lettre d'un Turc. Histoire des voyages de Scarmentado. Les Deux Consolés. Histoire d'un bon bramin. Pot-pourri. Le Blanc et le noir. Jeannot et Colin. Petite digression. Aventure indienne. L'Ingénu. La Princesse de Babylone. *Édition présentée et établie par Frédéric Deloffre avec la collaboration de Jacques Van den Heuvel et Jacqueline Hellegouarc'h.*

ROMANS ET CONTES, *tome II* : Candide ou l'Optimisme. L'Homme aux quarante écus. Les Lettres d'Amabed, etc. Le Taureau blanc. Aventure de la Mémoire. Éloge historique de la Raison. Les Oreilles du comte de Chesterfield et le chapelain Goudman. Histoire de Jenni ou le Sage et l'athée. *Postface de Roland Barthes. Édition établie par Frédéric Deloffre avec la collaboration de Jacques Van den Heuvel et Jacqueline Hellegouarc'h.*

L'AFFAIRE CALAS et autres affaires : Traité sur la Tolérance. L'Affaire Sirven. Commentaire sur le Livre des délits et des peines de Beccaria. L'Affaire Lally. L'Affaire du chevalier de la Barre. *Édition présentée et établie par Jacques Van den Heuvel.*

LETTRES PHILOSOPHIQUES (LETTRES ANGLAISES). *Édition présentée et établie par Frédéric Deloffre.*

DICTIONNAIRE PHILOSOPHIQUE. *Édition présentée et établie par Alain Pons.*

CANDIDE OU L'OPTIMISME. *Édition présentée par Jacques Van den Heuvel. Texte établi par Frédéric Deloffre.*

ZADIG OU LA DESTINÉE. *Édition présentée et annotée par Jacques Van den Heuvel. Texte établi par Frédéric Deloffre avec la collaboration de Jacqueline Hellegouarc'h.*

LE SIÈCLE DE LOUIS XIV. *Préface de Nicholas Cronk. Édition établie par René Pomeau et revue par Nicholas Cronk.*

L'AFFAIRE SIRVEN. *Édition présentée et établie par Jacques Van den Heuvel.*

LA PRINCESSE DE BABYLONE. *Édition présentée et établie par Frédéric Deloffre avec la collaboration de Jacqueline Hellegouarc'h.*

Dans la collection Folio théâtre

ZAÏRE. *Édition présentée et établie par Pierre Frantz.*

COLLECTION FOLIO

Dernières parutions

5956. Lao-tseu — *Tao-tö king*
5957. Marc Aurèle — *Pensées. Livres I-VI*
5958. Montaigne — *Sur l'oisiveté et autres essais en français moderne*
5959. Léonard de Vinci — *Prophéties* précédé de *Philosophie* et *Aphorismes*
5960. Alessandro Baricco — *Mr Gwyn*
5961. Jonathan Coe — *Expo 58*
5962. Catherine Cusset — *La blouse roumaine*
5963. Alain Jaubert — *Au bord de la mer violette*
5964. Karl Ove Knausgaard — *La mort d'un père*
5965. Marie-Renée Lavoie — *La petite et le vieux*
5966. Rosa Liksom — *Compartiment n° 6*
5967. Héléna Marienské — *Fantaisie-sarabande*
5968. Astrid Rosenfeld — *Le legs d'Adam*
5969. Sempé — *Un peu de Paris*
5970. Zadie Smith — *Ceux du Nord-Ouest*
5971. Michel Winock — *Flaubert*
5972. Jonathan Coe — *Les enfants de Longsbridge*
5973. Anonyme — *Pourquoi l'eau de mer est salée et autres contes de Corée*
5974. Honoré de Balzac — *Voyage de Paris à Java*
5975. Collectif — *Des mots et des lettres*
5976. Joseph Kessel — *Le paradis du Kilimandjaro et autres reportages*
5977. Jack London — *Une odyssée du Grand Nord*
5978. Thérèse d'Avila — *Livre de la vie*
5979. Iegor Gran — *L'ambition*
5980. Sarah Quigley — *La symphonie de Leningrad*
5981. Jean-Paul Didierlaurent — *Le liseur du 6h27*

5982. Pascale Gautier	*Mercredi*
5983. Valentine Goby	*Sept jours*
5984. Hubert Haddad	*Palestine*
5985. Jean Hatzfeld	*Englebert des collines*
5986. Philipp Meyer	*Un arrière-goût de rouille*
5987. Scholastique Mukasonga	*L'Iguifou*
5988. Pef	*Ma guerre de cent ans*
5989. Pierre Péju	*L'état du ciel*
5990. Pierre Raufast	*La fractale des raviolis*
5991. Yasmina Reza	*Dans la luge d'Arthur Schopenhauer*
5992. Pef	*Petit éloge de la lecture*
5993. Philippe Sollers	*Médium*
5994. Thierry Bourcy	*Petit éloge du petit déjeuner*
5995. Italo Calvino	*L'oncle aquatique*
5996. Gérard de Nerval	*Le harem*
5997. Georges Simenon	*L'Étoile du Nord*
5998. William Styron	*Marriott le marine*
5999. Anton Tchékhov	*Les groseilliers*
6000. Yasmina Reza	*Adam Haberberg*
6001. P'ou Song-ling	*La femme à la veste verte*
6002. H. G. Wells	*Le cambriolage d'Hammerpond Park*
6003. Dumas	*Le Château d'Eppstein*
6004. Maupassant	*Les Prostituées*
6005. Sophocle	*Œdipe roi*
6006. Laura Alcoba	*Le bleu des abeilles*
6007. Pierre Assouline	*Sigmaringen*
6008. Yves Bichet	*L'homme qui marche*
6009. Christian Bobin	*La grande vie*
6010. Olivier Frébourg	*La grande nageuse*
6011. Romain Gary	*Le sens de ma vie* (à paraître)
6012. Perrine Leblanc	*Malabourg*
6013. Ian McEwan	*Opération Sweet Tooth*
6014. Jean d'Ormesson	*Comme un chant d'espérance*
6015. Orhan Pamuk	*Cevdet Bey et ses fils*

6016. Ferdinand von Schirach — *L'affaire Collini*
6017. Israël Joshua Singer — *La famille Karnovski*
6018. Arto Paasilinna — *Hors-la-loi*
6019. Jean-Christophe Rufin — *Les enquêtes de Providence*
6020. Maître Eckart — *L'amour est fort comme la mort* et autres textes
6021. Gandhi — *La voie de la non-violence*
6022. François de La Rochefoucauld — *Maximes*
6023. Collectif — *Pieds nus sur la terre sacrée*
6024. Saâdi — *Le Jardin des Fruits*
6025. Ambroise Paré — *Des monstres et prodiges*
6026. Antoine Bello — *Roman américain*
6027. Italo Calvino — *Marcovaldo* (à paraître)
6028. Erri De Luca — *Le tort du soldat*
6029. Slobodan Despot — *Le miel*
6030. Arthur Dreyfus — *Histoire de ma sexualité*
6031. Claude Gutman — *La loi du retour*
6032. Milan Kundera — *La fête de l'insignifiance*
6033. J.M.G. Le Clezio — *Tempête* (à paraître)
6034. Philippe Labro — *« On a tiré sur le Président »*
6035. Jean-Noël Pancrazi — *Indétectable*
6036. Frédéric Roux — *La classe et les vertus*
6037. Jean-Jacques Schuhl — *Obsessions*
6038. Didier Daeninckx – Tignous — *Corvée de bois*
6039. Reza Aslan — *Le Zélote*
6040. Jane Austen — *Emma*
6041. Diderot — *Articles de l'Encyclopédie*
6042. Collectif — *Joyeux Noël*
6043. Tignous — *Tas de riches*
6044. Tignous — *Tas de pauvres*
6045. Posy Simmonds — *Literary Life*
6046. William Burroughs — *Le festin nu*
6047. Jacques Prévert — *Cinéma* (à paraître)
6048. Michèle Audin — *Une vie brève*

6049. Aurélien Bellanger *L'aménagement du territoire*
6050. Ingrid Betancourt *La ligne bleue*
6051. Paule Constant *C'est fort la France !*
6052. Elena Ferrante *L'amie prodigieuse*
6053. Éric Fottorino *Chevrotine*
6054. Christine Jordis *Une vie pour l'impossible*
6055. Karl Ove Knausgaard *Un homme amoureux, Mon combat II*
6056. Mathias Menegoz *Karpathia*
6057. Maria Pourchet *Rome en un jour*
6058. Pascal Quignard *Mourir de penser*
6059. Éric Reinhardt *L'amour et les forêts*
6060. Jean-Marie Rouart *Ne pars pas avant moi*
6061. Boualem Sansal *Gouverner au nom d'Allah* (à paraître)
6062. Leïla Slimani *Dans le jardin de l'ogre*
6063. Henry James *Carnets*
6064. Voltaire *L'Affaire Sirven*
6065. Voltaire *La Princesse de Babylone*
6066. William Shakespeare *Roméo et Juliette*
6067. William Shakespeare *Macbeth*
6068. William Shakespeare *Hamlet*
6069. William Shakespeare *Le Roi Lear*
6070. Alain Borer *De quel amour blessée* (à paraître)
6071. Daniel Cordier *Les feux de Saint-Elme*
6072. Catherine Cusset *Une éducation catholique*
6073. Eugène Ébodé *La Rose dans le bus jaune*
6074. Fabienne Jacob *Mon âge*
6075. Hedwige Jeanmart *Blanès*
6076. Marie-Hélène Lafon *Joseph*
6077. Patrick Modiano *Pour que tu ne te perdes pas dans le quartier*
6078. Olivia Rosenthal *Mécanismes de survie en milieu hostile*
6079. Robert Seethaler *Le tabac Tresniek*
6080. Taiye Selasi *Le ravissement des innocents*

6081. Joy Sorman — *La peau de l'ours*
6082. Claude Gutman — *Un aller-retour*
6083. Anonyme — *Saga de Hávardr de l'Ísafjördr*
6084. René Barjavel — *Les enfants de l'ombre*
6085. Tonino Benacquista — *L'aboyeur*
6086. Karen Blixen — *Histoire du petit mousse*
6087. Truman Capote — *La guitare de diamants*
6088. Collectif — *L'art d'aimer*
6089. Jean-Philippe Jaworski — *Comment Blandin fut perdu*
6090. D.A.F. de Sade — *L'Heureuse Feinte*
6091. Voltaire — *Le taureau blanc*
6092. Charles Baudelaire — *Fusées – Mon cœur mis à nu*
6093. Régis Debray et Didier Lescri — *La laïcité au quotidien. Guide pratique*
6094. Salim Bachi — *Le consul* (à paraître)
6095. Julian Barnes — *Par la fenêtre*
6096. Sophie Chauveau — *Manet, le secret*
6097. Frédéric Ciriez — *Mélo*
6098. Philippe Djian — *Chéri-Chéri*
6099. Marc Dugain — *Quinquennat*
6100. Cédric Gras — *L'hiver aux trousses. Voyage en Russie d'Extrême-Orient*
6101. Célia Houdart — *Gil*
6102. Paulo Lins — *Depuis que la samba est samba*
6103. Francesca Melandri — *Plus haut que la mer*
6104. Claire Messud — *La Femme d'En Haut*
6105. Sylvain Tesson — *Berezina*
6106. Walter Scott — *Ivanhoé*
6107. Épictète — *De l'attitude à prendre envers les tyrans*
6108. Jean de La Bruyère — *De l'homme*
6109. Lie-tseu — *Sur le destin*
6110. Sénèque — *De la constance du sage*
6111. Mary Wollstonecraft — *Défense des droits des femmes*

6112. Chimamanda Ngozi Adichie	*Americanah*
6113. Chimamanda Ngozi Adichie	*L'hibiscus pourpre*
6114. Alessandro Baricco	*Trois fois dès l'aube*
6115. Jérôme Garcin	*Le voyant*
6116. Charles Haquet et Bernard Lalanne	*Procès du grille-pain et autres objets qui nous tapent sur les nerfs*
6117. Marie-Laure Hubert Nasser	*La carapace de la tortue*
6118. Kazuo Ishiguro	*Le géant enfoui*
6119. Jacques Lusseyran	*Et la lumière fut*
6120. Jacques Lusseyran	*Le monde commence aujourd'hui*
6121. Gilles Martin-Chauffier	*La femme qui dit non*
6122. Charles Pépin	*La joie*
6123. Jean Rolin	*Les événements*
6124. Patti Smith	*Glaneurs de rêves*
6125. Jules Michelet	*La Sorcière*
6126. Thérèse d'Avila	*Le Château intérieur*
6127. Nathalie Azoulai	*Les manifestations*
6128. Rick Bass	*Toute la terre qui nous possède*
6129. William Fiennes	*Les oies des neiges*
6130. Dan O'Brien	*Wild Idea*
6131. François Suchel	*Sous les ailes de l'hippocampe. Canton-Paris à vélo*
6132. Christelle Dabos	*Les fiancés de l'hiver. La Passe-miroir, Livre 1*
6133. Annie Ernaux	*Regarde les lumières mon amour*
6134. Isabelle Autissier et Erik Orsenna	*Passer par le Nord. La nouvelle route maritime*
6135. David Foenkinos	*Charlotte*

6136.	Yasmina Reza	*Une désolation*
6137.	Yasmina Reza	*Le dieu du carnage*
6138.	Yasmina Reza	*Nulle part*
6139.	Larry Tremblay	*L'orangeraie*
6140.	Honoré de Balzac	*Eugénie Grandet*
6141.	Dôgen	*La Voie du zen. Corps et esprit*
6142.	Confucius	*Les Entretiens*
6143.	Omar Khayyâm	*Vivre te soit bonheur ! Cent un quatrains de libre pensée*
6144.	Marc Aurèle	*Pensées. Livres VII-XII*
6145.	Blaise Pascal	*L'homme est un roseau pensant. Pensées (liasses I-XV)*
6146.	Emmanuelle Bayamack-Tam	*Je viens*
6147.	Alma Brami	*J'aurais dû apporter des fleurs*
6148.	William Burroughs	*Junky* (à paraître)
6149.	Marcel Conche	*Épicure en Corrèze*
6150.	Hubert Haddad	*Théorie de la vilaine petite fille*
6151.	Paula Jacques	*Au moins il ne pleut pas*
6152.	László Krasznahorkai	*La mélancolie de la résistance*
6153.	Étienne de Montety	*La route du salut*
6154.	Christopher Moore	*Sacré Bleu*
6155.	Pierre Péju	*Enfance obscure*
6156.	Grégoire Polet	*Barcelona !*
6157.	Herman Raucher	*Un été 42*
6158.	Zeruya Shalev	*Ce qui reste de nos vies*
6159.	Collectif	*Les mots pour le dire. Jeux littéraires*
6160.	Théophile Gautier	*La Mille et Deuxième Nuit*
6161.	Roald Dahl	*À moi la vengeance S.A.R.L.*
6162.	Scholastique Mukasonga	*La vache du roi Musinga*
6163.	Mark Twain	*À quoi rêvent les garçons*
6164.	Anonyme	*Les Quinze Joies du mariage*
6165.	Elena Ferrante	*Les jours de mon abandon*

Composition Nord Compo.
Impression Grafica Veneta
à Trebaseleghe, le 15 février 2017
Dépôt légal : février 2017

ISBN : 978-2-07-046487-6./Imprimé en Italie